GEIR TANGEN

Totenfest

GOLDMANN
Lesen erleben

Geir Tangen

Totenfest

Thriller

Aus dem Norwegischen
von Dagmar Lendt

GOLDMANN

Die norwegische Originalausgabe erschien 2017 unter dem Titel
»Hjerteknuser« bei Gyldendal Norsk Forlag.

Dieses Buch wurde mit finanzieller Unterstützung von NORLA übersetzt.

NORLA
NORWEGIAN LITERATURE ABROAD

Dieses Buch ist auch als E-Book erhältlich.

FSC
www.fsc.org
MIX
Papier aus verantwortungsvollen Quellen
FSC® C014496

Verlagsgruppe Random House FSC® N001967

1. Auflage
Deutsche Erstveröffentlichung Dezember 2018

Umschlaggestaltung: UNO Werbeagentur, München
Umschlagmotiv: gettyimages/Sjo; FinePic®, München
Redaktion: Friederike Arnold
AG · Herstellung: ik
Satz: Uhl + Massopust, Aalen
Druck und Bindung: GGP Media GmbH, Pößneck
Printed in Germany
ISBN: 978-3-442-48652-6
www.goldmann-verlag.de

Besuchen Sie den Goldmann Verlag im Netz

Meinem Sohn Daniel
»Du bist mein Herzensbrecher …«

Haugaleite, Haugesund
Sonntagmorgen, 1. März 2015

Alexander Hauge Gudmundsson versuchte, die Augen zu öffnen, schaffte es aber nur einen Spaltbreit. Es war Sonntag, der letzte Tag der Winterferien, und der gestrige Abend war mehr als feucht gewesen. Er lag in einem fremden Bett. Die Bettdecke war purer Luxus. Dick und fluffig. Wenn er sie knautschte und losließ, bauschte sie sich wieder auf. Der Raum war komplett weiß, bis auf die braunen Deckenbalken und einen braunen Kleiderschrank neben seinem Bett. Der war bestimmt nicht billig, dachte er. Alexander fror, und seine Nasenspitze fühlte sich eiskalt an, aber das Fenster war zu. Auf einem beigefarbenen Puff unter dem Fenster lagen ordentlich zusammengelegte Kleider. Nicht seine, sondern Mädchenkleider. Er ließ den Kopf zurück aufs Kissen sinken.

Shit! Hab ich mit einer gepennt?

Vorsichtig tastete er die andere Seite des Doppelbetts ab, nur um bestätigt zu finden, was er befürchtet hatte. Da lag jemand, ein Mädchen. Er zog die Hand zurück, um sie nicht zu wecken. Langsam versuchte er, sich auf die rechte Seite zu drehen, um zu sehen, wer es war. In seinem Kopf sprühten Funken, seine gesamte rechte Körperseite schmerzte. Unwillkürlich stöhnte er auf.

Mehrere Minuten lang lag er da und konzentrierte sich darauf, sich nicht zu übergeben. Jedes Mal, wenn er die Augen öffnete, kam es ihm so vor, als würde sich eine Vogelklaue in seine Hirnrinde krallen und zudrücken. Er war zwar erst siebzehn, aber nicht gerade unschuldig, und im Grunde konnte ihm egal sein, wer da lag. Das herauszufinden war die Schmerzen einfach nicht wert.

Er zog sich die Decke über den Kopf und versuchte, wieder einzuschlafen. Wünschte sich die Zeit zurück, als Sonntage angefüllt waren mit Barfußlaufen übers Parkett, schmuseweichen Pyjamahosen, Disney Channel und einer Legokiste auf dem Wohnzimmerfußboden, die darauf wartete, ausgekippt zu werden.

Alexander fand keine Ruhe. Es war *zu* still im Zimmer. Vorsichtig öffnete er erst ein Auge, dann das andere. Der Blick war verschwommen, aber nach und nach zeichnete sich die Kontur einer bekannten Gestalt neben ihm ab. Langes, schwarzes Haar fiel weich über die Wange der Schlafenden. Mehr brauchte er nicht zu sehen. Die dunkelbraune Haut und die fülligen Lippen verfolgten ihn seit Monaten in seinen Träumen.

Fuck! Da lande ich mit Emilie in der Kiste, und dann hab ich keine Erinnerung daran, was passiert ist?

Emilie hatte null Interesse an ihm gezeigt, seit er sie letzten Herbst auf einer Party getroffen hatte, jedenfalls ging es nicht über eine platonische Freundschaft hinaus. Sie redeten, chatteten und trafen sich regelmäßig, aber mehr war nie draus geworden. Das ärgerte ihn maßlos, denn Emilie war nicht gerade wählerisch. Und jetzt hatte er nicht die leiseste Ahnung, was sich letzte Nacht zwischen ihnen abgespielt hatte. Die Festplatte im Kopf war leer.

Das leise Unbehagen verstärkte sich immer mehr.

Auf der Party war etwas vorgefallen. Irgendwas, das ihm Übelkeit verursachte. Ob es Erinnerungen waren oder nur schleichender Katzenjammer, wusste er nicht, aber er hatte ein vages Bild vor Augen, wie er im Wohnzimmer gebrüllt und getobt hatte. Wie er um sich geschlagen hatte, bis ihn jemand aus dem Verkehr zog.

Geräusche vom Flur vor dem Schlafzimmer unterbrachen seine Gedanken. Eine Mädchenstimme, die er sofort wiedererkannte. Das war Veronica. Also war er wohl immer noch in Haugaleite. Da hatte die Party stattgefunden. Ihre Eltern waren auf Kurzurlaub in Gdansk, und sie hatte das ganze Wochenende sturmfrei.

Eigentlich konnte er Emilie jetzt ebenso gut wecken. Er konnte nicht so tun, als wäre nichts passiert. Alexander drehte sich im Bett um und legte die Hand auf Emilies Wange. Sofort schnellte sein Herzschlag von Ruhepuls auf Maximalfrequenz. Es war, als würden seine Finger über eine Wachsfigur streichen. Die Haut war kalt und hart!

Er zog seine Hand zurück, rollte sich weg von ihr und landete krachend auf dem Fußboden. Er riss die Bettdecke herunter und rutschte auf dem Hintern rückwärts, die Decke fest an sich gepresst. Mit dem Rücken am braunen Kleiderschrank blieb er sitzen und schnappte nach Luft. Sein Hasenherz drohte ihm aus dem Brustkorb zu springen.

Das kann nicht sein! Das ist nicht wahr …

Nach einigem Zögern rappelte er sich auf und kniete sich vor Emilias Bettseite. Er packte sie und drehte sie zu sich um. Ein Schrei wollte aus seiner Kehle, aber er zwang ihn zurück. Er hatte das Gefühl, als würde er eine

Schaufensterpuppe umdrehen. Arme und Beine blieben in ihrer Position und ragten unnatürlich abgewinkelt in die Luft. Ihre dunkelbraune Haut hatte einen gräulichen Ton angenommen, als sei sie von innen her eingestaubt, die Zunge war dick geschwollen und hing schlaff aus dem rechten Mundwinkel. Das Kinn war heruntergesackt. Der Arm, der unter ihrem Kopf gelegen hatte, stand im rechten Winkel ab und zeigte anklagend auf Alexander. Die gebrochenen Augen starrten durch ihn hindurch.

Smedasundet 98, Haugesund
Sonntagmorgen, 1. März

Die Aussicht aus den Praxisfenstern von Psychologin Vigdis Nygaard war spektakulär. An diesem allerersten Frühlingstag konnte Journalist Viljar Ravn Gudmundsson ein Segelboot beobachten, das im Morgendunst durch den Sund zwischen Risøy und Hasseløy glitt. Entlang des Smedasunds konnte man Haugesunds Geschichte verfolgen. Ganz vorn die alte Heringsfabrik, vom Zahn der Zeit und von schweren Winterstürmen gezeichnet. Weiter hinten badete die blaue Aibel-Halle im Morgenlicht, deren Arbeiter sich der Ölindustrie in der Nordsee verschrieben hatten und auch jetzt, nachdem der Heringsboom vorbei war, für Wohlstand sorgten. Weit draußen, auf der anderen Seite des Sunds, lag Hasseløy mit seinen modernen Luxuswohnungen und Panoramablick aufs Meer.

Die Psychologin empfing sonntags keine Patienten, aber Viljar war eine Ausnahme. Er konnte sich nicht erinnern, wann Vigdis ihm seine Therapiesitzungen zuletzt in Rechnung gestellt hatte. Er hatte nie gefragt, aber er hegte den leisen Verdacht, dass sie ihn als ihren Schützling betrachtete. Einen, den sie vor der gefährlichen Welt beschützen und verteidigen musste.

Viljar begann die Gespräche immer mit dem Rücken zu Vigdis und dem Blick auf die Boote im Smedasund.

Es fiel ihm leichter, zu der Welt dort draußen zu sprechen als zu ihr. Er griff sich einen der Parasiten heraus, die sich an seinem chronisch schlechten Gewissen mästeten, und holte ihn ans Licht.

»Ich hätte ihn aufhalten können, weißt du.«

Viljar sprach zum Fenster, spürte aber, dass Vigdis seine Worte mitbekommen hatte, denn er konnte hören, wie sie sich in ihrem schwarzen Lederstuhl anders hinsetzte.

»Du meinst …«

Vigdis hielt mitten im Satz inne. Sie hatten abgemacht, ihn nicht beim Namen zu nennen. Den Maestro, der vor einigen Monaten das friedliche kleine Haugesund in eine blutige Theaterbühne verwandelt hatte. Sieben Menschen hatte der Verbrecher abgeschlachtet, um sein Ego zu stärken und unsterblich zu werden. Viljar empfand eine gewisse Genugtuung, dass es dem Monstrum nicht mehr vergönnt gewesen war, den Erfolg seines Buches im Kielwasser der Serienmorde zu erleben, bevor der Hirntumor ihn auffraß. *Maestro ist tot* hatten die Schlagzeilen an den Zeitungskiosken am Heiligabend verkündet. Ein besseres Weihnachtsgeschenk gab es nicht.

»Ja. Ich hätte ihn aufhalten können.«

Vigdis räusperte sich, was sie nur tat, wenn ihr unbehaglich zumute war. Er hörte, dass sie aufstand und zu ihm kam, und dann spürte er eine warme Hand auf seiner Schulter.

»Das, was deiner Kollegin Ranveig zugestoßen ist … Du hättest nichts tun können, um sie zu retten. Und die Schwester von Lotte Skeisvoll … Du warst ja nicht einmal dort, als es passierte.«

Er drehte den Kopf und sah Vigdis an. Ein wehmütiges Lächeln huschte über ihr Gesicht. Er legte seine Hand auf ihre und drückte sie.

»Ja, ich weiß, ich hätte nicht verhindern können, dass er sie umbringt … Aber ich hätte dieses verdammte Buch verhindern können. Er hatte darum gebeten, mit mir zu reden, weißt du. Wollte sich erklären. Hätte ich ihn im Gefängnis besucht, hätte ich ihm klarmachen können, wie verrückt es ist, die Ereignisse als billige Unterhaltung zu vermarkten.«

Er blickte wieder auf den Smedasund hinaus. Das Segelboot, das er beobachtet hatte, verschwand hinter dem Neubau der Küstenbehörde. Es war jetzt grau und diesig draußen, und der Regen peitschte über den Kai. Wäre das Wetter in Haugesund ein Mensch, dann zweifellos ein Alkoholiker. Vielleicht ein Quartalssäufer, der immer mal wieder trocken war, aber dieser Zustand hielt nie lange an.

Vigdis seufzte. Sie hatte seine Einwände schon öfter gehört.

»Ich glaube, du irrst dich. Genau das war ja sein Motiv. Wäre das Buch nicht erschienen, wäre das ganze Projekt geplatzt. Dann hätte er überhaupt nichts erreicht.«

Viljar erkannte die Logik darin. Natürlich hätte er keinen Erfolg gehabt, aber er hätte es wenigstens versuchen können.

»Vielleicht hast du recht. Für mich ist es ja auch gar nicht am schlimmsten. Ich habe dich, um mich wieder zusammenzuflicken, wenn mir Wunden zugefügt werden. Für Lotte ist das alles viel schlimmer.«

»Wie gesagt, sie kann zu mir kommen, wann immer

sie will. Das weißt du. Falls sie jemanden zum Reden braucht, meine ich.«

Viljar spürte ein Kribbeln in den Fingern. Das war der wunde Punkt. Lotte ging es nicht gut. Er hatte getan, was er konnte, aber jedes Mal, wenn er andeutete, dass sie Hilfe suchen sollte, machte sie die Schotten dicht.

»Sie hat mich.«

Er drehte sich wieder um, und diesmal ging er zu dem schwarzen Ledersessel, der mitten im Raum stand. Es war ein Signal an Vigdis, dass er sich nicht weiter öffnen würde. Dass sie jetzt an der Reihe war. Vigdis zögerte einen Moment, setzte sich aber schließlich in den Sessel ihm gegenüber. Zwischen ihnen stand ein abgenutzter Kieferntisch aus den frühen Siebzigern.

Sie nahm die Hippiebrille ab und legte sie auf den Tisch. Die Brille war in Vigdis' radikaler Jugend bestimmt cool gewesen, als sie Haare unter den Achseln, die kleine rote Maobibel im Rucksack und einen Joint in der Jackentasche gehabt hatte. 2015 ließ dieses Ding sie aussehen wie eine Untote, die krampfhaft versuchte, an ihrem Image festzuhalten. Es war vierzig Jahre her, dass sie eine echte Radikale gewesen war.

»Triffst du sie oft? Lotte, meine ich?«

Viljar wand sich ein wenig. Er hatte Lotte versprochen, keinen Ton über das zu sagen, was zwischen ihnen war. Sie war Polizistin. Sie musste stark sein. In ihrer Welt bedeutete ein Riss in der Fassade einen karrieremäßigen Selbstmord. Lotte brauchte wirklich jemand anderen als ihn, um über das zu reden, was mit ihrer Schwester passiert war. Er konnte zuhören, ihr aber niemals die richtigen Antworten geben. Die, die sie brauchte.

»Viljar …?«

Er schob die Gedanken beiseite und antwortete Vigdis ehrlich, ohne Lotte auszuliefern:

»Ja. Wir treffen uns oft. Sehr oft. Sie redet, und ich höre zu. Das ist okay, aber ich glaube nicht unbedingt, dass es sie in die richtige Richtung führt. Sie arbeitet wieder voll. Viel zu früh, wie ich finde. Sie ist nur noch ein Schatten ihrer selbst.«

Vigdis wirkte nachdenklich. Sie wollte Viljar gerade eine weitere Frage stellen, als sein Telefon in der Innentasche zu summen begann. Er strich sich das schulterlange blonde Haar hinter die Ohren und zog das Handy hervor. Es war sein Sohn, Alexander.

Viljar spürte ein warmes Gefühl in der Brust und gleichzeitig ein nervöses Kribbeln im Nacken. So war das immer bei Alex. Freude und Sorge. Erleichterung und Unruhe.

»Hallo, Alex!«

Er setzte eine muntere Maske auf. Ein kleines Schauspiel sorgloser Freude darüber, von seinem Sohn zu hören.

»Scheiße, Papa! Du musst kommen. Kannst du mich abholen?«

Die Unruhe, ein schleichendes Unbehagen, eine vage Vorahnung, hängte sich wie ein Senkblei an sein Herz. Er stand auf und ging wieder zum Fenster.

»Ist was passiert?«

Sein Sohn atmete hektisch. Er fand nicht die richtigen Worte. Als er endlich die Sprache wiedergefunden hatte, hörte er sich vollkommen matt an.

»Frag nicht, Papa. Kannst du nicht einfach kommen? Ich brauche Hilfe.«

Viljar kratzte einen Fleck eingetrockneter Rahmenfarbe vom Fensterglas. Typisch Alexander. Nicht sagen, was los war, aber erwarten, dass andere sofort alles stehen und liegen ließen, wenn *er* sie brauchte. Der Siebzehnjährige war ein Produkt seiner egozentrischen Zeit.

»Nicht bevor du mir sagst, was los ist. Ich renne nicht einfach aus einer Besprechung weg, wenn es nicht wirklich dringend ist. Sonst kann ich dich auch anschließend abholen, okay?«

»Ist eine Besprechung dir wichtiger als dein Sohn, oder was? Es ist dringend! Ich bin in Haugaleite. Bei Veronica.«

Viljar tat, als hätte er den Vorwurf, ein schlechter Vater zu sein, nicht gehört.

»Ich komme später, Alex. Aber du musst mir sagen, was passiert ist.«

Am anderen Ende wurde es still. Die Sekunden verstrichen. Er wollte gerade noch einmal fragen, als er den Jungen flüstern hörte:

»Ich bin gerade aufgewacht, im Bett neben Emilie. Und sie ist tot.«

Für einen kurzen Moment existierten nur diese Worte. Die Welt stand still und hielt den Atem an.

»Sie liegt da, tot. Ganz steif irgendwie.«

Der letzte Satz echote in Viljars Kopf, als er zur Tür hinausstürzte und die Steintreppen hinunterrannte. Er fischte die Autoschlüssel aus der Jacke, während er zum Auto am anderen Ende des Kais hetzte.

Grønland, Oslo
Sonntagmorgen, 1. März

Der Ermittlungsleiter des Nachrichtendienstes PST, Harald Samuelsen, verfolgte interessiert die Bewegungen der Zielperson. Ein blonder Schlaks mit zurückgekämmten Haaren und schweineteuren, hautengen Klamotten. Christopher Walken im Ganzkörperkondom. Es war erst kurz nach zehn Uhr vormittags, aber Samuelsen tat nach stundenlangem Sitzen im Auto der Rücken weh. Er setzte die Brille mit den kleinen runden Gläsern ab, angelte ein Putztuch aus seinem schwarzen Royal-RepubliQ-Schultertäschchen und ließ sich Zeit. Manche Menschen rauchten Kette, andere trommelten mit ihren Fingern auf dem Lenkrad. Harald Samuelsen putzte Brillengläser.

Das schulterlange schwarze Haar und die Tiger-of-Sweden-Brille mit einem Hauch von Blauschimmer hatten dem PST-Ermittler rasch den Spitznamen »Ozzy« unter den Kollegen eingebracht. Damit konnte er leben. Das Einzige, was im Haus wirklich etwas zählte, war das Lebendgewicht. Der Mann, den er an diesem Morgen beobachtete, hatte eine Reihe von Verbindungen zu Extremistenkreisen, und er hatte Geld. Harald drehte sich zu seinem Kollegen um.

»Okay … Das ist der dritte Money-Transfer-Laden, den er innerhalb einer Stunde aufsucht. Ich habe alles gesehen, was ich brauche. Haben wir ein festes Muster?«

Der Kollege studierte die Autos, die den Grønlandsleiret hinunter Richtung Schweigaards gate krochen. Eine Straßenbahn hatte direkt neben ihnen gehalten und für einige Sekunden die Sicht versperrt.

»Mhmm … Immer am ersten Sonntag im Monat. Vier von diesen Läden zwischen neun und zwölf Uhr. Jedes Mal dieselben vier.«

Sie hatten die Wege des Mannes über längere Zeit verfolgt. Die Money-Transfer-Läden waren kleine Filialen von ausländischen Wertpapierfonds, Banken oder Investmentgesellschaften, und sie wurden von ihren Heimatländern aus reguliert. Die dortigen Behörden waren für die Aufsicht verantwortlich. Das erschwerte die Kontrolle der Geldtransfers. Der PST hatte den Verdacht, dass die Gelder in die Ortsgruppe Haugesund der rechtsextremen Organisation Norwegischer Widerstand flossen. Harald Samuelsen steckte das Brillenputztuch zurück ins Etui, ohne das Geschäft aus den Augen zu lassen.

»Und die vier Läden, die er abklappert, gehören alle derselben Firma?«

»Ja, sie gehören der ungarischen Nemzeti Investa. Das ist alles, was wir wissen. Die ungarische Polizei hat versprochen, sie genauer unter die Lupe zu nehmen, aber da rührt sich nichts. Wir erhalten keinen Einblick.«

»Ungarn? So viele Ungarn haben wir doch nicht in Oslo?«

Harald Samuelsen beugte sich nach vorn zur Windschutzscheibe. Wegen der grellen Morgensonne musste er blinzeln.

»Die Inhaber sind keine Ungarn. Das sind Iraker,

Syrer, Bosnier, Serben, Marokkaner … Na, du weißt schon. Die Reparatur von Handydisplays oder der Verkauf von Sonntagszeitungen auf Urdu bringt wohl kaum so viel ein, dass sie im Audi A5 durch die Gegend kurven können, um es mal so zu sagen.«

Harald öffnete die Autotür. Er hatte genug gesehen. Als er sich zum Fenster auf der Fahrerseite vorbeugte, ließ der Kollege die Scheibe hinunter.

Die Observation des Reedersohns und Milliardenerben Jan Sigfred Bergersen war nur ein kleines Steinchen in einem weit größeren Puzzle. Der Typ war viel zu gerissen, um etwas Illegales zu tun, und was er mit seinem Geld machte, interessierte die Ermittler nur, wenn es sich um die Finanzierung von Terrorismus handelte.

»Ihr könnt die Observation abbrechen. Es ist nicht verboten, die Organisation zu finanzieren, aber wenn diese lokalen Abteilungen plötzlich zu viel Geld in die Hände kriegen, ist das eine potenzielle Gefahr. Wir werden die Augen offen halten, aber bis auf Weiteres lassen wir Bergersen in Ruhe.«

Samuelsen machte sich zu Fuß auf den Weg zum Terminal des Airport-Shuttles im Osloer Hauptbahnhof. Er musste den Flieger um 14.40 Uhr von Gardermoen nach Haugesund erreichen. Drüben in Haugesund hatten sie etwas, dem sie nachgehen konnten.

Er fand einen Platz in der Ruhezone, holte sein iPad heraus und ging noch einmal die Ergebnisse der Überwachung der rechtsextremen Gruppe durch. Ein Informant aus der Osloer Abteilung des Norwegischen Widerstands behauptete, dass die Abteilung Westland in Haugesund finanziell überraschend gut ausgestattet sei und damit große Aktionen planen und umsetzen könne. Deshalb hatten sie Bergersen im Visier. Seine Vergangenheit als aktives Vigrid-Mitglied Anfang der Nullerjahre war kein Geheimnis, aber die Klatschpresse hatte das nicht weiter verfolgt, nachdem er sich vor fünf Jahren in einer drei Seiten langen Reportage von *Se & Hør* von seinen früheren Ansichten distanziert hatte.

Jan Sigfred Bergersen war in Haugesund geboren und aufgewachsen, und das PST-Team um Harald Samuelsen hatte daran gearbeitet, eine direkte Verbindung Bergersens zur NW-Gruppe in der Stadt zu finden, aber vorläufig hatten sie nichts anderes in der Hand, als dass Bergersen ein Jugendfreund von Geirmund Bakken war, dem jetzigen Anführer.

Harald schloss die Dokumentenmappe und schaute auf das Display im Zug, das die Abflüge anzeigte. SAS-Flug SK-308 nach Haugesund war dreißig Minuten verspätet. Auch gut. Jetzt Anfang März war sowieso keiner scharf drauf, nach Haugesund zu reisen.

Haugaleite, Haugesund
Sonntagmorgen, 1. März

Seine Finger zitterten unkontrolliert. Sein Atem ging in hektischen Stößen. Das Schlafzimmer schien luftleer zu sein. Alexander bemühte sich, seine Aufmerksamkeit auf etwas anderes als das Bett zu richten, aber wie eine Kompassnadel kehrte sein Blick unaufhörlich zu dem Körper zurück, der dort lag. Emilie war teilweise zugedeckt, aber Kopf, Schulterpartie, die linke Brust und der Arm, der auf ihn zeigte, ragten heraus. Grotesk. Erschreckend. So unwirklich, dass er nicht wusste, wie er sich verhalten sollte.

Emilie war *tot*. Die blassen Augen glichen Drachenklauen, die ihm jedes Mal den Rücken aufkratzten, wenn er sich von ihr abwandte. Dies war einer der Momente im Leben, über die sein Vater mit ihm gesprochen hatte. *Momente ohne Escape-Taste.*

Der Raum drehte sich, und ihm war schwindlig. Er versuchte, seine Klamotten zu finden, aber sie lagen nicht ordentlich gefaltet auf dem Puff, so wie Emilies. Alexander irrte planlos durchs Zimmer. Splitternackt und mit einem toten Mädchen im Bett.

Er ließ den Blick durch den Raum schweifen. All das Weiße, die Wände, das Bettzeug, die Möbel, ging ineinander über und gab ihm das Gefühl, eingekapselt zu sein. Der Zipfel einer blauen Jeans lugte unter dem Bett hervor. Mit einem Satz war er dort und riss die Sachen an sich, die zu einem Ball zusammengeknüllt waren. Das Hemd stank säuerlich nach Erbrochenem, aber er pfiff drauf und zog es an.

An der Tür blieb er stehen. Er hyperventilierte, schaffte es nicht, ruhig und gleichmäßig zu atmen. Gerade als er das Zimmer verlassen wollte, hörte er wieder Stimmen.

Scheiße!

Das Fenster … Er lief hin, öffnete es und schaute nach unten. Neben dem Fenster befand sich eine zusammengeschobene Feuerleiter, die wie ein stählerner Pfosten aussah und bis hinunter zum Blumenbeet in fünf Metern Tiefe reichte. Er wollte die Leiter ausklappen, aber das Ding hing irgendwo unten fest und rührte sich nicht.

Frustriert musste er den Plan aufgeben, ungesehen aus dem Haus zu kommen. Er konnte nichts machen. Die mahnenden Worte seines Vaters, man müsse seine Fehler eingestehen, die Strafe annehmen und daraus lernen, gingen ihm durch den Kopf. Wenn er sich nur erinnern könnte, was in diesem Zimmer vorgefallen war. Er ging zurück zur Schlafzimmertür und öffnete sie vorsichtig. Keiner zu sehen. Erleichtert schlüpfte er hinaus und schloss die Tür hinter sich, atmete auf und ließ die Schultern sinken.

»Alex …? Was zum Teufel machst du hier?«

Veronicas schrille Stimme traf ihn wie ein Tritt in die Kniekehlen, und seine Beine drohten zu versagen. Er hielt sich am Türrahmen fest und drehte sich langsam zur Diva des Hauses um.

Ein verächtlicher Ausdruck huschte über ihr Gesicht, bevor sie wieder die ausdruckslose, glatte Miene aufsetzte. Das lange blonde Haar fiel sorgfältig drapiert über ihre rechte Schulter. Stromkosten für ein Glätteisen waren vermutlich ein eigener Haushaltsposten bei Familie Østensjø. Sie war klein, knapp eins sechzig auf Stilettos. Falsche Wimpern, so schwer, dass sie die Lider nur mit Mühe offen halten konnte. Ihren Anblick hätte Alexander sich lieber erspart.

Er antwortete ausweichend. Sein Kater und der Gedanke daran, was Veronica auf der anderen Seite der Tür erwartete, ließen die Erinnerungen an den gestrigen Abend noch mehr verschwimmen.

»Ich dachte, du wärst gestern Abend früh gegangen? Mensch, du kannst doch nicht einfach hier übernachten!«

Sie ging ein paar Schritte auf ihn zu, stellte sich auf die Zehenspitzen und blickte über seine Schulter.

»Ist Emilie da drinnen?«

Veronicas Tonlage war jetzt noch höher, und ihr Blick huschte zwischen ihm und der Tür hin und her. Er öffnete den Mund, um zu antworten, aber genau in dem Moment kamen zwei Typen die Treppe herunter und stellten sich zu Veronica. Ingar und Eivind. Ebenso wie Veronica waren sie etwas älter als Alexander. Eivinds Brustmuskeln wölbten sich unter dem hellblauen Hemd, dass die Knöpfe abzuspringen drohten.

Hinter ihm stand Ingar, ebenso fest wie das Haraldsdenkmal im Orkan. Er war groß, schlank und blond. Eine halbe Dose Haarwachs hielt die Frisur in Form, und die eisblauen Augen beobachteten die Umgebung aufmerksam. Veronica drehte sich zu den beiden um und zischte:

»Ist das zu glauben, Alex hat sich heute Nacht zu Emilie reingeschlichen. Ich fasse es nicht. Dieser Perversling!«

Keiner der Jungs sagte etwas, aber Eivind machte einen schnellen Schritt auf Alexander zu. Er war dafür bekannt, dass seine Lunte kürzer war als sein Vorstrafenregister, und Alexander ahnte, dass er seine Fäuste ballte. Beruhigend legte Ingar die Hand auf Eivinds Schulter. Er lächelte Alexander freundlich an und fragte, ob es stimmte, was Veronica gesagt hatte.

Alexander hatte Todesangst. Sagte er Ja, konnte Ingar kaum etwas tun, um Eivind zu stoppen. Über hundert Kilo Muskelmasse und ein IQ von deutlich unter hundert waren eine unangenehme Kombination. Er wusste, dass er den Mumm haben sollte, die Wahrheit zu sagen, aber er wählte den feigen Ausweg, noch ehe er die Konsequenzen abwägen konnte.

»Nein. Keine Ahnung, wo Emilie ist, woher soll ich das wissen? Sicher zu Hause oder so …«

Das hätte das Trio eigentlich beruhigen müssen, aber das tat es nicht. Der Flur wurde schmaler, die Wände kamen näher. Veronica schüttelte den Kopf und zeigte anklagend auf ihn.

»Wieso lügst du uns ins Gesicht, sag mal? Ich *weiß* doch, dass Emilie da drinnen ist. Sie hat sich gestern den Schlüssel von mir geholt.«

Alexander war dabei, sich selbst in die Ecke zu manövrieren, aber er leugnete es trotzdem. Eivind blies sich auf. Selbst Ingar hatte die Stirn in skeptische Falten gelegt, während er mit den Fingern durch sein blondes Haar strich. Er gab Veronica sein Smartphone und zeigte auf Emilies Namen in seiner Kontaktliste.

»Ruf sie an. Wenn sie zu Hause ist, hat sich das Missverständnis aufgeklärt. Okay?«

Zehn Sekunden später konnten alle hören, wie Adele ihr *Hello* in die Welt hinaussang. Eine Welt, die sich genau jetzt hinter Alexanders Rücken befand. Er wurde von Eivind brutal zur Seite gestoßen und an die Wand gedrückt, Eivind drückte ihm den Unterarm an den Kehlkopf. Veronica drängte sich resolut an ihnen vorbei ins Schlafzimmer, während Ingar tatenlos im Hintergrund blieb.

Veronicas Schrei war das Entsetzlichste, was Alexander jemals gehört hatte. Dreimal schrie sie laut und gellend. Abrupt machte sie kehrt und stürzte zur Tür hinaus, der letzte Schrei erstickte in einem Gurgeln. Sie erbrach sich auf das Parkett. Alexander war vergessen, und die beiden Jungs stürmten in das Zimmer.

Das war Alexanders Chance, und er traf seine Entscheidung, bevor die Vernunft den Impuls abstellen konnte. Mit drei schnellen Schritten war er an der Treppe zum Erdgeschoss. Er rutschte und stolperte die Stufen hinunter, hinter sich das Gebrüll der Jungs.

Als er die Haustür erreichte, hörte er die beiden die Treppe herunterstürmen. Die Tür war abgeschlossen, und er rüttelte verzweifelt an der Klinke. Schließlich schaffte er es, den Schlüssel umzudrehen, aber da schlug ihm Eivind mit gewaltiger Wucht auf den Rücken.

Die Tür flog auf, Alexander machte einen Satz und landete auf dem Schotterweg, mit hundert Kilo Muskelmasse auf sich. Kies und kleine Steine rissen ihm die Gesichtshaut auf. Sofort hagelte es Schläge, die ihn hart am Hinterkopf und in die Weichteile trafen. Alexander hörte, wie seine Rippen brachen, als eine Faust in seinen Rücken donnerte.

Trotzdem schien die Last auf einmal leichter zu werden. Als wäre derjenige, der auf ihm lag, plötzlich aufgestanden. Alexander öffnete die Augen und blickte auf drei Paar schwarzer Knobelbecher. Weiter hinten auf dem Kies standen ein paar abgenutzte grüne Sneaker, die er sofort erkannte.

»Papa …«

Küstenpfad in Kvalsvik, Haugesund
Sonntagvormittag, 1. März

Terje Nitter wusste, dass er von Idioten umgeben war …

Das war sein Schicksal. Alles musste er selber bedenken. Pläne entwerfen, ausarbeiten, abschätzen und Risikoanalysen machen. Manchmal eine hoffnungslose Aufgabe. Er war ein Schachspieler mit einem Brett voller nutzloser Bauern.

Es verlockte ihn, sie nach der Party von gestern Abend sich selbst zu überlassen, aber er brauchte sie. Er hasste es, das einräumen zu müssen, aber er hatte sich von ihren klitzekleinen Gehirnen abhängig gemacht.

Terje Nitter spazierte gemütlich den neuen Küstenpfad im Norden der Stadt entlang. Bei Gardsvik kam er an zwei morschen Bootshäusern vorbei, die kleine Insel Vesteholmen lag direkt davor. Im Dunst war sie nur ein grauer Schatten, der von den Wellen umspült wurde. Der Pfad führte weiter zum Gauldølavegen, und Terje grüßte ein junges Paar mit einem Kinderwagen. Er wechselte ein paar Worte mit den beiden, dann schlenderte er weiter und dachte nach. Er musste eingreifen, sonst würde alles den Bach runtergehen.

Emilie Vormedals Tod passte genau in die Reihe von kopflosen Aktionen, die unerwünschte Aufmerksamkeit erregten und Polizei und Presse ins Spiel brachten. Das war nicht gut, und er verfluchte seine grenzenlose Naivität. Er hätte damit rechnen, hätte das Risiko gründlicher kalkulieren müssen. Ein Großmeister musste stets mehrere Züge vorausdenken, sich Hintertüren offenhalten und sich so positionieren, dass ihm immer mehrere Möglichkeiten blieben. Terje Nitter sah ein, dass er wie ein blutiger Anfänger vorgegangen war. Er hatte sich blind auf die Ideale und Grundwerte der Organisation verlassen. Leidenschaft, Anonymität und Loyalität. Für ihn war es undenkbar, dagegen zu verstoßen, aber wie stark brannte das Feuer in den anderen?

Er ging das letzte Stück über das Steilufer bis Kvalsvik und machte dort einen Abstecher zum Leuchtfeuer von Kvalen. Die Felsen waren nass und glitschig, aber er setzte sich trotzdem hin und genoss den Blick auf die Brandung.

Die frische Seeluft schärfte seine Sinne. Ließ ihn weiter vorausdenken, mehr in die Breite. Es gab eine Alternative. Eine Lösung, die ihnen die Zeit verschaffte, die sie brauchten. Eine, die alles auf null stellen und den fatalen Vorfall von gestern ausradieren würde. Ein schwarzer Opferbauer auf einem unverteidigten Feld.

Die Eliminierung der Bedrohung würde einige Wellen schlagen, aber keine Sturmflut auslösen. Es ging um Schadensbegrenzung. Sie waren so wenige, dass sie es sich nicht leisten konnten, jemanden zu verlieren, und da ihnen nur noch vier Tage bis zur Aktion blieben, war Zeit ein knappes Gut.

Regen peitschte in dichten, kleinen Tropfen vom Himmel und lief ihm in den Kragen seiner Öljacke. Terje stand langsam auf und beugte sich nach Lee, dem kalten Wind entgegen, der von der Nordsee landeinwärts blies.

Er spürte, wie sein Körper zitterte, jetzt, da die Entscheidung gefallen war. Was für eine Erleichterung.

Ihm kam der Titel eines Buches in den Sinn, das er bei Norli in der Haraldsgata im Ständer gesehen hatte. *Der unsichtbare Mann aus Salem.* Er hatte den Klappentext überflogen. In dem Buch ging es um einen Mann, den es nicht geben sollte. Einen Mann, der anscheinend aus der Zeit gefallen war, aber sich immer noch in den Schatten bewegte.

Da hätte Haugesund stehen sollen, nicht Salem, dachte Terje Nitter und kehrte der Stadt, die abwartend im Morgendunst lag, den Rücken zu.

Haugaleite, Haugesund
Sonntagvormittag, 1. März

Oberkommissarin Lotte Skeisvoll merkte, in welch schlechter Verfassung sie war, als sie in die kleine Stichstraße zum Haus Vestevegen 53 einbog und die Polizeiabsperrungen im Wind flattern sah. Sie nahm den Fuß vom Gaspedal. Ihre Finger umklammerten das Lenkrad so fest, dass die Knöchel weiß hervortraten. Sie rang nach Luft. Das Auto blieb auf der ansteigenden Straße stehen und begann, langsam rückwärtszurollen.

Die Leiterin der Kriminaltechnik in Haugesund, Åse Frugård, erkannte mit einem schnellen Blick, dass Lotte offenbar vorübergehend handlungsunfähig war, und zog resolut die Handbremse an. Die Reifen rutschten über den Splitt, dann kam der Wagen zum Stehen.

Lotte senkte den Kopf und holte tief Luft. Sie rieb sich das Gesicht mit beiden Händen und murmelte eine kaum hörbare Entschuldigung. Sie spürte, wie Åse Frugård ihre rechte Schulter umfasste und sie freundlich drückte.

Die Monate seit der Ermordung ihrer Schwester waren eine einzige Abwärtsspirale gewesen. Wie bei Dantes Inferno führten alle Wege sie immer näher an einen Abgrund aus Schuld, Selbstvorwürfen und Gewissensqualen. Seit sie ihre Arbeit als Ermittlerin wieder aufgenommen hatte, fühlte sie sich wie eine Ertrinkende, die verzweifelt Wasser trat. Es lief nicht gut, und die Polizeiführung hatte bereits ihre Belastbarkeit infrage gestellt. Oft saß sie stundenlang in ihrem Büro, unfähig, die einfachsten Dinge zu erledigen.

An einen neuen Tatort zu kommen wühlte alle schlimmen Gefühle auf. Die erste Einheit hatte um 09.30 Uhr mündlich Bericht erstattet und die Kriminaltechnik angefordert. Verdächtiger Todesfall. Zwanzigjährige Mädchen starben selten eines natürlichen Todes. Ein Knacken im Sprechfunkgerät riss Lotte aus ihren Gedanken. Der Polizeidistrikt hatte das neue digitale Kommunikationssystem noch nicht eingeführt. Bis auf Weiteres benutzten sie den analogen Polizeifunk.

»Wieso habt ihr unten auf der Straße angehalten? Stimmt was nicht?«

Lotte schüttelte ihre Dämonen ab. Hob den Kopf, richtete sich auf und nahm das Mikrofon aus der Halterung.

»Alles in Ordnung, Knut. Wir dachten, wir parken besser hier unten. Wollen lieber nicht mit dem Wagen zu dicht an den Tatort heranfahren.«

Aus dem Augenwinkel bemerkte sie, wie Åse Frugård sie vom Beifahrersitz verwundert anblickte.

»Verstanden. Wir erwarten euch dann hier.«

Lotte setzte zurück und parkte auf einem kleinen Wendeplatz neben einem Trafohäuschen. Sie stellte den Motor ab, knöpfte die Uniformjacke zu und stieg aus. Schwere graue Wolken hingen über dem Meer, und die Wogen schlugen hoch an die Kaimauer von Killingøy. Schaumgekrönte Wellen brandeten gegen Sørhaugøy, wo an der Spitze der einsame Leuchtturm Tonjer Fyr auf sommerliche Museumsbesucher wartete. Alles war in Grau gehüllt, wie so oft im März. Lotte konnte sich dunkel erinnern, dass die Sonne irgendwann im Januar ein Mal kurz vorbeigeschaut hatte.

Hinter ihr wurde eine Kofferraumklappe zugeknallt. Sie drehte sich um. Die schmächtige Gestalt von Åse Frugård ertrank in einem knöchellangen gelben Regenmantel. Ein großer grauer Tatortkoffer aus Metall stand neben ihr, und Lotte musste unwillkürlich an eine verlorene Einwanderin auf Ellis Island denken. Der Metallkoffer reichte der zierlichen Frau bis zur Taille. Sie bot sich an, ihn zu tragen, erhielt aber nur ein ärgerliches Schnauben als Antwort.

Åse Frugård ertrug viel, nur eins nicht: behandelt zu werden wie eine zerbrechliche Frau. Sie fischte eine Zigarette aus der Manteltasche, stellte sich gegen den Wind und zündete sie an. Mit bissiger Miene und der Kippe im Mundwinkel griff sie nach dem Koffer und machte sich auf den Weg den steilen Hügel hinauf. Ab und zu umwehte sie eine Rauchwolke. Vermutlich, wenn sie Luft holte, dachte Lotte.

Vor der Polizeiabsperrung blieben sie stehen, und Lotte hob das Band an, um Åse durchschlüpfen zu lassen, während sie es straffer zog. Sie blieb an der Absperrung stehen und blickte Åse Frugård nach, die sich die letzten Meter zur Villa hinaufschleppte.

Ein paar Jugendliche, die sich wahrscheinlich im Haus aufgehalten hatten, als das Mädchen vor einer Stunde gefunden worden war, standen frierend vor der Absperrung. Sie waren zu dünn angezogen und nass bis auf die Haut. Lars Stople, der dienstälteste Polizist im Revier, nahm gerade ihre Aussage auf. Lotte sprach kurz mit ihm. Es war wichtig, dass die Jugendlichen sofort eine Aussage machten, bevor sie die Möglichkeit hatten, ausgiebig miteinander zu reden. Im Hintergrund stand eine Gruppe Erwachsener und unterhielt sich gedämpft. Einer von ihnen, ein gedrungener Kraftprotz Mitte dreißig, kam auf Lotte und Lars zu. Er stellte sich als Trond Anfinsen vor, Nachbar und Freund der Familie.

»Sie können gern in meinem Haus in Ruhe mit den Zeugen reden. Ich wohne gleich da hinten«, sagte er und fügte hinzu: »Die Kinder holen sich ja sonst noch den Tod.«

Trond Anfinsen zeigte auf ein ockergelbes älteres Haus ein Stück die Straße hinunter, und Lotte nickte. Drinnen könnten sie die Formulare mit den Angaben der Jugendlichen schneller ausfüllen. Sie bat Lars Stople, die Leute zusammenzurufen und mit der Arbeit zu beginnen.

Lotte hielt Ausschau nach Viljar und entdeckte ihn weiter oben auf der Straße. Er stand mit seinem Sohn zusammen, Alexander. Es sah fast so aus, als würden die beiden sich aneinanderklammern. Sie ging zu ihnen. Frugård und der Rechtsmediziner mussten ihre Arbeit im Haus erst beenden, bevor sie mit ihrer Ermittlungsarbeit anfangen konnte. Sie begrüßten sich mit einem kurzen Nicken, obwohl eine lange, feste Umarmung angebrachter gewesen wäre, in Anbetracht der Freundschaft, die sich zwischen ihnen entwickelt hatte.

Viljars blonde Haare klebten ihm an den Wangen, und der hellgraue, abgetragene Mantel war an Schultern und Rücken dunkel vom Regen. Alexander zitterte wie Espenlaub. Lotte fiel sofort ein roter Kratzer in seinem

Gesicht auf und dass sein Kinn an der rechten Seite geschwollen war. Der Junge trug nur einen dünnen, rostroten Pullover, und seine durchnässte Jeans hing ihm fast bis in die Kniekehlen. Sie legte ihre Hand auf seine.

»Hast du nicht irgendwo noch was Trockenes zum Anziehen?«

Alexander zog seine Hand weg. Er wirkte abweisend und trotzig.

»Liegt alles drinnen im Haus. Die Bullen lassen mich ja nicht mal meine Jacke holen.«

»He …!« Viljar sah den Jungen streng an. »Nicht in dem Ton! Auch wenn du Lotte kennst, behandelst du sie mit Respekt, wenn sie im Dienst ist.«

Alexander warf seinem Vater einen finsteren Seitenblick zu und schüttelte resigniert den Kopf. Lotte nickte kurz, um Viljar zu sagen, dass es okay war. Der Regen grub neue Bachläufe um sie herum. Nur das Geräusch von Tropfen, die in Schlammpfützen fielen, zeugte davon, dass die Minuten verrannen.

Lotte brach einen kleinen toten Zweig von einer Birke und rollte ihn zwischen den Fingern.

»Ich habe gesehen, dass dein Auto unten an der Kurve steht. Es geht schon in Ordnung, wenn Alexander sich reinsetzt und ein bisschen aufwärmt, bis der Tatort für uns freigegeben wird.«

Viljar holte eine Snusdose aus der Manteltasche, nahm eine Portion heraus und zeigte auf zwei Polizisten am Eingang zur Villa.

»Wir haben gefragt, aber sie haben gesagt, wir sollen uns hier draußen zur Verfügung halten.«

Die Vorschriften für die erste Einheit, die an einem

Tatort eintraf, waren streng, wenn es um einen Leichenfund ging, und Lotte stellte fest, dass die Streife genau die Anweisungen befolgt hatte. Sie winkte einen der beiden zu sich, und er kam im Laufschritt auf sie zu. Ein junger Polizeischüler in Ausbildung. Er blieb vor ihr stehen und nahm Haltung an, als wollte er salutieren. Sie sah das Feuer in seinen Augen. Er konnte nicht einmal ansatzweise verbergen, wie spannend er die ganze Sache fand.

»Kannst du mir sagen, welche Situation ihr vorgefunden habt und welche Maßnahmen seitdem getroffen wurden?«

Der junge Mann spulte seinen Bericht herunter, als befände er sich im mündlichen Examen. Korrekt, steif und genau nach Lehrbuch. Lotte mochte ihn sofort.

»Der zentrale Bereich um den Tatort wurde gesichert und abgesperrt. Nur der diensthabende Arzt hat das Haus betreten, um den Tod des Mädchens festzustellen. Wir haben außerdem die nähere Umgebung gesichert«, fügte er hinzu.

»Okay. Gut… Wurde die *S-Regel* befolgt?«

Lotte bemerkte, dass der Polizeischüler die Schultern noch eine Idee mehr straffte. Das war ein Mann nach ihrem Geschmack.

»Selbstverständlich, Frau Oberkommissarin.«

Sie nickte und schickte ihn zurück auf seinen Posten. Viljar sah sie fragend an.

»Was zum Henker ist die S-Regel?«

Lotte lächelte über seine Neugier.

»Situation sichten, Stelle schützen, Spuren sichern, Sachdienliches sammeln.«

»Hä?«

»Das ist die S-Regel. Sie definiert, was die erste Einheit am Tatort tun soll. Alle Wörter fangen mit S an. Ich mag sie. Also die Regel, meine ich … Es liegt eine Art Ordnung darin, dass alle Wörter mit demselben Buchstaben beginnen.«

Viljar schüttelte den Kopf, und sie meinte zu bemerken, dass auch Alexander die Augen verdrehte.

Ihr Handy klingelte, und sie entfernte sich ein paar Schritte. Es war Åse, die sie bat, den Schutzanzug anzulegen und zu ihr ins obere Stockwerk zu kommen. Lotte winkte Viljar und Alexander zu sich. Zu dritt gingen sie zum Polizeischüler am Eingang. Lotte bat ihn, Alexanders Jacke aus dem Haus zu holen. Der junge Mann nickte nur kurz.

Bevor sie zu Åse hinaufging, schickte sie Viljar und Alexander zum Auto, wo sie auf weitere Anweisungen warten sollten.

»Sieh zu, dass der Junge sich ein bisschen aufwärmt«, flüsterte sie und ließ die beiden stehen.

Haugaleite, Haugesund
Sonntagvormittag, 1. März

Vor der Eingangstür blieb Lotte Skeisvoll stehen, strich den Schutzanzug glatt und korrigierte den Sitz der hellblauen Plastikhaube. Sie überprüfte, ob die Hosenbeine auch ordentlich über die Stiefel fielen, stellte fest, dass der Schuhschützer an einem Fuß ein paar Zentimeter zu hoch saß, und brachte das ebenfalls in Ordnung. Diese Dinge beruhigten sie. Halfen ihr, das Gehirn in den richtigen Modus zu schalten und alles andere auszublenden.

Am Eingang stand Knut Veldetun und passte auf, dass kein Unbefugter das Haus betrat. Er nickte ihr kurz zu. Ein freundliches Lächeln hätte ihr gutgetan, aber die Situation ließ keine Gefühlsduselei zu.

Knut Veldetun wies Lotte den Weg durch ein dunkles Wohnzimmer, in dem die Party deutliche Spuren hinterlassen hatte, und die Treppe zum ersten Stock hinauf. Der Rechtsmediziner, ein älterer Glatzkopf im grauen Anzug, kam ihr wortlos entgegen. Ein verkniffener Zug um den Mund war alles, was der alte Haudegen an Gefühlen durchblicken ließ.

Oben an der Treppe wartete Åse Frugård und winkte Lotte ins Schlafzimmer, in dem Emilie Sand Vormedal lag. Lotte stutzte und blieb einen Moment in der Tür stehen, als sie das Mädchen auf dem Bett sah. Sie lag seltsam verdreht da. Die Bettdecke war auf den Boden gerutscht und entblößte den nackten Körper, die Haut glich einer versteinerten Vulkanlandschaft. Der Mund stand offen, gefroren in einem verzweifelten Atemzug.

Åse blieb neben Lotte stehen, anscheinend ohne ihr Zögern zu bemerken.

»Emilie Sand Vormedal. Zwanzig Jahre alt. Tochter von Torstein und Anny Vormedal, aus Äthiopien adoptiert. Kam im Alter von einem Jahr nach Norwegen.«

Lotte nickte. Verstand den Zusammenhang und schüttelte das Bild von den am Boden zerstörten Adoptiveltern ab. Da hatten sie das Kind ins sichere Norwegen geholt, und dann passierte so etwas.

»Hast du was gefunden?«

Åses Gesicht legte sich in unzählige Falten. Für alle, die sie kannten, war das ein sicheres Zeichen, dass sie unzufrieden war. Sie beugte sich übers Bett und griff mit ihrer dünnen, behandschuhten Hand vorsichtig nach dem Unterarm des Mädchens. Sie drehte den Arm etwas, und eine rote, senkrechte Wunde kam zum Vorschein.

»Das Mädchen hat einige Hämatome, aber keine offenen Wunden, abgesehen von dieser. Ich vermute, dass es sich um eine Kratzwunde handelt. Sie hat die passende Breite, eine halbrunde Form und einen klar definierten Umriss, bevor die Abschürfung undeutlich wird. Ansonsten wirkt das Mädchen unversehrt. Keine äußeren Zeichen von Strangulierung und auch keine sichtbaren Merkmale, die auf Atemunterdrückung hindeuten.«

»Atemunterdrückung … Du meinst, das Mädchen ist erstickt?«

Lotte strich mit den Fingern über den Hals des Mädchens. Sie konnte keine Strangulations- oder Würgemale entdecken. Åse nickte. Die Schutzanzüge knisterten, es war das einzige Geräusch im Zimmer. Nichts war so still wie der Tod.

»Schau, hier.«

Åse hob ein Augenlid an. Lotte beugte sich über das Mädchen. Es war unangenehm, die Gesichter der Toten aus der Nähe zu betrachten. Als würde man unerlaubt in ihre Intimsphäre eindringen. Das Gesicht war glatt, und es gab keine Anzeichen eines Kampfes. Es war nichts Besonderes an dem Auge zu sehen, und Lotte schaute Åse fragend an. Die alte Kriminaltechnikerin wirkte für einen Moment erfreut über Lottes mangelnde Beobachtungsgabe.

»Nicht wahr …? Ich habe es auf den ersten Blick auch nicht gesehen.«

Sie zog eine Lupe aus ihrer Tasche.

»Aber der Rechtsmediziner schon. Er konnte offenbar etwas erkennen, und wenn du die Lupe nimmst und dich auf den Bereich um die Tränenkanäle konzentrierst …«

Åse hielt ihr die Lupe hin, und schnell wurde Lotte klar, was der Rechtsmediziner gefunden hatte.

»Sind das *Petechien*?«

Die Kriminaltechnikerin lächelte. Ein seltener Anblick, der sich sonst nur einstellte, wenn jemand während langer Besprechungen eine Zigarettenpause ankündigte.

»Ja. Petechien oder Tardieu-Flecken, wenn du so willst. Kleine, punktförmige Einblutungen, die sich im Verlauf des Erstickungsvorgangs in der Bindehaut des Auges manifestieren.«

»Danke, aber ich brauche keine Vorlesung, Åse. Ich weiß, was Petechien sind. Die Sache ist nur, dass der

Körper keine anderen Erstickungsmerkmale aufweist, soweit ich sehen kann. Und sie sind unglaublich klein, beinahe unsichtbar.«

Lotte richtete sich auf.

»Könnte sie im Schlaf erstickt sein? Vielleicht war sie bis zur Bewusstlosigkeit betrunken und hat so ungünstig gelegen, dass ihr das Kopfkissen im Weg war?«

»Dazu kann ich jetzt noch nichts sagen. Ein Kissen könnte eine Erklärung sein, aber wir haben keine Faserspuren um Mund und Nase gefunden, und die Kissen im Bett sind ziemlich bauschig, also hätten wir was finden müssen. Trotzdem deutet vieles auf Sauerstoffmangel hin, und was den Todeszeitpunkt betrifft, würde ich sagen, irgendwann gestern Abend. Als Alexander Gudmundsson heute Morgen um halb neun neben ihr aufwachte, war die Leichenstarre schon weit fortgeschritten, weshalb die Gliedmaßen ihre Stellung beibehielten, als er versuchte, das Mädchen umzudrehen.«

Lotte richtete sich mit einem Ruck auf und packte die Kriminaltechnikerin am Arm.

»Was sagst du da? Alexander hat sie gefunden?«

Åse zog die Augenbrauen hoch und sah Lotte verwundert an.

»Hast du das nicht gewusst? Er hat sie nicht nur gefunden. Er hat die ganze Nacht bei ihr verbracht.«

Lotte ging rasch auf den Flur hinaus. Das Mädchen war vermutlich erstickt worden, und sie hatte in ihrer Gedankenlosigkeit denjenigen, der das Bett mit ihr geteilt hatte, vom Tatort weggeschickt. Viljar antwortete nach dem zweiten Klingeln, und Lotte setzte ihn kurz ins Bild. Sie bat ihn, zum Haus zu kommen, damit sie zuerst mit ihm sprechen konnte. Alexander war erst siebzehn, und Lotte wollte den Jungen nicht ohne Einwilligung des Vaters zur Polizeistation bringen. Außerdem… So wie sie Viljar Ravn Gudmundsson kannte, war es immer besser, ihn ein bisschen zu bearbeiten, ehe sie ihn gehen ließ.

Sie zog den Schutzanzug aus, ging zum ockergelben Haus des Nachbarn und wartete dort zusammen mit ein paar Jugendlichen, die auf der Party gewesen waren. Zwei von ihnen erkannte sie wieder, und sie stutzte kurz, als sie sah, dass die kleine Maria Friestad auch zu den Partygästen gehörte. Lotte hatte früher ein paarmal Babysitter bei ihr gespielt. Dagegen überraschte es sie nicht besonders, auf Ingar Fjell zu treffen. Er war groß geworden, ein hübscher Bengel. Ingar war der Sohn des früheren Polizeidirektors von Haugesund und als kleiner Junge der Liebling der ganzen Station gewesen, während er durch die Gänge hopste. Er kam immer noch hin und wieder auf einen Kaffee vorbei.

Lotte ging zu ihm, um guten Tag zu sagen. Er war sichtlich mitgenommen und hatte Mühe, seine Tränen vor den anderen zu verbergen.

»Hast du sie gekannt?«

Ingar nickte stumm. Er zitterte vor Nässe und Kälte. Nach einer Weile öffnete er den Mund, um etwas zu sagen, zögerte aber. Schließlich stieß er hervor:

»Warum sind es immer die Besten, die zuerst gehen?«

Er sprach leise, damit es niemand außer Lotte hören konnte. Es tat ihr im Herzen weh. Seine Mutter hatte sich das Leben genommen, als er zehn war. Lotte war damals neu auf der Station gewesen, und sie erinnerte sich nur allzu gut an den Vorfall. Sie hatte die Frau vom Dachbalken abnehmen müssen.

Lotte sah Viljar die Straße heraufkommen und schüttelte die bösen Erinnerungen ab. Er näherte sich im Laufschritt, was ein bisschen komisch aussah, er erinnerte an einen Schnellgeher. Sie ließ ihn zu Atem kommen und erklärte ihm unterdessen den Ernst der Lage. Sie habe ja keine Ahnung gehabt, dass Alexander unmittelbar in den Fund von Emilie involviert sei.

»Ist Alex okay?« Die Frage kam von Ingar.

Viljar nickte. Seine Raucherlunge war offenbar noch nicht zu einer verbalen Antwort imstande. Als Lotte mit ihm zu seinem Wagen ging, fragte sie über Funk an, ob jemand bei Alexander die routinemäßige Erstbefragung gemacht habe. Knut Veldetun meldete sich sofort.

»Ich habe kurz mit ihm gesprochen. Er sagt, er hat sie gefunden, als er heute Morgen aufgewacht ist.«

»Das stimmt mit dem überein, was Åse gesagt hat.«

»Ja, aber ich habe ihr gegenüber nichts von der Schlägerei erwähnt.«

Lotte blieb stehen und gab Viljar ein Zeichen zu warten.

»Schlägerei? Gibt es irgendwas, das ich wissen sollte?«

»Ja. Nach Aussagen einiger Jugendlichen soll Gudmundsson heute früh versucht haben, sich aus dem Schlafzimmer zu schleichen, und angeblich hat er behauptet, Emilie sei nicht in dem Zimmer. Anschließend hat er wohl versucht, die anderen am Betreten des Zimmers zu hindern. Als sie sich dennoch Zutritt verschafften, ist er weggelaufen. Deshalb war hier draußen ein ziemlicher Tumult, als wir ankamen.«

»Shit.«

Lotte begann zu laufen, Viljar hinterher. Sie hätte erst mit Knut reden sollen. Der junge Polizeischüler, den sie gefragt hatte, war offenbar völlig ahnungslos. Er hatte anscheinend nur Wache gestanden.

Als Lotte und Viljar um die Kurve bogen, hinter der Viljar sein Auto abgestellt hatte, geschah das Undenkbare. Am Steuer von Viljars neuem Mazda saß Alexander. Als er Lotte und Viljar um die Ecke kommen sah, trat er das Gaspedal durch und ließ die Kupplung los. Der Schotter spritzte unter den Reifen auf, und der Wagen schlingerte ein paarmal hin und her, ehe er mit Vollgas den Vestevegen hinunterraste.

Asalvik – Toskatjønn, Haugesund
Sonntagvormittag, 1. März

»Fuck!«

Alexander brüllte auf, als er in die Skillebekkgata schlitterte. Das Tempo war zu hoch für die enge Kurve, und das Heck des Wagens verfing sich in einer Thujahecke und rasierte einen Teil davon ab. Er hatte Mühe, das Auto wieder auf Kurs zu bringen, und war heilfroh, dass ihm niemand entgegenkam. Die Räder fanden wieder Halt, und das Auto beschleunigte.

Panik raste durch seinen Körper. Jede Nervenbahn war eine brennende Lunte. Er klammerte sich ans Lenkrad. An der Kreuzung Haugevegen bremste er nicht, sondern schloss die Augen und ließ es drauf ankommen. Er hörte Bremsen kreischen, passierte die Kreuzung aber unbeschadet. Als er die Augen wieder öffnete, hielt er in voller Fahrt auf die Ampel an der Karmsundgata zu. Ein älteres Ehepaar blieb vor den Apartments an der Flokesgate stehen und verfolgte das Drama. Ein Mann, der gerade den Zebrastreifen am Kommunegården betreten hatte, machte eilig kehrt und rettete sich auf den Bürgersteig. Die Ampel leuchtete rot, aber Alexander hatte ein hohes Tempo drauf und konnte nicht anhalten.

Er fluchte laut und riss den Wagen nach rechts. Er konnte gerade noch denken, dass es wie verhext war, dass die einzige Ampel in der ganzen Stadt ausgerechnet jetzt rot sein musste, als er auch schon andere Sorgen hatte. Während der Wagen auf dem regennassen Asphalt rutschte, begriff er, dass er nicht auf die richtige Spur kommen würde. Das Auto führte ein Eigenleben, es rutschte über den Mittelstreifen auf die linke Fahrbahn. Wäre es Freitagnachmittag gewesen anstatt Sonntagmorgen, wäre der Wagen garantiert frontal in eine Schlange haltender Autos gedonnert. Er hörte wildes Hupen, konnte den Wagen mit knapper Not in der Spur halten. Er gab wieder Gas und drückte die Hupe, damit der Gegenverkehr Platz machte. Als er sich dem Lothepark näherte, bekam er endlich wieder Gewalt über den Wagen. Hinter ihm blieben zwei Autos halb im Graben liegen, beide waren nur um Bruchteile von Sekunden einem hässlichen Frontalzusammenstoß entgangen.

Mich kriegt ihr nicht in ein verdammtes Polizeiverhör…

Alexander wusste, dass er tief in der Scheiße saß, und er suchte hektisch die Taschen der Jacke ab, die der Polizist ihm gebracht hatte, kam aber nicht weit, denn da tauchte schon der Verkehrskreisel bei Flotmyr auf, und er musste sich entscheiden. Entweder eine Vollbremsung machen und hoffen, dass der Bremsweg kurz genug war, um nicht in den Bus zu krachen, der von links kam und in den Kreisverkehr einbiegen wollte, oder aber das Gaspedal bis zum Boden durchtreten und ein Gebet zum Himmel schicken, dass der Bus nach Süden wollte und nicht ins Stadtzentrum. Alexander entschied sich für Letzteres.

Er hörte sich selbst schreien, als er in den Kreisverkehr raste. Der Busfahrer stand auf der Hupe. Alexander kam es vor, als würde ihm ein Nebelhorn ins Ohr tuten. Die Reifen schrien auf dem Asphalt. Seite an Seite mit dem Bus schlingerte er durch den Kreisverkehr und auf die vierspurige Straße Richtung Süden. Er fuhr Slalom zwischen den Autos vor ihm, die offenbar alle zur Esso-Tankstelle bei Flotmyr wollten, und passierte den nächsten Verkehrskreisel am Haugesund-Stadion in einem solchen Affenzahn, dass der Wagen sich gefährlich auf die Seite legte.

Als er sich dem Krankenhaus näherte, hörte er ein Stück hinter sich Sirenen heulen, und im Seitenspiegel sah er mehrere Blaulichter über die Hügelkuppe an der Hochschule Stord/Haugesund kommen. Sein Herz pumpte kein Blut mehr, es war reines Adrenalin, das ihm durch die Adern schoss. Wieder suchte er mit der rechten Hand die Jackentaschen ab, während er mit der linken steuerte. Als er fast beim Medienhaus *Haugesunds Avis* war, klingelte sein Handy.

Alexander nahm den Anruf an, ohne aufs Display zu schauen. Er ging davon aus, dass es die Polizei war, und schrie ins Telefon:

»Fahrt zur Hölle!«

Dann ließ er die Seitenscheibe herunter und warf das Handy aus dem Fenster. Er schaffte es nur mit Mühe und Not, den Wagen im Verkehrskreisel beim 7-Eleven in der Spur zu halten, und bemerkte den Radfahrer, der gerade den Zebrastreifen überquerte, viel zu spät. Diesmal war ein Zusammenstoß unvermeidlich. Der Wagen erwischte das Hinterrad, und entsetzt beobachtete Alexander, wie Radfahrer samt Fahrrad durch die Luft flogen und hinter ihm über die Straße schlitterten. Im Rückspiegel sah er, wie der erste von zwei Streifenwagen abrupt anhielt und ein Polizist aus dem Auto sprang.

Alles war komplett in die Hose gegangen. Er schlug mit den Fäusten aufs Lenkrad. Zum dritten Mal durchwühlte er seine Jackentaschen und fand endlich, was er gesucht hatte. Die Seitenscheibe war immer noch unten, und er packte den gesamten Tascheninhalt und warf ihn raus. Nur ein kurzer Moment der Unaufmerksamkeit, aber das war genug. Als er wieder nach vorn blickte, sah er vor sich plötzlich Blaulichter. Im Verkehrskreisel am Opel Haus hatten sich gerade eben zwei Streifenwagen postiert, und die Polizisten errichteten eine provisorische Straßensperre.

Alexander riss das Steuer herum und raste gegen die Fahrtrichtung in den Kreisverkehr hinein. Für eine Sekunde verlor der Wagen die Bodenhaftung und schrammte mit dem Unterboden über den Kantstein. Er hob ab, und als die Räder auf der anderen Seite wieder auf den Asphalt trafen, rutschte der Mazda elegant an dem einen Polizeifahrzeug vorbei, das die Fahrbahn noch nicht ganz blockiert hatte, und befand sich nun auf der richtigen Fahrbahn Richtung Raglamyr.

Alexander hatte erschrocken das Steuer losgelassen, als der Mazda abhob, und umfasste es jetzt schnell wieder, damit er nicht in die Leitplanke krachte. Er streifte sie mit der rechten Seite und rang nach Atem. Seine Schultern zitterten. Als er an Raglamyr vorbeiraste, stellte er sich vor, was passieren würde, wenn die Polizei sein Zimmer in der Wohnung seines Vaters durchsuchte. Er beschloss, nach Kolnes abzubiegen, sobald er Toskatjønn passiert hatte. Dort gab es massenweise Stichstraßen, in denen er das Auto abstellen konnte. Er musste die Verfolger abschütteln, musste irgendwie ungesehen in die

Wohnung kommen und alles aus seinem Zimmer holen. Vor allem den Laptop.

Das Tempo lag gefährlich nahe an der Höchstgeschwindigkeit, als er durch die lange Kurve vor der Mautstation bei Toskatjønn fuhr. Alexander begriff die Ausweglosigkeit der Situation. Zu beiden Seiten blinkten Blaulichter, und sie hatten Nagelmatten auf der Fahrbahn ausgelegt. Er stieg so heftig auf die Bremse, dass er glaubte, sein Fuß würde den Unterboden durchtreten.

Die Räder blockierten nicht, aber der Asphalt war glatt vom Regen, und der Wagen schien nicht langsamer zu werden, während er auf die Nagelmatten zurutschte. Es knallte zweimal fürchterlich, als er über die Matten fuhr, und das Lenkrad hatte auf einmal ein Eigenleben. Der Mazda schlingerte wie wild, und Alexander versuchte verbissen zu lenken. Aber es half alles nichts. Er ließ das Steuer los, schlug die Hände vors Gesicht und schrie aus Leibeskräften, als der Wagen frontal auf die Felswand am rechten Straßenrand zuraste.

Karmsundgata, Haugesund
Sonntagvormittag, 1. März

Es gibt kleine Zeitnischen in unserem Leben, in denen uns klar wird, dass alles, was wir über das Dasein wissen, eine Illusion ist. Dass die Wirklichkeit eine zweidimensionale Luftaufnahme ist, in der alle Details, die etwas bedeuten, zu grauen Schatten verwischt sind. In diesen Bruchteilen von Zeit begreifen wir, wie wenig wir wissen und wie hilflos wir sind.

Für Viljar Ravn Gudmundsson war dies ein solcher Augenblick. Im strömenden Regen dazustehen und mit anzusehen, wie der Sohn ihm das Auto stahl und davonraste, gab ihm das Gefühl völliger und allumfassender Ohnmacht. Als Lotte Skeisvoll sich zu ihm umdrehte und nach Antwort verlangte, hatte er keine. Das hier war unlogisch. Alexander würde so etwas nie tun. Und dennoch passierte es.

Viljar stand am Straßenrand und sah die Rücklichter seines Wagens am Ende des Vestevegen verschwinden. Lotte lief zu ihrem Auto und sprach dabei hektisch in ihr Funkgerät. Nach kurzem Zögern folgte Viljar ihr. Sie mussten Alexander stoppen, bevor er sich und andere in Gefahr brachte oder den nagelneuen Wagen zu Schrott fuhr. Lotte stieg ein und öffnete ihm die Beifahrertür.

Verwundert registrierte er, wie viel Zeit Lotte sich ließ. Sie schnallte sich an, justierte die Spiegel und kramte im

Handschuhfach. Es kribbelte ihm in den Fingern, sich selbst ans Steuer zu setzen, und schließlich konnte er sich nicht mehr zurückhalten.

»Was machst du denn? Alexanders Vorsprung wird immer größer. Gib Gas, vielleicht können wir ihn noch einholen!«

»Nein.«

»*Nein ...?* Was soll das heißen? Wir müssen ihn stoppen. Er hat ja noch nicht mal einen Führerschein!«

Lotte Skeisvoll ließ den Motor an, setzte in aller Ruhe aus der Parklücke zurück und fuhr in gemütlichem Tempo den Vestevegen entlang. Sie warf ihm einen Blick zu und legte ihm die Hand aufs Knie.

»Es ist nicht unsere Aufgabe, ihn zu stoppen, Viljar. Alle Streifenwagen sind verständigt, sie werden Alexander bei der nächsten Gelegenheit anhalten. Wir fahren hinterher. Mehr können wir im Moment nicht tun.«

Sie versuchte sich an etwas, das wohl ein beruhigendes Lächeln sein sollte, aber sie wirkte wie eine mitfühlende Bestatterin. Viljar wäre am liebsten aus dem Wagen gesprungen und hinter Alexander hergerannt. Er *musste* etwas tun. Irgendetwas, und nicht mit Lotte im Schneckentempo durch die Straßen schleichen. Selbst alte Opas mit Hut, Rollator und Überrollbügel hätten ungeduldig hinter ihr gehupt.

»Lotte, bitte ... Ich schwimme ja schneller, als du fährst.«

Wieder dieses zweideutige Lächeln. Sie lehnte sich auf dem Sitz zurück und seufzte schwer. Hielt an der roten Ampel, um dann in die Karmsundgata abzubiegen. Der Regen trommelte auf die Windschutzscheibe. Die Scheibenwischer glitten langsam von einer Seite zur anderen, und die Autos zogen in gemächlichem Sonntagstempo an ihnen vorbei.

»Wir sollten versuchen herauszufinden, was deinen Sohn in Panik versetzt hat. Das ist das Beste, was wir tun können. Nicht hinter ihm herjagen und ihn noch mehr unter Druck setzen. Sie erwischen ihn früh genug, er kommt nicht weit.«

Viljar hob resigniert die Hände.

»Ich weiß wirklich nicht, was in ihm vorgeht. Ein ernsthaftes Gespräch mit ihm läuft im besten Fall so ab, dass ich rede und er grunzt. Gestern haben wir einen neuen persönlichen Rekord aufgestellt. Da hat er mir tatsächlich zweimal auf das geantwortet, was ich ihn gefragt habe.«

Auf Lottes Stirn erschien eine Falte. Sie sah ihn einen Moment nachdenklich an, ehe sie den Blick wieder auf die Straße richtete.

»Redet ihr denn nie miteinander? Er wohnt doch bei dir.«

»Lass gut sein, Lotte! Spiel hier nicht die Besserwisserin. Hast du jemals mit einem Jugendlichen zusammengewohnt, der Kopfhörerimplantate in den Ohren hat und in dessen Hand das Smartphone festgewachsen ist? Du kannst von Glück sagen, wenn du ganz selten mal ein Grunzen oder ein träges ›Was?‹ als Antwort kriegst. Ich erinnere mich vage, dass Alexander irgendwann vor ein paar Jahren mal einen ganzen Satz gesagt hat. Ich habe mir den Tag in meinem Kalender angestrichen.«

Viljar wusste, dass er ungerecht war, aber er hatte das Gefühl, sich gegenüber dieser kinderlosen Frau, für die eine schief eingesetzte Filtertüte in der Kaffeemaschine schon einem Verbrechen gleichkam, verteidigen zu müssen. Sie kamen bei Tonjer Skilt & Dekor vorbei und fuhren gerade auf der leicht abschüssigen Straße zum Verkehrskreisel, als der Polizeifunk zum Leben erwachte.

»An alle Einheiten … Wir haben das Objekt vor uns. Er fährt viel zu schnell.«

Lotte spannte die Kiefermuskeln an. Viljar konnte sehen, dass sie sich bemühte, Ruhe zu bewahren. Er selbst zitterte innerlich, und seine Beine schlugen wie Trommelstöcke auf die Fußmatte.

»Ruf ihn an!«

Sie nickte zu dem Telefon, das Viljar in der Hand hielt.

»Jetzt …? Er fährt doch, vielleicht landet er im Straßengraben, wenn er …«

»Würdest du bitte tun, was ich sage? Ruf ihn an! Bring ihn dazu anzuhalten.«

Viljar tippte die Kurzwahl an und hob das Handy ans Ohr. Er hatte keine Ahnung, was er sagen sollte, falls der Junge ranging, aber er brauchte nicht lange darüber nachzugrübeln. Als am anderen Ende abgenommen wurde, hörte er Alex nur brüllen. Lotte sah ihn fragend an, als er das Telefon sinken ließ.

»›Fahr zur Hölle‹, hat er geschrien … und mich weggedrückt.«

Viljar legte den Kopf in die Hände. Er spürte, wie die altbekannte Angst nach ihm griff und ihn in ein schwarzes Loch stoßen wollte, als sich wieder die Stimme über Funk meldete.

»Wir halten an. Das Objekt hat am Fußgängerüberweg vor dem Medienhaus einen Radfahrer angefahren. Der Radfahrer liegt auf der Gegenfahrbahn.«

Viljar wurde schwindlig vor Panik, Angst und Sorge. Erst als er die Seitenscheibe herunterließ, weil er frische Luft brauchte, merkte er, dass Lotte den Wagen an den Straßenrand gelenkt hatte und an der Esso-Tankstelle in der Karmsundgata hielt. Der Geruch von Diesel stach ihm in die Nase. Lotte saß wie versteinert am Steuer. Stumm.

»Lotte, fahr weiter! Alex hat jemanden angefahren!«

Viljar schloss das Fenster wieder, wandte sich zu ihr um und sah, dass sie nicht imstande war zu fahren. Ihre Arme zitterten, und sie hyperventilierte. Er versuchte, zu ihr durchzudringen, legte die Hand auf ihre Wange und drehte ihren Kopf zu sich. Sie schwitzte, deshalb löste er den Gurt und öffnete den obersten Knopf ihrer Bluse.

»Alles gut, Lotte. Du musst langsamer atmen. Lass das Steuer los. Ganz ruhig. Wir bleiben hier. Wie du gesagt hast, wir können nichts tun.«

Seltsamerweise dämpfte es seine eigene Panik, als er versuchte, ihre Angst zu lindern. Seit ein paar Monaten hatte sie mit Angstanfällen zu kämpfen, aber das durfte niemand wissen. Sonst würde man sie sofort aus dem aktiven Dienst nehmen und an einen Schreibtisch verbannen.

Viljar war kurz davor durchzudrehen. Was er im Polizeifunk hörte, war einfach unglaublich. Sein eigener Sohn auf der Flucht vor der Polizei, offenbar vollkommen von Sinnen.

Was machst du nur? Warum hast du solche Angst?

Dass der Junge in der Karmsundgata einen Radfahrer

umgenietet hatte, musste er verdrängen. Aus den Augenwinkeln sah er, dass Lotte langsam wieder zu sich kam, und er umarmte sie zwischen Schaltknüppel, Sitzgurt und Lenkrad. Lotte ließ es zu. Das war ein gutes Zeichen. Sonst ließ sie sich nicht oft in den Arm nehmen.

Als Viljar sich zurück in seinen Sitz sinken ließ, brach im Polizeifunk das Chaos aus. Er hielt Lottes Hand krampfhaft fest, als die Meldung kam, dass Alexander weiterraste. Viljar hörte über Funk mit, wie sein Sohn gegen die Felswand krachte, und schrie auf. Er schnallte sich ab, sprang aus dem Wagen und rannte los, so schnell er konnte. Die letzten Worte aus dem Funkgerät gellten in seinen Ohren:

»Wir brauchen Rettungswagen, volle Besatzung. Das Objekt hat die Felswand gerammt.«

Die Party
Veronica

Ein Glas fiel zu Boden, und Veronica Østensjø blickte sich im Wohnzimmer um. Sie konnte nicht erkennen, wer der Sünder war. Hier wieder Klarschiff zu machen, wird eine Mordsarbeit, dachte sie und schluckte das zerstoßene Eis eines selbst gemixten Mojito hinunter. Ein Glück, dass ihre Eltern erst Dienstag wiederkamen.

Es waren fast zwanzig Leute im Zimmer, und auch im Rest des Hauses war die Party an diesem Samstagabend in vollem Gang. Die Musik wummerte aus den Boxen, und der Fußboden vibrierte im Takt von Freddy Kalas' *En pinne for landet.*

»Hast du Alex gesehen?«

Emilie drängte sich zu ihr durch. Sie wirkte völlig aufgelöst. Ihr Make-up war verlaufen, und das rabenschwarze Haar, das sie zu einem Knoten aufgesteckt hatte, hing in Strähnen herunter. Das hautenge weiße Kleid war ihr weit die Oberschenkel hinaufgerutscht.

»Meine Güte, wie siehst du denn aus! Was ist los?«

Emilie blickte auf Veronica hinunter, die einen halben Kopf kleiner war, dann beugte sie sich vor und rief:

»Scheiß auf mein Aussehen! Wo ist Alex?«

»Was willst du von dem Blödmann, Emilie? Der sabbert doch schon, wenn er nur in deine Nähe kommt. Spooky, wenn du mich fragst.«

Emilie versetzte Veronica einen Stoß, sodass sie das Gleichgewicht verlor und sich an der Wand abstützen musste.

»Keiner hat dich nach deiner Meinung gefragt, Veronica … oder? Wenn du glaubst, dass die Typen, die *du* dir ins Haus geholt hast, so viel besser sind, dann hast du dich geschnitten.«

Emilies Benehmen war seltsam. Normalerweise war sie total gut drauf. Steckte alle mit ihrer guten Laune an. Aber an diesem Abend war sie ab dem Moment, als die ersten Gäste zur Tür hereinkamen, gereizt und bissig. Veronica traten die Tränen in die Augen. Niemand fragte nach ihr, alle behandelten sie, als wäre sie ein Möbelstück. Jedes Wochenende dasselbe. Sobald ein Typ auftauchte, war Veronica Luft.

Die Jungs hingen immer nur mit Emilie rum, und der Erste in der Reihe war Alex. Dieser großmäulige Angeber. Er war zu jung. Hatte eine zu große Klappe. Machte einen auf dicke Hose. Emilie zog solche Typen an wie ein Fliegenfänger. Veronicas Blicke folgten ihr. Emilie torkelte weiter. Bei Bjørnar Nedstrand blieb sie stehen und unterhielt sich mit ihm. Es war offensichtlich, dass sie über irgendetwas stritten. Nach einer Weile mischte Ingar Fjell sich ein und verhinderte, dass die beiden aufeinander losgingen.

Plötzlich stand Embla Tuastad direkt vor Veronica und versperrte den Blick auf die Tanzfläche. Kurzer, dunkler Bubikopf, stechende grüne Augen. Stocknüchtern wie immer und mit nachsichtigem Gesichtsausdruck. Sie auf einer Party, das war eine echte Herausforderung. Dieses Muster an Tugend. Schlug nie über die Stränge und merkte sich alles, was man sagte oder tat. Veronica hatte keine Lust auf ihr ewiges Gejammer, deshalb machte sie sich nach wenigen Worten aus dem Staub und drängte sich durch die Tanzenden. Bjørnar hielt sie auf, und sofort war sie in einem Dilemma. Sollte sie Emilie suchen oder die Gelegenheit nutzen, um Bjørnar ein bisschen näherzukommen? Sie entschied sich für Letzteres.

Bjørnar Nedstrand oder »Mr Big«, wie sie ihn nannten, war ein Athlet. Die Anspielung auf den Superliebhaber aus *Sex and the City* war kein Zufall, und sein Spitzname hatte nichts an Aktualität verloren, nachdem seine Ex vor ein paar Monaten gewisse pikante Details verraten hatte.

Sie musste sich mit beiden Händen an ihm festhalten, um nicht von übereifrigen Tänzern umgestoßen zu werden. Bjørnar bewegte den Oberkörper leicht im Rhythmus der Musik und legte seine rechte Hand auf ihren Hintern. Sein Lächeln war echt, und die warmen nussbraunen Augen drückten eine Mischung aus Interesse und Fürsorge aus. Veronica spürte ein Kitzeln im Körper und ließ sich führen.

Das Glück war von kurzer Dauer. Yusuf Samfari tauchte neben ihnen auf und klopfte Bjørnar auf die Schulter. Der kleine Hänfling musste sich beinahe auf die Zehenspitzen stellen, um mit seinem Kumpel reden zu können. Veronica versuchte, Yusuf zu signalisieren, dass er abhauen solle, aber er beachtete sie nicht. Sie wurde wütend, weil man sie schon wieder ignorierte, aber sie sagte nichts.

Yusuf zog Bjørnar von der Tanzfläche. Veronica bekam nur seine ersten Worte mit.

»Wir hatten eine Abmachung, Alter!«

Drüben am Spiegeltisch in der Ecke saßen zwei ihrer Mitschüler aus der Abschlussklasse des Vardafjell-Gymnasiums. Vidar und Even. Veronica straffte die Schultern, und als sie auf sie zuging, sah sie, womit die beiden beschäftigt waren. Aus dem Augenwinkel bemerkte sie, dass Maria, Evens neue Freundin, sich sofort verdrückte, als sie sie erblickte. Das tat sie immer. Was für ein verhuschtes kleines Mäuschen …

»Hey, Even … Kannst du den Scheiß bitte lassen? Ist ja nicht zu übersehen, was ihr hier treibt.«

Auf der blanken Glasfläche lagen zwei weiße Linien, und Even hatte einen kurzen, roten Strohhalm in der Hand. Er hörte sie nicht, oder vielleicht wollte er sie nicht hören. Er schniefte die erste Linie und hielt ihr einladend den Strohhalm hin. Sein Kumpel reagierte sofort:

»Spinnst du, Mann? Kommt gar nicht infrage«, sagte er und nahm ihm den Strohhalm aus der Hand. Die zweite Linie verschwand vom Glastisch, noch bevor Veronica weiter protestieren konnte.

Sie schüttelte den Kopf. Wenn das ihren Eltern zu Ohren kam, war Schluss mit den sturmfreien Wochenenden. Da war es vielleicht ganz gut, dass der Nachbar, Trond, den Auftrag erhalten hatte, an diesem Wochenende nach dem Rechten zu sehen. Die Eltern waren dann wohl ein bisschen entspannter. Trond hatte versprochen, die Party nicht zu erwähnen, wenn er dafür freien Zutritt hatte und sich mit Getränken versorgen konnte. Er war zwar ein Freund ihres Vaters und ebenso alt wie er, aber ansonsten ganz okay. Der einzige Nachteil bei der Sache war, dass er einen Kumpel mitgebracht hatte. Geirmund Bakken. Einen alten, sabbernden Kerl.

Auf einmal entdeckte sie Emilie, die es offenbar geschafft hatte, Alex aufzutreiben, was ihre Laune aber auch nicht verbesserte. Die beiden standen auf der Tanzfläche. Emilie schubste ihn ein paarmal, und Veronica konnte hören, dass sie schimpfte. Mehrere der Gäste hörten auf zu tanzen und beobachteten sie.

Wie so oft ließ Alex den Macker raushängen. Er stieß Emilie grob zurück und brüllte irgendetwas. Emilie haute ihm eine runter. Hätte nicht *Take Me to Church* fast alles im Raum übertönt, hätte man Jubel und vereinzelten Beifall hören können.

Alex fasste sich an die Wange, bevor er ohne Vorwarnung zurückschlug und Emilie zu Boden fiel. Veronica wollte der Freundin zu Hilfe eilen, kam aber nicht durch. Sie hörte, wie etwas an die Wand schlug und Lampen umstürzten, und konnte gerade noch erkennen, dass Ingar und Eivind sich bemühten, die Situation unter Kontrolle zu bringen.

Plötzlich stand Emilie vor ihr und umarmte sie flüchtig, ehe sie mit unsicheren Schritten aus dem Wohnzimmer wankte. Veronica überlegte einen Moment, ihr nachzugehen, richtete ihre Aufmerksamkeit aber wieder auf die Tanzfläche. Alex hatte sich ein paar Schläge eingefangen. Seine rechte Gesichtshälfte war rot und geschwollen, und er hielt sich die blutende Nase, während Ingar über ihm stand und ein paar der anderen Jungs auf Abstand hielt.

»Lasst ihn, er hat genug, okay? Er ist siebzehn. Wir verprügeln keine kleinen Jungs, oder?«

Veronica lächelte Ingar dankbar an und warf ihm eine Kusshand zu, als sie sicher war, dass sie keiner beobachtete. Eine Prügelei im Wohnzimmer war das Letzte, was sie gebrauchen konnte. Sie ließ sich in einen Sessel fallen und griff sich eine Handvoll Cheez Doodles. Der Nachbar und sein Kumpel versuchten, mit einem der Jungen, die auf Alex losgegangen waren, ein ernstes Wort zu reden. Wenn es nach ihr gegangen wäre, hätten sie den Mistkerl grün und blau schlagen können, aber es war schon ganz gut, dass Trond die aufgebrachten Gemüter wieder ein bisschen beruhigte.

Die beiden alten Knacker halfen Emilie hinaus auf den Flur. Sie konnte kaum noch aufrecht stehen. Der Nachbar brachte Emilie zu Bett, auf ihn konnte sie sich verlassen, aber seinen Kumpel mochte sie nicht. Der machte nicht den geringsten Hehl aus seinen Absichten. Sobald ein Mädchen in seine Nähe kam, waren seine Hände überall, wo sie nicht sein sollten.

Veronica verspürte eine plötzliche Übelkeit, und sie musste sich einen Moment nach vorn beugen und Luft holen. Ingar ging an ihr vorbei. Er brachte einen lädierten Alex zum Klo, begleitet von OnklPs taktfestem Bekenntnis aus den Boxen.

Hab das Gefühl, ich bin in der Hölle. Der Teufel im Nacken ist mir so vertraut…

Flotmyr Busbahnhof, Haugesund
Sonntagnachmittag, 1. März

»Ihr versteht nicht. Das Böse kann nur triumphieren, wenn gute Männer wie wir nichts unternehmen. Wir haben eine Verantwortung! Wir müssen die Leute wachrütteln, damit sie kämpfen.«

Terje Nitter mobilisierte seine inneren Kräfte, um die anderen zu überzeugen. Sie wirkten unsicher. Ängstlich. Auch wenn sie sich nicht trauten, es laut zu sagen, merkte er es ihnen an. Ihre Nervosität. Die Unruhe. Die flackernden Blicke.

Es war nasskalt. Das Wellblechdach des Zentralen Omnibusbahnhofs bot Schutz vor dem Regen, aber der scharfe Wind war unerbittlich. Die Kälte kroch durch die Kleidung, sodass man das Gefühl hatte, man könnte ebenso gut nackt sein. Flotmyr war ihr »Checkpoint«, ihr Treffpunkt, an dem es niemandem auffiel, wenn sie sich hier versammelten. Scheinbar zufällig standen sie nebeneinander, als warteten sie auf einen Bus, der niemals kam.

»Ihr begreift, dass es zu spät ist, um aufzuhören? Es ist an uns, das norwegische Volk aus seiner Lethargie zu holen. Nicht *wir* sind eine Gefahr für die Demokratie. Die Gefahr sind die Medien und die Politiker, die systematisch die Realität schönreden, anstatt uns offen und ehrlich über die Konsequenzen einer Flüchtlingspolitik zu informieren, die allmählich aus dem Ruder läuft. Jetzt kommt es ganz entscheidend darauf an, dass wir den Fokus behalten.«

Terje Nitter beobachtete die anderen. Suchte nach weiteren Zeichen von Unsicherheit. Die Botschaft hatte nichts von ihrer Kraft verloren. Es waren die Konsequenzen ihres Handelns, die sie unsicher machten. Er hatte sie darauf vorbereitet, was geschehen würde, aber vielleicht begriffen sie jetzt erst, wie ernst es war? Was bisher einem Spiel – einem Gedankenexperiment – geglichen hatte, war auf einmal Realität geworden.

»Hey! Hört mir zu. Vergesst, was die Leute sagen, okay? Wir sind keine Nazis. Solche idiotischen Behauptungen bringen mich zur Weißglut! Das zeigt, welch gründlicher Gehirnwäsche die anglo-zionistische Machtelite Norwegen unterzogen hat. Ihr und ich, wir sind Patrioten. Das ist was ganz anderes. Wir bekämpfen den Nazismus. Wir bekämpfen den Zionismus. Und wir bekämpfen die Islamisierung.«

Für einen Moment schien es, als sei es ihm gelungen, die Glut in ihren Augen zu entfachen. Terje Nitter musste jegliche Unsicherheit ausräumen, die der Tod von Emilie Sand Vormedal hervorgerufen hatte, und ihnen klarmachen, dass der Fehlgriff Konsequenzen haben musste, damit sie weiterarbeiten konnten. Terje zog den Mantel enger um sich, ging in die Hocke und tat, als binde er sich die Schuhe zu, während er weitersprach.

»Hört zu! Es ist wichtig, dass ihr das versteht. Wir haben das schon mehrmals durchdiskutiert. Wir greifen keine Muslime an, oder überhaupt irgendwen. Wir sind keine Anhänger von Gewalt. Wir sind Gegner des Islams.

Oder besser gesagt, der Islamisierung. Aber dieser Kampf kann nicht mit Worten ausgefochten werden. Jetzt ist die Zeit des Handelns gekommen. So einfach ist das.«

Ein Mädchen kam auf sie zu, und Terje erhob sich wieder. Er kehrte den anderen den Rücken zu, setzte sich auf den halb leeren Rollkoffer, den er dabeihatte, und blickte hinüber zu den weißen Holzhäusern auf der anderen Seite der Leirangergata. Er konnte hören, dass sie die anderen fragte, ob sie auf den Bus nach Odda warteten. Terje wartete, bis sie das Mädchen zum richtigen Bussteig geschickt hatten, der ein Stück entfernt war. Dann nahm er den Faden wieder auf.

»Wüsste der durchschnittliche Norweger, was der Islam ist, wäre der Widerstand enorm. Aber inzwischen passiert etwas. Wir wachsen schnell. Ihr habt gesehen, dass viele zu den Versammlungen kommen, nicht? Mehr und mehr Leute machen die Augen auf und erkennen den Wahnsinn und die offensichtliche Propaganda der Kultursozialisten im Storting. Aber unsere Aufgabe ist nicht, auf der Straße zu stehen und zu protestieren. Wir sind die Eingreiftruppe. Die Führung baut darauf, dass wir in der Lage sind zu handeln. Schnell, effektiv und präzise. Sie setzen ihr Vertrauen in uns, klar? Sie bauen auf uns.«

Die Unruhe hatte sich etwas gelegt. Terje Nitter merkte, dass seine Worte ankamen und die Männer ihre eigene Rolle und die Notwendigkeit begriffen, sich nicht wie die restliche Schafherde in der Organisation zu verhalten. Er musste sie zur Einsicht bringen, dass das, was sie heute Abend tun würden, das einzig Richtige war, ein notwendiges Opfer. Sie mussten den Feind mit allen Mitteln bekämpfen und ihr Land, ihre Kultur verteidigen.

»Ich bin bereit zum Kampf, aber ich bin auf euch angewiesen. Wir müssen um jeden Preis zusammenhalten. Wir müssen uns für unser Vaterland erheben und die schleichende Islamisierung bekämpfen. Wir müssen norwegische Frauen vor Gewalt, vor Unterdrückung und vor einer fremden Kultur schützen, die sie dazu zwingen will, Sklavinnen unter dem Gesetz der Scharia zu werden.«

In den nächsten Tagen musste er die Truppe zusammenschweißen und darauf achten, dass die Einheit nicht noch mehr Risse bekam. Musste Risikoelemente entfernen und den Weg zum Ziel freimachen.

Er atmete durch, griff nach seinem Rollkoffer und ging auf den Narvesen-Kiosk zu. Sie hatten seine Worte gehört. Sie verstanden ihn. Begriffen, was sie tun mussten. Terje Nitter betrat die Wartehalle, schüttelte die Nässe ab und nahm Kurs auf die Toiletten. Dort angekommen holte er eine Tüte aus dem Koffer und zog Kleidung an, die man wegwerfen und verbrennen konnte. Dann schaltete er das Handy aus. Er warf einen letzten Blick in den Spiegel, machte das Licht hinter sich aus und ging ruhig Richtung Stadt. Er hatte eine Verabredung, die nicht warten konnte …

Polizeistation Haugesund
Sonntagnachmittag, 1. März

»Ich habe Mühe, den Kerl ernst zu nehmen.«

PST-Ermittler Harald Samuelsen schaltete den Mitschnitt aus dem Versammlungslokal des Norwegischen Widerstands in der Strandgata ab. Die Aufnahme war vom vergangenen Donnerstag. Er streckte die langen Beine aus und wandte sich dem Polizeidirektor von Haugesund zu, Arnstein Guldbrandsen.

Der Polizeichef war korrekt und formell bis in die Fingerspitzen. Steif sitzende Uniform. Frisch rasiert mit einem Hauch Altherren-Aftershave. Stahlgrauer Bürstenhaarschnitt.

»Nun, ich habe den PST ja nicht gebeten hierherzukommen. Das ist eure Ermittlung, nicht unsere. Geirmund Bakken und seine Gesinnungsgenossen halten solche Versammlungen seit vier Jahren ab, und wir haben routinemäßig unsere Spitzel bei diesen Treffen, aber bisher ist nichts von Bedeutung passiert. Viel Geschrei und wenig dahinter, um es mal so zu sagen.«

Der Polizeidirektor hatte natürlich recht. Der PST hatte das Abhören der Versammlungsräume und die Telefonüberwachung von Bakken angefordert. Auch wenn die Abhörmaßnahmen nichts Verwertbares ergeben hatten, konnte man davon ausgehen, dass sich etwas am äußersten rechten Rand tat. Möglicherweise gab es Splittergruppen des Norwegischen Widerstands, die sich nicht damit zufriedengaben, nur über die Probleme zu reden.

Sie mussten sowieso dort anfangen, dachte Harald Samuelsen. Die einzige Gruppierung unter den Rechtsextremen, die ihre Muskeln spielen ließ, war der Norwegische Widerstand. Die Vereine in Ostnorwegen ähnelten in der letzten Zeit mehr und mehr militanten Bootcamps mit Erweckungscharakter. Hier in Westnorwegen stieg die Zahl der Sympathisanten um Geirmund Bakken alarmierend schnell. Das Attentat auf Charlie Hebdo in Paris vor gut einem Monat hatte der Bewegung wieder neuen Auftrieb gegeben. Die Abhörmaßnahmen hatten einige wenige Namen zutage gefördert, die sie überprüfen mussten. Ansonsten beschränkte sich das Material auf mehrere stundenlange, sehr vorhersehbare Reden von Geirmund Bakken, aber sie hatten nichts, was unmittelbar mit Aktionen in Verbindung gebracht werden konnte.

»Es will mir nicht in den Kopf, Guldbrandsen. Anscheinend besitzt Geirmund Bakken nicht viel Mumm, er äfft nur seine Vorbilder nach und verbreitet Mist im Internet.«

»Wie gesagt, der PST ermittelt, nicht wir«, erwiderte der Polizeidirektor. »Jedenfalls ist Bakken der Einzige hier in Haugaland, auf den das Profil passen könnte. Früher waren noch Norwegian Defence League und Vigrid in der Stadt aktiv, wir haben ja schließlich eine dunkle Vorgeschichte, in den Neunzigerjahren war Haugesund eine Hochburg des norwegischen Rechtsextremismus. Aber heute … Nein, eigentlich sind nur noch Geirmund Bakken und seine Genossen übrig.«

Harald Samuelsen merkte, wie ihn Schwermut befiel, passend zu den dunklen Regenwolken, die tief über der Stadt hingen. Er trat ans Fenster und betrachtete den silbergrauen Schimmer über dem Karmsund. Ein Mann in orangefarbener Öljacke schöpfte Wasser aus einem Ruderboot, während eine Frau, vermutlich seine bessere Hälfte, mit einem geblümten Regenschirm am Kai stand und Kommandos gab.

»Obwohl ... Es ist schon ein recht seltsames Zusammentreffen ...«, fügte der Polizeichef hinzu.

Samuelsen drehte sich um. Guldbrandsen saß immer noch im Sessel, die Fingerspitzen nachdenklich aneinandergelegt.

»Aha? Inwiefern?«

»Ich rede von Bakken. Letzte Nacht ist während einer Party ein zwanzigjähriges Mädchen gestorben. Allem Anschein nach völlig gesund, und bisher deutet nichts auf einen Herzfehler oder eine Überdosis hin. Sie war adoptiert. Dunkelhäutig.«

»Und ...?«

»Ja, ich weiß nicht ... Geirmund Bakken war aus irgendwelchen unerfindlichen Gründen auf dieser Party. Das muss nichts bedeuten, aber wir fragen uns natürlich, was ein siebenunddreißigjähriger Mann auf einem Fest von Jugendlichen und Studenten zu suchen hatte.«

Samuelsen ließ sich die Information durch den Kopf gehen. Geirmund Bakken wirkte nicht besonders intelligent, aber ein dunkelhäutiges Mädchen auf einer Jugendparty umzubringen ...? Nein, das war unwahrscheinlich.

»Was hat er zu seiner Verteidigung vorzubringen?«

Der Polizeidirektor hob hilflos die Hände. Er wirkte insgesamt ziemlich resigniert.

»Tja … Er sagt, dass er mit einem Bekannten dort war. Einem Trond Anfinsen. Sie sind vorbeigekommen, um nach dem Rechten zu sehen, damit es auf dem Fest nicht zu wild zugeht, und unter anderem mussten sie wohl eine Schlägerei beenden.«

Der PST-Ermittler setzte sich wieder in seinen Sessel. Seine Beine waren zu lang, er konnte sie nicht ganz ausstrecken, ohne gegen die Lackschuhe des Polizeichefs zu stoßen. Er öffnete eine Suchmaschine auf dem PC, aber der Name sagte ihm nichts.

»Trond Anfinsen … Nein, über den haben wir nichts. Ist euch der Mann bekannt?«

Die Antwort des Polizeidirektors kam prompt. Sein Tonfall war fast ein bisschen brüsk.

»Nein. Anfinsen hat höchstens mal einen Bußgeldbescheid wegen zu schnellen Fahrens erhalten, seit er vor zehn Jahren in die Stadt gezogen ist. Soweit wir wissen, war er auf keiner Versammlung des Norwegischen Widerstands. Anfinsen selbst sagt, dass er Bakken durch den Fanclub ›Maakeberget‹ des FK Haugesund kennt.«

Fußball … In die Richtung hatte Harald Samuelsen noch nicht gedacht. Fanclubs zogen oft Leute an, die sich ebenso gerne durch Fäuste wie durch Gesänge hervortaten. Außerdem waren sie eine Brutstätte für Rechtsextremismus. Die Ultras von Vålerenga und Lillestrøm hatten sie dahingehend durchleuchtet. Warum nicht von Haugesund?

»Hat der Fußballverein eine ultrarechte, gewaltbereite Anhängerschaft, die bei den Spielen Ärger macht?«

Arnstein Guldbrandsen setzte ein schiefes Lächeln auf.

»Maakeberget …? Haha … Nein, das Beängstigendste an der Bande ist, wie grauenvoll einige von denen singen.«

Harald Samuelsen verließ das Büro des Polizeichefs und ging zu dem Hotel, das er für die nächsten Tage gebucht hatte. Es war nicht ungewöhnlich, dass die Ermittlungen auf der Stelle traten. Ob man beim PST arbeitete oder beim Zoll, war gar kein so großer Unterschied. Man musste viele Arschlöcher untersuchen, bevor man fündig wurde. Er überquerte die Strandgata beim alten Schlachthaus und hob das Handy ans Ohr. Es klingelte ein paarmal, und er hatte Arvid Berge am Apparat, den Leiter der Staatsanwaltschaft.

»Die Ermittlungen in Haugesund sind angelaufen. Ein paar Dinge müssen noch geklärt werden. Es ist nicht gesagt, dass wir was haben, aber könnten Sie zwei Leute schicken und dafür sorgen, dass sie bis zum nächsten Wochenende ein Hotelzimmer bekommen? Ich habe da so ein Gefühl, und ich glaube, wir sollten uns beeilen.«

Krankenhaus Haugesund
Sonntagnachmittag, 1. März

Der Polizist, der vor dem Zimmer Posten bezogen hatte, war überflüssig. Alexander war nach dem Unfall so am Ende, dass er es nicht einmal geschafft hätte, zur Tür zu kriechen. Aber Viljar Ravn Gudmundsson hatte nicht die Energie, sich mit Lotte Skeisvoll darüber zu streiten. Er war heilfroh, dass Alexander den dramatischen Zusammenstoß mit der Felswand überlebt hatte. Zum Glück war der Radfahrer mit einem gebrochenen Arm und ein paar Schürfwunden davongekommen. Das Auto allerdings war seinen letzten Kilometer gefahren.

Die Versicherung würde sich wohl auf die Hinterbeine stellen, da es sein eigener Sohn gewesen war, der das Auto entwendet hatte, aber wenn sie den Schaden nicht zahlten, würde er sie durch alle Gerichtsinstanzen jagen, dass ihnen Hören und Sehen verging.

Viljar legte die Hand vorsichtig an Alexanders Wange und streichelte sie mechanisch, so wie er es vor vielen Jahren jeden Abend am Bett seines kleinen Sohnes getan hatte. Ihm fiel ein Lied von Alf Prøysen ein, aber es wäre dem großen Siebzehnjährigen wohl höchst peinlich, wenn sein Vater ein Kinderlied singen würde. Alexander hob mit schmerzverzerrter Miene die Hand und drückte Viljars Arm, ein Zeichen, dass er die Geste zu schätzen wusste. Trotzdem schob er seinen Vater weg. Viljar fuhr ihm durchs Haar, ehe er den Stuhl dichter ans Bett rückte. Beinahe hätte er ihn verloren. Der Junge hatte unglaubliches Glück gehabt.

»Warum bist du abgehauen, Alex?«

Der Sohn drehte den Kopf vorsichtig zu seinem Vater. Die Sonne schien ihm direkt ins Gesicht. Da er keine Antwort gab, stand Viljar auf, ging zu den hauchdünnen weißen Vorhängen mit dem blau-grünen Karomuster und zog sie zu. Er sah, dass die Sonne bei Røvær im Westen unterging. Viljar schlang die Arme um den Körper, drehte sich um und wiederholte seine Frage. Diesmal erhielt er eine gemurmelte Antwort.

»Ich wollte einfach nach Hause.«

»Nach Hause?«

»Ja, weil ihr mich zur Polizeistation bringen wolltet, und darauf hatte ich keinen Bock. Mir war kalt, und ich wollte nach Hause. Wenn mich die blöden Bullen nicht gejagt hätten, wär überhaupt nichts passiert.«

Viljar schüttelte den Kopf. Es gab Momente, da hätte er seinen linken Arm geopfert, nur um zu verstehen, was eigentlich im Kopf eines Jungen mit ADHS vor sich ging.

»Du kannst ihnen nicht die Schuld geben, das weißt du doch. Du bist gefahren wie ein Verrückter und hättest den Radfahrer umbringen können.«

»Ich hab den nicht gesehen. Die haben mich gezwungen, schneller zu fahren. War reines Glück, dass ich noch ausweichen konnte und nur sein Hinterrad erwischt hab.«

Natürlich nahm er die Sache mit dem Radfahrer nicht auf die leichte Schulter, dachte Viljar. Es war typisch für Alex, sich selbst in Gefahr zu bringen, um andere zu retten. Mehr als ein Mal hatte er sich mit anderen geprügelt, weil er jemandem helfen wollte, der gemobbt wurde, aber am Ende war immer er derjenige, der die Schuld bekam.

»Hör mal, Alex. Ich kann verstehen, dass du Panik gekriegt hast, dass du niemandem etwas Böses wolltest, aber du musst langsam mal anfangen, erst zu denken und dann zu handeln. Du hättest nicht abhauen dürfen oder wenigstens sofort anhalten müssen, als die Polizei auftauchte. Du hättest einen tödlichen Unfall haben können.«

Alexander wandte den Kopf ab. Offenbar brachte er es nicht fertig, seinem Vater in die Augen zu sehen. Seine Schultern bebten, und Viljar spürte, wie ihn das schlechte Gewissen packte.

Jetzt bin ich zu weit gegangen, er hat bestimmt schon genug Schuldgefühle …

»Alex … Schwamm drüber. Ich bin einfach so unglaublich froh, dass du noch lebst, okay? Mach dir keine Gedanken über das Auto, das ist nur Blech. Es ist noch mal gut gegangen, das ist alles, was zählt.«

Die kleinen, fast lautlosen Schluchzer des Jungen nahmen nach einer Weile ab. Er drehte sich wieder zu seinem Vater um und umarmte ihn kurz. Viljar betrachtete all die Schläuche und Kabel, die an seinem Sohn hingen. Wieso hatte er nur den Zündschlüssel stecken lassen! Er wusste doch, welche Diagnose sein Sohn hatte und wie unüberlegt er manchmal handelte. Er hätte mit so etwas rechnen müssen. Ohne Sicherheitsgurt und Airbag wäre jetzt jeder Knochen im Körper des Jungen zertrümmert, aber so war er mit schweren Prellungen, Schürfwunden und gebrochenen Rippen davongekommen. Es war ein Wunder.

»Denk nicht mehr daran. Ich bin der Erwachsene von uns beiden, ich kümmere mich um die Probleme, die vielleicht auf uns zukommen.«

Viljar griff nach Alexanders Hand auf der weißen Bettdecke.

»Wenn du rauskommst, Alex … Dann machen wir was zusammen. Nur wir beide. Vielleicht eine kleine Wochenendtour? Ich kenne dich ja gar nicht mehr. Wir reden nie miteinander.«

Alexander lächelte ihn an, und Viljar spürte, wie ihm innerlich warm wurde. Er bekam keine Antwort, wusste aber instinktiv, dass sein Vorschlag gut aufgenommen worden war. Sie wurden von einem leichten Klopfen unterbrochen. Viljar wandte sich um und sah Lottes Gesicht in der Tür. Er winkte sie herein. Sie war in Zivil und hatte sich für ihre Verhältnisse ungewöhnlich in Schale geworfen. Der oberste Knopf ihrer roten Bluse war geöffnet. In ihrer Welt war das geradezu frivol.

Sie umarmten sich zur Begrüßung herzlich. Lotte räusperte sich und nickte zu Alexanders Bett. Ihr Lächeln, das eben noch da gewesen war, verblasste.

»Geht's dir gut, Alexander?«

Sie ging zu seinem Bett. Entwirrte Kabel, die sich verdreht hatten, und rückte das Kopfkissen zurecht, sodass es parallel zum Bettgestell lag. Alexander sah sie verwundert an und nickte leicht.

Im selben Moment kam Hilde ins Zimmer, Alexanders Mutter. Rote Augen und Streifen auf der Wange verrieten, dass sie geweint hatte. Seit Viljar und sie sich gleich nach Alexanders Geburt getrennt hatten, löste sie ständig ein schlechtes Gewissen bei ihm aus. Glücklicherweise war sie vor einigen Monaten nach Stord gezogen. Endlich konnte Viljar sich allein um Alex kümmern, so, wie er es für richtig hielt. Hilde war streng, und bei einem Jugendlichen mit ADHS funktionierten enge Grenzen denkbar schlecht, das war Viljars persönliche Erfahrung. Solche Jungs mussten die Freiheit haben, sich zu entfalten.

Hilde ging zu Alexander, ohne Viljar oder Lotte zu beachten, und sprach leise mit ihm. Lotte zog Viljar beiseite.

»Du, können wir kurz auf den Flur gehen? Ich muss ein paar Sachen mit dir besprechen.«

Viljar erahnte Nervosität hinter ihrer professionellen Maske. Er kontrollierte, ob sein Snus noch richtig unter der Oberlippe saß, und folgte ihr hinaus auf den Gang. Zwischen Krankenbetten, Pflegepersonal und herumwandernden Zombies fanden sie eine Ecke, in der sie sich ungestört unterhalten konnten.

»Ich muss mit Alexander reden«, begann Lotte. Als von Viljar keine Reaktion kam, fügte sie hinzu: »Allein.«

»Aha, und warum *allein*, wenn ich fragen darf? Der Junge ist noch keine achtzehn, er hat Anspruch darauf, dass ein Erwachsener dabei ist.«

Sie wand sich ein wenig, es war offensichtlich, dass ihr die Situation nicht behagte. Dann atmete sie tief durch und straffte die Schultern.

»Er wird nichts sagen, solange ihr dabei seid. Es ist schlimmer, als du glaubst, verstehst du. Nicht nur, dass er neben diesem toten Mädchen aufgewacht ist und versucht hat zu fliehen. Jetzt hat sich herausgestellt, dass er sich auf der Party vor aller Augen heftig mit Emilie gestritten hat, und am Ende hat er sie sogar zu Boden geschlagen.«

Viljar hielt die Luft an. Er war kurz davor, die Beherrschung zu verlieren, und musste sich zusammenreißen, um nicht auf Lotte loszugehen.

»Das kannst du vergessen, Lotte. Alex muss jetzt abgeschirmt werden. Er braucht nicht noch mehr Anschuldigungen. Das ist mein letztes Wort.«

Er drehte sich auf dem Absatz um und ging zurück zum Krankenzimmer. Lotte folgte ihm nicht, aber sie rief ihm nach:

»Tut mir leid, Viljar. Wirklich. Aber du hast hier nicht das Sagen, sondern wir!«

Polizeistation Haugesund
Sonntagabend, 1. März

Lotte Skeisvoll kämpfte gegen die Dämonen. Gegen eine Leere, die sie langsam erstickte und ihr alle Energie nahm. Ihr fehlte der Antrieb, der Motor, der sie immer in Schwung gebracht hatte. Ihre Lethargie war ebenso sichtbar wie die Einstiche in den Kniekehlen eines Junkies. Sie wusste, dass die anderen im Raum es merkten, aber sie musste wenigstens so tun, als besäße sie ein Mindestmaß an Engagement.

Jeder im Ermittlungsteam wollte nach Hause, aber bei Fällen wie diesem war Zeit eine knappe Ressource, und es war wichtig, von der ersten Sekunde an am Ball zu bleiben. »Lieber heute erledigen, wofür wir morgen keine Zeit haben«, hatte Polizeidirektor Arnstein Guldbrandsen gesagt, als sie ihn angerufen und gefragt hatte, ob sie noch eine Lagebesprechung abhalten sollten, bevor sie Feierabend machten.

Um den ovalen Tisch im Sitzungsraum des Polizeihauses hatte sich die vorläufige Ermittlungsgruppe im Fall Emilie Sand Vormedal versammelt: der Polizeidirektor, die Kriminaltechnikerin Åse Frugård, die Kommissare Lars Stople und Knut Veldetun sowie der neue Polizeijurist Christopher Krüeger Ovesen. Ein eitler Fatzke von Rechtsverdreher mit begrenzter Berufserfahrung in polizeifachlichen Fragen.

Lotte teilte die Papiere aus und spürte den einen oder anderen fragenden Blick. Die Blätter waren diesmal nicht nach Farbcodes sortiert, steckten nicht in Plastikhüllen und waren nicht in Ordnern abgeheftet. Nur nummeriert und geklammert. Sie ordnete ihre Gedanken, indem sie die Notizen vor sich in drei gleich hohe Stapel sortierte, den Stift genau mittig zum mittleren Stapel ausrichtete und die Kaffeetasse so zur Seite schob, dass sie das Gesamtbild nicht zerstörte.

Åse Frugård sah sie mit einem beruhigenden Lächeln an. Die freundliche Geste gab Lotte Kraft, und sie erhob sich.

»Okay. Die meisten von euch wissen bereits, was wir haben, aber eine Zusammenfassung ist vielleicht ganz gut, bevor wir Feierabend machen.« Lotte legte eine Kunstpause ein, ehe sie fortfuhr. »Emilie Sand Vormedal, zwanzig Jahre alt, Lernschwester am Krankenhaus Haugesund, wurde heute Morgen tot im Bett eines Hauses in Haugaleite aufgefunden, wo am Abend vorher eine Party gefeiert wurde. Entdeckt wurde sie von dem siebzehnjährigen Alexander Hauge Gudmundsson, der neben der Toten aufwachte. Gudmundsson informierte daraufhin seinen Vater, den Journalisten Viljar Ravn Gudmundsson, der wiederum um 09.30 Uhr die Polizei verständigte. Åse Frugård hat die Erstuntersuchung der Toten und des Tatorts vorgenommen. Åse, setzt du uns kurz ins Bild?«

Lotte sank zurück auf ihren Stuhl. Ihre Beine hatten mehrmals gedroht zu versagen, und ihr wurde bewusst, dass Viljar recht hatte. Sie sollte nicht im Dienst sein und schon gar nicht eine Ermittlung leiten.

Åse Frugård war der magerste Mensch, den Lotte je gesehen hatte. Sie war erst sechsundfünfzig, sah aber aus, als sei sie weit über siebzig. Graues, strähniges Haar fiel ihr über die hervorstehenden Wangenknochen, und ihre von Gicht gezeichneten Knöchel traten deutlich hervor. Mit ihren nikotingelben Fingern blätterte sie zu der richtigen Stelle. Ihre Stimme war rau wie bei einem Patienten mit fortgeschrittener COPD, aber Lotte wusste, dass ein angeborener Stimmbanddefekt schuld daran war und nicht der lebenslange Konsum von Tiedemanns Tabak.

»Es ist zu früh für Schlussfolgerungen, aber ich denke, wir müssen hier von einem Tötungsdelikt ausgehen.«

Sie hob den Blick, und Lotte ahnte ein Lächeln in ihren Mundwinkeln. Unpassend, natürlich, aber so war Åse Frugård. Sie liebte es, als Expertin aufzutreten, an die sich alle wenden mussten. Da waren Morde immer vorzuziehen. Åse senkte den Blick wieder und fuhr fort:

»Die vorläufigen toxischen Analysen haben ergeben, dass die Verstorbene am Vorabend neben Alkohol weitere Drogen zu sich genommen hat, aber welche Substanzen und in welcher Menge, können wir jetzt noch nicht sagen. Ob die Menge der Betäubungsmittel im Blut einen Herzstillstand verursacht haben kann, muss noch untersucht werden. Zur Feststellung der genauen Todesursache müssen wir die Obduktion abwarten.«

Sie machte eine Pause. Lotte wusste, warum, aber sie bemerkte die Verwunderung der anderen am Tisch, dass die Kriminaltechnikerin so kategorisch von einem Tötungsdelikt ausging, wo es doch deutliche Indizien für Betäubungsmittelmissbrauch gab. Åse merkte es anscheinend auch, denn sie schob nach:

»Lasst mich erklären, was ich meine. Emilie Sand Vormedal könnte an Herzstillstand nach einer Überdosis gestorben sein, aber nach meinen Voruntersuchungen deutet wenig darauf hin. Und ich habe etwas entdeckt, was mich stutzig macht. Am äußeren Genitalbereich finden sich mehrere deutliche Risse sowie Spuren von brutalem Eindringen. Das Mädchen hat außerdem einige kleinere Hämatome, die darauf hindeuten, dass sie gewaltsam niedergedrückt wurde. Wir hoffen, dass wir DNA-Spuren finden, obwohl wir bei der Erstuntersuchung keine sichtbaren Reste von Sperma entdeckt haben.«

Polizeidirektor Arnstein Guldbrandsen starrte verlegen auf die Tischplatte und kratzte mit dem Fingernagel an einem unsichtbaren Fleck. Ihm waren solche Details höchst unangenehm. Das war vermutlich einer der Gründe, warum er während seiner ganzen Polizeikarriere immer Zuflucht hinter seinem Schreibtisch gesucht hatte.

»Zweitens, und das ist das Entscheidende: Ich habe Spuren von Petechien gefunden. Winzige Einblutungen in der Augenbindehaut, die entstehen, wenn ein Mensch erstickt. Sie sind so kaum zu erkennen, man braucht dazu eine Lupe. Diese Petechien treten nicht bei einem gewöhnlichen Herzversagen oder einer Überdosis auf. Es muss eine Form von Atemstillstand vorgelegen haben. Seltsam daran ist, dass wir keine anderen sichtbaren Merkmale für ein gewaltsames Ersticken finden können, auch keine Fasern vom Kopfkissenbezug. Die Halswirbel sind unverletzt, und es gibt keine Anzeichen für eine physische Blockierung der Atemwege.«

»Und was heißt das jetzt? Wurde sie erwürgt oder nicht?«

Die Frage kam von Knut Veldetun. Er breitete die Arme aus, um seine Verwirrung zu betonen.

»Das lässt sich nicht sagen. Unmittelbar bevor sie starb, hat sie keine Luft bekommen, aber es ist eher unwahrscheinlich, dass sie im eigentlichen Sinne erwürgt wurde.«

Åse Frugård setzte sich. Lotte nahm den Faden wieder auf. Sie fasste zusammen, was rund um Alexanders Fluchtversuch passiert war, zählte Spuren und Gegenstände auf, die sie im Haus und im direkten Umfeld gefunden hatten, und ging die vorläufigen Aussagen der Jugendlichen durch, die auf der Party gewesen waren. Als sie fertig war, ergriff der Polizeijurist das Wort.

»Wenn ich Sie recht verstehe, dann hat dieser Gudmundsson wiederholt gelogen, zuerst heute Morgen gegenüber den anderen Partygästen, dann gegenüber Kommissar Veldetun bei der ersten Vernehmung und zuletzt Ihnen gegenüber, als Sie ihn heute am späten Nachmittag im Krankenhaus erneut vernommen haben?«

Es kribbelte Lotte in den Fingern, dem Mann eine runterzuhauen. Sie konnte seine arrogante Art nicht ausstehen, und sie vermisste wirklich seinen Vorgänger.

»Nicht vernommen, Ovesen. Wir haben mit den Beteiligten noch keine offiziellen Vernehmungen durchgeführt. Wir reden hier von Befragungen, um den Verlauf der Ereignisse zu klären. Und inwieweit es sich hier um Lügen oder um das Zurückhalten wichtiger Informationen handelt, ist wohl eher unklar.«

»Wir nennen das Lügen, Skeisvoll. Jemand lügt, wenn er absichtlich wichtige Informationen zurückhält, verfälscht oder erfindet. Der Junge lügt. Er haut ab, und er lügt wieder.«

Lotte schluckte die Belehrung, wollte sich von dem Kerl aber nicht die Butter vom Brot nehmen lassen.

»Ja, er hat den anderen Jugendlichen gegenüber Informationen zurückgehalten, weil er eine Heidenangst vor ihnen hatte. Was sich ja auch als richtig erwiesen hat, als die anderen es dennoch herausfanden. Der Junge wurde vor dem Haus nach Strich und Faden verprügelt. Er hat mir gegenüber behauptet, dass er sich nicht an das erinnern kann, was am Abend vorher passiert ist. Auch nicht, dass er Emilie niedergeschlagen hat. Ob das gelogen ist oder der Wahrheit entspricht, wissen wir nicht. Wollen Sie allen Ernstes, dass wir einen Siebzehnjährigen auf dieser Grundlage festnehmen, oder reicht es, wenn wir morgen offiziellere Gespräche führen?«

Der Jurist gab mit keiner Miene zu erkennen, dass er irgendetwas angedeutet hatte.

»Das einzuschätzen liegt ganz bei Ihnen, Skeisvoll. Ich kann Ihnen nicht Ihre Arbeit abnehmen. Ich unterschreibe nur die Papiere.«

Es brachte nichts, einen offenen Konflikt mit ihm anzuzetteln. Lotte erhob sich und erklärte die Sitzung für beendet. Als alle bis auf den Polizeidirektor gegangen waren, sammelte sie ihre Unterlagen ein und streifte ein Gummiband darüber. Sie legte sich den Stapel auf den Schoß, blieb sitzen und starrte in die Luft.

»Alles in Ordnung mit Ihnen? Ich kann den Fall jemand anderem übertragen, falls Sie erschöpft sind. Das wissen Sie.«

Arnstein Guldbrandsen stand neben ihr. Sie nahm es als freundliche Geste, dass er geblieben war, um mit ihr zu reden.

Lotte fuhr sich mit der Hand übers Gesicht, schüttelte leicht den Kopf und steckte ein paar lose Haarsträhnen zurück. Sie wusste, dass sie nicht topfit war, hoffte aber dennoch, dass Guldbrandsen sie weitermachen ließ, obwohl es schön gewesen wäre, die Verantwortung abgeben zu können. Sie wollte gerade aufstehen, als der Wachhabende den Kopf zur Tür hereinsteckte.

»Ihr müsst noch mal raus. Tote Person am Breidablik-Unterrichtszentrum. Erstochen.«

Breidablik-Unterrichtszentrum, Haugesund
Sonntagabend, 1. März

Am Abend zogen schwarze Wolken herauf, die der Stadt langsam die Luft abdrückten. Flackernde Blaulichter standen um das alte Schulgebäude herum und tauchten die Umgebung in ein gespenstisches Licht. Lotte Skeisvoll hatte Magenschmerzen, als sie auf dem Parkplatz hinter dem Rathaus aus ihrem alten rostroten Mazda stieg. Sie ließ sich Zeit. Schon wieder hatte ein junges Leben viel zu früh geendet, und sie fühlte sich mutlos und niedergeschlagen.

Vor einer Stunde war die Meldung eingegangen, und Åse und ihr Team hatten sich sofort auf den Weg gemacht. Lotte dagegen war die Flure auf und ab gewandert und hatte nach dem kleinen Funken Energie gesucht, auf den sie in diesem Beruf angewiesen war. Die Neugier. Die Wachheit.

Sie fühlte sich leer, und die Apathie radierte alle rationalen Gedanken aus. Lotte zog den Reißverschluss des weißen Schutzanzugs zu. Sie betrachtete das mächtige gelbe Steingebäude vor sich. Die frühere Breidablik-Schule, in der sich jetzt das Unterrichtszentrum für Flüchtlinge und Einwanderer befand. Seit einhundertzwanzig Jahren ein Monument in der Stadt. Es stand zwar unter Denkmalschutz, aber die Instandhaltung war zugunsten anderer Projekte zurückgestellt worden. Der

Schimmelpilz im Gebäude hatte weit bessere Existenzbedingungen als die Quotenflüchtlinge und Asylsuchenden.

Am Eingang stützte Lotte sich an einem kleinen, weißen Schild ab, während sie die blauen Plastikschützer über ihre Schuhe zog. Mit hängenden Armen blieb sie stehen und wartete darauf, dass Åse sie zum Tatort brachte. Der Dauerregen der letzten Tage hatte das Blumenbeet, neben dem sie stand, unter Wasser gesetzt.

»Wir können.«

Åse Frugård stand neben ihr, ohne dass Lotte sie bemerkt hatte. Die Kriminaltechnikerin machte ein finsteres Gesicht und ließ die Schultern hängen. Ob es Åse auch so ging wie ihr? Spürte sie auch diesen immensen Drang, sich fallenzulassen und aufzugeben?

»Ich muss dich warnen. Es ist kein schöner Anblick.«

Åse sah über die Schulter, als sie über den Schulhof gingen. Lotte hatte sie selten so betroffen erlebt. Sie hätte einfach verständnisvoll nicken sollen, aber stattdessen entschlüpfte ihr ein nassforscher Kommentar:

»Hast du etwa je eine schöne Leiche gesehen? Das ist wohl einfach so …«

Die Kriminaltechnikerin blieb abrupt stehen, drehte sich um und funkelte Lotte an.

»Vorsicht, ja? Mach dich nicht über meine Arbeit lustig! Außerdem habe ich tatsächlich schon mehrere schöne Tote gesehen. Menschen, die in einem glücklichen Moment still und ruhig eingeschlafen sind. Aber das hier, das ist nicht schön!«

Lotte hob entschuldigend die Hände. Gerade sie hätte es besser wissen müssen. Wäre es ihre Schwester gewesen, die dort drüben lag, und jemand hätte so einen Spruch gebracht, dann wäre sie demjenigen an die Kehle gegangen.

Der Tote lag in verdrehter Stellung unter einer schmalen Überdachung in einem verlassenen Teil des Schulhofs. Ein magerer, kleiner, junger Mann, vielleicht achtzehn oder neunzehn. Er hatte den Kopf in den Nacken gelegt und den Mund weit aufgerissen, sodass es aussah, als würde er immer noch vor Schmerzen schreien. Ein tiefer Schnitt hatte die Wange vom Mundwinkel bis zum Ohr geöffnet. Seine Hände waren blutig und von Schnittwunden übersät. Aufgrund mehrerer Messerstiche in die Brust war die Jeansjacke blutdurchtränkt.

Trotzdem war es nicht sein grausamer Tod, der am meisten ins Auge fiel, sondern ein Zettel, der ihm um den Hals hing. Jemand hatte mit grünem Filzstift eine Botschaft darauf geschrieben, die kaum einen Zweifel am Motiv der Tat aufkommen ließ.

»JE SUIS CHARLIE!«

Lotte wandte sich ab. Sie hatten darüber gesprochen. Hatten diskutiert, wie sie ein solches Szenario handhaben sollten. Niemand hatte bezweifelt, dass Hasskriminalität zu einem Problem im friedlichen kleinen Haugesund werden könnte. Die Frage war nur, *wann* …

Der Junge trug Chinos, ein blaues T-Shirt, eine verwaschene Jeansjacke und ausgetretene Converse-Schuhe. Lotte vermutete, dass er aus dem Nahen Osten stammte.

»Gibt es Hinweise auf seine Identität?«

Åse Frugård stand da und betrachtete den zerschundenen Leichnam zu ihren Füßen. Sie antwortete nicht, schüttelte nur leicht den Kopf.

»Wurde er hier getötet?«

Lotte stellte diese klassischen Fragen, obwohl jeder Laie sehen konnte, dass Fundort und Tatort identisch waren. Die Ansammlung von Blut unter dem Körper und Blutspritzer auf dem Asphalt und an einem der Betonpfähle sprachen eine deutliche Sprache.

Åse nickte und ging in die Hocke.

»Hilf mal.« Sie gab Lotte ein Zeichen, am Kopfende anzufassen, um den Jungen umzudrehen.

»Dürfen wir denn seine Lage verändern? Sind die Spuren gesichert und die Fotos gemacht worden?«

»Also wirklich, Lotte … Bist du sicher, dass du das packst? Habe ich dich jemals hinter die Absperrung gelassen, bevor wir mit unserer Arbeit fertig waren? Das ist ja wohl selbstverständlich. Du siehst doch, dass der Junge hier getötet wurde, oder? Und du weißt verdammt gut, dass ich es dir sofort gesagt hätte, wenn wir bei ihm einen Identitätsnachweis gefunden hätten. Ich mache nämlich meinen Job, aber was machst du eigentlich?«

Lotte merkte, wie ihre Wangen heiß wurden.

»Sorry, Åse«, murmelte sie. »Sollen wir ihn umdrehen?«

Åse Frugård sagte nichts mehr. Gemeinsam drehten sie den Jungen um, sodass er auf der Seite lag. Obwohl er so klein und dünn war, ließ er sich überraschend schwer bewegen.

»Schau hier«, sagte Åse. Sie hob die Jacke an und zeigte auf eine Stelle links am Rücken, direkt unter den Rippen.

»Das war vermutlich der erste Messerstich. Der einzige auf dem Rücken. Der Hieb scheint horizontal ausgeführt worden zu sein, während das Opfer aufrecht stand, und das stimmt mit dem Schnitt in Jacke und T-Shirt überein. Vermutlich wurde er hinterrücks überrascht und hat den Stich in den Rücken erhalten, während ihm jemand die Hand auf den Mund gelegt hat. Das Messer wurde wieder herausgezogen und ihm dann mehrfach in Brust und Bauch gestoßen. Siehst du die Wunden an seinen Händen?«

»Ja. Sieht nach Abwehrverletzungen aus.«

Lotte hob die linke Hand des jungen Mannes an und betrachtete sie.

»Schnitte am Unterarm und eine Reihe von Verletzungen an den Fingern, zwischen Daumen und Zeigefinger sowie an den Handflächen. Sieht aus, als hätte er versucht, dem Täter das Messer wegzunehmen.«

Åse Frugård zeigte auf die offenen Wunden an Bauch und Brust.

»Von den Stichen, die du hier siehst, war jeder einzelne tödlich. Ich kann gar nicht zählen, wie viele Stiche dem Jungen zugefügt wurden.«

Lotte versuchte, sich auf das zu konzentrieren, was sie gesehen hatte und was Åse Frugård erklärte. Sie sprach ihre Überlegungen laut aus, vor allem, weil sie Åse zeigen wollte, dass sie ganz bei der Sache und imstande war, ihre Arbeit zu tun.

»Die Tat wurde vorsätzlich begangen, vermittelt aber den Eindruck von großer Wut oder panischer Angst, dass das Opfer den Angriff überleben könnte. Jemand, der so oft zusticht, wird von Adrenalin oder Angst angetrieben. Die Hautläsionen haben glatte und gleichmäßige Wundränder, daher handelt es sich wahrscheinlich um ein scharfes Messer.«

Sie hob den Saum des T-Shirts an.

»Die Läsionen am Bauch haben etwas ungleichmäßigere Ränder und eine asymmetrische, ovale Form, also hat der Täter schräg von oben zugestochen.«

Lotte stand auf. Das Blut war noch nicht ganz geronnen, und vom Umlagern der Leiche klebte es dunkelrot an ihren Handschuhen.

»Als wir am Tatort eintrafen, war das Blut erst an wenigen Stellen des Körpers nennenswert geronnen, und der Mann, der ihn gefunden hat, sagt, dass er sich eine halbe Stunde lang im Gebäude aufgehalten hat. In dieser Zeit muss es passiert sein, denn der Junge lag noch nicht hier, als der Mann in die Schule kam.«

»Er muss doch irgendwas gesehen oder gehört haben?«

Åse zeigte zum Eingang des Schulgebäudes.

»Der Mann heißt Stein Haraldseid. Er ist Klavierlehrer an der Kulturschule und hat Notenhefte geholt. Er hat Musik über Kopfhörer gehört. Die Fenster in seinem Büro gehen zur Straße raus, nicht zum Hof.«

»Okay. Gibt es noch etwas, das dir aufgefallen ist?«

Åse Frugård führte Lotte zu einem anderen Unterstand am nördlichen Ende.

»Hier haben wir eine Dose Portionssnus gefunden. Kaum angebrochen, wahrscheinlich hat sie jemand verloren. Wir haben die Dose natürlich sichergestellt. Am Deckel waren Fingerabdrücke. Gebrauchten Snus kann man innen an den Deckel stecken, und ein Stück war immer noch sehr feucht. Das heißt, dass jemand die Dose erst vor Kurzem verloren hat.«

Lotte drehte sich um und blickte hinüber zur anderen Seite.

»Wenn der Betreffende genau hier gestanden hat, war er auf jeden Fall von den Fenstern des neuen Gesundheitshauses aus zu sehen. Wir müssen mit den Bewohnern dort reden.«

Die Kriminaltechnikerin nickte und zeigte auf den großen Schulhof, der zur Straße hin lag.

»Wir haben auch einen Sohlenabdruck in einem Beet am Eingang gefunden und ihn fotografiert und ausgegossen. Scheint von einer Art Joggingschuh zu stammen. Herrengröße.«

Sie ging mit Lotte zu dem überschwemmten Blumenbeet und hob eine kleine Plane an, die den Schuhabdruck bedeckte. Als die beiden sich hinunterbeugten, wurden sie von einem sehr hellen Blitz geblendet. Lotte fuhr herum und blickte angestrengt zu den zehn Meter entfernten Absperrungen. An der Kreuzung Nygata stand eine Frau mit einer Kamera, offenbar eine Reporterin.

Sie wurde von einer irrsinnigen Wut gepackt. Der Junge hatte kaum diese Welt verlassen, und schon standen die Hyänen da und scharrten im Dreck, bereit, sich auf den Kadaver zu stürzen. Lotte rannte los, sie hörte Åse hinter sich rufen, kümmerte sich aber nicht darum. Sie würde der Reporterin Beine machen.

»Verschwinden Sie!«, rief sie der Frau zu. »Sie dürfen hier nicht stehen und fotografieren!«

Die Reporterin rührte sich nicht von der Stelle. Sie hob einfach ihre Kamera und schoss noch eine Reihe von Fotos. Lotte handelte, ohne nachzudenken. Sie packte das Objektiv und riss der Reporterin die Kamera aus den Händen.

»Die nehme ich an mich. Machen Sie, dass Sie wegkommen. Die Kamera können Sie sich morgen beim Pförtner im Polizeihaus abholen.«

Die Frau kam Lotte bekannt vor. Es war Julie Moksheim, die neue Reporterin bei *Haugesunds Avis*. Blond mit auffallend spitzer Nase und noch spitzeren Ellbogen, wie es hieß. Oder… genau genommen war es wohl Viljar, der sich so ausgedrückt hatte.

»Sie haben kein Recht, mir die Kamera wegzunehmen, und ich kann stehen, wo ich will. Ich stehe außerhalb der Absperrung.«

Lotte hatte nichts gegen sie in der Hand. Verzweiflung, Wut, Frustration, Trauer – all diese Gefühle überkamen sie gleichzeitig. Sie duckte sich unter dem Absperrband durch und packte die Reporterin am Kragen.

»Was zum Teufel fällt Ihnen ein?!«

Die junge Frau schrie auf, aber Lotte hatte weder Zeit noch Lust, sich auf einen Streit mit ihr einzulassen. Um die Wildkatze unter Kontrolle zu bringen, bog sie ihr den rechten Arm auf den Rücken und schob die Reporterin vor sich her die Straße hinunter zum Rathaus.

Julie Moksheim fluchte aus Leibeskräften, und mit einem gezielten Stoß ihres Ellbogens traf sie Lotte tatsächlich an der Schläfe. Für ein paar Sekunden wurde Lotte schwarz vor Augen, sie packte die Frau an den Haaren und zwang sie zu Boden.

»Hauen Sie ab! Ich will Sie und Ihre verdammte Kamera nie wieder sehen! Ist das angekommen?«

Sie warf ihr die Kamera vor die Füße und hörte, wie etwas kaputtging. In dem Moment wurde sie selbst von zwei kräftigen Händen gepackt und weggezogen. Es war Knut Veldetun.

»Lotte! Hast du den Verstand verloren? Lass die Frau in Ruhe! Du packst jetzt deine Sachen und gehst nach Hause, okay? Das geht so nicht mehr.«

Sie befreite sich aus Knuts Griff und lief zu ihrem Auto, das etwa hundert Meter entfernt stand. Sie wollte weder ihm noch der Reporterin die Genugtuung verschaffen zu sehen, wie ihr Tränen in die Augen schossen.

Polizeistation Haugesund
Montagmorgen, 2. März

Die Partygäste vom Samstag saßen in Reih und Glied, als warteten sie darauf, zum mündlichen Examen aufgerufen zu werden. Anhand der Zeugenfragebögen vom Vortag hatten Knut Veldetun und Lars Stople zehn Personen ausgesucht, mit denen sie sich ausführlicher unterhalten wollten. Acht von ihnen warteten vor dem Vernehmungszimmer. Knut Veldetun nahm Lotte Skeisvoll nach der Morgenbesprechung beiseite. Sie war verantwortlich für die Durchführung der Vernehmungen und die Ausarbeitung eines übergeordneten Plans. Normalerweise hätten sie sich jetzt zusammengesetzt, um die Aufgaben zu verteilen und festzulegen, welche Fragen am wichtigsten waren, aber Lotte hatte bei der Morgenbesprechung abwesend und teilnahmslos gewirkt. Er musste mit ihr reden.

»Alles in Ordnung bei dir, Lotte?«

Lotte Skeisvoll sah ihn mit einem Blick an, in dem so etwas wie Verwunderung lag. Was eigentlich auch verständlich war, denn es passierte nicht oft, dass Knut persönlich wurde. Aber so wie Lotte gestern vor der Breidablik-Schule getobt hatte, fragte er sich, ob sie nicht völlig aus dem Gleichgewicht geraten war.

»Mir geht es gut. Bin nur ein bisschen gestresst. Ich hätte gestern Abend nicht auf die Reporterin losgehen sollen, falls es das ist, woran du denkst.«

Die Antwort stellte ihn nicht zufrieden, aber er beschloss, vorerst nicht weiter zu bohren. Die Ermittlungsleiterin war nicht mehr so wie früher.

»Okay. Gut, dass du es auch so siehst, Lotte. Die Zeugen von Samstag warten drüben. Ich nehme an, du willst die meisten Befragungen wie üblich selbst vornehmen?«

Knut Veldetun zeigte zum Gang vor dem Vernehmungszimmer. Lars Stople hatte die Befragung organisiert, und er war einer von der alten Schule, der fand, dass die Leute warten sollten, bis sie an der Reihe waren. Gerne auf unbequemen Holzstühlen. Allerdings waren die Zeugen nun alle in einem Raum und hatten Gelegenheit, miteinander zu reden, aber wegen des Platzmangels im Gebäude ging es nicht anders. Vorn in der Reihe saßen Trond Anfinsen und Geirmund Bakken und unterhielten sich. Obwohl beide ein wasserdichtes Alibi für den jeweiligen Zeitpunkt der Morde hatten, mussten sie vernommen werden. Zwei Erwachsene auf einer Jugendparty, da schrillten doch gleich die Alarmglocken.

Lotte warf einen schnellen Blick hinüber zu den beiden, und Knut sah, wie ihre Miene merklich strenger wurde. Sie schloss den obersten Knopf ihrer Bluse und wischte sich ein paar unsichtbare Fusseln vom Jackenärmel.

»Ich werde bei der Befragung nicht anwesend sein. Ich habe dich und Lars doch gebeten, die Zeugenvernehmungen durchzuführen.«

Knut wurde es gleichzeitig kalt und heiß. Er war selbstverständlich davon ausgegangen, dass Lotte als Leiterin der Ermittlung die Zeugen vernehmen würde, die er und Lars im Vorfeld ausgesucht hatten. Dass sie jetzt nicht einmal dabei sein wollte, empörte ihn. Obwohl der jüngste Beamte der Polizeistation, hatte er genug Erfahrung mit Vernehmungen, das war nicht der Punkt. Aber das hier war eine Mordermittlung und etwas ganz anderes als Autodiebstähle und Kleindealerei in der Haraldsgata.

»Lotte … Du hast bei Kapitalverbrechen wie diesem immer die Vernehmungen geleitet. Gibt es einen besonderen Grund, warum diesmal nicht? Gestern Nachmittag hast du klare Anweisung gegeben, dass die Zeugen gleich heute früh auf die Station kommen sollen. Deshalb dachte ich, du willst persönlich mit ihnen reden.«

Lotte ergriff seinen Arm und führte ihn zurück in den Besprechungsraum.

»Hör zu, Knut. Gestern Nachmittag war die Situation eine ganz andere. Wir hatten einen guten Überblick, und die Menge an Arbeit war überschaubar. Jetzt haben wir zwei Morde in zwei Tagen, und der letzte hat mit Hasskriminalität zu tun, mit allem, was dazugehört. Ich kann nicht stundenlang Zeugen befragen. Ich treffe mich gleich mit Åse Frugård, um neun habe ich eine Besprechung mit dem Polizeidirektor und einem Ermittler vom PST, und vor dem Mittagessen müssen wir noch mal zum Tatort des ersten Mordes.«

»Ja, ich weiß, du hast wenig Zeit, aber es sind die wichtigsten Zeugen …«

Lotte setzte sich auf einen Stuhl und gab Knut ein Zeichen, ebenfalls Platz zu nehmen. Bevor sie antwortete, stellte sie den Stuhl ergonomisch richtig ein.

»Knut, jetzt hör mir mal zu. Ich weiß, dass ich mich auf dich und Lars hundertprozentig verlassen kann. Ihr habt jede Menge Erfahrung. Wendet an, was ihr gelernt habt. Sorgt dafür, dass sie euch die Erlaubnis geben, Informationen aus ihren Smartphones abzurufen. Bilder, SMS, Snapchat, Messenger … Kurz gesagt alles, was mit dieser Party in Zusammenhang stehen könnte. Nehmt von allen Zeugen DNA-Proben und zeichnet alle Vernehmungen auf Video auf, dann sehe ich sie mir an, sobald ich kann.«

Knut zog sich der Magen zusammen. Erfahrung hatten sie, aber es gab Direktiven von der Polizeiführung bezüglich neuer Vernehmungstechniken, und der Lehrgang in Oslo im letzten Herbst war nur noch eine vage Erinnerung. Am besten war ihm im Gedächtnis geblieben, dass er den Kurs als wenig hilfreich für den Dienstalltag empfunden hatte. Jede Menge Theorie und keine einzige praktische Übung.

Lotte war bereits aufgestanden, und Knut brachte es nicht fertig, ihr zu sagen, was er insgeheim dachte – dass dies von ihrer Seite fast einem Versäumnis ihrer Dienstpflicht gleichkam. Dass ein Ermittler solch zentrale Zeugenvernehmungen an Untergebene delegierte, war seiner Meinung nach eine Bankrotterklärung. Er stand ebenfalls auf und folgte Lotte ein Stück den Gang hinunter, blieb aber stehen, als er auf Lars Stople traf. Der ältere Kollege blickte Lotte verwundert hinterher.

»Wo will sie hin? Ich dachte, wir fangen jetzt an?«

Knut nahm ihm einen der drei Becher Kaffee ab, die Lars besorgt hatte.

»Frag nicht … Wir müssen das wohl allein machen. Kannst du Wattestäbchen holen? Und ich hoffe wirklich, dass du mehr von dem Lehrgang im Herbst in Erinnerung behalten hast als ich.«

Medienhaus Haugesunds Avis
Montagmorgen, 2. März

»Wir werden Skeisvoll natürlich anzeigen, nur damit das klar ist.«

Chefredakteur Johan Øveraas bewegte seinen massigen Körper zum Fenster und betrachtete die nackten Laubbäume und die ehrwürdige weiße Villa, die im Westen den Ausblick aufs Meer versperrte. Viljar Ravn Gudmundsson wusste, dass Øveraas wütend war. Wenn er der Redaktion den Rücken zudrehte, die Beine gespreizt wie ein alter Seebär und die Arme auf dem Rücken verschränkt, war mit ihm nicht gut Kirschen essen.

Der Chefredakteur drehte sich um und sah Viljar und Julie Moksheim wortlos an. Der graue Teppichboden hatte ein Schachbrettmuster, und an einer Wand stand ein blauweißes Aktenregal, in das jemand zur Zierde eine kleine Amanda-Statue gestellt hatte. Øveraas war ein lausiger Schauspieler, also musste der Filmpreis eine Kopie sein.

Viljar war unruhig und fühlte sich unwohl. Der gestrige Tag lag ihm im Magen. Er fischte zwei Nikotinkaugummis aus der Tasche. Normalerweise halfen sie gegen nervöse Übelkeit. Am liebsten wäre er einfach abgehauen und hätte sich erkundigt, wie es Alexander ging. Aber er musste Lotte in Schutz nehmen.

»Ist es wirklich notwendig, Lotte anzuzeigen? Du weißt doch, was sie durchgemacht hat, Johan.«

Der Chefredakteur antwortete nicht. Julie war ihm zuvorgekommen, noch ehe er die Chance hatte, etwas zu sagen.

»Verdammt noch mal, natürlich ist das notwendig! Kann ja sein, dass alte Trantüten wie du es nicht so mit Recht und Ordnung haben, aber ich schon. Das war Körperverletzung!«

Julie Moksheim zeigte auf ihr bandagiertes Handgelenk und dann auf ein Pflaster über dem rechten Ohr.

»Außerdem hat sie mit voller Absicht meine Kamera geschrottet! Ich scheiß drauf, was die Bitch für Traumata hat! Sie kann doch nicht die freie norwegische Presse angreifen.«

Viljar verkniff sich ein Lächeln. Es war höchste Zeit gewesen, dass jemand dieser Göre mal eine Ohrfeige verpasste. Dass es am Ende Lotte war, überraschte ihn kein bisschen. Im Moment glich sie einem Frühlingstag in Haugesund. Eben noch heller, warmer Sonnenschein, und in der nächsten Sekunde beißender Schneesturm. Øveraas beruhigte Julie Moksheim und sagte, dass die Anzeige für ihn beschlossene Sache sei. Etwas anderes komme gar nicht infrage. Die norwegische Polizei greife die Presse nicht an. Schluss, aus.

»Das Problem ist nur, Julie, dass Skeisvoll uns zuvorgekommen ist. Sie hat dich wegen Widerstand gegen Vollstreckungsbeamte angezeigt. Sag mal … hast du sie geschlagen?«

Theatralisch breitete Julie Moksheim die Arme aus wie eine Opernsängerin bei der Schlussarie. Sie war das Paradebeispiel einer Dramaqueen, und sie schraubte ihre Stimme eine Tonlage höher.

»Das war Selbstverteidigung!«

Johan Øveraas ließ sich in den mächtigen Chefsessel fallen und stellte ihn einige Stufen höher, nachdem er bemerkt hatte, dass er wesentlich tiefer saß als seine beiden Besucher.

»Wie auch immer … Du kannst an dem Fall nicht mehr weiterarbeiten, da eine Anzeige von der Polizei vorliegt und wir selbst Anzeige erstattet haben.« Er sah Julie an, während er sprach. Sein Blick machte deutlich, dass er keine Widerworte duldete. Julie gab klein bei und nickte kurz.

Dann wandte Øveraas sich an Viljar.

»Nun verstehst du vielleicht, warum ich dich heute dabeihaben wollte, Gudmundsson. Du übernimmst den Breidablik-Mord von Julie. Sie kann dir helfen, aber sie soll keinen Kontakt zur Polizei haben, verstanden?«

Julie Moksheim schaffte es nicht, ihre Überraschung zu verbergen. Die Duckface-Miene fiel ihr aus dem Gesicht, als ihr aufging, was da gerade passierte.

»Spinnst du, Øveraas? Der Räucherlachs soll den Fall übernehmen? Der mit beiden Beinen noch tief im Jahr 1985 steckt? Seine Nachrufe sind spannender als seine Nachrichten.«

Viljar drehte sich langsam zu Julie Moksheim um. Zum ersten Mal seit Langem spürte er, wie sich ein Wohlbehagen in ihm ausbreitete. Eigenes Glück ist zweifellos das Beste, aber das Unglück anderer ist auch nicht zu verachten.

»*Räucherlachs*, also wirklich … Der war neu. Man könnte meinen, du wärst bei unserem lieben Kulturjournalisten Henrik Thomsen in die Lehre gegangen. Aber eine Frage, Øveraas… Heißt das, sie ist mir unterstellt und muss tun, was ich ihr sage?«

Jetzt fiel Julie Moksheim die Kinnlade runter, und mit schreckgeweiteten Augen starrte sie den Chefredakteur an. Der beruhigte sie etwas zu eilig für Viljars Geschmack.

»Den feuchten Traum kannst du dir da hinstecken, wo deine Hämorrhoiden wachsen, Gudmundsson. Ich bin derjenige, von dem sie die Aufträge erhält und dem sie Bericht erstattet. Du bleibst ausnahmsweise mal auf dem Teppich und kümmerst dich um den Kontakt zur Polizei.« In der nächsten Sekunde richtete er den Blick auf die junge Reporterin. »Was Gudmundsson betrifft, Julie, solltest du erst mal deine Pubertätspickel loswerden, bevor du über einen Journalisten herziehst, der schon SKUP-Preise gewonnen hat, als du noch ins Bett gemacht hast.«

Julie Moksheim erhob sich so abrupt, dass der Stuhl umkippte. Ohne ein Wort stieß sie die Glastür zum Großraumbüro auf und knallte sie hinter sich zu. Viljar blieb grinsend zurück. Johan Øveraas rollte zu ihm und stach mit dem Zeigefinger in die Luft.

»Und du wischst dir gefälligst das blöde Grinsen aus dem Gesicht. Das mit den Nachrufen und den Nachrichten hat sie völlig richtig erkannt, nur dass du's weißt.«

Viljar ging zurück zu seinem Schreibtisch. Er spuckte einen alten Snus und die beiden Kaugummis in den Papierkorb, und sofort sehnte er sich nach einer Zigarette. Er griff nach seinem Mantel, um draußen eine zu rauchen, ging aber stattdessen in die Abteilung von *Radio 102*, um zu sehen, ob Jossen da war.

Johannes Sevland war ein ehemaliger Drogenabhängiger, der jetzt an den Rollstuhl gefesselt war. Früher einmal war er ein vielversprechender Psychologe gewesen, aber der Drogenmissbrauch hatte seiner beruflichen Karriere den Todesstoß versetzt. Im Winter hatte er die Stelle als Radiojournalist angetreten, nachdem sein Vorgänger Hans Indbjo dem Blutrausch von Maestro zum Opfer gefallen war. Normalerweise hätte jemand mit seiner Vergangenheit so einen Job nie bekommen, aber nachdem Jossen seine Drogenprobleme überwunden hatte, war er einige Jahre lang Betreiber eines der größten Podcasts von Norwegen gewesen. Viljar wollte gerade die Tür öffnen, als er sah, dass Jossen auf Sendung war. Das rote Warnlicht am Studio leuchtete wie eine Laterne.

Als Viljar auf den Parkplatz vor dem Medienhaus kam, klingelte sein Handy. Er holte es hervor. Es war Lotte.

»Ach, schau an … Wenn das nicht Mike Tyson persönlich ist.«

Es schien, als brauchte Lotte ein, zwei Sekunden, bis sie die Anspielung verstanden hatte.

»Ja. Das … tut mir leid. Ich war wohl gestern ein bisschen neben der Spur.«

»Vergiss es, Lotte. Ich sitze in deiner Ecke des Rings, jederzeit.«

Sie antwortete nicht. Wieder herrschte einen Moment Stille, bevor Viljar merkte, dass irgendwas nicht stimmte.

»Was gibt's? Ist was passiert?«

»Du musst sofort ins Polizeihaus kommen, Viljar. Ich halte mir die nächste Stunde für dich frei.« Er konnte hören, dass sie schluckte. »Wir müssen mit dir über Alexander reden. Ich fürchte, ich habe verdammt schlechte Neuigkeiten.«

Polizeistation Haugesund
Montagvormittag, 2. März

Als Lotte Skeisvoll in die Eingangshalle kam, um Viljar abzuholen, begriff sie, dass ihm der Ernst der Lage überhaupt nicht klar war. Schon auf dem Weg dorthin vernahm sie, wie er ungeniert mit der Frau an der Anmeldung flirtete, die die Besucherpässe ausgab. Eine große, ältere Dame mit gebeugtem Rücken, Schweißflecken unter den Achseln und deutlichem Bartwuchs.

Lotte blieb auf dem letzten Treppenabsatz stehen und beobachtete ihn bei dem unbeholfenen Versuch, seinen Charme spielen zu lassen. Zu ihrer Verwunderung bemerkte sie, wie die Frau zum ersten Mal in diesem Jahrtausend die Schultern straffte. Lotte räusperte sich laut, um auf sich aufmerksam zu machen.

Viljar kam auf sie zu und machte Anstalten, sie zu umarmen. Instinktiv wich sie zurück und hätte auf den Stufen beinahe das Gleichgewicht verloren.

»Komm mit«, sagte Lotte kurz angebunden und ging mit entschlossenen Schritten wieder hinunter ins Untergeschoss.

Als sie in der Polizeistation ankamen, blieb Viljar mit verwundertem Gesichtsausdruck stehen.

»Was ist? Hast du ein Gespenst gesehen? Wir haben kein anderes als den Charmetroll oben an der Anmeldung.«

Viljar runzelte die Stirn und nickte zum Gang, in dem eine Reihe von Leuten saß und wartete.

»Wie ich sehe, wollt ihr mit den Partygästen reden?«

»Ja, wieso?«

Er biss sich auf die Lippe und schüttelte den Kopf.

»Ach, ich habe nicht erwartet, Oskar Myhre da sitzen zu sehen. Er ist doch genauso alt wie ich. Für einen Moment dachte ich, jetzt hab ich nicht mehr alle Tassen im Schrank.«

Lotte sah weg, verkniff sich ein Lächeln und ging weiter.

»Halt du nur an deinem Glauben fest«, murmelte sie.

Als sie Viljar auf den kleinen grünen Besucherstuhl bugsiert hatte, zog sie die Vorhänge in ihrem verglasten Büro zu. Das Licht vom Smedasund fiel durch die halb geöffneten Lamellen der Jalousie herein, was aber weder das Raumgefühl noch Lottes Laune verbesserte. Sie schaltete die Deckenstrahler ein und schloss die Jalousie.

Viljar sah entspannt und ruhig aus, wie er da auf dem Stuhl saß. Genau genommen hatte sie überhaupt keine Zeit, mit ihm zu reden, aber sie musste ihm begreiflich machen, welche Richtung die ganze Sache nahm. Das war sie ihm schuldig.

»Ja … Es geht um Alexander, das ist dir klar?«

Er nickte abwartend.

»Ich verstehe nicht, wie du rumlaufen und lächeln und flirten kannst. Machst du dir gar keine Sorgen um ihn? Es war reines Glück, dass er den Unfall gestern überlebt hat. Wäre er mein Sohn, würde ich durchdrehen vor Angst.«

Viljar strich sich die langen blonden Haare aus dem

Gesicht. Sie konnte einen Hauch von Ernst in seinen Augen erkennen.

»Natürlich denke ich daran, aber dem Jungen geht es doch so weit gut. Er hat nur kleinere Verletzungen. Das wird wieder.«

Lotte atmete langsam aus. Wollte ihm nicht zeigen, wie schockiert sie über diese Bagatellisierung war. Sie nahm ein Staubtuch aus der obersten Schublade und wischte den Computerbildschirm mit geübter Sorgfalt ab. Dann faltete sie das Tuch wieder genauso zusammen, wie sie es im Laden gekauft hatte, und legte die Schachtel zurück.

»Was Alexander sich gestern geleistet hat, ist eine sehr ernste Sache, Viljar. Erst klaut er dein Auto …«

Weiter kam sie nicht, denn Viljar fiel ihr ins Wort.

»Ich werde ihn deswegen nicht anzeigen, also das kannst du schon mal knicken. Es war mein Auto, und er hat es sich mit meiner Erlaubnis geliehen.«

Genau das hatte sie befürchtet. Dass Viljar sich im Schützengraben verschanzte. Für einen Moment fragte Lotte sich, ob sie nicht einfach aufhören sollte. Einen Bericht schreiben, ihren Dienstausweis abgeben, zur Tür rausgehen und sich vom eiskalten, morgenfrischen Regen durchnässen lassen. Es wäre so einfach. So spielerisch leicht. Stattdessen zog sie die Schultern noch eine Idee höher und sortierte die Kugelschreiber auf ihrem Schreibtisch. Ein roter Stift hatte sich zwischen die schwarzen gemogelt.

»Es wird auf jeden Fall eine Anzeige geben, da kannst du noch so sehr Helikopterpapa spielen. Aber ich habe gerade erst angefangen, weißt du. Zusätzlich zum Autodiebstahl hat er gegen so gut wie jeden einzelnen Paragraphen der Straßenverkehrsordnung verstoßen. Mir fällt tatsächlich kein einziger Paragraph ein, den er ausgelassen hat.«

»Parken!«

»Wie bitte?«

»Er hat kein Parkverbot missachtet.«

Lotte merkte, wie ihr die Gesichtszüge entgleisten. Viljars Benehmen war absurd. Sie erhob sich von ihrem Stuhl und stützte die Handflächen auf den Schreibtisch.

»Bist du so dumm, oder glaubst du, weil wir befreundet sind, kann ich die ganze Welt dazu bringen, über seine Vergehen hinwegzusehen? Er hat ein Auto gestohlen, einen Radfahrer angefahren, Menschen in Lebensgefahr gebracht, die polizeiliche Aufforderung anzuhalten ignoriert, eine Polizeisperre durchbrochen und einen schweren Unfall verursacht.«

Lotte merkte, dass ihre Stimme zum Ende hin schrill wurde. Viljar war blass geworden.

»Ich begreife nicht, wie du hier sitzen und die Sache ins Lächerliche ziehen kannst! Es war reines Glück, dass er niemanden totgefahren hat oder selbst gestorben ist. Und einen Tag später sitzt sein Vater auf der Polizeiwache und reißt Witze darüber!«

Viljar beugte sich vor und kramte nervös in seinen Taschen. Bekam seine Snusdose zu fassen und schaffte es schließlich, sie mit dem Daumennagel zu öffnen. Für einen Moment war es still. Lotte strich eine Falte in ihrer Bluse glatt. Atmete tief ein, lehnte sich über den Schreibtisch und ergriff seine Hand, während sie versuchte, zu ihm vorzudringen.

»Bitte sieh ein, wie ernst das hier ist, Viljar. Alexander braucht einen starken Vater, der ihm den richtigen Weg zeigt. Nicht einen, der ihm eine Grube schaufelt.«

Viljar entzog ihr seine Hand und warf ihr einen Blick zu, der wohl finster und strafend sein sollte, aber eher nach bockigem Jungen aussah. Es tat weh, ihn so zu sehen.

»Alex hat Panik gekriegt. Er hat ADHS, er denkt nicht über die Konsequenzen seines Handelns nach.«

»Die Gefängnisse sind bis obenhin voll mit ADHS-Typen, Viljar. Das Gesetz macht für sie keine Ausnahme. Wir können sie verstehen, aber wir können ihre Taten nicht entschuldigen. Verstehst du?«

Viljar ging zum Fenster, bog die Lamellen auseinander und sah hinaus.

»Der Junge hatte nicht mehr die Kraft, mit der Polizei zu reden, er wollte nur noch nach Hause. Und plötzlich wird er von einem Haufen Polizeiautos verfolgt. Natürlich kriegt er da Panik.«

»Reiß dich zusammen!«

Er drehte sich zu ihr um und sah sie verwundert an. Lotte nahm innerlich Anlauf.

»Ja, ich meine das ernst. Du musst dich verdammt noch mal zusammenreißen. Jetzt setz dich hin und hör mir zu!«

Viljar setzte sich. Fingerte an der Snusdose herum. Er war so unglaublich naiv und so verblendet von seinem Beschützerdrang, dass sein Sohn auf seinem Schoß sitzen und einen Joint rauchen könnte, ohne dass er etwas merken würde.

»Uns liegen die Aussagen zum Tod von Emilie gestern Nacht vor. Alexanders Version der Ereignisse stimmt nicht. Seine Darstellung enthält mehrere offensichtliche Lügen. Was wir mit Sicherheit wissen, ist, dass Alexander am Samstag sehr betrunken war und eine Auseinandersetzung mit Emilie hatte, die damit endete, dass er sie zu Boden schlug. Er war noch bei anderen Gelegenheiten an diesem Abend aggressiv, gewalttätig und unberechenbar. Wir wissen auch, dass er in dem Zeitraum, in dem Emilie zu Tode gekommen ist, in ihrem Schlafzimmer war und keine anderen Personen beim Betreten oder Verlassen des Raums beobachtet wurden.«

Viljar wollte etwas sagen, aber Lotte sprach weiter.

»Außerdem haben mehrere der Jugendlichen Alexander als krankhaft eifersüchtig beschrieben, ständig hat er sich Emilie gegen ihren Willen aufgedrängt.«

Viljar war merklich roter im Gesicht geworden. Urplötzlich stand er auf, griff nach seiner Jacke und steuerte auf die Tür zu.

»Wo bitte willst du hin, wenn ich fragen darf?«

»Raus hier! Ich höre mir nicht länger an, wie du einen Haufen dreckiger Lügen über meinen Sohn in die Welt setzt. Nicht mit mir, Lotte. Ich dachte wirklich, du kennst Alexander und lässt dich nicht von irgendwelchen Teenagerpüppchen beschwatzen, die sich nur wichtigmachen wollen.«

Lotte schlug mit der flachen Hand auf den Tisch.

»Du setzt dich jetzt hin! Wir wissen, dass Alexander am Samstag schwer betrunken war, aber hat er dir gegenüber etwas von anderen Substanzen gesagt, die er genommen hat?«

»Wie bitte? Jetzt hör aber auf, Lotte! Du weißt verdammt gut, dass Alexander nicht so einer ist. Er hasst

Drogen, das weiß jeder, der ihn kennt. Das ist doch einfach lächerlich.«

Das brachte das Fass zum Überlaufen. Lotte merkte, wie in ihrem Gehirn ein Schalter umgelegt wurde. Mit einem Ruck riss sie die Schreibtischschublade auf, holte einen Asservatenbeutel heraus und knallte ihn vor Viljar auf den Tisch. Dann ging sie um den Tisch herum, packte Viljar an den Haaren und drückte seinen Kopf auf die Tischplatte.

»Dann schau hin, du verdammter Idiot!«, brüllte sie. »Möchtest du vielleicht mal eine Prise probieren? Reines Amphetamin, ganz frisch, direkt von deinem Sohn. Zu deiner Information, das ist die Tüte, die Alexander aus dem Auto geworfen hat, bevor er durch die Straßensperre am Opel-Haus gerast ist. Der Streifenwagen direkt hinter ihm hat sie kaum eine Minute später aufgesammelt.«

Sie presste seine Wange auf die Tischplatte und ließ erst los, als sie merkte, dass er weinte.

Haugaleite, Haugesund
Montagvormittag, 2. März

Dichter Nebel hüllte den Smedasund ein, und von den Schiffen, die wie geisterhafte Schatten vorüberzogen, dröhnten die Nebelhörner herüber, als Lotte ihren Wagen an der Polizeiabsperrung vor der weißen Villa abstellte. Vor dem Eingang standen zwei der Jungen, die auf der Party gewesen waren. Ingar Fjell und Bjørnar Nedstrand. Sie hatten Blumen vor der Haustür abgelegt und Kerzen angezündet. Lotte stieg aus und ging auf die beiden zu, unsicher, ob sie Ingar umarmen sollte. Aus dem Gespräch am Vortag wusste sie, dass er einer der besten Freunde des toten Mädchens gewesen war.

»Ich bin froh, dass du den Fall übernommen hast, Lotte. Papa sagt, du bist die Beste.«

Lotte blickte zu dem lang aufgeschossenen Studenten der Betriebswirtschaft hoch. Er hatte geweint, seine Augen waren gerötet. Das Lob des alten Polizeichefs konnte sie akzeptieren. Er hatte vom ersten Tag an sie geglaubt. Sein Abschied vor ein paar Jahren war ein herber Verlust gewesen.

»Wir wollen uns das Haus und die Umgebung hier draußen genauer ansehen, deshalb muss ich euch leider bitten zu gehen, damit wir ungestört arbeiten können. Hier ist zwar nicht abgesperrt, aber …«

Ingar nickte. Er hatte seine halbe Kindheit im Büro

seines Vaters verbracht, er kannte die Regeln und Abläufe.

»Na klar. Wir gehen gleich, aber Lars hat gefragt, ob ich ihm helfen kann, deshalb muss ich erst noch mit ihm reden. Er wollte was über die Leute von der Party wissen, und ich hab's ihm versprochen. Bjørnar würde außerdem gerne seine Schuhe holen, die er auf der Party vergessen hat. Ist das okay?«

Lotte schüttelte den Kopf.

»Tut mir leid. Das hier ist ein Tatort, es ist streng verboten, irgendwas zu entfernen.«

Auf dem Hof warteten Lars Stople und Knut Veldetun. Sie hatten den ganzen Vormittag Vernehmungen durchgeführt, aber Lotte hatte noch keine Zeit gehabt, einen Blick darauf zu werfen. Sie schickte Lars zum Eingang, damit er mit den beiden Jungs redete, während sie ein paar Worte mit Knut wechselte. Knut Veldetun und Lars Stople waren ein ungleiches Paar. Stople mit seinen stahlgrauen Augen, seinem besonnenen Wesen und seiner langen Berufserfahrung als Polizist strahlte Ruhe und Sicherheit aus, obwohl er nur eins siebzig groß und unglaublich mager war. Veldetun hingegen war jung und vital, knapp zwei Meter groß, hundertzehn Kilo schwer und hatte kein Gramm Fett am Leib. Er sah aus, als würde er jeden Muskel im Körper anspannen, selbst wenn er entspannt auf einem Stuhl saß.

Lotte holte tief Luft. Die Unterredung mit Viljar heute früh war eine echte Herausforderung gewesen, und wieder einmal hatte sie alle Grenzen überschritten. Wie eine Furie war sie auf den Mann, auf den sie sich monatelang gestützt hatte und der immer für sie da gewesen war, wenn sie ihn brauchte, losgegangen und hatte ihn eiskalt unter Druck gesetzt. Sie schüttelte den Gedanken ab. Musste sich konzentrieren. Rational sein.

Nachdem die beiden Jugendlichen gegangen waren, zeigten Stople und Veldetun ihr die Diele. Hier war frisch renoviert worden. Reste von Sägemehl lagen an den weißen Profilleisten, und ein Kabel hing an der Deckenleiste heraus. Rechts vom Eingang war die Schiebetür eines weißen Garderobenschranks offen, in dem Schuhe standen. Lotte ging in die Hocke, nahm ein Paar hoch und betrachtete sie eingehend.

»Habt ihr irgendwas Interessantes entdeckt?«

Lotte blickte Lars Stople an.

»Nein. Hier und im Rest des Hauses wimmelt es natürlich von Fingerabdrücken, aber ich weiß nicht, ob uns das was bringt. Wir haben alle Personen erfasst, die am Samstagabend im Haus waren, und das sind insgesamt siebzehn Jugendliche und zwei Erwachsene.«

Lotte drehte sich zu Lars um. Das war ihr neu.

»Zwei Erwachsene?«

Lars Stople sah sie skeptisch an. Wenn sie es nicht besser wüsste, hätte sie geglaubt, dass er ein wenig gereizt war.

»Ja, einer der beiden ist Trond Anfinsen. Der Nachbar, der ein Stück die Straße runter wohnt. Er ist neununddreißig und arbeitet als Pförtner im Krankenhaus. Anfinsen sagt, er hat den Eltern des Mädchens, das die Party veranstaltet hat, einen Gefallen getan und ein bisschen aufgepasst, dass es nicht allzu wild zugeht. Er hatte einen Bekannten dabei. Geirmund Bakken. Beide haben die Party verlassen, bevor Emilie getötet wurde, aber es sagt ja einiges über diesen Anfinsen aus, dass er mit Bakken befreundet ist…«

»Machst du Witze? Geirmund Bakken, der Anführer des Norwegischen Widerstands? Was hat der auf einer Jugendparty zu suchen?«

»Tja, gute Frage. Bakken behauptet, er hat lediglich Trond Anfinsen begleitet. Sie sind nicht lange geblieben. Gegen zehn wurden sie von einem Oskar Myhre abgeholt.«

»Bei den Vernehmungen von Anfinsen und Bakken hätte ich anwesend sein müssen. Über so etwas möchte ich sofort informiert werden.«

Lars Stople baute sich vor Lotte auf und legte den Kopf schräg.

»Das ist jetzt nicht dein Ernst, oder? Wir haben heute bei der Morgenbesprechung über Anfinsen und Bakken geredet. Du warst doch dabei! Ich begreife nicht, dass dir das entgangen ist! Außerdem hast du heute Morgen sämtliche Vernehmungen auf Knut und mich abgewälzt. Dann kannst du nicht hinterher ankommen und sagen, du hättest dabei sein müssen. Liest du denn wenigstens die Berichte, die wir geschrieben haben? Da steht das auch drin.«

Lotte strich den dunklen Pony zur Seite und machte den Rücken gerade. Bei der Morgenbesprechung war sie damit beschäftigt gewesen, auf ihrem iPad eine Liste über die Aufgaben anzulegen, die heute erledigt werden mussten, und die Berichte… na ja…

Statt zu antworten, deutete sie mit einem Kopfnicken auf das Zimmer rechts vom Flur.

»Wollen wir?«

Lars Stople und Knut Veldetun rührten sich nicht. Beide wirkten ratlos, aber nach einigen Sekunden peinlicher Stille zeigten sie Lotte das Zimmer.

Der Raum war durchgängig in Schwarz gehalten, das jeden noch so kleinen Lichtstrahl verschluckte. Mitten im Zimmer standen protzige schwarze Ledermöbel um einen massiven, schwarz gebeizten Eichentisch. Die Bücher in den zwei großen Regalen waren säuberlich aufgereiht und hatten einen schwarzen Einband. Sie machten nicht den Eindruck, als wären sie gelesen worden. Das strenge System jagte Lotte einen Schauer über den Rücken. Es sprach sie an. Sie drehte sich um und rümpfte die Nase über die gelben Pappschildchen, die das Gesamtbild empfindlich störten.

»Habt ihr etwas gefunden?«

»Nein, nicht direkt. Wir haben die Stellen markiert, an denen sich verschiedene Gäste in dem von Åse genannten Zeitraum hier aufgehalten haben, also zwischen 22.00 Uhr und 23.00 Uhr. Wir dachten, das könnte bei der Hausbegehung ganz hilfreich sein.«

Lotte wurde das Gefühl nicht los, dass die beiden sich alle Mühe gaben, es ihr so leicht wie möglich zu machen. Als wäre sie ein Kind, das Förderunterricht brauchte.

»Lass hören!«

»Wie gesagt, wir haben uns auf den Zeitraum konzentriert, den Åse Frugård heute bei der Morgenbesprechung …«

Knut legte eine Kunstpause ein und räusperte sich nervös, aber sie forderte ihn mit einer Handbewegung auf weiterzusprechen. Sie hatte Åses Vortrag mitbekommen.

»Embla Tuastad hat Ingar Fjell sowie die beiden Erwachsenen, Trond Anfinsen und Geirmund Bakken, kurz nach zehn hier in diesem Raum angetroffen. Anfinsen und Bakken brachen gerade auf, sie wurden von Myhre abgeholt. Embla war nüchtern. Sie hat bei der Vernehmung gesagt, dass sie auf dem Weg nach draußen Yusuf Samfari in der Diele getroffen hat und dass sie und Yusuf die Villa fünf Minuten später zusammen mit Bjørnar Nedstrand verlassen haben. Was den Zeitpunkt betrifft, war sie sich ganz sicher. Die Uhr an der Wand ist ja auch kaum zu übersehen.«

Lotte nickte und betrachtete die Wanduhr. Ebenfalls schwarz. Das heißt, die Wand war schwarz, während die Uhr weiße Zeiger und Zifferblattmarkierungen hatte, die direkt an der Wand angebracht waren. Sie ging ein paar Schritte in den Raum hinein und stellte eine Lampe richtig hin, die schief stand und deren Schirm zur Wand hin gekippt war. Irgendetwas regte sich in ihrem Hinterkopf. Hier stimmte was nicht. Abgesehen davon, dass zwei Erwachsene hier gewesen waren, Anfinsen und Bakken.

»Die beiden Männer haben also die Party verlassen und ein Alibi für die Zeit, in der nach Åses Meinung Emilie Sand Vormedal gestorben ist. Und sie sind auch später nicht mehr wiedergekommen?«

»Richtig. Sie wurden von ihrem Bekannten mit dem Auto abgeholt, während die beiden Jungs mit Embla Tuastad zusammen gegangen sind.«

»Okay. Gibt es noch mehr Gäste, von denen wir wissen, wo sie sich in der Zeit aufgehalten haben?«

»Ja, aber hier gehen die Zeugenaussagen etwas auseinander. Ingar Fjell war zur fraglichen Zeit im Bad und hat sich um Alexander Hauge Gudmundsson gekümmert, aber die nüchtern gebliebene Zeugin behauptet, dass die beiden Jungs, mit denen sie die Party verlassen hat, etwas anderes gesagt haben. Einer namens Eivind Skeie hat sich auf dem Sofa im Erdgeschoss schlafen gelegt. Er war betrunken, meint aber, direkt vor dem Einschlafen gesehen zu haben, dass es 22.15 Uhr war. Ein Mädchen, das gegen halb elf nach Hause gegangen ist, bestätigt, dass jemand auf dem Sofa lag und schlief, als sie nach unten kam, kann aber nicht mit Sicherheit sagen, dass es Skeie war.«

»Sonst keiner?«

»Nein, erst später. Die Party hatte ja erst angefangen, und die meisten Gäste haben sich oben und in der Küche aufgehalten. Die letzten sind morgens um halb vier gegangen. Einige haben ja auch hier übernachtet, wie du weißt.«

Sie setzten ihren Rundgang im Obergeschoss fort. Hier war alles in Weiß statt in Schwarz gehalten, aber immer noch genauso luxuriös. Minimalistisch bis in die Fingerspitzen. Lotte war das gar nicht aufgefallen, als sie am Vortag mit Åse Frugård hier gewesen war. Sie griff nach einem Schild, auf dem »John Halvorsen« stand. Knut Veldetun kam ihrer Frage zuvor.

»John Halvorsen wurde von einer ganzen Reihe Zeugen hier auf dem Flur gesehen. Unter anderem von Embla Tuastad, als sie im Begriff war, nach Hause zu gehen. Wir können den Zeitpunkt deshalb auf kurz nach zehn ansetzen. Die Jugendlichen sagen übereinstimmend aus, dass er sich merkwürdig verhalten hat. Er wirkte sehr aufgewühlt. Eine halbe Stunde später hat er die Party verlassen, auch dafür gibt es Zeugen.«

Lotte blickte ihren Kollegen verwundert an.

»Hat er eine halbe Stunde hier auf dem Flur gestanden? Es gibt ja keine Sitzmöglichkeit. Könnte er bei Emilie im Schlafzimmer gewesen sein?«

»Unwahrscheinlich. Dafür haben ihn zu viele gesehen, als sie zur Toilette gegangen sind, und als sie zurückkamen, stand er immer noch da. Wenn er tatsächlich in Emilies Zimmer gewesen wäre, müsste er sich sehr beeilt haben. Außerdem ...«

Knuts Bewegungen wurden immer etwas linkisch, wenn es um unangenehme Details ging.

»Steh nicht da und winde dich wie ein Aal! Raus mit der Sprache!«

»Alexander Hauge Gudmundsson ist wohl ungefähr zur selben Zeit, als John Halvorsen auf dem Flur auftauchte, in Emilies Zimmer gegangen, und niemand hat ihn wieder herauskommen sehen.«

Lotte bekam feuchte Hände. Das war das Szenario, vor dem sie sich am meisten gefürchtet hatte. Dass alles auf Alex hindeutete.

»Zeugen haben beobachtet, wie Alexander ziemlich genau um 22.05 Uhr in dem Zimmer verschwunden ist. Embla Tuastad hat ihn gesehen, als sie zur Toilette ging, um ihr Handy zu holen. Ingar Fjell hat Alexander ins Bad begleitet, um ihm zu helfen, sich nach einer Schlägerei das Blut abzuwaschen, und Ingar bestätigt Emblas Aussage.«

Das sah langsam nach einer wasserdichten Sache aus. Lotte klammerte sich an den letzten Strohhalm, obwohl sie tief im Inneren bereits wusste, wie die Antwort lauten würde.

»Okay. Wenn wir davon ausgehen, dass Emilie nicht vor 22.00 Uhr getötet wurde, stellt sich die Frage, ob Alexander das Zimmer wieder verlassen hat und wer danach hineingegangen sein könnte.«

Lars Stople blickte über seine Brille. Vorsichtig stieß er seinen großen Kollegen an, der in Gedanken versunken zu sein schien.

»Sorry, Lotte«, murmelte er. »Alexander hat in dieser Nacht das Zimmer nicht mehr verlassen.«

Die Party
Embla

»Verdammte Sauerei!«

Embla Tuastad drehte sich fast der Magen um, als sie den Lappen im Putzeimer auswrang. Es stank nach Erbrochenem und halb verdauten Shots mit türkischem Pfeffer, und Embla spürte, wie ihr Ärger wuchs. Sie war die Einzige auf der Party, die keinen Alkohol trank und keine Drogen nahm, und musste den anderen hinterherräumen und hinterherputzen. Es war nicht ihr Haus. Nicht ihr Parkett, das vollgekotzt wurde. Nicht ihre frisch gebügelten Handtücher, die diese Schweine als Klopapier benutzten. Trotzdem tat sie es. Loyal und treu wie eh und je. Als Veronicas Freundin sprang sie immer dann ein, wenn Veronica hackedicht war. Mit anderen Worten: ständig.

Sie setzte sich auf den Badezimmerfußboden, nachdem sie das Putzwasser ins Klo gekippt hatte. Hörte, wie die Bassrhythmen aus dem Wohnzimmer die Bumsgeräusche aus dem Schlafzimmer nebenan begleiteten. Schon nach ein paar Stunden war die Party außer Kontrolle geraten.

»Shit!«, rief sie aus und stand auf. Sie musterte sich im Spiegel. Das Make-up war verschmiert, weil sie sich beim Putzen mehrmals unbewusst den Schweiß vom Gesicht abgewischt hatte. Ihr rotes Kleid hatte einen dunklen

Fleck an der Hüfte. Wahrscheinlich Kotzwasser aus dem Eimer.

Seufzend stellte sie den Wischeimer in die Badewanne und schminkte sich neu. Als sie hinaus auf den Flur trat, wäre sie fast mit Emilie zusammengestoßen.

»Emblaaaaa….!!!«

Immer dieses lang gezogene A am Ende ihres Namens. Sie setzte ein Lächeln auf und tat, als beruhe die Wiedersehensfreude auf Gegenseitigkeit. Emilie dagegen brauchte sich nicht zu verstellen. Sie lächelte ständig. Das Leben war ein Fest und die Welt ein Abenteuerland.

»Na, schon abgefüllt, wie ich sehe?«

Emilie machte zwei unsichere Schritte, strich ihr Kleid glatt und grinste. Sie versuchte offensichtlich, sich zusammenzureißen.

»Neee… Die Party hat doch gerade erst angefangen. Und du, auch bloß wieder Wasser heute?«

Embla wusste, dass Emilie und Victoria hinter ihrem Rücken über sie lästerten, weil sie keinen Alkohol trank. Es tat weh, dass die Freundinnen ihre Entscheidung offenbar nicht akzeptieren konnten. Wären die beiden mit einem Vater wie ihrem aufgewachsen, würden sie sie verstehen. Sie hatte jahrelange Übung darin, nach Saufgelagen sauber zu machen.

Emilie tätschelte Emblas Wange und nahm Kurs auf eines der Schlafzimmer. Sie winkte wie Mette-Marit vom Schlossbalkon am Nationalfeiertag, ehe sie das Gleichgewicht verlor und über die Türschwelle stolperte. Veronica hatte Emilie am Nachmittag beim Vorglühen den Schlüssel zu dem Zimmer gegeben.

Im Wohnzimmer war mächtig was los. Die Möbel

waren beiseitegerückt worden, um eine provisorische Tanzfläche zu schaffen. Jamaikanische Rhythmen trieben OMIs *Cheerleader* zu neuen Höhen, und die Tanzbewegungen vermittelten zunehmend den Eindruck von falscher Selbsteinschätzung.

Embla nahm Flaschen und Gläser vom Couchtisch und ging zur Küche. Als sie die Küchentür aufmachte, schlug sie ihr mit voller Wucht ins Gesicht. Verärgert gab sie der Tür einen Tritt, aber diesmal hielt sie gehörig Abstand.

Drinnen standen Alex und John und starrten sie wütend an.

»Ey, du Bitch! Kann man nicht ein Mal seine Ruhe haben?« Alex warf eine Limettenscheibe nach ihr. »Hast du's nicht geschnallt, als ich die Tür zugeknallt hab?«

Es gab wenige Menschen, die sie so verabscheute wie ihren selbstgefälligen Cousin. Obwohl er drei Jahre jünger war als sie, hielt sie sich bei Familienfeiern von ihm fern und setzte sich lieber zu den Erwachsenen. Heiligabend war immer am schlimmsten. Papa und Onkel Viljar besoffen, während Mama hysterisch versuchte, ihnen mit isländischen Schimpfwörtern den Kopf zurechtzurücken.

Sie verdrängte den Gedanken und zwängte sich an dem Fleischklops vorbei, der mit Alex befreundet war. John war wenigstens harmlos, wenn auch eklig und aufdringlich. An der Spüle stellte sie die Flaschen ab und räumte die Gläser in den Geschirrspüler. Als sie fertig war, drehte sie sich um und bemerkte, dass Alex gegangen war. John stand noch da und stierte auf die Stelle, wo eben ihr Hintern gewesen war, als sie sich gebückt hatte.

»Erde an John, Blick heben! Ich bin hier oben!«

Als Embla wieder ins Wohnzimmer kam, schien die Musik noch einen Zacken lauter geworden zu sein. Jemand musste die Party unter Kontrolle bringen, aber Veronica war nirgends zu sehen. Embla schaute in den Flur, ob sie dort irgendwo stand, doch da war sie nicht. Stattdessen sah sie gerade noch, wie Alexander in dem Zimmer verschwand, in dem Emilie übernachtete. Ihr lief ein Frösteln über den Rücken. Sie machte ein paar Schritte auf die Schlafzimmertür zu, um Alex aufzuhalten, überlegte es sich jedoch anders. Sie hatte ein ungutes Gefühl, aber im Grunde ging es sie nichts an.

Immer noch hatte sie dieses mulmige Gefühl, als sie fünf Minuten später Veronica entdeckte. Sie war sternhagelvoll. Wie immer. Kippte Mojitos in sich rein wie Mineralwasser nach dem Fitnesstraining. Sie bemühte sich, ihren Blick zu fokussieren, und konnte sich kaum aufrecht halten.

Wie ist es physisch möglich, sich jedes Mal so volllaufen zu lassen?

Veronica murmelte ihr mit gespitzten Lippen etwas zu, während sie mit dem Lippenstift kräftig danebenmalte. Sie klammerte sich an einen weißen Sessel und hatte längst den verschwommenen Blick auf Bjørnar geheftet, der auf der Tanzfläche abrockte. Embla musste unwillkürlich grinsen. Mr Big hatte bestimmt nichts dagegen, Veronica flachzulegen, aber nicht in diesem Zustand. Veronica stellte schließlich Augenkontakt zu ihm her, und er verstand das Zeichen. Er ging zu ihr, und sie klammerte sich an ihn wie eine Katze, die ihre Krallen in einen Baumstamm schlägt. Bjørnar musste seinen Arm fest um ihre Taille legen, damit sie nicht hinfiel. Im letzten Moment bekam er Hilfe von Yusuf, und zusammen bugsierten sie Veronica durch das Gedränge und setzten sie auf einen Stuhl. Sie blieben einen Moment dort stehen und beredeten etwas, dann gingen die beiden zusammen auf den Flur. Embla ging zu Veronica und versuchte, ihr ins Gewissen zu reden, aber sie drang nicht zu ihr durch. Ihr Blick war völlig vernebelt.

Embla brauchte frische Luft. Sie ging über die Terrasse, ums Haus und auf den Hof. Dort zog sie eine Packung Tidemanns Rød aus der Tasche und drehte sich eine Zigarette. Sie schlenderte zu einem kleinen Vorsprung mit Blick auf Killingøy. Es hatte aufgehört zu regnen, aber die Frühlingsluft fühlte sich auf ihren Wangen kühl an und schlich sich unter den dünnen Mantel, den sie sich um die Schultern gehängt hatte.

Drüben an der Ecke entdeckte sie Alex, der sich mit John stritt. Sie war ein bisschen verwirrt, hatte sie Alex doch gerade erst in Emilies Zimmer verschwinden sehen, aber es war natürlich klar, dass Emilie ihn sofort achtkantig rausgeworfen hatte. Embla trat die Kippe aus und stahl sich zurück ins Haus.

Eine halbe Stunde später hatte sie die Party endgültig satt. Es machte ihr nicht den geringsten Spaß. Im Wohnzimmer war eine Schlägerei ausgebrochen. Embla hatte in der Küche Glasscherben aufgefegt, Snusflecken aus den Sofapolstern gerieben und umgestürzte Möbel wieder aufgestellt. Im Schlafzimmer neben dem Bad hatte sie zwei benutzte Kondome im Bett gefunden. Sie sammelte sie mit spitzen Fingern auf, warf sie in die Toilette und zog mit angewiderter Miene ab. Anschließend brauchte sie fünf Minuten, um sich den Schweinkram von den Fingern zu schrubben.

Embla lief die Treppe hinunter, sie wollte nur noch raus und nach Hause. Unten an der Treppe stieß sie auf Trond Anfinsen und Geirmund Bakken. Sie hatten ihre Jacken angezogen und wollten auch gehen. Embla erstarrte. Geirmund Bakken glänzte vor Schweiß und versperrte den Weg. Als sie sich an ihm vorbeizwängte, nutzte er die Gelegenheit und rieb sich an ihr. Embla hörte ihn leise stöhnen und stieß ihn zurück.

Sie musste durch das kleine Zimmer im Erdgeschoss, um hinauszugelangen. Sie versuchte, ein paar Worte mit Ingar zu wechseln, der auf dem Weg nach oben war, aber er wirkte gestresst und abweisend. Embla schaute zur Uhr an der Wand. Es war erst zehn, also eigentlich viel zu früh, um nach Hause zu gehen, aber sie hatte sich entschieden. Sie schlüpfte in ihren Mantel und schnürte sich im Windfang die Schuhe zu. Da bemerkte sie, dass sie ihr Handy oben im Bad vergessen hatte, und lief die Treppe hinauf, um es zu holen. Sie begegnete Ingar zum zweiten Mal und wäre beinahe mit Alex zusammengestoßen, der gerade wieder auf dem Weg in Emilies Schlafzimmer war. Er grinste übers ganze Gesicht und machte demonstrativ ein paar Stoßbewegungen mit dem Unterleib, ehe er sich umdrehte und ins Zimmer ging. Embla blieb kurz stehen. Sie zögerte …

Das ist so typisch für Emilie, sich mit solchen Idioten einzulassen, aber sie ist alt genug, selbst auf sich aufzupassen, dachte sie und drängte sich auf dem Weg ins Bad an John und Maria vorbei.

Das Handy lag zum Glück noch dort, wo sie es zurückgelassen hatte, aber natürlich war der Akku leer. Verärgert ging sie wieder nach unten. Im Windfang traf sie auf Yusuf, der sich seine Schuhe anzog. Er hielt eine rote Jacke und ein zweites Paar Schuhe in der Hand. In dem kleinen Raum war kein Platz für sie beide, deshalb blieb Embla stehen und wartete, bis er fertig war. Yusuf sagte nichts, er war offenbar im Begriff, wieder nüchtern zu werden, und sein Übermut war verflogen. Embla versuchte, ein Gespräch mit ihm anzufangen, als sie das Haus verließen, aber Yusuf antwortete nur einsilbig. Ein Stück entfernt stand Bjørnar Nedstrand und fror, er war zu dünn angezogen und auf Strümpfen. Yusuf warf ihm die Jacke zu und hielt ihm das zweite Paar Schuhe hin.

Embla starrte den selbst ernannten Casanova verwundert an, und offenbar verstand er den Wink.

»Hab mich mit Ingar gestritten. Er ist so verdammt empfindlich. Glaubt, er weiß immer alles besser. Du weißt ja, wie er ist, wenn er wütend wird. Ich musste sehen, dass ich wegkomme, hatte nicht mal Zeit, mir Schuhe anzuziehen.«

Bjørnar bemühte sich zu lächeln, aber viel war von seinem Charme nicht mehr übrig. Er zog sich die Jacke an und drehte die Schuhe hin und her.

»Scheiße, Alter. Seh ich aus, als hätte ich Schuhgröße vierzig? Das sind nicht meine.« Er warf die Schuhe Richtung Hauseingang, wandte sich um und ging. Auf Strümpfen.

»Echt jetzt …? Willst du nicht deine Schuhe holen?«

Embla fror an den Füßen, obwohl sie Stiefeletten trug. Bjørnar zuckte nur die Schultern. Es schien ihm egal zu sein.

»Scheiß drauf. Ich brauch nur zehn Minuten bis nach Hause. Hab keinen Bock, noch mal zurückzugehen. Würde mich nicht wundern, wenn Ingar drinnen auf mich wartet.«

Embla hakte sich bei Yusuf und Bjørnar ein, und zusammen gingen sie den Vestevegen entlang. Sie atmete erleichtert auf und lächelte zufrieden.

Krankenhaus Haugesund
Montagvormittag, 2. März

Alexander saß mit dem Rücken zur Tür, als Viljar Zimmer 419 der chirurgischen Abteilung im Krankenhaus Haugesund betrat. Er war dabei, sich anzuziehen, schien aber innegehalten zu haben. Die Jacke hing schlaff an seinem rechten Arm, und er machte keine Anstalten, sie anzuziehen. Als Viljar näher kam, begriff er, warum. Alex hatte immer noch den Venenkatheter im Arm, und das Rollstativ mit dem Tropf stand daneben. Er ließ den Kopf hängen, und wenn Viljar es nicht besser wüsste, hätte er geglaubt, dass da ein älterer Mann und nicht ein Siebzehnjähriger auf dem Bett saß.

Viljar blieb einen Moment zögernd stehen. Alexander hatte nicht gemerkt, dass er ins Zimmer gekommen war, und er hätte am liebsten seinen Sohn in die Arme genommen und festgehalten. Ihm gesagt, dass alles wieder gut werden würde. Neue Beschuldigungen und Vorwürfe konnte der Junge jetzt nicht gebrauchen, aber insgeheim wusste Viljar, dass kein Weg daran vorbeiführte. Alex musste den Tatsachen ins Auge sehen.

Er räusperte sich vorsichtig, um auf sich aufmerksam zu machen, ehe er sich behutsam hinter dem Jungen auf die Bettkante setzte und ihm die Hand auf den Rücken legte. Alexander wollte sich zu ihm umdrehen, zuckte aber zusammen und zog eine Grimasse. Offensichtlich taten die gebrochenen Rippen weh, also stand Viljar auf und ging ums Bett herum. Er konnte nicht zu einem Rücken sprechen. Er musste seinem Sohn in die Augen sehen.

Alexander wischte sich etwas von der Wange. Es war eine schnelle, fast unsichtbare Bewegung, aber Viljar erkannte sie wieder nach all den Jahren mit aufgeschrammten Knien im Sommer, verstauchten Knöcheln auf dem Fußballplatz und zerplatzten Hoffnungen nach Besuchen im Spielwarengeschäft. Er legte die Hand auf Alexanders Arm, in dem der Venenkatheter steckte, und strich über das Pflaster. Brauchte ein paar Sekunden, um sich zu sammeln.

»Geht's dir gut, Alex? Hast du noch Schmerzen?«

»Was glaubst du?«, erwiderte Alex mit mürrischem Gesichtsausdruck. Gespielte Gleichgültigkeit, was zugleich provozierend wirkte. Er gab sich herablassend, weil es jemandem eingefallen war, sich zu kümmern. Viljar kompensierte die unbehagliche Stille, indem er sich einen Snus unter die Lippe schob. Die Dose steckte er wieder in die Brusttasche seines Jeanshemds.

»Ich vermute mal, sie wollen dich schon entlassen? Ist doch toll, oder?«

»Du brauchst nicht so zu tun, als würde es dich interessieren, okay? Ich will endlich aus diesem blöden Zimmer raus. Hier stinkt's nach Pisse.«

Viljar musste sich zusammenreißen, um nicht genauso gereizt zu reagieren. Es tat jedes Mal unbeschreiblich weh, wenn Alex ihm unterstellte, dass er sich nichts aus ihm machte und die väterlichen Gefühle nur vortäuschte. Er atmete aus und nahm allen Mut zusammen.

»Dass es hier drinnen nach Pisse riecht, ist im Moment dein kleinstes Problem. Du steckst ganz schön tief in der Scheiße, und ich kann dich da diesmal nicht rausholen.«

»Was soll das, Mann? Immer dieses Gesülze. Ich hab doch gesagt, dass überhaupt nichts passiert wär, wenn die Bullen nicht …«

»Hör auf!«

Viljar packte seine Hände.

»Hör auf, immer allen anderen die Schuld zu geben. *Du* hast am Steuer gesessen. *Du* bist in einem Affenzahn eine Straße entlanggerast, die mit Fußgängerüberwegen gespickt ist. *Du* hast dich geweigert anzuhalten, als die Polizei dich stoppen wollte. Das waren deine Entscheidungen, Alex. Bewusste Handlungen. Für die Polizei bist du kein Kind mehr. Du bist ein junger Erwachsener und imstande zu denken, *bevor* du handelst.«

Alexander sah seinen Vater mit Verachtung an.

»Verdammt einfach für dich, das zu sagen. Du hast ja auch kein verficktes ADHS, oder?«

Viljar merkte, dass er kurz davor war zu explodieren.

»Dann nimm deine verdammten Medikamente! Du kannst nicht hier sitzen und einerseits deinem ADHS die Schuld geben, aber dich andererseits weigern, die Medikamente zu nehmen, weil sie dich so gefühllos machen. Oder wie nennst du das, platt? Sie haben dich auch mit Drogen erwischt. Macht das Zeug dich vielleicht weniger platt? Wie blöd kann man eigentlich sein?«

»Hä?«

Alex riss die Augen auf. Viljar konnte die Angst in seinem Gesicht aufblühen sehen wie Aknepickel.

»Ja, Drogen! Der Plastikbeutel mit Amphetamin, den

du so eilig aus dem Auto geworfen hast, wurde natürlich von der Polizei sichergestellt. Wann, verdammt noch mal, hast du denn mit diesem Scheiß angefangen?«

»Das war nicht mein Stoff!«

Viljars Hände zitterten, und er war froh, dass Alex nicht bemerkte, wie aufgewühlt er war.

»Hör auf, mir ins Gesicht zu lügen, Alex. Ich war darauf vorbereitet, dass du mit deiner Diagnose eines Tages in Schwierigkeiten kommen könntest. Aber wenn es eins gibt, womit ich mein halbes Leben verbracht habe, dann dir zu erzählen, was für ein Mistzeug Rauschgift ist.«

Alexander schob seinen Vater weg.

»Ich hab doch gesagt, das war nicht mein Stoff!«

Viljar musste sich beruhigen und atmete ein paarmal tief ein und aus.

»Okay, Alex. Mal angenommen, ich glaube dir deine Märchen. Wem in Alice' Wunderland gehörte der Stoff dann? Der rauchenden Raupe? Oder vielleicht dem verrückten Hutmacher? Er wirkt ja ziemlich undurchsichtig.«

»Hä? Was zum Teufel meinst du? Rede gefälligst so, dass ich es verstehe.«

Sarkasmus war keine gute Idee, wenn sein Sohn sich in diesem Zustand befand. Dann setzte alles bei ihm aus, und es gab nur noch Angriff, Flucht oder Verteidigung.

»Dann glaub mir eben nicht, Mann. Hast du ja nie getan. Verdammt geil, bei einem Vater aufzuwachsen, der einen Scheiß darauf gibt, was man sagt.«

Ausnahmsweise zog Viljar sich den Schuh diesmal nicht an. Denn immer wieder ließ er Alexander die hirnrissigsten Erklärungen durchgehen.

»Hör doch auf, Alex. Du glaubst dir ja nicht mal selbst. Wer soll denn das gewesen sein, für den du das Zeug aufbewahrt hast?«

»Was weiß ich. Die Tüte war in der Jackentasche.«

»Und …?«

»Bist du blind, oder was? Das ist nicht meine Jacke. Dieser Typ von den Bullen, der meine Jacke holen sollte, hat die falsche gebracht. Hab's erst gemerkt, als ich schon losgefahren war, die ist ja genauso rot wie meine, siehst du? Also hab ich die Taschen durchsucht, und in der Innentasche war dieser Dreck.«

Viljar griff nach der Jacke und musterte sie. Rot mit weißen Ärmeln. Eine dünne Steppjacke. Er hatte gedacht, Alexanders Jacke sei schwarz. Eine rote hatte er vor Jahren mal gehabt. Aber andererseits hatte Viljar schon große Probleme, seine eigenen Treter wiederzufinden, wenn er sich nach einer Familienfeier im Hausflur die Schuhe anziehen wollte. Die Jacke seines Sohnes hätte neongelb mit Blinklichtern und Sirenen sein können, ohne dass Viljar sie wiedererkannt hätte.

»Okay …?«

»Ja, überleg doch mal, Papa. Mir war schon klar, dass die Bullen mich früher oder später kriegen, und da saß ich also mit diesem Zeug auf dem Schoß. Was hätte ich denn tun sollen?«

»Anhalten, Plastiktüte und Jacke abgeben und erklären, was passiert ist. *Das* hättest du tun sollen.«

»Nee, schon klar …«

Viljar schwieg einen Moment. Ließ die Geschichte sacken. Womöglich sagte der Junge ausnahmsweise mal die Wahrheit.

»Warum sollte ich dir glauben, Alex?«

»Machst du Witze, Papa? Ich bin doch dein Sohn …«

Viljar hielt inne. Er merkte, dass Alexander Mühe hatte, die Tränen zurückzuhalten. Langsam beugte er sich vor, vermied es, ihn allzu fest zu umarmen, und strich ihm behutsam über den Rücken. Das Bollwerk war eingestürzt. Es war an der Zeit, den Kopf aus dem Schützengraben zu heben.

Die Tür ging auf, und eine Meute Weißkittel kam ins Zimmer. Ein Arzt überprüfte ein letztes Mal Temperatur und Herzfrequenz, dann entfernte eine Krankenschwester den Venenkatheter aus Alexanders Arm. Alex saß mit dem Rücken zur Tür und sah nicht, dass Lotte Skeisvoll mit drei uniformierten Polizisten in der Tür stand.

Viljar versuchte, Lotte zu signalisieren, dass sie noch warten sollte, weil er erst mit Alex reden und ihn auf das vorbereiten musste, was ihn erwartete. Lotte aber sah stur an ihm vorbei, als sei er gar nicht da. Kaum hatten die Ärzte und Krankenschwestern den Raum verlassen, kam sie mit einem Polizisten herein und baute sich vor Alexander auf. Überrascht sah er hoch.

»Was soll das, Papa? Du hast die Bullen mitgebracht?«

»Ich wusste nicht, dass sie hier sind, Alex. Sorry …«

Lotte mischte sich ein.

»Dein Vater hat recht, Alexander. Er wusste nichts davon. Aber da du jetzt aus dem Krankenhaus entlassen bist, muss ich dich auffordern, uns zur Polizeistation zu begleiten.«

Alexander warf trotzig den Kopf in den Nacken. Viljar merkte, dass ihm das Benehmen seines Sohnes peinlich war.

»Ich hab jetzt keinen Bock auf Zeugenvernehmung oder so was. Ich will nach Hause und schlafen, okay? Ihr könnt mich nicht zwingen.«

Lotte wirkte seltsam hölzern. An die Stelle der selbstsicheren Ermittlerin war eine Art Cyborg getreten. Sie glättete eine Falte in ihrer Bluse, räusperte sich noch einmal und setzte ein Gesicht auf, das wohl so etwas wie Autorität ausdrücken sollte.

»Doch, das können wir. Du sollst keine Zeugenaussage machen. Du bist wegen des Verdachts, Emilie Sand Vormedal getötet zu haben, vorläufig festgenommen.«

Viljar erhob sich mit einem Ruck. Für einen Moment wurde ihm schwarz vor Augen, und er musste sich am Vorhang festhalten, um nicht das Gleichgewicht zu verlieren. Im nächsten Augenblick sah er, dass auch Alex aufgestanden war.

»Willst du mich verarschen? Verdammte Bitch! Ich hab niemanden umgebracht!«

Alexander versetzte Lotte einen Stoß, sodass sie beinahe gegen das Fenster geprallt wäre. Der Polizist, der mit Lotte zusammen ins Zimmer gekommen war, hielt den Jungen am Arm fest.

»Fass mich nicht an, du pädophile Sau!«, brüllte Alexander, und mit einer abrupten Bewegung befreite er sich aus dem Griff des Polizisten und stieß ihn weg. Er machte einen Satz auf Lotte zu, packte sie an der Bluse und zog sie zu sich heran.

»Fick dich, du verdammte Fotze! Schleimst dich in unsere Familie ein, und jetzt verhaftest du mich für einen Mord!«

Lotte war leichenblass geworden und wich zwei Schritte

zurück, als Alexander sie losließ. Der Polizist war wieder auf die Beine gekommen und nahm Alexander in den Schwitzkasten. Alexander tobte und wand sich, und irgendwie schaffte er es, einen Ellbogen freizubekommen und ihn dem Mann gegen die Nase zu rammen. Man konnte hören, wie das Nasenbein brach, und der Polizist taumelte mit einem Aufstöhnen zurück. Blut schoss ihm aus Nase und Mund.

Viljar sprang hinzu und wollte Alexander stoppen, aber er holte schon aus und versetzte Lotte einen Fausthieb gegen die Schläfe. Seine Pupillen glühten schwarz wie bei einem Raubtier. Schützend hob Viljar die Arme vors Gesicht und wich zurück. Alexander kam auf ihn zu, den Arm zu einem neuen Schlag erhoben.

Ehe es so weit kommen konnte, fiel er vornüber. Der Polizist mit der gebrochenen Nase hatte seine Fußknöchel gepackt und hielt ihn fest. Gleichzeitig warf sich der zweite Polizist, der an der Tür Wache gestanden hatte, auf Alexander. Ein Schmerzensschrei gellte durch die ganze Etage, als Alexander mit der Brust voran auf den Boden knallte.

Das Zimmer sah aus wie ein Schlachtfeld. Blut überall auf dem Fußboden. Stühle und Tische umgeworfen. Viljar ging in die Hocke und versuchte, in Kontakt mit Alexander zu kommen, der ihn irrsinnig anstarrte. Erst als er das wohlbekannte Zuschnappen der Handschellen hörte, merkte er, dass sein Sohn, jedenfalls auf seine Art, langsam in die Realität zurückkehrte.

Haraldsgata, Haugesund
Montag, 2. März

Das Zittern im Körper wollte nicht nachlassen. Eine kribbelnde Unruhe. Genoss er es vielleicht…? Ein Rausch, der bis weit in den nächsten Tag anhielt? Terje Nitter war rastlos und merkte, dass er die Muskeln unnötig anspannte. Das Gefühl, einen Menschen zu töten, war vollkommen anders als alles, was er bisher erlebt hatte, und der Körper schien nach mehr zu betteln. Niemand hatte je dieses Glücksgefühl geschildert. Dieses Wohlbehagen, das einen immer wieder in Wellen durchströmte. Die Macht. Den Genuss. Die Begeisterung…

Die Stadt wirkte lebendiger als vorher. Es war, als hätte das Töten die Sinne geschärft. Terje Nitter konnte die Lautlosen atmen hören und die Unsichtbaren sehen, die sich in den Ecken verbargen. All jene, die immer da waren, die aber nie jemand bemerkte. Energische, pulsierende Menschen, die in den Läden der Haraldsgata ein und wieder aus gingen. Drogenjunkies, die ihren Hund streichelten. Schulkinder, die über die Schulter zurückblickten, ob jemand merkte, dass sie die Schule schwänzten.

Terje tauchte in die Menge ein. Ließ ausnahmsweise seine Wut über bettelnde Zigeuner hinter sich. Verzichtete auf seinem Weg von der Hochschule zum Bytunet darauf, all die schwarzen Parasiten zu zählen, die der

Sozialkasse das Blut aussaugten. Heute genoss er einfach das gute Gefühl. Die Freude darüber, eigenhändig dafür gesorgt zu haben, dass es einen Schmarotzer weniger gab.

Handeln war geboten. Die Gruppe, für die er die Verantwortung trug, durfte nicht länger so viel Aufmerksamkeit auf sich ziehen. Sie konnten keine Scheinwerfer gebrauchen, die sich auf sie richteten. Sie mussten Nachtwanderer sein. Fledermäuse, die in ihre Höhlen zurückflogen, sobald das Licht anging. Terje Nitter wusste, wo die Polizei suchen würde. In der Nähe, aber trotzdem in sicherem Abstand.

Ob die Initiative ausgereicht hatte, würde sich in den nächsten Stunden zeigen. Ein leises Vibrato in ihm wünschte beinahe, dass sich noch einmal eine Gelegenheit bot. Die gestrige Säuberung hatte zwei Fliegen mit einer Klappe geschlagen. Sie war Ablenkung und Notwendigkeit gewesen. Ein Opfer und ein Bonus. Ein minderwertiges Leben für ein hochwertiges. Das war logisch. Das war praktische Vernunft. Auf diese Weise hatte sich der Mensch an die Spitze der Nahrungskette hochgearbeitet.

Terje Nitter setzte sich auf die Bank im Buswartehäuschen am Bytunet und schloss die Augen. Er konnte fast wieder die Wärme des Opfers an seiner Brust fühlen. Die lautlosen Schreie, wie ein Zittern unter der linken Hand. Er konnte das Messer spüren, wie es immer wieder hinein- und hinausglitt. Hörte das Blut gurgeln. Fühlte, wie der schmächtige Körper unter seinen Händen bebte. Fühlte die Symbiose in den letzten Sekunden des Opfers. Terje und der Sterbende. Zusammen, bis der allerletzte Atem zwischen seinen Fingern hinausströmte. Er dachte an Ted Bundys legendäre Worte über die Sekunde, in der der letzte Atemzug den Körper verließ und er in die Augen des Opfers blickte… In *dem* Moment war er Gott.

Als Terje Nitter die Augen öffnete, stand der Bus da und wartete. Er lächelte dem Busfahrer zu und winkte ab. Er hatte keine Eile. Er konnte den nächsten Bus nehmen oder den übernächsten. Die letzten Vorbereitungen waren ohnehin getroffen, und das Schicksal der Stadt lag in seinen Händen. Es waren immer noch drei Tage bis »Zero«, und noch wurde das Stadtbild vom Alltagsleben geprägt. Er lehnte sich in dem Wartehäuschen zurück und verschränkte die Hände hinter dem Kopf. Beobachtete die Leute, die unbekümmert durch die Haraldsgata schlenderten.

Wie war noch gleich die Anekdote über Frösche und kochendes Wasser…?

Polizeistation Haugesund
Montag, 2. März

Alexander brüllte und trat um sich, während er von zwei Beamten mit festem Griff durch die Tür der Polizeistation geführt wurde. Ob er vor Schmerzen schrie oder weil er wütend war, ließ sich schwer sagen; seine gebrochenen Rippen spürte er zweifellos. Lotte Skeisvoll nahm die raue Behandlung, die Alexander erfuhr, kaum zur Kenntnis, aber wenn sie noch die alte Lotte gewesen wäre, hätte sie die Kollegen gebeten, ihn nicht so grob anzufassen. Sie hatte sich ordentlich den Kopf gestoßen, als der Tobsüchtige sie zu Boden geschlagen hatte. Ihre Schläfe pochte und schmerzte, und sie konnte fühlen, dass der Bereich um das linke Auge geschwollen war.

Am Empfang bat sie eine Sekretärin, das Team zu einer Eilsitzung in einer halben Stunde zusammenzutrommeln. Die Sekretärin rief ihr etwas hinterher, aber Lotte winkte ab. Im Büro angekommen suchte sie eilig das Ermittlungsmaterial zusammen, das sie der Gruppe präsentieren wollte. Sie sortierte die Dokumente in die richtige Reihenfolge, notierte rasch darauf, wer etwas zu den einzelnen Sachen sagen sollte und was die Hauptpunkte waren, die sie bisher hatten. Dann druckte sie alles aus und legte es in Mappen, so wie sie es immer tat.

Anschließend entwarf sie eine kurze Übersicht über die dringendsten Arbeitsaufgaben und wer sie übernehmen konnte. Schrieb eine Notiz in Outlook für den Polizeidirektor, dass sie schnellstmöglich Unterstützung von KRIPOS anfordern sollten, um die Ermittlungen voranzutreiben. Åse brauchte technische Unterstützung, und sie selbst wollte jemanden haben, der ihr bei den taktischen Fragen half. DNA-Proben mussten spätestens am Nachmittag per Kurier rausgehen. Sie schickte die Mail ab, schaute auf die Uhr. Es blieben ihr noch fünf Minuten, um sich rasch zu schminken und in etwas Bequemeres als die Uniform zu schlüpfen. Das reichte bei Weitem nicht, aber es musste genügen.

Exakt um 12.30 Uhr betrat Lotte das Sitzungszimmer – und blieb wie angenagelt stehen. Bei dem Anblick, der sich ihr bot, fragte sie sich unwillkürlich, ob sie den falschen Raum erwischt hatte. Die Besprechung war bereits in vollem Gange, und ihr Platz am Kopfende des Tisches war besetzt. Verwundert betrachtete sie die Szene. Wo sie hätte sitzen sollen, stand der Polizeidirektor, und der einzige freie Stuhl am ovalen Tisch war an der Längsseite neben Lars Stople.

Polizeidirektor Arnstein Guldbrandsen drehte sich um, als er merkte, dass die anderen abgelenkt waren, und sah Lotte an der Tür stehen.

»Ah, da sind Sie ja. Ich war in Ihrem Büro, nachdem ich vor fünf Minuten Ihre Mail erhalten habe, aber Sie waren nicht da. Ich habe mir schon gedacht, dass Sie nicht dieselbe Nachricht erhalten haben wie die anderen. Setzen Sie sich einfach.«

Guldbrandsen zeigte auf den freien Stuhl neben Stople. Wie ein geprügelter Hund schlich sie zu ihrem Platz. Als sie an Guldbrandsen vorbeikam, öffneten sich die

Pforten der Hölle vor ihren Augen. Der Leibhaftige höchstpersönlich hatte sich hinter dem Rücken des Polizeidirektors versteckt, als sie ins Zimmer kam, aber jetzt sah sie ihn in aller Deutlichkeit.

Olav Scheldrup Hansen…

Lotte klammerte sich an die Rückenlehne des Stuhls. Ihre Hände begannen zu zittern. Das Drama vom letzten Herbst entfaltete sich vor ihrem inneren Auge. Der KRIPOS-Kommissar, der beinahe die Ermittlungen im Fall Maestro eigenmächtig gegen die Wand gefahren hätte und der ihrer Meinung nach unmittelbar verantwortlich für mindestens zwei der Todesfälle war, saß mit seinem gewohnten selbstgefälligen Lächeln am Tisch. Grauer Anzug. Das dünne Haar zurückgekämmt, um die beginnende Platte zu kaschieren. Olav Scheldrup Hansen nickte verhalten. Nicht freundlich, sondern mit einer betonten Selbstsicherheit, die sie verblüffte.

Der Polizeidirektor musste ihre Reaktion bemerkt haben, denn anstatt sie abermals zu bitten, sich zu setzen, ging er um den Tisch herum zu ihr und half ihr fürsorglich, Platz zu nehmen. Lars Stople griff nach ihrer Hand und drückte sie vorsichtig. Von der gegenüberliegenden Seite warf Åse Frugård ihr einen freundlichen Blick zu. Lotte sah verzweifelt in die Runde. Versuchte, das albtraumhafte Bild zu verscheuchen, das auf ihrer Netzhaut brannte: der abgeschlagene Kopf ihrer Schwester auf einem Pfahl.

Polizeidirektor Arnstein Guldbrandsen wirkte bekümmert, er begriff offenbar, womit sie zu kämpfen hatte. Sie hatten mehrere Gespräche über Annes gewaltsamen Tod geführt, seit Lotte vor einem Monat aus der krankheitsbedingten Freistellung in den Dienst zurückgekehrt war. Es half ihr, dass er sie verstand.

»Tut mir leid, dass Sie die Nachricht nicht bekommen haben, ich hatte die Sekretärin extra gebeten, Sie über diese Sitzung zu informieren, was sie offensichtlich nicht getan hat. Geht es denn?«

Lotte räusperte sich, brachte aber kein Wort hervor. Sie starrte vor sich auf die Tischplatte. Richtete einen schwarzen Stift parallel zur Tischkante aus. Stellte ein paar Pappbecher auf dem Tisch um, sodass sie ein quadratisches Muster bildeten. Räusperte sich noch einmal.

»Äh … Nein!«

Es schien, als wüsste Arnstein Guldbrandsen nicht recht, wie er mit der Situation umgehen sollte.

»Wir verstehen, wie Ihnen zumute ist. Soll ich Ihnen ein Glas Wasser besorgen? Oder wollen Sie vielleicht kurz an die frische Luft gehen? Sie sehen blass aus.«

Lotte legte beide Hände auf den Tisch und wandte dem Polizeidirektor das Gesicht zu.

»Das habe ich mit ›Nein‹ nicht gemeint, Guldbrandsen. Ich komme schon klar, muss mich nur ein bisschen sammeln. Mein Nein gilt diesem Angeber, der schon wieder aus Oslo als Unterstützung für meine Ermittlung angefordert wurde. Wir wissen alle, wie unglaublich schlecht es letztes Mal gelaufen ist. Tut mir leid, Olav, aber Sie sind ein Mistkerl, für den das Ego an erster Stelle steht, die Fassade an zweiter und das Wohlbefinden der Bevölkerung bestenfalls an dritter Stelle. Nein, das geht nicht, Herr Polizeidirektor. Ganz und gar nicht.«

Es wurde totenstill im Raum. Lars Stople drückte ihre Hand so fest, dass Lotte sie wegzog. Die anderen sahen überall hin, nur nicht zu ihr. Olav Scheldrup Hansen eingeschlossen. Neben dem KRIPOS-Kommissar saß ein Mann und putzte umständlich seine Brille. Eine seltsame Erscheinung, schlaksig und mit Jim-Morrison-Frisur. Sie hatte ihn noch nie zuvor gesehen. Der Einzige, der offenbar unbeeindruckt blieb, war Arnstein Guldbrandsen.

»Die Sache ist die, Oberkommissarin Skeisvoll, dass ich bereits gestern Abend veranlasst habe, worum Sie mich in Ihrer Mail vor zehn Minuten gebeten haben. Ich habe Unterstützung von KRIPOS angefordert. Ich habe ausdrücklich um die Entsendung von Olav Scheldrup Hansen gebeten, weil er unsere Dienststelle, unsere Abläufe und das Personal kennt, das wir zur Verfügung haben. Das vereinfacht die Dinge und erspart uns eine Menge Zeit.«

Lotte schüttelte den Kopf. Resolut schob sie den Stapel mit den Mappen, die sie vorbereitet hatte, von sich.

»Kommt nicht infrage. Ich arbeite nicht noch einmal mit ihm zusammen, nicht wenn ich die Ermittlungen leiten soll. Dann müssen Sie sich hier im Haus nach einem anderen Teamleiter umsehen. Ich mache es jedenfalls nicht.«

Arnstein Guldbrandsen erhob sich abrupt. Sein Stuhl schrammte über den Boden.

»Wissen Sie was, Skeisvoll? Sie haben völlig recht. Sie machen das nicht! Ich habe mich verschätzt, als ich Ihnen diesen Fall übertragen habe. Sie sind nicht gefestigt und dürften streng genommen überhaupt nicht im Dienst sein. In den beiden letzten Tagen habe ich mehrere besorgte Hinweise von Ihren engsten Mitarbeitern erhalten. Sie haben Vorschriften missachtet, waren bei Besprechungen geistig abwesend, haben wichtige Berichte nicht gelesen, sind gegen eine Journalistin handgreiflich geworden, haben fundamentale Aufgaben an Untergebene delegiert und mehrmals unter Beweis gestellt, dass es Ihnen an Urteilskraft fehlt. Der einzige Grund, dass Sie immer noch hier am Tisch und nicht zu Hause auf dem Sofa sitzen, ist der, dass wir nachfühlen können, was Sie durchgemacht haben, Skeisvoll. Aber Sie werden die Ermittlungen definitiv *nicht* leiten.«

Lotte krümmte sich. Sie wäre am liebsten im Erdboden versunken. Das war eine Strafpredigt, die der Polizeidirektor ihr unter vier Augen hätte halten müssen. In ihren Augenwinkeln war kaum genug Platz für all die Tränen. Sie straffte die Schultern und versuchte, sich zu einer Art Lächeln zu zwingen.

»Gut. Damit bin ich einverstanden. Ich hoffe, dass der Kollege, der die Leitung der Ermittlungen übernimmt, Rückgrat genug hat, um Scheldrup Hansens rücksichtsloses Benehmen besser in den Griff zu bekommen, als es mir im letzten Herbst gelungen ist.«

Es war immer noch totenstill im Raum. Niemand machte Anstalten, die angespannte Atmosphäre zu durchbrechen. Der Polizeidirektor nahm wieder Platz und ließ sie noch ein wenig im eigenen Saft schmoren.

»Darum muss der Betreffende sich keine Sorgen machen. Ich habe KRIPOS um Unterstützung bei der Leitung der Ermittlungen gebeten. Olav Scheldrup Hansen leitet die Ermittlung in den beiden Mordfällen, und falls Sie Probleme mit meiner Entscheidung haben, Skeisvoll, und sich außerstande sehen, unter seiner Führung zu arbeiten, bitte ich Sie, diesen Raum jetzt zu verlassen. Die Entscheidung liegt bei Ihnen.«

Polizeistation Haugesund
Montag, 2. März

Olav Scheldrup Hansen übernahm die Leitung, unmittelbar nachdem Arnstein Guldbrandsen seine Einführung beendet hatte. Er wechselte ein paar Worte mit PST-Ermittler Harald Samuelsen, der neben ihm saß, bevor er die Lagebesprechung eröffnete. Lotte Skeisvolls dunkle Pagenfrisur verbarg ihre Augen, und niemand hätte sagen können, ob sie den Ausführungen tatsächlich folgte. Scheldrup Hansen machte nicht viele Worte. Er hasste lange Sitzungen mit nicht enden wollenden Diskussionen.

»Knut, können Sie uns eine kurze Zusammenfassung geben, was im ersten Fall bisher unternommen wurde. Der Mord an Emilie Sand Vormedal am Sonntag.«

Knut Veldetun erhob sich und ging zum Computer, der mit dem Beamer neben Olav stand. Er zog einen USB-Stick aus der Tasche und hielt ihn fragend hoch.

»Was ist auf dem Stick?«

»Meine Präsentation, auf der ich in Einzelpunkten die verschiedenen Arbeitsaufgaben zeige, für die Lars und ich die Verantwortung tragen.«

»Brauchen wir nicht. Geben Sie uns einfach eine mündliche Zusammenfassung, gleich dort, wo Sie stehen. Kurz und knapp.«

Knut Veldetun war im Niemandsland gestrandet. Wand

seinen langen Körper unbehaglich und machte ein Gesicht wie ein Schaf. Sein Blick pendelte unsicher zwischen dem Computer und seinem Sitzplatz hin und her.

»Bitte noch vor Ostern, Kollege Veldetun.«

Knut wich ein paar Schritte zurück. Blieb an seinem Stuhl stehen und begann unbeholfen aufzuzählen, was sie unternommen hatten, seit der erste Streifenwagen Sonntagmorgen am Tatort eingetroffen war.

»Wir haben mit mehreren der Jugendlichen und mit den beiden Männern gesprochen, die sich vor dem Mord und zum Zeitpunkt des Verbrechens im Haus aufgehalten haben. Wir haben noch nicht mit John Halvorsen und Alexander Hauge Gudmundsson geredet. Außerdem haben wir die Nachbarn befragt und Lotte und Åse bei der Untersuchung des Hauses geholfen. Das steht alles in unseren Berichten, aber dies ist ja nur eine kurze Zusammenfassung, und ich habe noch mehr Details hier auf dem Stick.«

Olaf beendete die peinliche Pause, die eingetreten war.

»Okay, Veldetun. Ich werde veranlassen, dass das gesamte Team einen Ausdruck der Dateien auf dem Speicherstick zur Durchsicht erhält, aber gibt es etwas Besonderes, was bei den Zeugenvernehmungen oder den Nachbarschaftsbefragungen herausgekommen ist?«

»Da ist schon einiges gewesen… Äh… Mehrere der Jugendlichen, die auf der Party waren, erwähnten besonders Alexander Hauge Gudmundsson. Er wurde dabei beobachtet, wie er an dem betreffenden Abend mehrmals in das Schlafzimmer von Emilie Sand Vormedal gegangen ist, auch in dem Zeitraum, in dem sie vermutlich getötet wurde. Die Zeugen beschreiben ihn als ziemlich unberechenbar, manchmal geradezu gewalttätig. Er wollte den Tod von Emilie vor ihren Freunden verheimlichen.«

»Das wissen wir alles, Kollege. Hat sich irgendetwas *Neues* ergeben?«

Knut Veldetuns breite Schultern sanken ein wenig nach vorn. Olav drängte sich das Bild eines Löwenfells auf.

»Eigentlich … nein. Die Nachbarn haben mitbekommen, dass eine Party stattfand, fühlten sich aber dadurch nicht sonderlich gestört. Keiner von ihnen hat etwas Außergewöhnliches bemerkt, bis auf ein älteres Ehepaar am Ende des Vestevegen, das beobachtet hat, wie drei Jugendliche, auf die die Beschreibung passt, die Party nach 22.00 Uhr verlassen haben. Das Ehepaar dachte zuerst, es sei etwas später gewesen, die beiden räumten aber ein, dass sie Wein getrunken hatten und vielleicht nicht mehr ganz klar …«

»Veldetun, bitte! Ist Ihre Antwort auf meine Frage ›Nein‹? Oder hat sich etwas Neues und Wichtiges ergeben?«

Knut Veldetun sank auf seinen Stuhl wie ein Teddybär, dessen Batterie alle ist.

»Nein.«

»Gut. Nächstes Mal sagen Sie das gleich. Ein Wort. Ohne das ganze Wischiwaschi.«

Olav Scheldrup Hansen erhob sich, stemmte die Hände in die Seiten und betrachtete sein Team. Die Leute waren eigentlich ganz brauchbar, wenn sie nur nicht so unglaublich träge und unbeweglich wären.

»Hat jemand eine Liste mit den Namen und Kontaktdaten der Partygäste? Wer befragt wurde und wer nicht?«

Lars Stople stieß Lotte an. Die Listen waren ihre Aufgabe. Sie strich sich die Haare aus dem Gesicht und blickte hoch. Ihre Augen waren gerötet und ihre Stimme kaum zu vernehmen.

»Ich wollte die Liste gerade anlegen, als gestern Abend der zweite Mord gemeldet wurde, und heute fanden weitere Tatortuntersuchungen und die Festnahme von Alexander statt. Um es mit Ihren Worten zu sagen, die Antwort ist *Nein.*«

Olav Scheldrup Hansen beschloss, nicht darauf einzugehen, dass sie eine so wichtige Aufgabe versäumt hatte. Er hatte keine Lust auf eine erneute Auseinandersetzung.

»Okay. Dann hat das höchste Priorität, Lotte. Ich möchte die Liste in einer Stunde auf meinem Schreibtisch haben. Was ist mit den Eltern?«

»Emilies Eltern kommen um 13.00 Uhr, die Eltern von Veronica Østensjø werden morgen aus Gdansk zurückerwartet. Lars wird mit ihnen reden.«

»Schön. Kommen wir zum Technischen. Åse?«

Åse Frugård erhob sich auf ihre stockdürren Beine und blickte Olav über den Brillenrand hinweg an.

»Wenn ich Sie recht verstanden habe, wollen Sie keinen Vortrag?«

»Definitiv nicht!«

»Schade. Es wäre interessant gewesen, die Meinung des Teams zu ein paar Einzelheiten zu hören. In Emilies Schlafzimmer wimmelt es von Spuren, und es gibt einige interessante Details zum Tatort Breidablik-Schule. Aber das steht alles in meinem Bericht, den könnt ihr ja lesen, wenn ihr wollt.«

Sie setzte sich wieder und verschränkte die Arme vor

der Brust. Olav verstand die Zeichen. Jeglicher Versuch, das Tempo ein bisschen anzuziehen, damit sie nicht ins Hintertreffen gerieten, war offenbar zwecklos. In alten Polizeidirektionen saß gerne ein tief verwurzeltes »Haben wir schon immer so gemacht« im Gebälk. Hier in Haugesund war diese Haltung in die Stahlträger eingeschweißt.

»Die Hauptpunkte, Frugård, wenn Sie so nett wären.«

Åse Frugård machte keine Anstalten, wieder aufzustehen. Sie blieb stur auf ihrem Platz sitzen.

»›Nett‹ ist ein Adjektiv, das nur selten in einem Atemzug mit meinem Namen genannt wird, aber die Hauptpunkte sollen Sie haben. Beide Opfer wurden gewaltsam getötet. Emilie Sand Vormedal am Samstagabend, vermutlich kurz nach 22.00 Uhr, jedoch nicht später als 23.00 Uhr. Sie wurde erstickt, aber wir wissen nicht genau, wie, da es bis auf sehr kleine Petechien keine äußerlichen Merkmale gibt. Sie hatte Restmengen von Alkohol und Rohypnol im Blut, allerdings war die Konzentration nach meiner Einschätzung nicht hoch genug, um einen Herzstillstand oder lebensbedrohliche Atembeschwerden herbeizuführen. Es hätte weit höherer Mengen bedurft, damit sie von allein aufhört zu atmen. Ausgehend von den Todesmerkmalen können wir festhalten, dass sie bis zum Einsetzen der Leichenstarre nicht bewegt wurde. Wir haben etliche Spuren von Personen gesichert, die sich im Zimmer aufgehalten haben, sie befinden sich zwecks DNA-Analyse im Labor.«

Die Kriminaltechnikerin ratterte die Fakten herunter wie ein Maschinengewehr und holte nur kurz Luft, ehe sie mit dem zweiten Fall weitermachte.

»Wie bereits erwähnt, wurde unser zweites Opfer ebenfalls getötet. Der junge Mann hat zahlreiche Messerstiche abbekommen. Mehrere der Stiche waren für sich genommen tödlich, da sie Herz, Schlagadern und mehrere lebenswichtige Organe trafen. Aufgrund der Zeugenbeobachtung des Klavierlehrers, der ihn in Breidablik gefunden hat, wissen wir, dass er gestern Abend zwischen 20.15 Uhr und 20.45 Uhr starb. Der Getötete hatte einen Zettel mit einer Botschaft um den Hals, die ihr alle kennt. Auf dem Papier wurden keine Fingerabdrücke gefunden, aber wir haben den Sohlenabdruck eines Schuhs, der vermutlich vom Täter stammt, in Größe dreiundvierzig, außerdem ein Päckchen Portionssnus, das auf dem Asphalt neben dem Opfer gefunden wurde. Auch hier wird derzeit eine Fingerabdruck- und DNA-Analyse vorgenommen.«

Olav lächelte. So wollte er es haben. Kurz, präzise und effektiv. Er nickte Åse Frugård anerkennend zu, erhielt aber nur ein verächtliches Schnauben als Antwort.

»Sehr schön. Vorbildlich. Damit haben wir die Informationen, die wir von Ihnen brauchten. Den Rest können wir, wie Sie selbst betont haben, Ihrem Bericht entnehmen.«

Er zeigte auf Lotte Skeisvoll und bat sie um die Beschreibung der beiden Opfer. Sie erhob sich langsam, und ohne um Erlaubnis zu fragen, ging sie zum Computer und schaltete ihn und den Beamer ein.

»Lotte, wir haben keine Zeit für …«

»Ich habe unter großen Bedenken zugestimmt, Sie bei Ihren Ermittlungen zu unterstützen. Wenn ich dem Team etwas darlegen soll, muss das ordentlich gemacht werden. Entweder wir haben die drei Minuten, die es dauert, oder ich nehme meine Unterlagen und gehe. Ihre Entscheidung.«

Olav machte eine resignierte Geste und gab auf.

Lotte suchte die Fotos der Tatorte heraus und begann mit Emilie. Sie rief das erste Foto auf.

»Zwanzig Jahre alt, ledig. Aus Äthiopien adoptiert. Lebte bei ihren Eltern hier in Haugesund. Studierte Krankenpflege im ersten Jahr an der Hochschule Stord/Haugesund und jobbte abends bei Classic Kebab in der Haraldsgata. In ihrem Freundeskreis galt sie als umgänglich, fröhlich und aufgeschlossen. Viele Beziehungen, aber keine hat länger als ein paar Monate gedauert. Wir müssen mit jedem aus ihrem Freundes- und Bekanntenkreis sprechen, um ein eventuelles Motiv aufzudecken. Es gibt sehr viel, was wir noch nicht über Emilies Leben wissen.«

Sie klickte rasch weiter zum nächsten Bild.

»Das hier ist unser zweites Opfer. Yusuf Samfari. Wir wissen bisher noch wenig über ihn, da wir seine Identität erst heute früh erfahren haben. Ebenfalls zwanzig Jahre alt, und …«

Lotte hielt inne, sie hatte bemerkt, dass Knut Veldetun aufgestanden war. Er zeigte auf das Foto.

»Der Junge da … Yusuf … Er war einer der Partygäste vom Samstag.«

Lottes Gesicht war ein einziges großes Fragezeichen. Sie blickte von dem Foto, das der Beamer an die Wand warf, zu Knut, der mit dem Finger auf das Bild zeigte.

»Das ist derselbe Junge. Ein schmächtiger kleiner Kerl. Ich habe gestern noch mit ihm gesprochen. Großer Gott,

Lotte… Ich habe dir von ihm erzählt, als wir heute den Tatort des ersten Mordes besichtigt haben! Siehst du nicht, dass es derselbe Name ist?«

Lotte Skeisvoll stand da wie ein Troll, der vom ersten Morgenlicht überrascht wird, und klammerte sich an die Tischkante. Olav griff ein, um zu verhindern, dass die Situation noch peinlicher wurde.

»Okay. Das ändert die Situation grundlegend. Fünf Minuten Pause, damit ich mich mit Samuelsen, Guldbrandsen und Skeisvoll besprechen kann. Wir müssen die Ermittlungen noch einmal völlig neu überdenken und haben schon viel wertvolle Zeit verloren.«

Austmanna-Wohnblocks, Haugesund
Montagnachmittag, 2. März

Lotte Skeisvoll zögerte einen Moment, bevor sie an der Tür klingelte. Sie hatte sonst niemanden, zu dem sie gehen konnte. Viljar war der Einzige, dem sie sich öffnen konnte. Nur er verstand wirklich, wie sie sich fühlte. Einsam war sie nicht, sie hatte nie das Bedürfnis nach einem großen Bekanntenkreis gehabt. Sie kam sehr gut ohne gemeinsame Taco-Freitage, Kneipenbesuche und Clubreisen nach London zum Shoppen mit Freundinnen aus. Allein zu sein war eine bewusste Entscheidung, die sie schon in früher Jugend getroffen hatte. Man konnte sich auf niemanden verlassen, außer auf sich selbst.

Alles hatte sich verändert, seit ihre Schwester im Herbst ermordet worden war. Anne war seit vielen Jahren drogenabhängig gewesen, und der Kampf um die Schwester und gegen die Sucht hatte Lotte auf Trab gehalten. Jetzt war niemand mehr da, der sie noch brauchte. Niemand außer den Kollegen auf der Dienststelle.

Aber sie hatte ein gutes Verhältnis zu Viljar Ravn Gudmundsson. Der zerlumpte Journalist war in allem ihr bizarres Gegenstück. Unordentlich, rastlos, nachlässig und ein wenig naiv. All das, was sie eigentlich verachtete. Trotzdem war da etwas, das sie anrührte. Seine intuitive Fähigkeit, sie in ihrem Wesen zu verstehen. Sie zu deuten. Die richtigen Fragen zu stellen. Zu spüren, wann sie Trost brauchte und wann Widerspruch. Eine nackte, offene und ehrliche Fürsorge, die sie nicht mehr erlebt hatte, seit ihre Eltern am 4. Januar 2000 bei dem Zugunglück von Åsta ums Leben gekommen waren.

Viljar sagte nichts, als er ihr öffnete. Er ließ die Tür offen, drehte sich um und ging ins Wohnzimmer. Seit der dramatischen Festnahme im Krankenhaus hatten sie noch nicht wieder miteinander geredet. Lotte merkte, dass er angespannt war. Sie verschloss die Augen vor der Unordnung und folgte ihm. In der Wohnung stank es nach schmutzigem Geschirr und vollem Abfalleimer. Kalter Zigarettenrauch überdeckte das Schlimmste.

Lotte blieb an der Wohnzimmertür stehen. Konnte sich nicht überwinden, im Sessel Platz zu nehmen, der am anderen Ende des Zimmers stand, weit entfernt von Viljar. Sie hatte sich vorher zurechtgelegt, was sie sagen wollte, aber die Worte blieben ihr im Hals stecken. Viljar kam ihr zu Hilfe.

»Du brauchst nichts zu sagen, Lotte. Es war nicht deine Schuld. Ich war ein Idiot, dass ich nicht gesehen habe, was Alex angerichtet hat.«

Sie ließ die Schultern sinken. Das schlechte Gewissen, das ihr zu schaffen machte, seit sie am Morgen die Beherrschung verloren hatte, ließ etwas nach, und sie kämpfte mit den Tränen. Verstand nicht, warum sie so emotional reagierte.

»Ich weiß nicht, was ich sagen soll, Viljar. Es tut mir leid, aber …«

Er stand auf, legte die Zigarette im Aschenbecher ab und ging zu ihr.

»Komm, nimm Platz.«

Er führte sie zum Sofa und setzte sich neben sie auf die Armlehne. Er schaute sie einfühlsam an, sie war sich nicht sicher, ob sie das verdiente.

»Wie geht es dir? Siehst ziemlich mitgenommen aus. Nicht so gut, was?«

Lotte schüttelte leicht den Kopf. Unschlüssig nahm sie einen grünen Apfel aus dem Obstkorb auf dem Tisch. Die anderen Äpfel im Korb waren rot. In Ermangelung anderer Alternativen drückte sie ihn Viljar in die Hand. Er lächelte sie an, stand auf und ging in die Küche. Eigentlich hatte sie vorgehabt, ihre Gedanken für sich zu behalten, denn die Polizeiführung hatte ihnen allen einen Maulkorb angelegt, aber wenn sie ins Fettnäpfchen trat, dann war das eben so. Sie musste Druck ablassen.

»Olav Scheldrup Hansen hat die Leitung der Ermittlung übernommen.«

Viljar steckte den Kopf durch die Küchentür und sah sie ungläubig an.

»Du machst Witze, oder? Etwa der, den KRIPOS letzten Herbst geschickt hat? Das ist ja genauso hirnverbrannt, als würde man Vidar Kleppe zum Flüchtlingsbeauftragten machen!«

Bei dem Vergleich musste sie beinahe lächeln, aber nichts an dieser Situation war besonders lustig.

»Der Polizeichef hat das veranlasst. Er meint, dass ich als Ermittlungsleiterin nicht tragbar bin. Dass ich meine Arbeit nicht gemacht habe …«

Bei den letzten Worten war es vorbei mit der mühsamen Selbstbeherrschung. Lotte verbarg das Gesicht in den Händen. Viljar war mit einem Satz bei ihr und nahm sie in den Arm. In ihr tobte ein Chaos aus eingesperrten Gefühlen. Die Herabwürdigung. Die Scham. Die Demütigung …

»Verdammtes arrogantes Arschloch!«

Lotte stieß Viljar weg, und für einen Moment sah es so aus, als glaubte er, sie habe ihn damit gemeint. Sie sprang auf, griff sich eine Zeitschrift vom Tisch und feuerte sie an die Wand.

Viljar ging ruhig an ihr vorbei, hob die Zeitschrift auf und führte Lotte behutsam zum Sofa zurück.

»Du … Hör zu. Dass der Typ ein Idiot ist, darüber sind wir uns einig. Aber vielleicht ist es ganz gut für dich, jetzt mal einen Schritt beiseitezutreten. Was in den letzten Tagen passiert ist, zeigt ja, dass du mit der Situation überfordert bist. Du bist auch nur ein Mensch, Lotte. Kein verdammter Transformer, der zwischen Mensch und Maschine wechseln kann, wie es ihm beliebt.«

Lotte kämpfte gegen den Drang, auf Viljar loszugehen. Dass sie Verantwortung abgab, war ein Riss in ihrem Fundament. Ihr Leben bestand aus Ordnung, Struktur und Professionalität. Gefühlsduselei war nicht ihr Ding. Entweder sie machte ihren Job, oder sie machte ihn nicht. So einfach war das. So logisch. So unkompliziert.

»Ich habe dir das schon früher gesagt, Lotte, aber ich möchte, dass du diesmal auf mich hörst. Du weißt, dass ich seit Jahren zu Vigdis Nygaard gehe. Sie ist eine schrullige alte Schachtel, aber sie *hilft* mir. Ohne sie würde ich vollständig durchdrehen. Sie hat gesagt, dass ihre Tür immer für dich offensteht, jederzeit. Du brauchst Hilfe, Lotte. Das geht so nicht weiter.«

Lotte blendete seine Worte aus. Sie wusste ja, dass Viljar es gut mit ihr meinte und ihr nur helfen wollte.

Aber er begriff nicht, dass das Einzige, was sie wirklich brauchte, jemand war, dem sie vertrauen konnte. Jemand, dem sie alles erzählen konnte, ohne gemessen, gewogen und für zu leicht befunden zu werden. Sie drehte sich zu Viljar um, legte die Hand an seine Wange und konzentrierte sich darauf, das zu sagen, was sie sagen wollte. Es war sehr wichtig, dass er es verstand. Ihre Probleme ließen sich nicht auf der Couch eines Seelenklempners lösen.

»Viljar… Das Einzige, was ich brauche, ist jemand, der mir zuhört. Der für mich da ist, ganz egal, was passiert. Jemand, der sich nicht zum Richter darüber macht, welche Gedanken oder Gefühle richtig oder falsch sind. Jemand, zu dem ich kommen kann, wenn die Dinge schwierig werden, so wie heute. Ich komme sehr gut allein zurecht. Ich kriege das hin. Das Einzige, was ich brauche… ist jemand wie dich. Ist das so schwer zu verstehen?«

Captain's Cabin, Haugesund
Montagabend, 2. März

Im Captain's in Haugesund zu stranden ist ein Anzeichen dafür, dass das Leben Schlagseite erlitten hat. Die Seelen, die man auf den Schiffsplanken des altersbraunen Pubs trifft, sind Menschen mit einem bewegten Leben, Leute, die Geschichten zu erzählen haben und noch mehr Geschichten vergessen wollen. Dort fragen dich viele, ob es dir gut geht, obwohl sie wissen, dass es nicht so ist. Es gibt keine Vorurteile, und niemand gibt vor, etwas Besseres zu sein. Hin und wieder zog es Viljar Ravn Gudmundsson in diese Kneipe. Hier konnte er untertauchen. Niemand außer der Bedienung und den Stammgästen wusste, dass er gelegentlich hier verkehrte.

Er saß an der Theke. Trank wortlos sein Bier, das dritte, seit er vor einer Stunde durch die Tür gekommen war. Im Fernseher hinter ihm lief eine Wiederholung des gestrigen Premier-League-Spiels Liverpool gegen Manchester City. Viljar war Chelsea-Fan, und das Spiel war ihm herzlich egal. Seine Gedanken kreisten um seinen Sohn.

Alles, was er in den letzten beiden Tagen ausgehalten und durchgemacht hatte, war für die Katz. Als würde man in der Halbzeitpause in der Spielerkabine sitzen, und die eigene Mannschaft liegt 0:5 zurück. Es ging nicht mehr um den Sieg. Nur noch darum, das Ergebnis etwas aufzuhübschen. Das Gespräch am Nachmittag mit Lotte hatte es ein für alle Mal klargestellt: Alexander würde für den Mord an Emilie ins Gefängnis kommen. Lotte hatte sich geöffnet und ihm ihre verwundbare Seite gezeigt. Ob das ein gutes oder ein schlechtes Zeichen war, wusste er nicht. Es wäre in vieler Hinsicht einfacher gewesen, wenn sie noch die stabile Ermittlerin wäre, bei der er sich darauf verlassen konnte, dass sie alles unternehmen würde, um herauszufinden, was auf der Party vorgefallen war. Aber nun waren ihr von ihrem Vorgesetzten die Flügel mächtig gestutzt worden. Verständlich, so wie sie die Ermittlung geführt hatte, aber nachteilig für Alexander. Viljar glaubte nicht daran, dass Olav Scheldrup Hansen ähnlich viel am Wohl des Jungen gelegen war wie Lotte.

Er starrte in sein leeres Glas. *Hoffnungslosigkeit, Selbstmitleid und Apathie*. Drei treue Begleiter, die er gut als seine nächsten Angehörigen hätte bezeichnen können.

Die beiden Portionen General-White-Snus, die links und rechts unter seiner Oberlippe saßen, hatten ihre Kraft verloren. Viljar blickte hoch und klopfte auf seine Brusttasche. Zog das Päckchen Tidemanns Rød heraus, stieg vom Barhocker und machte ein paar unsichere Schritte auf den Ausgang zu. Es gab keine Sorgen, die man nicht mit Nikotin betäuben konnte. An der Tür musste er warten, denn der Türsteher half gerade einem Rollstuhlfahrer in die Kneipe. Erst als der Rollstuhl umgedreht wurde, erkannte Viljar den Mann.

»Jossen! Mensch, so spät noch auf den Beinen? Ich war heute kurz bei dir im Büro, aber du warst gerade auf Sendung.«

Der Mann im Rollstuhl hob den Kopf und blinzelte verschmitzt. Das graue Haar reichte ihm bis zur Taille, und der üppige Backenbart, sein ganzer Stolz, war vielleicht zu Lebzeiten von Henrik Ibsen modern gewesen. Im Jahr 2015 waren eine Handvoll Osloer Hipster, Jossen und Neil Young die letzten Überlebenden, die Koteletten schick fanden.

»Ah schau an, Viljar Ravn Gudmundsson. Da sehen wir uns mal drei Tage nicht, und du fragst, ob ich noch *auf den Beinen* bin. Hast du dir inzwischen das Augenlicht weggesoffen?«

Viljar grinste. Selbstironie war ein treuer Begleiter seines neuen Kumpels im Medienhaus.

»Noch nicht ganz, aber ich habe ernsthafte Pläne, mir heute Abend so richtig die Kante zu geben.«

»Ich nicht. Ich muss noch fahren«, erwiderte Jossen trocken.

Viljar klopfte seinem Kumpel auf die Schulter, packte die Griffe des Rollstuhls und schob ihn resolut durch dieselbe Tür, durch die er vor dreißig Sekunden hereingekommen war. Draußen drehte er für jeden eine Zigarette und gab Jossen Feuer. Vor ihnen ragte das Haus der Handelskammer auf, ein altes Gemäuer von achtzehnhundert schieß mich tot mit Erkerfenstern und Turm.

»Joss … Es ist zwölf Jahre her, dass du um die Häuser gezogen bist. Was zum Henker machst du hier an einem Montagabend?«

Jossen blies den Rauch durch die Nase aus und kratzte sich den Handrücken, auf dem sich eine hässliche Schuppenflechte ausgebreitet hatte.

»Das ist der Ort, wo ich sie finde, weißt du. Die von

uns, die noch am Leben sind. Wir können überleben. Wir können clean bleiben. Aber nichts ist unumkehrbar. Bei uns steht kein Haufen Freunde und Familienangehörige bereit, um uns aufzufangen, wenn wir vom Karussell abspringen. *Needle and the Damage Done*, Viljar. Leute mit Backenbart wissen, wovon sie reden.«

Darüber hatte Viljar sich keine Gedanken gemacht, damals, als er und Jossen Nachbarn draußen auf Hasseløy gewesen waren. Jossen in einer heruntergekommenen Sozialwohnung, von der die Kommune behauptete, sie sei behindertengerecht, weil sie ein paar lose Aluminiumschienen über die Türschwellen gelegt hatten. Viljar in einer kleinen Bude im Nachbarhaus, nachdem zwischen ihm und Hilde alles den Bach runtergegangen war. Seine freien Abende hatte er bei Jossen verbracht. Ihm ein bisschen bei den praktischen Dingen geholfen und ihm Gesellschaft geleistet. Im Nachhinein hatte er sich oft gefragt, ob es nicht eigentlich umgekehrt gewesen war. Dass Jossen derjenige war, der ihm geholfen hatte.

»Fragt sich wohl eher, was dich heute Abend hierherführt, Viljar. Ich bin andauernd hier, aber du nicht.«

Viljar trat seine Kippe aus. Er beschloss, ehrlich zu sein. Jossen kannte Alex ja aus der Zeit, als sie Nachbarn waren. Er rollte Jossen wieder ins Lokal, und sie suchten sich eine Ecke, in der sie ungestört waren. Viljar bekam ungefragt einen neuen Halben und war noch nicht fertig mit der Schilderung der Ereignisse, als die Blume auf seinem Bier auch schon in sich zusammengefallen war.

Jossen nippte an einem Glas Cola. Als die Bedienung nicht hinsah, fischte er einen Flachmann hervor und nahm einen kräftigen Schluck. Viljar wich unwillkürlich zurück, als ihm der Geruch in die Nase stieg.

»Das ist Raikas. Vergorene Rentiermilch.« Jossen lehnte sich im Rollstuhl zurück und strich das glatte Haar umständlich hinter die Ohren. »Glaubst du, er hat es getan?«

»Was meinst du? Das Mädchen getötet?«

Jossen nickte.

»Ich weiß es nicht, Joss. Ich weiß nur, dass ich nie einen Menschen umbringen könnte. Kann nicht begreifen, dass Alex so was in sich hat.«

»Bullshit. Jeder von uns ist in der Lage zu töten. Das ist alles eine Frage der Umstände.«

»Nope. Ich fange sogar die Fliegen in der Wohnung ein und lasse sie frei. Einmal musste ich ein Wespennest entfernen und wäre fast dabei draufgegangen, weil ich unbedingt verhindern wollte, dass es auf die Erde fällt und kaputtgeht. Ein Wespennest eine Leiter hinunterzutragen ist keine besonders gute Idee …«

Jossen lachte laut und klopfte Viljar auf die Schulter.

»Okay. Du hast mich überzeugt. Aber alles deutet darauf hin, dass Alex nicht vom selben Kaliber ist. Die Polizei sperrt nicht einfach so einen Siebzehnjährigen ein.«

»Alex ist nicht so. Er denkt einfach nur nicht nach, bevor er handelt.«

Jossen rollte seinen Stuhl etwas vor, sodass die Fußstütze Viljar am Schienbein traf. Er hätte schwören können, dass der Kerl das mit Absicht getan hatte.

»Mein Gott, Viljar. Jetzt hör mal auf mit dem Gesülze. Sie werfen ihm Mord, Besitz von Amphetamin, Raserei und Gewalt gegen Vollstreckungsbeamte vor. Jetzt mach doch endlich die Augen auf, verdammt noch mal! Alex hat Probleme. Und du glaubst doch wohl nicht eine Sekunde lang an den Unsinn, mit dem er sich rauszureden versucht?«

»Na ja … Es war ja nicht seine Jacke, und …«

Weiter kam er nicht. Jossen lachte ihn lauthals aus.

»Nein, also wirklich, Viljar. Nicht seine Jacke? Wenn du mich fragst, hat er das Amphetamin gekauft. Hat zu viel von dem Zeug genommen, so wie die Jugendlichen das gerne tun, und sich sein Gehirn so damit zugedröhnt, dass er sich an nichts mehr erinnert. Er ist mit deinem Auto abgehauen, weil er wusste, dass die Polizei ihn durchsuchen und auf Drogen testen würde, und hat den Scheiß aus dem Fenster geworfen, als er gemerkt hat, dass die Bullen ihm im Nacken sitzen.«

Viljar wandte den Kopf ab. Er brauchte keine Besserwisser, die Alex nur noch mehr durch den Dreck zogen. Stille senkte sich wie eine Nebelwand zwischen sie. Jossens Worte machten es ihm schwer, klar zu sehen.

»Wie viele Male hast du ihn in den letzten Monaten getroffen, Joss? Drei-, vielleicht viermal? Ich dachte, du würdest verstehen, aber du bist offenbar selber auf Droge. Der Junge hat doch ADHS …«

So schnell gab Jossen nicht auf. Er rollte an Viljars Seite und versuchte, die Situation zu entschärfen.

»Ich bin nicht auf Droge. Aber dein Sohnemann ist es. Das war ein Weckruf, Viljar. Wir beide werden uns jetzt zusammensetzen und uns überlegen, wie wir dem Jungen helfen können. Gehen wir, oder willst du dich hier in Selbstmitleid und schalem Bier ertränken?«

Viljar fuhr sich mit der Hand übers Gesicht. Er

setzte ein mattes Lächeln auf und klopfte Jossen auf den Rücken. Er brauchte Freunde, nicht noch mehr Feinde.

»Ein blinder, halbtoter Journalist und ein Ex-Junkie im Rollstuhl. Tolles Team sind wir. Die norwegische Gerichtsbarkeit hat keine Ahnung, was auf sie zukommt.«

Als Antwort gab Jossen ein rasselndes Lachen von sich.

Haugesund Zentrum
Montagabend, 2. März

Der Regen peitschte waagerecht auf die Gruppe, die sich am Pavillon im Stadtpark versammelt hatte. Regenschirme klappten um, und die meisten trugen einen Südwester. Der kleine Park am Nordende der Stadt war ein geeigneter Ausgangsort für einen Demonstrationszug und wurde oft zu diesem Zweck benutzt. Rund um den achteckigen, militärgrünen Pavillon in der Mitte des Parks standen abgenutzte Bänke in der gleichen Farbe, aber bei diesem Wetter zogen die Anwesenden es vor, sich nicht zu setzen. Geirmund Bakken stand im Pavillon und war der einzige Mensch weit und breit mit trockener Kleidung. Selbst die Polizisten, die am Rand des Parks in Bereitschaft standen, waren nass bis auf die Haut.

»Dieser PEGIDA-Marsch findet statt zu Ehren unserer Freunde in Dresden und der Arbeit, die sie geleistet haben, um auf den Volksaufstand in Europa aufmerksam zu machen. Es ist an der Zeit, dass wir den Blick heben und sehen, was vor sich geht. Europa wird durch den Zustrom der Muslime islamisiert. Der IS-Anführer und ›Kalif‹ al-Baghdadi hat sich zum Ziel gesetzt, dass bis zum Ende dieses Jahres fünfhunderttausend Muslime nach Europa einreisen. Das ist ein realistisches Ziel, da unsere Politiker sich an Gastfreundschaft und ›Großzügigkeit‹ in Bezug auf die muslimische Einwanderung gegenseitig nur so überbieten. Zur selben Zeit werden in immer mehr muslimischen Ländern Christen verfolgt und getötet und Kirchen dem Erdboden gleichgemacht, ohne dass es in unseren norwegischen Städten zu einem einzigen Protestmarsch gekommen wäre. Der Irrsinn hat vollständig die Oberhand gewonnen!«

Harald Samuelsen blickte hinauf zu dem Mann am Rednerpult. Zu beiden Seiten des Pavillons hingen dunkelgrüne Fahnen, in deren Mitte ein weißer Pfeil prangte, das Symbol für den »Norwegischen Widerstand«. Mehrere vierschrötige Männer mit kahlrasierten Köpfen trugen die gleichen Fahnen und standen in zwei Reihen links und rechts vom Podium. Samuelsen hatte sich unter die Bäume gestellt und hielt sich unbemerkt im Hintergrund. Er konnte mehrere seiner PST-Kollegen ausmachen. Fast fünfzig Personen hatten sich im Park versammelt. Dass so viele gekommen waren, bei einem Wetter, das selbst einen Bergenser das Fürchten gelehrt hätte, war kein gutes Zeichen. Es gärte in der Stadt, und es war schwierig, sich einen Überblick zu verschaffen. Nach dem Mord an Yusuf Samfari hatte Harald Samuelsen noch fünf weitere Männer aus Oslo zur Unterstützung bekommen.

Angesichts des schlechten Rufs vieler rechtsextremistischer Gruppierungen in den Medien war ein PEGIDA-Marsch die taktisch richtige Entscheidung, dachte Harald. Es war eine machtvolle, anti-islamistische Protestbewegung, tief verwurzelt im deutschen Volk, und jeden Montag versammelten sich Tausende von Demonstranten in Dresden und anderen deutschen Städten.

Harald wagte sich ein Stück weiter vor. Hier kannte sowieso niemand sein Gesicht. Er stützte sich auf Arne

Durbans Skulptur *Mädchen mit den Händen auf den Knien* und blickte sich um. Mehrere Demonstranten trugen Sturmhauben, um ihre Identität zu verbergen. Manche hatten sich die Kapuzen ihrer Hoodies aufgesetzt und eng zusammengeschnürt. Andere trugen Regenkleidung und hatten sich den Südwester tief ins Gesicht gezogen.

Möglicherweise würde es während des Marsches zu Unruhen kommen, und Harald Samuelsen hatte bei einer Besprechung mit dem Polizeidirektor darum gebeten, dass die örtlichen Polizeikräfte in Bereitschaft waren. Warum die Aktivisten der politischen Linken diese Gruppierungen nicht lieber totschwiegen, anstatt sich mit ihnen anzulegen, verstand er nicht. Es war, als brächten sie es nicht fertig, eine brennende Lunte auszutreten.

Als sich der Zug in Bewegung setzte, ging Geir Bakken wie eine Galionsfigur voran. Er wurde von zwei Muskelpaketen flankiert, die ihn vor den Gegendemonstranten schützen sollten. Egal wo, die Demonstrationszüge ähnelten sich überall auf der Welt. An der Spitze ein zorniger kleiner Mann mit Geltungsbedürfnis, rechts und links glatzköpfige Muskelprotze mit Gefängnistattoos und Fahnen. Hinter ihnen ein Block schwarz gekleideter junger Männer mit Springerstiefeln und vernarbten Knöcheln, das eine oder andere verirrte Mädchen in Jungenkleidung, und ganz am Ende … ernste alte Männer mit hochgestelltem Kragen und verkniffenen Gesichtern.

Während der Demonstrationszug Harald Samuelsen passierte, blickte er sich nach den Kollegen um, die die Spitze des Zuges im Auge behalten sollten. Offenbar hatten sich deutlich weniger Zuhörer aus dem Park der

Demonstration angeschlossen. Viele wollten wahrscheinlich nicht von Freunden, Familienangehörigen oder Kollegen gesehen werden. Haugesund war eine kleine Stadt. Gerüchte verbreiteten sich schnell. Es war nur der harte Kern, der hinter den Fahnenträgern herstolperte. Leute, die entweder bis zur Unkenntlichkeit vermummt oder aber in der Stadt bereits als unversöhnliche Einwanderungsgegner bekannt waren.

Als der Zug an der Kreuzung Skjoldavegen und Sørhauggata nach rechts abbog, sah Harald Samuelsen die ersten Gegendemonstranten am Posthaus direkt unterhalb der Vår-Frelsers-Kirche. Er selbst hatte sich dem Ende des Zugs angeschlossen, um alles im Blick zu haben. Er konnte die Sprechchöre der Aktivisten hören. An der Straße standen Grüppchen von Jugendlichen. Einige Demonstranten vor ihm skandierten die ersten Schlachtrufe, und Beschimpfungen waren zu vernehmen. Die Straße war zu beiden Seiten durch Polizisten und Absperrungen gesichert, und noch sorgte die Schutzpolizei dafür, dass die Gegendemonstranten in gehörigem Abstand blieben.

Die Demonstration zog ruhig am Kaibakken vorbei und passierte die Filiale der SR-Bank in der Sørhauggata. Erst auf der Höhe der Victoriahjørnet geschah etwas. Harald Samuelsen bemerkte, dass Geirmund Bakken und seine Leibwächter kurz stehen blieben, ehe sie weitergingen. Die Erklärung dafür bekam er eine Minute später, als er selbst zu der Stelle kam. Auf Höhe der DnB-Bank an der Sørhauggata standen Hunderte von Menschen. Hier hatte die Polizei alle Hände voll zu tun, die Menge zurückzuhalten, und die Stimmung war deutlich aggressiver als vor wenigen Minuten unten am

Postgebäude. Harald funkte die anderen im Team an. Er bat sie, ihn auf dem Laufenden zu halten, ob es irgendwo zu Tumulten kam, und Fotos von auffälligen Demonstranten zu machen.

Zwischen Saga-Hotel und Steinpark hob Geirmund Bakken die norwegische Fahne, die er und einer der Leibwächter vor sich hertrugen. Die PEGIDA-Demonstranten fingen plötzlich an, ihre Jacken zu öffnen und leise miteinander zu reden. Harald Samuelsen blieb stehen und versuchte, einen der Polizisten neben ihm anzufunken, kam aber nicht durch.

Keine fünf Sekunden später hörte er einen gewaltigen Knall. Danach einen Schrei ein paar Meter weiter vorn, und er sah, wie einer der Mitdemonstranten umfiel. Samuelsen wollte sich durch die Menge drängen und dem Jungen helfen, der auf dem Asphalt lag, wurde aber von zwei Demonstranten resolut zurückgestoßen. Der Zug kam abrupt zum Stehen, und an den Rändern entstand Panik. Zwei Polizisten kamen angelaufen, während ein dritter in der Menschenmenge untertauchte. Aufgebrachte PEGIDA-Demonstranten zogen Baseballschläger und Schlagstöcke hervor, die sie unter den Jacken versteckt hatten, und begannen, sich einen Weg in die Richtung freizuknüppeln, aus der der Knall gekommen war. Harald Samuelsen musste sich aus dem Demonstrationszug zurückziehen, damit er nicht ins Zentrum der Gewaltspirale geriet. Als er sich umdrehte, bemerkte er, dass ein paar Leute vom Norwegischen Widerstand den Verletzten aus der Menschenmenge bargen und hinter ein Gebäude brachten.

Innerhalb von Sekunden hatte sich der Bereich um

den Steinpark in eine Massenschlägerei verwandelt. Harald hatte mehr als genug damit zu tun, sich aus dem Auge des Sturms zu retten. Blitzlichter zuckten um ihn herum. Zwei Jugendliche neben ihm wurden aus der Menge gezogen. Ihre Gesichter waren blutüberströmt. Ein ausländisch aussehender Junge wollte sie in Sicherheit bringen, bekam jedoch einen Springerstiefel so hart an den Kopf, dass Harald es knacken hörte. Leute schrien und brüllten, und zu Tode erschrockene Demonstranten stoben in alle Richtungen auseinander.

Die Polizei war machtlos, aber aus den Querstraßen heulten bereits die Sirenen der Einsatzfahrzeuge, es würde also nicht lange dauern, bis man die Demonstranten auseinandergetrieben hatte. Auf einmal vernahm Harald Samuelsen eine Autohupe, und gleich darauf hatten die Auseinandersetzungen im Steinpark ein Ende. Hier und da gab es noch kleinere Zusammenstöße, aber überwiegend waren es Linksaktivisten, die den Verletzten auf der Straße zu Hilfe eilten. Überall rannten Leute weg. Die Angst stand ihnen ins Gesicht geschrieben.

Als die Polizei die Situation schließlich unter Kontrolle gebracht hatte, wurden Harald Samuelsen zwei Dinge klar. Er hatte die Bedrohung unterschätzt, und auf der Pressekonferenz nach dem PEGIDA-Marsch würde er sich einigen unangenehmen Fragen stellen müssen. Er riss sich den Südwester vom Kopf und warf ihn in den Rinnstein. Der Regen lief ihm übers Gesicht, und das Haar klebte ihm in Strähnen an den Wangen. Er brüllte seinen Frust heraus, ohne dass irgendjemand in seiner Nähe reagierte.

»Verdammte Scheißstadt!«

Polizeistation Haugesund
Montagabend, 2. März

»Lotte, hören Sie zu. Ich kann verstehen, dass Sie wütend sind. Aber Sie müssen das Ermittlungsteam in zwei Gruppen einteilen, in eine taktische und eine technische, damit die Beteiligten wissen, für welchen Bereich sie die Hauptverantwortung tragen.«

»Ich habe Knut und Lars heute früh ganz klar gesagt, dass sie verantwortlich für die Zeugen und die Vernehmungen sind. Ich habe alles richtig gemacht, und jetzt kommen Sie wie ein Bulldozer an und stellen meine Ermittlung infrage. Das ist verdammt unfair.«

Olav Scheldrup Hansen und Lotte Skeisvoll gingen nebeneinander durch den Korridor des Polizeihauses.

»Der Polizeidirektor war das, nicht ich. Mir wurde nur seine Beurteilung Ihrer Ermittlungsarbeit präsentiert. Lassen Sie es gut sein, Lotte. Wir fangen einfach noch mal von vorn an, okay?«

Lotte antwortete nicht. Emotional kam sie sich vor wie in einer Achterbahn, und sie hätte am liebsten allen und jedem den Hals umgedreht. Der KRIPOS-Ermittler stand ganz oben auf ihrer Liste. Er dagegen setzte seinen Monolog fort, als sei ihr Schweigen ein Einverständnis und ein Zeichen, dass sie den Blick nach vorn richten sollten.

»So wie ich das sehe, ist es vollkommen einleuchtend,

dass ein Zusammenhang zwischen den beiden Morden besteht. Zwei Jugendliche, die auf derselben Party waren, werden innerhalb von vierundzwanzig Stunden tot aufgefunden, und beide sind ausländischer Herkunft. Der PST hat Verstärkung geschickt, und keiner kann mir erzählen, der Anführer des Norwegischen Widerstands war nur rein zufällig auf der Party. Ich begreife nicht, dass Sie die Logik nicht sehen.«

Sie gingen zum Videoraum, wo Lars Stople alles für eine Überprüfung der bei Alexander Hauge Gudmundsson gefundenen und beschlagnahmten Gegenstände vorbereitet hatte. Lotte war so erschöpft, dass sie kaum die Kraft fand zu widersprechen. Seit dreißig Stunden hatte sie fast kein Auge zugetan, und obwohl es jetzt kurz vor zehn war, schien der KRIPOS-Ermittler nicht vorzuhaben, ihnen eine Nacht Schlaf zu gönnen.

»Ebenso einleuchtend ist: Wenn es zwischen den beiden Morden einen Zusammenhang gibt, haben wir den Falschen festgenommen, Olav. Als Yusuf Samfari getötet wurde, lag Alexander in einem Krankenhausbett, bewacht von einem Polizisten.«

Olav Scheldrup Hansen machte ein bekümmertes Gesicht. Er blieb stehen und drehte sich zu Lotte um.

»Allen ist klar, dass Gudmundsson die zweite Tat nicht begangen hat. Doch es gibt einen Zusammenhang, und ich bin nicht der Einzige, der glaubt, dass wir es mit Hasskriminalität zu tun haben. Es brodelt in der Stadt. Die Arrestzellen sind voll mit Leuten, die sich heute Abend in der City eine Schlacht geliefert haben. Rassisten und Neonazis auf der einen und Linksextremisten auf der anderen Seite. Hätten wir die Zellen nicht abgeschlossen, würden sie sich gegenseitig an die Kehle gehen.«

Lotte betrachtete den kleinen Mann vor sich. Dünnes, zurückgekämmtes Haar, dicke Tränensäcke unter den Augen. Würde man einen Karikaturisten auf ihn loslassen, sähe Scheldrup Hansen aus wie ein Bernhardiner im grauen Anzug.

»Wir müssen breit gefächert ermitteln, Olav. Ohne Scheuklappen und Tunnelblick. Das ist doch eine Grundvoraussetzung bei jeder Ermittlung.«

Olav Scheldrup Hansen ging weiter. Ihre Einwände schienen ihn überhaupt nicht zu interessieren.

»Sie brauchen mich nicht zu belehren, wie man Ermittlungen führt. Ihr seid noch nicht mal mit allen Vernehmungen im ersten Fall durch. Der zweite Mord ist auch schon einen Tag alt, und noch keine einzige Vernehmung bisher. Als ich eingetroffen bin, waren noch nicht einmal die Videos der Überwachungskameras in der Stadt da. Wir müssen endlich mal ein bisschen auf Trab kommen!«

Lotte wusste, dass er recht hatte und es ihre Schuld war. Sie und das Team hatten zu viel Zeit und Energie auf Alexander verwandt.

Sie betraten den Videoraum und begruben die Streitaxt vorerst. Ein sichtbar erschöpfter Lars Stople hatte die Brille abgenommen und rieb sich die roten Augen. Er blickte hoch, als sie hereinkamen, murmelte etwas Unverständliches und setzte die Brille wieder auf. Er sah aus, als ginge es ihm nicht gut. Vor sich hatte er einen Laptop und mehrere Gegenstände, fertig beschriftet in kleinen, durchsichtigen Plastikbeuteln. Es schien, als erwartete er eine Antwort auf das, was er gesagt hatte, als sie hereingekommen waren.

»Entschuldigen Sie, Stople. Ich habe nicht verstanden, was Sie eben gesagt haben. Könnten Sie das wiederholen?«

Lars Stople seufzte und fuhr sich durch das zerwühlte graue Haar. Dann blickte er auf das Beweismaterial, als sei er ein Norwegischlehrer, der gerade einhundertvierzig Examensarbeiten hereinbekommen hat und weiß, dass sich alles Elend der Welt in den Stapeln verbirgt.

»Ich habe gefragt, ob es wirklich klug ist, dass Lotte dabei ist.«

Lotte erstarrte. Stand verdattert da und wusste nicht, wohin mit den Händen. Lars wich ihrem Blick aus.

»Was soll das, Lars? Ich bin doch immer noch an den Ermittlungen beteiligt.«

Lars Stople tat, als habe er ihre Worte nicht gehört.

»Wie gut kennst du Viljar eigentlich, Lotte?«

Sie konnte eine Mischung aus Mitleid und Unsicherheit aus seiner Stimme heraushören. Lotte kannte Lars Stople gut genug, um zu wissen, dass ihm den ganzen Tag vor dieser Frage gegraust hatte. Für sie ging es um alles oder nichts. Wenn sie die Wahrheit sagte, dann war es aus. Sie war nicht nur formal inkompetent, was Alexander betraf, sondern auch befangen, das merkte sie selbst. Vollkommen inakzeptabel.

Lotte merkte, wie Olav die Ohren spitzte. Er schien auf der Hut zu sein. Sie kam ihm zuvor.

»Viljar? Ich kenne ihn, aber nicht besser als ihr beide. Wir waren ja im Herbst an derselben Sache dran. Wir kennen uns nur oberflächlich, das ist alles.«

Die Worte fielen leicht wie Neuschnee. Sie wusste nicht, warum sie das sagte. Vielleicht weil sie den Gedanken nicht ertrug, dass Olav Scheldrup Hansen einen K.-o.-Sieg für sich verbuchen könnte, oder weil sie unbedingt im Ermittlungsteam bleiben wollte. Wahrscheinlich war es eine Kombination aus beidem. Lars Stople schüttelte den Kopf. Dass er das, was sie gesagt hatte, nicht kommentierte, war Antwort genug. Olav atmete langsam aus. Senkte das Schwert.

»Gut. Belassen wir es dabei. Was haben Sie für uns, Stople?«

»Diese Sachen hier wurden heute früh aus Alexander Hauge Gudmundssons Zimmer in der Wohnung seines Vaters im Austmannavegen hierhergebracht. Ein Ermittler vom PST hat mir bei der Durchsicht der Beschlagnahmungen geholfen.«

Lotte lehnte sich vor, um die Gegenstände näher in Augenschein zu nehmen. Ein paar davon erkannte sie wieder.

»Vom Geheimdienst? Das sind Sachen aus dem Zimmer eines Jugendlichen, nicht aus dem Hotelzimmer eines Landesverräters. Was habt ihr denn eigentlich gefunden?«

Lars klickte zu einem Dokument, in dem er eine Reihe von Fakten und Überlegungen zu den beschlagnahmten Gegenständen aufgeschrieben hatte.

»Es scheint sich langsam ein Motiv herauszukristallisieren. Die Gegenstände lassen sich alle mit Neonazismus in Verbindung bringen, außerdem sind da noch ein paar Dinge, die auf Drogenkonsum hindeuten.«

Lars sagte es nicht laut, aber sein ganzes Verhalten ihr

gegenüber schien zu fragen: *Wie blind bist du gewesen, dass du das nicht erkannt hast?*

Olav Scheldrup Hansen räusperte sich. Er spürte die angespannte Stimmung zwischen den beiden Kollegen wohl auch.

»Können Sie das genauer erklären? Kurzfassen, bitte.«

Lars ergriff einen Gegenstand nach dem anderen und erklärte:

»Das ist eine Südstaatenflagge. Sie hing in Alexanders Zimmer an der Wand. Solch eine Flagge verwenden Weiße in Amerika, die damit ihre Verbundenheit zur Sklaverei unterstreichen wollen. Der Ku-Klux-Klan benutzt sie bei seinen Auftritten.«

Er legte den Plastikbeutel wieder auf den Tisch und griff nach dem nächsten.

»Das hier ist ein T-Shirt mit einer sogenannten ›Odalsrune‹. Eine Rune, die Grundbesitz und germanische Rassenzugehörigkeit symbolisiert. Dieselbe Symbolik finden wir auf einem anderen T-Shirt … diesem schwarzen hier. Der weiße Totenkopf darauf wurde seinerzeit von der SS als Mützenabzeichen getragen und von den Todesschwadronen im sogenannten Totenkopfregiment.«

Lars Stople nahm einen anderen Beutel mit einem kleinen Gegenstand und hielt ihn hoch.

»Hier haben wir einen Ring. Sieht zunächst harmlos aus, fast wie eine Art Freimaurerring. Wir haben nach dem Symbol auf dem Ring gesucht, und die drei Siebenen, die zu einem Kreis zusammengefügt sind, haben eine klare Symbolik. Das Symbol ist als ›Threesevens‹ bekannt. Es ist eine sogenannte Triskele und war das Emblem der rassistischen Burenbewegung ›Afrikaner

Weerstandsbeweging‹ in Südafrika. Die Triskele besteht, wie ihr seht, aus der Zahl 777, dem ›Gotteszeichen‹, das die 666, das ›Teufelszeichen‹, besiegen soll, und sie ist ähnlich geformt wie das nationalsozialistische Hakenkreuz.«

Lotte spürte, dass ihre Beine Probleme hatten, ihr Körpergewicht noch länger zu tragen. Wieder wurde sie von dieser verdammten Panik erfasst. Sie zog ihre Uniformbluse zurecht. Strich sich das Haar hinters Ohr. Legte ein paar der Asservatenbeutel anders hin, sodass sie nach Farbcodes sortiert auf dem Tisch lagen. Sie merkte, dass Lars sie aufmerksam beobachtete. Sie musste etwas sagen, um die drückende Stille zu durchbrechen.

»Also der PST meint, dies hier beweist, dass Alexander mit einer neonazistischen Bewegung sympathisiert und er Emilie Sand Vormedal getötet hat, weil sie eine andere Hautfarbe hatte?«

Ihre Stimme klang deutlich schroffer, als sie beabsichtigt hatte. Eigentlich dachte sie das selbst auch.

»Nein, Lotte. Das *beweist* gar nichts. Aber einerseits haben wir das Beweismaterial hier, und andererseits hat er sich im fraglichen Zeitraum in ihrem Zimmer befunden, da kommt doch einiges zusammen, oder?«

»Das reicht nicht aus, Lars. Das sind nur Indizien.«

Sie klammerte sich an diesen Strohhalm. Wollte nicht, dass der Junge zur Zielscheibe der Ermittlung wurde und sie andere Spuren nicht weiterverfolgten.

»Das stimmt. Aber zudem hatte sie mehrere Druckstellen am Körper, die auf sexuelle Gewalteinwirkung vor ihrem Tod hindeuten, und da kein anderer als Alexander in dem Zimmer war, als der Tod eintrat … Außerdem haben wir seinen Laptop untersucht. Und die Dateien darauf räumen meiner Meinung nach die letzten Zweifel aus.«

Olav Scheldrup Hansen packte auf einmal der Eifer. Er ging um den Tisch und stellte sich neben Lars Stople. Winkte Lotte ungeduldig zu sich. Sie hielt sich an der Tischkante fest, während sie mit kleinen Schritten zu den beiden Männern ging. Lars öffnete eine Videodatei auf dem Rechner, klickte auf Start und trat vom Bildschirm zurück. Lotte hielt sich mit der einen Hand an einer Wandlampe und mit der anderen an der Tischkante fest.

Vor ihnen begann ein Film zu laufen, der vermutlich mit einem Handy aufgenommen worden war. Auf einem Bett lag ein dunkelhäutiges Mädchen. Ihre Augen waren verbunden, ihr Mund mit braunem Packband zugeklebt, und ihr Haar wurde teilweise von einem Kissen verdeckt, das halb auf ihrem Kopf lag. Das Mädchen war nackt. Um sie herum standen drei Männer mit Masken, die dem Bild *Der Schrei* nachempfunden waren. Ganz unten im Bild waren zwei behandschuhte Hände zu sehen, die die Beine der jungen Frau festhielten. Sie wand sich und strampelte, verzweifelte Laute und halb erstickte Schreie waren zu hören.

Plötzlich entfernten sich zwei Männer, während der dritte vor dem Mädchen stehen blieb. Er stand mit dem Rücken zur Kamera. Auf einmal spannte er die Muskeln an und knöpfte die Hose auf. Lotte drehte den Kopf weg. Es genügte, das verzweifelte Wimmern zu hören. Hin und wieder warf sie schnell einen Blick auf den Bildschirm. Das Mädchen wurde brutal vergewaltigt, während die anderen, die sich außerhalb des Bildes befanden, den Mann anfeuerten. Der Vergewaltiger schlug dem Mädchen jedes Mal mit der flachen Hand ins Gesicht, wenn sie versuchte, sich wegzudrehen oder ihn wegzustoßen. Schließlich erlahmte ihre Gegenwehr. Der weiße Hintern pumpte, er stieß sie so hart, dass sie jedes Mal mit dem Kopf gegen den oberen Bettrahmen knallte. Das einzige Identifikationsmerkmal des Täters war ein kleines Tattoo, ein fliegender Adler über der linken Hüfte.

Lotte war übel. Sie sah sich nach einer Sitzgelegenheit um, aber auf dem einzigen Stuhl im Raum saß Lars Stople. Er hatte die Hände in den Schoß gelegt und machte ein grimmiges Gesicht. Lotte blickte wieder auf den Bildschirm, aber der war jetzt schwarz.

»Das ist nicht Alexander, Lars. Seine Körperstatur passt zu keinem der drei, und ich kann mich nicht erinnern, ein solches Tattoo über seiner Hüfte gesehen zu haben.«

Lars Stople hob die Augenbrauen, beugte sich zu Lotte und flüsterte:

»Nein, wie solltest du auch? Du kennst ihn ja gar nicht …?«

Dann sagte er laut, sodass Olav Scheldrup Hansen es auch mitbekam:

»Du hast völlig recht, Lotte. Das ist er nicht. Aber das Video befindet sich auf seinem PC, und die junge Frau, die vergewaltigt wird, ist zweifellos Emilie Sand Vormedal. Für mich reicht das aus.«

Polizeistation Haugesund
Dienstagmorgen, 3. März

Ermittlungsleiter Olav Scheldrup Hansen lehnte sich auf seinem Stuhl zurück. In dem winzigen Vernehmungsraum bekam er Klaustrophobie. Die Luft war verbraucht, und Alexanders scharfer Schweißgeruch machte die Sache nicht besser. Sie waren zu dritt, außer ihm und Alexander war noch Henriette Storhaug von der Jugendfürsorge als gesetzliche Vertreterin des Siebzehnjährigen anwesend. Alexander hatte den Wunsch geäußert, dass seine Eltern beim Verhör nicht dabei sein sollten, und der Verteidiger, den er verlangt hatte, war heute verhindert. Die Frau von der Jugendfürsorge stellte einen Kompromiss dar, damit die Vernehmung an diesem Vormittag überhaupt stattfinden konnte.

Olav registrierte Alexanders Nervosität in jeder kleinsten Bewegung. Die Fingernägel an beiden Händen waren vollkommen abgeknabbert. Sein fettiges, schwarz gefärbtes Haar klebte ihm an der Stirn, und er rutschte ständig auf seinem Stuhl herum. Der rechte Fuß wippte auf dem Boden, als würde er in einer exzentrischen Jazzband Schlagzeug spielen. Ab und zu bemerkte Olav, wie der Junge Grimassen schnitt.

Henriette Storhaugs Gesicht dagegen schien aus Stein zu sein. Sie wirkte vollkommen unberührt. Keine Miene, keine noch so winzige Geste verriet, was ihr durch den

Kopf ging. Nüchtern beobachtend saß sie mit übereinandergeschlagenen Beinen und mit einem Block in der Hand da, auf dem sie sich Notizen machte. Sie wirkte wie die leere Hülle eines Menschen, dem jede Substanz, jeder Lebensfunke ausgesaugt worden war. Korrekt angezogen, formell und geschmackvoll, aber ohne irgendetwas, das ihr Glanz oder Farbe verliehen hätte. Wenn sie ein seltenes Mal sprach, dann in kurzen, steifen Sätzen. In den angelernten ostnorwegischen Zungenschlag mischte sich eine Andeutung von Finnmark-Dialekt.

»Gut. Du hast auf dein Recht verzichtet, dass deine Eltern bei dieser Vernehmung dabei sind, und bist damit einverstanden, dass die Vertreterin der Jugendfürsorge, Henriette Storhaug, als Vormund deine Interessen wahrnimmt?«

»Ja.«

Obwohl Alexander den Eindruck machte, als würde er vor Nervosität gleich platzen, war seine Stimme klar, dunkel und fest.

»Du hast dir Rechtsanwalt Hernstein Vaagenes als Verteidiger ausgesucht und nimmst in Kauf, dass er dich frühestens ab morgen, Mittwoch, den 4. März, rechtlich vertreten kann?«

Wieder bestätigte Alexander die Formalitäten, die ihm vorgelesen wurden.

»Du wurdest darüber belehrt, dass du die Fragen, die ich dir stellen werde, nicht beantworten musst, und du hast dich bereit erklärt, zum Sachverhalt der gegen dich erhobenen Anschuldigungen auszusagen?«

»Ja.«

»Dann fordere ich dich hiermit auf, in der weiteren

Vernehmung korrekt und wahrheitsgetreu zu antworten. Gemäß § 233 Absatz 1 des Strafgesetzbuchs wird gegen dich der Vorwurf der vorsätzlichen Tötung von Emilie Sand Vormedal erhoben, begangen während einer Jugendparty im Vestevegen 53 in Haugesund am Samstag, dem 28. Februar 2015, zwischen 22.00 und 23.00 Uhr. Gibst du zu, dass du es getan hast?«

Alexander schüttelte den Kopf. Wartete einen Moment, dann ging ihm offenbar auf, dass er ins Mikrofon sprechen musste. Er beugte sich vor.

»Nein. Ich habe Emilie nicht umgebracht.«

»Aber du gibst zu, dass du dich zum Zeitpunkt der Tat in dem Haus im Vestevegen aufgehalten hast?«

»Mann, was soll die Frage. Das wisst ihr doch. Ich war auf der Party. Ich habe an dem Abend ein paarmal mit Emilie geredet, und am nächsten Morgen bin ich neben ihr im Bett aufgewacht. Da war sie tot. Ich war an dem Abend hackedicht, und ich hab nicht den leisesten Schimmer, was passiert ist.«

»Du schließt also mit anderen Worten nicht aus, dass du Emilie getötet haben könntest?«

Alexander wollte antworten, aber Henriette Storhaug kam ihm zuvor.

»Bitte nehmen Sie zu Protokoll, dass ich als gesetzliche Vertreterin von Alexander Einwand dagegen erhebe, dass der Vernehmungsleiter dem Jungen die Worte in den Mund legt, und darum bitte, die Frage anders zu formulieren.«

Olav richtete den Blick verwundert auf das Steingesicht. Er wusste natürlich, dass sie das Recht hatte, Einwände zu erheben, aber er erlebte zum ersten Mal, dass ein von der Jugendfürsorge bestellter Vormund tatsächlich davon Gebrauch machte. Olav hasste Komplikationen, und Formalien wie diese waren für ihn nur ärgerliche Zeitverschwendung.

»Gut. Ich formuliere es anders. Gibst du zu, dass du dich zu dem Zeitpunkt, als Emilie Sand Vormedal getötet wurde, in ihrem Schlafzimmer aufgehalten hast?«

»Das weiß ich nicht. Kann sein, aber ich weiß es nicht.«

»Du erinnerst dich nicht?«

»Nein.«

»Erinnerst du dich denn an irgendetwas, das unseren Tatverdacht gegen dich *widerlegen* könnte?«

Wieder griff die Frau von der Jugendfürsorge in die Vernehmung ein.

»Bitte nehmen Sie zu Protokoll, dass ich meinem Schutzbefohlenen rate, diese Frage nicht zu beantworten, da die Antwort womöglich seine spätere Verteidigung erschwert.«

Olav spürte, wie seine Kopfhaut kribbelte, und er blaffte zurück, noch bevor er darüber nachdenken konnte.

»Jetzt reicht's aber! Sie sind hier als Vormund, nicht als Strafverteidigerin!«

Henriette Storhaug drehte den Kopf langsam zu ihm um. Immer noch hatte sie ein ausdrucksloses Gesicht.

»Ich darf Sie darauf aufmerksam machen, dass ich sowohl Juristin als auch Jugendpädagogin bin und als gesetzliche Vertreterin Minderjähriger gerade deshalb von der Jugendfürsorge eingesetzt werde, um die Rechte der Kinder und Jugendlichen wahrzunehmen, die keinen anwaltlichen Beistand haben. Ich habe eine halbe

Stelle bei der Jugendfürsorge und führe außerdem meine eigene Anwaltskanzlei. Hat der Herr Vernehmungsleiter Einwände dagegen?«

Es juckte Olav Scheldrup Hansen in den Fingern, dieser Person den Hals umzudrehen. Ihr formeller Ton ging ihm auf die Nerven. Er hatte nicht die Zeit, jeden Paragraphen in den polizeilichen Vorschriften für die Durchführung von Vernehmungen dreimal umzudrehen. Er brauchte Antworten und Geständnisse. Keine Jugendschutztante mit Haaren auf den Zähnen und chronischem Profilierungsdrang.

»Keine Einwände, Frau Storhaug. Aber ich möchte Sie daran erinnern, dass Alexander Hauge Gudmundsson sechs verschiedene Sachverhalte zur Last gelegt werden, mehrere davon sehr schwerwiegend, und dass wir nicht den ganzen Tag Zeit haben.«

»Ich schon.«

»Wie bitte?«

»Anders als Sie habe ich schon den ganzen Tag Zeit. Alexander vermutlich auch, da er in Haft ist, aber in dem Zusammenhang möchte ich Sie auf die polizeilichen Vorschriften für die Durchführung von Vernehmungen hinweisen, in denen präzisiert wird, dass eine vorsätzliche Ermüdung des Verdächtigen nicht gestattet ist. Dem Verdächtigen sind Essen, Trinken, Pausen und, falls er müde wird, ausreichende Ruhezeiten zu gewähren.«

Selten wurde Olav Scheldrup Hansen in einer Verhörsituation vorgeführt, aber das hier war die berühmtberüchtigte Ausnahme von der Regel. Er hatte eine knappe Stunde für ein Geständnis des Siebzehnjährigen angesetzt, und jetzt trug er Wortgefechte mit einer Furie aus, die eigentlich in einer Ecke sitzen und die Klappe halten sollte.

»Hören Sie. Der Junge hat sich bereit erklärt auszusagen. So wie Sie sich hier aufführen, ist die einzige Antwort, die ich aus ihm herausbekomme, hin und wieder ein Ja oder ein Nein. Sie behindern die Vernehmung.«

»Dann nehmen Sie bitte zu Protokoll, dass ich bestreite, was der Vernehmungsleiter sagt, und mir erlaube, ihn daran zu erinnern, dass er aufhören soll, dem Verdächtigen Ja-Nein-Fragen zu stellen, wenn er keine Ja-Nein-Antworten von ihm hören will.«

Olav klammerte sich an die Tischkante, dass seine Knöchel weiß hervortraten, und biss die Zähne zusammen. Er konnte hören, wie seine Kiefer knackten.

»Ist angekommen. Fangen wir noch mal ganz von vorn an. Alexander, kannst du uns mit eigenen Worten erzählen, wie der Abend des 28. Februar verlaufen ist, und uns schildern, soweit du dich erinnern kannst, was du an diesem Abend gemacht hast?«

Alexander beugte sich zu Henriette Storhaug, und die beiden flüsterten miteinander. Das entsprach nicht der normalen Prozedur, und wenn Olav nicht gewusst hätte, dass er die Vogelscheuche morgen, wenn der Verteidiger kam, zum Glück wieder los war, hätte er sie darauf aufmerksam gemacht.

Alexander und Henriette waren endlich fertig mit ihrem Geflüster, und Storhaug wandte sich Olav zu. Diesmal sogar mit der Andeutung eines Lächelns um die Mundwinkel. Ein Wunder, wie es Norwegen zuletzt vor tausend Jahren gesehen hatte, als Olav dem Heiligen nach seinem Tod ein Bart gewachsen war.

»Alexander will alles erzählen, aber vorher bitte ich um zehn Minuten Pause. Für das Protokoll: Der Beschuldigte hat mich gebeten, mit sofortiger Wirkung als Verteidigerin für ihn tätig zu werden. Dies muss jedoch mit seinen Erziehungsberechtigten telefonisch abgeklärt werden, bevor die Vernehmung fortgesetzt werden kann.«

Hotel Park Inn, Gardermoen
Dienstagvormittag, 3. März

»Was zum Teufel soll das heißen, ich erhalte keine erweiterten Vollmachten? Es brodelt in Haugesund. Zwei Jugendliche sind bereits tot. Während des PEGIDA-Marsches gestern wurde ein Mann angeschossen. Haben Sie überhaupt die Schlagzeilen heute gelesen, Arvid?«

Harald Samuelsen kochte innerlich. Das Treffen in Gardermoen mit Arvid Berge, dem Leiter der Staatsanwaltschaft, hätte eine reine Formalität sein sollen, hatte sich aber zu einem verbissenen Tauziehen entwickelt. Der Mann war ein bürokratischer Pfropfen im System, der alle Wege für Haralds Team blockierte.

Arvid Berge dagegen schien völlig ungerührt. In seinem engen Armani-Anzug wirkte er wie in Granit gemeißelt. Das dunkle, gegelte Haar mit dem strengen Seitenscheitel ließ ihn aussehen wie eine Playmobil-Figur. Genauso steif und unbeweglich. Genauso unpersönlich.

»Ich habe Sie schon verstanden, Samuelsen. Ich werde natürlich alles tun, was in meiner Macht steht, um das nötige Ermittlungsmaterial zu besorgen, aber Sie können von mir und der Abteilung nicht verlangen, dass wir alle Prinzipien über Bord werfen, nur weil Sie am helllichten Tag Gespenster sehen. Der Mord an diesem Samfari… Die einzige Verbindung zu den Rechtsextremisten, die ich hier sehe, ist der Zettel um den Hals des Opfers.

Aber diese Spur kann ebenso gut irreführend wie weiterführend sein, Samuelsen. Außerdem ist es Totschlag und fällt somit nicht in unseren Zuständigkeitsbereich.«

Harald Samuelsen nahm seine Brille ab und putzte sie sorgfältig, während er sich Arvid Berges Einwände anhörte.

»Der Reedersohn Jan Sigfred Bergersen finanziert irgendwas, aber was genau, wissen wir noch nicht. Es könnte der Norwegische Widerstand sein, aber das allein ist ja noch nicht verboten. Die ungarische Polizei überprüft den Weg des Geldes. Das dauert seine Zeit, und bevor wir nicht sicher wissen, wohin das Geld fließt, können wir ihm nichts anhaben. Das wissen Sie genauso gut wie ich, Samuelsen. Was diesen Anfinsen betrifft, den wir für Sie überprüfen sollten, der ist für uns ein unbeschriebenes Blatt, und Geirmund Bakken hat sich bisher nichts anderes zuschulden kommen lassen, als ein Aufwiegler zu sein. Das reicht nicht.«

Harald stand auf und ging in dem kleinen Konferenzzimmer ein paar Meter auf und ab. Er versuchte, seine Gedanken zu ordnen, um Berge und die drei anderen PST-Führungskräfte zu überzeugen.

»Das ist mir schon klar, Berge. Trotzdem … es gibt Verbindungen zu den Rechtsextremisten. Ihr Vertrauen in die ungarische Polizei ist rührend naiv. Vergessen Sie nicht, welche rechtsradikalen Kräfte derzeit in Ungarn an der Macht sind. Und gestern gab es Krawalle in Haugesund, und Bakken war am Samstag auf einer Jugendparty, auf der dunkelhäutige Gäste waren, die jetzt tot sind. Und denken Sie daran, dass ›Einsatz‹ in den Neunzigerjahren konkrete Pläne hatte, Einwanderer, radikale

Jugendliche und gestandene Politiker, die ein multikulturelles Norwegen anstrebten, zu liquidieren. Wäre es so unvorstellbar, dass dieses Gedankengut zwanzig Jahre später reaktiviert wird und wir gerade den Beginn einer Welle von politischen Attentaten und Aktionen der rechtsradikalen Szene erleben?«

Der Granit-Armani brauchte eine Ewigkeit, um sein Glas mit Wasser aus einer Karaffe auf dem Tisch zu füllen. Keiner der anderen Männer schien etwas dazu sagen zu wollen. Das war typisch Arvid Berge, stumme Abnicker mitzubringen, damit er selbst bestimmen konnte, wo es langging. Harald Samuelsen hatte das ewige Fassadenspiel in der Abteilung so satt.

»Was ich Ihnen zusagen kann, Samuelsen, ist Folgendes: Sie bekommen alles, was wir an Überwachungsmaterial zum Norwegischen Widerstand in Ost- und Westnorwegen auftreiben können. Das ist eine Menge Bildmaterial von verschiedenen Aktionen und Kundgebungen. Wir werden uns auch die Namen, die Sie uns in dieser Sache gegeben haben, genauer ansehen. Gudmundsson, Anfinsen und Bakken, richtig?«

Harald nickte. Er musste das gesamte Material aus der Zentrale selbst sichten. Der Rest des Teams hatte mehr als genug um die Ohren.

»Was Jan Sigfred Bergersen und seine Investitionen betrifft, lege ich die Sache zu den Akten. Was er macht, ist nicht strafbar. Mehr kann ich Ihnen zum gegenwärtigen Zeitpunkt nicht anbieten. Sie haben bereits fünf Mann in Haugesund, und solange es nicht mehr als ein paar Indizien gibt, kann ich Ihnen keine weiteren Leute schicken.«

Arvid Berge ließ den Stift fallen, sammelte seine Unterlagen ein und legte sie in eine weiße Dokumentenmappe. Die drei anderen folgten seinem Beispiel. Der vierköpfige Troll packte seine Sachen.

»Bringen Sie mir was Konkretes, Samuelsen. Vorher kriegen Sie nichts mehr von mir.«

Der Konferenzraum mit den Fenstern zum Flugfeld leerte sich. Harald sank auf einen Stuhl. Nichts war so geworden, wie er es sich erhofft hatte. Berge stellte sich auf die Hinterbeine, und in Haugesund hatten sie Geirmund Bakken letzte Nacht freilassen müssen, nachdem sie ihn bestenfalls »behutsam« vernommen hatten. Etwas stank gewaltig in der Westküstenstadt, aber offenbar war er der Einzige, der erkannte, was sich da zusammenbraute. Die PST-Führung spielte Blindekuh in den Korridoren, während ganz Haugesund dabei war, sich vor dem Sturm einzuigeln.

Harald Samuelsen stützte den Kopf in die Hände und starrte auf den Tisch. Dann zog er das Rückflugticket Gardermoen–Haugesund aus der Tasche. Er war davon ausgegangen, dass die Besprechung den halben Tag dauern würde, und jetzt musste er verdammte vier Stunden bei dünnem Kaffee in Gardermoen herumsitzen.

Polizeistation Haugesund
Dienstagvormittag, 3. März

»Soll ich dir sagen, warum ich dir nicht glaube, Alexander? Weil du uns was vormachst und ständig Informationen zurückhältst. Immer wieder tischst du uns Lügen und Halbwahrheiten auf.«

Olav Scheldrup Hansen hatte sich Alexanders Erklärungen von Anfang bis Ende angehört. Sie waren voller Löcher, genau wie erwartet. Er hatte zugegeben, Amphetamin genommen und eine große Menge Alkohol getrunken zu haben, aber den angeblichen Blackout kaufte Olav ihm nicht ab. Das war schlicht zu billig.

»Haben Sie dazu noch Fragen, Herr Vernehmungsleiter? Falls nicht, rate ich meinem Mandanten, nicht auf Ihre Behauptungen einzugehen.«

Henriette Storhaug war sich treu geblieben. Sie wirkte fast gelangweilt, wie sie da saß und Zurechtweisungen, Protokollanmerkungen und Ratschläge herunterbetete. Während der gesamten Vernehmung hatte sie weit mehr Einwände vorgebracht als Alexander Antworten.

»Okay. Wir können auch gerne weitermachen. Ich werde dich jetzt zu den anderen Tatverdachtsmomenten befragen. Bist du bereit, irgendetwas von dem, was dir vorgeworfen wird, zuzugeben?«

Henriette Storhaug und Alexander berieten sich einige Minuten, bevor Storhaug sich wieder Olav zuwandte.

»Mein Mandant gibt zu, gegen § 127 Strafgesetzbuch verstoßen zu haben, weil er Gewalt gegen einen Vollstreckungsbeamten, hier in Person von Lotte Skeisvoll, ausgeübt hat, beruft sich jedoch bezüglich der Situation direkt nach dem Angriff auf Notwehr. Er gibt des Weiteren den Konsum, Besitz und die versuchte Beseitigung einer geringen Menge Amphetamin zu, die für den Eigengebrauch bestimmt war. Ferner die ihm zur Last gelegten Verstöße gegen die Straßenverkehrsordnung sowie gegen § 238 Strafgesetzbuch, namentlich Fahren ohne gültige Fahrerlaubnis, Missachtung der zulässigen Höchstgeschwindigkeit, Gefährdung des Straßenverkehrs und in diesem Zusammenhang fahrlässige Körperverletzung. Auch hat er es unterlassen, anzuhalten und einer verletzten Person zu helfen sowie den Aufforderungen der Polizei gemäß Polizeigesetz § 5 Folge zu leisten.«

Henriette Storhaug machte eine kurze Pause. Sie blätterte eine Seite um und fuhr fort:

»Was mein Mandant allerdings *nicht* zugibt, ist die vorsätzliche Tötung von Emilie Sand Vormedal sowie die ihm vorgeworfene Gebrauchsanmaßung eines Personenkraftwagens gemäß § 342 Strafgesetzbuch. Es wird darauf verwiesen, dass derjenige, der dem Haushalt des rechtmäßigen Besitzers angehört oder in dessen Diensten steht, nicht wegen Gebrauchsanmaßung belangt werden kann. Der Beschuldigte wohnt bei seinem Vater, dem rechtmäßigen Besitzer des Fahrzeugs.«

Olav Scheldrup Hansen musste aufstehen und eine Runde durchs Zimmer gehen. Er schluckte seinen Ärger hinunter und kam zu dem Schluss, dass ihm durch Storhaugs Ausführungen lange Vernehmungen und eine ewig sich hinziehende Ermittlung zu den anderen Sachverhalten erspart blieb. Was den Autodiebstahl betraf, hatte die Anwältin sicher recht. Er hatte keine Lust, das überhaupt nachzuprüfen. Nur der Mord war wichtig.

»Schön. Gut, das zu hören, Alexander. Gibt es jemanden, der bestätigen kann, dass du dich laut deiner Aussage um 22 Uhr außerhalb des Hauses aufgehalten hast, und das für fast eine halbe Stunde? Wie du weißt, haben wir mehrere Zeugen, die das Gegenteil behaupten.«

Alexander seufzte und zuckte die Schultern.

»Ich hab gesagt, dass ich alleine draußen war, aber John hat bei mir gestanden, bevor wir wieder reingegangen sind, daran kann ich mich erinnern. Ich musste raus an die Luft, und ich weiß noch, dass mein Vater mir eine SMS geschickt hat, die hab ich auf dem Weg nach draußen gelesen. Laut Handy hat er sie um 22.02 Uhr abgeschickt.«

»John … Du sprichst von John Halvorsen? Wenn ich das richtig verstehe, kann er dir für einen Teil des fraglichen Zeitraums ein Alibi geben?«

»Ja. Für wie lange, weiß ich nicht. Er kann dazu sicher viel mehr sagen als ich. Soweit ich mich erinnern kann, hat er nur ein paar Bier getrunken.«

Olav machte sich Notizen.

»Okay, dann machen wir weiter, und ich lasse das Auffinden von Emilie am nächsten Morgen aus, da wir uns über den Verlauf des Ereignisses ziemlich einig sind. Sag mir stattdessen lieber, was du glaubst, was wir bei dir zu Hause gefunden haben.«

»Herr Hansen, jetzt hören Sie aber auf! Stellen Sie Fragen, das hier ist kein Ratespiel!«

Henriette Storhaug war im Begriff, sich von ihrem Stuhl zu erheben.

»Tut mir leid. Mein Fehler. In deinem Zimmer hing eine Fahne an der Wand. Was ist das für eine Fahne?«

»Ah ... Sie meinen die Südstaatenflagge? Hab ich gekauft, als ich letztes Jahr mit meiner Mutter in der Türkei war. Was hat die damit zu tun?«

»Ich stelle hier die Fragen, Alexander, nicht du. Was ist denn mit diesen beiden T-Shirts, sind das deine?«

Olav hielt die T-Shirts hoch. Die Reaktion des Jungen war so, wie Olav es schon wiederholt bei Vernehmungen erlebt hatte. Das wohlbekannte Rucken mit dem Kopf. Der hilflos herumirrende Blick. Alexander war für einen Moment aus der Fassung geraten und schaffte es nicht, das zu verbergen. Die Finger fuhren an den Mund, die Zähne suchten nach weiteren Nagelfetzen. Er zögerte lange, bevor er antwortete. Wären T-Shirts und Flagge unbedeutend gewesen, hätte er nicht so reagiert.

»Ja. Hab ich beim Sweden Rock Festival an so 'nem Stand gekauft. Papa hatte mir erlaubt, mit meinem Onkel hinzufahren. Ist 'n cooles Outfit für Konzerte und so.«

»Weißt du, was die Symbole auf den T-Shirts bedeuten? Wofür sie stehen?«

Alexander zögerte wieder. Olav hatte ihn am Haken. Er spürte es mit jeder Faser seines Körpers.

»Nö ... Keine Ahnung, aber die sind ziemlich fett. Bisschen okkult und so.«

»Aha. Der Ring mit den drei Siebenen, ist das deiner? Und weißt du, wofür das Symbol steht?«

Alexander wurde merklich dunkler im Gesicht und fegte einen der Plastikbecher vom Tisch.

»Mann, was soll dieses Symbol-Gelaber. Wofür halten Sie mich? Bin ich Indiana Jones, oder was?«

»Ist das dein Ring, Alexander?«

»Ja, verdammt noch mal! Das ist mein Ring. Hab den von einer, die mir nachrennt. Hab keinen Bock mehr, den zu tragen. Ich hatte ihr mal gesagt, dass Sieben meine Glückszahl ist, und am nächsten Tag kam sie mit dem Ring angedackelt.«

»Wärst du überrascht, wenn ich dir sage, dass all diese Sachen eine Verbindung zur Neonazi-Bewegung haben und Sympathie für alte Rassentheorien ausdrücken?«

Alexander wand sich. Henriette Storhaug seufzte tief. Sie begriff wahrscheinlich, worauf das hinauslief.

»Ich bin kein Rassist, falls Sie das denken. Scheiße, Mann … Sehen Sie sich doch meine Freunde an. Das sind alles Schwarze in meiner Gang.«

Olav blickte Alexander mit gespielt verblüfftem Gesichtsausdruck an und tat, als würde er etwas auf seinem Block notieren.

»Ist es die Möglichkeit … *Schwarze*, tatsächlich!«

Alexander blickte verzweifelt zu seiner Anwältin. Sie bat Olav, sich seinen Sarkasmus zu sparen und zur Sache zu kommen. Olav hob theatralisch die Hände. Er hatte mehr als genug beisammen, um dem Jungen ein für alle Mal die Beine unterm Hintern wegzuziehen.

»Wir haben deinen Laptop beschlagnahmt. Schauen wir uns doch jetzt mal ein Video an, das sich unter ›Eigene Dateien‹ im Ordner ›Hausaufgaben‹ versteckt. Tauchen da irgendwelche Erinnerungen auf?«

Alle Farbe verschwand aus Alexanders Gesicht. Er barg den Kopf in den Händen.

»Zeigen Sie das nicht. Es ist nicht so, wie Sie glauben, also …«

Henriette Storhaug griff ein und hinderte Alexander daran weiterzusprechen.

»Ich halte es für das Beste, du sagst jetzt nichts mehr, Alexander. Manchmal ist es besser, man schweigt.«

Er nickte.

Nachdem das Video abgespielt worden war, wirkten Alexander und seine Anwältin ziemlich ratlos. Alexander war dem Weinen nahe.

»Ich bin kein Rassist! Das ist nicht so, wie Sie glauben! Ich hab das Video von Emilie, sie hat es mir geschickt …«

Henriette Storhaug fiel ihm ins Wort.

»Soll das heißen, dass Sie meinen Mandanten jetzt auch noch der Vergewaltigung bezichtigen? Falls ja, dann hätten Sie das am Anfang der Vernehmung sagen müssen, Hansen. Was Sie hier veranstalten, ist nicht korrekt, und das wissen Sie.«

Olav ließ sie mit einem höhnischen Lächeln abblitzen. Sie war angezählt, und er hatte nicht die Absicht, ihr wieder auf die Beine zu helfen.

»Ihr Mandant behauptet, dass ihm jegliche neonazistische oder rassistische Haltung fern ist. Und das, obwohl er auf der Party nachweislich ein schwarzes Mädchen zu Boden geschlagen hat, sein Zimmer voller Abzeichen und Symbole war, die eine solche Haltung vermuten lassen, und er im Besitz einer Videoaufnahme ist, auf der das Mordopfer brutal vergewaltigt wird. Und Sie finden es merkwürdig, dass ich ihm seine Märchen nicht glaube?«

Storhaug wollte antworten, aber Alexander ließ seine Anwältin nicht zu Wort kommen.

»Bullshit, Mann! Ich bin das nicht da in dem Video!«

Olav nahm den Blick vom Computerbildschirm und drehte sich zu Alexander und Henriette um.

»Ich habe dich schon verstanden, Alexander, und du hörst dich wieder mal an wie die Glaubwürdigkeit in Person. Ich hoffe, Sie merken sich das, Frau Anwältin, denn jedes Mal, wenn er seine Unschuld beteuert, taucht etwas Neues auf. Das hier zum Beispiel.«

Olav zog seine letzte Trumpfkarte aus dem Ärmel und legte sie vor den beiden auf den Tisch. Diesmal sank Alexander in sich zusammen und sagte nichts. Selbst Henriette Storhaug schien zu resignieren.

Vor ihnen lagen zwei Fotos aus einer Überwachungskamera in der Haraldsgata. Sie zeigten einen der Aufmärsche des Norwegischen Widerstands im Steinpark vor einem Jahr. Mitten im Bild stand Alexander, die eine Hand erhoben und die andere auf einen Baseballschläger gestützt. Er trug eine schwarze Basecap und war ursprünglich vermummt gewesen, aber das Tuch war heruntergerutscht und das Gesicht des Jungen klar und deutlich zu erkennen.

Gefängnis Haugesund
Dienstagvormittag, 3. März

Alexander saß vornübergebeugt auf der Pritsche. Den Kopf in die Hände gelegt, wiegte er sich hin und her wie ein Schamane. Er atmete schwer und angestrengt, ein widerlicher Uringestank aus der Aluminiumtoilette stach ihm in die Nase. An der kreideweißen Wand lehnte ein roter Holzstuhl. Die grauen Fußbodenfliesen sahen aus, als hätten sie die Farbe der Gedanken der Inhaftierten angenommen. Die Stille wurde nur von kleinen, unterdrückten Schluchzern unterbrochen.

Vor vier Tagen hatte er sich darüber geärgert, dass kein Nugatti mehr im Küchenschrank stand, dass sein mobiles Datenvolumen aufgebraucht war und John nicht einsehen wollte, dass *Catch Me If You Can* mit Leonardo di Caprio der coolste Film aller Zeiten war. Bedeutungslose Kleinigkeiten. Das wusste er jetzt. Wenn man keine anderen Sorgen hat, kann man immer noch über sein sorgloses Leben meckern.

Ihm wollte nicht in den Kopf, was am Samstag passiert war. Alles war richtig scheiße gelaufen. Kompletter Blackout. An Warnungen im Vorfeld hatte es nicht gemangelt. Mama, Papa, Lehrer, Krankenschwester, übersorgte Freunde. You name it. Aber es war ja immer gut gegangen. Und dann auf einmal brach alles zusammen.

Er wusste, dass er sich auf der Party wie der letzte Idiot

benommen hatte. Hatte Streit gesucht und war auf Leute losgegangen, die er kaum vom Sehen kannte. Verdammtes Speed! Alles wurde verstärkt durch den Scheiß. Alle Sinneseindrücke. Farben, Geräusche, Gerüche… Aus Ärger wurde Wut. Aus Freude ein Glücksrausch. Der Weg von purem Genuss zur besinnungslosen Raserei bestand nur aus einer kurzen Querstraße.

Alexander schlang sich die Arme um den Leib. Er fror, obwohl in der Zelle eine normale Temperatur herrschte. Durch das kleine Fenster konnte er Freizeitsegler sehen, die im Karmsund gegen die Windböen kämpften. Er selbst kämpfte gegen den Kloß im Hals an. Sein Kopf glich einem Dachboden voller Gerümpel. Er konnte die Truhe mit den Erinnerungen an Samstagabend nicht finden. Alexander schlug sich mit den Fingerknöcheln an die Schläfen.

Da muss noch mehr sein. Etwas, das alles erklärt…

Die Antwort war dröhnendes Schweigen. Glatte, weiße Mauern, die ihn traurig ansahen. Er verdrängte die Gedanken. Hätte er noch Fingernägel gehabt, hätte er versucht, sich durch die Wand zu graben. Er hatte gehofft, sein Vater würde es für ihn regeln, dass er Haftverschonung bekam und bis zum Prozess auf freiem Fuß bleiben durfte. Seine neue Verteidigerin hatte ihn lange angesehen, ohne eine Miene zu verziehen, als er sie das gefragt hatte.

»Du bist tatsächlich dumm, mein Lieber. Hast du die lange Liste der Anklagepunkte gesehen? Hast du jemals von einem Mordverdächtigen gehört, der in Freiheit auf seinen Prozess warten darf?«

Ausnahmsweise fühlte sich Alexander durch eine so

unverhohlene Beleidigung nicht provoziert. Er sah ein, wie wahnwitzig seine Überlegungen gewesen waren. Außerdem mochte er Henriette Storhaug. Sie schien ein richtiges Raubein zu sein und hatte offenbar ihre eigene Meinung über das, was die Polizei ihm vorwarf. Das Einzige, was ihm leidtat, war, dass er seinem Vater nicht erlaubt hatte, bei der Vernehmung dabei zu sein. Seine Mutter wäre komplett hysterisch geworden, aber seinen Vater hätte er doch gerne dabeigehabt. Wenn das Video nicht gewesen wäre … Er hatte Angst gehabt, sie würden es finden.

Ich konnte nicht zulassen, dass du das siehst, Papa …

Jetzt ließen sich die Tränen nicht mehr zurückhalten. Er brüllte die Betonwände an und schlug sich die Knöchel blutig. Krümmte sich schließlich auf dem Fußboden zusammen. Erinnerungen, die er lange vergessen geglaubt hatte, tauchten vor seinem inneren Auge auf. Spielnachmittage im Garten. Abende, an denen sie stundenlang zusammen Musik gehört hatten, bis er auf Papas Schoß eingeschlafen war. Er konnte immer noch die sicheren Arme um sich spüren, die Geborgenheit auf dem Sofa und die Musik, die sie wie eine weiche Decke einhüllte.

In seinem Kopf erklangen immer wieder dieselben Töne. Die Melodie floss durch die Mauern und in die Erinnerung hinein, in der er immer noch zehn Jahre alt war. Er öffnete die Augen für einen Moment und nahm den Ring am Daumen ab, den er letztes Jahr zum sechzehnten Geburtstag von seinem Vater bekommen hatte. In die Innenseite des dicken Silberrings war die Textzeile eingraviert, deren Bedeutung nur sie beide kannten: »Du bist mein Herzensbrecher«.

Alexander sang das Lied leise vor sich hin. Auswendig lernen fiel ihm unendlich schwer, aber aus irgendeinem Grund saß gerade dieser Text bombenfest.

Du und ich sind uns ähnlich wie zwei Tropfen Wasser
Jedenfalls, wenn du ihn fragst
Ich leg oft eine Platte auf, die du für mich gesungen hast
Bis ich in deinen Armen einschlief

Früher hab ich nichts gesehen, und was ich sah, verschwand
Doch jetzt seh ich alles, was du siehst
Am Finger trag ich deinen Ring, und dort steht, wie es ist
Du bist mein Herzensbrecher.

Medienhaus Haugesunds Avis
Dienstagvormittag, 3. März

Im 7-Eleven-Shop der Tankstelle an der Karmsundgata versuchten die Schlagzeilen, sich gegenseitig auszustechen. Viljar Ravn Gudmundsson wollte nicht hinsehen, aber seine Augen wurden vom Zeitungsständer angezogen.

Neue Mordserie in Haugesund!

Auf der Titelseite der *VG* prangte ein großes Foto von flatterndem Polizeiabsperrband am Breidablik-Unterrichtszentrum. Zwei Porträtfotos schmückten die rechte Ecke. Eins von Emilie Sand Vormedal und eins von Yusuf Samfari. Unter den Porträts die reißerische Frage *Rassistisch motiviert?*, und darunter wiederum Fotos von den Krawallen zwischen Rechtsextremisten und Linksradikalen im Steinpark. *Die Stadt kocht!* lautete die Überschrift der Randspalte.

Dagbladet war noch schlimmer, stellte Viljar fest. Er faltete die Titelseite auf und verspürte einen Schlag in die Magengrube.

Doppelmord an jungen Einwanderern!, und die Unterzeile: *Gebürtiger Norweger (17) in Haugesund verhaftet.* Es war kaum zu fassen, dass die Riesenlettern auf der Titelseite des *Dagbladet* sich auf seinen eigenen Sohn bezogen. Er sah sich in dem Laden um. Hoffentlich hatte niemand bemerkt, wie er die Zeitung aus dem Ständer genommen hatte. In den sozialen Medien hatte sich längst herumgesprochen, dass Alexander wegen des Mordes an Emilie festgenommen worden war. Das Telefon stand seit gestern Abend nicht mehr still. Irgendwann in der Nacht hatte er es auf lautlos gestellt. Als er am Morgen aufstand, hatte er neun Anrufe und eine Flut von SMS aus allen Nachrichtenredaktionen des Landes erhalten.

Verdammte Bluthunde! Haben keinen Respekt vor dem Privatleben …

Viljar verließ den Tankstellenshop und steckte sich eine Zigarette an. Eine junge Frau Anfang zwanzig schrie auf und wich ein paar Schritte zurück, als sie ihn sah. Hoffentlich nicht, weil sie in ihm den Vater des Mordverdächtigen erkannte, sondern weil er einen halben Meter neben einer Zapfsäule stand und ihm Glutkrümel aus dem trockenen Drehtabak fielen.

Er überquerte die Karmsundgata und ging langsam auf das Medienhaus zu. Es sah merkwürdig aus, wie ihm plötzlich auffiel. Die einzig plausible Erklärung für die Gestaltung des Gebäudes war, dass der Architekt seine Sportsocken geraucht hatte, denn die Fassade bestand aus großen Glasflächen mit etwas davor, das an ein vergessenes Baugerüst erinnerte. Viljar seufzte und zog die Schultern wegen des Windes hoch, der durch die Karmsundgata fegte. Er wusste, was ihn erwartete, sobald er durch die Tür kam. In der Hand hielt er einen Antrag auf drei Wochen Urlaub.

Der wildeste Truckerbart in ganz Haugaland war das Erste, was Viljar erblickte, als er die Redaktion betrat. Kulturjournalist Henrik Thomsen stand behäbig und selbstsicher am Kaffeeautomaten und prahlte mit den jungen Hühnern, die er beim C2C-Festival in Oslo flachgelegt hatte. Viljar blieb einen Moment stehen, während Thomsen dick auftrug, wie feucht die Country-Chicks im Höschen geworden seien, als sie ihn in spitzen Stiefeln und Cowboyhut sahen. Trotz seiner eigenen hoffnungslosen Situation konnte Viljar sich ein Grinsen nicht verkneifen, während er darauf wartete, dass ihm der Bulldozer Platz machte. Im selben Moment drehte sich Thomsen zu ihm um.

»Schau an, da ist ja unser Isländer. Blöd, die Sache mit deinem Jungen… Hast du mitgekriegt, wie viele Ladys ich beim C2C am Wochenende beglückt habe?«

Viljar schüttelte den Kopf und schob sich eine Portion Snus unter die Oberlippe. Er stellte sich auf die Zehenspitzen, packte den Bart und zog den Kopf des Dicken zu sich herunter.

»Haben wir beide uns nicht schon mal über das Wort ›blöd‹ unterhalten? Hmmm?«

Der einhundertdreißig Kilo schwere, schmerzgeplagte, verkrampft dastehende Kulturjournalist begriff sofort und hob abwehrend beide Hände.

»Aua! Hör auf, Viljar! Das tut verdammt weh. Sorry… Hab verstanden, war das falsche Wort. Dachte nur…«

Viljar ließ den Bart los und wischte sich etwas, das hoffentlich Kuchenteig und nicht getrockneter Rotz war, an der Jeans ab.

»Genau das ist es, was du die ganze Zeit falsch machst, Henrik. Du *denkst*… Lass es sein. Kommt doch nur jedes Mal Müll bei raus. Ich wusste übrigens gar nicht, dass du auf Country stehst. Bist du nicht so ein Klassik-Feinschmecker, der sich zur Not auch mal einen alten

Bowie gönnt, wenn er ein bisschen wild und flippig sein will?«

Henrik Thomsen hatte sein selbstsicheres Lächeln wiedergefunden.

»Ich hasse die Musik. Ich liebe die Ladys! Muss mir ja das Gefiedel nicht anhören, weißt du. Hier ... Ohrstöpsel!«

Thomsen hielt ein paar rosa Gummipfropfen hoch. Das heißt ... Die waren irgendwann mal glatt und rosa gewesen. Jetzt waren sie dunkelbraun und knubbelig von angetrocknetem Ohrenschmalz.

Viljar drängte sich an ihm vorbei und nahm Kurs auf das Büro von Chefredakteur Johan Øveraas. Als er an Julie Moksheims Schreibtisch vorbeikam, erhob sie sich von ihrem Platz und lief ihm nach wie eine Hündin ihrem Herrchen. Kurz vor Øveraas' Büro drehte Viljar sich zu ihr um.

»Entschuldigung, wolltest du was von mir?«

Julie lächelte, aber ohne jede Wärme. Viljar musste einräumen, dass Thomsen ausnahmsweise den Nagel auf den Kopf getroffen hatte, als er ihr den Spitznamen »Eisprinzessin« verpasste.

»Nein. Reine Neugier. Ich will nicht verpassen, wie Gulliver krachend auf der Erde aufschlägt.«

Viljar begriff, dass die Göre jedes Mal mächtig an die Laterne pisste, wenn er nicht in der Redaktion war. An den Jargon hier im Medienhaus war er gewöhnt, aber nicht von frisch ausgebildeten Journalistenwelpen wie Julie Moksheim.

»Sind das Eisblumen, die da in deinen Mundwinkeln wachsen?«, murmelte er.

»Was?«

»Ach nichts«, erwiderte er und ging weiter.

Drinnen bei Øveraas herrschte seliges Chaos. Er winkte sie beide herein, während er ein Telefonat beendete. Dann griff er nach den aktuellen Tageszeitungen und warf jedem einen Stapel in den Schoß.

»Hier, seht euch das an. Wir haben die Sache, von der ganz Norwegen redet, auf der Eins. Aber was fehlt? Könnt ihr das sehen?«

Viljar betrachtete die Titelseite. Riesenlettern. *Zwei Morde in zwei Tagen*. Unterzeile *Kinder in Trauer*. Bilder von trauernden Jugendlichen, die Blumen vor der Breidablik-Schule ablegten. Weiter unten die Überschrift, aber ohne Bild: *Demonstrant im Steinpark angeschossen*.

Er ging die Titelseite zweimal durch, fand aber nicht, dass die Aufmachung weniger plakativ war als bei den Osloer Boulevardblättern. Aus dem Augenwinkel sah er, dass Julie die Hand erhoben hatte, als säße sie im Schulunterricht. Øveraas seufzte und gab ihr das Wort.

»Nur zu, Julie. Du brauchst dich hier nicht zu melden. Ich bin der Chefredakteur, nicht Gott.«

»Da ich hier arbeite, ist das für mich ein und dasselbe, Chef. Wir haben die Festnahme von Viljars Sohn nicht gebracht.«

Øveraas lächelte breit. Ob wegen der offensichtlichen Schmeichelei oder weil sie die richtige Antwort gegeben hatte, wusste Viljar nicht. So wie er Øveraas kannte, schätzte der wohl Ersteres mehr.

»Richtig, Julie. Uns fehlt die Festnahme von Alexander. Alle anderen bringen das. Wir sind hier vor Ort. Sitzen direkt an der Quelle. Trotzdem zeigt die Hauptstadtpresse *uns*, wo der Hammer hängt. Schon wieder!«

Johan Øveraas betonte das letzte Wort. Die Anspielung auf Viljars Arbeit an dem Maestro-Fall im letzten Herbst war nicht zu überhören.

»Du meinst doch nicht im Ernst, ich hätte in der heutigen Ausgabe was über meinen eigenen Sohn schreiben sollen, Johan. Irgendwo gibt es ja wohl eine Grenze.«

Johan Øveraas ließ sich auf seinem Stuhl zurückfallen. Die plötzliche Bewegung brachte seinen Bauch zum Zittern.

»Wäre es zu viel verlangt gewesen, uns einen Tipp zu geben, Viljar? Einen kleinen Wink, sodass wir nicht hinterherhinken? Julie hätte das Ding in fünf Minuten geschrieben, das weißt du.«

Viljar sagte nichts, dachte sich aber sein Teil. Julie Moksheim hätte den Artikel nicht geschrieben, sie hätte ihn zusammengeschustert.

»Wo wir gerade dabei sind, Viljar, du sprichst da ein sehr wichtiges Detail an. *Befangenheit.* Wir können dich hier nicht tatenlos rumlungern lassen. Ich hätte dich zur Not an Thomsen in die Kultur abgegeben, aber dann hätten wir wohl bald noch einen Mord mehr zu beklagen. Sport wäre eine andere Alternative, nur hat Odd Kåre damit gedroht, zurück in den Süden zu gehen, wenn er dich nehmen muss. Also, was machen wir mit dir?«

»Das hier!«

Viljar zog seinen Urlaubsantrag aus der Jackentasche und warf ihn dem Chefredakteur hin. Øveraas überflog ihn, dann nickte er mehrere Male. Oder war es nur ein

Mal, und das Doppelkinn bebte nach? Viljar war sich nicht sicher. Dann blickte Øveraas auf, griff sich einen Stift und unterschrieb.

»Gut, Viljar. Drei Wochen Sonderurlaub bei vollem Gehalt, aber wage es ja nicht, auf eigene Faust in dem Fall rumzuwurschteln. So, Julie… Ab sofort hast du die volle und alleinige Verantwortung für diese Sache. Der Preis dafür ist, dass du Skeisvolls Angriff gegen dich unter den Tisch fallen lässt. Wir ziehen die Anzeige zurück.«

Ihre Miene verdunkelte sich, und für einen Moment meinte Viljar, eine Andeutung von Rot auf ihren Wangen zu erkennen. Er musste wohl bald mal zum Optiker.

»Ehrlich gesagt fände ich es besser, wenn wir die Anzeige…«

Johan Øveraas' Faust knallte auf den Tisch und schnitt ihr das Wort ab. Er war zwar nur wenig größer, als er breit war, aber er hatte richtige Pranken und wusste sie einzusetzen, um sich die Aufmerksamkeit der Leute zu sichern.

»Das reicht jetzt, Moksheim. Denk lieber daran, was du vorhin gesagt hast. Ich *bin* Gott, okay? Spar dir deine Einwände, wenn ich etwas sage. Mach dich an die Arbeit, und rede als Erstes mit einem Mädchen namens Jessica Larsen. Sie war auf der Party, auf der diese Emilie umgebracht worden ist, und will ihre Geschichte in der Zeitung erzählen. Aber wenn du deine Zeit lieber damit verbringen möchtest, Lotte Skeisvoll den Arsch aufzureißen, dann tu das. Ich habe auch noch andere Leute, die ich darauf ansetzen kann.«

Julie klappte den Mund zu, stand auf und ging. Es

war noch nie jemand als Sieger aus Øveraas' Büro gekommen, und Viljar stellte fest, dass diese Statistik sich offenbar nicht so schnell verändern würde. Er ging hocherhobenen Hauptes hinaus, aber die Stimmung im Großraumbüro holte ihn rasch wieder zurück in die Realität. Er merkte, dass die Kollegen hinter seinem Rücken tuschelten. Für sie war »verdächtig«, »angeklagt« und »verurteilt« ein und dasselbe. Alles andere waren im Medienhaus *Haugesunds Avis* winzige Korrekturen in Notizform.

DIE PARTY
Jessica

Jessica Larsen fand den Weg in die Küche, ging zum Kühlschrank und nahm sich einen Smirnoff Ice heraus. Öffnete die Büchse und setzte sich auf einen Stuhl. Sie versuchte, eine Unterhaltung mit Embla anzufangen, die mit einem Wischlappen bewaffnet zwischen Küche und Wohnzimmer hin und her wieselte und leere Flaschen anschleppte, musste aber bald aufgeben. Embla war wie immer nüchtern, doch in ihrem Dachstübchen herrschte Durchzug.

Sie tat Jessica leid. Wieso begriff sie nicht, wie sehr sie ausgenutzt wurde? Veronica und Emilie luden sie zu jeder Party ein, weil sie genau wussten, dass Embla keinen Tropfen anrühren und trotzdem dafür sorgen würde, dass man am nächsten Tag vom Fußboden essen konnte. Jessica hatte schon ein paarmal versucht, sie aus ihrem komatösen Zustand wachzurütteln, aber nie ein Zeichen von Gehirnaktivität bemerkt, also hatte sie es irgendwann sein lassen.

Als Jessica gerade gehen wollte, kam John in die Küche. Die Türöffnung war nicht breit genug für zwei, sie reichte kaum für John alleine. Er wirkte bedrückt, und sie beschloss, ein bisschen mit ihm zu reden. Sie hatte Mitleid mit ihm. Sein Gewicht war das eine, es musste furchtbar für das Selbstwertgefühl sein, wenn man so aussah, aber der Junge trug eine viel schwerere Last mit sich herum als ein paar überflüssige Kilo. Sie umarmte ihn und bat ihn, sich zu setzen.

Er rieb sich die Augen, und Jessica konnte sehen, dass dies einer seiner miesen Tage war. Sie schob ihre Gedanken beiseite und beschloss, sich ein bisschen um John zu kümmern. Außer Alex machte sich ja keiner was aus ihm.

»Hey, Kopf hoch, John. Das bringt doch nichts, wenn du dich so hängen lässt, weißt du. Heulende Männer sind abtörnender als ein Sumoringer im Tanga.«

»Dann fehlt mir ja nur noch der Tanga«, murmelte John und ließ sich auf einen Küchenstuhl fallen. Er knackte.

»Ist was passiert?«

John seufzte und nickte leicht.

»Es ist wegen Emilie, sie …«

Jessica legte ihm die Hand auf die Schulter.

»Du … Hör mal. Darüber haben wir doch schon gesprochen. Emilie ist drei Jahre älter als du und eine Spitzenbraut. Sie verspeist Männer zum Frühstück und spuckt sie zu Mittag wieder aus. So ein Mädchen ist nichts für dich, und ich weiß, es ist hart für dich, das zu hören, aber sie ist nicht deine Liga.«

Es war höchste Zeit, das mal klar auszusprechen. Es war entweder zum Guten oder zum Schlechten. Es dauerte allerdings nur Sekunden, bis sie erkannte, dass Letzteres der Fall war. Sie hörte ihn wimmern und sah, wie seine Schultern zuckten. Mitleidig zog sie ihn an sich.

»Ich weiß«, schluchzte er. »Es ist nicht, wie du denkst … Es ist wegen Alex, er … Er ist so ein verdammtes Schwein.«

Jessica schob ihn ein Stück von sich weg und blickte ihm in die Augen

»Du weißt genauso gut wie ich, dass Alex neunzig Prozent Gefühl und zehn Prozent Vernunft ist. Er ist ein Affe, der nicht überlegt, was er sagt und tut. Aber er ist *dein* Kumpel, John. Du hast nicht viele echte Freunde. Alex kann manchmal ein Arsch sein, aber er macht sich wirklich was aus dir.«

Jessica zog die Augenbrauen zusammen und musterte John, als er sich ächzend vom Stuhl erhob. Mit zitternder Hand ergriff er die Türklinke, aber sie hielt ihn zurück.

»Hey, warte. Ich geh und hole Alex, und dann könnt ihr euch hier drinnen mal in Ruhe ausquatschen. Ganz egal, was er jetzt wieder verbrochen hat, es ist nicht wert, ihm deswegen die Freundschaft zu kündigen.«

Sie ging ins Wohnzimmer und hielt Ausschau nach Alex. Er stritt sich gerade mit Eivind, drüben an der Tür zum Flur. Nach einigem Hin und Her schaffte sie es, ihn aus der Diskussion loszureißen, und schob ihn vor sich her zur Küche. Ehe sie ihn hineinstieß, gab sie ihm ein paar mahnende Worte mit auf den Weg.

»Ist mir scheißegal, wie du heute wieder drauf bist, Alex. Aber irgendwas hast du gemacht, und John sitzt stinksauer in der Küche. Geh rein und bring das in Ordnung!«

Jessica schüttete den Alkopop in sich hinein und ging auf die Tanzfläche. Die Musik vertrieb ihre Gedanken. Während sich ihr Körper dem Rhythmus hingab, spürte sie, wie sich eine Hand auf ihre Pobacke legte. Sie konnte sich schon denken, wer das war, drehte sich langsam um und fand ihren Verdacht bestätigt. Bjørnar Nedstrand …

Sie war wohl die Einzige, die noch auf seiner Liste der Mädchen stand, die er vor seinem Zwanzigsten flachlegen wollte. Jessica schenkte ihm ein freundliches Lächeln und schob gleichzeitig resolut seine Hand weg. Sein Mittelfinger war bereits auf dem Weg in einen Himmel, in den sie ihn keinesfalls einlassen wollte.

Dass er gut bestückt war, hatte sie mitbekommen, aber es gab eine ganze Menge, was die Mädchen nicht über Bjørnar wussten ... Bei dem Gedanken lief Jessica ein Schauer über den Rücken. Eines Tages würde es fürchterlich schiefgehen, wenn er sich nicht zusammenriss.

Die Lust zu tanzen war ihr vergangen. Sie setzte sich aufs Sofa und beobachtete die anderen. Es ging hoch her. Die Einzige, die sich anscheinend nicht amüsierte, war Maria Friestad. Sie saß neben Emilie im Wohnzimmer und nippte an ihrem Apfelcider, ihr Gesichtsausdruck war abwesend und verschlossen. Niemand schien sie zu bemerken. Wenn es etwas gab, was Maria gut konnte, dann Mauerblümchen sein.

Jessica hatte darüber nachgedacht, an diesem Abend mal ein ernstes Wort mit Emilie zu reden, ließ den Gedanken aber fallen, als sie wenig später auf dem Weg zur Tanzfläche auf sie traf. Sie musste mit irgendjemandem heftig aneinandergeraten sein, denn am anderen Ende des Zimmers gab es einen Riesenaufstand, und mehrere Leute riefen nach Emilie.

Das Mädchen hockte auf den Knien. Ihr kurzes weißes Kleid war voller Flecken. Mehrere Jungs kamen herbeigerannt und wetteiferten darum, sie zu stützen, in der Hoffnung, der nächste Auserwählte auf ihrer Liste zu sein. Jessica hielt ihr die aufdringlichsten Wetteiferer vom Leib, als Trond Anfinsen sich plötzlich einen Weg auf die Tanzfläche bahnte. Der erwachsene Mann herrschte die jungen Typen an, sie sollten sich gefälligst verziehen. Kurz darauf bekam er Hilfe von seinem Kumpel, und gemeinsam brachten sie Emilie hinaus in den Flur. Im selben Moment kam Ingar mit Alexander im Schlepptau an. Jessica wich instinktiv zurück, als sie den großen Blonden sah. Unwillkürlich fröstelte es sie. Sie stellte sich an die Wand und ließ die beiden durch, während sie halblaut vor sich hin murmelte:

»Mein Gott! Ist das das Jahrestreffen norwegischer Psychopathen, oder was …«

Jessicas gute Laune war verflogen. Ruhelos wanderte sie von einem Zimmer zum anderen. Es schien, als hätten alle Partygäste irgendwas getrunken, das ihnen nicht bekam. Die Stimmung war hitzig und angespannt. Nach einer Weile schaute sie auf ihre Armbanduhr und sah, dass es kurz vor halb elf war. Sie trat ans Wohnzimmerfenster und blickte hinaus. Die ersten Partygäste gingen bereits. Erst als es zu spät war, merkte sie, dass Ingar sich hinter sie geschlichen hatte. Als ihr sein Geruch in die Nase stieg, legte er auch schon den Arm um sie. Jessica straffte die Schultern und versteifte sich. Versuchte, die Gleichgültige zu spielen, ahnte aber, dass er ihre Gänsehaut auf den Armen trotzdem bemerkt hatte.

»Stehst du hier und versuchst, dich interessant für mich zu machen, oder wie seh ich das?«

Jessica schob die Hand weg, die auf ihrer Hüfte lag. Sie nickte zu dem Auto, das in der Einfahrt stand. Ein grauer Toyota Corolla aus dem letzten Jahrhundert.

»Die Alten machen sich anscheinend vom Acker …«

Sie beobachtete, wie der dicke Oskar Myhre die hinteren Wagentüren für Trond Anfinsen und Geirmund Bakken öffnete. Sie hatten wohl keine Lust mehr, noch länger auf der Party rumzuhängen, die für sie der reinste Kindergeburtstag gewesen sein musste.

»Mhm ... Aber du bleibst, Jessica. Ich lege Wert darauf, dass du auf mich wartest.«

Ingar verschwand genauso lautlos, wie er gekommen war. Jessica fror. Sie schlang die Arme um den Körper und meinte an der Seite, an der Ingar eben noch gestanden hatte, Erfrierungen zu spüren.

Café MM, Amanda-Einkaufszentrum
Dienstagvormittag, 3. März

Es war nicht leicht, einen ruhigen, nicht einsehbaren Platz im Café MM zu finden. Lotte Skeisvoll wollte nicht von neugierigen Schaulustigen und einer ständig wachsenden Pressemeute beobachtet werden. Dafür eignete sich ein Einkaufszentrum nur bedingt. Aber zum Glück ließen die Mittagsgäste offenbar auf sich warten, und sie ergatterte einen Tisch hinten im Café.

Viljar hatte darauf bestanden, mit ihr zu reden. Er war verzweifelt, weil er jedes Mal auf eine Wand des Schweigens stieß, wenn er etwas über Alexander herausfinden wollte. Lotte überraschte das nicht. Olav Scheldrup Hansens Strategie war, alle potenziellen Informationskanäle mit Fugenschaum abzudichten, unter dem Deckmantel dessen, was er »straffe Organisation und Kontrolle des Informationsflusses« nannte. Mit anderen Worten: *Maul halten, sonst gibt's Ärger!*

Das Gespräch musste heimlich stattfinden. Dafür musste sie eine ganze Reihe von Prinzipien über Bord werfen. Lotte war eine Paragraphenreiterin und stolz darauf. Andererseits war Viljar ihr einziger Freund und nach Annes Tod im letzten Herbst sozusagen ihre Familie. Jetzt war sie an der Reihe, sich für seine Unterstützung zu revanchieren. So musste es sein. Es glich der klaren Gliederung eines Polizeiberichts. Einfach. Logisch. Vernünftig.

Sie ging zum Tresen und bestellte eine Foccacia mit Hühnchen. Wies darauf hin, dass sie zwei Tomaten haben wollte, nicht drei, genauso viele grüne wie schwarze Oliven und dass das Hühnchenfleisch eine braune Kruste haben und nicht in Würfel geschnitten sein sollte.

»Ach, da bist du«, sagte Viljar, als er eine Viertelstunde nach der verabredeten Zeit kam. Er nahm den Snus aus dem Mund und warf ihn in den Abfalleimer, bevor er sich in die Nische quetschte, in der Lotte saß.

Viljar sah heruntergekommen aus. Sein Mantel roch nach feuchtem Zigarettenrauch, die Haare hingen ihm strähnig bis auf die Schultern, und er hätte definitiv ein paar Tropfen Clear Eyes vertragen können. Hätte Lotte es nicht besser gewusst, hätte sie vermutet, er sei am Vorabend auf Kneipentour gewesen, aber nicht einmal Viljar konnte so gefühllos sein, sich an dem Tag, an dem sein Sohn in U-Haft genommen worden war, zu betrinken.

»Schlecht geschlafen?«, murmelte sie.

Er antwortete nicht. Stattdessen fischte er Nikotinkaugummis aus der Tasche und steckte zwei in den Mund. Er trommelte unablässig mit der rechten Hand auf seinen Oberschenkel.

»Würdest du das bitte sein lassen.«

Er hörte sofort auf und wirkte ein bisschen verlegen.

»Wie geht es Alex? Gibt es irgendeine Möglichkeit für mich, mit ihm zu reden?«

Lotte schüttelte den Kopf. Auch schon früher hatte Viljar seinen Sohn aus schwierigen Situationen herausgeboxt, aber diesmal konnte er ihm nicht helfen.

»Brief- und Besuchsverbot, Viljar. Vergiss es. Bringen wir das hier hinter uns, ich will möglichst vermeiden, dass uns jemand sieht. Eins kann ich dir jetzt schon mit Sicherheit sagen, Alexander wird während der gesamten Dauer der Ermittlungen in Untersuchungshaft bleiben. Es liegen zu viele Beweise gegen ihn vor. Zu allem Überfluss hat sich jetzt auch noch der PST eingeschaltet und unterstützt die U-Haft, jetzt ist endgültig Essig.«

Viljar sank vor ihren Augen in sich zusammen, und sie schob ihre Hand über den Tisch und legte sie beschützend auf seine. Behutsam streichelte sie seinen Handrücken.

»Welche Beweise, Lotte? Ich weiß überhaupt nichts. In einer Stunde soll ich mich mit der Anwältin treffen, aber mir sagt ja keiner was. Kannst du mir nicht bitte was erzählen? Irgendwas …«

Sie stand an einem Scheideweg. Einerseits war sie stinksauer auf den Polizeidirektor, weil er ihr die Leitung der Ermittlungen entzogen hatte, und auf Olav Scheldrup Hansen, weil er ihr so oft wie möglich lächerliche kleine Aufgaben übertrug, die ebenso gut ein einfacher Beamter hätte erledigen können. Aber sie war Polizistin, und sie hatte sich in ihrer gesamten beruflichen Laufbahn noch nie einer Anordnung widersetzt. Das Berufsethos bedeutete ihr sehr viel.

»Okay … Hör zu. Was ich gleich tun werde, Viljar, ist ein Dienstvergehen. Ich will, dass du das weißt und die Konsequenzen meines Handelns begreifst. Ich mache das, weil du mir etwas bedeutest.« Sie drückte seine Hand und sah ihm in die Augen. Dann fuhr sie fort:

»Ich werde dir alle Erkenntnisse mitteilen, die wir bisher haben, aber denk dran, dass Alexander jeden Sachverhalt, der ihm zur Last gelegt wird, gestanden hat, bis auf den Mord an Emilie.«

Sie machte eine Pause. Strich das Tischtuch glatt. Fühlte den immensen Drang, einen schräg stehenden Stuhl am Nachbartisch geradezurücken, bezwang sich aber.

»Ich habe mich aus zwei Gründen dafür entschieden, dir mitzuteilen, was wir haben. Erstens weil es höchste Zeit wird, dass du dein Gehirn mit dem Sandstrahler durchbläst und begreifst, dass Alexander kein missverstandener braver Junge ist. Zweitens weil du der Einzige bist, der Alexander helfen kann, so wie es im Moment aussieht. Wir haben zwei Mordfälle und einen Vorfall mit Schusswaffen, die wir bewältigen müssen. Auf der Polizeistation ist die Hölle los. Ich bin Scheldrup Hansen unterstellt und kann nichts anderes tun, als seinen Anweisungen Folge zu leisten.«

Lotte und Viljar saßen fast vierzig Minuten zusammen. Als sie zum Ende gekommen war, wusste Lotte sich nicht anders zu helfen, als mit ihrem Stuhl neben Viljar zu rücken. Sie legte ihm den Arm um die Schultern und zog ihn an sich. Viljar von dem Video über Emilie zu erzählen war eine echte Herausforderung. Und dass Alexander auch noch auf einem Foto mit Neonazis und Ultranationalisten im Zentrum von Haugesund auftauchte, war für einen alten linksradikalen Journalisten, der mehrere verblichene Palästinenserschals in seiner Schlafzimmerkommode aufbewahrte, vielleicht ebenso schwer zu verkraften.

»Glaubst du, er hat es getan, Lotte?«

Sie beschloss, ganz ehrlich zu sein. Viljar verdiente es.

»Was ich glaube, ist unwichtig. Vieles deutet darauf hin, aber ich bin skeptisch. Er scheint so verzweifelt, und er hat eine enorme Wut in sich, aber ob er es getan hat?«

»Er erinnert sich ja an nichts. Könnte er es getan und danach einen totalen Blackout bekommen haben?«

Lotte blickte starr auf die Tischplatte. Wagte nicht, ihn anzusehen.

»Ja. Das glaube ich noch am ehesten, leider. Aber dann braucht der Junge Hilfe, damit er sich an die richtigen Dinge erinnert, und nicht an die, von denen Scheldrup Hansen möchte, dass er sich an sie erinnert.«

Sie beendeten ihre Unterhaltung. Lotte stand auf und schob ihren Stuhl sorgfältig an den Tisch, ehe sie Viljar die Hand auf die Schulter legte.

»Sag mal… Kennst du John Halvorsen? Alex erwähnte ihn bei der Vernehmung als ein mögliches Alibi für einen Teil des fraglichen Zeitraums. Er ist wohl ein guter Freund von ihm?«

Viljar starrte ins Leere, er schien nachzudenken.

»Ja. Ich weiß, dass sie ziemlich oft zusammen abhängen. Netter Junge, halb Amerikaner. Sein Vater ist Norweger. Wieso?«

»Ach, nichts Besonderes, nur so. Ich soll den Jungen befragen, aber weder er noch seine Eltern gehen ans Telefon. Hast du eine Idee, wo er sein könnte?«

Viljar schüttelte den Kopf. Sie umarmte ihn und bat ihn, noch eine Weile sitzen zu bleiben, dann schlängelte sie sich aus der Nische.

»Du, Lotte?«

Sie blieb stehen und drehte sich um. Viljars Unterlippe zitterte.

»Kannst du mit Alex reden? Ihm Grüße von mir ausrichten?«

»Ich leite die Ermittlungen nicht, Viljar. Ich kann

nicht einfach hingehen und um Erlaubnis bitten, mit ihm zu reden. Olav ist derjenige, der die Vernehmungen durchführt.«

Viljar strich sich die Haare zurück. Presste die geballte Faust auf den Mund.

»Please … Er muss wissen, dass ich für ihn da bin …«

Sie verließ Viljar, ohne zu antworten. Als sie die Schlange der Leute passierte, die am Tresen Essen bestellen wollten, wurde sie von einer Frau angerempelt, die sie zuerst nicht erkannte. Als sie merkte, wer es war, durchlief sie ein Schauer. Die denkbar ungünstigste Begegnung am denkbar ungünstigsten Ort zur denkbar ungünstigsten Zeit. HA-Reporterin Julie Moksheim.

»Ach nee! Habt ihr zwei Hübschen versucht, euch hier drinnen zu verstecken, Skeisvoll? Vielleicht solltet ihr euch nächstes Mal einen etwas weniger öffentlichen Ort suchen? Ich bin nicht die Einzige, die euch beiden zurzeit an den Fersen klebt, wissen Sie.«

Lotte sah ein, dass es keinen Sinn hatte, sich schon wieder mit der Frau anzulegen, also drehte sie ihr den Rücken zu und ging. Ignorierte die Versuche der Reporterin, sie zurückzurufen. Sie hatte ohnehin nichts zu ihrer Verteidigung vorzubringen.

Ørpetveit, Haugesund
Dienstag, 3. März

Olaussens Metall AS. Das Firmenlogo mit den drei unterschiedlich großen Goldringen und dem Firmennamen in Blau und Braun leuchtete von jeder Wand der Fabrikgebäude in Ørpetveit. Der Betrieb war in den letzten Jahren zu einem der großen Markenzeichen von Haugesund geworden. Die Bronzegießerei fertigte die Amanda-Statue für die Preisverleihung auf dem jährlichen Filmfestival. Außerdem hatte das Unternehmen Norwegens vielleicht coolsten Slogan: »Wunder erledigen wir sofort! – Unmögliches dauert etwas länger!« Viljar gefiel die schamlose Arroganz, die aus dem Slogan sprach. Die letzte Neuigkeit aus der Marketingabteilung war wohl, dass die Firma die Premier-League-Übertragungen von *TV2* an einem der April-Wochenenden präsentieren sollte.

Auf dem Parkplatz vor dem Bürogebäude stand eine große Bronzeplastik, zwei steigende Pferde. Viele glaubten, sie stamme aus der Gießerei, aber sie war aus Argentinien importiert worden. Viljar blieb eine Weile dort stehen und sah sich um. Vor der Lagerhalle stand einer der blauen Lastwagen der Firma, und zwei Arbeiter luden Metallrohre auf.

Viljar betrachtete sie, während er rauchte. Sie suchte er nicht. Wahrscheinlich war Geirmund Bakken um diese Tageszeit auf der Arbeit wie alle anderen auch, aber als Lagerchef belud er vielleicht Lastwagen. Lotte hatte ihm erzählt, dass die Polizei Bakken nach einer langen Vernehmung am gestrigen Abend hatte gehen lassen. Der Mann, der während der Demonstration angeschossen worden war, ein Mitglied des Norwegischen Widerstands, war wohl nirgends aufzutreiben.

Geirmund Bakken war ein unangenehmer Typ. Einer von denen, die immer lächeln, aber nicht sympathisch sind. Viljar merkte, dass er gestresst war. Seine Gedanken schweiften die ganze Zeit zu den Fotos, die Alexander unter den Anhängern des Norwegischen Widerstands bei einem Aufmarsch im letzten Jahr zeigten.

Irgendein Mistkerl hatte Alex angeworben, und Viljar hatte nicht vor, den Betreffenden ungeschoren davonkommen zu lassen. Der Erste, den er sich vorknöpfen wollte, war Geirmund Bakken. Obwohl Viljar nicht gerade Hulk Hogan glich, würde er es schon schaffen, diesem Zwerg die Visage zu polieren. Er nahm ein paar tiefe Züge von seiner Zigarette und warf einen schnellen Blick zu den Bürofenstern, ehe er sich nach hinten zur Lagerhalle schlich. Das Lager war groß, geräumig und hell. Auf Regalen an den Wänden und auf Metallstativen in der Mitte der Halle lagen die fertig produzierten Waren der Fabrik. Die Decke war sehr hoch und die Halle sehr luftig. Niemand hielt ihn auf, als er eintrat.

Nachdem er sich eine Weile umgesehen hatte, kam schließlich ein Mann im Arbeitsanzug auf ihn zu. Viljar fragte nach Geirmund Bakken und wurde zum anderen Ende der Halle geschickt. Der kleine Kerl, der es heute auf zahlreiche Titelseiten geschafft hatte, wirkte nicht gerade furchteinflößend, wie er mit einem Stift in der Hand dastand und eine Liste abhakte. Seelenruhig drehte er sich um, als Viljar ihn ansprach. Er wirkte arrogant und herablassend, als sei er über Trivialitäten wie die Anwesenheit anderer Menschen erhaben.

»Ich muss mit Ihnen reden, Bakken. Können wir uns irgendwo ungestört unterhalten?«

Viljar trat von einem Fuß auf den anderen. Geirmund Bakken ließ Viljars Unruhe kalt. Er war ein Yoga-Guru, der geduldig die Welt aus einer anderen Dimension betrachtete. Lächelnd. Harmonisch. Ausgeglichen.

»Sie müssen überhaupt nicht mit mir reden, Gudmundsson«, sagte er und musterte Viljar abschätzend. »Sie *möchten* mit mir reden. Die Frage ist, ob dieser Wunsch auf Gegenseitigkeit beruht. Ich habe *Haugesunds Avis* nichts zu sagen, nach dem irreführenden Artikel, den ihr heute gebracht habt. Kultursozialistisches Geschwafel. Sogar wenn einer unserer friedlichen Demonstranten niedergeschossen wird, schafft ihr es, Dschihadisten und Sozialschmarotzer als arme kleine Opfer darzustellen.«

Viljar stöhnte innerlich und musste sich heftig zusammenreißen, um ruhig zu bleiben.

»Ich scheiß auf eure Demonstration gestern. Ich bin nicht als Journalist hier, sondern als Vater. Ich will mit Ihnen über Alexander reden.«

Geirmund Bakken hob eine Augenbraue ein klein wenig an, als müsse er überlegen, von wem Viljar sprach.

»Ah … Alexander, ja. Das ist Ihr Sohn? Ausgezeichnet! Einer unserer eifrigen jungen Mitstreiter. Ein Junge mit guter arischer Einstellung.«

Der Dampfkessel in Viljars Hinterkopf begann zu pfeifen. Er reagierte rein impulsiv. Mit zwei Schritten war er bei Bakken, packte ihn mit beiden Händen am Arbeitskittel und hob ihn hoch.

»Du hältst dich verdammt noch mal von Alex fern, Freundchen! Ist dir klar, womit du diese Jugendlichen fütterst? Mit Scheiße! Mit verdammter Scheiße!«

Viljar brüllte und schüttelte den Mann, ließ ihn aber nach einer Weile los, da Bakken nicht den geringsten Widerstand leistete. Im Gegenteil, der Kerl grinste sogar noch. Strich sich die Falten aus dem Kittel. Es schien ihn überhaupt nicht zu kümmern, dass er nur Millimeter von einem Kopfstüber entfernt gewesen war.

»Was Sie gerade getan haben, Gudmundsson, war nicht sehr klug. Sie müssen lernen, sich zu beherrschen!«

Viljar stieß den Mann zurück. Hätte er etwas zur Hand gehabt, hätte er ihn grün und blau geprügelt.

»Klug? Hast du klug gesagt? Ich werde dir sagen, was verdammt unklug ist, Geirmund! Wenn erwachsene Männer mit winzigem Schwanz sich aufspielen wie Joseph fucking Goebbels, um ihren Minderwertigkeitskomplex zu kompensieren. Unwissende Jugendliche dazu verführen, jeden erbärmlichen Bullshit zu glauben, nur damit ihr jemanden habt, der euch anhimmelt. Das, Geirmund Bakken, ist verdammt unklug! Das ist um Schläge betteln!«

Bakken wich keinen Zentimeter zurück. Stand immer noch mit festgetackertem Lächeln und herablassender Miene da.

»Sie möchten, dass ich mich von Ihrem Sohn fernhalte. Nun … Er braucht niemanden, der ihm erzählt, was der Unterschied zwischen Richtig und Falsch ist. Alex ist einer von denen, die verstanden haben, worauf unsere Ideologie abzielt. Er will genau wie wir ein weißes Norwegen, das auf unserer stolzen Tradition basiert, nicht auf Schariagesetzen.«

Geirmund Bakken blieb immer noch genauso ruhig, als Viljar ihn erneut packte. Diesmal hatte er nicht vor, ihn nur ein bisschen zu schütteln. Diesmal würde er dem Mistkerl die Fresse polieren, und wenn es das Letzte war, was er tat.

»Jetzt, Gudmundsson, sollten Sie sich umdrehen und sich ansehen, was ich gemeint habe, als ich sagte, dass es nicht sehr klug ist, mich anzugreifen.«

Das war der älteste Trick der Welt, aber Viljar ließ Geirmund Bakken los und drehte sich um. Zwei männliche Bestien versperrten ihm den Weg, und Bakken, den er gerade noch in seiner Gewalt gehabt hatte, legte den Arm um seinen Hals und nahm ihn in die Zange. Viljar war außer Gefecht gesetzt, noch bevor der Kampf begonnen hatte. Er strampelte, aber es war zwecklos.

Die ersten Schläge und Tritte landeten gezielt dort, wo es am meisten wehtat. Viljar sackte auf dem Boden zusammen. Er sah einen Stiefel auf sich zukommen, schnell und lautlos wie eine jagende Eule. Der Springerstiefel des einen Muskelmonsters traf ihn mit voller Wucht in den Schritt, und der Schmerz war so heftig, dass er kurz das Bewusstsein verlor. Als er wieder zu sich kam, hagelte es Tritte und Schläge in den Bauch, gegen die Brust und den Kopf. Viljar spürte Blut in seinem Mund und spuckte es samt Zähnen aus, um die Atemwege freizubekommen. Er war kurz davor, wieder ohnmächtig zu werden, als er plötzlich von einem der Männer in eine sitzende Stellung hochgezogen wurde. Geirmund Bakken kam ganz dicht an sein Gesicht heran. Viljar roch den Gestank von entzündetem Zahnfleisch. Er hielt ein Tapetenmesser in der Hand. Führte es an Viljars Mund.

»Why so serious, Gudmundsson …?«

Bakken lachte laut über sich und sein *Batman*-Zitat.

»Schafft ihn weg, und sorgt dafür, dass er verschwindet.«

Die beiden Muskelprotze zögerten einen Moment. Viljar hatte große Mühe, bei Bewusstsein zu bleiben. Unerträgliche Schmerzen zerrissen sein Körper, und er rülpste Blut.

Das sind innere Blutungen …

Der eine ging zu Geirmund Bakken. Sie waren sich offenbar über etwas uneinig, aber schließlich schien Bakken sich durchgesetzt zu haben. Der Mann kam zurück und schleifte Viljar mit sich Richtung Ausgang. Das Letzte, was er wahrnahm, war, dass er auf eine Ladefläche geworfen wurde und der Lastwagen losfuhr. Das Blut lief ihm immer noch aus Mund und Nase, aber Zunge und Kiefer gehorchten nicht mehr. Er schaffte es nicht, alles auszuspucken, was hochkam. Die Schmerzen verschwanden nach einer Weile, und die Augen fielen ihm ein paarmal zu, bevor sie sich endgültig schlossen.

Gefängnis Haugesund
Dienstag, 3. März

»Müsste meine Anwältin nicht dabei sein?«

Alexander studierte die kleinen Risse in der Wand, anstatt Lotte Skeisvoll anzusehen. Sie hatte nach einem langen und vertraulichen Gespräch mit Henriette Storhaug die Erlaubnis erhalten, unter vier Augen mit Alexander zu reden. Olav Scheldrup Hansen wusste nichts davon, und Lotte hatte auch nicht vor, es ihm zu erzählen.

»Ich habe mit Storhaug gesprochen. Sie sagt, es ist okay, solange du es selbst willst und ich dich nicht zu dem Fall befrage.«

Alexander wand sich. Knabberte an den Nägeln. Konnte die Hände nicht ruhig halten. Von Unruhe getrieben stand er auf und ging zur Tür. Dort blieb er in trotziger Haltung stehen, mit dem Rücken zu Lotte.

»Ich glaub dir nicht! Ich hab dich geschlagen. Du bist hier, um mich zu linken.«

Solch ein Verhalten hatte Lotte oft erlebt. Kinder mit ADHS waren häufig skeptisch gegenüber Menschen, die in einer schwierigen Situation gute Absichten hatten. Misstrauen war eine Plastikfolie, die sich an die Hirnrinde heftete und Frustration und Paranoia hervorrief. Diese Kinder befanden sich in einer chronischen Abwehrhaltung. Allzu oft hatten sie am eigenen Leib erfahren, dass Erwachsene ihnen etwas anhängen wollten.

»Ja, du hast mich geschlagen, Alex. Das tut wirklich verdammt weh. Aber ich bin nicht hier, um mit dir zu schimpfen oder mich an dir zu rächen. Ich verstehe, dass du rotgesehen und die Kontrolle verloren hast … dass du Angst hattest.«

Alexander drehte sich langsam zu ihr um. Sie konnte seine Augen hinter den langen, in die Stirn hängenden Haaren nur erahnen.

»Sorry …«

»Schon gut, aber würdest du dich bitte wieder setzen, Alex? Ich werde kirre, wenn ich die ganze Zeit zu deinem Rücken reden muss.«

Er zuckte die Schultern, setzte sich dann aber auf die Pritsche.

»Glaubst du mir, wenn ich dir sage, dass ich hier bin, weil dein Vater mich gebeten hat, dich zu besuchen? Dass ich nicht als Polizistin gekommen bin?«

Alexander antwortete nicht. Er saß ganz still da und hatte den Kopf in die Hände gelegt.

»Viljar ist sich absolut sicher, dass du Emilie nicht umgebracht hast. Er will, dass du das weißt.«

Das Einzige, was ein gewisses gefühlsmäßiges Unbehagen verriet, war, dass Alexander an seinem Fingernagel herumpulte. Es verging eine Weile, ehe er etwas sagte. Er schluckte immer wieder.

»Dann ist er dümmer, als ich gedacht habe«, sagte er schließlich.

Lotte beugte sich vor. Versuchte, Kontakt zu ihm aufzunehmen. Lange, fettige Haare verbargen sein Gesicht.

»Ach wirklich? Da bin ich mir nicht so sicher, Alex. Du hast in den letzten Tagen unglaublich viel Scheiße gebaut, aber ich glaube nicht, dass du Emilie etwas getan hast. Jedenfalls nicht absichtlich. Leider wurde Emilie getötet, nachdem du in ihr Zimmer gegangen bist, und du hast in den Vernehmungen selbst gesagt, dass deiner Erinnerung zufolge niemand sonst rein- oder rausgegangen ist und das Fenster geschlossen und die Feuerleiter verkeilt war, als du am nächsten Morgen versucht hast abzuhauen. Sofern also nicht Houdini dich und Emilie in der Nacht besucht hat, können wir uns die Sache nicht anders erklären, als dass du es warst. Wir verstehen einfach nicht, wie es sonst passiert sein sollte. Begreifst du?«

Alexander richtete sich auf, strich sich die Haare aus dem Gesicht und sah Lotte direkt in die Augen. Er wirkte auf einmal sehr klar und bestimmt.

»Ich dachte, wir sollen nicht über den Fall reden? Ist mir aber auch egal, ehrlich gesagt. Ich weiß nicht, was ich getan habe. Ist das so schwer zu verstehen? Hier oben ist alles weg …«

Er schlug sich mit der geballten Faust hart an die Stirn.

»Alles eine verfickte Grütze. Wenn ich nicht so dumm im Kopf wär, würde ich mich vielleicht an was erinnern, aber das tu ich nicht.«

Lotte wartete, bis er sich etwas beruhigt hatte, ehe sie weitersprach.

»Du bist nicht dumm, Alex. Eine starke Mischung aus Alkohol und Drogen hat solch eine Wirkung. Man kann einen kompletten Blackout bekommen, und Erinnerungen verschwinden. Manchmal kommen sie zurück, manchmal nicht.«

»Shit, dann ist es sowieso aussichtslos. Ich werde für etwas verurteilt, an das ich mich nicht mal erinnere.«

Lotte beugte sich vor und wollte Alexander die Hand auf die Schulter legen, aber dann fiel ihr ein, was das letzte Mal passiert war. Rasch lehnte sie sich wieder auf ihrem Stuhl zurück.

»Nichts ist aussichtslos. Es müssen eindeutige Beweise oder ein Geständnis vorliegen, um dich verurteilen zu können. Es reicht nicht aus, dass du im selben Zimmer warst, als es passierte. Dein Vater und ich werden alles tun, was wir können, um etwas zu finden, das dich entlastet.«

Alexander sah sie an, offensichtlich verwundert.

»Du …? Du bist Polizistin. Willst du gleichzeitig gegen mich und für mich arbeiten, oder wie? Hältst du mich für komplett bescheuert?«

Lotte lächelte. Der Junge widersprach sich selbst in jedem zweiten Satz. Wie schwer musste es für ihn sein, das alles zu verstehen. Sie verstand es ja selbst kaum. Falls Olav Scheldrup Hansen Wind davon bekam, dass sie hier bei Alex war, anstatt John Halvorsen zu suchen, würde er sie aus dem Team werfen und in den Streifendienst versetzen.

»Manchmal gibt es gar keinen so großen Unterschied zwischen dem, was die Polizei will, und dem, was du willst. Falls du unschuldig bist, liegt es in unserem Interesse, das aufzudecken, okay?«

»›In unserem Interesse, das aufzudecken‹? Kannst du vielleicht mal normal reden?«

Der Junge kämpfte mit Verständnisproblemen. Auch das war bei seiner Diagnose nicht ungewöhnlich.

»Dein Vater glaubt an deine Unschuld. Du selbst weißt nicht, ob du unschuldig bist oder nicht. Die Polizei will nur die Wahrheit herausfinden. Vielleicht stellt sich heraus, dass es das Beste für uns alle ist?«

Lotte fasste einen plötzlichen Entschluss. Sie brauchte einen Ausgangspunkt. Musste wissen, ob das, was sie gegen Alexander in der Hand hatten, von entscheidender Bedeutung war.

»Ich muss eine Sache wissen, bevor ich weitermache, Alex. Und du versprichst mir, dass du hundertprozentig ehrlich bist, okay?«

Der Junge nickte leicht.

»Du hast ausgesagt, dass Emilie dir das Video, auf dem sie vergewaltigt wird, geschickt hat. Dass nicht du den Vorfall gefilmt hast. Ist das wahr?«

Alexander holte tief Luft und schien den Atem eine Ewigkeit anzuhalten. Fast so, als sträubte er sich dagegen zu antworten.

»Ja. Das alles machte ihr unglaublich zu schaffen, und ich hab ihr nicht geglaubt, verstehst du. Deshalb hat sie mir das Video als Beweis geschickt. Aber das beweist ja überhaupt nichts.«

Lotte ignorierte den letzten Satz.

»Du, ich habe Probleme, mir vorzustellen, dass Emilie selbst mitgeholfen haben soll, dieses Video zu verbreiten. Ganz gleich, wie sehr sie dir vertraut hat. Aber wenn sie es wirklich getan hat, warum solltest du ihr dann nicht glauben?«

Alexander hielt sich die Augen zu. Dies war offensichtlich sehr schwierig für ihn.

»Sie hat es getan. Wir haben mitten in der Nacht telefoniert und uns gestritten. Ich hab ihr erzählt, was ich gehört hatte, und sie hat mir das Video geschickt, damit ich es mit eigenen Augen sehe. Aber das Video konnte ja genauso gut ein Beweis dafür sein, dass die Gerüchte stimmten, oder? Dass Emilie es gerne mit mehreren zugleich trieb und sie wollte, dass die Typen so tun sollten, als würden sie sie vergewaltigen. Dass es sie anmachte, sozusagen.«

»Ernsthaft, Alexander? Dass es sie anmachte? Ich habe noch nie eine Frau getroffen, die auf Vergewaltigung abfährt, und ich bin Polizistin. Ich habe mehr Scheiße gesehen, als du dir vorstellen kannst.«

Alexander lehnte sich an die Wand. Er ging auf Abstand und war im Begriff, sich wieder in seinen Kokon einzukapseln.

»Du kapierst überhaupt nichts! Sie mochte es gern ein bisschen pervers, okay? Nicht in echt. Nur gespielt.«

Lotte versuchte zu verbergen, wie aufgewühlt sie war, und lächelte ihn beruhigend an. Er durfte sich jetzt auf keinen Fall verschließen. Das hier waren neue, wichtige Informationen.

»Was wollte Emilie damit erreichen, dass sie dir das Video schickte? Falls du von den Gerüchten wusstest, meine ich.«

Alexander stand wieder auf und ging zu dem einzigen Fenster im Raum.

»Das hab ich doch gesagt! Wir haben gestritten, okay? Sie hat behauptet, dass sie vor ein paar Monaten vergewaltigt wurde, und ich hab ihr das nicht geglaubt. Sie hat Angst gehabt und gesagt, wenn sie die Typen anzeigt, dann rächen die sich an ihr und stellen noch ein Video ins Netz. Ein ziemlich scharfes, auf dem Emilie ein paar Sachen gemacht hat.«

»Sachen …? Reden wir von Sex?«

»Ja, das auch … und ein paar Clips, auf denen sie sich zudröhnt und vor der Kamera strippt. Sie wollte ja Krankenschwester werden, von daher … Wenn ich gewusst hätte, wer die Scheißtypen sind, die sie bedroht haben, hätte ich …«

»Okay. Sie hat also die Vergewaltigung nicht angezeigt, weil sie Angst vor einem Racheporno hatte?«

Alexander schwieg. Nickte nur. Lotte kaufte ihm die Geschichte ein Stück weit ab.

»Gut. Ich glaube dir. Und du weißt nicht, wer die Typen waren, die sie bedroht haben oder die auf diesem Video zu sehen sind?«

Alexander zuckte nur mit den Schultern.

»Könnten alle möglichen sein, aber einer von denen ist wohl mal mit Emilie zusammen gewesen.«

Lotte begriff, dass sie nun vielleicht das Knäuel entwirren konnten. Das Video war höchstwahrscheinlich auf Emilies Computer. Sie mussten Emilie Sand Vormedals Liebesleben ein ganzes Stück zurückverfolgen.

»Was anderes, Alex. Bist du Mitglied im Norwegischen Widerstand?«

Alexander betrachtete Lotte. Großes Misstrauen sprach aus seinen Augen. So als wäre Lotte seine Gegnerin.

»Nein. Nicht mehr … Ich war mal eine Weile bei denen, aber das ist lange her. Der Typ, der uns den Stoff besorgt hat, war … Ich fand das irgendwie cool damals. Aber der ganze Haufen ist total verblödet, echt. Irgendwann hatte ich dann keinen Bock mehr.«

»Dein Dealer ist also im Norwegischen Widerstand?«

Alexander erhob sich abrupt von der Pritsche.

»Halt die Klappe! Du hältst verdammt noch mal die Klappe und verrätst niemandem, was ich gesagt habe. Aus mir kriegt ihr nichts Brauchbares raus. Das kannst du knicken.«

Panisch blickte er sie an, und Lotte hob besänftigend die Hände, ehe sie langsam aufstand und zur Tür ging.

»Kann jemand bestätigen, was du mir erzählt hast, Alex? Wusste sonst noch jemand, dass Emilie bedroht wurde? Wer hat die Videos, von denen du geredet hast?«

»Vergiss es! Ich sag kein Wort mehr, okay?«

Lotte blieb stehen und drehte sich um.

»Ich glaube, dass du die Wahrheit sagst, Alex. Das hört sich ganz so an, als ob es da einen Zusammenhang gibt. Nur schade, dass ich dir nicht helfen kann, solange niemand deine Geschichte bestätigt.«

Lotte klopfte an die Zellentür, und einen Augenblick später wurde sie von einem Beamten geöffnet. Alexander stand mit hängenden Armen da.

»Rede mit John, okay? Rede einfach mit John …«

Lotte nickte und schenkte ihm ein aufmunterndes Lächeln, ehe sie sich umwandte.

Schon wieder John Halvorsen. Höchste Zeit, mal ein Wörtchen mit dem Jungen zu reden.

Polizeistation Haugesund
Dienstag, 3. März

»Wir müssen weiterkommen, Leute. Die Sache Yusuf Samfari ... was haben wir?«

Olav Scheldrup Hansen drehte sich zu der Tafel um, an der eine Reihe von Fotos hingen. In der Mitte die beiden Opfer, und von den beiden Porträtfotos strahlenförmig ausgehend Namen, Erkenntnisse und Theorien. Er platzierte den Laserpointer mitten auf Yusufs Stirn und blickte in die Runde. Die Polizisten im Besprechungsraum starrten beschämt vor sich auf den Tisch. Olav nickte Åse Frugård zu, und sie erhob sich.

»Sowohl gute als auch schlechte Neuigkeiten, fürchte ich.«

Sie musterte die Versammelten über ihre Brillengläser hinweg.

»An den blonden Haaren, die wir in Yusufs Hand gefunden haben, fehlten die Haarwurzeln. Mit anderen Worten, für eine Analyse völlig wertlos. Das Labor in Bergen versucht derzeit, brauchbare DNA aus dem feuchten Snus zu isolieren, und hat uns für morgen früh eine Antwort zugesagt. Die Fingerabdrücke auf der Snusdose haben dagegen zu einem sehr interessanten Treffer in unserer Datenbank geführt. Sie stammen tatsächlich von Geirmund Bakken.«

Olav unterbrach sie.

»Super! Das ist ja schon mal was. Holen wir den Mann her, jetzt sofort. Schicken Sie eine Streife, Lars?«

Bevor Lars antworten konnte, ergriff Åse wieder das Wort.

»Können wir damit noch warten, Olav? Wie gesagt, morgen früh bekommen wir das Ergebnis der DNA-Proben. Dann haben wir mehr in der Hand. Nur mit den Fingerabdrücken allein kann er immer noch behaupten, dass die Dose nicht ihm gehört, sondern dass ihm auf der Party jemand einen Snus angeboten hat. Ich schlage vor, wir bringen ihn her, sobald wir etwas haben, das ihn eindeutig mit dem Tatort in Verbindung bringt. Wie beispielsweise die DNA auf dem feuchten Snus.«

Olav wollte ihren Vorschlag abschmettern. Åse Frugård hatte keinerlei Kompetenz, was die Ermittlungstaktik betraf, und es ärgerte ihn, dass sie ihnen andauernd diktieren wollte, was sie zu tun und zu lassen hatten. Aber Polizeidirektor Arnstein Guldbrandsen kam ihm zuvor.

»Auf jeden Fall. Ich bin ganz Ihrer Meinung, Åse. Wir holen ihn morgen hierher.«

Verdattert blieb Olav einen Moment im Niemandsland stehen, ehe er den Faden wieder aufnahm.

»Gut. Was ist mit dem Schuhabdruck?«

»Der Abdruck, den wir im Blumenbeet gefunden haben, stammt wahrscheinlich von einem Sportschuh der Marke Nike, Serie Air Max 1. Einer der meistverkauften Sportschuhe in Norwegen, auch hier bei uns. Die Schuhgröße dreiundvierzig lässt auf einen Mann schließen, wobei wir natürlich nicht wissen, ob es der Fußabdruck des Täters ist.«

»Soweit ich verstanden habe, war die Tatwaffe ein Springmesser. Ich war der Meinung, die gibt es seit 1989 nicht mehr, aber die sind also immer noch im Umlauf?«

Die Frage kam von Lars Stople.

»Ja, da bin ich mir ziemlich sicher. Es dürfte sich um ein scharfes Springmesser handeln, weil die Wundränder beidseitig glatt sind und die Schnittfläche selbst recht klein ist.«

Olav gab ihr ein Zeichen, sich zu setzen. Er blickte auf seine Unterlagen. Die Berichte, die sie bisher bekommen hatten, waren leider nicht besonders aufschlussreich.

»Befragungen und Videoüberwachung. Gibt es Zeugenbeobachtungen?«

Lars Stople stand auf. Er sprach so leise, dass Olav Mühe hatte, alles zu verstehen.

»Ein Mädchen hat zwei erwachsene Männer gesehen, die vor der Breidablik-Schule gestanden und sich unterhalten haben, eine halbe Stunde vor dem vermutlichen Tatzeitpunkt. Sie konnte keine genaueren Angaben machen, nur dass einer der beiden von normaler Körpergröße war, der andere jedoch ziemlich klein. Beide sahen aus wie Norweger.«

»Wie Norweger?«

»Ja, also, sie waren weiß. Nordisches Aussehen. Der eine hatte eine Basecap auf, und sie erinnerte sich, dass der andere eine helle Jogginghose anhatte und einen Rucksack trug. Wenig hilfreich, mit anderen Worten.« Er räusperte sich und schaute auf seine Papiere. »Aber wir konnten nachvollziehen, wo Samfari sich an dem Abend aufgehalten hat. Er verließ sein Zuhause zusammen mit seinem Kumpel Bjørnar Nedstrand. Wir haben mit Nedstrand gesprochen, er gibt an, dass sie von 16.00 bis 18.00 Uhr im Sheiken bowlen waren und danach mit dem Bus ins Zentrum gefahren sind. Wir haben das überprüft, und es stimmt. Sie wollten um 20.00 Uhr zusammen ins Kino, aber Yusuf hat es sich im letzten Moment anders überlegt und wollte lieber nach Hause. Sie haben sich kurz vor 20.00 Uhr vor dem Edda-Kino getrennt, und dann hat Bjørnar sich den Kinofilm angesehen.«

»Okay. Wissen wir, warum Yusuf es sich plötzlich anders überlegt hat? Sie haben doch sein Handy überprüft. Hat er eine SMS oder einen Anruf bekommen?«

»Nein, nichts. Er hat sein Handy nicht mehr benutzt, nachdem er und Bjørnar sich ein paar Stunden früher per SMS zum Bowling verabredet hatten. Den Facebookchat hat er seit voriger Woche nicht mehr genutzt. Aber durch das Journal des Handys haben wir herausgefunden, dass er am selben Tag eine ganze Reihe Nachrichten, Fotos, Musikdateien und Ähnliches gelöscht hat. Vielleicht hat er nur aufgeräumt, um mehr Speicherplatz zu schaffen, aber …«

Olav notierte sich rasch etwas und ergriff wieder das Wort.

»Können wir die gelöschten Dateien wiederherstellen, Åse?«

Åse Frugård nickte.

»Ja, wir arbeiten schon dran. Kommt darauf an, wie gründlich er war.«

»Schön. Damit wissen wir, dass Yusuf um 19.55 Uhr vom Haupteingang des Edda-Kinos losgegangen ist und er dreißig bis fünfundvierzig Minuten später von einem oder mehreren unbekannten Tätern getötet wurde. Wir müssen herausbekommen, wo Samfari in der Zeit zwischen 19.55 Uhr und ungefähr 20.30 Uhr gewesen ist.«

Es wurde still im Raum. Olav erhob sich und legte die Hände auf den Tisch.

»Ich möchte die Protokolle aller Vernehmungen haben, die mit den jugendlichen und den erwachsenen Partygästen geführt wurden. Dieser Mord hängt irgendwie mit der Party zusammen. Wir müssen noch einmal mit denen reden, die Yusuf am besten kannten und die auf der Party waren. Bjørnar Nedstrand, Eivind Skeie und Ingar Fjell wurden alle mit Yusuf auf der Party zu unterschiedlichen Zeiten gesehen. Worüber haben sie mit ihm gesprochen? Woher kannten sie ihn? Hatte er irgendwelche Feinde? Hatte er auf der Party mit jemandem Streit?«

Harald Samuelsen vom PST bat ums Wort.

»Wir haben keine Verbindung von Yusuf zum fundamentalistischen Islam finden können. Er taucht auf keiner unserer Listen auf. Der Junge hat geraucht und Alkohol getrunken und wurde nie in der örtlichen Moschee gesehen. Auch die Eltern sind in den muslimischen Kreisen der Stadt nicht sehr aktiv. Trotz des Zettels um seinen Hals ist er wohl eher ein zufälliges Opfer von Hasskriminalität geworden, ausgesucht wegen seines äußeren Erscheinungsbilds.«

Harald Samuelsen nahm einen Schluck aus seinem Wasserglas, ehe er fortfuhr:

»Wir sind uns mit dem Ermittlungsleiter darin einig, dass der Tod von Yusuf Samfari auf irgendeine Art mit dem Mord an Emilie Sand Vormedal zusammenhängt. Sie kannten sich, sie waren auf derselben Party, und sie wurden im Abstand von wenigen Stunden getötet. Zudem war auch der Anführer der lokalen Gruppe des Norwegischen Widerstands auf der Party.«

Erneut trat eine peinliche Stille ein. Die Gruppe wirkte wie erstarrt und unfähig zu handeln. Olav Scheldrup Hansen beschloss, dem PST-Ermittler zuvorzukommen.

»Ich habe Harald Samuelsen und den PST um Unterstützung gebeten, und sie werden uns bei den weiteren Ermittlungen behilflich sein. Außerdem werden zwei meiner Kollegen von KRIPOS hinzukommen. Einer von ihnen ist Kriminaltechniker, dann wird Åse hoffentlich jemanden haben, mit dem sie sich die Bälle zuspielen kann.«

Nachdem er die Sitzung beendet hatte, begann die Runde sich aufzulösen. Stühle schrammten über den Boden, und es bildeten sich kleine Gruppen, um Arbeitsaufgaben zu diskutieren und zu verteilen. Olav blieb im Hintergrund und beobachtete das Treiben. Nicht ein einziger der Polizisten schien es eilig zu haben. Verdammtes Nähkränzchen!

Ørpetveit, Haugesund
Dienstag, 3. März

Es war der erste Dienstag im März und noch vier Monate hin, bis der Startschuss zum Ironman 70,5 in Haugesund fallen würde. Marianne Ulrichsen hatte alles unter Kontrolle. Obwohl die Beinmuskelverletzung im Februar sie ein paar Wochen zurückgeworfen hatte, standen ihre Chancen nicht schlecht, wenn sie ihre Trainingseinheiten verdoppelte. Der Tag hatte um 06.30 Uhr mit zweitausend Meter Schwimmen in der Haraldshalle begonnen, und jetzt hatte sie fast die Hälfte der zwanzig Kilometer langen Laufrunde hinter sich gebracht. Die Strecke von Kvala über Gard, Haraldsvang und Skåredalen war ein Kinderspiel gewesen. Sie fühlte sich kein bisschen erschöpft. Die Laufrunde glich einem einzigen Endorphinrausch. Wieder trainieren zu dürfen war eine Befreiung.

Sie warf einen Blick auf ihren Pulsmesser und achtete darauf, bei fünfundsiebzig Prozent des Maximalpulses zu bleiben. Bisher lag ihre Geschwindigkeit bei durchschnittlich 6,05 Stundenkilometer. Das war fünf Sekunden über der Zeit, aber sie wollte sich noch nicht zu sehr unter Druck setzen. Hauptsache, sie hatte unterwegs keinen Durchhänger. Sonst würde ihre Zeit nicht allzu gut ausfallen, und sie könnte die Trainingseinheit nicht per Runkeeper-App auf Facebook posten. Vom Ørpetveitsveien, den sie im Moment entlanglief, über Spanne,

Borheim und Karmsundgata nach Norden gab es keine nennenswerten Steigungen.

Allerdings musste sie pinkeln. Sie hatte die ersten Anzeichen schon am Eivindsvatnet gespürt, aber gedacht, sie würde es aushalten. Doch sie hatte sich verschätzt. Die Blase drückte bei jedem Schritt, und seit einem Kilometer merkte sie, dass es sich auf ihre Lauftechnik auswirkte. Die Füße setzten nicht mehr optimal auf, und sie bekam keinen vernünftigen Schub aus der Hüfte.

Sie musste eine Stelle finden, wo sie vor neugierigen Blicken geschützt war. Ein Stück die Straße hinunter, hinter dem Firmengelände von Olaussen Metall, war ein kleines Waldstück.

Als sie sich dem Wäldchen näherte, das etwas erhöht lag, griff sie nach ihrem Handy und stoppte die Zeit per Runkeeper-App. Es kam gar nicht infrage, Zeit durch diesen Quatsch zu verlieren. Lieber nahm sie in Kauf, dass aufmerksame Facebooknutzer den kleinen Stopp auf ihrer Tour bemerkten. Marianne lief ein gutes Stück den Hügel hinauf und schlug sich in die Büsche. Sie bahnte sich einen Weg durch dichtes Kieferngehölz, bis sie eine Stelle fand, die von der Straße aus nicht einsehbar war.

Die Kiefernnadeln schienen nach ihr zu greifen und kratzten ihr die Arme auf, während sie sich vorwärtskämpfte. Ihre Füße versanken tief in Moos und Heidekraut, und plötzlich dachte sie an Kreuzottern. Marianne hasste Schlangen. Aber dann musste sie über ihre Angst schmunzeln. Im März traf man noch nicht auf Kreuzottern. Die lagen noch in ihren Höhlen.

Als sie ihre Laufleggins und den Slip herunterzog, ging ihr kurz durch den Kopf, wohin Kreuzottern sich wohl über den Winter verkrochen. Sie ging in die Hocke. Hinter ihr war ein steiler Abhang, und sie musste aufpassen, nicht das Gleichgewicht zu verlieren. Es kümmerte sie nicht, dass es auf ihre Laufschuhe spritzte. Dampf stieg auf, als der warme Urin auf den frostkalten Boden traf.

Sie verlagerte das Gewicht ein wenig, und in dem Moment spürte sie es. Etwas Kaltes berührte ihre Schamlippen. Sie schnellte hoch und drehte sich um, während der Urin an ihrem Schenkel herunterlief. Als sie sah, was ihren Unterleib berührt hatte, schrie sie auf. Ein gutturaler Schrei, der durch das ganze Wäldchen gellte.

»Das kann nicht sein«, murmelte sie panisch. »Das kann verdammt noch mal nicht sein.«

Es war eine Hand! Gespreizte Finger ragten in die Luft, bewegten sich aber nicht. Marianne schrie noch einmal. Drehte sich um und wollte weglaufen, hatte in der Eile aber vergessen, dass Slip und Leggins um ihre Beine hingen, und schlug der Länge nach hin. Zerkratzt und mit verstauchter Hand wählte sie die Notrufnummer der Polizei. Zuerst stotterte sie nur, aber nachdem die Frau in der Notrufzentrale sie ein wenig beruhigt hatte, fand Marianne Ulrichsen ihre Stimme wieder.

»Ich bin auf dem Ørpetveitsveien, einen halben Kilometer südlich von Olaussen. Hier liegt eine Leiche im Wald!«

Ørpetveit, Haugesund
Dienstag, 3. März

»Sollen wir die Leiche aus dem Gestrüpp bergen?«

Åse Frugård nickte Olav Scheldrup Hansen zu. Er stand mit Lars Stople und den beiden Neuankömmlingen aus seinem KRIPOS-Team zusammen. Im Hintergrund drückte sich Knut Veldetun herum. Der jüngste und nach außen hin tougheste Beamte der Dienststelle, aber sobald es darum ging, sich einen Toten näher anzusehen, hielt er immer sicheren Abstand.

Åse war seit fast einer Stunde an dem neuen Tatort zugange. Hatte jeden Millimeter der Umgebung in Augenschein genommen und aus allen erdenklichen Perspektiven Fotos von der Leiche gemacht. Vorläufig ließ sich unmöglich sagen, wer der Tote war. Große Teile des Oberkörpers wurden von dichtem Gestrüpp verborgen, das sie nicht anfassen wollte. Sie hatte versucht, sich ihm über den steilen Abhang zu nähern, es aber schließlich aufgegeben. Um das Gesicht des Toten zu identifizieren, würden sie ihn bergen müssen, das war die einzige Möglichkeit.

Die vergangenen Tage waren anstrengend gewesen, und das Unbehagen, das die Morde im Herbst ausgelöst hatten, kam schleichend zurück. Schon wieder arbeiteten sie nicht schnell und nicht effektiv genug, um weitere Morde zu verhindern. Kaum war ein Tatort untersucht, tauchte schon der nächste auf. Ihr Büro in der Polizeistation war so vollgestopft mit Asservatenbeuteln und Berichten, dass sie heilfroh über den Kriminaltechniker war, den Olav ihr zur Seite gestellt hatte – aber sie würde den Teufel tun und ihm die Freude machen, das zuzugeben.

Die Meldung über den neuen Leichenfund kam zum ungünstigsten Zeitpunkt. Sie war gerade im Begriff gewesen, nach einer Doppelschicht Feierabend zu machen. Hatte die ganze Nacht und den halben Vormittag an den beiden ersten Fällen gearbeitet, aber trotzdem wurde sie das Gefühl nicht los, etwas übersehen zu haben. Sie war das gesamte Beweismaterial noch einmal durchgegangen. Der Test auf Betäubungsmittel hatte Rohypnol und Alkohol im Blut von Emilie Sand Vormedal ergeben, aber nicht genug, um einen Herzstillstand auszulösen. Es sei denn, sie hätte an einem angeborenen Herzfehler gelitten, was aber laut Epikrise nicht der Fall war. Dann waren da die winzigen Petechien, ein Indiz für Atemstillstand, sie wären aber bei einer Erdrosselung weit deutlicher gewesen, und die Menge an Rohypnol reichte nicht aus, um einen Atemstillstand zu verursachen. Åse hatte sich mit säuberlicher Handschrift eine Frage notiert.

Kann Emilie das Bewusstsein verloren haben, bevor sie aufgehört hat zu atmen?

Der Bericht der Pathologen in Bergen würde möglicherweise Antwort darauf geben, aber auch dann war es immer noch ein Rätsel, wie das passiert sein konnte, wenn keine Überdosis, kein Herzstillstand und kein Erdrosseln vorlag. Was brachte einen jungen Menschen dazu, das Bewusstsein zu verlieren, das Atmen einzustellen? Das Mädchen wies Merkmale einer möglichen Vergewaltigung auf, aber niemand von den Jugendlichen hatte Schreie oder Rufe aus dem Zimmer gehört. Handgelenke und Fußknöchel waren frei von Druckstellen. Keine Reste von Material, das Mund und Nase abgedeckt haben könnte. Keine Reste von Erbrochenem in den Atemwegen.

Ihre Gedanken arbeiteten unablässig, aber sie fand keine Antwort. Genauso unlogisch war, dass ein Siebzehnjähriger die junge Frau getötet, anschließend alle Spuren seiner Tat beseitigt und sich danach neben ihr schlafen gelegt haben sollte. Manchmal brachten Jugendliche sich gegenseitig um, aber dann im Affekt. Schwere körperliche Gewalt, Messer oder Schlagwaffen, Erwürgen. Ein volltrunkener Junge von siebzehn Jahren war nicht raffiniert genug, um sowohl Vorgehensweise als auch Todesursache zu verschleiern. Sie hatte in den Lagebesprechungen viel über Alexander gehört, aber besonders intelligent oder berechnend schien er nicht zu sein.

Åse Frugård vermisste Lotte. Bei ihr hätte sie Gehör für ihre Überlegungen gefunden. Offensichtlich wollte die Polizeiführung Lotte Skeisvoll diesmal aus dem Weg haben, und irgendwie konnte sie das verstehen. Lotte war nicht stabil und vielleicht auch nicht ganz unbefangen.

Der Abgleich der DNA aus dem Schlafzimmer war wie erwartet ausgefallen. Den ganzen Abend und am nächsten Morgen waren Leute in dem Zimmer ein und aus gegangen. Sie hatten Übereinstimmungen bei fast allen Kandidaten. Alexander natürlich, aber auch Veronica, Bjørnar, Eivind und Ingar. Alle waren in dem Zimmer gewesen, nachdem Alex am Morgen herausgekommen war. Trond Anfinsen und Geirmund Bakken hatten das Mädchen am Abend zu Bett gebracht, bevor Alex ins Zimmer kam. Aber es gab auch Spuren von zwei anderen Personen mit unbekannter DNA. Um wen es sich bei diesen beiden handelte, stand völlig in den Sternen.

Im Mordfall Yusuf war es anders. Hier war nichts rätselhaft. Der Tatort war das reinste Schlachtfeld. Diese Tat zeichnete sich durch Wut, Verzweiflung und Panik aus. Trotzdem war sie bewusst ausgeführt worden. Deutliche Druckstellen über Mund und Nase zeigten, dass Yusuf wie in einem Schraubstock festgehalten worden war, der alle Schreie erstickte, während jemand wiederholt auf ihn eingestochen hatte.

Åse beobachtete die vier Männer, die die Leiche bergen sollten. Es würde nicht leicht sein. Der Tote lag in einer ungünstigen Position, und die Polizisten mussten sich an Baumwurzeln und Zweigen festhalten, während sie ihn anhoben. Der Waldboden war an dieser Stelle rutschig und glatt, und von den Zweigen tropfte es unablässig. Åse schüttelte sich. Regen, Nebel, Leichen wie am Fließband … Würde das irgendwann mal aufhören?

Sie griff zu ihrer Kamera, um Fotos vom Oberkörper zu machen, sobald die Männer den Toten auf der weißen Plane abgelegt hatten. Sie löste den Blitz aus. Er war nicht immer nötig, aber die Bilder waren dann gleichmäßiger ausgeleuchtet, und sie konnte die Details besser erkennen. Davon abgesehen war es in dem Waldstück so dunkel, dass die Aufnahmen ohne Blitz zu körnig wären. Sie schoss ein paar Probefotos, während die Männer den Unterkörper der Leiche umfassten.

Åse trat zwei Schritte zurück, um einen besseren Winkel zu finden, als sie den Toten aus dem Gestrüpp hoben. Sie arbeiteten langsam, aber plötzlich schien es, als würde sich der Körper aus einer Befestigung lösen, denn die beiden Männer, die auf Höhe seiner Beine standen, fielen plötzlich nach hinten. Lars Stople stand weiter vorne und schrie auf, als der Körper sich vom Buschwerk löste. Åse Frugård hätte beinahe die Kamera fallen lassen. Im letzten Moment gelang es ihr, sie aufzufangen. Olav Scheldrup Hansen hatte aufgehört zu ziehen. Regungslos stand er neben der Leiche.

Åse Frugård seufzte tief. Das hatte gerade noch gefehlt. Sie konstatierte trocken, dass es Stunden dauern würde, bis sie an Schlaf denken konnte.

Ich sollte froh sein, dass ich einen Kopf habe, den ich aufs Kissen legen kann, wenn ich denn dazu komme. Der arme Kerl hier hat keinen mehr…

Lillesund Terrasse, Haugesund
Dienstagnachmittag, 3. März

Jossens Wohnung in der Wohnanlage »Lillesund Terrasse« war das Verrückteste, was Viljar Ravn Gudmundsson je gesehen hatte. Vom Fußboden bis zur Decke war alles voller Vinyl-LPs und DVD-Filme. Das Einzige, was den Gesamteindruck störte, waren ein riesiger Flachbildfernseher an der Wand und ein Panoramafenster zum Smedasund. Ansonsten war das Zimmer ausgesprochen sparsam möbliert. Ein Wohnzimmertisch, das war alles. Keine Stühle. Viljar hatte zwei Möglichkeiten. Entweder er setzte sich auf den Fußboden oder auf den Tisch.

»Hier ist ja kein einziger verdammter Stuhl im Zimmer. Wo zum Henker sitzt du?«

Jossen blickte resigniert zu seinem Kumpel und klopfte auf die Armlehne seines Rollstuhls.

»Hier, Viljar. Ich sitze hier.«

»Okay. Das seh ich. Aber hast du nie Besuch?«

Jossen wendete seinen Rollstuhl und fuhr zum Fenster. Die Antwort war kurz, aber darin lag ein ganzes Leben.

»Nein.«

Viljar versuchte mit vorsichtigen Bewegungen, sich an der Wand auf dem Fußboden niederzulassen, musste aber aufgeben. Die Schmerzen in Brust und Hüfte schlugen sofort zu. Sein ganzer Körper war windelweich geprügelt, und nur wenn er ruhig dastand, hielt er die Schmerzen aus. Er hatte Glück gehabt. Der ärztliche Notdienst hatte bloß links eine gebrochene Rippe festgestellt, ansonsten waren alle Knochen heil. Der deutsche Bereitschaftsarzt hatte darauf bestanden, ihn zum Röntgen ins Krankenhaus zu überweisen, aber Viljar dachte gar nicht daran. Er wäre fast vor Schmerzen explodiert, als er es eine Stunde später zur Apotheke in der Strandgata geschafft hatte, mit einer Liste, die einem Großeinkauf am Samstag bei Rema 1000 gleichkam. Mit zugeschwollenem Auge, Blut auf der Hemdbrust und braungefleckter Jeans war es ihm mit Mühe und Not gelungen, die Medikamente zu erhalten, die der Arzt ihm aufgeschrieben hatte.

Es waren nur hundert Meter von der Apotheke zur Lillesund Terrasse, und deswegen hatte er beschlossen, Jossen einen Besuch abzustatten. Er musste sich irgendwo waschen. Außerdem musste er nachdenken. Geirmund Bakken an seinem Arbeitsplatz aufzusuchen und ihm an die Gurgel zu gehen stand ziemlich weit oben auf der Blödheitsskala. Irgendwo zwischen Neville Chamberlains Appeasement-Politik 1938 und der Idee, Hamburger mit Gewürzgurken zu belegen.

»Wie kommst du an die Langspielplatten ran?«, fragte er, weil ihm nichts Besseres einfiel.

Bis zur Zimmerdecke waren es sicher drei Meter, und alles über ein Meter fünfzig war für Jossen außer Reichweite. Jossen gönnte sich das erste Lächeln des Tages. Er rollte zum Wohnzimmertisch und griff nach einer Fernbedienung. Drückte zweimal darauf, und an der Nordwand war das Summen eines Motors zu hören. Verwundert sah Viljar zu, wie ein Regalfach voller Platten ausfuhr und sich langsam herabsenkte. Jossen zog einen der großen Klassiker aus der Rocksammlung der Siebziger heraus, AC/DCs legendäres *Let There Be Rock* von 1977, und legte ihn auf den Plattenspieler. Die ersten Riffs des Titelsongs ertönten aus einer hypermodernen Surroundsoundanlage.

»Hat dir die Behindertenhilfe die Einrichtung gesponsert?«, fragte Viljar und grinste. »Nicht gerade billig für einen Ex-Junkie mit Radiosprechergehalt, oder?«

Jossen antwortete nicht. Stattdessen rollte er zu Viljar und zupfte ihn am Hemdärmel.

»Was ist eigentlich mit dir passiert, sag mal?«

Viljar erzählte, und als er zum Schluss beschrieb, wie er von der Ladefläche eines Lastwagens in einen Graben nahe dem Amanda-Einkaufszentrum geworfen worden war und sich vom ärztlichen Notdienst bis hierher in die Wohnung geschleppt hatte, nickte Jossen und machte damit deutlich, dass er genug gehört hatte.

»Dafür habe ich nur ein Wort, Viljar ... Idiot!«

Das war nicht, was Viljar brauchte. Ein aufmunterndes Wort. Ein bisschen Mitgefühl, vielleicht. Die Wahrheit konnte er sich auch sehr gut allein in den Schädel hämmern.

»Du hast leicht reden, Joss. Mein Sohn, der sich mit Neonazis rumtreibt und unter Mordverdacht steht, sitzt im Gefängnis. Ich musste mit Bakken reden. Ihm ein paar wohlformulierte Worte sagen.«

Jossen grinste und schüttelte den Kopf.

»Wohlformulierte Worte, von dir ... Nun, dann will ich dir auch mal etwas dazu sagen ... *Are you gonna bark all day, little doggy, or are you gonna bite?*«

Viljar hatte Mühe, das Zitat einzuordnen, aber er begriff, was sein Freund meinte. Als er nichts erwiderte, machte Jossen ein etwas enttäuschtes Gesicht.

»Du hast den Film gesehen, Viljar. *Reservoir Dogs* – 1992.«

Jossen strich sich über den langen Backenbart.

»Okay… Was Lotte dir erzählt hat, macht die Sache ja um einiges einfacher. Alex hat keinen Mord begangen. Sind wir uns jedenfalls darin einig?«

Viljar stutzte. Jossen fuhr unaufgefordert fort:

»Das ist ganz einfach. Der Junge hatte Speed und Alkohol intus. Damit bist du praktisch hirntot. Du denkst kein Stück über das nach, was du tust. Du handelst einfach. Alle Impulse kommen direkt aus dem Hirnstamm. Den haben wir mit den Tieren gemein, und da ist keine Prüfstelle zwischengeschaltet, die uns veranlasst, unsere Handlungen abzuwägen. Kannst du mir folgen?«

Viljar nickte. »Ja, natürlich kann ich dir folgen. Das hat nichts mit Drogen zu tun, Joss, sondern mit ADHS.«

Er wartete gespannt, worauf Jossen mit seinem Vortrag hinauswollte.

»Quatsch. Das sind die Drogen. Benutz deinen Kopf, Viljar. Speed allein hätte seinen Verstand geschärft. Aber Speed und große Mengen Alkohol? Da wird alles zu einem einzigen Brei, und man rennt durch die Gegend wie ein brünstiger Stier und sieht nur noch rot.«

»Und…?«

»Und dieser Mord ist nicht überstürzt oder versehentlich passiert. Die Polizei findet keine Todesursache, die sie sich erklären kann. Es scheint beinahe so, als hätte das Mädchen von selbst aufgehört zu atmen, nach dem, was

Lotte dir erzählt hat. Wenn Alex der Täter gewesen wäre, hätte der Tatort ausgesehen wie Beirut 1981.«

»Was ist dann mit all den Zeugen? Die haben doch ausgesagt, dass Alex als Einziger nach zehn Uhr an dem Abend in dem Zimmer war.«

»Sie irren sich.«

Viljar ging ein paar vorsichtige Schritte durch den Raum. Versuchte, seine kleinen grauen Zellen zu entstauben.

»Du meinst also, ein oder mehrere Jugendliche wollen es so aussehen lassen, als ob Alex der Täter ist? Ich kann mir ehrlich gesagt nicht vorstellen, dass irgendwer von diesen Halbstarken so bösartig ist…«

»Nicht? Weißt du, was General Patton in seiner legendären Ansprache an die Soldaten gesagt hat, die am D-Day an Land gehen sollten?«

»Nein, aber ich habe das unbestimmte Gefühl, dass du es mir gleich sagen wirst.«

»Richtig. Er sagte Folgendes: *No bastard ever won a war by dying for his country. He won it by making the other poor dumb bastard die for his country.* Andere zum Sündenbock zu machen ist ebenso alt wie die Erbsünde, Viljar. Alex ist ein nützlicher Idiot. *A poor dumb bastard*, wenn du so willst.«

Viljar sah seinen Kumpel strafend an, aber an dem prallte das ab.

»Du begreifst offenbar nicht, dass Alex drogenabhängig ist. Er ist längst über das Stadium hinaus, wo er sich überlegt, mit wem er Umgang haben sollte und mit wem nicht. Das macht ihn zu jemandem, der verwundbar und leicht zu hintergehen ist. Den andere zum

Sündenbock machen. Glaub mir, es gibt genug Drogenabhängige, die für Taten im Knast sitzen, die sie nicht begangen haben.«

»Hör auf! Du redest mehr gequirlte Psychoscheiße als Dr. Phil. Können wir uns vielleicht darauf konzentrieren, was ich jetzt tun soll, Joss?«

Jossen beschloss, die Beleidigung nicht zur Kenntnis zu nehmen.

»Pfeif auf alles, was mit Bakken und dem Norwegischen Widerstand zu tun hat. Es gibt nicht genug Kugeln für all die Arschlöcher, die da draußen rumlaufen. Die Lösung liegt bei den Jugendlichen. Nicht bei den alten Ziegenböcken in Lederstiefeln, denen einer abgeht, wenn sie die Nationalhymne hören.«

Jossen rollte zur Wohnungstür und öffnete sie. Die Besuchszeit war offenbar vorbei.

»Ich sag dir, was du tun sollst. Mach einen möglichst großen Bogen um die Stiernacken vom Norwegischen Widerstand. An den Jungs klebt ein Warndreieck. Und lass mich ein paar Sachen checken. So … und jetzt raus!«

Viljar hinkte aus Jossens Wohnung mit *Whole Lotta Rosie* im Ohr. Er brach sein Versprechen, sich von Bakken und seinen Gesinnungsgenossen fernzuhalten, ungefähr im selben Moment, als die Tür hinter ihm ins Schloss fiel. Als er sich auf dem Parkplatz eine Zigarette anzündete, sah er sie auf der anderen Straßenseite kommen. Sie allerdings konnten ihn nicht sehen, da ihn ein großer Lieferwagen auf der Einfahrt zur Lillesund Terrasse verbarg. Er beobachtete, wie sie in einem Kellerniedergang gegenüber verschwanden.

Was zum Henker wollen die da unten?, dachte Viljar. Er blickte sich zweimal um und stellte fest, dass die Luft rein war, bevor er mit schleppenden Schritten auf das Haus zuging.

Ørpetveit, Haugesund
Dienstagnachmittag, 3. März

Es war unmöglich, die Fassade noch länger zu wahren. Knut Veldetun sank am Rand des Waldstücks auf die Knie und übergab sich. Der Mageninhalt kam stoßweise hoch, und in solchen Mengen, dass er Mühe hatte, zwischen jedem Schwall Luft zu holen. Er wusste nicht mehr, wann er sich zuletzt so elend gefühlt hatte.

Als er vor zwei Minuten die Rufe und das Geschrei oben bei dem Toten gehört hatte, war er hingelaufen, um zu helfen. Er hatte nicht geahnt, warum da so ein Spektakel war. Bis er die kopflose Leiche gesehen hatte. Aus dem Hals ragten Nackenwirbel und lange, blutige Fetzen, wahrscheinlich Sehnen. Der Anblick haute ihn komplett um. Lähmte ihn für einige Sekunden, bevor ihm aufging, was das war, und er musste sich eilig ins Gebüsch schlagen, damit er den Tatort nicht verunreinigte.

Das war seine Achillesferse. Er konnte den Anblick toter Menschen nicht ertragen. Immer noch wachte er manchmal nachts auf, mit Bildern von all den Tatorten auf der Netzhaut, an denen er im Herbst gewesen war. Er ging regelmäßig zum Polizeipsychologen, und im Winter hatte er sich für drei Wochen krankschreiben lassen, um mal richtig auszuschlafen und Kräfte zu sammeln. Die Bilder waren verblasst, aber nicht verschwunden.

Die Szenen verfolgten ihn und tauchten ungebeten im Morgengrauen auf, wenn die Widerstandskraft und der Lebenswille am geringsten waren.

Der Magen war leer. Er spuckte nur noch Galle und riss Grasbüschel aus, um sich den Mund abzuwischen. Schlich kleinlaut und ein bisschen verlegen zu den anderen zurück. Er vermisste Lotte sehr. Bei der Maestro-Sache hatte sie schon früh gemerkt, was mit ihm los war, und andere Aufgaben für ihn gefunden, wenn es hieß, man müsse einen neuen Tatort in Augenschein nehmen. Olav Scheldrup Hansen dagegen glaubte offenbar, dass physische und psychische Stärke sich deckten, und schleifte ihn immer mit.

Knut hielt sich im Hintergrund und achtete darauf, in alle möglichen Richtungen zu blicken, nur nicht zu dem kopflosen Toten. Obwohl der Magen leer war, hatte er nach wie vor einen Brechreiz. Åse Frugård und Olav Scheldrup Hansen führten eine laute Diskussion. Åse klang resigniert und ärgerlich.

»Keiner hat diesem armen Kerl den Kopf abgehackt, Olav. Das sehen Sie doch. Wir brauchen nicht im Wald nach einer verdammten Axt und einem Hackklotz zu suchen.«

Knut bemerkte, dass Åse sich größer zu machen versuchte, indem sie sich auf die Zehenspitzen stellte. Olav war schlauer. Er war ebenso klein wie Åse, achtete aber immer darauf, dass er größer wirkte als sein Gesprächspartner. Befanden sie sich auf einer Straße, ging Olav auf dem Bürgersteig. Waren sie auf einer Treppe, stand er immer zwei Stufen höher als die anderen.

»Nicht, aha. Würden Sie mir dann bitte erklären, wie

der Kopf vom Körper abgetrennt worden sein soll, wenn er nicht abgeschlagen wurde? Das hier war doch kein Unfall.«

Åse verschränkte die Arme vor der Brust. Sie war in der Defensive. Merkwürdig, wie leicht der Körper uns verrät, ohne dass wir es wollen, dachte Knut.

»Wissen Sie was, Hansen? Ich lege mich nicht auf eine Todesursache fest, wenn ich eine Leiche nur vierzig Sekunden gesehen habe, aber es ist nicht zu übersehen, dass der Kopf mit großer Kraft vom Körper abgerissen wurde und nicht abgeschlagen oder abgeschnitten.«

Olavs Gesicht verfinsterte sich, und er stampfte im Moos auf wie ein Fjordpferd.

»Schön. Ich habe verstanden. Trotzdem liegt auf der Hand, dass der Mann ermordet wurde. Er hat sich den Kopf nicht selbst abgerissen, und wir sind mitten in einer verdammten Heringsfischerstadt. Hier laufen keine Grizzlybären durch den Wald, oder? Außerdem sehen Sie genauso gut wie ich, dass wir hier noch ein Opfer ausländischer Herkunft vor uns haben. Das dritte in drei Tagen.«

Knut riskierte einen vorsichtigen Blick. Olav hatte völlig recht. Der Mann, der da am Hang lag, war definitiv dunkelhäutig. Knut versuchte, es nicht zu tun, aber sein Blick glitt von ganz allein zu der Stelle, wo der Kopf fehlte. Die Übelkeit kam mit voller Wucht zurück, und er musste sich sehr zusammenreißen, nicht gleich wieder auf die Knie zu fallen.

»Manchmal frage ich mich wirklich, wozu wir Unterstützung von KRIPOS angefordert haben. Sie sehen nur, was direkt vor Ihrer Nase ist, Olav. Schon im letzten Herbst, und jetzt wieder. Wie wäre es denn, wenn Sie

Ihren Blick mal ein bisschen anheben würden? Vielleicht nachsehen, ob es irgendwo in der Atmosphäre vielleicht andere Möglichkeiten gibt?«

Olav Scheldrup Hansen war keiner, der mit Kritik besonders gut umgehen konnte. Die Erfahrung hatte Knut schon öfter gemacht, und jetzt bemerkte er, dass Olavs Geduld am Ende war.

»Was meinen Sie damit? Wollen Sie allen Ernstes behaupten, dass Sie den Zusammenhang nicht erkennen? Der Mann wurde auf mysteriöse Weise getötet, oder haben Sie eine andere brillante Theorie, wie er seinen Kopf verloren hat?«

Knut entfernte sich ein Stück. Für ein paar Sekunden kehrte Stille ein. Die einzigen Geräusche im Wald waren das Knistern der Tatortanzüge und das Zwitschern der Vögel. Er sah, dass Åse lächelte.

»Sie sollen Ihren Blick heben, Olav.«

»Was?«

»Nach oben, Mensch. Schauen Sie nach oben!«

Olav war nicht der Einzige, der hinaufsah zu den Baumkronen und dem grauen Himmel, dem die Regenschauer nie auszugehen schienen. Nach einer Weile sah auch Knut, was Åse entdeckt hatte. Oben in einer Kiefer hing ein dünnes Seil mit einer Schlinge. Das Seil war offenbar vom Wind erfasst worden und hatte sich um den Baumstamm gewickelt. Es war nicht leicht zu entdecken, wenn man nicht genau hinschaute. Olav hatte es jetzt offenbar auch bemerkt. Sein Kopf bewegte sich, als wäre er bei einem Tennismatch, und sein Blick ging zwischen der Leiche auf dem Boden und dem Seil im Baum hin und her.

»Ja, wie um Himmels willen …«

Åse sprang ihm bei, da Olav selbst offenbar nicht in der Lage war, seine Gedanken zu formulieren.

»Wie gesagt, ich ziehe keine voreiligen Schlüsse. Aber das hier ist schlichte Physik, Hansen. Der menschliche Hals besteht überwiegend aus Knorpel und Weichgewebe. Ein sehr dicker Mann knüpft eine Schlinge in ein dünnes, starkes Seil und berechnet eine viel zu große Fallhöhe, bevor sich die Schlinge zusammenzieht. Verstehen Sie, was ich meine? Im Grunde hätte er ebenso gut mit einer dünnen Klaviersaite um den Hals von einer Brücke springen können. Das Ergebnis wäre dasselbe gewesen.«

Knut drehte sich auf dem Absatz um. Die Vorstellung, wie das Seil im Fall den Kopf vom Körper riss, war zu viel. Das waren mehr Details, als er brauchte. Er zog sich zurück, hörte aber, wie die Diskussion weiterging.

»Das muss ein Mord gewesen sein, Åse. Alles deutet darauf hin. Es kann kein Zufall sein, dass es schon wieder ein Toter mit Migrationshintergrund ist. Jemand wollte es wie einen Suizid aussehen lassen. Ich kann mir beim besten Willen nicht vorstellen, wie dieser Koloss von einem Kerl es geschafft haben soll, allein auf so einen hohen Baum zu klettern.«

»Ach ja? Sie denken, jemand hat ihn hinaufgetragen?«

Die Übelkeit wurde stärker. Knut rutschte den steilen Abhang hinunter, weg von den anderen. Das erste Stück musste er sich an den Grasbüscheln festhalten. Als er unten ankam, zog er den Reißverschluss des weißen Anzugs auf. Es war brütend heiß in dem Overall, und er war zu eng um die Brust. Knut hatte Durst, und er brauchte Luft. Sein Blick fiel auf einen kleinen Bach mit einem Kolk, in dem das Wasser stand, und er steuerte darauf zu, kniete sich hin und trank gierig von dem eiskalten, frischen Nass. Schöpfte Wasser mit den Händen und tauchte das Gesicht hinein. Das half. Sein umnebelter Kopf wurde wieder klar.

Das Gefühl hielt allerdings nicht lange an. Zuerst glaubte Knut, es sei sein eigenes Spiegelbild, das er im Wasser sah. Dann ging ihm plötzlich auf, dass die Augen, die ihn vom Grund des kleinen Kolks anblickten, nicht seine waren. Während ihm das Wasser wieder hochkam, reckte er den Arm in die Luft, um die anderen herbeizuwinken. Er hatte den fehlenden Kopf gefunden.

Skreveien 116, Kolnes
Dienstagnachmittag, 3. März

Eine Idylle …

Lotte Skeisvoll war sich ziemlich sicher, dass sie nicht die Erste war, die so dachte, als sie in die Einfahrt bog und die weiße Villa mit dem gepflegten Garten vor ihr auftauchte. Die Landschaft öffnete sich und gab den Blick auf den glitzernden Førresfjord unterhalb des Anwesens frei. Hier lehnten keine Harken schief an der Hauswand. Kein Skateboard lag umgestürzt im Sandkasten. Das Spalier, das einer imposanten Menge Kletterrosen Halt bot, wies keine Spuren des harten Winters auf, sondern schien frisch gestrichen zu sein. Die ganze Villa strotzte von Energie und Leben.

Lotte merkte, wie die Besitzer des Hauses ihr sympathisch wurden. Leute mit einem solchen Sinn für Ordnung waren vertrauenswürdig. Ordentliche Menschen, die nicht alle fünfe gerade sein ließen, sondern zupackten und ihren Besitz pfleglich behandelten. Sie straffte die Schultern und vergewisserte sich, dass keine Erde an den Sohlen klebte, ehe sie die beiden Stufen zur Haustür hinaufstieg. Ein frisch geputztes Messingschild verriet, dass in diesem Prachthaus drei Menschen lebten. Ivar, Marilyn und John Halvorsen. Sie klingelte.

Nachdem sie den Klingelknopf weitere Male gedrückt hatte, musste sie einsehen, dass niemand zu Hause war.

Trotzdem stutzte sie. In der Auffahrt stand ein neuer silbergrauer Mercedes. Eine Limousine der E-Klasse, wie sie feststellte, als sie um das Auto herumging. Es war kühl draußen, aber die Motorhaube war warm. Irgendwo hier musste jemand sein, der den Wagen erst kürzlich gefahren hatte.

Sie beschloss, eine Runde ums Haus zu gehen. Ein schmaler, mit weißen Kieselsteinen bestreuter Pfad führte in den Garten. Lotte gab Acht, nicht über den Rand zu treten. Es wuchs noch nichts, aber ein Trampelpfad quer über den Rasen wurde sicherlich nicht gern gesehen.

Als Lotte um die Hausecke kam, fiel ihr Blick auf einen Mann, der auf allen vieren neben einem großen Gewächshaus kniete. Er hatte sie noch nicht bemerkt, deshalb räusperte sie sich laut. Der Mann drehte den Kopf und lächelte sie freundlich an.

»Ach, schau an… Das hat dem Garten noch gefehlt. Ein quicklebendiger Engel. Was kann ich für Sie tun?«, fragte er und erhob sich.

Lotte schmeichelte der kleine Flirt. Der Mann war von kräftiger Statur. Graues, kurz geschnittenes Haar. Groß. Muskulös und braun gebrannt nach vielen Stunden an der frischen Luft. Vermutlich war er Handwerker, aber der Mercedes in der Auffahrt war sicher nicht unter einer halben Million Kronen zu haben, und so gut verdiente das Fußvolk nicht.

»Ich wollte zu John Halvorsen. Ist das vielleicht Ihr Sohn?«

Ivar Halvorsens Gesichtszüge wurden weich. Echte Vaterliebe rührte Lotte immer an. Selbst jetzt, fünfzehn Jahre nach dem Zugunglück, bei dem ihre Eltern ums

Leben gekommen waren, spürte sie den Verlust. Sie schluckte, um den Kloß im Hals loszuwerden. Wollte jetzt nicht daran denken.

»Ja. John ist im Moment nicht zu Hause. Er ist heute früh mit dem Rad zur Schule gefahren, und meist kommt er nicht vor dem Abend zurück. Mit dem Rad ist es ja ziemlich weit in die Stadt, deshalb fährt er erst wieder nach Hause, wenn er muss. Worum geht es denn?«

Lotte erklärte ihr Anliegen und fragte, ob er von den Ereignissen auf der Party wisse. Ob John etwas erzählt habe.

»Mein Gott, ja… Schreckliche Geschichte, ganz furchtbar.«

Ivar Halvorsen setzte sich auf eine kleine Mauer aus Natursteinen. Er schien aufrichtig bekümmert zu sein.

»Sie haben den Falschen eingesperrt, wissen Sie. Alexander hätte dem Mädchen nie etwas getan. Er wirkt manchmal ein bisschen ungehobelt, aber er ist ein wirklich guter Junge. John ist ganz verzweifelt. Alexander war der Einzige, der sich um John gekümmert und ihn in Schutz genommen hat. Ja… John ist früher ziemlich gemobbt worden. Wegen seiner Gewichtsprobleme und so… Aber das hat ganz aufgehört, seit er mit Alexander befreundet ist.«

Lotte bemerkte, dass Ivar Halvorsen ein ganz anderes Bild von Alexander hatte als der Großteil der Jugendlichen, die auf der Party gewesen waren. Dieses Bild ähnelte wesentlich mehr dem Alexander, den sie selbst in den vergangenen Monaten kennengelernt hatte. Sie machte sich Notizen auf ihrem Block und wiederholte ihre Frage.

»Hat John zu Hause etwas über die Party erzählt?«

Ivar Halvorsen dachte nach, aber das Ergebnis war niederschmetternd.

»Nein …«, begann er zögernd. »John wollte nicht mit Marilyn und mir darüber reden. Er leidet sehr darunter, dass Alexander verdächtigt wird, und sagt immer wieder, dass sein Freund unschuldig ist.«

»Aber nicht, warum er das glaubt?«

»Nein, leider … Aber Sie können ihn selbst fragen, wenn er nach Hause kommt. Wenn Marilyn hier wäre, hätte sie vielleicht helfen können. John hat eher eine enge Beziehung zu meiner Frau, wissen Sie. Ich glaube, er erzählt ihr mehr als mir.«

»Ist sie auf der Arbeit?«

Ivar Halvorsen schüttelte den Kopf.

»Nein, sie ist in den USA. Gestern geflogen. Sie musste zu einem Begräbnis, ihr Vater ist letzte Woche gestorben. Wir wussten ja seit Langem, dass es irgendwann passieren würde, aber wenn es dann so weit ist, tut es trotzdem weh. Für John ist es wohl fast am schlimmsten. Die beiden hatten so ein enges Verhältnis.«

»Ihre Frau ist Amerikanerin?«

Ivar Halvorsens Gesicht leuchtete auf.

»Ja. Oder eigentlich aus Hawaii, aber das gehört ja auch zu den USA.«

Lotte fragte nach Johns Handynummer. Die Nummer, die die Polizei von ihm hatte, war offenbar nicht mehr aktuell. Ivar Halvorsen gab ihr eine andere. Lotte ging zurück und rief sogleich die Nummer an. Es war höchste Zeit, dass sie ihn endlich erreichten.

Als sie um die Hausecke bog, blieb sie abrupt stehen.

Verwundert betrachtete sie die drei Männer, die mit einem Fahrrad zwischen sich vor der Haustür standen. Die Männer drehten sich zu ihr um, und anscheinend beruhte die Überraschung auf Gegenseitigkeit. Einen Moment lang konnte Lotte sich nicht erklären, was sie hier wollten. Aber dann kombinierte ihr Gehirn richtig, und sie blickte auf ihr Handy. Ihr Anruf würde nicht beantwortet werden. Niemals mehr.

Vor der Tür standen Olav Scheldrup Hansen, Knut Veldetun und ein junger Mann, von dem sie wusste, dass er der neue Pfarrer der Norheim-Kirche war.

DIE PARTY
John

Alles war kaputt. John hatte sich im Stillen alles genau überlegt. Rund um die Uhr. Absolut nichts dem Zufall überlassen. So hatte sein Vater ihn erzogen. Unwichtige Details gab es nicht. Wenn man Erfolg haben wollte, musste man zielstrebig darauf hinarbeiten und entsprechend viel Zeit dafür aufwenden. Dazu eine gute Portion Geduld und Ausdauer mitbringen, dann erreichte man sein Ziel auch. Zufällen konnte man vorbeugen. Sie ausradieren.

Seine Mutter sagte dasselbe:

»*You can achieve anything. You just have to reach for it, John …*«

Er hatte ihnen geglaubt. Er hatte sich selbst geglaubt. Er hatte Alexander geglaubt. Dann passierte das Undenkbare. Er sah ein, dass er es hätte vorhersehen müssen. Die kleinen offensichtlichen Anzeichen hätte wahrnehmen müssen. Aber John hatte nur das Ziel vor Augen gehabt, für alles andere war er blind gewesen. Tunnelblick. Wie ein Sattelzug auf der falschen Fahrbahn hatte Alexander das ganze Gebäude niedergewalzt, das John ein Jahr lang aufgebaut hatte.

Immer wieder stieß er Alexander draußen auf dem Hof zurück. Hier hatte er ihn gefunden. Voll wie eine Haubitze und high wie ein Spaceshuttle. Blöd grinsend.

Offenbar verstand er den Ernst der Lage nicht. Den Verrat…

»Du verfickter Scheißkerl! Du hast gewusst, dass ich bei Emilie kurz vor dem Ziel war. Du hast es genau gewusst. Trotzdem heizt du einfach drauflos.«

Alex nahm keine Notiz davon, dass John ihn vor sich her den Schotterweg entlangschubste.

»Ha ha… Du und Emilie, nee, is klar… Glaubst du wirklich, dass Emilie, die jeden haben kann, den sie will, auch nur einen Blick für dich übrig hätte? Hast du eigentlich keinen Spiegel, Alter?«

Nur mit Mühe und Not konnte John sich bremsen, Alexander einen Faustschlag zu verpassen, der ihn rückwärts über die niedrige Leitplanke in einen Obstgarten befördert hätte.

»Arschloch! Du weißt, wie lange ich gebraucht habe, an sie ranzukommen, und jetzt rutschst du einfach über sie drüber, als wärst du Justin Fucking Bieber.«

Alexander sah ihn ernst an, aber dahinter lauerte immer noch das Grinsen.

»Du warst neun Monate lang nah genug an ihr dran, John. Jeden Tag hast du gesagt, jetzt probierst du's, und jeden Tag hast du den Schwanz eingezogen, wenn du die Chance dazu hattest. Ich hatte keinen Bock, bis zur nächsten Eiszeit zu warten.«

»Fahr zur Hölle, Alex. Man vögelt das Mädchen seines Kumpels nicht. Ist das so schwer in dein Pulverhirn reinzukriegen?«

John merkte, dass Alex jetzt kühler reagierte.

»Emilie ist nicht dein Mädchen, sie war es nie und wird es nie sein, John.«

John drehte sich um und ging mit festen Schritten zurück zum Haus. Er würde diesem Idioten zeigen, wer hier die dicksten Eier hatte. Alexander sollte sich bloß nicht einbilden, er würde je Emilies *Typ* sein. Alexander folgte ihm ins Haus. Grölend, großkotzig und siegessicher wie ein Brann-Fan beim Heimspiel. John hatte Mühe, seine Tränen zurückzuhalten und sich nichts anmerken zu lassen. Er hatte Alex das erste Mal zur Rede gestellt, als Embla reingestürmt kam, und jetzt noch mal draußen vor dem Haus. Das Ergebnis war dasselbe. Keine Spur von Reue oder Verständnis.

Ein Gedanke begann sich langsam in seinem Kopf zu formen. Da die Katastrophe nun mal eingetreten war, brauchte er auch keine Rücksicht mehr zu nehmen. Er ließ Alexander stehen, der sich gerade an Jessica ranwanzte. Wenn Emilie das gesehen hätte, wäre Feierabend für Alex gewesen. Obwohl, sie war ja auch nicht viel besser. Immer wieder hatte John ihr all ihre Abenteuer verziehen. All die Typen, die sich morgens um fünf aus ihrem Haus schlichen, damit ihre Eltern immer noch glauben sollten, sie sei ein Engel. John hatte sie gesehen. Jeden von ihnen.

Emilie besaß ein ausgeprägtes Bedürfnis nach Sicherheit. Sie brauchte jemanden, der sie beschützte. Einen wie ihn …

Er war so nahe dran gewesen. Als er ihr das Video von der Vergewaltigung gegeben hatte, war er sich fast sicher gewesen, dass sie diese Scheißkerle endlich drankriegen und sie anzeigen würde. Sie hatte ja das beste Beweismaterial der Welt in der Hand, aber sie hatte nichts unternommen. Mehrmals hatte er versucht, sie dazu zu bringen, mit ihm über den Vorfall zu reden, und am Montag hatte sie ihm am Ende dafür gedankt, dass er ihr helfen wollte. Das hatte sie selbst gesagt. Vor dem Edda-Kino, während sie darauf warteten, dass Alex von der Toilette zurückkam.

John ging dazu über, Kaffee zu trinken. Er brauchte jetzt einen klaren Kopf. Er registrierte, dass Alex im Wohnzimmer in eine Schlägerei verwickelt war, aber das war ihm scheißegal. John nahm den Kaffeebecher mit in die Küche. Ging in Gedanken Punkt für Punkt durch. Seine Nerven waren zum Zerreißen gespannt, und ihm war schlecht. Eine Viertelstunde später nahm er allen Mut zusammen und ging in den leeren Flur. Niemand da, der ihn sehen konnte. Sein Herz überschlug sich in der Brust, als ihm bewusst wurde, dass es jetzt um alles oder nichts ging.

Er konnte nicht denken. Musste alle Gefühle verdrängen. Entschied sich und ging auf das Zimmer von Emilie zu. Unmittelbar bevor er die Tür erreichte, kamen Ingar und Alexander aus dem Bad. Sie blieben stehen und flüsterten miteinander, dann lief Ingar die Treppe hinunter. Gleichzeitig kam Embla von unten herauf, und bevor John sich umdrehen konnte, schlüpfte Alexander in Emilies Zimmer. *Schon wieder!* John ballte die Fäuste so fest, dass es wehtat. Er musste sich zurückhalten. Als die Tür zum Schlafzimmer zuging, stellte er sich davor, um zu horchen. Ihm fiel auf, dass die Tür nicht abgeschlossen wurde. Immerhin etwas. Alles blieb still, und nach einer Weile wurde ihm klar, dass Alex eingeschlafen sein musste. Und wenn er erst mal schlief, kriegten ihn keine zehn Pferde wach.

Soll ich es riskieren, obwohl er da drin ist?

Der Gedanke war verlockend. Fast berauschend. Je mehr er darüber nachdachte, desto richtiger erschien es ihm, dass Alex ein stummer Zeuge des Höhepunkts des Abends sein würde. John lächelte leicht, während er sich umdrehte. Vorsichtig drückte er die Klinke herunter, damit er die beiden im Zimmer nicht weckte. Er öffnete die Tür einen Spalt und blickte sich sicherheitshalber noch einmal um. Niemand zu sehen. Geräuschlos schlüpfte er ins Zimmer.

Skreveien 116, Kolnes
Dienstagnachmittag, 3. März

Es fühlte sich an wie ein Übergriff, sich Menschen aufzudrängen, denen das Liebste im Leben entrissen worden war. Nicht warten zu können, bis das Weinen aufgehört und die Verzweiflung nachgelassen hatte. Lotte Skeisvoll stand allein im Jungenzimmer von John Halvorsen und vernahm das verzweifelte Schluchzen des Vaters unten aus dem Wohnzimmer. Olav Scheldrup Hansen hatte auf dem Absatz kehrtgemacht, als ihm die traurige Nachricht überbracht worden war. Der Pfarrer und Knut Veldetun waren bei Ivar Halvorsen. Sie selbst musste Wehmut und Trauer beiseiteschieben. Nach einer Antwort in der Verzweiflung suchen.

Lotte schüttelte alle Empfindungen ab, die sie innerlich zerrissen. Arbeitete sich vor bis zum innersten Winkel im Gehirn, wo alles andere verstummte. In diesem nackten Raum konnte sie jeden Gegenstand und jede Spur ohne Emotionen betrachten. Das war es, was ihre Stärke ausmachte. Zu sehen, was kein anderer sah, weil sie alle von dem Schrecklichen und Grausamen geblendet wurden.

Das Jungenzimmer hatte nicht viel Ähnlichkeit mit dem von Alexander, obwohl sie gleichaltrig und gute Freunde gewesen waren. Dort standen all die obligatorischen Dinge, die für einen Siebzehnjährigen unverzichtbar waren. Ein großer Flachbildfernseher, ein Laptop, eine Playstation-3-Konsole und eine Musikanlage. Außerdem ein Schreibtisch, auf dem Schulsachen und ein paar zerfledderte Lehrbücher lagen. Alles so, wie man es erwartete, aber damit hörte die Ähnlichkeit auch schon auf.

Das Zimmer war tipptopp. Keine stinkenden Socken, leeren Chipstüten oder getragenen Unterhosen mit Bremsspuren. Keine Bilder von halbnackten Frauen an der Wand oder Poster von Heavy-Metal-Bands mit Piercings in den Augenbrauen und Leichen-Make-up. »Unpersönlich« war ein Adjektiv, das Lotte auf den ersten Blick einfiel, aber da hatte sie sich noch nicht eingehender umgesehen. Die Ordentlichkeit als solche war ein Charakterzug, und unter der Oberfläche gab es kleine Nischen von Leben. Auf dem Schreibtisch stand ein gerahmtes Foto von John und Alexander. Dem Blickwinkel nach zu urteilen musste es ein Selfie sein, das bei irgendeiner Feier aufgenommen worden war, und die beiden Jungen sahen selbstsicher und happy aus. Ein Siebzehnjähriger, der sich die Mühe machte, das Bild von einem Freund auf hochglänzendem Fotopapier auszudrucken, und der extra einen Bilderrahmen kaufte, um es als einziges Foto auf seinen Schreibtisch zu stellen … *Ungewöhnlich.*

Der Junge hatte eine starke Bindung zu Alexander gehabt, das hatte der Vater ja so weit auch bestätigt, vielleicht ging es sogar um eine andere Art von Liebe.

Der Nachttisch erzählte allerdings seine eigene Geschichte, woraus Lotte folgerte, dass es sich wohl um reine Freundschaft gehandelt hatte. Denn dort fand sie das, was sie nach dem ersten einleitenden Gespräch mit Knut und dem Vater erwartet hatte: eine große gerahmte

Fotocollage. Auf allen Bildern war dasselbe lächelnde Mädchen in verschiedenen Posen zu sehen. Die meisten stammten vermutlich von der Facebook- oder Instagram-Seite des Mädchens.

Emilie Sand Vormedal… Diese Bildercollage hatte nicht an der Wand gehangen. Lotte fiel der Staub zwischen dem schwarzen Rahmen und der Glasscheibe auf. Wahrscheinlich war sie unter dem Bett oder ganz hinten im Schrank versteckt gewesen. Vielleicht hatte John die Fotos heimlich bei verschlossener Tür hervorgeholt. Neben der Bildersammlung lag wie erwartet der Brief. Kein Umschlag. Er war in einer sauberen, klaren Handschrift verfasst, die außer John Halvorsen wahrscheinlich fast niemand in seinem Alter besaß.

Ein letzter Gruß
Ich hatte nicht vor, etwas zu schreiben. Weiß nicht, was ich sagen soll. Ich müsste wohl um Entschuldigung bitten, aber ich habe nichts Falsches getan.
Es ist mein Leben. Ich entscheide, ob es ein Leben ist, das es wert ist, gelebt zu werden. Ohne Emilie ist es das nicht. Ich bin schon seit zwei Tagen tot. Das Herz schlägt, und das Blut fließt durch meine Adern. Aber alles andere ist weg.
Seid nicht traurig. Ich bin jetzt bei ihr. Das ist es, worum ich gekämpft habe, seit wir uns das erste Mal begegnet sind. Wir beide allein – zusammen.
Ihr wisst es nicht, aber ich war derjenige, der sie am Samstag gefunden hat. Ich fand sie, aber ich kam zu spät. Sie war bereits gegangen und schon eiskalt, also habe ich sie gut zugedeckt. Habe das Zimmer aufge-

räumt. Ihre Kleider ordentlich zusammengefaltet und auf den Hocker gelegt. Ich habe mich nicht von ihr verabschiedet, denn ich wusste, dass wir uns wiedersehen.
Alexander hat es nicht getan, auch wenn ihr das glaubt. Er war nur ein paar Minuten allein mit ihr, und er hat angezogen auf dem Bett geschlafen, als ich kam. Ich habe ihn geweckt, bevor ich ging, aber er war so weit weg, dass er wohl sofort wieder eingeschlafen ist.
Auf meinem Rechner werdet ihr ein Video finden. Ich bin durch eine geheime Facebookgruppe darangekommen und habe es Emilie geschickt. Ich hätte daran denken müssen, dass es gefährlich für sie war. Sie hat mit Anzeige gedroht, und jetzt ist sie tot. Wenn ihr der Polizei helfen wollt, könnt ihr ihnen meinen Rechner geben.
Seid nicht böse. Seid nicht traurig. Ich war immer allein. Jetzt bin ich es nicht mehr. Ich habe Emilie. Es geht uns gut, uns beiden.
Hab euch lieb.
John

Lotte wischte sich über die Wangen. Sie legte den Brief auf den Nachttisch. Es wäre falsch, damit hinunter ins Wohnzimmer zu laufen, zu einem Vater, der sein ganzes Leben zwischen seinen Arbeitshänden entschwinden sah. Nun hatte er den Beweis dafür, dass alles, was er sich in diesem Leben aufgebaut hatte, ausgeschlagen worden war zugunsten einer ungewissen Aussicht auf ein Leben im Jenseits. Er würde den Brief früh genug selbst finden.

Was Lotte bei einem Selbstmord nur sehr schwer nachvollziehen konnte, war der Drang, sich unrealistischen, unlogischen und irrationalen Erklärungen in Bezug auf so etwas Einfaches wie den Tod hinzugeben. Der Tod war Biologie. Lebende Zellen, die nicht mehr funktionierten und von anderen Organismen verspeist und abgebaut wurden. Es gab keinen Unterschied zwischen einem verwelkten Blatt und einem toten Menschen.

John Halvorsen war tot, genau wie Emilie Sand Vormedal und Yusuf Samfari. Abgesehen davon, dass ihre Haut mehr Pigmente aufwies als die der meisten Leute in Norwegen und sie auf dieselbe Party gegangen waren, hatten sie nur eins gemeinsam: dass ihre Zellen sich zersetzen und zu fruchtbarer Erde werden würden. Viele hielten Lotte für zynisch, wenn sie solche Dinge sagte, aber das hatte nichts mit Zynismus zu tun. Sondern mit Biologie und Nahrungsketten. Das war Allgemeinbildung. Logik.

Übrig blieb ein aufgeräumter, frisch geputzter Raum. Ein Rucksack, der seine letzten Bücher getragen, und ein Stift, der seine letzten Worte geschrieben hatte. Ein Brief, der auf das Video verwies, das auch Alexander auf seinem Rechner hatte, das darüber hinaus aber nichts zur Lösung beitrug und nur neue Fragezeichen setzte, wo ein Punkt hätte stehen sollen.

»Sie war schon eiskalt« … Das konnte doch nicht stimmen? Die Körpertemperatur einer Leiche sank in den ersten zwei, drei Stunden kaum, also hätte sie definitiv nicht unterkühlt sein dürfen. War das ein Versuch, den Freund von jeglicher Schuld freizusprechen? Wenn man es nicht besser wusste, war es ja ein verbreiteter Mythos, dass alle Leichen kalt und steif seien. Lotte schüttelte den Gedanken ab. Sie rief Åse Frugård an und bat sie herzukommen und ihr elektronisches Zubehör mitzubringen. Vielleicht enthielt der Computer eine Antwort darauf, wie John an das Vergewaltigungsvideo gekommen war.

Nachdem sie die Tür hinter sich zugezogen hatte, blieb sie oben an der Treppe stehen. Sie wollte nicht hinuntergehen zu der Trauer und Verzweiflung im Wohnzimmer. Stattdessen setzte sie sich auf den obersten Absatz, legte den Kopf in die Hände und ließ ihre Schultern lautlos das alles verschlingende Gefühl nackter Einsamkeit abschütteln.

Haugesund Zentrum
Dienstagnachmittag, 3. März

Viljar Ravn Gudmundsson hielt sicheren Abstand. Wenn er eins jetzt nicht brauchte, dann einen weiteren Zusammenstoß mit Geirmund Bakkens stiernackigen Kumpanen. Von einer Hausecke auf der anderen Seite der Strandgata beobachtete er mehrere Jugendliche, aber auch ein paar Erwachsene, die dieselbe Kellertreppe hinunterstiegen, die Bakken und seine beide Freunde vor zehn Minuten hinuntergegangen waren. Dort unten fand zweifellos eine Versammlung statt.

Viljar hoffte, bekannte Gesichter zu entdecken. Jemanden, der erklären konnte, warum Alex sich mit diesen Leuten eingelassen hatte. Einen Freund, vielleicht. Aber er hatte kein Glück. Zum einen goss es in Strömen, sodass die meisten zusammengekrümmt und verborgen unter einem Regenschirm in den Keller hinabstiegen. Zum anderen musste Viljar sich eingestehen, dass er Alexanders Freunde selbst dann nicht wiedererkennen würde, wenn sie frisch gekämmt zu Hause in seiner Küche säßen.

Nach einer Weile schien es, als ob die Kellertür in dem alten Gebäude aus der Nachkriegszeit ihre letzten Besucher eingelassen hätte. Viljar überquerte die Straße und näherte sich dem Eingang. Er hatte nicht vor hineinzugehen und schlenderte ein Stück an der Hauswand entlang. Kleine, rechteckige Fenster auf Höhe des Bürgersteigs. Die Vorhänge waren zugezogen, und außerdem waren die Scheiben schwarz vom Dreck und den Abgasen der vorbeifahrenden Autos. Viljar hätte sich flach auf den Bauch legen müssen, um einen Blick hineinwerfen zu können, und das hätte zweifellos ziemlich peinlich ausgesehen.

Er wollte gerade weitergehen, als er Geirmund Bakkens Stimme klar und deutlich hörte. Sie drang durch eines der Fenster, das ansonsten nicht einmal Licht durchließ. Alte Holzhäuser, morsche Fenster und eine Wandisolierung aus den frühen Fünfzigern waren keine besonders glückliche Kombination. Obwohl der Regen unablässig auf Hausdächer und in Wasserpfützen prasselte, konnte Viljar zum Großteil alles verstehen.

Er lauschte gespannt, war aber nach wenigen Minuten kurz davor aufzugeben. Was da vom Rednerpult kam, war endlose, billige Angstmacherei und von Klischees triefendes, altbekanntes nationalistisches Zeugs. So was hatte er schon früher gehört. Die Welt hatte sich nicht groß geändert, seit vor fünfundsiebzig Jahren ein kleiner Mann mit Schnäuzer in Berlin seine Reden geschwungen hatte. Dieselbe Rhetorik. Derselbe abgrundtiefe Hass. Die Selbstverherrlichung war noch genauso verdummend. Aber die Sündenböcke waren neu: zwielichtige Männer mit Rauschebart und langen Gewändern. Nicht wie wir. Gefährlich. Wollen die Weltherrschaft übernehmen. Lauter Schnorrer, Diebe, Vergewaltiger und Kriminelle. Genau wie die Juden damals.

Viljar war nass bis auf die Haut. Er zitterte. Daran waren nicht nur der Regen, der Nordwind und die sieben

Grad Lufttemperatur schuld. Wer glaubte, dass solche wie Geirmund Bakken harmlose Idioten waren, hätte hier stehen und ihn reden hören sollen. *Harmlos* war das nicht.

Viljar achtete nicht mehr darauf, was um ihn herum passierte. Er merkte nicht, dass er Gesellschaft bekommen hatte, bis jemand an seinem Mantel zerrte und ihn resolut um die Hausecke zog. Viljar versuchte, ihn abzuschütteln und wegzulaufen. Das Problem war nur, dass der Mann, der ihn gepackt hatte, ihn hochhob, sodass seine Beine in der Luft zappelten. Viljar keuchte vor Schmerz auf, als er gegen die Hauswand gedrückt wurde. Er versuchte zu schreien, aber da legte sich eine behandschuhte Hand auf seinen Mund.

»Halt die Klappe und hör mir zu!«

Der Mann zischte die Worte in Viljars Ohr, und wie um zu unterstreichen, dass er es ernst meinte, knallte er Viljars Kopf ein weiteres Mal gegen die Hauswand.

»Sei still! Jetzt hör mir gut zu, Gudmundsson.«

Viljar hatte den Typen noch nie in seinem Leben gesehen, aber das galt offenbar nicht für sein Gegenüber.

»Du machst dich jetzt still und leise vom Acker, verstanden? Du näherst dich in Zukunft unter keinen Umständen diesem Haus oder dieser Straße, kapiert?!«

Der Mann zog etwas aus seiner Innentasche. Für einen Moment glaubte Viljar, es sei eine Pistole oder ein Messer, und er atmete erleichtert auf, als er merkte, dass der Mann einen Dienstausweis der Polizei hochhielt. Dabei sah er überhaupt nicht aus wie ein Polizist. Eher wie ein alter, verlebter Rocker.

»Wenn du hier heute noch einmal auftauchst, wirst du wegen Behinderung eines polizeilichen Einsatzes eingesperrt. Du ruinierst alles, Mann! Nächstes Mal schleife ich dich an deinen Eiern weg, wenn's sein muss. Halte dich fern!«

Viljar nickte heftig. Er hatte nicht vor, sich an diesem Nachmittag noch mehr Ärger einzuhandeln.

»Und jetzt … Hau ab!«

Der Mann ließ ihn los und stieß ihn in Richtung Haraldsgata, als sei er ein ungehorsamer Köter. Mit unsicheren Schritten ging Viljar so schnell wie möglich davon und machte erst am Classic Kebab Halt – dem Dönerimbiss, der von einem geschäftstüchtigen Finnen betrieben wurde und der landesweit berühmt für den besten Döner in ganz Norwegen war. Zumindest war das die heilige Überzeugung der Haugesunder Patrioten.

Viljar blickte über die Schulter zurück und stellte erleichtert fest, dass der Polizist ihm nicht gefolgt war. Das war nicht irgendein Polizist, wie er bemerkt hatte, als der andere ihm den Dienstausweis unter die Nase hielt. »PST« hatte rechts unten in der Ecke gestanden.

Auch gut, dachte Viljar. Völlig in Ordnung, dass der PST ein Auge auf Bakken und seine Horde hatte. Hoffentlich waren sie so schlau gewesen und hatten eine Abhöranlage im Keller installiert. Vielleicht hatten sie einen Maulwurf eingeschleust? Was er gehört hatte, bevor er weggezerrt wurde, würde den Geheimdienst mit Sicherheit interessieren. Viljar schauderte es.

Die Worte hallten immer noch in seinem Kopf wider, während er durch die menschenleere Fußgängerzone humpelte:

»Norwegen muss aufwachen! Die Leute werden uns für unsere Taten verurteilen und hassen, aber die Norweger von morgen werden es verstehen. Unsere norwegischen Kinder und Enkelkinder werden uns auf Knien dafür danken, dass wir ihnen die Augen geöffnet haben!«

Polizeistation Haugesund
Dienstagabend, 3. März

Lotte Skeisvoll hatte sich nach dem stundenlangen Besuch in John Halvorsens Elternhaus gerade an ihren Schreibtisch gesetzt, als sie einen Anruf vom Empfang erhielt. Da sei jemand, der sie sprechen wolle, hieß es. Lotte war nicht sicher, ob sie sich dazu aufraffen konnte. Nach dem dritten Todesfall in drei Tagen war ihre Mutlosigkeit zu einem chronischen Zustand geworden. Sie seufzte, zog ihre Uniformjacke an und schleppte sich die Treppe zur Eingangshalle hinauf. Es war nur noch eine halbe Stunde bis zur Pressekonferenz, und im Grunde hätte sie sagen können, dass sie keine Zeit für Besucher habe.

Sie war kurz davor, umzukehren und dem Empfang genau das mitzuteilen, als sie bemerkte, wer auf sie wartete. Die Neugier siegte über die Müdigkeit, und sie ging die letzten Stufen hoch.

»Ingar? Wolltest du mich sprechen?«

Ingar Fjell drehte sich sofort um, als er ihre Stimme hörte, und ein wehmütiges Lächeln huschte über sein Gesicht. Neben ihm stand ein anderer Jugendlicher, der ihr bekannt vorkam. Er war gestern zusammen mit Ingar am ersten Tatort gewesen.

Ingar warf seinem Kumpel einen nervösen Blick zu, bevor er antwortete.

»Ja, ich … Oder besser gesagt, wir … Können wir uns irgendwo unterhalten?«

Lotte nickte und ging mit den beiden hinunter in ihr Büro. Auf dem Weg dorthin grüßte Ingar kurz Lars Stople, der am Kopierer beschäftigt war.

Die Jungs nahmen auf den Holzstühlen Platz. Beide wirkten angespannt und nervös. Das war für Lotte nichts Neues. Bei den meisten Leuten ging der Puls schneller, wenn sie mit der Ordnungsmacht zu tun hatten. Deshalb war es bei Vernehmungen auch so schwer, zwischen Lügnern und ehrlichen Menschen zu unterscheiden.

»Worum geht es denn, Ingar?«

Ingar Fjell fuhr sich mit der Hand einige Male durchs Haar und warf wieder dem gleichaltrigen Jungen neben ihm einen Blick zu. Es ärgerte Lotte, dass ihr sein Name nicht einfiel. Plötzlich schien Ingar sich einen Ruck zu geben. Er zog einen Speicherstick aus der Tasche und legte ihn vor Lotte auf den Tisch.

»Ich denke, ihr solltet hier mal einen Blick drauf werfen.«

Lotte musterte den Speicherstick prüfend.

»Okay … Erzähl! Was ist auf dem Speicherstick, und warum meint ihr, dass wir uns das ansehen sollten?«

Wieder sah Ingar seinen Nebenmann an, als müsse er für jede Kleinigkeit dessen Erlaubnis einholen. Das erschien ein bisschen merkwürdig. Ingar war größer und wirkte erwachsener als sein Kumpel.

»Eigentlich war es Bjørnar hier, der … Also … Auf dem Stick ist ein Video, das ihr euch ansehen solltet. Es zeigt Emilie, wie sie …«

Weiter kam er nicht. Er schluckte. Seine Augen wurden merklich blank. Lotte war froh, dass Ingar den Namen seines Freundes genannt hatte, so brauchte sie nicht danach zu fragen. Bjørnar Nedstrand war am Samstag auch auf der Party gewesen. Er hatte die Villa zusammen mit Embla und dem zweiten Opfer, Yusuf, verlassen.

»Das müsst ihr euch allein anschauen. Ich ertrag das nicht noch ein Mal. Es ist so furchtbar.«

Lotte begriff, dass es eine weitere Kopie der Vergewaltigung von Emilie war. Sie hatte das Video bereits ein Mal zu häufig gesehen und wollte sich damit ebenfalls nicht mehr quälen.

»Gut. Ich verstehe, dass es euch schwerfällt, darüber zu reden. Wie bist du an das Video gekommen?«

Ingar und Bjørnar sahen Lotte ein wenig ratlos an. Es schien, als hätten sie die Frage nicht ganz verstanden.

»Ihr kennt es?«, fragte Ingar zurück.

»Ja, es gehört zu den Sachen, die wir beschlagnahmt haben. Aber das ist nicht wichtig. Ich will wissen, woher *ihr* es habt.«

Diesmal war es Bjørnar, der antwortete. Er hatte eine sanfte und sehr ruhige Stimme. Fast ein bisschen hypnotisch.

»Ich wollte den Mist eigentlich wegwerfen. Das ist ja einfach nur widerlich, nicht? Ich habe den Stick vorige Woche von Yusuf bekommen. Er sagte, er hätte den Film im Netz gefunden. Aber Ingar meinte, wir sollten ihn bei der Polizei abliefern. Ich weiß nicht … Ich verstehe nicht ganz, was es bringen soll, wenn wir Emilie durch den Dreck ziehen.«

»Ingars Vorschlag war vollkommen richtig, Bjørnar. Das hier hätte sehr wichtig sein können, wenn wir den

Film nicht schon gehabt hätten. Hat Yusuf gesagt, wo im Netz er ihn gefunden hat?«

Bjørnar schüttelte den Kopf. Sagte nichts. Er kämpfte offensichtlich auch mit den Dämonen. Lotte sah auf ihre Armbanduhr. Noch fünf Minuten, dann musste sie zur Pressekonferenz. Sie steckte den Speicherstick in ihre Jackentasche und stand auf, zum Zeichen, dass der Besuch beendet war.

»Ich gehe davon aus, dass ihr das Video beide gesehen habt. Kennt ihr jemanden von denen, die auf dem Film zu sehen sind? Abgesehen von Emilie, natürlich.«

Auf Ingars Gesicht erschien wieder der traurige Ausdruck. Er zuckte die Schultern.

»Keinen außer Alex, aber das wisst ihr ja wohl schon?«

Lotte erstarrte. Sie hielt Ingar am Arm zurück.

»Alexander Gudmundsson ist einer von denen, die auf dem Film zu sehen sind?«

Ingar lachte trocken. Er schüttelte leicht den Kopf.

»Ich weiß ja nicht, welche Brillenstärke ihr braucht, aber man muss schon ganz schön blind sein, um nicht mitzukriegen, dass das Alex ist.«

Als die Jungs das Büro verlassen hatten, sank sie zurück auf ihren Stuhl. Ihre Mutlosigkeit war in der letzten halben Stunde nicht gerade geringer geworden. Noch ein Beweis gegen Alex. Diesmal konnte sie ihm nicht helfen. Und sie wusste auch nicht, ob sie das wollte …

Polizeistation Haugesund
Dienstagabend, 3. März

Die Erinnerungen verstärkten sich hier drinnen. Alles war so erschreckend unverändert. Der Raum. Die Mikrofone. Die Fernsehkameras. Das Blitzlichtgewitter der Journalisten. Die Menschen im Saal. Das düstere Gesicht des Polizeidirektors. Scheldrup Hansens selbstgefälliges Lächeln. Der einzige tatsächliche Unterschied war, dass Lotte Skeisvoll nicht mehr auf dem Podium saß. Sie musste am Rand Platz nehmen, wie ein kleines Mädchen, das man beim Kindergeburtstag nicht dabeihaben will.

Als Zuschauerin betrachtete sie die Pressekonferenz mit Abstand. Die vergangenen fünf Monate, seit sie selbst im Scheinwerferlicht der Presse gestanden hatte, waren wie ausgelöscht. Maestro schwang seinen Taktstock noch einmal über der Stadt. Die Vorstellung jagte ihr einen eisigen Schauer über den Rücken.

Vom Podium kamen die Selbstverständlichkeiten am laufenden Band. Die Indizien gegen Alexander waren gut verpackt in politisch korrekte Formulierungen wie »mit großer Wahrscheinlichkeit«, »Spuren, die darauf hindeuten« und »übereinstimmende Zeugenaussagen berechtigen zu der Annahme«. Sobald einer der Journalisten nach konkreten Beweisen fragte, kamen die eingeübten vagen Phrasen, die sie selbst aus dem PR-Leitfaden der Polizei gelernt hatte. »In Anbetracht der laufenden Ermittlungen können wir nicht …«, »Die umfassenden Maßnahmen zur Beweissicherung verbieten uns …« und »Die Ermittlungen stehen noch am Anfang, daher ist es zu früh, um …«.

Mit anderen Worten im Westen nichts Neues. Olav Scheldrup Hansen hatte sich nicht im Geringsten davon beeindrucken lassen, dass John Halvorsen in seinem Abschiedsbrief Alexander entlastet hatte. Die Entscheidung stand. Sie hatten den Richtigen gefasst.

Ein kleiner Gnom von *VG* erhob sich.

»Können Sie bestätigen, dass es sich bei den beiden Mordfällen um einen oder mehrere Täter handelt?«

Scheldrup Hansens Antwort sorgte für eine gewisse Heiterkeit im Saal.

»Ja, wir können bestätigen, dass es sich um einen oder mehrere Täter handelt.«

Das Ergebnis der Pressekonferenz stand von vornherein fest. Eine nicht namentlich genannte Person, von der lediglich Geschlecht und Alter preisgegeben wurden, befand sich wegen des Verdachts, Emilie Sand Vormedal getötet zu haben, in Untersuchungshaft. Sämtliche Pressevertreter im Saal wussten genau, dass von Alexander die Rede war, aber es war nicht Aufgabe der Polizei, den Namen öffentlich zu machen.

Geschwafel! Wir könnten genauso gut gleich einen guten alten Pranger vor der Polizeistation aufstellen.

Lotte betrachtete das Presseaufgebot und merkte, dass mehrere Journalisten zu ihr herübersahen. Sie hätte sich gern den Rest der Vorstellung angeschaut, beschloss aber zu gehen, bevor die Geier sich auf sie stürzten. Die Medien waren ohnehin mehr an der Anzahl der Klicks im Netz als an menschlichen Schicksalen interessiert, deshalb würde niemand hier im Raum sich für Alexander einsetzen.

Als sie auf dem Weg aus dem Pressesaal war, registrierte sie jemanden dicht vor sich. Sie wollte sich eng an die Wand drücken, um ihn vorbeizulassen, aber stattdessen hielt er neben ihr an. So jemanden würde man nicht an solch einem Ort erwarten, und Lotte fragte sich, ob er hier überhaupt etwas zu suchen hatte. Der Mann saß nicht nur im Rollstuhl, er hatte sich während der Konferenz auch keine einzige Notiz gemacht. Mikrofon oder Kamera hatte er ebenfalls nicht dabei.

Er berührte sie leicht am Arm, und sie wendete sich ihm zu. Er sah zu ihr hoch und zwinkerte. Langes graues Haar. Faltiges Gesicht und ein mächtiger, buschiger Backenbart. Ein merkwürdiger Anblick. Er hielt ihr die Hand hin. Lotte ergriff sie und wollte sich gerade vorstellen, als er sie ohne Vorwarnung wegzog und zurückrollte. In ihrer Hand lag ein Zettel mit einer Telefonnummer und der Bitte, ihn sofort anzurufen, wenn sie aus der Station kam. Er wolle etwas mit ihr besprechen, das mit Alexander Hauge Gudmundsson zu tun habe. »Wir können ihm helfen«, stand ganz unten.

So eine Frechheit!

Sie wollte den Zettel schon wegwerfen, besann sich aber. Der Mann hatte etwas Freundliches, Vertrauenerweckendes an sich gehabt. Lotte steckte den Zettel in ihre Tasche. Es konnte nicht schaden, sich anzuhören, was er auf dem Herzen hatte.

Die Pressekonferenz näherte sich dem Ende, und Lotte

wollte gehen. Sie drehte sich um, hielt aber inne, als Julie Moksheim sich von ihrem Stuhl erhob und in ihre Richtung grinsend die Hand hochreckte.

»Findet es niemanden in der Polizeiführung problematisch, dass eine der zentralen Personen in ihrem Ermittlungsstab ein enges Verhältnis zum Vater des inhaftierten Jungen unterhält und dass die beiden in den letzten Tagen mehrmals zusammen gesehen wurden?«

Lotte wurde eiskalt. Hätte sich nicht das gesamte Pressekorps zu ihr umgedreht, hätte sie Julie Moksheim die Augen ausgekratzt. Sie versuchte, so ruhig wie möglich zu bleiben. Sie wischte sich ein imaginäres Insekt von der Bluse und befestigte ihr Haar mit einer Klammer. Nach außen hin war sie völlig gelassen. Doch in ihr tobte ein Orkan. Sie wagte kaum, den Blick aufs Podium zu richten, aber ein rascher Seitenblick verriet ihr, dass diese Frage für die da oben genauso überraschend kam.

Polizeidirektor Arnstein Guldbrandsen beugte sich zum Mikrofon. Gegenüber der Presse verhielt er sich professionell und souverän.

»Wir sind darüber informiert, und die betreffende Beamtin wurde mit sofortiger Wirkung von der Ermittlungsarbeit freigestellt. Wir haben keinen Grund zu der Annahme, dass Erkenntnisse aus den Ermittlungen von der Kollegin an den Vater des Verdächtigen weitergegeben wurden, aber es ist natürlich wenig hilfreich für die Sachlage und das polizeiliche Ansehen, wenn die Kollegin einen so engen Kontakt zur Familie des Verdächtigen unterhält. Sie wird andere Aufgaben wahrnehmen, die in keiner Verbindung zu den derzeitigen Ermittlungen stehen.«

Lotte stand wie vom Donner gerührt da und wachte erst auf, als ein Blitzlichthagel aus unzähligen Kameras auf sie einprasselte. Sie drehte sich um wie ein Wachsoldat und marschierte aus dem Saal, ohne ihnen zu geben, wonach sie hungerten. Die Tränen schossen ihr erst in die Augen, als sie das Polizeigebäude verließ. Sie hatte alle Eventualitäten abgewogen, und sie war verletzt gewesen, als man Olav Scheldrup Hansen die Leitung der Ermittlungen übertragen hatte. Dass man sie komplett kaltstellen und von jeglicher Mitarbeit entbinden würde, damit hatte sie nicht gerechnet.

Lotte Skeisvoll lief die Strandgata hinunter Richtung Stadtzentrum. Kümmerte sich nicht um den strömenden Regen, der sie bis auf die Haut durchnässte. Sie stieß die Leute auf den Bürgersteigen beiseite. Sie musste weg. Weit weg. Innerhalb von fünf Monaten war ihre ganze Karriere bei der Polizei den Bach runtergegangen. Zuerst eine unzureichende Ermittlung mit fatalen Konsequenzen. Danach war sie unfähig gewesen, die einfachsten polizeilichen Aufgaben wahrzunehmen, und jetzt, wo sie sich gerade aufraffen und neuen Anlauf nehmen wollte … eine demütigende Degradierung, und was für eine. Sie war abgestempelt. Sie wurde lächerlich gemacht. Die morgigen Schlagzeilen von *VG* und *Dagbladet* würden nicht von Alexander handeln, so viel stand fest.

Lillesund Terrasse, Haugesund
Dienstagabend, 3. März

»Sie haben nichts gegen ihn in der Hand, Viljar. Jedenfalls nichts, was sie vor Gericht verwenden könnten.«

Viljar stand mit dem Rücken zu Jossen und betrachtete ein uraltes Black-Sabbath-Plakat. Ein junger Ozzy Osbourne im Vordergrund, flankiert von drei Männern mit Schnurrbärten, bei denen Tom Selleck neidisch geworden wäre, und langen Haarmatten. Ozzy trug eine Lederjacke im Harry-Klein-Stil, und auf seiner Brust hing ein dickes, fettes Kruzifix.

Wäre Viljar nicht so bombensicher gewesen, dass Jossen ihm einen ewig langen Vortrag halten würde, hätte er ihn gerne gefragt, ob er wusste, warum *The Prince of Darkness* ein Kreuz um den Hals trug. Er betrachtete das Plakat eigentlich nicht aus Interesse. Er hatte Jossen den Rücken zugekehrt, um seine Gefühle zu verbergen. Alexander saß in Haft. Sein einziges Alibi, John, hatte sich das Leben genommen, und Lotte war raus aus dem Fall. Das Musterbeispiel einer Abwärtsspirale.

»Viljar … Hör zu. Lotte Skeisvoll hätte dir nie Zugang zu ihren Informationen gegeben, wenn sie der Meinung gewesen wäre, dass Alex den ersten Mord begangen hat.«

Er öffnete seinen Laptop und winkte Viljar zu sich.

»Schau her. Warum ist dieser Idiot aus Oslo so sicher, dass Alex der Täter ist?«

»Er weiß, dass Alex der Einzige war, der sich im Zimmer von Emilie aufgehalten hat, als sie getötet wurde.«

Jossen schüttelte den Kopf und stieß ein kleines, trockenes Lachen aus.

»Falsch! Sie gehen davon aus, dass er der Einzige in ihrem Zimmer war. Wissen tun sie es nicht. Und hier haben wir den Kern des Rätsels, Viljar. Wieso sollte Alexander in der Zeit von zehn bis elf in Emilies Schlafzimmer gewesen sein?«

»Es gibt Zeugen.«

»Richtig, Zeugen. Die Polizei hat drei Zeugen, die alle gesehen haben wollen, dass Alex gegen zehn in Emilies Schlafzimmer verschwunden ist, die aber nicht gesehen haben, dass er wieder herausgekommen ist. Das hat auch sonst niemand mitbekommen. Er selbst erinnert sich an nichts.«

»Entschuldige, aber ich begreife nicht, worauf du hinauswillst.«

Jossen grinste breit und klopfte sich auf seinen Kugelbauch.

»Wenn Leute behaupten, etwas gesehen zu haben, lügen sie dann nicht manchmal? Glauben sie nicht manchmal, sie hätten etwas gesehen, aber in Wirklichkeit täuschen sie sich?«

»Okay. Ich verstehe, was du meinst, aber sie haben drei Zeugen, Joss. Alle sagen dasselbe.«

»Nein, das tun sie nicht. Sie sagen *beinahe* dasselbe. Nach dem, was Lotte dir von den Vernehmungen berichtete, hat ein Mädchen, Embla, mitgekriegt, wie Alex in das Zimmer gegangen ist. Sie hat kurz davor auf die Uhr geschaut und ist sich sicher, was den Zeitpunkt betrifft.

Dann haben wir einen Jungen, Ingar, der angibt, dass er Embla auf der Treppe begegnet ist und mit eigenen Augen Alex von hinten gesehen hat, als der in Emilies Zimmer verschwand. Im selben Moment hat er John auf dem Flur gesehen. Deshalb geht man davon aus, dass all das gleichzeitig passiert ist, weil das Mädchen auch noch ein paar Worte mit John gewechselt hat.«

»Ja, und?«

»Aber wir wissen nicht, ob diese drei Sachen wirklich genau zur selben Zeit passiert sind, oder? Embla sah Alex reingehen, Ingar glaubt, ihn von hinten gesehen zu haben, und mit John hat niemand gesprochen, bevor er heute Nachmittag tot aufgefunden wurde. Ich weiß, eine Menge ob, wenn und falls, aber das Einzige, was Alex in dem fraglichen Zeitraum tatsächlich in Emilies Zimmer verortet, ist Emblas Zeugenaussage. Sie ist doch deine Nichte. Kannst du nicht mal mit ihr reden? Herausfinden, ob sie noch mehr weiß?«

Viljar spürte, wie seine Kopfhaut zu kribbeln begann. Falls Embla sich irrte, würde die ganze Beweiskette der Polizei wie ein Kartenhaus in sich zusammenfallen.

»Wäre es nicht besser, die Polizei zu bitten, noch einmal mit den Zeugen zu reden, Joss? Vielleicht bekommt das Szenario ja dann Risse.«

»Nein, Viljar. Wir werden die Polizei um gar nichts bitten. Die haben sich in einen Blindgang verrannt.«

»*Blindgang*? Du meinst eine Sackgasse?«

Jossen rollte zu einem Zeitungskorb und nahm eine dünne Broschüre heraus, die er Viljar gab. »Programm für Hans Olav Lahlums Krimifestival 20.–22. Februar« stand darauf.

»Letztes Wochenende war ich beim Krimifestival im Buchhotel in Tvedestrand. Dort hat Jørn Lier Horst aus seinem neuen Krimi gelesen, der im Sommer erscheint. Er heißt *Blindgang*, und ich behaupte, dass Horsts neues Buch genau davon handelt.«

»Blindgang?«

»Ja, die Polizei sucht lediglich nach Beweisen, die den Sachverhalt stützen, den sie zu kennen glaubt. Sie wollen keine neuen Indizien und keine neuen Beweise, die das Bild stören könnten. Die Polizei sieht nur Alexander, alles andere ist nicht von Interesse. Wir müssen das selbst lösen, mein Lieber.«

Viljar zog sofort sein Handy aus der Tasche und rief seine Schwester an. Während er mit ihr telefonierte, klingelte es an Jossens Wohnungstür. Ein schreckliches Geräusch, das an ein falsches Glockenspiel erinnerte. Jossen rollte hinaus in den Flur.

Als Viljar das Gespräch beendet hatte und sich umdrehte, stand jemand neben Jossen, der völlig aufgelöst war. Verweintes Gesicht. Triefnasse Kleidung. Das Make-up durch den Regen völlig zerlaufen. Lotte Skeisvoll hatte zweifellos schon bessere Tage in ihrem Leben gehabt.

Jossen lachte in sich hinein und klopfte sich den Bauch, als er das verblüffte Gesicht von Viljar sah.

»Ich habe mir die Freiheit genommen, um ein wenig Hilfe zu bitten.«

Haugesund Zentrum
Nacht zu Mittwoch, 4. März

»Ich mache das für Alexander. Bildet euch bloß nichts anderes ein.«

Lotte Skeisvoll war in einer miserablen Verfassung. Sie tobte. Viljar und Jossen blieben die ersten Minuten in sicherem Abstand, während sie ihrer Wut Luft machte. Nasse Kleidungsstücke klatschten auf den Fußboden. Lotte war nach der Pressekonferenz zwei Stunden lang durch die Straßen gelaufen, bevor sie sich entschloss, Jossen anzurufen. Währenddessen war sie immer wütender und empörter geworden.

Die Flüche flogen ihnen nur so um die Ohren. Hätte Viljar einen praktizierenden Exorzisten gekannt, hätte er ihn angerufen. In Slip und BH befahl sie Jossen, ihr etwas zum Anziehen herauszusuchen. Jossen rollte so eilig in sein Schlafzimmer, dass Viljar meinte, sein langes graues Haar im Fahrtwind flattern zu sehen. Eine Minute später betrachtete Lotte das Ergebnis von Jossens Kleiderjagd. Sie hielt ein blaues T-Shirt mit weißem Aufdruck hoch. *No Rock without Tennissock*, stand darauf. Eine weiße Socke mit roten und blauen Streifen am oberen Rand illustrierte den Spruch.

»Ernsthaft?«

Jossen räusperte sich nervös und hob abwehrend die Hände.

»Das lag ganz oben im Schrank, okay?«

Sie schüttelte den Kopf, nahm das T-Shirt und eine graue, verschlissene Jogginghose mit und verschwand im Bad. Als sie wieder herauskam, war die schlimmste Wut verraucht. Viel zu wenige Psychologen empfehlen eine Badezimmertherapie, dachte Viljar.

Von da an ging alles rasend schnell. Drei Stunden lang war Viljar Luft für die beiden. Es erstaunte ihn, dass Lotte alle internen Vorschriften der Polizei über Bord warf. Ausgerechnet sie, die immer eine Paragraphenreiterin gewesen war und am liebsten sogar Bußgeldbescheide für schiefe Zähne und Socken in Sandalen ausgestellt hätte. Absolut unglaublich.

Es lag wohl an der Demütigung, im ersten großen Fall nach dem Verlust ihrer Schwester einfach kaltgestellt worden zu sein. Am mangelnden Vertrauen. An der Erniedrigung, die es für sie bedeutete, dass der Kerl, der ihrer Meinung nach die Ermittlungen im Herbst an die Wand gefahren hatte, jetzt ohne einen Kratzer wieder an der Spitze saß. Alexander allein konnte nicht der Grund dafür sein. So gut kannte sie ihn nicht. Die Bestätigung bekam er einen kurzen Moment später. Lotte kramte einen Speicherstick aus der nassen Uniformjacke, die sie über einen Ölofen in der Ecke des Wohnzimmers gehängt hatte.

»Ich habe alles, was die Ermittlungen bisher ergeben haben, direkt vor der Pressekonferenz auf diesen Stick kopiert. Eigentlich völlig schwachsinnig von mir, euch Zugang zu dem Material zu geben. Die Beweise gegen Alex erhärten sich dadurch nur.«

Viljar merkte, wie die neu geschöpfte Hoffnung, dass

Lotte ihnen helfen würde, auf einen historischen Tiefstand sank.

»Du glaubst also, dass er Emilie umgebracht hat? Willst du das damit sagen?«

»Was ich glaube, ist unwesentlich, Viljar. Was ich weiß, ist, dass Alexander einer der Mitwirkenden auf dem Vergewaltigungsvideo ist. Das allein ist schon Grund genug, einen Scheiß auf den Jungen zu geben und ihn in seiner Zelle verrotten zu lassen. Ich weiß, es fällt dir schwer, das zu glauben, aber dein Sohn ist ein Dreckskerl. Ob er Emilie getötet hat, steht auf einem ganz anderen Blatt. Wenn ich das denken würde, wäre ich jetzt nicht hier.«

Viljar war kurz davor loszuschreien und um sich zu schlagen. Auf die Frau vor ihm einzudreschen. Manchmal war sie so eiskalt, dass er sich fragte, ob sie überhaupt fähig war, sich in andere Menschen einzufühlen. Trotzdem sagte er nichts. Er würde alles kaputtmachen, wenn er jetzt etwas erwiderte. Er schluckte seine Wut hinunter und ging auf die Terrasse, um eine zu rauchen.

Lotte und Jossen schienen ein intuitives Verständnis für die Gedanken und Ideen des jeweils anderen zu haben. Viljar versuchte im Laufe des Abends einige Male, auch etwas beizutragen, erhielt aber nur stumme Irritation als Antwort. Sie und Jossen erstellten eine Art Diagramm, in dem verschiedene Zeugenaussagen zum Samstagabend in ein System gebracht wurden. Namen, Uhrzeiten, verifizierte Beobachtungen, Ereignisse und materielle Spuren … Alles wurde mit Linien, Pfeilen, Codes und Farben markiert.

Als es auf halb zwölf zuging, resignierte Viljar. Lotte war immer noch verbissen und fokussiert, und Jossen hatte ein Feuer in den Augen wie noch nie zuvor, seit Viljar ihn kannte. Die beiden würden nicht eher aufgeben, bis sie die Kuh leergemolken hatten. Viljar gelang es, einen Satz einzuschieben, dass er jetzt nach Hause gehen werde und sie sich melden sollten, wenn sie ihn bräuchten. Die einzige Reaktion war ein Winken von Jossen und ein kurzes, energisches Nicken von Lotte.

Grübelnd trottete er über verlassene Bürgersteige und kleine Gassen heimwärts. Obwohl ihn die beiden in Jossens Wohnung links liegen gelassen hatten, war er Lotte ewig dankbar. Er wusste, wie viel für sie auf dem Spiel stand. Falls der Polizeichef Wind davon bekam, was Lotte tat, wäre die auf der Pressekonferenz verhängte Suspendierung nur ein kleiner Vorgeschmack auf das, was noch kommen würde.

Viljar hatte den Blick auf den Asphalt gerichtet. Er hätte den Weg von der Stadt zu den Austmanna-Wohnblocks blind gefunden. Hatte er auch schon ein paarmal gemacht. Blind vom Suff zwar, aber trotzdem …

Deshalb bemerkte er den Mann vor sich erst, als er dessen Schritte hörte. Er blickte hoch und blieb unwillkürlich stehen. Der Mann telefonierte und hatte ihn wohl nicht gehört.

Geirmund Bakken. Ganz allein. Ohne einen einzigen seiner Bodyguards in der Nähe. Viljar zog sich in die Schatten des Rabinowitzparks zurück und versteckte sich hinter dem Denkmal von Moritz Rabinowitz, dem jüdischen Geschäftsmann, der im Zweiten Weltkrieg im KZ ermordet worden war. Bakken ging auf die Kreuzung zu, wo die Bjørgvingata eine Biegung zur Lillesund-Schule machte, und Viljar folgte ihm in einigem Abstand. Immer wieder blickte er über die Schulter zurück und hielt nach Verfolgern Ausschau. Wunderte sich, dass er niemanden entdecken konnte.

Wo zum Teufel sind jetzt die PST-Leute? Die sollten die Gang doch beschatten?

Viljar ging mit lautlosen Schritten durch den Park. Mied die Straßenlaternen an der Bjørgvingata. Als sie sich der Kuppe des Hügels näherten und Viljar sich vergewissert hatte, dass ihnen niemand folgte, wagte er sich näher an Bakken heran. Bakken bog auf den Schulhof der Lillesund-Schule ein und war für einen Moment außer Sicht. Viljar rannte über die Straße und auf das Schulgebäude zu. Dunkelheit umschloss ihn, während er sich eng an die Hauswand presste.

Was Geirmund Bakken auf dem Schulhof zu suchen hatte, mochten die Götter wissen, aber er ging ruhig an den Spielgeräten vorbei. Viljar schlich ihm hinterher. Blieb die ganze Zeit im Schatten des Gebäudes und achtete darauf, dass seine Schuhe kein Geräusch verursachten. Aber das hätte er sich sparen können. Ein weit hörbares Piepsen seines Handys ließ die Zeit für einen Moment stillstehen. Zwei Menschen auf einem Platz vor einem nachtgrauen Schulhaus.

Geirmund Bakken drehte sich langsam um. Viljar hätte sich noch rechtzeitig in die Dunkelheit zurückziehen können, aber seine Füße waren wie festgenagelt. Bakken grinste von einem Ohr zum anderen, als er merkte, wer hinter ihm stand.

»Viljar Ravn Gudmundsson. Wie nett. Willkommen in meinem Revier …«

Gefängnis Haugesund
Nacht zu Mittwoch, 4. März

»Papa!«

Das T-Shirt, in dem Alexander erwachte, war klitschnass geschwitzt. Er rang nach Luft. Der Schrei nach seinem Vater hallte von den Wänden wider. Der Traum hatte so echt gewirkt, dass er lange Zeit brauchte, um zu begreifen, dass alles ein Produkt seines Unterbewusstseins war. Er hatte von seiner eigenen Beerdigung geträumt. Dass er in einem offenen Sarg in einer Kirche lag. Er wusste, dass er tot war, und doch war er bei Bewusstsein. Er konnte alles sehen, hören und fühlen, aber keinen einzigen Muskel bewegen. Eingeschlossen in sich selbst und ohne Möglichkeit, sich bemerkbar zu machen. Er war anwesend in der Hülle, die einmal sein Körper gewesen war. Er war immer noch *da*. Tot war nur sein Körper. Nicht er.

Alexander wollte rufen, dass er nicht tot war. Dass er hier lag und sich nicht rühren konnte. Aber es ging nicht. Ganz gleich, wie sehr er seinem Gehirn zu rufen befahl, es kam nicht der kleinste Laut aus seinem Mund. Die Augen wollten nicht blinzeln, die Finger sich nicht bewegen. Er konnte die süßlichen Ausdünstungen seines eigenen Todes und Verfalls riechen, vermischt mit dem Duft von Rosen und Nelken. Er konnte die Kirchenorgel hören, die *Air* von Bach spielte. Er konnte die Decke des Kirchenschiffs sehen, die sich über ihm wölbte. Er konnte den steifen Anzug auf der Haut und unter seinen Fingern die weiche Polsterung des Sarges spüren. Alles war so nah. So wirklich.

Plötzlich tauchte sein Vater über ihm auf. Sein langes Haar war zu einem strammen Pferdeschwanz gebunden, und er trug einen schwarzen Anzug, den Alexander von Urgroßmutters Beerdigung in Reykjavik vor zwei Jahren wiedererkannte. Seine Augen waren schwarz und leer. Unendliche Trauer darin. Ein Mensch, der aufgegeben hatte. Hinter seinem Vater erahnte er den Schatten seiner Mutter, aber er sah sie nicht. Hörte nur die vertrauten kleinen Schluchzer, die sie immer von sich gab, wenn sie verzweifelt war.

Alexander wollte seinen Vater auf sich aufmerksam machen, aber nichts geschah. Er mobilisierte alle Kraft in der Kehle, als sein Vater langsam den Sargdeckel über ihm herabsenkte. Alexander schrie. Heulte. Panik ergriff ihn, als es dunkel wurde und er hörte, wie sein Vater den Deckel mit Schrauben verschloss. Drei an jeder Seite. Er bekam keine Luft, und die Lunge wollte das bisschen, das noch da war, nicht einatmen. Der Atemreflex war weg, aber das Gefühl zu ersticken blieb. Er schrie ein letztes Mal und erwachte …

Alexander war schlecht vor Angst. In seinem Magen lag ein Granitblock. Er setzte sich auf und stellte die nackten Füße auf den Betonboden. Zog sie rasch wieder hoch, als er die Kälte unter den Fußsohlen spürte. Er saß auf der harten Pritsche und schlang die Arme um die hochgezogenen Beine. Wiegte sich vor und zurück wie ein Yoga-Jünger. Die Bewegung hatte eine beruhigende Wirkung auf ihn. Er versuchte, den grausamen Traum abzuschütteln, aber er schien sich als eine unabänderliche Wahrheit in seiner Erinnerung festgesetzt zu haben.

Todesangst war nur der Anfang, wenn er diese Gedanken weiter zuließ. Er musste sie loswerden. Er versuchte zu verstehen, was der Traum ihm sagen wollte, aber es war alles ein wildes Durcheinander. Nur eines hatte er klar begriffen, dass hier und jetzt Schluss sein musste. Er hatte sich bisher durchs Leben treiben lassen. Nichts war ernst, nichts gefährlich gewesen. Nichts hatte Konsequenzen gehabt. Im Laufe dieses Tages und dieser Nacht hatte er verstanden, dass es niemanden gab, der ihn retten konnte, wenn er sich sein Leben verbaute. Das Sicherheitsnetz, von dem er immer geglaubt hatte, es werde ihn auffangen, war eine Illusion.

Vielleicht ist das die Bedeutung des Traums? Dass Papa aufgegeben hat? Dass er mir nicht helfen kann?

Die Tränen kamen ohne Vorwarnung. Er schluchzte, bemühte sich aber, so leise wie möglich zu sein. Wollte nicht, dass die Wachleute mitbekamen, wie es um ihn stand. An Vaters Enttäuschung, Mutters Panik zu denken, und daran, dass alle ihn für einen Dämon in Menschengestalt hielten, war mehr, als er ertragen konnte.

Das bin ich nicht. Ich kann Emilie unmöglich etwas angetan haben. Ich habe sie geliebt!

Er hielt sich an dem Gedanken fest. Wenn er daran zweifelte, würde er den Verstand verlieren. Es war schon kaum zu ertragen, dass seine beiden besten Freunde für immer fort waren. Emilie und John. Die Schöne und das Biest. Alexander hörte auf, sich hin- und herzuwiegen. Schüttelte den Kopf. So hatte er die beiden gesehen, aber die Wahrheit sah anders aus.

Nein … Ich bin das Biest. Nicht John.

Er zog die dünne Decke fester um sich. Sie war kalt und feucht. Genau wie die Zelle, in der er saß. Genau wie die Stadt, in der er wohnte. Genau wie das Leben, das er gelebt hatte. Damit musste Schluss sein. Er schwor sich, wenn er jemals hier rauskam, würde er für alles geradestehen, was er getan hatte. Würde er die Strafe annehmen, die man über ihn verhängte.

Mit diesen Gedanken legte Alexander sich zurück auf die Pritsche. Drehte Decke und Kopfkissen um. Rollte sich wie ein Embryo zusammen und konzentrierte sich auf die guten Erinnerungen. Auf das Zuverlässige und Vorhersagbare. Auf die Gewissheit, dass es einen Menschen gab, der im Sturm fest an seiner Seite stehen würde, solange er nur ehrlich und aufrichtig sagte, wie es wirklich war.

Lillesund-Schule, Haugesund
Nacht zu Mittwoch, 4. März

Der arrogante Dreckskerl stand einfach da. Breitete die Arme aus und spielte sich auf. Dasselbe herablassende Grinsen im Gesicht, das Viljar am Morgen im Lagerhaus auf Ørpetveit schon so geärgert hatte. Es juckte ihn in den Fingern, dem Kerl die Prügel vom Vormittag heimzuzahlen. Viljar sah hinauf zu dem hohen Schulgebäude, das er aus seinen Kindertagen so gut kannte, und erinnerte sich. In den letzten beiden Jahren auf der Grundschule war er von einem Klassenkameraden gemobbt worden, der immer in Begleitung seiner Kumpel war, aber eines Tages wollte es der Zufall, dass er plötzlich mit dem Idioten allein in der Jungentoilette stand. Viljar war ihm sofort an die Gurgel gegangen und hatte nicht eher Ruhe gegeben, bis der andere mit dem Kopf tief in der Kloschüssel hing und Pisswasser trank.

Geirmund Bakken hatte etwas an sich, das Viljars schlimmste Seiten wachrief. Die extreme Arroganz war das eine. Ebenso übel war die Art, wie er Leute dazu verführte, die Gesellschaft, die Geschichte und die Machtstrukturen für korrupt zu halten. Er tischte ihnen Lügen und Verschwörungstheorien auf. Alles war offenbar recht, um sich selbst maximale Aufmerksamkeit und eine Schar von Bewunderern zu verschaffen. Er war ein Manipulator, der in den Leuten Angst, Hass und Verachtung für Politiker schürte. Es war widerlich, und es war gefährlich. Jetzt stand der Kerl vor Viljar und grinste. Der Himmel war so dunkel, dass sie kaum die Augen des anderen erkennen konnten.

»Bist du gekommen, um mir eine reinzuhauen? Dich an mir zu rächen? Nur zu …«

Viljar hatte nicht übel Lust dazu, beherrschte sich aber. Begnügte sich damit, ein paar Schritte auf ihn zuzugehen.

»Im Gegensatz zu dir bin ich kein Rüpel. Ich kann was wegstecken, aber ich dachte, es wäre auch nicht schlecht, mit dir zu reden, ohne dass zwei deiner Neandertaler unsere Unterhaltung vorzeitig beenden.«

»Ha ha … Neandertaler ist gut. Hochgewachsene, prächtige arische Männer, das würden wir dazu sagen. Im Übrigen wüsste ich nicht, was wir miteinander zu bereden hätten. Ich diskutiere nicht mit Kulturmarxisten wie dir. Da würde ich ja gegen eine Wand reden.«

Worauf du einen lassen kannst, dachte Viljar. Er trat drohend auf Geirmund Bakken zu, der vor einer Wand stand. Der Anführer des Norwegischen Widerstands zeigte nicht das geringste Anzeichen von Angst. Blinzelte ein bisschen und warf sich in die Brust.

»Ich will mit dir über Alexander reden.«

Geirmund Bakken lächelte dümmlich.

»Ah … Ein feiner Junge, so recht nach meinem Herzen. Engagiert, aufopfernd und fügsam wie eine Hündin.«

Wut schoss in Viljar hoch. Er ballte die Fäuste. Bakken anzugreifen würde zu nichts Gutem führen, aber der Kerl war in seinem Element. Grinste und machte sich wichtig. Bohrte Viljar den Zeigefinger in die Brust.

»Oooooh … Du Ärmster! Bist du jetzt verletzt? Hat da jemand was Gemeines über deinen strunzdummen Sohn gesagt? Über den sich alle lustig machen, sobald er ihnen den Rücken zudreht?«

Viljar biss die Zähne zusammen. Atmete schwer durch die Nase. Natürlich wollte Geirmund Bakken ihn provozieren.

»Halt die Schnauze! Du brauchst Alex nicht durch den Dreck zu ziehen, um mich auf die Palme zu bringen. Das schaffst du schon, weil du einfach du selbst bist. Wir sind keine dreizehn mehr, Bakken. Wir können wie Erwachsene miteinander reden, wir müssen nicht auf dem Schulhof stehen und unsere Schwänze vergleichen.«

Bakken schnaufte. Die Worte perlten an ihm ab.

»Du willst die Wahrheit wissen, ist es nicht so? Wieso Papas kleiner Sonnenschein die Negerfotze ordentlich durchfickt und sie anschließend umbringt? Bist du sicher, dass du die Wahrheit erträgst, Gudmundsson? Ist dein Gutmenschenhirn bereit für die Wahrheit?«

Viljar schmeckte Galle auf der Zunge. In seinem Kopf rauschte es. Wenn dieses verdammte Nazischwein nicht sofort die Fresse hielt, würde er sie ihm polieren. Härter, als er je einem Menschen die Fresse poliert hatte. Er wich einige Schritte zurück. Sinnlos, diesen Clown zur Vernunft bringen zu wollen. Gleichzeitig war da etwas in ihm, das ihn daran hinderte, einfach wegzugehen. Geirmund Bakken wusste etwas.

»Ja, da ziehst du den Schwanz ein, was? Hast Schiss vor der Wahrheit. Aber weißt du was? Ich sage sie dir trotzdem.«

Geirmund Bakken machte eine dramatische Kunstpause. Viljar hatte es satt, sich zurückzuhalten. Am liebsten hätte er ihm den Mittelfinger gezeigt und wäre gegangen.

»Nicht wir waren es, die ihn aufgesammelt haben. Alexander ist von selbst zu uns gekommen. Er ist ein perverser kleiner Teufel, wusstest du das? Hat er dir von seinen Träumen erzählt, in denen er Negermädchen aufschneidet und tötet? Wie es ihn erregt, wenn sie vor Schmerz schrei…«

Weiter kam er nicht, weil Viljar ihn mit voller Wucht rammte. Brüllend warf er sich auf ihn, und beide knallten gegen die Hauswand. Viljar hatte im Dunkeln den Abstand falsch abgeschätzt. Er hatte gedacht, die Mauer sei viel weiter entfernt. Geirmund Bakkens Hinterkopf wurde gegen die Mauer geschleudert, und Viljar hörte das unverkennbare Geräusch von zerbrechenden Knochen auf Beton.

Alles, was Bakken noch von sich gab, war ein kehliges Röcheln. Plötzlich trat ein ferner, verwirrter Ausdruck in seine Augen. Viljar ließ ihn sofort los und begriff, dass er sich mit größerer Wucht als beabsichtigt auf ihn geworfen hatte. Geirmund Bakkens Augäpfel rollten nach hinten, und er rutschte zu Boden. Ein breiter Streifen Blut verlief senkrecht von der Stelle, wo der Kopf gegen die Wand geknallt war, zu dem Bündel Mensch auf dem Asphalt.

Viljar trat ein paar Schritte zurück. Ihm drehte sich der Magen um.

Großer Gott… Was habe ich getan?

Lillesund-Schule, Haugesund
Nacht zu Mittwoch, 4. März

In drei Sekunden kann das Leben vorbei sein. Ein Augenblick Gedankenlosigkeit. Bruchteile von Sekunden außer Kontrolle. Viljar Ravn Gudmundsson starrte auf seine Hände. Er zitterte am ganzen Körper und fror, als hätte er hohes Fieber.

Es war kein Puls bei Geirmund Bakken zu spüren, als Viljar es nachprüfte. Er bewegte sich nicht. Atmete nicht. Viljar begriff, dass er sofort den Rettungswagen rufen, mit der Wiederbelebung beginnen, versuchen müsste, Bakken zurückzuholen. Aber er rührte sich nicht. Er meinte beinahe, den Tod riechen zu können, und stand einfach da und betrachtete den Körper zu seinen Füßen. Das Gehirn wollte nicht gehorchen, und das Telefon lag in seiner schlaffen Hand.

Das Unwirkliche der Situation gab seiner Panik Nahrung. Viljar bekam nicht genug Luft, obwohl er hyperventilierte. Wie oft er die heftigen Schmerzen gespürt hatte, die von seiner Brust ausstrahlten, zählte er schon lange nicht mehr. Trotzdem empfand er jedes Mal wieder die gleiche Angst. Glaubte felsenfest, dass er diesmal einen Herzinfarkt bekam. Rationale Gedanken verflüchtigten sich wie Schönwetter im April, und kein Mensch auf der Welt hätte ihn überzeugen können, dass er nicht in Lebensgefahr schwebte.

Die Minuten vergingen, während Viljar dastand. Apathisch. Tatenlos. Handlungsunfähig. Nichts passierte. Niemand war zu sehen. Keine Geräusche zu hören, außer dem Summen von sporadischem Verkehr in der Karmsundgata. Keine Sirenen. Er drehte sich um. Im Schatten der hohen Mauern blieben alle Todsünden verborgen.

Dirty deeds – Done dirt cheap …

Er wusste, dass es zu spät war. Massives Trauma des Schädelknochens. Akute Gehirnblutung. Geirmund Bakken war tot, noch ehe er auf dem Asphalt auftraf.

Viljar versuchte, es zu verdrängen. Suchte nach einem Notausgang. Einem Ausweg aus dem Schlamassel. Er konnte nicht so tun, als sei nichts passiert. Konnte sich nicht davonstehlen und hoffen, dass ihn niemand gesehen hatte. So etwas taten verantwortungsbewusste Menschen nicht. Weglaufen ist ein Urinstinkt, wenn man in Not ist, aber der Mensch besitzt die Fähigkeit, seine Instinkte zu überwinden, die uns von den Tieren unterscheidet. Wir kennen den Unterschied zwischen Richtig und Falsch. Wir überlegen und wägen ab. Wir übernehmen Verantwortung für unser Handeln.

Viljar keuchte, und seine Zähne schlugen aufeinander. Eiskalter Nordwind blies geradewegs durch ihn hindurch. Das hier war schwere Körperverletzung mit Todesfolge. Sich auf Notwehr zu berufen wäre lächerlich. Die einzigen sichtbaren Verletzungen, die Viljar hatte, stammten von dem Zusammenstoß vor einigen Stunden.

Dafür muss ich ins Gefängnis. Für viele Jahre ins Gefängnis …

Er erinnerte sich mit Grausen an die wenigen Stunden, die er im letzten Oktober hinter Gittern verbracht hatte.

Wie die nackten Wände gedroht hatten ihn zu ersticken. Wie er es nur mit Mühe und Not geschafft hatte, nicht den Verstand zu verlieren. Damals war es nur für kurze Zeit gewesen. Diesmal würden es Monate und Jahre sein.

Viljar konnte nicht vor der Verantwortung weglaufen. Sich zu drücken war nie seine Art gewesen, mit Problemen umzugehen. Mit zitternden Fingern fischte er eine Zigarette aus der Packung in der Innentasche. Seine Finger hätten es nie geschafft, sich jetzt eine zu drehen. Sie hatten mehr als genug damit zu tun, die Flamme des Feuerzeugs ruhig zu halten. Er nahm ein paar tiefe Züge und blies kaum Rauch aus. Die Asche trug der Wind davon, und die Zigarette glühte grellrot. Er studierte sie einen Moment lang. Blickte auf die Leiche zu seinen Füßen und traf eine Entscheidung.

Zehn Sekunden später wurde am anderen Ende abgenommen.

»Hallo Viljar. Bist du zu Hause?«

»Nein … Noch nicht ganz. Ich … Ich stehe an der Lillesund-Schule. Du musst kommen.«

»Ich? Wieso? Ist was passiert?«

»Ja … Ich habe … Kannst du vielleicht die Polizei für mich rufen? Ich fürchte, ich habe furchtbaren Mist gebaut.«

Am anderen Ende blieb es still.

»Ich habe Geirmund Bakken getötet. Er liegt hier auf dem Schulhof.«

Lotte ließ sich lange Zeit, ehe sie antwortete. Beherrscht und nüchtern wies sie ihn an, was er tun sollte.

»Bleib, wo du bist. Fass nichts an. Lauf nicht herum. Wir sind in ein paar Minuten da.«

Die Stille danach war total. Es war, als legte die ganze Stadt eine beschützende Aura aus Lautlosigkeit über den Schulhof. Viljar ging in die Hocke. Hielt die Hände wie eine Muschel vor Nase und Mund und versuchte, seine Atmung unter Kontrolle zu bringen. Um ihn herum war ein kosmisches schwarzes Loch, das selbst den kleinsten Lichtstrahl verschlang. Um bei Verstand zu bleiben, zählte er die Sekunden, die verstrichen.

Lillesund-Schule, Haugesund
Nacht zu Mittwoch, 4. März

Nachts verwandelte der achtunddreißig Meter hohe Turm die Lillesund-Schule in ein Spukschloss. Als die Schule am 21. Februar 1920 eingeweiht wurde, staunten viele Architekten in Europa nicht schlecht. Sie waren beeindruckt von dem schönen, funktionalen Schulgebäude. Delegationen aus der ganzen Welt reisten an, um eine Vorstellung zu bekommen, wie eine moderne Schule aussehen sollte.

In der Schummerbeleuchtung um halb eins in der Nacht sah die ehrwürdige Schule eher aus wie ein Gefängnis. Ein eiskalter Nordwind zerrte an Lotte Skeisvoll. Ihre Uniformjacke war immer noch nass, und die Jacke, die Jossen ihr geliehen hatte, war nicht für lange nächtliche Touren an der Westküste gedacht. Sie zog die Schultern hoch und bog um die Ecke. Musste eine Weile suchen, bis sie Viljar entdeckte, der sich im Schulhof an die Wand gelehnt hatte. Hätte sie nicht nach ihm Ausschau gehalten, wäre sie in drei Metern Abstand an ihm vorbeigelaufen.

»Bist du allein gekommen?«

Viljar zitterte, und ihr traten die Tränen in die Augen, als er sie unbeholfen umarmte.

»Die anderen sind unterwegs, sie müssen jeden Moment hier sein. Ich bin so schnell gelaufen, wie ich konnte. Was zur Hölle hast du getan, Viljar?«

Er schluchzte, stammelte und brachte kaum einen klaren Satz heraus. Das klang alles ziemlich unzusammenhängend, aber Lotte konnte sich immerhin ein gewisses Bild von dem Vorfall machen.

»Du bist ein verdammter Idiot. Verstehst du? Und wenn es noch so sehr ein Unfall war. Einen Typen so an die Wand zu schmettern …«

Viljar schlug sich die Hände vors Gesicht. Sie wartete, bis er sich gefasst hatte. Sah sich die Leiche an, die vor der Wand lag, achtete aber darauf, nicht zu viel zu berühren. Das Wichtigste war jetzt, Viljar von hier wegzubringen, bevor er den Tatort noch mehr verunreinigte.

»Hier …«

Sie hielt Viljar ein Schlüsselbund hin.

»Siehst du das gelbe Haus auf der anderen Seite der Karmsundgata? Mit dem roten Dachfirst?«

Viljar legte den Kopf schräg und sah sie leicht verwundert an.

»Ja. Wieso?«

»Da wohne ich. Du gehst jetzt in meine Wohnung, machst den Kamin an und wartest dort, bis wir dich abholen. Du hast schon erzählt, was passiert ist, und mehr kannst du hier jetzt nicht tun. Wir müssen erst einmal unsere Arbeit machen.«

»Sollte ich denn nicht hier sein, wenn deine Kollegen kommen?«

Lotte rang sich ein mütterliches Lächeln ab.

»Wenn du hierbleibst, erfrierst du noch, und was wir in dieser Stadt ganz sicher nicht brauchen, sind noch mehr Leichen. Ich habe nicht den Eindruck, dass du dich aus dem Staub machen wirst, also kannst du ebenso gut drüben im Warmen auf uns warten, und wir können ungestört unsere Arbeit machen. Okay?«

Viljar nahm die Schlüssel entgegen und ging mit gesenktem Kopf auf die Unterführung an der Karmsundgata zu. Lotte atmete erleichtert auf. Sie hatte erwartet, dass er sich widersetzen würde.

Als Viljar in der Dunkelheit verschwunden war, sah Lotte sich erst einmal um. Ihr Herz hämmerte. Sie stützte sich an der Wand ab. Ihr Entschluss hatte so einfach gewirkt, als sie von der Lillesund Terrasse zu ihrem Auto gelaufen war, das vor der Polizeistation parkte. Sie wollte sich zuerst den Tatort ansehen. Hören, was Viljar getan hatte. Sich einen Überblick verschaffen. Obwohl die Chance mikroskopisch klein war, Viljar aus seiner verfahrenen Lage zu retten, hatte sie Vorsichtsmaßnahmen getroffen. Sie hatte aufmerksam die Umgebung beobachtet, das Auto ein Stück von der Schule entfernt abgestellt, hatte das Licht der Straßenlaternen gemieden. Die Straßen waren menschenleer und die Fenster der Häuser dunkel.

Vermutlich hatte niemand die Auseinandersetzung auf dem Schulhof mitbekommen. Die Ecke, in der die beiden sich gestritten hatten, war vor Einblicken geschützt. Möglicherweise hatte jemand etwas gehört, aber Viljar hatte keinen Menschen gesehen, seit er an der Schule auf Geirmund Bakken getroffen war.

Sie würde den Vorfall sofort bei der Einsatzzentrale melden, falls die Gefahr bestand, dass sie oder Viljar an der Schule gesehen worden waren. Denn auch hinter dunklen Fenstern konnten neugierige Augen lauern, aber die gesamte Gegend wirkte ruhig, leer und still. Wenn sie den Vorfall jetzt meldete, hätte sie noch genügend Zeit, Viljar zu holen und die ganze Routine in Gang zu setzen, wie es ihre Pflicht war. Aber sie zögerte …

Ihr ganzes Berufsleben lang war Lotte eine Polizistin wie aus dem Lehrbuch gewesen. Hatte jeden kleinsten Paragraphen auf Punkt und Komma befolgt. Niemals zögern. Niemals schludrig sein. Immer das Reglement beachten. Jetzt das Samenkorn zum Sprießen zu bringen, das in ihrem Gehirn keimte, war eigentlich undenkbar. Es stellte einen Bruch mit allem dar, woran sie so viele Jahre lang geglaubt hatte.

Bis heute Abend. Bis sie vor der versammelten Presse lächerlich gemacht und gedemütigt worden war. Bis man sie mitten in einer Ermittlung degradiert und abserviert hatte. Nicht vertrauenswürdig. Nicht diensttauglich. Niemals zuvor hatte sie sich so mit Füßen getreten, so in die Ecke gestellt gefühlt. Nach alldem war ihre Karriere als Kommissarin sowieso beendet. So war das bei der Polizei. Nach dem Desaster im Maestro-Fall hatte sie mit knapper Not noch einmal eine Chance bekommen. Vor allem aus Mitleid, wie ihr im Nachhinein klar geworden war. Jetzt war es mit der Geduld ihrer Vorgesetzten vorbei.

Schwache Ergebnisse. Schwache Personalführung. Verminderte Einschätzungsfähigkeit. Verminderte Tatkraft. Vermindertes Urteilsvermögen. Ein Führungsmodell, bei dem sie in allen fünf Punkten versagt hatte. Als der Mord vor drei Tagen geschehen war, hatte sie gedacht, sie hätte eine reelle Chance, den Eindruck wettzumachen, aber das war vergebene Liebesmüh gewesen. Da hatte man sie bereits kaltgestellt. Während der Pressekonferenz war es nur an die große Glocke gehängt worden.

Die Gefühle brodelten unter der Oberfläche. Die Bitterkeit, wenn sie an ihre Dienststelle dachte. Die Niederlage. Der Kummer. Die Demütigung. Der Einzige, der ihr in den letzten Monaten beigestanden hatte, war Viljar gewesen. Fügte sie sich dem Willen der Polizeiführung, ginge ihr der letzte Streifen Licht verloren, den es in ihrem Leben noch gab. Sie hatte nur noch einen grünen Ast an ihrem Lebensbaum und musste eine Wahl treffen. Sollte sie den Ast absägen oder ihn schützen? Letzten Endes ging es um Selbstverteidigung. Um einen verzweifelten Versuch der Selbsterhaltung, jetzt, da alles andere in Schutt und Asche lag.

Konzentriert und sorgfältig verrichtete sie ihre Arbeit im Dunkel der Nacht. Sie musste sich beeilen, damit die postmortalen Veränderungen in dem toten Körper nicht dazu führten, dass sich Leichenflecken bildeten, bevor sie fertig war. Sie wusste, welche Spuren sie beseitigen musste. Alles musste völlig normal aussehen, wenn die Schulkinder am Morgen eintrafen. Sie hatte alles, was sie brauchte, im Auto. Packte die Leiche in einen stabilen Plastiksack und dankte den höheren Mächten dafür, dass Geirmund Bakken ein schmächtiger, kleiner Mann gewesen war. Dennoch war es echte Knochenarbeit, ihn zum Bogengang an der Bjørgvingata zu schleifen. Sie tat es in mehreren kleinen Etappen. Hob ihn hoch und legte ihn in den Kofferraum. Das dauerte nicht mehr als zwanzig Sekunden, aber im Grunde waren es zwanzig Sekunden zu viel. Wenn nur ein einziger Bewohner aus einem Fenster auf der anderen Straßenseite schaute, würde er sofort misstrauisch werden. Ihr roter Mazda stand da wie auf dem Präsentierteller. Aber hier, in der Umgebung der Lillesund-Schule, würde man die Anwohner nicht danach fragen, ob sie etwas Ungewöhnliches beobachtet hatten.

Mit dem Wasser aus den Regenpfützen und einer kleinen Bürste schrubbte sie die letzten Blutspuren von der Mauer. Sie betrachtete ihr Werk. Nichts deutete auf kriminelle Handlungen auf dem nächtlichen Schulhof hin. Wenn die Schüler am Morgen mit ihren Ranzen hereinströmten, würde niemand verwundert die Augenbrauen heben. Gegen die Wand, an der Geirmund Bakken seiner Nemesis begegnet war, würden Mädchen ihre Flummibälle werfen. Auf dem Asphalt, über den Lotte Stunden zuvor die Leiche gezogen hatte, würden kleine Fußballerfüße eifrig dribbeln oder Erstklässler auf wackligen Beinen Hinkepott spielen. Ohne UV-Brille würde nie jemand die Blutspuren finden, die auf ein nächtliches Verbrechen hinwiesen.

Zehn Minuten später war Lotte Skeisvoll für den nächsten Tatort gerüstet. Jetzt im weißen Anzug der Kriminaltechniker, mit Clogs, Einmalhandschuhen und Mundschutz. Eine andere Mauer auf einem anderen Schulhof. Genauso geschützt vor Blicken von Anwohnern und nächtlichen Passanten. Sie musste den Toten tragen. Åses Team durfte nicht allzu schnell entdecken, dass er dort im Nachhinein abgelegt worden war. Zum Glück konnte sie mit dem Auto fast bis zu der Stelle zurücksetzen, und es waren nur fünf Meter. Das Blut, das aus Bakkens Kopf ausgetreten war, als er getötet wurde, hatte sie sorgfältig in einen kleinen Plastikbecher geschabt, den sie in ihrem Auto gefunden hatte. Sie tat etwas davon auf seinen Hinterkopf. Mit letzter Kraft richtete sie den Toten an der Wand auf, schlug seinen Kopf gegen die Mauer und ließ ihn dann vorsichtig auf den Asphalt sinken.

Zufrieden betrachtete sie das Ergebnis. Der Blutstreifen an der Wand sah ungefähr so aus wie der an der Lillesund-Schule. Der Körper lag in derselben Position, wie sie ihn gefunden hatte. Sie hob seinen Kopf leicht an und verteilte das restliche Blut auf dem Asphalt. Bei jedem Geräusch sah sie sich nervös um. Sie hatte das Gefühl, in dem weißen Overall weithin sichtbar zu sein, aber das war Unsinn. Warum sollte jemand zu dieser Nachtzeit einen Blick auf den Schulhof des Breidablik-Unterrichtszentrums werfen?

Das Einzige, was sie nicht im Wagen hatte, war eine Leine oder Schnur. Das heißt… Sie hatte eine Schnur, aber die wäre leicht als Schnur zu identifizieren, wie sie die Polizei benutzte. Papier und Filzstift lagen jedoch wie immer im Handschuhfach. Sie nahm beides heraus, wählte ein Blatt aus der Mitte des Blocks, das sie garantiert noch nicht mit den Fingern berührt hatte, und schrieb mit betont ungelenken Großbuchstaben SCHEISS NAZI darauf. Das Blatt steckte sie vorsichtig unter Geirmund Bakkens rechten Arm.

Auf den ersten Blick würde man zu dem Schluss kommen, dass Bakken an dieser Stelle getötet worden war. Es war der Ort, an dem man Yusuf Samfari umgebracht hatte, und daher von starker Symbolkraft. Fast ein bisschen theatralisch. Diese Stelle hätte ein Amateur gewählt. Lotte machte sich das zunutze, was bereits durch verschiedene undichte Stellen bei der Polizei an die Medien durchgesickert war. Julie Moksheim hatte in ihrer Reportage in der Dienstagsausgabe von *Haugesunds Avis* den genauen Fundort von Yusuf, seine Verletzungen und den Zettel um seinen Hals beschrieben.

Lotte zog die Schutzkleidung aus und packte alles, was sie in den vergangenen Stunden benutzt hatte, in den Plastiksack, in dem sie die Leiche transportiert hatte. Sie wusste genau, wo sie ihn wegwerfen musste, damit die Flammen der Verbrennungsanlage in Årabrot ihn vernichtet haben würden, bevor der Morgen über der Stadt heraufdämmerte.

Mit ausgeschalteten Scheinwerfern rollte sie vom Parkplatz. Hielt einen Moment an, damit ihr Puls sich beruhigte, bevor sie Kurs auf das Rathaus nahm.

Karmsundgata, Haugesund
Nacht zu Mittwoch, 4. März

Viljar konnte nicht begreifen, wieso das so lange dauerte. Immer wieder war er zum großen Wohnzimmerfenster gegangen, aber man konnte die Lillesund-Schule kaum einsehen. Die ganze Umgebung lag in Dunkel gehüllt.

Lotte wohnte in einem zweistöckigen Holzhaus, vermutlich Ende der Vierziger-, Anfang der Fünfzigerjahre gebaut. Von außen sah es heruntergekommen und morsch aus, aber als er die Eingangstür aufschloss, hatte er das Gefühl, als würde er in ein neues Designerhaus direkt aus dem Einrichtungskatalog treten.

Die Bilder im Wohnzimmer, im Flur und im Schlafzimmer hatten die gleichen Rahmen und Passepartouts, und alle waren vom selben Künstler signiert. Knut André Vikshåland ... Der Name kam ihm vage bekannt vor, war er nicht aus Haugesund? Die Gemälde hatten etwas Beunruhigendes an sich. Er blieb lange vor den beiden stehen, die im Wohnzimmer hingen. Ein kleines Mädchen im weißen Nachthemd stand auf einem Stuhl, den Blick gesenkt, in einer Hand einen Apfel und in der anderen eine Pistole. Das zweite Bild war etwas größer und zeigte wieder ein junges Mädchen im weißen Nachthemd, aber diesmal auf einem Kissen sitzend. Auch hier mit einem Apfel in der Hand, und hinter ihr stand ein großer Engel mit ausgebreiteten Flügeln und einem Säbel in der Faust.

Viljar sank in einen Ledersessel. Ihm war kalt, obwohl die Holzscheite im Kamin glühten. Er war müde, aber hellwach. Erschöpft, aber rastlos. Immer wieder wanderte er von Zimmer zu Zimmer. Trat hinaus auf den Balkon und rauchte. Beobachtete lärmende Jugendliche auf der Karmsundgata. Versuchte zu hören, ob sich drüben an der Schule etwas tat. Das Warten war das Schlimmste. Aber er hatte klare Anweisung erhalten. Er sollte hier ausharren, bis Lotte ihn holte.

Erst nach zwei Stunden hörte er, wie unten die Tür aufging. Sofort erhob er sich aus dem Sessel, stellte sich in die Mitte des Zimmers und wartete regungslos.

Als Lotte die Treppe zum Wohnzimmer hochkam, sah Viljar sie verwundert an. Etwas war passiert. Sie wirkte vollkommen erledigt. Schleppte sich die letzten Stufen hinauf. Er wurde auf einmal sehr unsicher, wie er sich ihr gegenüber verhalten sollte. Er hatte erwartet, dass noch mehr Leute kamen, konnte aber niemanden unten im Flur hören. Lotte sagte nichts. Ging geradewegs an ihm vorbei in die Küche, öffnete den Kühlschrank, nahm eine Flasche Rotwein heraus und holte zwei Gläser.

»Was zum Teufel ist los, Lotte?«

Viljar betrat die Küche. Blickte noch einmal zurück, um sich zu vergewissern, dass niemand mehr die Treppe heraufkam.

»Wolltest du mich nicht abholen und zur Schule bringen? Zu deinen Kollegen?«

Lotte antwortete nicht. Sie war mit dem Korkenzieher beschäftigt. Ruhig drehte sie ihn in den Korken. Gab Viljar mit einer Handbewegung zu verstehen, dass er sich auf das Sofa setzen solle. Er ignorierte es und blieb vor ihr stehen. Irgendetwas stimmte nicht. Als er keine Anstalten machte, ins Wohnzimmer zu gehen, öffnete sie zum ersten Mal den Mund. Sie klang beherrscht und bestimmt.

»Setz dich, Viljar. Wir müssen reden.«

Sie ging zum Sofa und stellte die beiden Weingläser etwa fünf Zentimeter vom Rand entfernt auf den Tisch. Viljar wäre jede Wette eingegangen, dass der Abstand zwischen Glas und Tischecke bei beiden Gläsern genau gleich war. Er trottete hinterher. Verstand nicht, was sie vorhatte, doch wahrscheinlich würde er eine Erklärung bekommen, wenn er tat, was sie sagte.

Lotte schenkte Wein ein. Deutlich mehr als die obligatorischen zwei Fingerbreit, aber in jedes Glas genau gleich viel. Sie hob ihr Glas zu einem stummen Toast. Viljar zögerte.

»Lotte, ernsthaft… Ich kann ja wohl jetzt keinen Alkohol trinken? Ich muss doch zur Vernehmung.«

Sie schüttelte den Kopf. Stieß an sein Glas.

»Verschoben. Trink!«

Viljar saß auf der äußersten Sofakante. Er bemühte sich, das Weinglas am Stiel zu halten, wie es sich gehörte, aber seine Finger waren so taub, dass er es schließlich in beide Hände nahm. Der Wein schmeckte widerlich süß. In Viljars Welt konnte man Rotwein zur Not zum Essen trinken, aber auch dann sollte reichlich Wasser bereitstehen, um den Nachgeschmack wegzuspülen.

»Es wird keine Vernehmung geben, Viljar.«

Er hatte pflichtschuldig ein wenig von dem Wein getrunken, um es ihr recht zu machen. Jetzt kippte er den Rest mit einem einzigen großen Schluck hinunter.

»Was meinst du damit? Heute Nacht nicht? Aber dann morgen, oder …?«

»Überhaupt nicht.«

Sie sagte das mit einem Enthusiasmus, als würde sie den Speiseplan der Polizeikantine vorlesen. Viljar schwieg, er suchte nach einer vernünftigen Erklärung, fand aber keine.

»Nachdem du gegangen warst, habe ich dafür gesorgt, dass Geirmund Bakken an einen geeigneteren Ort umzieht. Ich habe alle Spuren auf dem Schulhof beseitigt und die Leiche an einen neuen Tatort gebracht, der nicht mit deinem Bewegungsprofil heute Abend in Verbindung steht.«

Viljar fiel die Kinnlade herunter. Es dauerte eine Weile, bis sein Schrumpfhirn den Inhalt ihrer Worte verarbeitet hatte.

»Du wirst morgen im Laufe des Tages von Polizeiermittlern kontaktiert werden, da du heute Vormittag eine unerfreuliche Begegnung mit Geirmund Bakken hattest, aber die Polizei weiß nichts von dem Vorfall heute Nacht. Das darf sie auch niemals erfahren, also halte gefälligst den Mund, und lass dir nichts anmerken. Hast du verstanden?«

»Was zum Teufel erzählst du da, Lotte? Du bist doch die Polizei! Was hast du getan?«

Wenn am frühen Abend Chaos in Viljars Kopf geherrscht hatte, dann spielte sich darin jetzt ein somalischer Bürgerkrieg ab. Das war mehr, als er verarbeiten konnte.

»Das, was ich gesagt habe. Ich habe sämtliche Regeln im Polizeihandbuch gebrochen, und wenn du fällst, falle ich mit. Die Beweise sind beseitigt. Die Leiche habe ich weggebracht. Meine Kollegen werden diesen Todesfall vermutlich nie aufklären, aber wenn doch, bist du nicht der Einzige, der erledigt ist. Ich bin es dann auch.«

Viljar schluckte schwer. Versuchte, sich zu beruhigen, ohne Erfolg. Er leerte das Glas, das Lotte wieder gefüllt hatte, in einem Zug. Schenkte sich erneut ein und nahm abermals einen großen Schluck. Lotte hatte ihm die Möglichkeit genommen, für seine Tat geradezustehen. Sie meinte sicher, er müsse ihr dafür ewig dankbar sein, aber was er fühlte, war das genaue Gegenteil. Er war wütend. Sie musste vollkommen den Verstand verloren haben.

Selbstverständlich finden sie es heraus. Das tun sie immer…

»Verdammt noch mal, Lotte! Dafür wandern wir in den Knast. Das muss dir doch klar sein?«

Lotte seufzte und folgte Viljars Beispiel. Trank ihren Wein aus und füllte ihr Glas nach.

»Es gab keine andere Alternative, Viljar. Kein Mensch hätte dir deine Geschichte abgekauft. Mittags wirst du von Bakken vermöbelt, Stunden später begegnest du ihm ›zufällig‹ allein in der Dunkelheit, und kurz darauf ist Bakken tot. Niemand würde dir glauben, dass es Notwehr oder ein Unfall war. Das stinkt meilenweit gegen den Wind nach vorsätzlicher Tötung. Wir reden hier von etlichen Jahren Gefängnis.«

Sie machte eine kleine Pause. Drehte die Untersetzer unter den Weingläsern so, dass sie ein symmetrisches Muster ergaben.

»Falls du den Mund hältst, wenn sie morgen zu dir

kommen und dich ausfragen, werden sie dich nicht verdächtigen. Das sind Routinefragen. Sie werden wissen wollen, wo du zur fraglichen Zeit warst.«

»Aha, und was soll ich dann bitte antworten? Ich kann nicht vorgeben, dass ich zu Hause war, denn in meinem Aufgang wohnt eine Nachbarin, die sogar mitkriegt, wer sich vor dem Zubettgehen die Zähne putzt und wer nicht, weil sie nämlich an den Wasserrohren lauscht. Und anschließend notiert sie sich das in ihrem Kalender.«

Lotte musste lächeln. Sie hatte Viljars Nachbarin während der Maestro-Sache kennengelernt und wusste, dass er nicht übertrieb.

»Nein. Du musst nicht lügen. Sag ihnen, dass du hier warst. Hier bei mir.«

Viljar drehte sich zu ihr um. Konnte nicht glauben, dass sie das ernst meinte.

»Das kauft mir doch keiner ab, Lotte. Das ist idiotisch.«

Sie wirkte müde und resigniert, bat ihn aber, sein Handy rauszuholen und die SMS zu lesen, die sie ihm früher am Abend geschickt hatte. Die verhängnisvolle SMS, die ihn an Geirmund Bakken verraten hatte.

»Weißt du nicht mehr, was ich dir geschrieben habe?«

Viljar schüttelte den Kopf. Er hatte die Nachricht gar nicht geöffnet. Er holte sein Handy heraus. Die SMS war um 00.15 Uhr abgeschickt worden:

Kannst du zu mir kommen, bevor du nach Hause gehst? Karmsundgata 132 C. Ich muss etwas mit dir besprechen. Warte auf mich, falls ich nicht vor dir da sein sollte. Ich fahre jeden Moment los.

»Ja … Und das hast du getan. Hast ein paar Minuten

gewartet, bis ich gekommen bin. Wir sind reingegangen, haben eine Flasche Wein aufgemacht und die ganze Nacht geredet. Danach hatten wir Sex.«

Viljar hatte gerade das Glas angesetzt und verschluckte sich. Er hustete und trank, ehe er laut loslachte.

»Bist du verrückt? Das glauben die mir nie im Leben.«

Lotte lächelte vorsichtig. Knuffte Viljar in die Seite.

»Ach nein …? Also das nicht? Dann, mein Lieber, schläfst du heute Nacht auf dem Sofa.«

Austmanna-Wohnblocks, Haugesund
Mittwochmorgen, 4. März

»Was ist los mit dieser Stadt, Knut? Warum liegen plötzlich an allen Ecken und Enden Tote herum?«

Olav Scheldrup Hansen kickte einen Stein weg, während er darauf wartete, dass sich der lange Polizeikollege aus dem Dienstwagen schälte. Es war erst halb zehn, aber der Arbeitstag hatte schon vor einer gefühlten Ewigkeit begonnen. Um halb sieben war erneut ein Mord an der Breidablik-Schule gemeldet worden, und von da an war es Schlag auf Schlag gegangen.

Sie hatten den Anführer des Norwegischen Widerstands identifiziert, und die Ähnlichkeiten mit dem Yusuf-Mord am Sonntagabend waren eindeutig. Es sah ganz nach einer Rachetat aus. Wie zur Bestätigung war der DNA-Bericht vor einer Stunde angekommen. Geirmund Bakkens DNA war in dem feuchten Portionssnus gefunden worden. Damit stand fest, dass er am Tatort gewesen war. Jetzt, etwas mehr als zwei Tage später, lag derselbe Mann am selben Ort im selben Zustand. Er war tot.

Trotzdem, irgendwas war merkwürdig. Als wäre das alles inszeniert worden, um sie in die Irre zu führen. Er war selbst einer derjenigen gewesen, die von Anfang an auf Hasskriminalität getippt hatten. Aber mit jeder neuen Wendung, die der Fall nahm, kamen ihm mehr und mehr Zweifel. Nicht zuletzt das Gespräch mit Harald Samuelsen vom PST heute früh hatte ihn ins Grübeln gebracht.

Der PST war sich seiner Sache ziemlich sicher. Mord als Methode, um politische Botschaften zu befördern, war sowohl bei den Rechtsextremisten als auch bei den Linksradikalen in Norwegen höchst ungewöhnlich. Bei den Rechtsextremisten mochte es eine kleine Fraktion geben, der so etwas zuzutrauen war, aber selbst das schien unwahrscheinlich. Was ihren politischen Gegenpol betraf, war das Bild noch eindeutiger. Die meisten extremen Linken waren überzeugte Gewaltgegner, oft Pazifisten.

Sah man einmal von dem Rassismusmotiv ab, gab es zumindest einen Faden, den sie auf jeden Fall entwirren mussten. Der neurotische Journalist Viljar Ravn Gudmundsson war gestern wieder mal über seine eigene Dummheit gestolpert und hatte sich mit Geirmund Bakken an dessen Arbeitsplatz heftig gestritten. Da Bakken in der Nacht getötet worden war, würden sie sich nun als Erstes diesen Gudmundsson vorknöpfen. Olav Scheldrup Hansen und Knut Veldetun hatten schon einmal vor dem Eingang des Wohnblocks gestanden. Damals war Großalarm ausgelöst worden, weil Viljar Ravn Gudmundsson in seiner Wohnung angegriffen und verschleppt worden war.

Sie mussten dreimal auf die Klingel drücken, bevor es endlich in der Gegensprechanlage summte. Es war nicht Gudmundsson, sondern eine Frauenstimme, die sie hereinbat, nachdem sie sich vorgestellt hatten.

»Ach, ihr schon wieder. Ich kann euch von meinem

Fenster aus sehen. Viljar ist auch diesmal nicht zu Hause. Aber kommt ruhig rauf…«

Olav merkte, wie Knut Veldetun sich verkrampfte. Es war dieselbe Frau, die ihn das letzte Mal mit ihren Blicken verschlungen hatte. Ein fast zwei Meter großer, durchtrainierter Polizist zu sein, hatte offenbar auch seine Schattenseiten. Olav lachte in sich hinein und gab dem Kollegen einen freundschaftlichen Klaps auf den Rücken, während sie die Treppe hinaufgingen.

Viljars Nachbarin hatte sich dieses Mal etwas anderes angezogen. Etwas noch Gewagteres. Das hauchdünne Etwas, das die Dame trug, die in der Türöffnung stand und auf sie wartete, konnte eigentlich nur ein Seidenneglígé sein. Die Brustwarzen zeichneten sich in dem kühlen Luftzug, der durch das Treppenhaus wehte, deutlich ab. Knut wich zurück und hätte Olav beinahe die Treppe hinuntergestoßen.

»Ja, ihr könnt gerne reinkommen.«

»Tut uns leid, aber wir sind in Eile. Wissen Sie, dass Viljar Ravn Gudmundsson nicht zu Hause ist, oder glauben Sie das nur?«

Sie warf ihm einen gekränkten Blick zu, ehe sie sich Knut zuwandte.

»Ich glaube gar nichts. Ich *weiß* es. Er hat seine Wohnung gestern Morgen verlassen und ist seitdem noch nicht wieder hier gewesen. Ich habe aufgepasst.«

»Könnte er nicht in der Nacht nach Hause gekommen sein, ohne dass Sie es gehört haben? Ganz so hellhörig sind die Wohnungen doch wohl nicht?«

»Ha! Nein, nein… So einfach lasse ich hier keine Leute rein- und rausgehen. Irgendwer muss ja ein Auge darauf haben, wo kommen wir sonst hin. Halb Nordafrika ist ja in den letzten Jahren hier in die Gegend gezogen.«

»Schlafen Sie nie?«

Die Frau blickte Olav mit beleidigter Miene an.

»Selbstverständlich tue ich das, aber es summt unten im Schloss, wenn jemand die Haustür öffnet, und ich habe mir einen so leichten Schlaf angewöhnt, dass ich jedes Mal aufwache und nachsehe, wer es ist. Ich bin ja nicht blöd. Heutzutage muss man auf der Hut sein.«

»Und letzte Nacht ist niemand gekommen?«

Wieder schüttelte sie resigniert den Kopf. Sah beinahe ein bisschen betrübt aus, wie sie da stand.

»Doch, natürlich. Haraldsen aus der Vierten ist kurz nach halb zwei gekommen, und die kleine Amundsen im Erdgeschoss hatte wohl schon wieder einen neuen Lover dabei, als sie gegen drei nach Hause torkelte. Die beiden Karnickel haben mich bis um fünf wachgehalten.«

»Aber Gudmundsson nicht?«

Sie bestätigte noch einmal, dass Viljar nicht nach Hause gekommen war. Knut und Olav verabschiedeten sich und gingen zurück zu ihrem Auto.

»Er ist nicht auf der Arbeit und nicht zu Hause. Haben Sie eine Idee, wo wir suchen sollten, Knut?«

Knut Veldetun schien nachzudenken und antwortete erst, als sie ins Auto gestiegen waren.

»Wir könnten bei Lotte Skeisvoll vorbeifahren. Sie hat ja anscheinend ganz guten Kontakt zu ihm.«

Olav zog die Augenbrauen hoch und sah Veldetun überrascht an.

»Machen Sie Witze? Glauben Sie, er ist bei ihr?«

Knut stieß ein tiefes und ein wenig künstliches Lachen aus. Die Frage schien ihn zu erheitern.

»Nein. Er ist natürlich nicht bei ihr. Lotte Skeisvoll hat kein Sexualleben. Das Einzige, was heiße Gefühle in ihr wachruft, sind mit der Wasserwaage ausgerichtete Bilder an der Wand. Aber vielleicht weiß sie, wo er ist.«

Auf der kurzen Fahrt zu Lotte Skeisvolls Haus in der Karmsundgata sprachen sie kein Wort. Auch wenn die Zusammenarbeit mit Lotte manchmal eine echte Herausforderung darstellte, war die Sache auf der gestrigen Pressekonferenz nicht gerechtfertigt gewesen. Sie zu besuchen erschien ihnen nicht gerade verlockend.

Die Überraschung war deshalb groß, als sie ihnen die Tür öffnete. Lotte Skeisvoll sah überhaupt nicht aus wie eine am Boden zerstörte Frau. Ein aufregend kurzes Nachthemd, rote Fingernägel und verwuscheltes Haar, das hatten sie nicht erwartet. Sie hatten sie offenbar aus dem Bett geholt. Lotte sagte nichts. Blickte nur von einem zum anderen. Es war gelinde gesagt ungewohnt, sie so zu sehen, und Knut brach als Erster das Schweigen.

»Morgen, Lotte. Tut mir leid, wenn wir dich geweckt haben, aber wir haben einen neuen Fall und müssten mit Viljar sprechen. Weißt du zufällig, wo er sein könnte?«

Lotte rieb sich den Schlaf aus den Augen. Machte keine Anstalten, sie hereinzubitten.

»Ja, ich weiß, wo er ist.«

Olav war erleichtert. Er hatte schon befürchtet, sie müssten den ganzen Vormittag nach dem Trottel suchen.

»Ah, das ist gut. Und wo, meinen Sie?«

»Er ist hier.«

Olav und Knut sahen sich überrascht an.

»Ach … *Hier*?«

Lotte Skeisvoll lächelte leicht. Olav meinte, einen Anflug von Rot auf den Wangen der sonst so beherrschten Ermittlerin zu erkennen.

»Wir haben eine Flasche Wein getrunken, und dann ist es ein bisschen spät geworden. Ja … Ich nehme an, ihr braucht keinen detaillierten Bericht?«

Breidablik-Unterrichtszentrum
Mittwochmorgen, 4. März

»Betrachten Sie die Todesfälle separat, Olav. Sie hängen nicht notwendigerweise so eng zusammen, wie Sie es gerne hätten.«

Åse Frugård war erschöpft. Kaum war sie fertig mit einem Tatort, kam auch schon der nächste. Zu allem Überfluss sprang Olav Scheldrup Hansen immer auf das Pferd, das gerade am nächsten stand. Sie hatten drei Morde und einen Selbstmord, die anscheinend alle miteinander zusammenhingen, aber war das so? Alle Toten waren Gäste dieser verdammten Party am Samstag gewesen, das war alles, was sie mit Sicherheit wussten.

Die wenigen Haarbüschel, die Scheldrup Hansen zu einem langweiligen Seitenscheitel zu kämmen versuchte, klebten ihm an der Stirn. Sein grauer Anzug war vom Regen durchweicht. Ob das Wetter daran schuld war, dass er andauernd übereilte Schlüsse zog? Sie wusste es nicht, aber sie konnte nichts mit einem Ermittlungsleiter anfangen, der nur auf seine eigene Stimme hörte.

»Hören Sie mir ausnahmsweise mal zu, Olav. Betrachten Sie die Todesfälle nicht als einzelligen Organismus. Wahrscheinlich hängt alles auf seltsame Art zusammen, wenn wir am Ende das Fazit ziehen, besonders seit wir eine direkte Verbindung zwischen Geirmund Bakken und dem Tod von Yusuf haben. Aber wenn Sie die Fälle lösen wollen, sollten Sie jeden Todesfall einzeln betrachten.«

Olav Scheldrup Hansen nahm die Brille ab und wischte sich über die Augen. Der Regen prasselte in die Schlammpfützen, und obwohl es seit mehreren Stunden hell war, tauchten die dunklen Wolken die Umgebung in düstere Tristesse.

»Gut. Klären Sie mich auf. Was ist anders, wenn wir uns die Morde einzeln vornehmen?«

Åse holte tief Luft. Bei den Todesfällen wiesen die Dinge in alle möglichen Richtungen. Darauf mussten sie ihr Augenmerk richten. Auf die offensichtlichen Abweichungen.

»Der erste Mord, Emilie Sand Vormedal. Raffiniert gemacht. So gut getarnt, dass wir in neunundneunzig von hundert Fällen nicht entdeckt hätten, dass es Mord war. Sie hat einige kleinere Verletzungen, aber wir wissen nicht, ob sie etwas mit ihrem Tod zu tun haben. Nur die Kratzspuren an den Armen sind frisch. Wir haben DNA des Verdächtigen am Tatort gefunden, aber auch von unzähligen anderen Partygästen. Außerdem war der Tatverdächtige in den Tagen darauf im Krankenhaus beziehungsweise im Gefängnis, und die einzige Verbindung zwischen ihm und den anderen Morden ist, dass er alle Opfer gekannt hat.«

Olav nickte.

»Der zweite Mord, an Yusuf Samfari … Extreme und übertriebene Gewalt. Vierzehn tiefe Messerstiche, neun jeweils für sich genommen tödlich. Dahinter steckt eine wahnsinnige Wut, oder sein Angreifer war in furchtbarer Panik. Der Täter ist große Risiken eingegangen. Er hätte am Tatort oder auf dem Hin- oder Rückweg von Zeugen gesehen werden können. Wegen des provisorischen Zettels um den Hals stufen wir den Mord als Hasskriminalität ein. Diese Theorie wird untermauert durch die Analyse der Snusdose, aber können wir sicher sein, dass es sich so verhält? Was ist mit seiner Familie? Freunden? Freundinnen? Sie sind kaum befragt worden. Wir wissen fast nichts über Yusufs Leben.«

Der Ermittlungsleiter verschränkte die Arme. Er wollte gerade etwas sagen, vermutlich widersprechen, als Åse fortfuhr:

»Verstehen Sie das nicht als Vorwurf, Olav. Im Fall Yusuf haben wir alle einen Tunnelblick gehabt. Der dritte Todesfall ist zweifellos ein Suizid, aber das Video, das der Junge besaß, zeigt, dass er Dinge wusste, die er nicht hätte wissen dürfen. War er in etwas hineingezogen worden, aus dem er nicht wieder herauskam? Haben wir gründlich genug mit den Eltern gesprochen? Mit anderen Freunden? Haben wir überprüft, wo John sich während der Party aufgehalten hat, in der Nacht, als Emilie getötet wurde? Ein Abschiedsbrief ist noch kein Alibi. Haben wir darüber hinaus noch etwas unternommen, außer den Brief zu lesen, den Tatort und sein Zimmer zu untersuchen und seine Eltern zu informieren?«

»Wissen Sie was, Åse? Das hier artet langsam in Kritik aus, wenn Sie mich fragen.«

Åse seufzte. Blickte an den Polizeiabsperrungen vorbei. Auf der anderen Straßenseite betraten einige Beamte die Häuser, andere kamen wieder heraus. Alle Wohnungen hatten Fenster zur Grünanlage und zur Breidablik-Schule. Die Hoffnung war, dass jemand vielleicht in der vergangenen Nacht etwas gesehen hatte. Sie ignorierte Scheldrup Hansens Bemerkung.

»Das letzte Tötungsdelikt… Das unterscheidet sich noch einmal von den anderen. Hier wurde überhaupt keine übertriebene Gewalt angewendet. Der Kopf ist gegen die Wand geschlagen, was bei Geirmund Bakken allem Anschein nach zu einem tödlichen Gehirntrauma geführt hat. Keine weiteren Verletzungen. Keine Anzeichen eines Kampfes. Wissen Sie, wie die Chancen stehen, einen Menschen auf diese Weise umzubringen?«

Olav ging zu der Mauer, an der sie Geirmund Bakken heute früh gefunden hatten. Die Leiche war auf dem Weg zur Obduktion. Er betrachtete den Streifen Blut, der immer noch an der gelben Wand sichtbar war. Die Überdachung hatte verhindert, dass der Regen alle Spuren auslöschte.

»Ich habe die Zahl nicht im Kopf, Åse. Aber es ist wohl eher unwahrscheinlich, dass ein Mensch an einer solchen Verletzung stirbt.«

Åse stellte sich neben ihn und vermied es, zu nah an die Stelle heranzutreten, an der der Tote gelegen hatte.

»Richtig. Es kommt natürlich immer darauf an, wie viel Kraft aufgewendet wird, aber in neunzig Prozent aller Fälle wäre das Opfer schlimmstenfalls ohnmächtig geworden und hätte sich eine ordentliche Gehirnerschütterung zugezogen. Wenn Bakken mit Absicht umgebracht wurde… Warum dann eine Tötungsmethode wählen, die so unsicher ist? Die Chance, dass Bakken stirbt, war minimal. Im Gegensatz zu dem Mord an Yusuf scheint mir das hier nicht vorsätzlich zu sein.«

»So… Was versuchen Sie mir eigentlich zu sagen, Åse?«

»Die Tötungsmethoden sind völlig unterschiedlich. Nichts deutet darauf hin, dass es derselbe Täter war. Aber … An mehreren Punkten hängen sie alle mit dem ersten Mord zusammen. Haben Sie von der Theorie der ›Katalysatormorde‹ gehört?«

Olav Scheldrup Hansen sah sie verwundert an.

»Nun, eigentlich ist es keine Theorie. Der Begriff wurde vor einigen Jahren in einem Kriminalroman von Hans Olav Lahlum eingeführt. Er bedeutet, dass ein Mord weitere Morde nach sich zieht. Er wirkt wie ein Katalysator und setzt einen Prozess in Gang.«

Deutlich verärgert winkte Olav ab.

»Ich weiß, was ein Katalysator ist, Åse. Zum Donnerwetter! Das hier ist kein Kriminalroman, oder? Und was Sie sagen, stimmt doch mit dem überein, was ich schon die ganze Zeit gesagt habe. Das hängt alles eng zusammen. Sie widersprechen sich selbst.«

»Und genau da irren Sie sich, Olav. Das muss es nicht. Der Mord an Emilie kann der Katalysator für eine Reihe von Ereignissen sein, die mit dem, was passiert ist, nur lose zusammenhängen. Es ist nicht gesagt, dass eine große, finstere Verschwörung hinter alldem steht.«

Sie hatte Olav den Wind aus den Segeln genommen. Er sah sie finster an.

»Ich dachte, Sie sind Kriminaltechnikerin, Frugård. Nicht Ermittlerin. Oder haben Sie in der letzten Zeit einen Fernkurs belegt?«

Sie wollte antworten, wurde aber von Knut Veldetun unterbrochen, der zu ihnen kam. Er zeigte auf eine ältere Dame in einem knöchellangen, hellblauen Mantel, die vor der Polizeiabsperrung stand.

»Kommen Sie mit, Olav. Wir haben eine Augenzeugin, die letzte Nacht hier etwas bemerkt hat. Ich glaube, Sie sollten mit ihr reden.«

Polizeistation Haugesund
Mittwochvormittag, 4. März

Åse Frugård öffnete das Bürofenster einen Spalt. Sie hatte ihre Tür abgeschlossen und war allein. Wenn sie sich auf einen kleinen Fußschemel stellte, reichte es gerade aus, um am Fenster eine rauchen zu können. Sie zog gierig an der Zigarette und achtete darauf, jede noch so kleine Nikotinwolke durch den Spalt zu blasen. Die Zigarette hielt sie aus dem Fenster.

Von allen idiotischen Gesetzen, mit denen dieser Staat seine Bürger bevormundete, war das Rauchverbot mit Abstand das idiotischste.

Ihr täglicher Bedarf lag bei dreißig Camel, da schadete es doch niemandem, wenn sie ein paar in ihrem eigenen Büro rauchte. Zu ihr kam ja keiner. Nicht mal die Putzkolonne durfte rein. Trotzdem hatte der Polizeidirektor sie wiederholt verwarnt. Das Gesetz galt auch für sie, obwohl von ihr keine Gesundheitsgefährdung für andere ausging, außer für sie selbst. Sie hatte mit Kündigung gedroht, und als Kompromiss war ein kleines Kabuff mit Fenster zum Smedasund herausgekommen, mit der strikten Anweisung, ihre Glimmstängel aus dem Fenster zu halten, wenn sie sich denn unbedingt umbringen wollte.

Åse spürte einen leichten Krampf in den Beinen, während sie auf Zehenspitzen auf dem Schemel stand. Sie konnte sich nicht erinnern, wann sie zuletzt so bedrückt gewesen war. Ein Mord war immer eine anstrengende Sache, aber gleich vier Todesfälle in vier Tagen kamen einer Überdosis gleich, selbst für sie. Normalerweise konnte sie auf Distanz gehen, Indizien und Spuren ganz nüchtern betrachten, aber diesmal gelang ihr das nicht. Drei Jugendliche aus dem Leben gerissen, und jetzt schon wieder ein Mord. Im Gegensatz zu den anderen war dieser hier leichter zu akzeptieren. Angesichts der Entwicklung empfand sie ihn fast als Befreiung. Geirmund Bakken hatte die ganze Stadt mit seinem Gedankengut zugemüllt. Er würde niemandem fehlen.

Åse Frugård schnippte die Kippe aus dem Fenster und kehrte zurück an ihren Rechner. Sie hatte sich endlich Zugang zu Emilie Sand Vormedals privatem Messenger-Account verschafft. Der Inhalt verstörte sie. Was Alexander gestern Lotte erzählt hatte, stimmte. Das Mädchen war ein Opfer gewesen, lange bevor sie umgebracht worden war. Das Video von der Vergewaltigung hatte sie vor drei Wochen von ihrem eigenen Rechner an Alexander geschickt, und obwohl es in den Mails nicht direkt gesagt wurde, deutete das meiste darauf hin, dass Alexanders Version der Geschichte stimmte.

Die ursprüngliche Videodatei hatte man zwei Monate zuvor von einem Speicherstick hochgeladen. Wenn man John Halvorsens Abschiedsbrief Glauben schenkte, war er es gewesen, der ihr den Stick gegeben hatte. Die Drohung, einen Racheporno zu veröffentlichen, falls sie den Übergriff anzeigte, war dagegen nirgends zu finden. Weder auf ihrem Handy noch auf dem PC und auch nicht auf ihren Accounts in den sozialen Medien. Sie musste sie mündlich erhalten haben. Auf dem Rechner und auf dem Handy war jedenfalls nichts von Bedeutung gelöscht worden.

Ihre Chats waren auch keine angenehme Lektüre. Verleumdung, Gerüchte und bösartiger Klatsch. Sie hatte viel aushalten müssen, und gegen das meiste, was die Leute über sie verbreiteten, war es fast unmöglich, sich zu wehren.

Nur ein einziges Mal hatte Åse das Gefühl, einen Menschen entdeckt zu haben, der sich etwas aus dem Mädchen machte. Alexander. Nichts in den Chats entsprach dem Feindbild, das die Partygäste von ihm gezeichnet hatten. Im Gegenteil, er schien ihr einziger Freund gewesen zu sein. Eine Schulter zum Ausweinen, wenn alles zu unerträglich wurde.

Åse öffnete den Chat noch einmal. Las das letzte Gespräch der beiden vor der verhängnisvollen Party.

Emilie: Machstn?

Alex: Chillen. Du?

Emilie: Downtrip. Die Schweine geben nicht auf.

Alex: wtf!??!

Emilie: Ich weiß. Halt nicht noch mehr Scheiße aus. Bin echt fertig.

Alex: Scheiß drauf ob die sich rächen. Anzeigen und gut is.

Emilie: Sagst du so. BB war auch da.

Alex: Sry… Das is einf so fucking psycho. Macht der auch noch mit. Der benutzt dich, is dir klar oder?

Emilie: Haha! Bist ja bloß eifersüchtig.

Alex: ROFL!!! In your dreams, girl.

Emilie: Du hältst die Klappe, ok? Wehe du sagst was. Auch nicht zu J. Der ist n creepy Stalker, ich sags dir.

Alex: LOL! Der is bloß spitz auf dich. Ich quatsch nich, das weißt du.

Emilie: Yup. Würd echt die Krise kriegen wenn das rumgeht …

Alex: Chill ok? Können uns ja vor der Party treffen. Bisschen reden und so.

Emilie: Mmm … Selbe Stelle wie neulich?

Alex: Ok

Emilie: Love U. Bringst du was mit?

Alex: Nur für uns? Keinen Bock auf Smalltalk mit der Blondiegang.

Emilie: Klar. Meld dich.

Alex: Ok. Schlaf gut, Schönheit.

Der Chat endete mit einem Daumen-hoch-Emoji von Emilie.

Schlaf gut, Schönheit … Wenn er gewusst hätte, wie schnell das passieren würde.

Das Gespräch verdeutlichte, dass sie ein Geheimnis hatte, von dem nur Alexander wusste, und dass die beiden sich vor der Party treffen wollten. Außerdem fügte sich dieses Gespräch in eine Reihe anderer Gespräche, die zeigten, dass Emilie und Alexander weit mehr Kontakt hatten, als irgendjemand ahnte. Nicht sexueller Art, wie es schien, aber dafür, dass er drei Jahre jünger war als sie, doch ein ungewöhnlich enges Verhältnis.

Wahrscheinlich sollte Alexander Drogen für sie beide mitbringen. Emilie und Alexander hatten am Sonntag den gleichen Cocktail aus Betäubungsmitteln und Alkohol im Blut gehabt. Abgesehen von Rohypnol, das bei Alexander nicht nachgewiesen worden war.

Doch wer war der mysteriöse »Er« im Chat? Oder

»BB«, wie Emilie schrieb. Emilie traf sich offenbar mit einem der Männer, die bei ihrer Vergewaltigung dabei gewesen waren. Eine Beziehung? Bei seiner Vernehmung hatte Alexander behauptet, nichts darüber zu wissen. An einigen anderen Stellen sprach Emilie von ihm nur als »BootBoy«. BB war vermutlich eine Abkürzung.

Sie rieb sich über die Tränensäcke. Die Müdigkeit machte sie träge und unaufmerksam. Ein neuer Mordfall hatte die leidige Tendenz, alle älteren Sachen in den Hintergrund treten zu lassen, und im Moment schien sich niemand außer ihr um den Fall Emilie zu kümmern und darum, dass ein Siebzehnjähriger in Untersuchungshaft saß.

Åse wandte sich vom Computer ab und betrachtete die Asservatenbeutel vor sich. Ein Plastikbeutel lag etwas abseits. Darin waren Geirmund Bakkens weiße Joggingschuhe. Ein Beweis, über den sie nur den Ermittlungsleiter informieren würde. Der Täter hatte sich große Mühe gegeben, die Polizei in die Irre zu führen. Alles am Tatort sah genauso aus, wie es hätte aussehen sollen. Bis auf Bakkens Schuhe … Deutliche Schleifspuren mit Teerpartikeln an beiden Fersen zeugten davon, dass der Tote ein gutes Stück über den Asphalt gezogen worden war. Geirmund Bakken war nicht an der Breidablik-Schule getötet worden. Man hatte ihn dort abgelegt!

Und dann war da noch die Zeugin von Breidablik. Die ältere Dame hatte eine Frau bemerkt, als sie gegen halb zwei Uhr nachts mit ihrem Hund draußen gewesen war. Eine dunkelhaarige Frau, die in einem roten Pkw vom Schulhof fuhr. Die Beschreibung von Auto und Frau war vage, aber sie reichte aus, um bei Åse einen empfindlichen Nerv zu treffen. Sie musste mit Olav darüber reden, auch wenn sich alles in ihr dagegen sträubte. Wie man einen Tatort glaubwürdig vortäuschte, lernte man schließlich nicht aus ein paar Staffeln *CSI Miami*.

Café Totalen, Haugesund
Mittwochmorgen, 4. März

Die Markise über den beiden kleinen Tischen vor dem Café Totalen in der Haraldsgata hing von dem vielen Regenwasser gefährlich durch. Lotte Skeisvoll saß auf der äußersten Kante ihres Holzstuhls und schaute in das trübe Wetter. Wartende Busfahrgäste drängten sich im Wartehäuschen am Bytunet zusammen. Frierende, einsame Menschen auf dem Weg zu oder auf dem Heimweg von ihrem grauen Alltagsleben. Es war erst halb elf vormittags, aber Lotte fühlte sich, als sei sie bereits einen Marathon gelaufen. An viel Schlaf war in der Nacht nicht zu denken gewesen. Alle bisher tragenden Balken in ihrem Dasein standen auf einmal auf Sand.

Wenn es keinen Gott gibt, dann ist alles erlaubt...

Der Aphorismus aus Dostojewskis *Die Brüder Karamasow* war ihre Leitlinie, seit sie das Werk in der neunten Klasse der Gesamtschule gelesen hatte. Nicht dass sie glaubte, die Menschen brauchten Gott, aber doch eine höhere Instanz, die bestimmte, was richtig und was falsch war. Eine Einrichtung, die Ordnung ins Chaos brachte. Gesetze. Es war so einfach: Befolge die Regeln, dann ist das, was du tust, das Richtige. Ohne Wenn und Aber. Immer.

In all den Jahren war die Pflichtethik ihre Richtschnur gewesen. Bis gestern. Aus einem Impuls heraus hatte sie nach dem magnetischen Gegenpol der Pflichtethik gehandelt. Dem *Utilitarismus*. Eine lächerliche philosophische Theorie, nach der jedes Handeln dann als richtig galt, wenn es mehr Menschen nutzte als schadete. In letzter Konsequenz stellte die Tötung eines Menschen und die Verheimlichung der Tat eine gute Handlung dar, wenn genügend Menschen einen Vorteil davon hatten.

So hatte sie gedacht, als sie das Ermittlungsmaterial an Jossen und Viljar weitergab. Das war ein Verstoß gegen die Regeln, der aber mit der Begründung gerechtfertigt werden konnte, dass es mehr Menschen nützte, wenn sie die Informationen weitergab, als es anderen schadete. Nachdem Viljar es geschafft hatte, sich letzte Nacht selbst zum König aller Idioten zu salben und zu krönen, hatte sie beschlossen, dieses Prinzip noch weiter auszudehnen. Niemandem wäre damit gedient, wenn Viljar Ravn Gudmundsson für einen Totschlag ins Gefängnis wanderte. Nicht ihm, nicht seiner Familie, nicht der Gesellschaft …

Geirmund Bakken war ein böser Mensch. Ein Raubtier. Ein Wolf. Für die Gesellschaft war er nur eine Belastung. Einer, der ein verwerfliches Menschenbild vertrat und andere dazu brachte, dasselbe zu tun. Eine Bedrohung. Ein Negativposten. Ohne ihn würde die Welt ein besserer Ort sein.

Lotte wusste, dass sie sich selbst tröstete. Nichts konnte rechtfertigen, was sie getan hatte, aber in jenen Stunden, als die Stadt im schützenden Kokon der Nacht schlief, hatte sie so gedacht und gehandelt. Jetzt, da der Tag sein gnadenloses Licht auf die nächtlichen Ereignisse warf, erkannte sie, dass ihr Handeln nicht das Resultat eines übersteigerten Utilitarismus war, sondern purer, schierer Egoismus. Sie wollte Viljar nicht verlieren. Nicht jetzt, wo sie ihn mehr denn je brauchte. So einfach war das. So verwerflich. So unverzeihlich.

Sie zog die grüne Allwetterjacke enger um sich. Verpuppte sich wie eine Schmetterlingslarve. Viljar saß drinnen im Café und sprach mit seiner Nichte. Zwischen Lotte und Viljar lag eine transatlantische Distanz aus unbeantworteten Fragen. Sie hatte keine Ahnung, was er dachte oder fühlte. Er hatte viel leichter nachgegeben, als sie erwartet hatte. Alle Fragen und Proteste, mit denen sie gerechnet hatte, waren ausgeblieben. Stillschweigend hatte er ihre ausgedachte Geschichte zu seiner eigenen gemacht, als er vor Olav Scheldrup Hansen und Knut Veldetun stand. Sie gaben sich gegenseitig ein Alibi. Sie balancierten über dasselbe Hochseil, ohne Sicherheitsnetz. Ein falscher Schritt, und sie würden in die Tiefe stürzen.

Viljar hatte mehrmals an diesem Morgen versucht, zu ihr durchzudringen. Eine leichte Berührung. Eine Aufforderung, etwas zu sagen. Ein Lächeln, um die Stimmung aufzulockern. Sie war jedes Mal ausgewichen. Warum, wusste sie nicht. Sie hatte alles geopfert, um sich an den einzigen Halt zu klammern, den sie noch hatte, aber in ihrem Dasein war kein Raum für solche Gefühle. Lag es vielleicht an der Gewissheit, was Alexander getan hatte, und dass Viljar nie einsehen würde, was für eine Bestie sein Sohn war? Sobald sie das Thema aussprach, reagierte er frustriert und wütend.

Lotte sah auf die Uhr. Die Zeit schlich dahin. Ihr Terminkalender war leer, und sie war drauf und dran, die

Wände hochzugehen. Das heißt… Sie hatte eine Verabredung mit der Mutter von Veronica Østensjø, aber erst am späten Nachmittag. Das Treffen war ein Strohhalm. Viele Mädchen vertrauten sich ihren Müttern an. Vielleicht brachte sie das Gespräch mit Veronicas Mutter weiter. Vielleicht erfuhren sie etwas, das Olav und die anderen Ermittler nicht wussten, etwas, das ihnen einen Vorsprung verschaffte. Sie stand auf und suchte unter dem Vordach des Prix-Supermarkts Schutz. Warf wieder einen Blick auf die Uhr. Die Sekundenzeiger standen still.

Der Zeitungsständer vor Prix zog ihre Aufmerksamkeit auf sich, aber sie hatte bewusst keine der Hauptstadtzeitungen gekauft. Die Schlagzeilen reichten ihr schon. *Maestro-Ermittlerin gefeuert!*, sagte ihr alles, was sie nicht wissen wollte. Das Telefon hatte seit gestern nicht stillgestanden, aber Kommentare dazu abzugeben kam nicht infrage. Sollten sie doch spekulieren, wie sie wollten. Ganz gleich, welchen Mist sie sich aus den Fingern sogen, die Wahrheit war schlimmer. Viel schlimmer.

Café Totalen, Haugesund
Mittwochvormittag, 4. März

»Embla, bitte… Wir sind doch eine Familie. Wenn du etwas weißt, egal was, musst du es mir sagen.«

Die Verzweiflung glich einem Krebsgeschwür, das ihn auffraß. Seit Viljar Ravn Gudmundsson heute Morgen auf Lottes Sofa aufgewacht war, füllte dieses eine Gefühl sein Bewusstsein aus. Verzweiflung. Wegen seiner eigenen Dummheit, Feigheit und seiner armseligen Moral. Weil er die Polizei anlügen musste. Weil Lotte ihm die Möglichkeit genommen hatte, zu seiner Verantwortung zu stehen. Weil Alexander im Gefängnis saß und Embla nicht bereit war, ihnen aus diesem Sumpf herauszuhelfen.

Ihm fehlte die Distanz, die so wichtig bei einem Interview war. Die Geduld, die es brauchte, um aus einem Gesprächspartner die Wahrheit herauszuholen. All das, was ihn einst zu einem der besten Investigativjournalisten des Landes gemacht hatte. Viljar fuhr sich mit beiden Händen durch die Mähne, stand auf und ging zum Tresen. Die Unruhe zerrte an seinem Verstand, und er hatte Angst, er könnte das Mädchen in der Luft zerreißen, wenn er sitzen bliebe.

Er nahm zwei frische Blaubeermuffins aus der Vitrine, bezahlte und ging zurück zum Tisch.

»Ich weiß, dass du Alex gesehen hast, wie er kurz nach

zehn in das Zimmer ging, aber das kann doch unmöglich das einzige Mal gewesen sein, dass ihr euch an diesem Abend über den Weg gelaufen seid. Redet ihr nie miteinander?«

Embla blickte ihn finster an. Die Feindseligkeit, die sie ausstrahlte, hatte etwas Beunruhigendes.

»Du kennst ihn nicht, Onkel Viljar. Du glaubst vielleicht, du kennst ihn, aber das tust du nicht. Alex ist kein Engel.«

Ihre Worte verletzten ihn, obwohl die Ereignisse der letzten Tage diese Botschaft in sein Gehirn gebrannt hatten.

»Meinst du, ich weiß das nicht, Embla? Ich habe von Dingen erfahren, die meine Vorstellungskraft übersteigen. Du kannst mich nicht mehr schockieren. Ich will von dir wissen, zu wem ich gehen kann, von wem ich mehr darüber erfahren kann, was er an dem Abend gemacht hat und was wirklich passiert ist. Mein Gott… Seine Mutter ist deine Tante. Sie ist völlig verzweifelt.«

Viljar sah, wie sie tief Luft holte und den Atem für einen Moment anhielt. Es musste einen Grund geben, warum sie sich so sträubte. Trotzdem fühlte er, dass sie sich ein klein wenig mehr öffnete. Sie kratzte mit einem Fingernagel an ihrem Kaffeebecher. Blickte zu einem jungen Pärchen, das mit seinem Baby ein paar Tische entfernt saß. Plötzlich schien es, als habe Embla sich entschieden.

»Ich hab mitgekriegt, wie er kurz nach zehn in Emilies Zimmer verschwunden ist. Was dann passiert ist, weiß ich nicht, weil ich gleich darauf zusammen mit Bjørnar und Yusuf nach Hause gegangen bin.«

»Yusuf? Der, der in Breidablik ermordet wurde? Kanntest du ihn?«

In Emblas Augen trat ein leicht verwirrter Ausdruck, es schien, als wüsste sie nicht recht, wie sie antworten sollte.

»Äh … ja und nein … ich kannte ihn nur flüchtig. Er war neu in der Gang.«

Viljar hielt sich zurück. Er hätte gerne mehr über die Konstellationen innerhalb der Gruppe erfahren, die sie als »Gang« bezeichnete, aber jetzt ging es um Alex.

»Okay. War es das erste Mal, dass du Alex an dem Abend gesehen hast? Als er in Emilies Zimmer verschwand?«

Embla sagte nichts. Schüttelte nur den Kopf. Es sah aus, als glaubte sie, der Milchschaum auf ihrem Cappuccino würde ihr die Antwort geben.

»Nein … Eine halbe Stunde davor habe ich ihn draußen auf dem Hof gesehen, zusammen mit John. Und davor waren sie in der Küche. Ich glaube, er war ziemlich voll und hatte bestimmt was eingeworfen, denn er war total aggressiv. Alex hat ein Drogenproblem, Onkel Viljar … weißt du das?«

Embla fühlte sich sichtlich unwohl. Viljar merkte, wie schwer es seiner Nichte fiel, ihm all diese Dinge zu erzählen. Gleichzeitig kochten unter der Oberfläche Verachtung und Wut. Eine falsche Bemerkung von ihm, und sie würde explodieren, davon war er überzeugt.

»Ja, ich weiß von seinen Suchtproblemen. Er hat Lotte Skeisvoll davon erzählt.«

Es kam ihm so vor, als ginge in Emblas Kopf ein Licht an. Sie war nicht die hellste Leuchte im Lampenladen, aber manchmal schaffte sie es, das eine oder andere Kabel zusammenzustecken, und dann strahlte die Lampe für ein paar Sekunden.

»Spinnst du? Dieser Polizistin? Hat er Ingar verpfiffen?«

Für einen Moment stand die Zeit im Café still. Viljar hörte die Türglocke bimmeln und sah einen älteren Jungen mit Hipsterbart und Deppenlocke hereinkommen. Vor dem Fenster zogen bunte Regenschirme vorbei, ohne preiszugeben, wer unter ihnen fror. Ihm ging auf, dass Embla sich verplappert hatte.

»Ingar? Meinst du Ingar Fjell, der auf der Party war?«

Embla nickte eifrig. Neugierig blickte sie ihn an, als wartete sie auf eine Sensationsgeschichte, mit der er nicht dienen konnte.

»Ingar Fjell versorgt ihn mit Stoff, willst du das damit sagen, Embla?«

Langsam dämmerte ihr, was sie getan hatte. Ihr Gesichtsausdruck wechselte von gespannt zu erschrocken.

»Shit! Du hast doch gesagt, dass er geplaudert hat. Mann!«

Embla versetzte ihm über den kleinen Tisch hinweg einen heftigen Stoß, sodass er fast vom Stuhl gefallen wäre. Er konnte sich im letzten Moment festhalten.

»Immer mit der Ruhe, Embla. Ich sag nichts, okay? Ich bin dein Onkel. Du bist mir wichtig, und meine Schwester würde mir die Kehle durchschneiden, wenn ich dich in Gefahr brächte. Reg dich ab!«

Sie beruhigte sich ein wenig, wirkte aber verunsichert. Mit panischem Blick hielt sie nach bekannten Gesichtern Ausschau, die vielleicht mitgehört hatten. Dann ließ sie den Kopf hängen. Viljar hob ihr Kinn mit dem Zeigefinger an und zwang sie, ihm in die Augen zu sehen.

»Ich dachte, Ingar ist ein anständiger Junge, aber wenn er Alex mit Stoff versorgt … Bist du sicher?«

»Ingar ist ganz schön eingebildet und hält sich für wer weiß was, aber er ist in Ordnung. Er besorgt ein bisschen was für die, die was haben wollen, aber er ist kein Pusher, okay? Was glaubst du, wie er sich sonst seine Designerklamotten leisten könnte oder das Auto? Aber er ist keiner von den Profidealern in der Haraldsgata, wenn du das meinst.«

Viljar befiel eine Ahnung, dass Naivität vielleicht ein dominantes Gen in der Familie war.

»Gut, dass du es mir erzählt hast, Embla, und ich werde niemandem verraten, dass ich das von dir habe. Ich verstehe nur nicht, wieso ihr jungen Leute – ja, auch du, obwohl du das Zeug überhaupt nicht anrührst – so loyal gegenüber Drogendealern und ähnlichem Pack seid.«

Sie schniefte und drehte den Kopf weg.

»Du hast ja keine Ahnung, wie das ist …«

Viljar lehnte sich auf seinem Stuhl zurück und betrachtete seine Nichte. Sie hatte viel mehr vom isländischen Temperament abbekommen als Alex. Dieser Stolz auf die eigene Identität. Darauf, wer sie war und woher sie kam. Gleichzeitig diese Verletzlichkeit …

»Ja, Embla. Ich habe sicher sehr wenig Ahnung. Nichts ist so, wie ich geglaubt habe.«

Haraldshaugen, Haugesund
Mittwochvormittag, 4. März

»Weniger als vierundzwanzig Stunden bis ›Zero‹, und unser wichtigster Pfeiler ist weggebrochen. Und du erzählst mir, das macht nichts? Bist du bescheuert?«

Jan Sigfred Bergersen war aufgebracht. Er hatte viel Geld investiert und war ein hohes Risiko eingegangen, um die Aktion zu unterstützen. Der Reedersohn hatte es jahrelang geschafft, nicht unter Verdacht zu geraten, und weit mehr zu verlieren als der Mann, mit dem er sprach. Als die Nachricht von Geirmund Bakkens Tod an diesem Morgen wie eine Bombe einschlug, hatte er sich in die erste Maschine Richtung Westküste gesetzt.

Terje Nitter sah ein, dass es ihnen gewissermaßen einen Strich durch die Rechnung machte, aber damit waren die Pläne, die sie ein halbes Jahr lang ausgearbeitet hatten, nicht automatisch unbrauchbar. Er musste Bergersen einfach begreiflich machen, dass Geirmund Bakken nicht unersetzlich war. Die beiden waren wohl Sandkastenfreunde gewesen, hatten seit Jahrzehnten Seite an Seite gekämpft. Bakken in der Öffentlichkeit als Fahnenträger und Bergersen im Hintergrund als Geldgeber und Stratege.

Terje sog die frische Meeresluft ein und stützte sich mit der Hand an das siebzehn Meter hohe Denkmal zur Erinnerung an die Einigung Norwegens. Um diese

Tageszeit, an einem gewöhnlichen Mittwoch Anfang März, waren die beiden hier ganz allein, und selbst wenn Leute vorbeigekommen wären, hätten sie sich kaum über die zwei Spaziergänger, die das Nationaldenkmal betrachteten, gewundert.

In vieler Hinsicht war der Treffpunkt symbolisch. Der große Stein, der vielleicht einmal das Grab von Harald Hårfagre bedeckt hatte, war ein Teil des Monuments. Am Fuß des Denkmals stellten Bronzereliefs die wichtigsten Ereignisse im Leben des Wikingerkönigs dar, der das Reich geeint hatte. Norwegens Gründer. Dies war sozusagen die Geburtsstätte Norwegens.

»Wir können die Aktion ohne Bakken durchführen. Er hatte sowieso keine Aufgabe dabei, ich bin derjenige, der für die Planung, Rekrutierung und Organisation verantwortlich ist. Solange deine Finanzierung steht, kommt der Schneeball auf jeden Fall ins Rollen.«

»Das habe ich dir doch in meiner Mail heute Morgen bestätigt, oder nicht?«

Terje Nitter musterte Jan Sigfred Bergersen. Groß, glatt rasiert, blonde, zurückgekämmte Haare und dürr wie Mahatma Gandhi nach vier Wochen Hungerstreik. Wie Gandhi schaffte es auch Bergersen trotz seiner Hagerkeit, eine unerschütterliche innere Stärke und Ruhe auszustrahlen. Der Finanzier achtete jedoch darauf, sich den Rücken freizuhalten, und hatte immer einen Notausgang in petto, falls ihm der Boden unter den Füßen zu heiß wurde. Wenn es zur Krise käme, würden Mann und Geld im Nu über alle Berge sein.

»Doch, aber eine Bestätigung genügt nicht. Ich brauche Zugang zum Konto.«

Jan Sigfred Bergersen drehte sich langsam um. Er wirkte grimmig. Misstrauisch vielleicht, oder war da ein Anflug von Unsicherheit im versteinerten Gesicht zu entdecken?

»Ich habe mich in dieser Sache wegen Geirmund engagiert, nicht wegen dir. Das Beste wird sein, wir halten die Füße still und unterziehen das Vorhaben erst einmal einer gründlichen Revision. Die Aktion muss nicht morgen laufen. Wir können es uns leisten abzuwarten. Reicht es nicht, dass eins unserer Mitglieder bei der Kundgebung am Montag angeschossen und unser Anführer heute Nacht liquidiert wurde? Wie viel Blut soll deiner Meinung nach denn noch vergossen werden?«

»*Du* kannst es dir leisten zu warten, Bergersen. Wir anderen nicht. Wenn die Polizei rauskriegt, was sich in den letzten Tagen so alles in unserem Umfeld ereignet hat, ist unsere Einsatztruppe im Handumdrehen aus dem Spiel. Die Schüsse auf der Demo haben wir getürkt, um einen Vorwand zu haben, auf die Islamisten loszugehen, und um in den Medien Sympathie für uns zu wecken. Das waren Platzpatronen. Wir haben unser Leben in deine und Geirmunds Hände gelegt und Sachen gemacht, für die wir noch hinter Gittern sitzen würden, wenn du längst in Rente bist. Wenn du uns jetzt im Stich lässt, weil dein Kumpel nicht mehr für die Bewegung in die Bresche springen kann, werde ich dich und die Organisation mit in den Dreck ziehen, das schwöre ich dir.«

»Das klingt, als wolltest du mir drohen …«

»Das *klingt* nicht nur so, Bergersen, das *ist* eine Drohung. Ich denke nicht daran, mit Blut an den Händen dazustehen, während du durch die Hintertür verduftest.

Wir waren uns über die Summe einig. Wir waren loyal, und wir sind auch ohne Bakken handlungsfähig. Die Aktion findet morgen statt, mit oder ohne deine Unterstützung. Falls du dich für Letzteres entscheidest, haben weder ich noch die Gruppe ein Interesse daran, dich und die Organisation weiterhin zu schützen.«

Jan Sigfred Bergersen grinste. Vergrub die Hände tief in den Taschen seines Gant-Mantels und blickte auf die Wellen, die an den steinigen Strand schlugen. Ihm war nicht anzusehen, was er dachte. Terje Nitter wusste, dass es riskant war, ihm ein Ultimatum zu setzen, und es konnte böse ins Auge gehen, aber die Aktion auf Eis zu legen würde alles zerstören. Bergersen drehte sich wieder zu ihm um und richtete den Zeigefinger anklagend auf ihn.

»Ich war naiv genug zu glauben, dass du für die Sache brennst, nicht für das Geld. Aber Geirmund hat sich wohl gründlich in dir getäuscht.«

»Nein. Ich stehe voll und ganz dahinter, und das weißt du. Der Punkt ist, dass wir in der Einsatzgruppe uns zu weit aus dem Fenster gelehnt haben. Viel weiter als andere, um deinen und Geirmunds Namen zu schützen. Wenn der finanzielle Ausgleich wegfällt, ändert das nichts an unserer Motivation. Dafür ändert sich aber unsere Meinung, wer unseren Schutz braucht. Die Entscheidung liegt bei dir, Bergersen. Kontodaten jetzt, und eine gelungene Aktion morgen. Dein Name bleibt aus dem Spiel. Wenn du dich auf die Hinterbeine stellst, führen wir die Aktion trotzdem wie geplant durch, werden aber keine Sekunde zögern, dich den Hunden zum Fraß vorzuwerfen, falls wir geschnappt werden.«

»Und welche Garantie habe ich, dass nicht du es warst, der Geirmund umgebracht hat, um nicht mehr von seinem Wohlwollen abhängig zu sein?«

Terje zuckte die Schultern. Der Vorfall der letzten Nacht war, wie er zugeben musste, nicht das Schlimmste, was hätte passieren können.

»Keine …«

DIE PARTY
Terje

Terje Nitter genoss es. Es gab ihm einen Kick, dass er sich unter die Partygäste mischen konnte, ohne dass jemand ahnte, wer er wirklich war. Überall spürte er ihre Blicke, die ihn aufmerksam verfolgten. Die Leute bewunderten Männer wie ihn. Korrekt. Stilvoll. Elegant. Er war jemand, dem man vertrauen konnte. Einer, auf den man sich verlassen und den man um Rat fragen konnte.

Hier ging es um Kontrolle. Die Aktion war eine präzise eingestellte Uhr. Die Zeiger bewegten sich sachte, und er meinte, beinahe sehen zu können, wie das feine kleine Uhrwerk tickte. Die Kontrolle zu besitzen verschaffte ihm Befriedigung, ein reinigendes Gefühl, das Gefühl, dass er die Chance erhalten hatte, von vorn anzufangen. Es war, als würde er sein Gewehr vor der Schlacht putzen. Es auseinandernehmen und nachsehen, ob auch jedes kleine Teil gesäubert, geölt und zusammengeschraubt war. Sich vergewissern, dass das Schlussstück richtig einrastete und das Visier eingestellt war.

Die Party artete allmählich aus. Normalerweise wäre es Terje egal gewesen, aber das Fest durfte nicht aus dem Ruder laufen. Er musste den Überblick behalten, damit nichts passierte, was ungeahnte Folgen haben konnte. Aus dem Augenwinkel bemerkte er Alexander, der ein bisschen zu viel getankt hatte. Er spielte sich auf und suchte Streit. Grabschte die Mädchen an. Auch wenn er längst aus der Planung rausgeflogen war, stellte er ein Risiko dar, einfach weil er so war, wie er war. Ein hirnloser Spinner, der seinen Instinkten folgte. Obwohl er nichts Wichtiges wusste, konnte man sich nicht darauf verlassen, dass er das Maul hielt, falls er es doch einmal schaffen sollte, zwei und zwei zusammenzuzählen. Mit ein paar schnellen Schritten war Terje bei ihm und nahm ihn beiseite.

»Das reicht jetzt, Alex. Du machst dich zum Affen, okay?«

Alexander sah ihn beleidigt an, fügte sich aber und trottete zum Sofa. Es brauchte nicht viel, um ihn zur Ordnung zu rufen, aber gleichzeitig war er eine tickende Zeitbombe. Man wusste einfach nicht, wann oder wo es knallen würde. Weil Terje sich in Alexander wiedererkannte, hatte er ihn unter seine Fittiche genommen. Die ganze Grundschulzeit hindurch war Terje ein Außenseiter gewesen, genau wie Alex. Nicht weil er viel falsch gemacht hätte, sondern weil er nicht begriff, wie das Miteinander der anderen Kinder funktionierte. Er verstand die Spielregeln nicht. Terje Nitter tat, was seiner Meinung nach das Beste war, nur führte das am Ende immer dazu, dass die anderen ihn schief ansahen.

Erst auf der Gesamtschule war es ihm gelungen, den Code zu knacken. Etwas nicht deshalb zu tun, weil er es selbst wollte, sondern weil es von ihm *erwartet* wurde. Nicht zu sagen, was er meinte, sondern was die anderen hören wollten. Es war so unglaublich einfach: Handle nach ihren Wünschen. Damit erreichte er alles, was er brauchte. Er war beliebt und hatte Freunde, Mädchen am laufenden Band, gute Zensuren, Status und Macht. Um was es ihm wirklich ging, behielt er für sich. Hegte und pflegte es im Verborgenen. Teilte es nur mit wenigen Eingeweihten. Denen, die so waren wie er. Solchen wie Alexander.

Terje hielt sich von der Tanzfläche fern. Er musste nicht mit dem Hintern wackeln, um Aufmerksamkeit zu bekommen, so wie Bjørnar. Obwohl … wahrscheinlich machte nicht die Art, wie er tanzte, Bjørnar Nedstrand begehrenswert. Terje musste grinsen, als er sah, wie die ziemlich betrunkene Gastgeberin sich an Bjørnar klammerte. Yusuf ging auf das tanzende Pärchen zu, und Terje wandte sich ab. Er konnte nicht begreifen, wieso Bjørnar sich mit dem kleinen Kanaken abgab.

Bjørnar war der Einzige, der nie zuhörte, wenn Terje Nitter sprach. Er machte immer sein eigenes Ding. Terje versuchte, sich nicht darüber zu ärgern, aber das war nicht leicht. Es durfte keine Alleingänge geben. Nachdem Alex sich vor einem Jahr ausgeklinkt hatte, waren sie darauf angewiesen, dass die Maschinerie geräuschlos lief. Deshalb stellten Leute wie Bjørnar Nedstrand eine wandelnde Katastrophe dar.

Er setzte sich in den schwarzen Sessel und beobachtete das irre Treiben. Stockbesoffene Jugendliche. Notgeile Jungs, die jedes Mädchen mit Blicken auszogen, aber doch wieder unverrichteter Dinge zu den Tennissocken in der Nachtschrankschublade zurückkehren würden. Er begriff einfach nicht, wie es möglich war, so blind zu sein und die offensichtliche Lösung nicht zu erkennen. Man brauchte nur zu sagen, was die Mädchen hören wollten. So zu sein, wie sie es sich erträumten. Freundlich, zuverlässig und zuvorkommend bei den vorsichtigen Mädchen. Anmaßend, rätselhaft und cool bei den etwas anspruchsvolleren. Aber vor allem durfte man nie so sein, wie man wirklich war.

Direkt ihm gegenüber saß Maria Friestad und brütete dumpf vor sich hin. Anscheinend hatte sie einen schlechten Tag. Graue Maus und Mauerblümchen. Ein Nicht-Mensch, ohne jede Ausstrahlung. Das Mädchen war unattraktiv, unsicher und unbeholfen. Für Terje gab es nichts, was ihn mehr abtörnte. Er stand auf das Perfekte. Das Individuum. Das Ideal. Das Idol. Natürlich war das sozial inakzeptabel. Politisch nicht korrekt.

Terje verachtete Schwäche. Leute mit Mängeln und Macken, Degenerierte. Fortschritt und Fortbestand der Menschheit waren schon immer davon abhängig gewesen, dass man sich der Unreinen und Schwachen entledigte. Für Terje war das eine gesunde ethnische Säuberung, seit Tausenden von Jahren. Die derzeitige Hege und Pflege schwächlicher Menschen war eine Bedrohung. Sexuell Abartige und Mongos. Krüppel und Farbige. Kränkliche und Geistesschwache. Sie stellten eine Verhöhnung des Ideals dar. Der Evolution. Der Menschheit.

Seine Gedanken hatten ihn für einen kurzen Moment unaufmerksam werden lassen. Das genügte. Auf der Tanzfläche stand die tickende Zeitbombe offenbar kurz vor der Detonation. Terje sah, wie Alexander Emilie einen Hieb verpasste und sie zu Boden fiel.

Dieser verdammte Idiot!

Terje Nitter hätte Alexander am liebsten erwürgt. Ihm sein kleines Reptiliengehirn herausgerissen und es auf den Kompost geworfen. Aber er verkniff es sich auch diesmal. Alex war kein Rädchen im Uhrwerk. Er wusste nichts, begriff nichts, *war* nichts. Im Gegensatz zu dem hirntoten Spinner hatte Terje gelernt, sich zu beherrschen. Solange er das Gegenteil von dem tat, was die Impulse in seinem Gehirn ihm immer wieder befahlen, flog seine Tarnung nicht auf, und er konnte seinen eigentlichen Kampf im Dunkeln fortsetzen. Den Kampf gegen die Parasiten. Die, die auf Kosten anderer lebten.

Solche wie Emilie, zum Beispiel. Adoptiert. Eine Schmarotzerin, die sich von ihren Wirtseltern durchfüttern ließ, und von der Gesellschaft, in die sie sich eingenistet hatte. Eigentlich hätte sie nicht hier sein dürfen. Sie wäre längst tot, wenn sie es nicht geschafft hätte, hier oben im Norden Menschen zu finden, von denen sie leben konnte. Für die norwegische Gesellschaft war Emilie ein Pathogen. Ein Parasit, der seinem Wirt schweren oder gar tödlichen Schaden zufügte.

Terje half mit, nach der Schlägerei aufzuräumen. Brachte ein bisschen Ordnung in die Reihen. Drüben an der Tür sah er Emilie stehen, sie schwankte und konnte sich kaum auf den Beinen halten. Sie brauchte Hilfe, das war offensichtlich. Sie machte einige unsichere Schritte und klammerte sich an den Türrahmen, aber Terje bemerkte trotzdem die Begierde, die in ihren Augen aufflackerte, als sie ihn ansah. Er lächelte Emilie an und warf ihr einen Kuss zu, ehe er sich erhob und auf sie zuging.

Lillesund Terrasse, Haugesund
Mittwoch, 4. März

»Was zum Teufel ist mit euch los? Da ist ja in der Dose Rollmops in meinem Kühlschrank mehr Leben als in euch. Die ist zwar schon seit Weihnachten 2011 angebrochen, aber trotzdem …«

Jossens Frustausbruch war völlig gerechtfertigt. Viljar merkte, dass jede kleinste Bewegung und jeder Gedanke ihm alle Energie raubten. Und Lotte schien es nicht anders zu gehen. Sie hatte noch kein einziges Wort zu ihm gesagt, seit sie hereingekommen war. Starrte ihn nur jedes Mal grimmig an, wenn er was sagte. Sobald er versuchte, einen vernünftigen Gedanken zu fassen, gewann die Angst die Oberhand, und sein Gehirn spielte verrückt wie ein alter Flipperautomat, an dem zu stark gerüttelt worden war. Tilt! Er musste es verdrängen. Durfte nicht über die Entscheidungen nachdenken, die ihm aufgezwungen worden waren.

Jossen gab nicht auf. Er begriff offenbar, dass etwas passiert war.

»Gestern war alles okay, und heute sitzt ihr hier wie zwei verdammte Draugar. Was ist denn los?«

»Draugar?«

Jossen seufzte und rollte näher an Viljar und Lotte heran. Er sprach mit ihnen wie ein unterrichtsmüder Lehrer kurz vor den Sommerferien:

»Ein Draugar ist ein Toter, der noch nicht weiß, dass er tot ist. Sie stehen auf dem Meeresgrund und wiegen sich zwischen Seegras und Tang. Wenn die Flut kommt, richten sie sich auf und recken die Arme hoch. Bei Ebbe sinken sie in sich zusammen, als würden sie das ganze Meer auf dem Rücken tragen.«

Sie mussten Alex unbedingt entlasten, aber Viljar hatte keine Ahnung, wie. Deshalb blieb ihnen nichts anderes übrig, als Jossen in die Ereignisse der letzten Nacht einzuweihen.

»Das Spiel ist aus, Joss … Wir, oder besser gesagt, Lotte und ich haben …«

Weiter kam er nicht. Die Worte, die er aussprechen wollte, brachten sein Gehirn wieder ins Stocken. Lotte sprang ihm bei.

»Was Viljar sagen will, ist, dass wir uns festgefahren haben. Es gibt so viele unterschiedliche Fäden, dass man unmöglich den Überblick behalten kann. Ich weiß nicht, ob du die Nachrichten verfolgt hast, aber heute Nacht wurde Geirmund Bakken umgebracht.«

»Was zum …?!«

Jossen umklammerte die Armlehnen seines Rollstuhls; für einen Moment sah es so aus, als würde er aufstehen, was er natürlich nicht konnte. Viljar wollte etwas erwidern, aber Lotte kam ihm zuvor.

»Vermutlich wollte sich jemand rächen, so wie ich das verstanden habe, aber da ich von den Ermittlungen suspendiert bin, weiß ich nichts Näheres, ob es vielleicht etwas mit dem aktuellen Fall zu tun hat.«

Viljar begriff. Jossen sollte nicht eingeweiht werden. Eine ganze Weile lang blieb es still. Es war schwer zu deuten, ob Jossen sich räusperte, hustete oder nach Luft schnappte, aber er gab einige seltsame und ungewöhnliche Laute von sich, ehe er den Hals frei hatte und sagen konnte, was er auf dem Herzen hatte.

»Großer Gott. Noch ein Mord ... Was zum Henker geht hier nur vor?«

Er legte die Hände ans Gesicht, und es sah aus, als klammerte er sich an seinen üppigen Backenbart wie an eine Rettungsboje.

Viljar stand auf, ging auf die Terrasse und steckte sich eine Zigarette an. Die ganze Sache setzte ihm so sehr zu, dass ihm speiübel war. Während er so dastand, ging ihm auf, dass er sich in den letzten vierundzwanzig Stunden fast ausschließlich von Nikotin ernährt hatte. Die beiden anderen unterhielten sich leise. Er ließ sie ein paar Minuten in Ruhe, wollte am liebsten auch gar nicht wissen, worüber sie sprachen. Sie durften sich jetzt nicht aus dem Konzept bringen lassen und mussten dafür sorgen, dass die Aussagen der Jugendlichen noch einmal überprüft wurden. Deshalb waren sie hier.

Ich werde einen Teufel tun und zulassen, dass Alex durch meine Blödheit leiden muss ...

Etwas gestärkter drückte er die Kippe auf den Betonplatten aus und ging zurück ins Wohnzimmer. Verwundert blieb er einen Moment stehen. Das Bild, das sich ihm bot, war ein Déjà-vu des gestrigen Abends. Lotte und Jossen beugten sich über die Mindmap, die sie auf dem Laptop skizziert hatten. Namen und Uhrzeiten. Beobachtungen und Ereignisse. Lotte gab mit keiner Miene zu erkennen, dass vor nicht mal vierundzwanzig Stunden eine Atombombe detoniert war.

»Wir müssen uns Ingar Fjell genauer ansehen«, sagte Viljar.

Lotte hob den Kopf und wirkte plötzlich verwirrt.

»Ingar? Den kenne ich gut. Er ist mehr oder weniger bei seinem Vater auf der Dienststelle aufgewachsen. Ein guter Junge, und er hat uns bei den Ermittlungen geholfen. Warum sollten wir ihn uns genauer ansehen?«

»Guter Junge? Ich glaube, du solltest dir einen Staubwedel holen und mal seine Engelsflügel abstauben. Embla hat sich verplappert. Ein guter Junge, der die Jugendlichen mit Drogen versorgt.«

Lotte schnaubte verächtlich über seine Worte.

»Ach, aber ihr können wir trauen, oder wie?«

Viljar überging die offensichtliche Beleidigung seiner Nichte und beschloss, lieber vernünftig zu antworten als zurückzubeißen.

»Sie ist zwar so blond, dass die Hollywood-Girls dagegen wie Astrophysikerinnen wirken, aber sie ist ehrlich, und sie ist nicht blind.«

Lotte öffnete den Mund mehrmals zu einer Antwort, aber es kam nichts. Schließlich schüttelte sie nur den Kopf und warf Viljar einen skeptischen Blick zu. Aber sie tat, was er wollte, und hinterlegte Ingar Fjells Namen im Analyseprogramm mit Rot.

Jossen blickte vom Bildschirm auf und stieß Lotte an. Er wirkte nachdenklich.

»Wenn das stimmt, was Viljar sagt, sollten wir es ernst nehmen, Lotte. War er nicht auch derjenige, der dir das Video gegeben und behauptet hat, einer der Mitwirkenden sei Alexander gewesen?«

Lotte nickte und schien ein bisschen unsicher. Sie

suchte den Speicherstick mit dem Video heraus. Der Film ruckelte ein bisschen am Anfang. Viljar zwang sich hinzusehen. Er musste das aushalten. Musste mit eigenen Augen sehen, dass es wirklich Alexander war. Der Film lief erst drei, vier Sekunden, als die kleine Hoffnung, die er gehabt hatte, sich ein für alle Mal in Luft auflöste. Es war Alex. Sein Gesicht füllte den gesamten Bildschirm aus.

»Was zum Teufel ist das denn?«

Der Ausruf kam von Lotte. Die Zeit im Raum stand still.

»Das ist ja ein ganz anderer Film! Das ist nicht das Vergewaltigungsvideo, das wir uns angesehen haben.«

Auf dem Bildschirm erblickten sie zuerst Alexander, der die Handykamera einstellte. Das Gesicht verschwand, und es folgten Bilder von einer Party in einem Lokal. Sie sahen Emilie, die zu lauter Musik tanzte. Sie war sichtlich betrunken. Dann ein Szenenwechsel, ein anderer Filmclip, wieder Emilie. Jetzt schniefte sie eine Linie weißes Pulver von einem Taschenspiegel. Sie zwinkerte in die Kamera und lachte. Wirkte aufgekratzt. Neuer Clip. Dieselbe Party, wie es schien, denn Emilie hatte dieselben Sachen an. Sie stand auf einem Wohnzimmertisch und strippte, während im Hintergrund, hinter der Handykamera, Leute johlten. Sie tanzte, berührte sich selbst, flirtete mit der Kamera. Erneuter Szenenwechsel. Jetzt lag sie nackt in einem Doppelbett. Sie lächelte, drehte sich auf den Bauch und wackelte einladend mit dem Hintern, ehe sie sich Handschellen anlegte, die an den Bettpfosten befestigt waren. Ein Mann erschien. Nackt, aber mit einer Maske auf, die an den *Schrei* von Edvard

Munch erinnerte. Er ging zu ihr und klebte ihr den Mund mit braunem Packband zu. Die Kamera zoomte auf Emilies Gesicht, und man konnte sehen, dass sie vor Erwartung strahlte. Der Mann befestigte einen weiteren Klebestreifen, diesmal über ihren Nasenlöchern, und legte sich auf sie. Während er pumpte, löste er hin und wieder das Klebeband über der Nase. Plötzlich brach der Film ab.

Es war lange still in der Wohnung. Als fände keiner der drei die passenden Worte. Viljar konnte es nicht begreifen. Mit so etwas sollten sich Jugendliche im Alter seines Sohnes nicht beschäftigen. Hier hätten Lack, Leder, Peitschen und Folterinstrumente ohne Weiteres hineingepasst.

»Das ist der Film, mit dessen Veröffentlichung im Netz sie Emilie gedroht haben. Alexander hat mit mir darüber gesprochen.«

Lotte wirkte nicht ganz so betroffen wie die beiden anderen. Sie hatte im Laufe ihres Berufslebens wohl schon Schlimmeres gesehen.

»Aber warum um Himmels willen sollte Alexander mir davon erzählen, wenn er es selbst gefilmt hat?«

Viljar erkannte sofort, dass dies nun wirklich nicht zu Alexanders Gunsten sprach. Ob er vor oder hinter der Kamera gestanden hatte, war beinahe egal. Jossen räusperte sich und griff nach dem Tabakpäckchen, das neben dem PC auf dem Tisch lag.

»Keine Ahnung, Lotte, aber es besteht jedenfalls kein Zweifel daran, dass es Alexander war. Die Frage ist, ob wir das an Olav Scheldrup Hansen weitergeben sollen. Wenn er noch nicht genug Nägel hat, um sie in den Sarg zu schlagen, dann haben wir mit dem Film hier gleich jede Menge.«

Lotte schwieg, und Jossen beharrte nicht weiter auf seiner Frage. Viljar beschloss, sich einzumischen. Sie mussten vorankommen und mit jemandem reden, der ihnen Antworten geben konnte.

»Die Sache stinkt doch zum Himmel. Meiner Meinung nach sollten wir die Jungs, die mit dem Video angekommen sind, genauer unter die Lupe nehmen.«

Lotte fiel ihm ins Wort.

»Viljar, hör auf jetzt! Sieh doch endlich der Wahrheit ins Auge. Ingar und Bjørnar – beide haben ein Alibi. Trond Anfinsen und Geirmund Bakken – Alibi. Sämtliche Partygäste – Alibi. Bis auf deinen Sohn. ALLE außer Alex haben für den Zeitpunkt des Mordes ein Alibi.«

Er wusste ja, dass sie recht hatte, aber es konnte einfach nicht sein. Alex konnte Emilie nicht umgebracht haben.

»Eines ist ganz sicher. Wir sollten in jedem Fall mit Ingar Fjell reden. Und zwar ein bisschen flott. Er hat nicht nur die ganze Bande mit Dope beliefert, er muss auch mehr über diesen Film wissen.«

Lotte schnaubte. Schlug sich mit der Faust an die Stirn. Anscheinend musste sie sich zusammenreißen, damit sie ihm nicht an die Kehle ging. Viljar begriff nicht, woher diese Feindseligkeit plötzlich kam.

»Nein, Viljar. Du machst überhaupt nichts. Ich werde Knut oder Lars ansprechen und sie bitten, Embla als Zeugin zu dem Sachverhalt zu befragen, dann haben wir die Drogensache schon mal abgehakt, falls da überhaupt was dran ist. Was ich ehrlich gesagt nicht recht glaube.

Zu dem Film hat Ingar bereits ausgesagt. Yusuf hat ihn aus dem Netz heruntergeladen und anschließend Bjørnar eine Kopie gegeben.«

»Embla hat sich verplappert, das habe ich doch erzählt. Sie wird der Polizei gegenüber nichts sagen.«

»Egal … Du hältst dich jedenfalls raus! Die Leute sterben hier wie die Fliegen. Die Morde haben nichts mit Drogen zu tun. Hier geht es um etwas ganz anderes.«

Viljar gab auf. Wenn Lotte sich erst auf etwas eingeschossen hatte, konnte nicht mal ein Lexikon sie davon überzeugen, dass sie sich irrte. Jossen beschwichtigte sie und zeigte auf einen der Ausdrucke, die vor ihnen auf dem Tisch lagen. Die Vernehmung von Veronica Østensjø.

»Darin erwähnt Veronica eine Reihe von Beobachtungen, die sie gemacht hat. Wo die Leute an dem Abend überall waren. Wer wann gekommen und gegangen ist zum Beispiel, und sie ist auch eine der Hauptquellen für Emilies Bewegungsprofil. Viele Details, nicht? Sie hat mit Sicherheit die handgreifliche Auseinandersetzung zwischen Emilie und Alexander mitbekommen und gesehen, wie Alex mit Ingar hinaus auf den Flur gegangen ist, zehn Minuten bevor Embla ihn gegen zweiundzwanzig Uhr auf dem Weg in Emilies Schlafzimmer gesehen hat. Viljar, hat Embla die Angabe heute bestätigt?«

Viljar nickte, blieb aber stumm. Ganz egal, was er sagte, es schien Lotte nur aufzuregen.

»Allerdings haben auch alle anderen Veronica Østensjø als schwer betrunken beschrieben. In der Zeit, über die wir hier reden, hielt sie sich gerade so auf den Beinen. Zeitweise war sie kaum noch bei Bewusstsein, und ihre Freunde haben sie mehrmals wachgerüttelt.«

Lotte erlaubte sich ein seltenes Lächeln und gab Jossen einen aufmunternden Klaps auf die Schulter.

»Junge, Junge. Wenn das mal nicht nach hinten losgeht.«

»Genau. Angesichts ihres Zustandes ist es höchst fraglich, ob die Zeiten stimmen, die sie angibt, und ob sie überhaupt etwas von Bedeutung mitbekommen hat.«

Viljar schaltete sich mit neuem Eifer in die Unterhaltung ein. Dies war eine Lücke in der Beweisführung gegen Alex.

»Also sind ihre Beobachtungen Alex betreffend womöglich irreführend?«

Jossen blickte zu Viljar hoch und lächelte leicht.

»Du hast doch Erfahrung damit … Wie gut siehst du durch die Suffbrille?«

Die Antwort lag auf der Hand. Er brauchte nur an all die Nachteulen zu denken, die er schon aus der Kneipe abgeschleppt hatte. Mehrere von denen hätten bei einer Schönheitskonkurrenz selbst gegen russische Diskuswerferinnen verloren.

Sie gingen jede einzelne Zeugenaussage durch und speicherten die Ergebnisse in Jossens Datenblättern. Eine halbe Stunde später stießen sie auf ein weiteres aufsehenerregendes Detail. Es konnte auf einem Missverständnis beruhen, aber das mussten sie nachprüfen. Jossen zeigte den beiden anderen, was er auf dem Bildschirm hatte.

»Mit Maria Friestads Aussage stimmt was nicht. Sie gibt einen Haufen Zeiten und Personen an, aber fast alles widerspricht dem, was die anderen Zeugen ausgesagt haben.«

Die Uhrzeiten waren nicht identisch. Sie behauptete,

Personen an einem bestimmten Ort gesehen zu haben, die andere Zeugen ganz woanders gesehen hatten. Entweder hatte sie sich alles ausgedacht, oder sie war die Einzige, die das beobachtet hatte. Es wirkte beinahe so, als habe Maria den gesamten Abend frei erfunden.

Lotte überlegte eine Weile, dann griff sie nach ihrem Handy und ihrer Jacke und steuerte auf die Wohnungstür zu.

»Ihr bleibt hier. Ich kenne Maria Friestad. Habe ein paar Mal Babysitterin bei ihr gespielt, als sie klein war. Mal sehen, ob ich sie erreiche.«

Haugesund Zentrum
Mittwochnachmittag, 4. März

Olav Scheldrup Hansen beschleunigte, um mit Harald Samuelsen die Strandgata hinunter Schritt halten zu können. Er hasste das. Er sah aus wie ein übereifriger Autogrammjäger, der seinem Idol hinterherlief. Nicht dass der Mitarbeiter vom PST so schnell gegangen wäre, aber er hatte längere Beine als John Cleese, und bei jedem Schritt von Samuelsen musste Olav drei machen.

»*Walk with me*«, hatte er gesagt. Aber genau genommen hätte er ebenso gut Gandalfs berühmten Satz aus *Der Herr der Ringe* rufen können: »*Run, you fools!*«

Sie hatten mit den anderen PST-Leuten den Tatort am Breidablik-Unterrichtszentrum besichtigt. Irgendwie mussten die beiden Todesfälle mit Hasskriminalität zu tun haben, nicht zuletzt, weil am Tatort von Yusuf Samfari auch DNA-Spuren von Bakken gefunden worden waren, aber Harald Samuelsen hatte bisher geschwiegen.

»Ihr müsstet doch wissen, was in diesen Milieus vor sich geht, Samuelsen? Ich weiß ja, dass ihr sie observiert.«

Harald Samuelsen machte keine Anstalten, langsamer zu gehen, obwohl er garantiert gemerkt hatte, dass Olav außer Atem war. Er legte ein Tempo vor wie ein E-Bike.

»Du sagst ›sie‹, Hansen. Wen meinst du eigentlich? Geirmund Bakken war der lokale Anführer des Norwegischen Widerstands, einer Gruppe, über die wir gut

Bescheid wissen, aber die Milieus sind nicht homogen. Sie bewegen sich in Grauzonen. Es gibt unzählige Splittergruppen. Diese Gruppierungen sind unübersichtlich und wenig transparent. Geschlossene Internetforen. Heimliche Treffen. Verborgene Hintermänner. Es wäre eine falsche Schlussfolgerung, den Tod Bakkens mit den Linksradikalen in Verbindung zu bringen. Das kann genauso gut ein Täter aus den eigenen Reihen gewesen sein.«

Olav machte ein paar Extraschritte und überholte Harald Samuelsen. Zwang ihn, stehen zu bleiben. Es war offensichtlich, dass es Samuelsen missfiel. Er warf einen nervösen Blick über die Schulter.

»Wir kennen beide den Zettel, der unter Bakkens Arm steckte. Die Verbindung zum Yusuf-Mord am Sonntag ist so deutlich, dass sogar Stevie Wonder und Andrea Bocelli sie sehen würden, auch ohne Sonnenbrille.«

Harald Samuelsen war offenbar nicht zu Scherzen aufgelegt. Er seufzte. Olav Scheldrup Hansen gab einen feuchten Dreck darauf. Jetzt war nicht die Zeit für Feinfühligkeit. Er brauchte Antworten.

»Ja, der Zettel, aber das Detail ist aus den Medien bekannt. Wir haben den Tatort und die Verletzungen gesehen. Selbst wenn Bakken am selben Tag, als Yusuf getötet wurde, nachweislich am Tatort war, sollten wir keine voreiligen Schlüsse ziehen. Ich war nach dem Mord an Yusuf ein bisschen zu schnell. Den Fehler mache ich nicht noch einmal.«

Olav konnte seine Überraschung nicht verbergen. Entweder war der Mann stockdoof oder ebenso träge wie der Rest des geriatrischen Polizeiaufgebots in dieser Stadt.

»Entschuldigung, aber was seht ihr vom PST plötzlich heute, was ihr gestern nicht gesehen habt?«

Zu Olavs Ärger setzte sich Harald Samuelsen wieder in Bewegung. Er schwieg eisern, bis sie den Haupteingang der Polizeistation erreicht hatten. An der Pforte wartete er auf Olav.

»Erstens ... Man führt keinen geplanten Rachemord aus, indem man den Schädel des Opfers gegen eine Steinmauer schlägt. Die Chance, dass das Opfer mit einer dicken Beule davonkommt, ist wesentlich größer, als dass es das Zeitliche segnet.«

Olav nahm auf dem Weg die Treppe hinunter immer zwei Stufen auf einmal, um an dem PST-Ermittler dranzubleiben. Er musste aufpassen, dass er nicht stolperte, und kam nicht dazu, einen Kommentar abzugeben.

»Zweitens ... Tötungsmethode und Tatort passen nicht zusammen. Anscheinend war es ein Totschlag im Affekt, aber der Tatort wurde hergerichtet, um es wie einen geplanten Mord aussehen zu lassen.«

Harald Samuelsen blieb stehen und ließ Olav den Vortritt in Åse Frugårds winziges Büro. Frugård blickte erstaunt auf, als die beiden eintraten. Olav registrierte sofort den strengen Zigarettenrauch und hätte wetten können, dass sie in ihrem Büro rauchte.

»Ich denke, den letzten Punkt, der die Theorie vom Rachemord endgültig beerdigt, kann uns diese aufmerksame Lady vielleicht beantworten.«

Auf Åse Frugårds Gesicht erschien ein strahlendes Lächeln, und ihre Runzeln legten sich in dicke Falten. Sie erinnerte an einen Shar-Pei-Hund.

»Ah ... Es ist mir immer eine Freude, dir behilflich

sein zu können, Harald. Dachtest du an das, was wir beim Mittagessen besprochen haben?«

Der PST-Ermittler nickte, nahm die kleine, runde Brille ab und setzte sich auf den einzigen freien Stuhl im Raum. Irgendwie war das Ordnung. Jetzt war Olav wenigstens genauso groß wie er. Åse Frugård griff zu zwei Fotos vom Tatort.

»Auf den ersten Blick ist es ganz einfach. Der Kopf wurde mit großer Kraft gegen die Mauer geschlagen. Der Streifen Blut an der Wand stammt von Bakken. Äußerst merkwürdig ist jedoch, dass es um den Blutstreifen herum keine Blutspritzer gibt. Wir haben den Streifen, aber die Umgebung ist buchstäblich chemisch rein. Die Suche mit der Lupe hat dasselbe ergeben.«

Olav gab sich einen Ruck. Er wollte den beiden Turteltäubchen nicht das Feld überlassen.

»Aha … Tüchtiger Mörder. Er hat hinter sich sauber gemacht. Das bestätigt doch meine Vermutung, dass die Tat geplant war.«

Åse Frugård sah ihn eindringlich an und schüttelte den Kopf.

»Das beweist, dass der Täter den Bereich um den Kopf gereinigt hat und weiß, wie so etwas gemacht wird, damit man keine Spuren hinterlässt. Aber warum entfernt er dann nicht den Streifen Blut vom Aufschlagpunkt hinunter zum Kopf? Außerdem … Jeder Zentimeter auf der Leiche und um die Leiche herum ist absolut sauber. Es gibt eine Leiche, und mehr nicht.«

Olav Scheldrup Hansen versuchte, so gut er konnte, Åse Frugårds Vortrag zu folgen, stand aber irgendwie auf dem Schlauch. Harald Samuelsen ergriff das Wort:

»Åse will damit sagen, dass Geirmund Bakken im Nachhinein an diesem Ort abgelegt wurde und dass derjenige, der das getan hat, sich mit Tatorten bestens auskennt und weiß, wonach die Spurensicherung sucht. Die Leiche wurde dorthin geschafft, Hansen. Wir haben einen Fundort, keinen Tatort.«

»Ja, aber … Wo ist er dann getötet worden?«

Åse Frugård sah den Ermittlungsleiter verwundert an.

»Herrgott, Olav, sehe ich aus wie eine Suchmaschine? Der Tatort kann überall sein, und wir werden ihn nie finden. Nur wenn der Täter ihn selbst verrät. Der- oder diejenige ist geschickt. Wenn der Fundort schon von allen unerwünschten Spuren gesäubert wurde, können wir uns wohl vorstellen, wie gründlich der ursprüngliche Tatort gereinigt worden ist.«

Harald mischte sich abermals ein.

»Wir kennen Geirmund Bakkens Bewegungsprofil bis 23.00 Uhr. Wir wissen, dass er in den Versammlungsräumen des Norwegischen Widerstands gewesen und anschließend in nördliche Richtung gegangen ist. Wir mussten die Observierung abbrechen, da wir nicht genügend Kräfte für eine Überwachung rund um die Uhr zur Verfügung haben.«

»Aber ihr habt immer noch nicht gesagt, warum das einen Rachemord ausschließt?«

Åse Frugårds Miene wurde sichtlich strenger.

»Doch, das haben wir, Olav. Der Betreffende muss genau gewusst haben, wo er die Tat unbemerkt verüben kann und wie viel Kraft er aufwenden muss, um einen Schädel so gegen eine Wand zu schlagen, dass der Ausgang tödlich ist. Weiterhin kennt er sich gut mit der

Arbeitsweise der Polizei aus, verschleiert einen Tatort und fingiert einen anderen. Das hier wurde professionell ausgeführt. Glauben Sie im Ernst, eine Bande von linksradikalen Kiffern oder irgendwelche Mullahs in Kittel und Sandalen wären in der Lage, dieses Kunststück zu vollbringen?«

Hätte Harald Samuelsen nicht schon den einzig verfügbaren Stuhl für sich beansprucht, wäre Olav jetzt darauf niedergesunken. Er sah ein, dass die Schlacht verloren war. Für einen Moment war er versucht, sich auf Samuelsens Schoß zu setzen, damit wäre die Demütigung komplett gewesen.

Haraldshalle, Haugesund
Mittwochnachmittag, 4. März

Lotte Skeisvoll wartete auf dem Parkplatz vor der Haraldshalle. Die alte Sportstätte war nicht gerade der Stolz der Stadt, aber immer gut besucht. Nahezu rund um die Uhr kamen Schwimmer, Handballer, Volleyballspieler und Leute, die ihr tägliches Krafttraining im Nautilus-Trainingscenter absolvierten. Direkt gegenüber lag die neue Eissporthalle, die Heimat der jungen Eishockeymannschaft der Stadt, Haugesund Seagulls. Vor der Eissporthalle fuhren unablässig Autos vor, aus denen kleine Kinder ausstiegen, mit Trainingstaschen so groß und schwer, dass sie auf dem Boden schleiften.

Maria Friestads Mutter hatte Lotte zur Haraldshalle geschickt. Maria sei beim Handballtraining der Damenmannschaft von Rival, erfuhr sie am Telefon, und sie treffe sie am besten dort nach dem Training. Lotte war sofort hingefahren. Rastlos ging sie auf und ab und wartete. Am liebsten hätte sie Maria aus der Halle geholt, aber darüber wäre das Mädchen wohl kaum erfreut gewesen.

Ihre Finger zitterten und kribbelten. Es fühlte sich an wie kleine elektrische Schläge, und das machte sie wahnsinnig. Was sie getan hatte, saß noch in ihrem Körper. Sie hatte keine Angst, war aber aggressiv und reizbar. War Viljar an die Gurgel gegangen. Schon wieder. Es war seine Schuld, nicht ihre. Gleichzeitig gab es keine Entschuldigung dafür, dass sie eigenmächtig gehandelt hatte. Es war, wie eine Kreuzotter im Magen zu haben, die um sich biss.

Maria Friestad schien nicht überrascht zu sein, Lotte zu sehen, als sie aus der Halle kam. Sie blieb stehen und ließ ihre Tasche krachend auf den Boden fallen. Maria wirkte missmutig und genervt, als ob allein schon Lottes Anblick sie anwiderte. Es war nicht mehr viel übrig von dem lächelnden kleinen Mädchen, das Lotte vor sechzehn Jahren im Kinderwagen spazieren gefahren hatte.

»Hallo, Maria. Ich nehme an, du weißt, warum ich mit dir reden will?«

Maria Friestad wand sich, sie schien sich unwohl zu fühlen. Ihre Augen suchten den Parkplatz ab. Offenbar wartete sie auf jemanden. Auf Lottes Frage antwortete sie nicht.

»Du hast bei der Polizei eine Zeugenaussage gemacht, aber deine Angaben sind total unlogisch. Warum hast du gelogen?«

Lotte hätte natürlich geduldig sein und es behutsam aus ihr hervorlocken müssen, aber sie konnte einfach nicht mehr warten. Sie ergriff Marias Arm und fragte noch einmal. Das Mädchen riss sich los und versetzte Lotte einen Stoß.

»Du kapierst überhaupt nichts, oder? Er hat es nicht getan. Er ist unschuldig.«

Lotte trat einen Schritt zurück und betrachtete Maria mit neuem Interesse. Obwohl sie klein und zierlich war, besaß sie offenbar eine ganze Menge Kraft.

»Sprichst du von Alexander, Maria?«

Das Mädchen zog die Schultern hoch. Scharrte mit der Schuhspitze über den Asphalt. Ihre Unsicherheit klebte an ihr wie ein nasses T-Shirt, und sie schaffte es nicht, die Tränen zu verbergen, die in ihren Augenwinkeln schimmerten. Sie hatte etwas an sich, das Lotte nicht genau definieren konnte. Ein zartes Glas, aber von einer unerklärlichen Festigkeit.

»Warum sagst du, dass Alexander unschuldig ist?«

Wieder dieser Wechsel zwischen Unsicherheit und Härte. Widerstreitende Signale. Die Körpersprache drückte das eine aus, die Augen etwas ganz anderes. Es dauerte eine Weile, bis die Fassade zersprang. Ihre Unterlippe begann zu zittern, und dann brach das Mädchen vor Lotte zusammen. Maria sank auf den Boden und schlang die Arme um ihren Körper.

»Ich wollte das nicht, Lotte… Ich habe sie umgebracht. Nicht Alexander.«

Lotte setzte sich neben das Mädchen. Atmete aus. Spürte eine körperliche Leere. Wer auch immer der Täter war, hier ging es um junges Leben. Um unsichere Menschen, fast Kinder noch, die aus ihren Startlöchern stolperten und auf die Nase fielen, bevor das Rennen begonnen hatte. Das war einfach traurig. Traurig und schmerzhaft.

»Erzähl.«

»Erst wollte ich nichts sagen. Oder… Ich wollte schon, hab mich aber nicht getraut. Mein Freund hätte…«

Wieder dieser suchende Blick über den Platz. Wahrscheinlich hielt sie Ausschau nach einem bekannten Gesicht. Auf einmal war es, als löste sich das ganze Mädchen auf.

»Ich war diejenige, die Scheiße gebaut hat. Alex wusste von nichts. Ich wollte ihn einfach für mich haben, und da dachte ich, dass ...«

»Was sagst du da, Maria? Du hast die ganze Zeit gewusst, dass Alex unschuldig ist, und lässt ihn einfach im Knast schmoren? Bist du noch ganz bei Trost, Mädchen?«

Maria liefen die Tränen übers Gesicht, und sie schluchzte und brachte kaum ein Wort heraus. Ihre Knie zitterten. Lotte legte den Arm um sie und zog sie an sich.

»Ich dachte nicht, dass es so viel war. Ich dachte, sie schläft ein, aber nicht, dass sie ... dass sie ...«

Sie vollendete den Satz nicht, aber Lotte begriff, was sie sagen wollte. Sie atmete tief aus. Wollte sie nicht zu sehr unter Druck setzen. Es genügte, dass das Mädchen den Strick nach und nach lockerte. Lotte half Maria aufzustehen, führte sie zum Auto und bat sie einzusteigen. Versprach ihr, sie anschließend nach Hause zu fahren.

»Okay. Du erzählst erst mir alles, und danach der Anwältin von Alex und der Polizei. Daran geht kein Weg vorbei, das verstehst du doch?«

Maria nickte, wischte sich die Tränen ab und schilderte ihre Version des Abends.

DIE PARTY
Maria

Maria Friestad rieb sich immer wieder die Schläfen. Jeder einzelne Beat aus den Bassboxen schickte schmerzhafte Strahlen durch die Augenhöhlen ins Gehirn. Solche Migräneanfälle warfen sie völlig aus der Bahn. Lähmten sie und machten sie unfähig, irgendetwas zu tun. Ah, diese verfluchte Migräne! Ihr stiegen die Tränen in die Augen. Sie hatte sich vorgenommen, dass es heute Abend passieren sollte, und diesmal würde sie niemand daran hindern. Immer wenn sie versuchte, ein paar Worte mit Alexander zu reden, kam eine Tusse an, vor der er sich wichtigmachte. Vor allem Emilie, natürlich! Emilie war irgendwie immer da, und dann war Maria Luft. Kein Wunder … Sie fühlte sich ja auch so. Wie Luft. Etwas, das einfach da war und das niemand beachtete.

Sie atmete tief ein, stand auf und ging entschlossen zu Even und seinem Kumpel. Die beiden saßen allein auf dem Sofa in einer Ecke des Wohnzimmers.

Even und Maria waren jetzt seit zwei Monaten zusammen. Sie stand nicht besonders auf ihn, hatte es eigentlich nie getan. Sie hatte gedacht, dass sie Alex vielleicht vergessen könnte, wenn sie mit einem anderen zusammen war. Aber es nützte nichts. Sie war besessen von Alex. Von seiner Stimme, seinen Augen, seinem Geruch, wenn er neben ihr stand.

Sie hatte vor, heute Abend mit Even endgültig Schluss zu machen und einen neuen Anlauf bei Alex zu unternehmen, zu blöd, dass die Migräne sie ausgerechnet jetzt überfallen musste. Ihre Medikamente lagen natürlich zu Hause auf dem Nachttisch. Wäre es ein normaler Abend gewesen, hätte sie sich ins erstbeste Taxi gesetzt und sich zu Hause unter der Bettdecke verkrochen.

Sie schmiegte sich an Even, der auf dem Spiegeltisch gerade zwei Lines baute. Maria wusste, dass der Schnee die Migräne in Sekunden wegfegen würde wie welkes Herbstlaub.

»Wir teilen, okay? Ich werd davon immer so geil.«

Even machte große Augen, und sein Adamsapfel hüpfte auf und ab. Sie wusste, dass er dann ja sagen würde. Das stimmte natürlich nicht, der Stoff machte sie überhaupt nicht geil, sondern konzentriert und wach.

Als er ihr den roten Strohhalm reichte, schaltete sich Vidar ein.

»Lass den Scheiß, Mann! Das reicht gerade für uns beide!«

Maria achtete nicht auf ihn und schniefte die halbe Line. Sie schloss die Augen und wartete auf die Wirkung. Eine intensive, kräftige Reaktion, als würde das Gehirn alle Sinne gleichzeitig freilassen. Sie lehnte sich zurück und spürte, wie es in ihrem Körper brauste. Die Migräne gab sie frei, und sie verspürte eine enorme Erleichterung, als die Schmerzen verschwanden. Lächelnd mischte sie den angebrochenen Streifen mit dem restlichen Stoff und baute zwei neue, kürzere Lines.

»Spinnst du, ey? Du hast was von Even gekriegt, nicht von mir!«

Maria stand auf. Even hielt sie fest und wollte sie an sich ziehen. Sie wehrte ihn ab.

»Amüsier dich ein bisschen mit Vidar, okay?«

Sie blickte sich um. Bemerkte aus den Augenwinkeln, dass Veronica auf sie zugeschwankt kam, und beeilte sich zu verschwinden. Even und Vidar würden sich den Rest des Pulvers teilen und für die nächsten Stunden komplett weg sein. Zeit genug für sie, endlich den entscheidenden Schritt zu wagen.

Sie ging langsam auf die Sitzgruppe zu, wo Emilie saß. Blickte sich um, ob Alex in der Nähe war, konnte ihn aber nirgends entdecken. Emilie trank wie immer Sommersby Apple Cider, was sie selbst an diesem Abend – nicht ganz zufällig – auch trank. Maria spürte, wie ihr Herz klopfte, es hämmerte, als wollte es aus der Brust springen. Sie setzte sich und stellte ihre Büchse Cider neben der von Emilie ab. Wartete eine Weile, hörte mit halbem Ohr der Diskussion auf dem Sofa zu, dann griff sie nach Emilies Ciderdose und nahm einen großen Schluck. Sie schlenderte zum anderen Ende des Zimmers und ließ ihre eigene Ciderdose bei Emilie stehen. Von dort hatte sie alles im Blick, und sie beobachtete, dass Emilie weitertrank, als wäre alles in Ordnung. War es jedoch nicht …

Rohypnol war zehnmal stärker als Valium, hatte sie gelesen, und die Wirkung setzte fast sofort ein. Zusammen mit dem Alkohol war Emilie ziemlich schnell ausgeknockt. Sie würde die Kontrolle über ihre Muskeln verlieren, verwirrt und schläfrig werden und sich am nächsten Tag an nichts mehr erinnern. Es war gemein, dass sie ihr das antat, auch wenn Emilie manchmal ganz schön bitchy sein konnte, aber Maria *musste* Alex an diesem Abend für sich allein haben.

Solange Emilie obenauf war, kam sie an Alex nicht ran. Seine Augen waren ständig auf der Suche nach ihr, klebten an Emilie und würdigten Maria keines Blickes. Aber heute Abend würde Emilie sich früh schlafen legen. Erledigt sein. Raus aus dem Spiel. Sobald sie das Feld geräumt hatte, war der Weg frei.

Bei Emilie setzte die Wirkung schneller ein, als Maria gedacht hatte, und für einen Moment fürchtete sie, zu viel hineingetan zu haben. Emilie lallte und torkelte über die Tanzfläche. Maria sank das Herz in die Hose, als sie sah, in welchem Zustand Emilie war. Alex war drüben an der Verandatür aufgetaucht, und Maria schlich sich näher heran.

Ihr fiel auf, wie resigniert Alex Emilie ansah. Das Mädchen konnte sich kaum noch auf den Beinen halten, sie schubste Alex und rief etwas, das Maria nicht ganz verstand. Plötzlich knallte es. Emilie hatte Alex eine gelangt. Ihr Körper folgte der Bewegung, und Alex musste die Arme ausstrecken, um sie aufzufangen. Er war nicht schnell genug, sodass sie zu Boden fiel. Offensichtlich glaubten die anderen, Alex habe sie geschlagen, und im Nu war eine Prügelei im Gange.

Maria war besorgt. Hatte sie Emilie womöglich zu viel gegeben? Es war zu spät, noch etwas daran zu ändern, aber sie folgte Emilie in einigem Abstand und sah, wie sie von Trond und Geirmund in ihr Zimmer gebracht wurde. Wenn alles so lief, wie Maria hoffte, würde Emilie in ein paar Minuten tief und fest schlafen. Trotzdem war sie unruhig. Es fühlte sich nicht richtig an. Eigentlich hatte sie genug Möglichkeiten, mit Alex nüchtern unter vier Augen zu reden, aber bisher war sie jedes Mal zu feige gewesen. Alles war ein bisschen leichter, wenn man was genommen hatte, aber was ihr als geniale Idee erschienen war, fühlte sich ganz falsch an, als es nun wirklich passierte. Das schlechte Gewissen fraß sie innerlich auf, und sie bereute die ganze Sache.

Nervös ging sie auf und ab, eine halbe Ewigkeit, wie ihr schien. Die Minuten schlichen dahin, und sie kam nicht zur Ruhe. Endlich beschloss sie, es zu riskieren, und ging zur Tür, die in den Flur führte. Sie wollte bereit sein, wenn Alex und Ingar aus dem Bad kamen, wo sie Alex' Verletzungen versorgten.

Ein paar Minuten später kamen die beiden heraus. Alex hatte sich das Blut aus dem Gesicht gewaschen, in seinen Nasenlöchern steckten Wattebäusche. Ingar sagte ein paar Worte zu ihm und drückte ihm etwas in die Hand, bevor er die Treppe hinunter ins Erdgeschoss lief. Maria wollte gerade zu Alex gehen, als Embla von unten die Treppe heraufkam. Nichts war so einfach, wie Embla zu ärgern, und Alex ließ sich die Gelegenheit auch diesmal nicht entgehen. Bevor Maria ihn aufhalten konnte, schlüpfte er in Emilies Schlafzimmer. Als sie ihm nachgehen wollte, stand John plötzlich neben ihr. Wo kam der denn auf einmal her? Er war ganz blass im Gesicht, sah noch merkwürdiger aus als sonst und stellte sich ihr breitbeinig in den Weg. Alex war für sie unerreichbar, schon wieder! Sie hätte John am liebsten angebrüllt und weggestoßen, aber stattdessen ging sie ins Wohnzimmer. Drehte eine planlose Runde, um die Enttäuschung abzuschütteln. Ging auf die Terrasse hinaus und stützte die

Hände auf das Geländer, während sie nachzudenken versuchte. Geistesabwesend registrierte sie, dass Bjørnar unten aus der Haustür trat, gefolgt von Yusuf. Sie schienen über etwas zu diskutieren, ehe Bjørnar Richtung Straße ging, ohne Schuhe an den Füßen. Yusuf verschwand wieder im Haus, kam aber gleich darauf mit Schuhen und einer Jacke heraus, dicht gefolgt von Embla.

Maria verlor das Interesse und ging zurück ins Wohnzimmer. John war verschwunden. Niemand in der Nähe. Sie zögerte nur einen Augenblick. Schob Angst und Unsicherheit beiseite. Entweder jetzt oder nie.

Rasch schlüpfte sie ins Schlafzimmer. Wenn Emilie nach der Dosis, die sie intus hatte, nicht schlief, dann war sie ein Nilpferd. Sie schloss die Tür hinter sich ab und lächelte, als ihr Blick auf Alex fiel. Er war groggy, murmelte unzusammenhängendes Zeug und streichelte Emilies Wange, um sie aufzuwecken. Er konnte ja nicht wissen, dass sie für Stunden weggetreten sein würde. Maria setzte sich neben ihn.

Er drehte sich erschrocken um und erstarrte, als er sie erkannte. Sah sie mit seltsamem Blick an, und dann Emilie. Maria legte den Zeigefinger an die Lippen. Es war eiskalt im Zimmer, sie hatte Gänsehaut unter ihrer dünnen Bluse. Sie stand auf und ging zum Fenster, das weit offen stand. Schloss es und setzte sich wieder. Versuchte, Alex' Hand zu nehmen. Ihn auf sich aufmerksam zu machen.

Er setzte sich auf und fuhr sich mit der Hand durchs Haar, als versuchte er, einen klaren Kopf zu bekommen. Die ganze Zeit suchten seine Augen Emilie. Es versetzte Maria einen Stich. Was hatte sie sich eigentlich erhofft?

Dass es ihr mit einem Zauberschlag gelingen würde, Alex' Meinung über Emilie zu ändern? Sie hatte sich so viel zurechtgelegt, was sie sagen wollte, aber jetzt, da sie ihn endlich für sich allein hatte, war alles wie festgefroren. Alle Worte, die sie in ihren Tagträumen formuliert hatte, wirkten plötzlich unsäglich dumm. Außerdem war er betrunken. Viel zu voll, als dass sie etwas Vernünftiges aus ihm herausbekommen hätte.

Die Unterhaltung verlief zäh. Maria beschloss abrupt, dass dies weder die Zeit noch der Ort für ein Gespräch war. Alexander hatte große Probleme, wach zu bleiben. Anstatt den Augenblick zu nutzen, für den sie so lange gekämpft hatte, half sie ihm dabei, sich auszuziehen, und deckte ihn anschließend zu.

Es tat körperlich weh, ihn so neben Emilie ins Bett zu bringen, aber es wäre nicht richtig gewesen, sich aufzudrängen. Als er endlich eingeschlafen war, schmiegte sie sich vorsichtig an ihn und strich ihm übers Haar. Die Stunden gingen dahin, während Alex schlief. Sie wärmte sich an seinem Rücken, während der Partylärm unten langsam erstarb und Stille sich im Haus ausbreitete. Schließlich stand sie auf. In der offenen Tür blieb sie einen Moment stehen und betrachtete die beiden im Licht, das aus dem Flur hereinfiel. Kurz überlegte sie, das Fenster einen Spalt zu öffnen, denn ein süßlicher, Übelkeit erregender Geruch hing in der Luft. Aber sie ließ es sein. Sie ging die Treppe hinunter, verließ das Haus und machte sich auf den Heimweg. Wischte sich die Streifen auf den Wangen weg, die die nächtlichen Tränen hinterlassen hatten.

Café Espresso, Haraldsgata
Mittwochabend, 4. März

Oslo hat das Kaffebrenneriet und das United Bakeries. Moderne Cafés mit frischen Backwaren, einem Duft von Kardamom und Zimt und einer irrwitzigen Auswahl an Kaffeevariationen. Die Baristas stehen hinter dem Tresen und drapieren Milchschaum mit einer Hingabe, als legten sie letzte Hand an ihren Beitrag zur jährlichen Herbstausstellung. Haugesund hat das Café Espresso in der Haraldsgata. Das Konzept ist ähnlich, aber die Räumlichkeiten sind etwas kleiner, die Bedienung ist umgänglicher und freundlicher, und die Gäste sind weniger abgehoben. Auf Barhockern am Fenster können die Besucher ihren Caffè Mocca im Glas genießen und dabei den Leuten zusehen, wie sie durch die Fußgängerzone schlendern.

Die Geschäfte in der Haraldsgata hatten wegen der *Prikkedager* in dieser Woche bis spätabends geöffnet, aber der erste Mittwoch im März war kein geeigneter Zeitpunkt, um Käufer in die Stadt zu ziehen. Als trügen sie Wikingerschilde vor sich, kämpften die Leute sich mit aufgespannten Regenschirmen durch die Straßen. Die Windböen wehten sie immer wieder fast um, und der Regen peitschte ihnen um die Füße. Verzweifelte Ladenbesitzer holten Angebotsfähnchen und Aufsteller herein, während der eine oder andere erschöpfte Junkie apathisch auf einer Bank in der Fußgängerzone saß und seinen Hund streichelte.

Lotte Skeisvoll sah aus dem Fenster, bekam aber nicht viel davon mit, was sich draußen abspielte. Innerhalb von zwei Stunden war so viel passiert, dass sie kaum Zeit gehabt hatte, sich zu sammeln. Maria Friestad hatte beschlossen, ihre Geschichte zu erzählen. Zuerst Alexanders Verteidigerin und danach, in einer neuerlichen Vernehmung, Olav Scheldrup Hansen. Die Verteidigerin hatte Lotte hinterher angerufen. Wie es aussah, würde Alexander schon am nächsten Morgen aus der U-Haft entlassen. Damit war die wichtigste Aufgabe erledigt.

Im Moment erschien Lotte das Treffen, das sie gestern verabredet hatte, komplett sinnlos. Worüber sollte sie eigentlich mit Veronica Østensjøs Mutter reden? In Haugesund sprach man nie übers Wetter. Es waren schon schwere Orkanböen nötig, damit ein Haugesunder zögernd eine Augenbraue hob und zu seinem Nebenmann sagte: »Pustet ganz schön heute, der Wind.«

Die Suspendierung von der Mordermittlung saß ihr immer noch wie ein Albtraum im Nacken, und die Ereignisse der letzten Nacht hatten sich in ihrem Körper festgesetzt wie ein Spannungskopfschmerz, der keine Ruhe gab. Im Universum war ein schwarzes Loch, das sie zu verschlingen drohte. Sie konnte sich nicht vorstellen, wie ihr Leben jemals wieder einen Sinn bekommen sollte. Die Sache würde sie bis ans Ende ihrer Tage nicht mehr loslassen. Würde sie innerlich zerfressen. Panik und Kummer wetteiferten darum, den Platz auszufüllen. Was würde übrig bleiben? Leere. Dunkelheit. Apathie? Lotte hatte genug damit zu tun zu existieren. Zu sein. So zu tun, als sei dies ein Tag wie jeder andere.

Sie blickte sich im Café um. Hielt Ausschau nach Katrine Østensjø. Vielleicht war sie schon früher gekommen. Lotte hatte keine Ahnung, wie sie aussah, aber bei diesem Wetter waren bestimmt nicht sehr viele reiche Frauen in der Stadt unterwegs. Eine der Damen am hintersten Tisch erhob sich und kam auf sie zu.

»Lotte?«

Lotte blickte zu der Frau hoch, die vor ihr stand. Irgendwie kam sie ihr bekannt vor, aber ihr wollte nicht einfallen, woher. Im selben Moment ging ihr auf, dass die Frau Katrine Østensjø sein musste. Oder besser gesagt, Katrine Svåsand, verheiratete Østensjø. Sie war drei Jahre älter als Lotte, und auf einmal erinnerte sie sich an Pfadfinderversammlungen und Zeltlager. Katrine war Truppführerin gewesen, sie selbst Aspirantin. Lotte öffnete die Arme und versuchte zurückzulächeln, umarmte sie aber nicht. Sie schützte ihre Komfortzone.

»Tut mir leid, Katrine ... Ich habe dich nicht gleich wiedererkannt. Habe nicht damit gerechnet, dass du die Mutter von Veronica bist. Mein Gott ... Wie alt warst du eigentlich, als du Mutter wurdest?«

Katrine Østensjø lächelte breit und hievte sich auf den Barhocker neben Lotte. Routiniert zog sie einen Kinderwagen zu sich heran, in dem ein Baby schlief.

»Ich war erst fünfzehn. Für mich gab's keine Jugend.«

Das hätte Lotte von sich auch sagen können, wenn auch aus anderen Gründen. Smalltalk war nicht gerade ihre Stärke, deshalb brachte sie schnell das Gespräch auf das Thema, das sie interessierte.

»Wie geht es Veronica eigentlich? Hat sie zu Hause darüber gesprochen, was passiert ist?«

Ein ernster Zug erschien auf Katrine Østensjøs Gesicht, und sie sah auf einmal erschöpft aus.

»Darüber gesprochen…? Sie kennt kein anderes Thema mehr. Sie kann nicht aufhören, daran zu denken. Schließt sich in ihrem Zimmer ein. Schläft nicht.«

Lotte nickte. Sie zog ihre Bluse glatt, damit sie nicht knitterte. Katrine legte den Kopf schräg. Zwang Lotte, ihr in die Augen zu sehen. Sie kniff sie ein wenig zusammen.

»Entschuldige, aber bist du nicht von dem Fall abgezogen worden? Du hast es ja zur landesweiten Berühmtheit gebracht, wie ich heute in den Zeitungen lese.«

Lotte hatte gehofft, es bliebe ihr erspart zu erklären, dass sie nicht als Polizistin hier war, sondern aus privaten Gründen. Sie merkte, wie sie rot wurde.

»Ja, bin ich. Aber wir haben uns ja bereits gestern verabredet, und ich hätte es unhöflich gefunden, nicht zu erscheinen. Du hast wohl längst mit den Ermittlern gesprochen?«

Katrine Østensjø schien sich etwas zu entspannen. Lottes Erklärung war glaubwürdig.

»Nein, noch nicht. Es sollte heute jemand kommen, aber der Termin wurde abgeblasen. Wir haben ja ohnehin nicht viel zu erzählen. Gunnar und ich waren in Gdansk, und Veronica hat ihre Aussage bereits gemacht.«

Das Baby gab einige missmutige Laute von sich, und Katrine hob es aus dem Wagen. Abrupt wandte Lotte sich ab, als Katrine ihre Bluse aufknöpfte und es ungeniert stillte.

»Ich kann nicht behaupten, dass es mich sonderlich überrascht hat …«

Erstaunt drehte Lotte sich wieder zu ihr um.

»Was meinst du?«

»Ja, also … Es ist vielleicht nicht richtig, das zu sagen, aber ich habe erwartet, dass in Veronicas Clique irgendwas passiert. Nach außen hin sind das alles nette Jugendliche, doch in Wirklichkeit sind da einige fragwürdige Typen dabei. Ich habe Veronica schon so oft gesagt, sie soll sich andere Freunde suchen.«

Es war nicht ganz einfach zu verstehen, was Katrine Østensjø meinte, und Lotte hakte nach.

»Hat Veronica irgendwas über ihre Freunde erzählt, hältst du sie für keinen guten Umgang?«

»Ja, sie ist wie ein offenes Buch. Emilie ist … war … ziemlich wild. Sie hat sich mit Typen eingelassen, einer schlimmer als der andere. Was Veronica über solche wie Bjørnar und Eivind erzählt, stimmt einen auch nicht gerade positiv. Und der Junge, der in U-Haft sitzt … Na, den kennst du ja selbst.«

Letzteres klang deutlich pikiert. Lotte tat, als hätte sie es nicht gehört.

»Was erzählt Veronica über die Jungs, Katrine? Bjørnar und Eivind, richtig?«

»Ja, Eivind Skeie. Er ist schon zweimal verurteilt worden. Unangenehmer Kerl. Anabole Steroide, Gewalt und sicher auch Drogen. Ich weiß nicht … Veronica ist so naiv. Sie sieht immer nur das Gute in den Menschen.«

Lotte verkniff sich eine Bemerkung, dass Katrine ihrem eigenen Küken ja auch blauäugig vertraute.

»Und Bjørnar?«

»Ach … Der ist auch nicht besser. Er legt alle flach, die nicht bei drei auf den Bäumen sind, sagt Veronica, und ein Nein akzeptiert er nicht.«

»Vergewaltigung? Bist du sicher, Katrine? Bei uns liegt nichts in der Richtung gegen ihn vor.«

»Nein, bist du verrückt? Nicht Vergewaltigung … Um Gottes willen … Er ist nur einer von denen, die sich ihr vermeintliches Recht nehmen. Solche Typen kennen wir doch wohl alle von damals, als wir jung waren, oder?«

Lotte hätte am liebsten widersprochen, ließ es aber sein. Ein Partygast aus Emilies engstem Freundeskreis, der die Mädchen bedrängte. Außerdem war er einer von denen, die am meisten Kontakt zu Yusuf Samfari gehabt hatten, dem zweiten Opfer. Ihm gehörte auch der Speicherstick, den er und Ingar ihr übergeben hatten. Sie hatten nur Bjørnars Aussage, dass es Yusufs Video war, das sich darauf befand.

»Katrine, das ist wichtig. Hast du das der Polizei gesagt?«

»Nein, sie haben uns ja noch nicht befragt, und ich habe Veronica versprochen, nichts davon zu sagen. Ich verstehe nicht, wieso das so wichtig sein soll. Ihr habt den Schuldigen doch. Wozu jetzt noch andere in den Dreck ziehen?«

Katrine Østensjø meinte offenbar, dass alles, was die fetten Schlagzeilen behaupteten, der Wahrheit entsprach. Wer in Haft saß, musste schuldig sein.

»Ganz so einfach ist das nicht. Aber warum ist Veronica denn überhaupt noch mit Bjørnar und Eivind befreundet?«

»Hab ich doch gesagt, oder nicht? Veronica ist unglaublich naiv. Für sie sind diese Mädchen, die sich von Bjørnar Nedstrand ausnutzen lassen, einfach … wie hat sie das noch genannt … ›Partymatratzen‹ war, glaube ich, das Wort, das sie verwendet hat. Sie meint, die Mädchen sind selbst schuld. Aber bei Trond war sie genauso blauäugig. Das verdammte Nazischwein hat ihr weisgemacht, dass er auf sie aufpassen sollte, während wir verreist waren. Was natürlich glatt gelogen war, aber sie ist darauf reingefallen. Schlimm genug, dass er unser Nachbar ist, aber dass er sich auch noch in unser Familienleben einmischt, geht nun wirklich zu weit.«

»Nazischwein? Du meinst wohl eher Geirmund Bakken?«

Katrine warf einen Blick über die Schulter. Beugte sich zu Lotte vor, weit hinein in Lottes Komfortzone, und flüsterte:

»Bakken? Ist der nicht einfach nur ein mediengeiles Großmaul? Nein, in den Kreisen ist es Trond Anfinsen, vor dem man sich hüten sollte.«

»Wie kommst du darauf, Katrine? In unseren Datenbanken haben wir nichts über Anfinsen, was ihn mit Rechtsextremismus in Verbindung bringt.«

Katrine Østensjø lächelte flüchtig, offenbar fand sie Lottes Einwand ziemlich albern. Sie beugte sich wieder vor.

»Wisst ihr das wirklich nicht? Okay … Als ich mit Veronica schwanger war, hatten Gunnar und ich einen Freund, der sich den Skinheads in der Stadt angeschlossen hatte. Trond war ein Alpharüde in der Gang, zusammen mit Tom Kimmo Eiternes natürlich.«

Lotte spürte, wie es ihr kalt über den Rücken lief. In

seiner Glanzzeit in den Neunzigern war Eiternes der meistgefürchtete Neonazi Norwegens gewesen. Im Gefängnis hatte er sich von der Bewegung losgesagt und in den letzten Jahren mit allen Mitteln dieses Gedankengut bekämpft.

»Jetzt verstehe ich überhaupt nichts mehr. Wenn er Teil von Eiternes' Netzwerk war, müssten wir doch was über ihn haben.«

»Nein, er wurde nie wegen etwas belangt. Er hatte seine Leute, die die Drecksarbeit für ihn erledigten. Außerdem zog er aus der Stadt weg und änderte seinen Namen, ehe er vor zehn Jahren zurückkam. Ich glaube nicht, dass noch viele Leute wissen, wer er ist. Vielleicht liegt da der Hase im Pfeffer. Du solltest mal nach Terje Nitter suchen.«

Hasseløy, Haugesund
Mittwochabend, 4. März

Die Kaianlagen unterhalb des neuen Gebäudes der Küstenbehörde auf Hasseløy hatten Mühe, den Wassermassen standzuhalten, die der Wind mit der Brandung in den Karmsund drückte. Die Aussicht vom Kai bot viele Kontraste. Neben dem Behördengebäude entstanden mehrere Wohnblocks. Schöne Wohnungen mit Blick aufs Meer und auf Vibrandsøy, die Insel auf der gegenüberliegenden Seite des Vibrandsøysunds. Auf der anderen Seite ragte die riesige blaue Aibel-Halle in den Himmel, davor ein Leichter mit unschönen roten Baracken und ein Kai, an dem zwei Schiffe im Dock lagen. Es waren schlechte Zeiten für die Ölindustrie in Westnorwegen, und die Reedereien in Haugesund hatte es hart getroffen.

PST-Ermittler Harald Samuelsen versuchte, Schutz vor dem Wind zu finden, und drehte sich um die eigene Achse, aber hier bewahrheiteten sich Kjell Aukrusts legendäre Worte: »Der Nordwind blies aus allen Richtungen.« Er gab es auf und wandte sich der zierlichen Frau zu, die vor ihm stand. Ihr schien das stürmische Wetter nichts auszumachen, dabei trug sie nur eine dünne Übergangsjacke. Die Haugesunder waren anscheinend aus härterem Holz geschnitzt als andere Leute.

»Ich hoffe wirklich, Sie haben einen guten Grund,

mich bei dem Wetter an diesen gottverlassenen Ort zu bestellen. Konnten Sie keinen Treffpunkt in der Stadt finden, wo der Sturm nicht um die Hausecken pfeift?«

»Hier in Haugesund ...? Nein.«

Harald Samuelsen meinte, einen Anflug von verschmitztem Lächeln auf ihrem Gesicht zu entdecken. Lotte Skeisvoll. Er hatte in den letzten Tagen viel von ihr gehört, und trotz ihres spektakulären Rauswurfs war das meiste, das ihm zu Ohren gekommen war, durchaus positiv. Eine unerschrockene Frau, die alles daransetzte, die Dinge ordentlich zu erledigen. Als sie ihn vor einer Stunde angerufen und um ein Treffen gebeten hatte, hatte er zuerst abgelehnt. Wenn sie etwas auf dem Herzen habe, solle sie zur Polizeistation kommen. Aber sie hatte nicht lockergelassen und behauptet, wenn der Inhalt des Gesprächs, das sie mit ihm führen wolle, dem Polizeichef oder Olav Scheldrup Hansen zu Ohren käme, würde sie für den Rest ihrer Polizeilaufbahn in irgendeinem staubigen Archiv versauern. Sie hatte ihm einen Namen genannt, den er überprüfen sollte, und falls er Interesse habe, mehr zu erfahren, müsse er sie hier treffen. Auf Hasseløy. Bei stürmischem Nordwind und peitschendem Regen. Er war skeptisch gewesen, aber die Überprüfung des Namens gab den Ausschlag.

Terje Nitter ... Der PST hatte jede Menge Informationen über ihn im System. Unter anderem einen Artikel in *Haugesunds Avis* vom 7. Juni 1996, mit dem Foto eines glatzköpfigen Terje Nitter neben Tom Kimmo Eiternes, Norwegens bekanntestem Neonazi der Neunzigerjahre. Eiternes war Anfang der Neunziger im rechtsextremistischen Milieu aktiv gewesen und hatte zuerst der in

Kopervik auf Karmøy entstandenen Skinheadgruppe angehört, ehe er sich der Birkebeiner-Gruppe anschloss.

Eiternes, Nitter und ein paar andere aus dieser Gruppe hatten sich sogar um die Mitgliedschaft bei den *Templar Knights of the Ku Klux Klan* beworben, waren dort aber wieder ausgestiegen, nachdem sie sich beträchtliche finanzielle Unterstützung vom Hauptquartier des Klans in Florida gesichert hatten, wie Harald den Geheimdienstberichten entnahm. Diese Gelder hätten zur Vorbereitung von Terroranschlägen und zum Kauf von Waffen dienen sollen. Eiternes und Nitter hatten in einem späteren Zeitungsinterview angegeben, dass ihnen der KKK allzu liberal gewesen sei. Zusammen gründeten sie die Gruppe »Einsatz«, die unter anderem plante, dreißig Linksradikale aus dem Umfeld des Café Blitz auf offener Straße zu liquidieren und Varg Vikernes aus dem Gefängnis zu befreien.

Harald hatte Dokumente im Archiv gefunden, die darauf hindeuteten, dass die Gruppe außerdem einen Staatsstreich geplant hatte. Offenbar wurde ein Rat gebildet, der die Machtübernahme in Norwegen organisieren und leiten sollte. Mitglied in diesem Rat war der bekannte Neonazi Jan Holthe, und dessen handverlesene Berater in militärstrategischen Fragen der Machtübernahme waren Tom Kimmo Eiternes und Terje Nitter gewesen.

Harald Samuelsen ließ die internen Unterlagen in dem provisorischen Büro liegen, das ihm auf der Polizeistation zur Verfügung gestellt worden war, und bestellte sich ein Taxi nach Hasseløy. Wenn Lotte Skeisvoll diesem Terje Nitter auf die Spur gekommen war, bestand ernsthaft

Grund zur Sorge. Der Kerl war ein ganz anderes Kaliber als der kleine Geirmund Bakken.

»Haben Sie Terje Nitter überprüft, wie ich gesagt habe?«

Lotte Skeisvoll sah ihn nicht an, während sie sprach. Sie kickte Grasbüschel und Zigarettenkippen beiseite, die auf dem schmalen Schotterweg zwischen Küstenbehörde und Kai lagen.

»Natürlich. Sonst wäre ich nicht hier.«

Sie nickte. Sagte nichts mehr. Blickte auf die dunklen Wellen, die gegen Vibrandsøy schlugen.

»Wissen Sie etwas über den Mann, was wir nicht wissen?«, fragte Harald. »Wir haben eine Menge Material über ihn, aber nichts mehr nach 1997. Das ist immerhin schon zwanzig Jahre her.«

Lotte Skeisvoll nickte wieder.

»Was wissen Sie über die Mordermittlungen nach der Party am Samstag?«

Harald blieb an der Kaimauer unterhalb der Wohnblocks stehen und zog die Jacke enger um sich.

»Ziemlich viel. Ich bin bei allen Lagebesprechungen von Olav dabei, das wissen Sie ja. Mehrere Kollegen aus meiner PST-Gruppe unterstützen KRIPOS und die örtlichen Polizeikräfte bei ihrer Arbeit. Wieso?«

»Terje Nitter ist Trond Anfinsen. Er hat seinen Namen geändert und ist nach Strandebarm in Hardanger gezogen, als alles um Eiternes herum zusammenbrach. Ich habe einen befreundeten Kollegen von mir angerufen, Bengt Alvsaker. Er leitet das Polizeirevier in Kvam, und er hat mir erzählt, dass Terje Nitter sich dort völlig unauffällig verhalten hat. Keinerlei Einträge. Er hat bis

2005 dort gewohnt, dann ist er mit seiner Frau und den neugeborenen Zwillingen wieder nach Haugesund gezogen.«

»Machen Sie Witze? Der Trond Anfinsen, der Geirmund Bakken auf die Party mitgeschleppt hat?«

Lotte bestätigte das und legte ihm leicht die Hand auf den Arm. Eine etwas unerwartete Geste, als brächte sie ihm eine Art Fürsorge entgegen.

»Ich bin kein Fan von wilden Verschwörungstheorien, Samuelsen. Aber ihr solltet euch mal dahinterklemmen. Falls Nitter noch dieselbe Einstellung vertritt wie vor zwanzig Jahren, ist ihm alles zuzutrauen. Auch Mord, fürchte ich. Es kann kein Zufall sein, dass der Kerl sich Zutritt zu einer Jugendparty verschafft, und kurz darauf liegen mehrere der Jugendlichen im Leichensack.«

Harald Samuelsen überlegte. Skeisvoll hatte recht, das waren zu viele Zufälle auf einmal. Er musste Scheldrup Hansen dazu bringen, sich diesen Nitter vorzuknöpfen.

»Hören Sie … Ich weiß, es ist ein bisschen abseits der Vorschriften, aber Sie dürfen mit keinem Wort verraten, dass Sie diese Information von mir haben. Das ist sehr wichtig. Ich bin suspendiert und darf die Sache nicht mal mit der Feuerzange anfassen. Falls der Polizeidirektor davon erfährt, dann …«

Harald beruhigte sie. Lotte Skeisvoll wirkte angespannt und nervös. Verständlich, so wie die Dinge lagen, aber er hatte kein Interesse daran, sie noch mehr in Schwierigkeiten zu bringen. Er drehte sich um und wollte gehen, aber sie hielt ihn zurück.

»Ich weiß, dass es viel verlangt ist, aber könnten Sie diesen Brief morgen Åse Frugård übergeben? Das sind

Informationen über einige der Jugendlichen, die auf der Party waren, und die Ermittlungsleitung sollte davon erfahren. Außerdem ist ein Speicherstick mit einem Videoclip dabei, den Åse sich ansehen soll. Sie müssen wissen, dass ich mit Scheldrup Hansen nicht auf gutem Fuß stehe. Wir kennen uns von früher, und wegen unserer Vorgeschichte wäre er der Erste, der mit dem Spaten bereitsteht, um mein Grab zu schaufeln. Ich vertraue niemandem außer Åse.«

Harald Samuelsen brauchte nicht zu überlegen. Ein größerer Wichtigtuer als Olav Scheldrup Hansen war ihm in seinem Berufsleben selten über den Weg gelaufen. Außerdem hatte er was übrig für die raubeinige Frugård. Sein Bauchgefühl sagte ihm, dass es richtig war, Lotte Skeisvoll den Gefallen zu tun.

Er nahm die Beine in die Hand, und als er drei Minuten später die Barkarøybrücke überquerte, musste er sich am Geländer festhalten, um nicht darüber hinweggeweht zu werden. Aber das machte ihm jetzt nichts mehr aus. Die Sache hatte eine Wendung genommen, und der morgige Tag würde hektisch werden. Er brauchte die Nacht, um alle Vorbereitungen zu treffen.

Polizeistation Haugesund
Donnerstagmorgen, 5. März, 08.00 Uhr

Zum ersten Mal, seit Olav nach Haugesund gekommen war, eilten die Mitarbeiter durch die Gänge und Korridore. Eine quirlige, hektische Aktivität herrschte im ganzen Haus. Es erinnerte ihn an einen Bienenstock, Sekunden bevor die Königin ausfliegt. Leute mit Papierstapeln in den Händen mussten Ermittlern ausweichen, die zwei, drei Kaffeebecher vor sich hertrugen. Alle verfügbaren Kräfte waren einberufen worden, zusätzlich zur Verstärkung von KRIPOS und PST. Sämtliche Büros wurden von mehr als einem Ermittler oder Polizeibeamten belegt. Am gestrigen Abend hatten sie die formalen Vorbereitungen in Angriff genommen, die heute zum Abschluss gebracht werden mussten. Olav bog um die Ecke zum Sitzungsraum, in dem die morgendlichen Lagebesprechungen stattfanden. Das Stimmengewirr wurde lauter. Die Leute drängten sich in kleinen Gruppen zusammen, und es gab keinen einzigen freien Sitzplatz mehr.

Die Morgenbesprechung zu leiten war Arnstein Guldbrandsens Aufgabe, und Olav suchte sich einen Platz an der Wand. Neben ihm stand Åse Frugård mit einem morgendlichen Gesicht, das selbst die Midgardschlange zu Tode erschreckt hätte. Olav schauderte.

Die Luft im Raum war stickig und feucht. Es roch nach nassem Hund. Die Uniformen waren seit gestern noch nicht ganz getrocknet, und auch heute würden sie wieder von dem himmlischen Nass durchweicht werden. Die Fenster zum Karmsund waren beschlagen.

Die vier Todesfälle hatten mittlerweile auch die Maschinerie in dieser Stadt auf Touren gebracht, wie Olav feststellte. Aus Ermittlersicht war der gestrige Tag doch noch ganz gut verlaufen. Er ging immer noch jede Wette ein, dass ein Zusammenhang zwischen den Morden bestand, vor allem weil in den Morgenstunden bekannt geworden war, um wen es sich bei Trond Anfinsen tatsächlich handelte.

Dass sich so einfache Dinge wie eine Namensänderung auch 2015 nicht routinemäßig aufdecken lassen, ist doch wirklich unbegreiflich, dachte Olav Scheldrup Hansen, während er mit halbem Ohr Samuelsens Ausführungen über Terje Nitters Leben folgte. Er gähnte und hob den Plastikbecher mit Kaffee an die Lippen, rümpfte aber sofort die Nase. Der Kaffee roch wie alte Socken und schmeckte auch so, aber etwas anderes war in diesem Haus nicht aufzutreiben.

Olav hatte nichts dagegen, dass die Geheimdienstler sich um die Neonazis kümmerten. Er und seine Ermittlungsgruppe hatten heute mehr als genug zu tun. Gestern Nachmittag war plötzlich ein Mädchen in Begleitung von Alexander Hauge Gudmundssons Verteidigerin aufgetaucht. Was sie zu erzählen hatte, stellte alles auf den Kopf. Danach konnte Gudmundsson gar nicht der Mörder des ersten Opfers sein. Es passte zeitlich nicht mit anderen Zeugenbeobachtungen zusammen, und die Aussage des am Boden zerstörten Mädchens war sehr überzeugend.

Deshalb musste Alexander aus der U-Haft entlassen werden. Hätte es sich um einen Erwachsenen gehandelt, hätte Olav sich mit aller Kraft dagegen gewehrt und dafür gesorgt, dass er unter irgendeinem Vorwand in Haft blieb, aber Alexander war erst siebzehn. Er gehörte nicht in eine Gefängniszelle. Das hier war schließlich Norwegen, nicht Guantánamo.

Sie mussten die Zeugen erneut vernehmen, aber er konnte nicht alles selbst machen. Was Åse Frugård gestern bezüglich der Professionalität im letzten Mordfall gesagt hatte, brachte Olav in die Klemme, und er wusste nicht recht, wie er damit umgehen sollte. Er hatte es noch nicht laut ausgesprochen, aber gewisse Dinge deuteten auf Lotte Skeisvoll hin. Dass eine Zeugin ein rotes Auto mit einer dunkelhaarigen Frau am Steuer gesehen hatte und der Täter sich bestens mit der Arbeitsweise der Polizei auskannte, hatte ihn ins Grübeln gebracht.

Natürlich hätte er die Spezialeinheit informieren und eine interne Ermittlung gegen Lotte einleiten müssen. Aber wenn es eines gab, was Olav noch mehr hasste als Rektaluntersuchungen, dann waren es interne Ermittler. Diese verdammten Lachsläuse, die sich einem an die Haut klebten, sobald sie witterten, dass man es mit einer Dienstvorschrift nicht so genau genommen hatte.

Er wollte die Schnüffler nicht auf sie loslassen. Jedenfalls noch nicht. Erst wenn er seine Untersuchungen abgeschlossen hatte und sich seiner Sache sicher war. Allerdings brauchte er Verbündete, die auch ein Interesse daran hatten, die Spezialeinheit auf Abstand zu halten. Olav warf einen Blick zur Seite und grinste.

Åse Frugård schlief. Im Stehen. Ganz leise drangen

kleine Grunzer und Schnarchgeräusche an sein Ohr. Er überlegte einen Moment, ob er sie anstoßen sollte, ließ es dann aber bleiben. Sie brauchte jede Minute, die sie kriegen konnte. Wenn er sie richtig einschätzte, würde sie seinen Plan unterstützen. Sie war ein so alter Hase, dass es ihr bestimmt nichts ausmachte, Arnstein Guldbrandsen zu umgehen, um einem Kollegen unter die Arme zu greifen. Sie würde buchstäblich über Leichen gehen, um Lotte zu helfen. Hoffentlich glaubte sie ihm, dass er gute Absichten hegte.

Haugesund
Donnerstagmorgen, 5. März, 08.30 Uhr

Blasse Sonnenstrahlen spiegeln sich in den großen Fensterflächen des Hotels Scandic Maritim. Vor der Drehtür am Eingang des Hotels drängen sich Leute, die hinein- oder hinauswollen. Ein paar vertriebene Raucher balancieren ihre Kaffeetassen nach draußen unter das Vordach. Andere stehen vor der Marilyn-Monroe-Statue und halten Ausschau nach einem Taxi. Drinnen an der Rezeption herrscht hektische Betriebsamkeit. Das Hotel ist voll belegt mit Teilnehmern einer nationalen Konferenz über Integration, und die Rezeptionisten haben alle Hände voll zu tun, die Gäste einzuchecken, die mit der SAS-Morgenmaschine aus Oslo eingetroffen sind. Gleichzeitig warten etwa zwanzig Leute mit Rollkoffern und Aktentaschen ungeduldig darauf, auschecken zu können. Am Eingang zum Frühstückssaal im ersten Stock ist es etwas ruhiger, aber auch hier wirken die Gäste leicht gehetzt. Leute unter Zeitdruck auf dem Weg zur nächsten Sitzung oder Konferenz. Männer in geschniegelten Anzügen. Frauen in schwarzen Hosen mit passenden Blusen in gedeckten Farben. Kommunalbonzen und Bürokraten. Sozialarbeiter in verknitterten Oberhemden und Wissenschaftler in Hochwasserhosen.

Ein junger Mann bleibt gleich hinter der Tür zum Frühstückssaal stehen. Stellt den roten Rollkoffer ab und geht zum reichhaltigen Büfett mit Brot, Wurstaufschnitt, Spiegeleiern, Bacon und weißen Bohnen in Tomatensauce. Er umrundet das Büfett ein Mal, dann verlässt er den Saal wieder. Spaziert lässig die Treppe hinunter, vorbei an der Rezeption und an den Rauchern draußen unter dem Vordach. Er hat beide Hände in den Hosentaschen und pfeift munter vor sich hin, während er die Taxischlange passiert und am Wasser entlang Richtung Indre Kai geht.

***

Am Breidablik-Unterrichtszentrum gibt es keine Schulglocke, die verkündet, dass der Unterricht gleich beginnt. Die Zeiten, als man die Uhr danach stellen konnte, sind vorbei. Nach den dramatischen Ereignissen der letzten Tage ist das Gelände abgesperrt worden, aber heute soll der normale Schulalltag zurückerobert werden. Eine kleine Gruppe somalischer Mädchen steht am Fahrradstand und plaudert, während sie zusehen, wie die letzte von ihnen ihr Fahrrad abschließt. Am Nordende stehen ein paar syrische Jungen und warten darauf, ins Gebäude gelassen zu werden. Im Eingangsbereich des Unterrichtszentrums schwirrt die Luft von Stimmen und Gelächter. Ungestüme Kleinkinder rennen die Treppe ins Erdgeschoss hinunter, worüber ein paar ältere Mädchen den Kopf schütteln. Zwei Lehrer mit schwarzen Laptops und Lehrbüchern unterm Arm schlängeln sich mit ihren Kaffeetassen routiniert zwischen lärmenden Schülern hindurch, die auf dem Weg in die Klassenräume sind.

Vor dem Schulgebäude halten zwei Mopeds an, und die Fahrer steigen ab. Sie hängen ihre Helme nicht an die

Maschinen, wie es Jugendliche normalerweise tun, sondern klemmen sie unter den Arm. Sie gehen in die andere Richtung, überqueren den Spielplatz in der Grünanlage und steuern auf das Geschäft von Autohändler Nils Sørhaug zu. Kurz davor biegen sie hinunter zur Bücherei ab und tauchen dort wieder auf, wo Fagerland früher seinen Laden hatte. Sie bleiben vorläufig in Deckung. Hier können sie ungestört ihre Vorbereitungen treffen.

* * *

Im Hemmingstad-Kulturhaus dauert es noch eine Weile, bis der Kurs für Muttersprachlehrer anfängt. Der Parkplatz davor ist fast leer, aber nach und nach treffen einige Angestellte des Kulturhauses ein. Gähnend steigen sie aus ihren Autos, mit krummem Rücken und steifen Beinen, voller Vorfreude auf einen kommunalen Kaffee, der die Wirbelsäule wieder gerade biegt. Sie blinzeln in den hellblauen Himmel und kommen zu dem Ergebnis, dass es wohl ausnahmsweise mal ein schöner Tag werden wird. Drei bleiben vor dem Haupteingang stehen, halten ein Schwätzchen und rauchen eine Zigarette, bevor der Arbeitstag beginnt.

Ein schwarzer Lieferwagen kommt den Spannavegen entlang, passiert Statoil und fährt langsam auf den Parkplatz vor dem Kulturhaus. Er hält an. Die Scheinwerfer gehen aus, und der Motor wird abgestellt. Die drei am Eingang beachten ihn nicht und gehen ins Haus. Der Lieferwagen steht auf dem Parkplatz, abgedunkelt und still. Niemand steigt aus.

Gefängnis Haugesund
Donnerstagmorgen, 5. März, 08.35 Uhr

Der Tag draußen war still, grau und feucht. Die Wolken schienen sich auf die Erde herabgesenkt zu haben, müde von der Last ihres eigenen Gewichts, und die ganze Stadt war in ein wundersames, schimmerndes Zwielicht gehüllt. Am Horizont war ein Streifen blauer Himmel zu erahnen. Nasskalter Nordwind blies vom Meer herein, aber Viljar Ravn Gudmundsson fror nicht.

Es passierte nicht oft, dass Viljar so dicht neben seiner Exfrau Hilde Hauge stand. Und noch seltener, dass er tatsächlich Lust hatte, sie zu umarmen. Er widerstand der Versuchung, denn sie würde ihm die kalte Schulter zeigen und eine Grimasse schneiden. Sein ganzer Körper vibrierte, als hätte er Fieber. *Alexander war frei.*

Alexanders Verteidigerin, Henriette Storhaug, hatte sich schneller in der Luft gedreht als ein Olympiasieger im Turmspringen und den ganzen Abend eifrig daran gearbeitet, den Antrag auf Haftentlassung aufzusetzen. Vor einer Stunde hatte sie angerufen und ihn gebeten, um 08.30 Uhr vor dem Gefängnis zu sein.

Nachdem Maria Friestad aufgetaucht war, hatte Viljar endlich seine Panik und die trüben Gedanken in den Griff bekommen. Das Mädchen hatte tatsächlich geglaubt, sie sei schuld an Emilies Tod, aber Emilie war nicht an einer Überdosis gestorben. Sie war erstickt.

Auch wenn das, was Maria getan hatte, ungesetzlich und verwerflich war, tat sie Viljar leid. Von allen Jugendlichen, die er getroffen hatte, war sie die Erste, die den lieben und herzensguten Alex hinter der aufgesetzten, großspurigen Fassade erkannte. Lotte dagegen hatte ihn nur komisch angesehen, als er seine Gedanken über Maria aussprach. Er hatte das Gefühl, dass sie mehr über den Abend wusste, als sie ihm erzählte.

Rechtsanwältin Storhaug hatte in den letzten Minuten ein Stück entfernt gestanden und telefoniert. Jetzt kam sie auf Viljar und Hilde zu. Man konnte ihr ansehen, dass auch sie sich über die unerwartete Wendung freute.

»Sie sind unterwegs. Der Polizist, der ihn begleitet, sagt, dass Alex nur noch den Empfang seiner persönlichen Sachen quittieren muss. Sie werden jeden Moment hier sein.«

Hinter dem automatischen Tor erhob sich das riesige rote Backsteingebäude, das die Gesetzesbrecher der Stadt beherbergte. Es war eine merkwürdige Anordnung. Ein altes Gefängnis mitten in einem der begehrtesten und teuersten Villenviertel der Stadt. Die Grundstückspreise hier waren höher als die gesamten Baukosten für ein Eigenheim in den meisten anderen Wohngebieten von Haugesund. Gleichzeitig waren die sozialen Brennpunkte der Stadt nur einen Steinwurf entfernt. Im Haugevegen reihte sich eine Sozialwohnung an die nächste, vom Kommunegården bis hinunter zur altehrwürdigen Hauge-Schule. »Nirgends ist der Weg zwischen Himmel und Hölle kürzer als auf Haugå«, wie es ein früherer Bürgermeister der Stadt ausgedrückt hatte, und so war es wohl auch.

Das Summen des elektrischen Toröffners riss Viljar aus seinen Gedanken. Hinter dem Zaun sah er Knut Veldetun und Alexander über den Hof gehen. Am liebsten hätte er dem Tor einen Tritt gegeben. Viljar tigerte am Zaun auf und ab, bis das Tor endlich offen war und er Alexander in die Arme schließen konnte. Der Junge war müde und verwirrt. Kein Wunder, das Ganze war ungemein schnell gegangen.

Alexander ließ die Arme hängen und erwiderte Viljars Umarmung nicht. Viljar kam sich für einen Moment ein bisschen dumm vor, wie er da stand und sich an Alex klammerte. Er ließ ihn los und machte Platz für Alex' Mutter. Nun ließ auch sie die Fassade fallen. Die Tränen liefen, und sie zitterte, als sie endlich ihren Sohn an sich ziehen konnte. Henriette Storhaug und Knut Veldetun hielten sich etwas abseits. Viljar legte den Arm fest um Alexanders Schulter.

»Freust du dich gar nicht? Du machst ein Gesicht, als hättest du nicht begriffen, was passiert ist.«

Alexanders Adamsapfel hüpfte auf und ab wie ein falsch programmierter Fahrstuhl. Seine Augen waren blank.

»Doch, klar, Papa. Klar. Das kam nur ein bisschen plötzlich, okay? Hab heute Nacht schlecht geschlafen … Die Gefangenen schreien die ganze Zeit und hämmern gegen die Wände.«

Hilde ließ ihren Sohn endlich los und hielt ihn eine Armlänge von sich. Viljar rechnete beinahe damit, dass sie gleich sagte: »Nein, wie bist du groß geworden«, aber das tat sie nicht. Sie schwieg. Worte waren überflüssig. Alexander wirkte linkisch und schien sich unwohl zu fühlen. Sein Blick irrte hin und her, und er knabberte an seinen Fingernägeln.

»Ich wär durchgedreht, wenn sie mich jetzt nicht rausgelassen hätten. Das war echt scheiße da drinnen.«

Viljar verzichtete darauf, das Unvermeidliche zu erwähnen. Dass Alexander für mehrere der Sachen, die er am Sonntag und Montag angestellt hatte, büßen musste, aber es würden kurze Strafen sein. Er war noch sehr jung und nicht vorbestraft. Viljar hatte die winzige Hoffnung, dass das Gericht ihn überwiegend zu Sozialstunden verurteilen würde.

»Denk jetzt nicht daran, Alex. Du bist wieder draußen. Das ist das Wichtigste.«

Er wollte noch etwas hinzufügen, aber Knut und Henriette kamen zu ihnen.

»Wir fahren jetzt zur Polizeistation. Kommen Sie nach, damit wir die Formalitäten erledigen können? Außerdem wollen die Ermittler noch mit Alexander reden, wegen des zweiten Videos, das wir bekommen haben. Anschließend können Sie dann nach Hause fahren.«

Viljar nickte, während Alexander nur leer vor sich hin starrte. Hilde berührte Henriette Storhaug am Arm.

»Ist es okay, wenn wir vorher noch kurz am Scandic Maritim vorbeifahren? Ich wohne dort und habe Frühstück für uns bestellt.«

Sie wurden gebeten, sich in der Polizeistation am Empfang zu melden, sobald sie gefrühstückt hatten. Die Anwältin und der Polizist stiegen ins Auto und fuhren los, während die drei noch eine Weile vor dem Gefängnistor stehen blieben. Viljar lächelte und betrachtete seinen Sohn. Der wiederum wirkte immer noch etwas abwesend. Viljar erkannte die Signale. Die Kombination aus zu viel Stress und wenig Dopamin brachte die ADHS-Symptome zum Erblühen. Er zog den Jungen mit sich zum Auto. Hilde folgte drei Schritte hinter ihnen.

Als sie Hildes Auto erreichten, ging die hintere Tür auf, und Maria Friestad stieg aus. Mit verlegenem Lächeln deutete sie eine Umarmung an und wartete darauf, dass Alexander zu ihr ging.

Alex blieb wie angewurzelt stehen und bewegte sich keinen Millimeter, bis Viljar ihm einen kräftigen Stoß in den Rücken gab. Wenn er vor dem Gefängnistor linkisch und unsicher gewirkt hatte, so war das nichts gegen das, was sich jetzt vor ihren Augen abspielte. Eine sehr kühle Umarmung gefolgt von nervösem Räuspern und einem kaum hörbaren »Danke« war alles, was Alexander fertigbrachte, ehe er seinem Vater verzweifelt signalisierte, dass er mit ihm reden müsse.

Die beiden entfernten sich ein paar Schritte. Hilde blieb bei Maria, und Viljar sah, dass sie versuchte, das Mädchen zu trösten. Maria hatte unbedingt dabei sein wollen, wenn Alex aus dem Gefängnis kam. Die Zurückweisung, die sie eben erfahren hatte, hätte kaum deutlicher ausfallen können.

»Was zum Teufel sollte das eben, Alex? Sie hat dich davor bewahrt, dein halbes Leben im Knast verbringen zu müssen. Eine herzliche Umarmung ist ja wohl das Mindeste, was du ihr schuldest.«

Alexander wirkte ängstlich. Es war offensichtlich, dass etwas nicht stimmte.

»Was will die hier? Ich kenn die nicht, hab sie höchstens mal irgendwo gesehen. Das war so peinlich!«

»Du … Blödmann! Du hast doch die halbe Nacht zum Sonntag mit ihr im Bett verbracht. Klar kennst du sie. Jetzt sei kein Idiot.«

Alexander seufzte. Seine Schultern fielen nach vorn, als stünde er vornübergebeugt mit einem allzu schweren Rucksack auf dem Rücken.

»Begreifst du das nicht, Papa? Ich kenne die überhaupt nicht! Ich kann mir nicht vorstellen, dass ich auch nur eine einzige Sekunde mit ihr verbracht haben soll!«

Viljar spürte, wie eine Stahlkralle sich um sein Herz legte und zudrückte.

»Willst du mir erzählen, dass sie lügt? Dass du nicht mit ihr zusammen warst?«

»Woher soll ich das wissen, Mann … Ich hab doch null Erinnerung an die beschissene Nacht.«

Innerhalb von Sekunden war alles, was gut gewesen war, wieder zerstört.

»Hast du das deiner Anwältin nicht gesagt? Dass du dich nicht erinnern kannst, das Mädchen je getroffen zu haben?«

Alexander sah seinen Vater lange an, dann schüttelte er resigniert den Kopf.

»Du bist echt so ein Idiot … Was glaubst du, was passiert wäre, wenn ich das getan hätte? Dann hätten sie mich wieder in die Zelle gesperrt und den Schlüssel weggeworfen. Das ist dir doch klar, oder?«

Karmsundgata, Haugesund
Donnerstagmorgen, 5. März, 08.40 Uhr

Sobald die Morgenbesprechung vorbei war, schnappte Olav Scheldrup Hansen sich Lars Stople und fuhr mit ihm zu Lotte Skeisvolls Haus. Olav hoffte, seinen Verdacht gegen Lotte durch eine schnelle Überprüfung entkräften zu können, damit es ihnen erspart blieb, die Mühlen einer internen Ermittlung in Gang zu setzen.

Lars Stople wollte zu dem unangemeldeten Besuch zuerst nicht mitkommen. Er kannte Lotte, seit sie bei der Polizei war, und die ganze Sache gefiel ihm überhaupt nicht. Olav konnte ihn verstehen. Andererseits brauchte er Lars als Puffer. Das Konfliktpotenzial zwischen ihm und Lotte war in den letzten Tagen nicht geringer geworden, und die Fragen, die er ihr stellen wollte, würden garantiert Öl ins Feuer gießen.

Als Lotte die Tür öffnete, war sie in einer völlig anderen Verfassung als bei seinem gestrigen Besuch mit Knut. Sie wirkte erschöpft und gequält. Dunkle Ringe unter den Augen, das Gesicht bleich und angespannt.

»Wir würden uns gerne mit Ihnen unterhalten, Skeisvoll … Aber vielleicht sollten wir lieber hineingehen?«

Lotte stand abwartend in der Tür und machte keine Anstalten, sie hereinzulassen.

»Das können wir auch hier auf der Treppe tun. Worum geht's?«

Olav wusste nicht recht, wie er anfangen sollte, beschloss dann aber, direkt zur Sache zu kommen. Ehrlichkeit währte zwar selten am längsten, aber sie beschleunigte die Dinge.

»Nun … Wir müssen überprüfen, ob Sie etwas mit dem Todesfall Geirmund Bakken zu tun haben. Eine Zeugin hat beobachtet, wie ein Auto, dessen Beschreibung auf Ihres passt, in der Nacht zu gestern vom Schulhof des Breidablik-Unterrichtszentrums gefahren ist. Die Zeugin hat eine Frau mit dunkler Kurzhaarfrisur am Steuer sitzen sehen. Außerdem hat die kriminaltechnische Untersuchung ergeben, dass der Fundort der Leiche so präpariert wurde, als sei er der Tatort, also hat die betreffende Person sehr genau gewusst, was sie tat. Wir möchten wissen, ob Sie in der fraglichen Nacht mit dem Auto in dieser Gegend unterwegs waren.«

Verblüffenderweise verzog sie das Gesicht zu einem breiten Lächeln, so als hätte er einen Scherz gemacht, aber dann schien ihr plötzlich bewusst zu werden, dass es ernst war. Ihre Unterlippe begann zu zittern, und sie stützte sich am Türrahmen ab.

»Großer Gott … Ihr meint das ernst? Glaubt irgendjemand auf der Dienststelle tatsächlich, ich könnte …? Und warum klopft dann nicht die Spezialeinheit an die Tür, wenn es so ist? Lars, du machst auch bei diesem Unsinn mit?«

Olav bereute, dass er Lars Stople nicht erzählt hatte, was er mit dem Besuch bezweckte. Der alte Beamte wich zurück und machte ein Gesicht, als hätte er ein Gespenst gesehen.

»Ich bin kein großer Freund interner Ermittlungen,

Lotte«, erwiderte Olav. »Ich gehe mit der Sache nicht zum Polizeidirektor, bevor ich mir nicht ganz sicher bin. Würden Sie bitte meine Frage beantworten ... Waren Sie in der Nacht zu gestern mit Ihrem Auto an der Breidablik-Schule?«

Lotte Skeisvoll versuchte, sich so gut es ging zu sammeln, aber anscheinend hatte der Schock sie aus der Bahn geworfen. Sie wirkte kleinlaut. Zitterte.

»Nein! Verdammt noch mal, Olav ... Jetzt hören Sie aber auf! Ich war zu Hause, von Mitternacht bis zum nächsten Morgen, als Sie und Knut vor meiner Tür standen. Viljar war hier ...«

»Okay. Aber Sie werden verstehen, dass wir uns damit nicht zufriedengeben können. Da wir eine Zeugin haben und einen Tatort, den jemand eindeutig mit polizeilichem Sachverstand präpariert hat, müssen wir eine gründlichere Überprüfung vornehmen. Das verstehen Sie doch?«

Olav Scheldrup Hansen bemerkte, dass etwas Farbe in ihr Gesicht zurückkehrte. Sie machte zwei Schritte auf ihn zu und versetzte ihm einen Stoß gegen die Schulter.

»Sie sind unglaublich! Stehen hier und sagen im Grunde, dass Sie mir nicht glauben, obwohl ich für die Tatnacht ein Alibi habe?«

Lars Stople hatte offenbar genug und ging zögernd einen Schritt die Treppe hinunter.

Verdammter konfliktscheuer Kerl! Ich hätte lieber Knut Veldetun mitnehmen sollen.

»Was ich glaube oder nicht, ist nicht wichtig, Lotte, und ich kann das nicht einfach so stehenlassen. Das wissen Sie.«

Jetzt war sie wütend, das war offenkundig. Sie beugte sich nach vorne, und ihre Augen wurden dunkel.

»Kann das nicht einfach so stehenlassen«, äffte sie ihn nach. »Nein, vielleicht nicht, aber Sie sind derjenige, der Fragen stellt, während alle anderen offenbar zu dem Ergebnis gekommen sind, dass mein Alibi ausreicht! Was haben Sie eigentlich für ein Problem? Ist es Ihnen wichtiger, mich fertigzumachen, als die Fälle zu lösen, die Ihnen in den Schoß gefallen sind?«

Olav gab auf. Es war zwecklos, es weiterhin im Guten zu versuchen. Sie verstand anscheinend nicht, dass er ihr eigentlich nur helfen wollte.

»Gut. Dann machen wir hier einen Punkt. Wir werden die internen Schnüffler anfordern. Wenn Sie nicht begreifen wollen, dass es gut für Sie wäre, mit uns zusammenzuarbeiten, dann ist das Ihr Problem. Ich mache nur meinen Job.«

Lotte Skeisvoll antwortete nicht. Stattdessen zeigte sie ihm den Mittelfinger und knallte die Haustür so heftig zu, dass die Außenlampe klirrte. Lars Stople hatte sich längst ans Ende des Hofes verkrümelt.

Olav Scheldrup winkte ihn zu sich, und zusammen gingen sie ums Haus, vorbei an dem roten Mazda und die Auffahrt hinunter. Dreißig Meter entfernt stand ein Polizeibeamter mit Schäferhund an der Leine. Er wartete auf sie. Olav ging mit festen Schritten auf ihn zu.

»Na? Haben Sie überprüft, worum ich Sie gebeten hatte?«

Der Polizist nickte, beugte sich zu seinem Hund hinunter und strich ihm über den Kopf.

»Und?«

»Ja … Satan hat am Auto markiert, so wie Sie vermutet haben.«

Der Hundeführer merkte, dass Olav ihn immer noch mit fragendem Blick ansah.

»Am Kofferraum. Der Leichenspürhund hat am Kofferraum einen Fund angezeigt.«

Rekavikgata 19, Haugesund
Donnerstagmorgen, 5. März, 08.50 Uhr

Es waren die kleinen Details, die den feinen Unterschied zwischen Erfolg und Fiasko ausmachten. Ein falscher Schritt, ein übersehenes Detail, und er würde die Gefängnismauern für lange Zeit nicht mehr von außen sehen. Deshalb war alles bis zum winzigsten Zahnrädchen in der Maschinerie durchdacht.

Das Kamerastativ stand bereit. Terje Nitter kontrollierte noch einmal, dass alles im Bild war und die Kamera funktionierte. Die Kontrolllampe am Akku war grün, und er setzte ihn mit geübtem Handgriff in die Kamera ein. Überprüfte die Kabel und machte eine Probeaufnahme vom leeren Stuhl und vom Hintergrund. Das Licht war etwas schwach, aber es musste gehen. Sonst hätte er die Jalousie vor dem Fenster hochziehen müssen.

Die neutrale Kleidung und die Sturmhaube lagen auf dem Stuhl bereit. Man konnte unmöglich zurückverfolgen, woher sie stammten. Die Kleidung hatte er vor über einem Jahr gekauft und bisher nie getragen. Massenware vom Grabbeltisch bei H&M.

Der Stimmverzerrer gehörte zu einer völlig neuen Generation. Während sich bei anderen nur die Stimmlage veränderte, ließen sich bei diesem Verzerrer Tonhöhe, Geschlecht, Stimmlage und Oktaven programmieren, sodass eine völlig neue Stimme entstand. Das Geniale daran: Wenn das Gerät mit der Videokamera verbunden war, konnte kein Polizeitechniker der Welt die Originalstimme herausfiltern. Die kleine Box kostete eine Stange Geld, war aber einfacher zu besorgen gewesen, als er gedacht hatte.

Es war immer noch reichlich Zeit. Terje Nitter verband den Laptop mit dem Server auf den Fidschi-Inseln. Ein paar Klicks, und dann öffneten sich drei Fenster auf dem Bildschirm. Jedes Fenster zeigte einen anderen Tatort in perfekter Perspektive. Er war erleichtert, weil niemand die kleinen Webkameras entdeckt hatte, die am Vorabend angebracht worden waren.

Auf dem Gelände des Unterrichtszentrums liefen einige wenige Jugendliche herum, während der Parkplatz am Hemmingstad-Kulturhaus menschenleer war. Der Lieferwagen war präpariert und stand genau an der Position, die sie am Vorabend verabredet hatten. Der Unsicherheitsfaktor war zweifellos der Frühstückssaal im Hotel Scandic Maritim. Er lachte in sich hinein, als er mit eigenen Augen sah, dass der Rollkoffer noch an derselben Stelle stand, an der er vor einer halben Stunde abgestellt worden war. Niemand hatte Verdacht geschöpft.

Ein erneuter Klick auf die Adresse des Servers, und vor Terje öffnete sich ein Menü, mit dem er verschlüsselt mit den anderen Akteuren kommunizieren konnte. Er blickte über die Schulter und bemerkte, dass die Flagge ein wenig schief hing. Er rückte sie gerade und befestigte sie mit einer kleinen Nadel. Kontrollierte, ob der Ausschnitt in der Videokamera stimmte, und kehrte zu seinem Stuhl zurück. Die Umgebung war nichtssagend; die Aufnahme konnte zu jeder Zeit an irgendeinem Ort in Norwegen entstanden sein. Ein anonymer E-Mail-Anbieter, ein versteckter Server, Kryptografieprogramme und ein YouTube-Account unter falschem Namen war eigentlich alles, was man brauchte.

Er sah, dass das Team sich ebenfalls auf dem Server eingeloggt hatte. Die Aktion war angelaufen. Alle Ausrüstung war vor Ort, und keiner von ihnen schien zu zögern. Er rief die Überwachungskameras auf und setzte sie auf Aufnahmefunktion. Ging zurück zum Chatroom auf dem Server. Vergewisserte sich, dass die Uhrzeit des Rechners mit dem Zeitgeber des Eichamtes in Norwegen synchronisiert war.

Seine Finger zitterten leicht, als er seinen letzten Gruß an die anderen schrieb. Jetzt kam es darauf an, dass jedes kleine Rädchen im Uhrwerk funktionierte. Wenn alle ihre Aufgabe erfüllten, würde alles nach Plan laufen. Nach *seinem* Plan, wohlgemerkt… Nicht unbedingt nach ihrem.

Terje Nitter überflog seinen Text ein letztes Mal, bevor er auf Enter drückte:

Operation Foxtrot. All clear. Zero minus 40.

Hotel Scandic Maritim, Haugesund
Donnerstagmorgen, 5. März, 09.25 Uhr

Hilde blieb im Frühstückssaal zurück, als Viljar mit Alexander hinausging. Sie setzten sich an die Bar. Alex wirkte verschlossen. Viljar konnte es nicht leiden, wenn sein Sohn sich ihm entzog. Es war jedes Mal eine Geduldsprobe.

»Du musst mit mir reden, Alex. Was passiert ist, können wir nicht auf die leichte Schulter nehmen, verstehst du das?«

»Nee, echt? Mach keinen Scheiß.«

Der Meister der Ironie. Was war los mit diesen Halbstarken, die kein normales Gespräch mit einem Erwachsenen führen konnten, ohne sich als Besserwisser aufzuspielen? Viljar wusste, es war ein Verteidigungsmechanismus, aber das machte es nicht einfacher.

»Deine Ironie kannst du dir sparen. Wir stehen mit beiden Beinen in der Scheiße, und es bringt überhaupt nichts, wenn du den Coolen und Unbeeindruckten mimst.«

Alexander spielte mit dem Barhocker, drehte den Sitz hin und her. Viljar seufzte und klopfte seine Jackentaschen nach Zigaretten ab. Dass Alex sich noch mehr in Schwierigkeiten gebracht hatte, weil er so tat, als sei sein Alibi echt, kümmerte ihn offenbar nicht sonderlich. Viljar hielt den Barhocker fest.

»Schluss damit! Hör mir jetzt mal zu. Was hast du dir in Sachen Maria überlegt? Hast du gesehen, wie geknickt sie war?«

Alexanders Blick wurde merklich finsterer. Ab und zu musste Viljar ihn provozieren, damit er sich öffnete.

»Mann, du nervst! Maria, Maria, Maria! Die ist fertig mit der Welt, alle in der Schule hacken auf ihr rum, wusstest du das? Hätte ich letzten Herbst nicht eingegriffen und den anderen gesagt, sie sollen sie in Ruhe lassen, hätten sie sie in Grund und Boden gemobbt.«

»Ach, du meine Güte …«

Viljar begriff. Die Ärmste hatte ihren Retter gefunden. Für sie war Alex der Prinz in schimmernder Rüstung auf weißem Pferd. Wenn sich die Welt in den letzten fünfundzwanzig Jahren nicht grundlegend geändert hatte, würde Maria freudig für ihn in den Tod gehen.

»Was soll das heißen, Papa?«

»Das soll heißen, dass du keine Ahnung von Frauen hast. Du hast sie vor den Mobbern gerettet, Alex. Wenn es nach ihr ginge, könnten sich alle Filmstars und Schmusesänger einmotten lassen. Das Mädchen ist bis über beide Ohren in dich verknallt.«

»Häh …? Quatsch!«

»Doch. Sie würde alles für dich tun, zum Beispiel, dir ein falsches Alibi geben, falls du eins brauchst. Das würde erklären, warum du dich nicht daran erinnerst, was passiert ist. Vielleicht ist es nie passiert.«

Alexander blieb stumm. Saß eine Weile nur da und starrte die Wand an. Erst als einer der Frühstücksgäste über einen roten Rollkoffer stolperte, der am Eingang stand, und beinahe gefallen wäre, kam wieder Leben in ihn. Er stieg vom Barhocker und ging zu dem älteren Mann, um zu sehen, ob er Hilfe brauchte oder sich verletzt hatte.

Als er zurückkam, wirkte er grimmiger. Entschlossener.

»Ich rede mit ihr, Papa. Aber ich werde sie nicht bitten, ihre Aussage zu widerrufen. Es *kann* ja so gewesen sein.«

Das war typisch für die heutige Jugend. Solange man nicht erwischt wurde, war das, was man tat, völlig in Ordnung. Solange man damit durchkam, war es nicht strafbar.

»In unserer Gesellschaft haben wir Regeln und Gesetze, Alex. Auch wenn es verlockend ist, so zu tun, als würde Marias Geschichte stimmen, ist es unmoralisch, nicht die Wahrheit zu sagen. Du MUSST zugeben, dass du dich an nichts erinnerst. Gerade dieser Zweifel am Sachverhalt würde eine Jury wohl zögern lassen, dich zu verurteilen.«

»Und das Risiko soll ich eingehen, nur um nett zu sein? Hast du nie was angestellt, wofür du nicht bestraft worden bist, hä?«

Alexanders Frage traf ihn wie ein Boxhieb in den Magen. Wenn es jemanden in diesem Land gab, der sich seiner rechtmäßigen Strafe entzogen hatte, dann war er das.

Wie kann ich von Alexander verlangen, die Konsequenzen zu tragen, wenn ich selbst mit eingekniffenem Schwanz durch die Gegend schleiche?

Viljar stand auf. Er hielt das Zigarettenpäckchen hoch, um zu signalisieren, dass er draußen eine rauchen wollte.

Als Alex Anstalten machte, ihm zu folgen, hielt Viljar ihn zurück.

»Weißt du was? Bleib hier und warte auf Mama. Ich muss einen Moment allein sein. Aber wir sind noch nicht fertig mit dem Thema, nur dass du's weißt.«

Mit entschlossenen Schritten ging er die Treppe hinunter an der Rezeption vorbei und durch die Drehtür hinaus. Er hatte das Video, das als Racheporno gedient hatte, gar nicht erst erwähnt. Wenn sein Sohn so drauf war wie jetzt, nützte alles nichts. Dann konnte man nur warten, bis der Dopaminspiegel im Gehirn sich normalisiert hatte. Die Zigarette brannte schon, noch bevor die Drehtür ihn auf die Straße entließ. Der Wind fuhr in sein langes, blondes Haar, und Viljar nahm einen gierigen Zug von der frischen Mischung aus Tiedemanns Rød und westnorwegischer Meeresbrise.

Karmsundgata, Haugesund
Donnerstagmorgen, 5. März, 09.25 Uhr

»Wollen Sie mich auf den Arm nehmen, Olav? Sie haben ohne meine Erlaubnis einen Polizeihund an meinem Auto schnüffeln lassen? Ich nehme an, Sie wissen, dass Ihr ›Beweis‹ unter diesen Umständen völlig wertlos ist?«

Lotte malte mit den Zeigefingern Gänsefüßchen in die Luft.

Olav straffte die Schultern. Er hatte keine Lust auf einen erneuten Schlagabtausch mit ihr, aber auch wenn sie unmöglich war, wollte er sie nicht den Löwen zum Fraß vorwerfen, bevor er nichts Handfestes hatte, das seinen Verdacht erhärtete. Es war definitiv nicht regelkonform, aber wenn Lotte bereit wäre zu kooperieren, dann …

»Ich weiß. Ich bin kein Idiot, auch wenn Sie das sicher anders sehen. Ich versuche, Sie aus der Sache rauszuhalten, Lotte. Nicht, Sie hineinzuziehen. Åse Frugård sieht das auch so. Sie meinte, dass Sie vielleicht kooperieren würden.«

Es schien beinahe, als ob Lottes Gesicht für einen Moment aufleuchtete.

»Ist Åse hier? Hat sie sich irgendwo versteckt, oder wie?«

Lotte benahm sich komisch. Wenn etwas dran war an dem Verdacht gegen sie, hätte sie jetzt verzweifelt sein müssen, aber das war sie nicht.

»Sie steht bei Ihrem Auto. Wir hoffen, dass Sie Åse ein paar Proben entnehmen lassen, immerhin hat der Hund ja reagiert.«

Lottes Augen wurden schmal, aber dann schien sie alle Bedenken über Bord zu werfen, so wie abergläubische Menschen Salz über die Schulter warfen, um nicht verhext zu werden. Sie bat Olav, einen Moment zu warten, und ging ins Haus. Gleich darauf kam sie mit einem Schlüsselbund in der Hand zurück.

»Wollen Sie selbst aufschließen, oder soll ich mitkommen?«

Olav wusste nicht recht, was besser war, aber sie hatten sowieso schon alle Regeln gebrochen, also machte es im Grunde nichts, wenn sie mitkam. Fünf Meter vom Auto entfernt stand eine missmutige Åse Frugård mit dem silberfarbenen Koffer neben sich. Sie hatte eine professionelle Maske aufgesetzt, aber ihre ganze Haltung strahlte Unwillen aus.

»Können wir?«

Olav nickte, und sofort begann sie mit ihrer Untersuchung rund um den Wagen. Dann ging sie zu Olav und Lotte und bat um die Autoschlüssel. Nach einigem Hin und Her, das Olav wie ein abendfüllendes Schauspiel des finnischen Fernsehens vorkam, steckte sie den Schlüssel ins Kofferraumschloss und öffnete die Klappe. Zuerst stand sie reglos da und betrachtete den Inhalt. Dann begann sie zu lachen.

Der Hund hatte deutlich reagiert, es konnte also kein Zweifel bestehen, dass der Kofferraum Dinge enthielt, die Lotte in Verbindung mit der Leiche von Geirmund Bakken brachten. Åses rasselndes Gelächter erinnerte

Olav an die hysterische grüne Hexe im *Zauberer von Oz*, und er bekam Gänsehaut.

Worüber lacht die denn so?

Die Antwort kam prompt. Was Åse aus dem Kofferraum holte, sah aus wie ein gebrauchter Schutzanzug und ein Koffer mit Ausrüstung für die Tatortuntersuchung. Der Schutzanzug hatte mehrere gut sichtbare Blutflecken auf dem Arm.

»Wir haben das Richtige getan, Olav. Sie können Lotte von Ihrer Verdachtsliste streichen.«

Åse Frugård lächelte. Ihre Laune war jetzt wesentlich besser als zuvor.

»Es ist nicht sehr verdächtig, dass ein Leichenspürhund den Tatortanzug eines Ermittlers anzeigt, nicht wahr?«

Der Zusammenhang war Olav sofort klar. Er drehte sich auf dem Absatz um und sah Lotte an, die hinter ihm stand. Auch sie konnte sich ein kleines Lächeln nicht verkneifen. Ruhig legte sie ihm die Hand auf die Schulter.

»Schon gut … Sie können natürlich das Blut auf dem Anzug mit dem von Geirmund Bakken abgleichen, um sicherzugehen. Aber ich glaube, Sie werden mit den Proben von Yusuf Samfari mehr Glück haben. Åse und ich mussten seine Leiche am Sonntag bewegen.«

Sekunden später schien der Ernst sie wieder einzuholen. Ihre selbstsichere Miene war verschwunden. Sie wandte sich zu Olav um und nahm seine Hand.

»Was ich noch sagen wollte … Ich bin sehr froh, dass Sie die Spezialeinheit nicht sofort hinzugezogen haben. Sie sind ein Idiot, Olav, aber manchmal haben Sie ein gutes Herz. Danke …«

Hemmingstad-Kulturhaus, Haugesund
Donnerstagmorgen, 5. März, 09.30 Uhr

Der Job als Securitas-Wachmann bot nicht den spannenden Alltag, den Åge Halvorsen sich erhofft hatte. Nachdem er sich dreimal um Aufnahme an der Polizeihochschule beworben hatte und jedes Mal gescheitert war, hatte er es aufgegeben und das Nächstbeste genommen – Ausbildung zum Wachmann und Arbeit in einer Sicherheitsfirma. Er hatte sich vorgestellt, bei Geldtransporten dabei zu sein, bei Einbruchalarm in Wohnhäusern auszurücken und als Personenschützer Prominente zu begleiten, die zu Besuch in die Stadt kamen. Die Realität hatte ihm einen Tritt in die Eier versetzt. Seit über einem Jahr patrouillierte er jetzt in einem Einkaufszentrum, und das Spannendste, was passieren konnte, war die Verfolgung von dreizehnjährigen Ladendieben und der Rauswurf von sturzbetrunkenen Säufern. Unglaublich trist und ätzend langweilig.

Dieser Donnerstag schien wie alle anderen Tage zu sein. Er stand an der Haltestelle unterhalb des Kulturhauses und wartete auf den Bus. Der hatte wie üblich Verspätung, und er fürchtete, auch heute wieder nicht pünktlich zur Arbeit zu kommen. Er hatte seine feste Route mit festen Uhrzeiten. Eine Runde vor dem Mittagessen und eine Runde danach. Mit dem Personal in den Läden sprechen und sich erkundigen, ob alles in

Ordnung war. Sollte etwas passieren und seine Hilfe nötig sein, wurde er über Funk verständigt.

Åge Halvorsen blickte hinüber zum Parkplatz vor dem Kulturhaus. Offenbar fand dort gleich eine Veranstaltung oder ein Kurs statt, denn der Platz war voller Leute, die eilig aus ihren Autos stiegen oder in kleinen Gruppen zusammenstanden und sich unterhielten. Åge Halvorsen unterdrückte ein Gähnen und ging ein Stück auf und ab. Zwei ältere Damen hatten die Bank mit Beschlag belegt, und er konnte sich nicht hinsetzen. Höflich begann er ein kurzes Gespräch, und die beiden Frauen erzählten von ihren Kindern und Enkeln. Åge richtete sich auf und warf einen letzten Blick hinüber zur anderen Seite. Etwas stimmte dort drüben nicht.

Ein paar Männer kamen den Hügel vom Kulturhaus heruntergelaufen, laut rufend und auf einen schwarzen Lieferwagen zeigend, der mitten auf dem Parkplatz stand. Åge Halvorsen blickte nach links und rechts, dann lief er über die Straße. Zuerst begriff er nicht, was der Grund für die Aufregung war. Dann sah er plötzlich, dass aus den Fenstern des Lieferwagens, die einen kleinen Spalt offen standen, schwarzer Rauch quoll. Er rannte zu dem Auto. Immer mehr Menschen strömten zusammen. Der Lieferwagen musste in Brand geraten sein. Åge Halvorsen hatte keine Ahnung, was er tun sollte. Brennende Autos zu löschen war nicht Teil seiner Ausbildung gewesen.

Obwohl dicker schwarzer Qualm das Auto einhüllte, entdeckte Åge etwas, das den anderen entgangen war. Auf dem Fahrersitz saß jemand. Der Betreffende war offenbar bewusstlos, denn er bewegte sich nicht. Åge rief den anderen Männern etwas zu. Sie mussten den Bewusstlosen aus dem Wagen ziehen, bevor das Feuer auf die Fahrerkabine übergriff. Der Securitas-Wachmann hustete von dem Rauch, aber durch Zeigen und Gestikulieren gelang es ihm, den anderen verständlich zu machen, was los war. Zusammen liefen sie zur Fahrertür und wollten sie aufreißen. Sie war verschlossen, und durch den schmalen Spalt, aus dem der Rauch quoll, würden sie den Mann nicht herausziehen können.

Eine große Gruppe von Menschen stand jetzt um sie herum, und immer noch kamen weitere hinzu, um zu helfen. Einer von ihnen war so geistesgegenwärtig gewesen, einen Feuerlöscher aus dem Kulturhaus mitzubringen. Falls er nicht ausreichte, um die Flammen zu löschen, konnten sie damit immer noch das Fenster einschlagen, bevor es zu spät war.

Was Åge Halvorsen und die Menschen um ihn herum nicht wussten: Es *war* bereits zu spät. Als der Mann mit dem Feuerlöscher gerade das Fenster einschlagen wollte, kam aus der Fahrerkabine ein greller Blitz, gefolgt von einem ohrenbetäubenden Knall. Alle wurden durch den gewaltigen Druck der Autobombe weggeschleudert. Für den Bruchteil einer Sekunde spürte Åge Halvorsen einen irrsinnigen Schmerz, dann faltete die Welt sich zusammen, und alles wurde schwarz.

Breidablik-Unterrichtszentrum
Donnerstagmorgen, 5. März, 09.30 Uhr

Shadi Omweda Suleiman setzte sich auf einen der Barhocker, die am Fenster vor dem Klassenraum standen. Sie holte ihr iPhone heraus und loggte sich rasch ins Netzwerk ein. Wie üblich setzte sich keine ihrer Klassenkameradinnen zu ihr. Sie suchten sich Plätze in der Reihe zum Schulhof hin oder setzten sich auf die Erde und lehnten sich an die Hauswand. Die Jungs liefen nach hinten und sicherten sich die Plätze, wo der Lehrer sie nicht sehen konnte, weil sie mit ganz anderen Dingen beschäftigt waren als dem Unterrichtsstoff.

Es machte ihr nichts aus, dass sie allein war. So konnte sie ein bisschen für die Schule lernen. Sie sollten eine Präsentation auf Norwegisch über Napoleon vorbereiten, und der Lehrer hatte den dreizehn Schülerinnen und Schülern freigestellt, ob sie sich dafür ins Klassenzimmer, die Bibliothek oder in die Gemeinschaftsräume setzten. Kaum ein Schüler war beim Lehrer in der Klasse geblieben.

Shadi versuchte, die Snapchat-Bilder und die SMS wegzudrücken, die auf ihrem Handy ankamen. Auch wenn ihre Klassenkameradinnen sich nie zu ihr setzten, hinderte sie das nicht daran, ihr Fotos und SMS zu schicken, die alle dasselbe Ziel hatten: ihr zu zeigen, dass sie nicht dazugehörte. Mehrere Male hatte sie Screenshots von den Fotos gemacht, damit die Erwachsenen begriffen, dass sie gemobbt wurde, aber dadurch grenzte sie sich nur endgültig aus, wobei die Textnachrichten, die sie bekam, immer auch als nett gemeint interpretiert werden konnten. Nur sie und die Absenderin wussten, dass sie es nicht waren. Wenn Larisa schrieb *Finde dein Kleid heute toll*, dann fasste niemand außer den Erwachsenen die Worte so auf, wie sie da standen. Larisa lobte nie jemanden.

Sie riss sich zusammen. Loggte sich wieder aus und versuchte, sich auf ihre Notizen für die Präsentation zu konzentrieren. Hätte sie die nur in ihrer Muttersprache halten können, dann wäre alles okay, aber auf Norwegisch … Von dort, wo sie saß, hatte sie freien Blick auf den Haupteingang. Das Wetter, das noch vor einer Stunde so vielversprechend ausgesehen hatte, war jetzt trübe und grau, und sie fröstelte bei dem Gedanken, dass sie nach der Mittagspause draußen Sport hatten.

Von ihrem Platz am Fenster aus war die dreizehnjährige Shadi wahrscheinlich die Erste, die die Männer sah, und wenn sie aufmerksamer gewesen wäre, hätte sie die anderen warnen oder wenigstens sich selbst in Sicherheit bringen können. Zuerst dachte sie, es seien Schüler, die auf der Treppe vor dem Eingang einen Film drehten. Es schien, als ob die beiden, die draußen standen, im Begriff waren, sich Mützen aufzusetzen, und eigentlich war das auch der Grund, warum Shadi genauer hinsah. Eine Mütze aufzusetzen, wenn man *hinein* ins Warme ging, war ja etwas seltsam.

Sie lächelte. Die Jungs sahen komisch aus in ihren dicken blauen Daunenjacken, die sich über dem Bauch wölbten. Erst als sie erkannte, dass sie keine Mützen aufsetzten, sondern Sturmhauben, kam ihr der Gedanke an Filmaufnahmen, aber gleichzeitig hatte sie das Gefühl, dass irgendwas nicht stimmte. Das waren keine Breidablik-Schüler, sondern junge, erwachsene Norweger. Das Letzte, was Shadi brauchte, war Aufmerksamkeit, und es wäre total blöd gewesen, wenn sie ihre Klassenkameraden aufscheuchte, damit sie sich etwas ansahen, was sich am Ende als völlig normal und langweilig herausstellte. Deshalb blieb sie sitzen.

Eine Minute später sah sie, wie die jungen Männer die äußere der beiden Türen zum Klassentrakt öffneten. Einer hielt die Tür auf und ließ den anderen vorgehen. Shadi spürte ein seltsames Kribbeln, eine Vorahnung von Gefahr, aber trotzdem unternahm sie nichts. Saß einfach da und sah zu, wie die beiden Männer die Reißverschlüsse ihrer Jacken öffneten, als sie durch die zweite Flügeltür auf den Korridor kamen. Shadi rutschte von ihrem Hocker, blieb aber wie angewurzelt stehen. Die Männer hielten Maschinenpistolen in den Händen. Einer rief etwas, und jetzt waren nicht nur Shadis Augen auf den Eingangsbereich gerichtet. Schreie von ängstlichen Mädchen gellten durch den Flur, und im selben Moment fielen die ersten Schüsse.

Ihre Beine waren wie Pudding, aber sie rannte los und schrie voller Panik. Innerhalb von drei Sekunden hatte sich der Korridor in ein komplettes Chaos verwandelt. Shadi wurde von einem schmächtigen Mädchen aus ihrer Klasse beinahe umgerannt. Sie hörte die Schüsse hinter sich. Im selben Moment schrie das kleine Mädchen vor ihr auf und fiel. Shadi sah die rote Rose, die sich auf ihrem Rücken ausbreitete, und an der Tür, an der das Mädchen im Moment des Schusses vorbeigelaufen war, lief das Blut hinunter. Shadi hastete auf den Hinterausgang zu, überall lagen Mitschüler auf dem Boden.

Einer von ihnen war ein stiller Junge, der nie ein Wort sagte und im Klassenraum hinter ihr saß. Eine Hälfte seines Gesichts war blutüberströmt, und seine Brille lag zerbrochen neben ihm. Sie konnte nichts mehr für ihn tun. Verzweifelt rannte sie weiter auf die Ausgangstür zu, wo Schüler sich gegenseitig in Grund und Boden trampelten, um ins Freie zu kommen. Hinter ihr fielen weiterhin Schüsse. Sie warf einen schnellen Blick über die Schulter. Überall lagen Kinder auf dem Boden und schrien. Plötzlich spürte sie einen heftigen Schmerz in der Seite, und gleich darauf noch einen im Kreuz. Ihre Beine versagten, sie stürzte zu Boden und schlug mit dem Kopf auf. Das Letzte, was Shadi sah, war, dass ihre weiße Bluse am Bauch rot von Blut war. Sie schrie nach ihrer Mutter, aber es war kein Schrei. Es war ein lautloses Flüstern, das niemand außer ihr hörte.

Hotel Scandic Maritim, Haugesund
Donnerstagmorgen, 5. März, 09.30 Uhr

Alexander kämpfte mit seinen Gefühlen. Er hätte seinem Vater so gern alles erzählt, aber er konnte nicht. Sein Gedächtnis enthielt lediglich Momentaufnahmen vom Samstagabend. Und diese Erinnerungsbruchstücke schob er lieber beiseite. Er war wütend auf Emilie gewesen. Dann der Streit mit John in der Küche. Die Prügelei im Wohnzimmer. Dieses verdammte Speed hatte ihn gefickt. Ihn komplett paranoid gemacht.

Dass sein Vater sauer war, konnte er verstehen, und er wusste, warum er so wütend das Hotel verlassen hatte. Hinter dem Bemühen um Versöhnung und Verständnis lag nämlich eine latente Wut. Papa reagierte immer so, wenn ihm der Kragen platzte. Schnappte sich seine Zigaretten und verschwand durch die Tür. Alexander beneidete ihn um die Fähigkeit, sich zu zügeln. Einen Punkt zu machen, wenn etwas zu weit ging. Nicht zu explodieren, sondern sich zu besinnen und einen langen Spaziergang zu machen.

Seine Mutter war das genaue Gegenteil. Hysterisch und aufbrausend. Sie beschuldigte Papa und ihn, dass sie sie durch ihr Verhalten verletzen und ihr ein schlechtes Gewissen machen wollten. Jeder Streit, jede Diskussion drehte sich nur darum, wie schwer sie es hatte und dass keiner Rücksicht darauf nahm, wie schlecht es ihr ging.

In ihren Augen war sie die Sonne, um die sich alle Planeten zu drehen hatten.

Müdigkeit überkam Alexander, während er auf dem Barstuhl saß und darauf wartete, dass seine Mutter fertig gefrühstückt hatte oder dass sein Vater mit neuen, sinnlosen Ermahnungen vom Rauchen zurückkam. Den Kopf auf die Hände gestützt nickte er ein und war ein paar Sekunden lang weg, bis er jäh davon aufwachte, dass sein Handy auf dem Tresen vor ihm piepste. Das Display leuchtete auf, nur ein einzelnes Wort, *Sorry*, verziert mit dem Emoji eines weinenden Herzens. Papas Nachricht stimmte ihn milder, gleichzeitig schürte sie seine Verachtung, weil er es nie schaffte, eine Auseinandersetzung bis zum Ende auszutragen. Alles nur um des lieben Friedens willen. Um Konflikten aus dem Weg zu gehen. Um den Rücken freizuhaben.

Was Maria sich davon erhoffte, dass sie ihm ein Alibi gab, war unklar. Alexander merkte, dass es etwas in ihm auslöste. Sie hatte sich geopfert, nur um seine Haut zu retten. Er musste mit ihr reden.

Die letzten Tage waren die schlimmsten in Alexanders Leben gewesen, aber sein Vater hatte recht. Er konnte sich nicht mithilfe einer eventuellen Lüge aus der Verantwortung schleichen. Während ihm die Gedanken durch den Kopf gingen, passierte etwas am Eingang zum Frühstückssaal. Ein paar Leute sprangen erschrocken zur Seite. Es war, als säße in dem abgestellten roten Koffer eine Katze, die sie plötzlich anfauchte. Andere hielten verwundert inne und starrten den Koffer an.

Die Zeit, die das Gehirn braucht, um eine Gefahr zu erkennen, ist sehr kurz, aber wie Menschen darauf reagieren, ist ganz verschieden. Zwei der Leute, die stehen geblieben waren, rannten wortlos hinunter in die Eingangshalle. Eine ältere Dame rührte sich nicht vom Fleck und betrachtete verwundert den Koffer, während ein Mann, der neben ihr gestanden hatte, in den Frühstückssaal lief und den dort Sitzenden zurief, dass sie den Raum so schnell wie möglich verlassen sollten.

Alexander stand abrupt auf und wollte gerade loslaufen, als ihm einfiel, dass seine Mutter noch im Frühstückssaal saß. Er zögerte einen Moment, und das war genau ein Moment zu lange. Rauch quoll aus dem Koffer. Gäste eilten aus dem Frühstückssaal. An der Tür staute es sich, immer mehr Leute drängten nach, trampelten sich gegenseitig nieder, um rauszukommen. Alexander bekam erst richtig Angst, als er sah, was mit denen passierte, die dem Koffer am nächsten standen: Sie krümmten sich, fielen auf die Knie, mehrere von ihnen übergaben sich.

Überall gellten hysterische Schreie, und auf einmal war der Gang voller Menschen, die Hals über Kopf flohen. Mehrere fielen hin. Alexander kam nur wenige Schritte weit, bevor er umgerannt wurde und auf dem Boden liegen blieb. Er hielt den Atem an, bis ihm die Brust wehtat, aber dann stolperte jemand über seine Beine, rammte ihm im Fallen die Knie in den Rücken und schlug ihm die Luft aus der Lunge. Alexander holte Atem und hatte sofort den süßlichen, stickigen Geschmack von Gas auf der Zunge. Ein widerlicher Geruch stach ihm in die Nase und löste den Würgereflex aus. Er erbrach sich. Bekam keine Luft. Übergab sich wieder, während die Leute über ihm und um ihn herum zusammenbrachen.

Verzweifelte Schreie und Hilferufe gellten durch die

Etage, und er kam nicht wieder hoch. Er versuchte, auf allen vieren zu kriechen, und schaffte es beinahe bis zur Treppe. Das Gas hatte ihn vollständig eingehüllt. Der Ausgang lag ein Stockwerk unter ihm, wenn er Glück hatte, konnte er vielleicht die Stufen hinunterrollen. Aber schließlich gab Alexander auf und blieb liegen. Eine Flut von Menschen auf dem Weg ins Freie wälzte sich über ihn hinweg.

Karmsundgata/Breidablik, Haugesund
Donnerstagmorgen, 5. März, 09.35 Uhr

Die ersten Meldungen über Polizeifunk pulverisierten das Vernunftzentrum im Gehirn. Ungläubig blickten sie auf die Funkgeräte. Das konnte nicht sein … Ganz ähnlich musste damals den Polizisten in New York zumute gewesen sein, als sie die Meldung hörten, dass ein Flugzeug in einen der Zwillingstürme des World Trade Center gerast war.

Lotte Skeisvoll hatte sich gerade zu Knut Veldetun ins Auto gesetzt, um sich von ihm zur Polizeistation bringen zu lassen, wo der Polizeichef sie sprechen wollte. Als sie die Meldung hörte, war sofort die Erinnerung an jenen Tag im Herbst wieder da, als alles in sich zusammenstürzte. An die Meldungen, die im Sekundenabstand hereinkamen. Die Ohnmacht. Die Angst. Den Wahnsinn. Die Gewissheit, dass alle Hilfe zu spät kam.

Amoklauf in Breidablik … Wie oft hatte sie nicht schon daran gedacht, dass der Terror wieder in Norwegen zuschlagen könnte. Es dauerte einige Sekunden, bevor Knut reagierte, aber dann saß jeder Handgriff. Eine gut geölte Maschine, vorprogrammiert und mit glasklaren Arbeitsaufgaben.

Er meldete sich bei der Zentrale, während er mit dem Wagen durch den ersten Verkehrskreisel am Medienhaus jagte. Mit Blaulicht und Sirene waren sie in weniger als zwei Minuten beim Unterrichtszentrum. Für einen Moment schien es, als habe er vergessen, dass Lotte im Fond saß, aber plötzlich landete eine schusssichere Weste auf ihrem Schoß. Knut lenkte den Wagen auf einen Parkplatz, zwängte sich in seine eigene Schutzweste und raste zurück auf die Straße. Eine alarmierende Meldung nach der anderen kam über Funk herein. Autobombe am Hemmingstad-Kulturhaus, Gasangriff im Scandic Maritim. Kein Zweifel, das war ein geplanter Terroranschlag.

Auf dem Rücksitz rang Lotte nach Luft. Sie wusste, welche schrecklichen Szenen sie erwarteten. Ihr Herz hämmerte, als wollte es sich aus dem Brustkorb befreien. Sie war überhaupt nicht darauf vorbereitet, irgendwie zu helfen, und war froh, als Knut nach hinten rief:

»Lotte, du bist nicht im Dienst! Du suchst Schutz hinter dem Auto und bleibst dort. Hast du verstanden?«

Sie bekam kein Wort heraus und nickte, als sie merkte, dass er sie im Rückspiegel ansah. Sie wollte ihm das Daumen-hoch-Zeichen geben, wurde aber zur Seite geworfen, als der Wagen schlingernd in die Straße zum Schulgebäude bog. Im nächsten Moment stieg Knut auf die Bremse, und sie fiel nach vorne. Um ein Haar hätte er ein paar Kinder überfahren, die in Todesangst auf das Servicecenter zurannten, das sich ein Stück die Straße hinunter befand. Lotte registrierte flüchtig, dass eines der Mädchen ein blutiges Gesicht hatte. Die Angst in ihren Augen sprach Bände.

Knut riss das Steuer herum und stellte den Wagen quer, sodass er einerseits als Straßensperre diente und andererseits den Schulhof schützte, der dreißig Meter entfernt lag. Beide stiegen aus dem Wagen und rollten sich nach hinten ab. Knut duckte sich hinter das Hinterrad, öffnete den Kofferraum und holte seine Dienstwaffe heraus.

»Wir warten auf Verstärkung. Sie müssen jeden Moment hier sein.«

Knut Veldetun hätte es Lotte nicht zu sagen brauchen. Auch wenn für diejenigen, die sich im Schulgebäude befanden, Lebensgefahr bestand, konnte ein einzelner Polizist nicht auf eigene Faust aktiv werden. Sie mussten warten, obwohl es ihnen das Herz zerriss, die verzweifelten Schreie der Kinder auf dem Schulgelände zu hören.

Lotte begriff plötzlich, während sie dort lag, warum man sie aus dem operativen Dienst genommen hatte. Sie war tatsächlich nicht einsatzfähig. Ihre Traumata hielten sie im Klammergriff und lähmten sie vollständig. Im Moment war sie genauso wehrlos wie die Mädchen und Jungen, die aus dem Breidablik-Unterrichtszentrum liefen. Es erschütterte sie, wie gefasst und konzentriert Knut Veldetun war, während sie selbst sich wie ein welkes Blatt im Orkan fühlte.

Minuten später rasten zwei Autos auf den Parkplatz. Sie versperrten den südlichen Ausgang des Geländes. Lotte beobachtete die Polizisten, die Feuerschutz von Knut erhielten, während sie ihre Ausrüstung anlegten und sich bewaffneten. Immer mehr Kinder und Jugendliche rannten an ihnen vorbei zur Straße, einige klammerten sich hysterisch aneinander, andere waren auffallend ruhig. Mehrere Kinder waren blutig und hatten deutliche Verletzungen.

Sie beugte sich vor, damit sie den Eingangsbereich der Schule sehen konnte. Sie achtete darauf, in Deckung zu bleiben und trotzdem freie Sicht zu haben. Es war ein merkwürdiger Anblick. Zwei Männer in Daunenjacken und mit Sturmhauben maskiert stürmten aus dem Haupteingang und rannten auf den Mopedparkplatz zu. Die anderen Polizisten hatten die beiden offenbar auch entdeckt, denn sie riefen den Männern Befehle zu und richteten ihre Waffen auf sie. Eine leere Drohung. Es war unmöglich, einen Schuss abzugeben, das Gelände wimmelte von Kindern und Jugendlichen. Die Männer warfen sich auf ihre Mopeds und jagten über den Fuß- und Fahrradweg in nördlicher Richtung zur Skippergate davon. Gefolgt von einem ganzen Rattenschwanz von Kindern, die das Schulgelände verließen.

Was ist mit den Kindern los? Die müssen sich doch in Sicherheit bringen, anstatt ihnen nachzulaufen?

Hotel Scandic Maritim, Haugesund
Donnerstagmorgen, 5. März, 09.35 Uhr

Als Viljar Ravn Gudmundsson die Schreie hörte, war er zunächst verwundert und fragte sich, was in dem Hotel vor sich ging. Auf die Idee, dass es etwas Gefährliches sein konnte, kam er nicht. Er blieb vor der Drehtür zur Eingangshalle stehen und versuchte, durch die Tür etwas zu erkennen. Drinnen herrschte ein fürchterlicher Lärm. Dann auf einmal sah er eine Menschenmenge, die auf die Drehtür zuhastete. Erschrocken wich er zurück, um nicht von der Tür getroffen oder von den Menschen umgerannt zu werden.

Erst als er das Husten und Röcheln der Leute vernahm, begriff er den Ernst der Situation. Einige erbrachen sich. Ein Mann, der auf Knien vor ihm lag und sich krümmte, packte ihn am Hosenbein.

»Lauf weg! Gas … Terror …«

Das Blut wich aus seinem Kopf. Viljar riss sich los und warf sich gegen die Tür. Es war zwecklos. Schreiende Menschen schoben sich nach draußen. Er versuchte es noch zweimal, jedoch vergebens. Er sprang hoch, um zu sehen, ob er Alex oder seine Mutter irgendwo entdecken konnte.

»Alexander!«

Es war sinnlos. Viljar begriff, dass er sich mit Gewalt einen Weg durch die Tür bahnen musste. Er holte tief

Luft, nahm Anlauf und warf sich gegen die Leute. Ein paar brachte er zu Fall. Er stemmte die Füße in den Boden und drückte den Türflügel in die entgegengesetzte Richtung wie ein Auto, das im Winter auf Glatteis liegen geblieben war. Kümmerte sich nicht um die beiden Männer, die zu seinen Füßen lagen und schrien. Sie hatten frische Luft geschnappt, jetzt ging es für sie wieder zurück ins Inferno. Viljar trat gegen das Bein des einen, das die Tür blockierte. Der Mann schrie auf und rollte weg, und Viljar presste sich durch den schmalen Spalt.

Durch die Anstrengung war er völlig außer Atem, und während er die Treppe zum Speisesaal hinaufrannte, nahm er den schrecklichen Geruch wahr. Die Bar war erfüllt von einem Gas, das er nicht kannte. Ein widerlicher Gestank fraß sich durch seine Atemwege und löste Brechreiz aus. Es gelang ihm, den Mageninhalt bei sich zu behalten, Schwindel und Benommenheit packten ihn, während er vorwärtshastete.

Mehrere Male wurde er von Leuten umgerannt, die sich die Treppe hinunterkämpften, und er sah viele Verletzte, die unterwegs niedergetrampelt worden waren. Eine Frau saß oben auf der Treppe und schrie um Hilfe. Ihr rechtes Bein war merkwürdig abgewinkelt, weiße Knochensplitter ragten oberhalb des Knies heraus. Niemand kümmerte sich um sie, alle hatten genug mit sich und der eigenen Panik zu tun.

Viljar rief immer wieder nach Alexander, ohne Antwort zu erhalten. Er musste mehrmals Luft holen und sank schließlich auf die Knie. Erbrochenes schoss ihm aus der Nase, als er versuchte, sich nicht zu übergeben, und am Ende musste er kapitulieren.

Tränen mischten sich mit Rotz und Erbrochenem, während er in Richtung Speisesaal taumelte. Der Menschenstrom nahm langsam ab. Da entdeckte er Alex. Er lag auf dem Boden, die Arme schützend über dem Kopf. Offenbar war er bewusstlos. Viljar schrie auf und stolperte die letzten Schritte auf seinen Sohn zu. Schüttelte ihn, erhielt aber keine Reaktion. Er brüllte seinen Namen und schlug ihm ins Gesicht.

Ein Huster und ein kurzes Röcheln, mehr war nicht nötig. Viljar begriff, dass der Junge noch lebte, und zog ihn hinunter in die Lobby. Am Boden liegende Menschen säumten den Weg bis zur Drehtür. Noch hatte Viljar keine Toten gesehen. Die Leute waren durch den Tumult verletzt worden und benommen oder ohnmächtig durch das Gas, aber wahrscheinlich alle noch am Leben. Viljar schöpfte neue Hoffnung und schleifte Alex zur Tür. Andererseits wusste er, dass es Gase gab, die die inneren Organe zerstörten und erst Stunden nach dem Angriff zum Tode führten. In dem Fall wäre der Rettungsversuch umsonst gewesen. Ein Selbstmordkommando, um die Toten und Sterbenden zu retten.

Breidablik-Unterrichtszentrum
Donnerstagmorgen, 5. März, 09.40 Uhr

Die Polizisten hatten die Kinder und Jugendlichen, die sich am Ausgang versammelt hatten, unter Kontrolle gebracht. Immer noch flüchteten Schüler vom Schulhof, aber Lotte sah auch etliche, die an den Fenstern in der obersten Etage standen und um Hilfe riefen. Die grausamen Szenen, die sich im Schulgebäude abgespielt hatten, wollte sie sich gar nicht erst vorstellen. Angesichts der engen Flure und der wenigen Möglichkeiten, sich zu verstecken, musste es dort drinnen aussehen wie auf einem Schlachtfeld. Sie hatte Mühe, ihre Atmung zu kontrollieren, und bemerkte die beiden dunkelhäutigen Mädchen erst, als sie über ihre Füße stolperten und sich hinter die Polizeiwagen warfen.

Lotte richtete sich auf und zog die weinenden Mädchen näher zu sich. Sie zitterten vor Angst und klammerten sich aneinander. Panik stand in ihren Augen.

Die Situation drüben auf dem Schulhof wirkte weniger chaotisch. Die Schüler liefen nicht mehr schreiend durcheinander. Mehrere Erwachsene, vermutlich Lehrer, bemühten sich, die Kinder zu beruhigen. Alles deutete darauf hin, dass es zwei Attentäter gewesen waren, die sich auf ihren Mopeds aus dem Staub gemacht hatten. Sonst hätten die Lehrer nicht zugelassen, dass die Schüler sich in der Nähe des Schulgebäudes aufhielten. Immer noch liefen vereinzelt Kinder weg. Die meisten blieben stehen und sahen zu, wie Knut und die beiden anderen Polizisten versuchten, die Gemüter zu beruhigen.

Lotte schloss die Augen. Sie verbot sich, daran zu denken, wie viele Mütter und Väter heute vergeblich auf ihr Kind warten würden. Bilder vom Massaker auf Utøya zogen an ihrem geistigen Auge vorbei. Der dicke Kloß im Hals löste sich, und sie konnte die Tränen nicht mehr zurückhalten. Verzweifelt versuchte sie, sich zusammenzureißen, aber die Gefühle waren zu stark. Das Blutbad war geschehen, und sie konnten nicht mehr tun, als den Schaden, so gut es ging, zu begrenzen.

Zwei Rettungswagen standen neben den Polizeiautos. Damit war die Gefahr für alle, die es nach draußen geschafft hatten, vorbei. Wie viele im Schulgebäude lagen, war noch nicht abzusehen, aber Lotte wusste, wie viel Schaden zwei Männer mit Maschinengewehren innerhalb von knapp fünf Minuten anrichten konnten. Sie wurde aus ihren Gedanken gerissen, als eines der Mädchen ihren Arm berührte.

»Ist es vorbei? Können wir jetzt gehen?«

Das Mädchen sprach mit starkem Akzent. Lotte schüttelte den Kopf, sagte aber nichts. Ihre Stimme hätte verraten, dass sie weinte.

»Haben sie die Männer geschnappt?«

Lotte schüttelte wieder den Kopf. Das Mädchen war offenbar unverletzt, aber die Freundin, die sie umklammert hielt, schien in weit schlechterer Verfassung zu sein.

»Deine Freundin hat Schmerzen, wie ich sehe. Ist sie verletzt?«

Lotte verstand kein Wort von dem, was das Mädchen

sagte. Die Freundin wischte sich die Tränen ab. Die ganze Brustpartie war blutgetränkt. Das war unmöglich. Niemand konnte mit einer solchen Schussverletzung in der Brust weglaufen.

»Großer Gott, Mädchen. Du bist angeschossen worden. Du musst sofort ins Krankenhaus!«

Das Mädchen schüttelte den Kopf und rückte von Lotte ab. Sie zog ihren Kaschmirpullover aus, der mehr rot als weiß war, und hielt ihn ihr hin. Dann begann sie wieder zu weinen. Plötzlich schlug sie sich auf den Schenkel und fluchte laut.

»Sind Sie blind, oder was? Die Typen haben uns mit Paintball-Kugeln beschossen. Das tut verdammt weh, und der Pullover hat ein Schweinegeld gekostet! Diese Scheißkerle!«

Rekavikgata 19, Haugesund
Donnerstagmorgen, 5. März, 09.45 Uhr

Die Sirenen gellten ununterbrochen durch die Stadt. Die Livekameras von den drei Tatorten übertrugen das Chaos, und Terje Nitter fühlte sich wie berauscht. Sein Körper kribbelte. Alles lief genauso ab, wie er es sich vorgestellt hatte. Jedes kleine Zahnrädchen funktionierte wie in einem Schweizer Uhrwerk.

Er bereitete den Livestream zu den großen Zeitungen und Fernsehsendern vor. Es war jetzt fünfzehn Minuten her, dass sie seine Mail bekommen hatten, und es würde ihn sehr überraschen, wenn sie die Botschaft nicht brachten. Aber deswegen brauchte er sich keine Sorgen zu machen. Der Nachrichtenkanal von *TV2* hatte bereits angekündigt, um 09.45 Uhr die Botschaft der Terroristen zu senden.

Terje Nitter schwitzte unter seiner Sturmhaube, aber der Stress, unter dem er noch vor einer halben Stunde gestanden hatte, war wie weggeblasen. Jetzt wusste er, dass sie Geschichte geschrieben hatten. Das hier würde wie ein Denkmal in allen zukünftigen Geschichtsbüchern Norwegens stehen. Er griff zur Fernbedienung, schaltete den Stimmverzerrer ein und begann mit der Übertragung.

Das Bild flackerte kurz, dann sah er sich selbst vor der norwegischen Flagge sitzen, die wie ein Wandteppich hinter ihm aufgespannt war. Die Zuschauer würde das beeindrucken. Sie würden zuhören. Terje Nitter räusperte sich und las die Ansprache vor, die er geschrieben hatte.

Liebe Norwegerinnen und Norweger, heute waren Sie Zeugen, was passiert, wenn ein Land seine Verteidigung niederlegt. Wie verwundbar wir sind. Wie leicht es ist, uns bis ins Mark zu treffen. Uns mit Angst zu knebeln und mit Furcht und Schrecken in die Knie zu zwingen. Liebe Zuwanderer in Haugesund, heute habt ihr zu spüren bekommen, wie sich der Terror, den ihr bejubelt und finanziert, am eigenen Leib anfühlt. Dies ist unser Charlie Hebdo.

Heute um 09.30 Uhr sind stolze Widerstandskämpfer an drei verschiedenen Stellen in Haugesund zur Tat geschritten. Im Breidablik-Unterrichtszentrum für Zuwanderer, im Hotel Scandic Maritim, wo eine Inte-grationskonferenz stattfindet, und am Hemmingstad-Kulturhaus während eines Kurses für muttersprachliche Lehrer. Es war eine koordinierte Aktion. Eine Aktion, um dem norwegischen Volk zu zeigen, wie ungeschützt wir sind, und um die ausländischen Bürger spüren zu lassen, welche Grausamkeiten sie entfachen.

Wir möchten darauf hinweisen, dass kein einziger Mensch zu Tode gekommen ist, auch wenn die Meldungen und Bilder einen anderen Eindruck vermitteln. Wir sind Norweger, und wir verüben keinen feigen Terror, der Unschuldige und Zivilisten tötet. Bei der ständig wachsenden muslimischen Bevölkerung

in unserem Land ist das anders. Alle drei Aktionen waren harmlose Simulationen, um Ihnen zu zeigen, was passiert wäre, wenn Terroristen in unserer Stadt zugeschlagen hätten, so wie an anderen Orten in der westlichen Welt. Am Breidablik-Unterrichtszentrum haben wir mit Paintball-Kugeln ein Schulmassaker simuliert. Im Scandic Maritim haben wir Buttersäure zur Simulation eines Gasangriffs eingesetzt. Am Hemmingstad-Kulturhaus waren es eine Rauchbombe und eine Blendgranate, die zur Vortäuschung einer explodierenden Autobombe dienten.
Verkleidete IS-Terroristen und Dschihad-Anhänger strömen jeden Tag über unsere Grenzen, während Polizei und Militär tatenlos danebenstehen und zusehen. Die Situation in unserem Land erinnert an das Ende der Dreißigerjahre: Wie damals sind wir vollständig wehrlos und nicht in der Lage, unsere Bürger zu schützen.
Dies ist ein Aufruf, die Sicherheit Norwegens zu stärken und unsere Landsleute vor den Parasiten zu schützen, die wie pestinfizierte Ratten über unsere Grenzen ins Land kriechen. Das norwegische Volk muss aufwachen. Der Feind muss aufgehalten werden, und zwar jetzt. *Wenn nicht, werden die Bilder, die Sie heute auf Ihren Bildschirmen gesehen haben, morgen Realität sein.*

Terje Nitter blickte noch ein paar Sekunden in die Kamera, bevor er mit ruhigen Bewegungen die Aufnahme abschaltete. Nun blieb ihm nur noch, alle Spuren von sich, der Fernsehaufnahme und allem, was mit der

Aktion in Verbindung stand, zu beseitigen. Dies war Tag null. Er lächelte sein Spiegelbild an und spürte den Stolz, der sich in seiner Brust ausbreitete wie ein schwelendes Feuer.

Polizeistation Haugesund
Donnerstagvormittag, 5. März

Polizeidirektor Arnstein Guldbrandsen war alles andere als freundlich. Lotte Skeisvoll hatte eine außergewöhnliche Standpauke erhalten, nachdem sie mit Knut zur Station zurückgekehrt war. Insgeheim hatte sie gehofft, den Polizeichef bei dieser Unterredung zum Einlenken bewegen und ihn davon überzeugen zu können, dass sie bei der Aufklärung der Mordfälle eine Hilfe wäre. Aber stattdessen bekam sie eine Strafpredigt von ihm zu hören. Eine halbe Stunde lang sprach er immer wieder dieselben Punkte an. Lotte fühlte sich unendlich müde und hätte beinahe zugegeben, dass hinter ihrem Kontakt zu Viljar mehr steckte als die eine Nacht. Nur, damit er endlich Ruhe gab.

Der ganze Tag war ein Chaos aus Eindrücken und Gefühlen gewesen. Sie hatte ihre Kollegen noch nie so hektisch erlebt. Der Terroranschlag war zwar von einer ganz anderen Art, als sie zunächst befürchtet hatten, aber die Panik an den drei Tatorten hatte einen Todesfall und mehrere Schwerverletzte zur Folge gehabt. Im Hotel Scandic Maritim war eine ältere Frau zu Tode getrampelt geworden, im Breidablik-Unterrichtszentrum war ein Mädchen aus einem Fenster im ersten Stock gesprungen und hatte sich beide Beine gebrochen und die Wirbelsäule verletzt, und ein Securitas-Wachmann, der auf dem Parkplatz vor dem Hemmingstad-Kulturhaus mit dem Kopf gegen einen Betonpfeiler geschleudert worden war, lag im Krankenhaus auf der Intensivstation. Lange hatte man angenommen, dass sich auch noch ein Mensch in dem Lieferwagen befand, in dem die Blendgranate und die Rauchbombe explodiert waren, aber wie sich schließlich herausstellte, war es nur eine Puppe.

Die Attentäter waren entkommen, doch der PST hatte mehrere Personen im Visier, die im Laufe des Tages festgenommen werden sollten. Vermutlich stand Terje Nitter ganz oben auf der Liste. Der Norwegische Widerstand mochte ursprünglich eine rechte Randgruppe gewesen sein, aber die heutigen Aktionen waren so extrem, dass selbst die ultrarechten Kommentatoren im Netz ausnahmsweise mal die Klappe hielten.

Lotte wusste, wie sie Guldbrandsen beikommen konnte. Es wäre wesentlich schlimmer gewesen, wenn man die Spezialeinheit eingeschaltet hätte. Sie wies den Polizeichef auf ihr makelloses Führungszeugnis hin und dass sie immer zu hundert Prozent die Vorschriften und Routinen befolgte. Arnstein Guldbrandsen weichte langsam auf. Schließlich erhob er sich von seinem Chefsessel und schaute auf die Uhr. Draußen standen Horden von Presseleuten und TV-Kameras und warteten auf ihn.

»Gut. Wir kommen damit im Moment nicht weiter. Ich kenne Sie und Ihre Prinzipien. Sie sind vertrauenswürdig, und wenn Sie dabei bleiben, dass Sie keine Informationen an Viljar Ravn Gudmundsson weitergegeben haben, dann wollen wir Ihnen das mal glauben.«

Lotte nickte, aber es fühlte sich nicht wie ein Sieg an. Sie verließ das Büro zusammen mit Arnstein Guldbrandsen, wurde jedoch schon an der Tür aufgehalten. Olav Scheldrup Hansen versperrte ihnen beiden den Weg. Sein schmieriges Grinsen war unerträglich, aber im Grunde hatte er ihr aus einer Riesenklemme herausgeholfen, und sie wollte nicht den Konflikt zwischen ihnen weiter zuspitzen.

»Åse Frugård braucht uns unten im Sitzungszimmer, Guldbrandsen. Sie hat einen Durchbruch in einem der Mordfälle und will mit dem gesamten Team sprechen. Ich dachte, Sie wollen sich das vielleicht anhören, um auf dem neuesten Stand zu sein?«

Olav Scheldrup Hansen machte sich wichtig. Trotz der Ereignisse heute früh gab es wohl nichts, was ihn mehr freute, als Lotte zeigen zu können, dass er den Job besser erledigte als sie. Das wusste sie. Aus dem Büro nebenan traten Knut Veldetun und Lars Stople, und aus reinem Reflex folgte sie ihnen. Sie kam nicht weiter als ein paar Meter, bevor sie Guldbrandsens Stimme hinter sich hörte:

»Sie nicht, Skeisvoll. Sie können nach Hause gehen.«

Polizeistation Haugesund
Donnerstagnachmittag, 5. März

Åse Frugård stand hoch aufgerichtet vor Olav Scheldrup Hansen und dem restlichen Team. Ihr reichte es jetzt. Genug mit dem Unsinn und den windigen Behauptungen. In den letzten vierundzwanzig Stunden hatten sie mehr Zeit damit verbracht, Gespenster durch die Flure zu jagen, als die Mordfälle aufzuklären. Als wäre das nicht schon genug, hatte die fingierte Terroraktion auch noch für Stunden alle Einsatzkräfte abgezogen. In der Mittagspause hatte Harald Samuelsen ihr den Brief von Lotte zugesteckt, und nachdem sie ihn gelesen hatte, war sie den ganzen Berg an Material noch einmal gründlich durchgegangen. Offensichtlich hatten sie eine Menge übersehen. Nicht zuletzt rückte der Film auf dem Speicherstick das Ganze in ein neues Licht.

»Okay. Du bleibst also dabei, dass wir den letzten Mord außer Acht lassen sollen. Warum bist du so sicher, dass er nicht mit den anderen in Zusammenhang steht, und insbesondere mit dem Mord an Yusuf? Geirmund Bakken war auf derselben Party, und es war seine Snusdose, die wir auf dem Schulhof von Breidablik gefunden haben.«

»Ja, das ist richtig. Alle Mordopfer waren auf derselben Party.«

»John hat doch Selbstmord verübt?«

Knut Veldetun hatte sich auf einen wackligen Sprossenstuhl gesetzt, und das Holz knackte gefährlich. Er kratzte sich an der Stirn. Åse Frugård fuhr fort:

»Ja, aber wir haben keine Ahnung, was ihn am Dienstag auf diesen Baum hinaufgetrieben hat. War es nur der Liebeskummer wegen Emilie, oder wusste er etwas, das er nicht ertragen konnte?«

»Sorry, Åse, aber das werden wir nie erfahren, ist es nicht so?«

Olav Scheldrup Hansen war ungeduldig und rastlos. Wie immer.

»Ja, wahrscheinlich nicht, aber worauf ich hinauswill, ist, dass wir drei tote Jugendliche haben, die auf derselben Party waren. Alle drei kannten sich gut, und alle haben zufällig eine dunkle Hautfarbe. Geirmund Bakken passt nicht in dieses Bild.«

Olav Scheldrup Hansen schüttelte den Kopf und legte seine Hand auf Åses, als wollte er sie trösten. Es überlief sie kalt, und sie zog ihre Hand weg.

»Zufällig? Tut mir leid, Åse, aber das ist ein bisschen sehr weit hergeholt.«

Sie wand sich unbehaglich, weil dies ihr schwächstes Argument war, aber sie gab nicht auf.

»Ich meine es ernst. Sie können meinetwegen glauben, was Sie wollen. Ich glaube an meine Katalysator-Theorie. Der Mord an Emilie war nicht geplant, aber alles andere, was danach passiert ist, steht mit ihrem Tod in Verbindung.«

Olav seufzte und hob resigniert die Hände. Es war unschwer zu erkennen, was er von ihren Theorien hielt. Polizeidirektor Arnstein Guldbrandsen griff ein und rettete sie aus der Situation.

»Also gut. Nehmen wir an, es ist so. Aber was hat Sie auf die Idee gebracht, Åse?«

»Ich habe einen Film, den ich euch zeigen möchte, damit wurde Emilie mundtot gemacht. Außerdem habe ich meine Theorie mit dem Kriminaltechniker diskutiert, den uns KRIPOS geschickt hat. Er ist in dem Thema geschult und hält es für durchaus möglich, dass ich auf der richtigen Spur bin.«

Åse spielte den Film ab. Als er zu Ende war, sprang Olav Scheldrup Hansen von seinem Stuhl auf.

»Du lieber Himmel. Und diesen Scheißkerl haben wir heute laufen lassen? Er muss sofort wieder hinter Gitter.«

Åse beruhigte ihn und bat ihn, sich wieder zu setzen.

»Moment, Olav. Ich dachte auch so wie Sie, aber Ihr netter Kollege von KRIPOS sieht die Sache ein bisschen anders, wissen Sie. Der Film ist eine Montage aus verschiedenen Clips, das haben wir alle gesehen, und ich glaube, der Film wurde als Druckmittel gegen Emilie Sand Vormedal benutzt. Wäre er öffentlich gemacht worden, hätte sie sich den Beruf der Krankenschwester wohl abschminken können.«

Sie griff zu einem Blatt mit verschiedenen Zahlencodes und einem Laserpointer.

»Der KRIPOS-Techniker hat das Video analysiert, und diese Zahlen zeigen, dass zwei unterschiedliche Kameras verwendet worden sind. Der erste Clip von Alexander wurde mit einer anderen Kamera aufgenommen. Das sieht man übrigens auch an der Bildqualität.«

Lars Stople war nicht der versierteste Kollege, was Computertechnik betraf, aber von diesem Thema verstand er offenbar etwas.

»Der erste Clip von Alexander hat also nichts mit dem Rest des Films zu tun? Er wurde hineinmontiert, um den Eindruck zu erwecken, dass Alex das gesamte Video aufgenommen hat?«

»Ganz richtig, Lars, und Alexander hat das zum großen Teil bestätigt, als wir vor ein paar Stunden mit ihm gesprochen haben. Er gibt zu, dass er den ersten Abschnitt gefilmt und auch weitergegeben hat, aber die anderen Aufnahmen hat er noch nie gesehen. Ich denke, wir sollten uns auf den letzten Clip konzentrieren. Mein neuer KRIPOS-Freund und ich meinen, dass die Antwort auf die Frage, wie Emilie gestorben ist, hier zu finden ist. Emilie Sand Vormedal hatte wechselnde Sexualpartner. Der Film zeigt eine Vorliebe fürs Pikante. Das hier war kein Zwang. Sie hat sich freiwillig unterworfen. Von dieser Tendenz, mit allem Grenzwertigen zu experimentieren, haben uns mehrere Zeugen, darunter auch ihre besten Freundinnen, in den Vernehmungen berichtet. Könnt ihr mir folgen?«

»Ein verschmähter Liebhaber also?«

Knut Veldetun hatte bisher geschwiegen, aber jetzt hatte Åse sein Interesse geweckt.

»Nein, das glaube ich nicht. Wie ihr wisst, habe ich auf ihrem Laptop einiges an delikatem Material gefunden. Alexander weiß offenbar von einem Typen, mit dem sie was laufen hatte und den sie in ihren Chats als gefährlich bezeichnete. Leider haben wir keine Ahnung, wer dieser mysteriöse Liebhaber ist. Die Chatprotokolle machen deutlich, dass Alexander nie erfahren hat, wer der Typ war, und Emilie selbst nannte ihn nur den ›BootBoy‹.«

Olav nahm die Brille ab und rieb sich müde die Augen.

»Okay. Sie hat also einen heimlichen Liebhaber gehabt. Wenn ich Sie richtig verstehe, ist Ihre Theorie, dass sie dieses Erstickungsspiel gespielt haben, und sie sind zu weit gegangen, und sie ist gestorben. Aber dann hätten Sie Reste von Packband an ihrem Mund finden müssen, Ihre Rechnung geht also nicht auf!«

Åse sah den KRIPOS-Ermittler an und lächelte listig. Sie genoss das Gefühl, ihm einen ordentlichen Kinnhaken versetzen zu können.

»Klarsichtfolie.«

»Wie bitte?«

»Klarsichtfolie. Man bedeckt Nase und Mund mit Klarsichtfolie und erstickt langsam, während man auf den Höhepunkt zusteuert. Es kommt genügend Luft in die Atemwege, dass man nicht im eigentlichen Sinne erstickt, aber man kann im schlimmsten Fall ohnmächtig werden, wenn die Folie zu stramm sitzt. Auf jeden Fall hinterlässt sie keine Spuren.«

Olav erhob sich von seinem Stuhl und begann, im Zimmer auf und ab zu gehen. Knut Veldetun, Lars Stople und der Polizeidirektor folgten ihm mit den Augen.

»Sie hatte also in ihrem Zimmer freiwillig Sex mit diesem ›BootBoy‹ und hat, weil die Klarsichtfolie zu stramm saß, während des Akts das Bewusstsein verloren. Der Mann merkt es nicht, es fällt ihm erst auf, als sie nicht mehr atmet?«

»Ja. Ob der Sex freiwillig war, da bin ich mir nicht so sicher. Vieles deutet darauf hin, dass sie in einer Verfassung war, die ein aktives Einverständnis unmöglich machte. Aber der springende Punkt ist, dass Frauen, die bei einem solchen Spiel mitmachen, sofort merken würden, wenn die Folie zu stramm sitzt, und sie abmachen.«

»Und wie erklären Sie sich das dann? Sie hatte keine Druckstellen von Handschellen oder Fesseln an den Handgelenken.«

»Sie konnte die Folie nicht selbst entfernen. Rohypnol hat diese Wirkung. Wenn die Menge groß genug ist, lähmt es die Muskeln. Hinzu kommt Maria Friestads Aussage. Sie hat zerkleinerte Rohypnoltabletten in ihrem Cider aufgelöst und die Ciderdose mit der von Emilie vertauscht. Die Droge hat keinen Atemstillstand verursacht, aber sie hat Emilie daran gehindert, sich die Plastikfolie abzureißen. Sie ist langsam erstickt und hat das Bewusstsein verloren, ohne dass ihr Körper sich gewehrt hat, und deshalb weist der Körper auch keine Gewaltmerkmale auf.«

Knut Veldetun lehnte sich auf dem wackligen Stuhl zurück, dessen Beine jeden Moment nachzugeben drohten. Er grinste von einem Ohr zum anderen und klatschte theatralisch Beifall.

»Du alte Spürnase, du. Da haben wir die Erklärung. Jetzt müssen wir nur noch den mysteriösen Liebhaber finden, denn wenn ich dich richtig verstanden habe, war es nicht Alexander Hauge Gudmundsson.«

»Genau, Knut. Als ich erfahren habe, wem das Video ursprünglich gehörte, brachte mich das auf eine Idee. Wir haben ja bereits die DNA-Spuren im Bett und am Körper von Emilie mit denen der Partygäste abgeglichen, mit dem Ergebnis, dass sich offenbar die halbe Party in ihrem Bett abgespielt hat.«

»Hm …«

Olav studierte das Blatt vor sich, während Åse weitersprach.

»Da sich herausgestellt hat, dass der Film von Yusuf Samfaris PC stammt, habe ich einen weiteren Abgleich mit unserem zweiten Opfer gemacht, eben Yusuf, und bei ihm haben wir, wie ihr wisst, Hautreste unter den Fingernägeln gefunden, die wir bisher niemandem zuordnen konnten. Aber jetzt haben wir einen Treffer …«

Olav blickte verwirrt hoch zu Åse und dann wieder auf das Blatt Papier.

»Ja, aber … Das kann doch nicht sein? Die DNA unter Yusufs Nägeln passt zu Emilie Sand Vormedal, aber sie war doch schon tot, als Yusuf erstochen wurde?«

»Richtig, Olav. Stellen Sie das Ganze auf den Kopf, und schon haben Sie ein anderes Bild.«

Es dauerte ein paar Sekunden, bis es hinter den Brillengläsern des KRIPOS-Ermittlers plötzlich lebendig wurde.

»Oh mein Gott … die Kratzwunde auf Emilies Arm!«

Åse lächelte übers ganze Gesicht.

»Richtig, Olav! Meet ›Mister BootBoy‹ … Yusuf Samfari.«

Samson-Straßencafé, Haugesund
Donnerstag, 5. März

»Wie geht es deinem Kopf, Alex?«

Außer ein paar blauen Flecken und einer geprellten Hüfte hatte Alexander sich eine Gehirnerschütterung zugezogen, als er im Scandic Maritim über den Haufen gerannt worden war. In der Ambulanz hatten sie Hilde wiedergetroffen, sie war wegen der Panik im Frühstückssaal in Ohnmacht gefallen. Jetzt war sie ins Hotel Thon im Zentrum umgezogen und ruhte sich in ihrem Zimmer aus. Alexander hatte strenge Anweisung, wach zu bleiben, also war Viljar mit ihm losgezogen, damit der Junge etwas in den Magen bekam.

»Geht so. Mir ist ein bisschen schlecht, ich weiß nicht, ob ich jetzt einen Burger runterkriege.«

Viljar legte die Speisekarten beiseite. Er hatte auch keinen Hunger. Das Buttersäuregas hatte sich in den Poren festgesetzt, und selbst jetzt nach dem Duschen hatte er das Gefühl, nach verfaulten Eiern zu stinken. Er blickte den Kai entlang und hielt Ausschau nach Jossen. Sie hatten vor einer halben Stunde kurz telefoniert, und Viljar hatte ihn gebeten, sich hier mit ihnen zu treffen. Es war kühl und ungemütlich draußen, Alex schien zu frieren. Viljar steckte sich seine dritte Zigarette an. Er verspürte wenig Lust, das Chaos anzupacken. Alles schien sich gegen sie verschworen zu haben. Immer wenn es so aussah, als hätten sie es bald geschafft, brach die Welt ein weiteres Mal über ihnen zusammen.

»Da kommt Jossen!« Alexander zeigte zur Risøybrücke.

Jossen rollte in gemächlichem Tempo über das Kopfsteinpflaster. Es musste die Hölle sein, mit dem Rollstuhl über einen solchen Untergrund zu fahren, aber Jossen schien es nichts auszumachen. Viljar überlegte einen Moment, ob er hinlaufen und ihm helfen sollte, aber so wie er seinen Freund kannte, hätte der es als Beleidigung aufgefasst.

Wenige Minuten später saß ein verschwitzter und gut gelaunter Jossen am Tisch von Viljar und Alex. Auf dem Schoß hatte er eine dünne Plastikmappe mit Notizen. Er legte seine Hand auf Alex' Rücken, und der Junge ließ es ausnahmsweise zu und schob die Hand nicht weg. Viljar verspürte einen kleinen Stich von Eifersucht, rief sich aber zur Ordnung. Was für ein Unfug, ärgerlich zu werden, wenn Alex sich endlich einmal anständig benahm.

»Geht's dir gut, Junge? Oder hängst du in den Seilen?«

Alex sagte nichts, antwortete Jossen aber mit einem kleinen Lächeln. Das konnte sowohl das eine als auch das andere bedeuten. Jossen konnte es kaum abwarten, ihnen mitzuteilen, auf was er gestoßen war, und seine gute Laune war ansteckend. Lachend warf er seine lange graue Mähne zurück. Er machte den Eindruck, als ob ihn die Ereignisse der letzten Tage überhaupt nicht berührten.

»Hast du was gefunden?«

Viljar hätte eigentlich nicht zu fragen brauchen. Es war unverkennbar, dass Jossen etwas Spannendes auf Lager hatte.

»Ja! Jetzt wird es langsam interessant. Wir haben uns

doch die ganze Zeit auf den Mord an Emilie konzentriert, nicht wahr? Wir wollten Alexander entlasten. Mit Marias Zeugenaussage ist das nun ein für alle Mal aus der Welt.«

Alex schaute zu Boden. Viljar wartete, ob er etwas sagen wollte, aber er blieb stumm. Biss sich auf die Unterlippe, sodass sie sich in einen weißen Strich verwandelte.

»Wir waren so mit dem ersten Mord beschäftigt, dass wir vergessen haben, uns den zweiten anzusehen. Den an Yusuf Samfari.«

Viljar lehnte sich auf dem Stuhl zurück, nahm den Snus aus dem Mund und steckte sich stattdessen eine Zigarette an. Jossen griff nach der Schachtel und nahm sich auch eine, ohne zu fragen.

»Du meinst, es gibt einen Zusammenhang zwischen den Morden?«

Jossen nahm einen tiefen Zug aus der Zigarette und blies den Rauch durch die Nase.

»Natürlich gibt es eine Verbindung. Alle, die in dieser Woche gestorben sind, waren auf der Party.«

»Okay, Joss… Wenn es also einen Zusammenhang zwischen den Morden gibt, wer hat sie dann begangen? Du sitzt da und machst ein Gesicht wie Ole Brumm mit dem Honigtopf auf dem Schoß.«

»Falsche Frage!«

Jossen grinste und zog wieder an seinem Glimmstängel. Viljar sah ihn verständnislos an.

»Wir müssen nicht nach dem Wer fragen, sondern nach dem Warum! Das hier ist ein klassisches Krimirätsel, weißt du. Die Ermittler sind so fixiert darauf, wer es getan hat, dass sie ganz vergessen, die richtige Frage zu stellen. Also warum.«

»Sorry, aber woher hast du denn den Quatsch?«

Jossen lachte vergnügt über Viljars Einwurf. Er knuffte Alex in den Oberarm.

»Kleiner Scherzkeks, dein Vater. Nein, das habe ich von Chris Tvedt, *Tote Freunde*.«

»Was?«

»Gerichtskrimi, Viljar. Die Hauptperson konzentriert sich so darauf herauszufinden, wer seinem Mandanten das angetan hat, dass er ganz vergisst, die naheliegendste Frage zu stellen … Nämlich, warum sein Mandant umgebracht wurde. Erst als er das begreift, kann der Fall gelöst werden.«

Viljar gönnte Jossen noch eine Weile das Vergnügen. Er war ein moderner Robert Ironside mit einer etwas schäbigeren Vergangenheit als der Detektivheld.

»Also … warum wurde Yusuf einen Tag nach Emilie getötet? Wenn es nicht um Hasskriminalität ging, was war dann das Motiv des Täters?«

Viljar blieb die Antwort schuldig. Er hatte nicht in diese Richtung gedacht, sondern wie der Rest von Norwegen die Beweise betrachtet, die auf Rassismus hindeuteten.

»Wenn wir Morde außer Acht lassen, die von psychisch kranken Menschen begangen werden, und Ehrenmorde, Selbstverteidigung und Unfälle auch … dann bleiben uns die fünf großen Mordmotive: Eifersucht, Geldgier, Hass, Rache und Einschüchterung. Könnt ihr mir folgen?«

Viljar und Alex nickten.

»Eifersucht ist es nicht. Yusuf hatte keine Freundin, und er hat nicht viele Beziehungen gehabt. Ein etwas armseliges Liebesleben, schlicht und einfach. Geld ist es auch nicht. Der Junge war ständig pleite und besaß kaum mehr als das, was er am Leib trug. Hass und Rache haben wir in Erwägung gezogen, und die Möglichkeit ist nicht ganz von der Hand zu weisen, aber es wäre doch ein sehr großer Zufall, dass es ausgerechnet ihn treffen sollte, so kurz nachdem er selbst ein Steinchen in dem Puzzlespiel um Emilies Tod war. Also bleibt uns Einschüchterung.«

»Was meinst du damit, Joss? Hat ihn jemand bedroht?«

Jossen fertigte Viljar mit einem Grunzen ab. Er zog ein paar Blätter aus seiner Mappe und legte sie vor den beiden auf den Tisch.

»Nein, nicht dass er bedroht wurde … Sondern dass *er* eine Bedrohung darstellte. Vielleicht wusste er etwas, was er nicht hätte wissen dürfen. Und das war für andere eine Bedrohung. Vielleicht wollte er jemanden auffliegen lassen …«

»Einen Mörder, meinst du? Yusuf wurde umgebracht, weil er wusste, wer Emilie getötet hat?«

Ein breites Grinsen erschien auf Jossens Gesicht, und sein Backenbart schnellte nach oben.

»Was sagt man dazu. Du bist doch nicht hirntot. Wir wissen nicht, ob das stimmt, aber es ist eine hübsche Theorie, nicht wahr?«

Ein Auto rollte an ihnen vorbei und hielt vor dem Restaurant. Es war Hilde. Sie hatte versprochen, Alex zu Viljars Wohnung zu fahren, damit er sich nach all den Strapazen ausruhen konnte. Viljar bemerkte, wie sich die Schultern des Jungen resigniert senkten, ehe er nach seiner Jacke griff und zum Auto trottete. Wenn Hilde etwas beschlossen hatte, war es zwecklos, mit ihr darüber zu diskutieren.

Nachdem Alex gegangen war, fuhr Jossen fort:

»Wir haben mehrere Kandidaten, die als Täter infrage kommen, aber einer von ihnen hat ein großes Erklärungsproblem, und das ist dieser Kerl hier.«

Jossen zeigte auf eine der Mindmaps, die er mitgebracht hatte.

»Ingar Fjell …? Warum das?«

»Weil er an zwei Orten gleichzeitig war, Viljar. Er behauptet, dass er im Bad war und sich um Alex' Verletzungen nach der Prügelei gekümmert hat, richtig?«

Viljar versuchte, sich an die verschiedenen Zeugenaussagen zu erinnern, die Lotte ihm verraten hatte.

»Tja, könnte stimmen …«

»Es stimmt. Ich habe es nachgeprüft. Gleichzeitig hatte er laut Embla ganz woanders einen heftigen Streit mit Bjørnar Nedstrand. Sie hat ihn hinterher auch auf der Treppe getroffen, und er war wütend.«

»Und?«

»Damit ist entweder seine Behauptung, dass er mit Alex im Bad war, eine Lüge, oder Bjørnar hat gelogen, was den Streit zwischen den beiden betrifft. Du hast ja selbst gesagt, Viljar, dass Ingar Alexander mit Drogen versorgt hat. Auf jeden Fall sollten wir dem Burschen mal in die Karten schauen.«

»Ja. Weißt du was, Joss … Du hast recht! Ingar Fjell ist ein Dealer. Er hat uns ja auch den Racheporno zugespielt. Ich glaube mehr und mehr, dass er alles andere als ein Engel ist.«

»Ha! *Rusty angels can't fly*, Viljar. Lotte hätte sich öfter

Black Sabbath anhören sollen. Ich denke, wir sollten sie anrufen. Es ist höchste Zeit, dass sie erfährt, was wir herausgefunden haben.«

Lillesund Terrasse, Haugesund
Donnerstagnachmittag, 5. März

Die Wohnung war wie ein Dampfdrucktopf. Jossen entwarf ein Szenario nach dem anderen, während die beiden anderen seine Ideen aufgriffen, unterstützten oder den Kopf schüttelten. Lotte war hoch konzentriert, wirkte beinahe manisch besessen davon, die aufkommenden Theorien zu beweisen oder zu widerlegen. Viljar seinerseits konnte nicht still sitzen. Die Kissen auf dem Fußboden halfen wenig, und er tigerte stattdessen auf und ab, genauso wie er in der Grundschule durch das Klassenzimmer getigert war, wenn er seine Matheaufgaben nicht lösen konnte.

»Muss ich dich anbinden, Viljar?«

Viljar unterbrach seine Wanderung und hob die Hände.

»So wird das nichts, Joss. Bei einigen geht die Gleichung nicht auf, ganz egal, wie wir es drehen und wenden. Wir wissen, dass mehrere der Jugendlichen Dreck am Stecken haben, aber sie haben, verdammt noch mal, alle ein Alibi.«

Er sah die beiden an und wartete auf eine Reaktion, aber sie waren wie Salzsäulen. Er nahm seine Wanderung durch das Zimmer wieder auf.

»Zwei Sachen verstehe ich nicht«, sagte Lotte plötzlich. »Erstens, dass niemand den Mörder aus Emilies

Zimmer hat kommen sehen. Die Tat muss passiert sein, bevor Alex hineingegangen ist, und zu der Zeit hat es auf dem Flur von Jugendlichen gewimmelt, die gesehen haben müssten, wie jemand herauskam.«

Jossen rief die Mindmap auf. Er schüttelte den Kopf.

»Nein, wir haben hier nichts, aber ich bin mir ganz sicher, dass es etwas mit Yusuf zu tun hat. Er wäre nicht einen Tag später umgebracht worden, wenn er nicht etwas gewusst hätte. Yusuf gibt Bjørnar ein Alibi. Oder besser gesagt … sie geben sich gegenseitig ein Alibi. Davor gibt es einen langen Zeitraum, in dem niemand die beiden gesehen hat, und Bjørnar und Ingar hatten einen Streit, unmittelbar bevor Embla sich zusammen mit Bjørnar und Yusuf auf den Heimweg gemacht hat. Einen Streit, der so heftig war, dass Bjørnar auf Strümpfen aus dem Haus gelaufen ist.«

Lotte nickte, während Viljar Probleme hatte, alle Details auseinanderzuhalten. Es war ein wildes Durcheinander aus Namen, Uhrzeiten und wer sich wann an welchem Ort aufgehalten hatte.

»Zweitens verstehe ich etwas nicht, das in Johns Abschiedsbrief stand. Er schreibt, dass Emilie tot war, als er ins Zimmer kam. Dass sie schon eiskalt war. Wieso schreibt er das? Es dauert viele Stunden, bis die Körpertemperatur so weit gesunken ist, dass man den Unterschied spürt. Was er behauptet, stimmt einfach nicht.«

Für eine Weile sagte niemand etwas. Lottes Worte hingen im Raum, ohne Antworten zu liefern. Plötzlich erhob sie sich und blieb mit geistesabwesendem Gesichtsausdruck stehen. Zog ihre Bluse glatt. Wischte ein paar Wollmäuse weg, die an ihrer Hose hingen.

»Es sei denn …«

Mehr als diese drei Worte sagte sie nicht. Machte plötzlich auf dem Absatz kehrt und ging eilig in den Flur. Jossen und Viljar sahen sich verständnislos an. Als Viljar hörte, wie sie den Reißverschluss ihrer Stiefeletten hochzog, rief er:

»Was ist denn jetzt los, Lotte? Wo willst du hin?«

»Ich muss ein paar Sachen mit Åse besprechen. Macht ihr ruhig weiter. Wir sehen uns nach der Trauerandacht.«

Dann fiel die Wohnungstür ins Schloss.

»Trauerandacht?«

Jossen wartete auf eine Erklärung. Davon wusste er nichts.

»Äh … ja, heute Abend findet in der Skåre-Kirche eine Trauerfeier für Emilie statt. Alex will hingehen, und Lotte hat gesagt, dass sie auch kommt.«

Viljar war nicht begeistert, dass Alex daran teilnehmen wollte. Er war zwar wieder auf freiem Fuß, aber deswegen hielten ihn die Leute noch lange nicht für unschuldig. Viljar sank wieder auf sein Sitzkissen. Die ganze Sache machte ihn so konfus, dass er gut einen Helfer hätte gebrauchen können, nur um sich auf den Beinen zu halten. Der Gedanke berührte etwas in seinem Hinterkopf. Er grübelte eine Weile. Da war etwas. Jemand, der in ein Zimmer hineingegangen und wieder herausgekommen war.

»Helfer …«, flüsterte Viljar.

Jossen blickte von seinem Rechner auf.

»Was?«

»Das ist es, Joss! Helfer! Siehst du das nicht? Wie Lotte schon gesagt hat, keiner hat jemanden aus Emilies Schlafzimmer kommen sehen.«

Jossen antwortete nicht. Legte nur den Kopf schräg und streichelte seinen Backenbart, als wäre er ein neugeborenes Baby.

»Bevor Alex kurz nach zehn zu Emilie hineingegangen ist ... Wir wissen, wer zwanzig Minuten vorher im Zimmer war, aber ich habe in keiner Zeugenaussage etwas darüber gelesen, dass sie wieder herausgekommen wären.«

»Aha ...?«

»Jessicas Vernehmung, Joss. Sie hat ausgesagt, dass Terje Nitter und Geirmund Bakken Emilie in ihr Zimmer gebracht haben, weil sie so betrunken war. Embla hat die beiden zwar im Flur getroffen, als sie gehen wollte. Aber dazwischen liegen mindestens zwanzig Minuten. Wo waren die Männer in der Zwischenzeit?«

Jossen nickte vor sich hin, während er seine Aufstellungen auf dem Rechner verglich. Dann öffnete er die Arme.

»In diesem Zeitraum hat niemand die beiden gesehen. Gut möglich, dass sie die ganze Zeit in Emilies Zimmer waren. Großer Gott ...«

Haugå, Haugesund
Donnerstag, 5. März, tagsüber

Die Videoübertragung der Aktion gegen Terje Nitters Wohnhaus in Haugaleite war gestochen scharf. Der Großbildschirm zeigte jedes kleinste Detail, und Harald Samuelsen kam es beinahe so vor, als würde er ein Computerspiel spielen. Die reale Welt befand sich nur hundert Meter weiter die Straße hinunter, aber auf dem Bildschirm im Einsatzfahrzeug konnte er das Schauspiel verfolgen und stand gleichzeitig in Livekontakt mit der Operationszentrale des PST in Nydalen.

Harald Samuelsen sah mit eigenen Augen, wie Einsatzkommando Delta auf das ockergelbe Haus von Nitter vorrückte. In Nydalen saßen Arvid Berge und ein Dutzend andere hohe Tiere der Polizeiführung und koordinierten die Aktion. Harald hatte nur die Rolle eines Beobachters, und immer wenn er sich in die Gruppe in Oslo einklinkte, hatte es den Anschein, als sei es ihnen lästig. Das hier war ihr Heimspiel, nicht seins.

Die Dinge hatten sich beschleunigt. Durch die Terroranschläge waren alle früheren Anweisungen, sich an Prozeduren und Dienstwege zu halten, außer Kraft gesetzt. Urplötzlich musste der ganze Apparat aus Geheimdienst, Polizei und Militär rasch und effektiv handeln. Aufgrund der Kritik nach dem Massaker auf Utøya war die Machtelite in den Direktoraten triggerhappy geworden. In

Krisensituationen konnte man gar nicht schnell genug reagieren.

Innerhalb von Minuten hatte sich Oslo um den E-Mail-Verkehr und die Telefonverbindungen von Geir Bakken gekümmert, dem verstorbenen Anführer des Norwegischen Widerstands, und einen Durchbruch erzielt, als die Zentrale ein verschlüsseltes Mailkonto von Bakken fand, das einen Tag nach seinem Tod noch benutzt worden war. Empfänger der Mail war kein Geringerer als der Investor Jan Sigfred Bergersen gewesen. Die Verschlüsselung war amateurhaft, auch wenn die Mail über eine Reihe von anrüchigen Servern weitergeleitet worden war. Das Team hatte weniger als eine Stunde gebraucht, um die Verschlüsselung zu knacken und die IP-Adresse zu ermitteln, von der die Mail abgeschickt worden war: Terje Nitters Haus in Haugesund.

Der Inhalt der Mail war nicht misszuverstehen. Darin wurde um Garantien gebeten, dass die Gelder ausbezahlt würden, auch wenn Bakken nun ausgefallen sei, und versichert, dass die Aktion wie geplant durchgeführt werde. Das waren zunächst keine eindeutigen Beweise, obwohl Bergersen bestätigend auf die Mail geantwortet hatte. Es hätte irgendeine x-beliebige Aktion sein können. Aber dann war der Mailaccount am selben Morgen noch einmal benutzt wurden. Diesmal, um an alle norwegischen Medien einen Link zu schicken, der auf einen Livestream verwies. Das war das kleine Detail, das sie brauchten.

Harald Samuelsen war wie immer beeindruckt von der Schlagkraft und der Professionalität des Delta-Kommandos. Sie trainierten regelmäßig mit dem Spezialkommando der Armee, und es hatte etwas Faszinierendes, wie routiniert und präzise die Operationen abliefen. Im Grunde war es eine einfache Aktion. Sie sollten ins Haus eindringen und den Verdächtigen ergreifen und festnehmen, aber Nitter hatte Familie. Sie mussten in Erfahrung bringen, wo sich seine Frau und die Kinder befanden, bevor sie zuschlagen konnten. Außerdem war eine unauffällige Evakuierung der Nachbarn nötig gewesen. Das hatte die Operation ziemlich verzögert, aber nun war der Weg frei. Nitters Frau war auf der Arbeit und die Kinder noch in der Schule. Nitter selbst hatte Spätschicht im Krankenhaus, wo er als Pförtner arbeitete, und musste seinen Dienst erst um siebzehn Uhr antreten. Es war Datenverkehr auf seinem Router festgestellt worden, aber vorläufig hatten sie keine visuelle Bestätigung.

Im Handumdrehen war das Haus von schwarz vermummten Gestalten umstellt. Harald Samuelsen hörte die Rufe und Befehle aus den Lautsprechern im Auto dröhnen. Nach nicht mal einer Minute hatten mindestens zwanzig speziell ausgebildete Polizisten, die aus Oslo eingeflogen worden waren, das Haus gestürmt und die Räume in einem irrwitzigen Tempo geklärt und gesichert.

Der Anblick, den ihm die Liveübertragung bot, war alles andere als das, was er erwartet hatte. Auf dem Fußboden im Wohnzimmer lagen zwei Gestalten, die vor Angst schrien und weinten. Einer von ihnen hätte Terje Nitter sein sollen, aber dem war nicht so. Stattdessen zeigte das Bild zwei verängstigte zehnjährige Jungen, die sich nach Angaben des Schulleiters der Hauge-Schule eigentlich im Klassenzimmer der Klasse 5B hätten befinden müssen. Was Nitters Zwillinge zu Hause machten, konnte Harald Samuelsen nur vermuten, aber die Berichtstätigkeit eines der Kontaktlehrer der Grundschule war definitiv verbesserungswürdig.

Skåre-Kirche, Haugesund
Donnerstagabend, 5. März

Eine Möwe segelte tief über die Villen am Haugevegen. Flog eine Kurve, bevor sie Havnaberg erreichte, und stieg über dem Kirchturm der Skåre-Kirche hoch in die Luft. Lotte Skeisvoll und Åse Frugård saßen auf einer Bank vor der Kirche. Der Regen hatte im Laufe des Tages nachgelassen, und ihre Regenschirme lagen zugeklappt neben der Bank. Noch war eine halbe Stunde Zeit bis zur Trauerandacht für Emilie Sand Vormedal. Åse Frugård hatte Kette geraucht, während sie auf Lotte wartete. Sie war gekommen, um sie zu treffen, nicht um der jungen Frau zu gedenken, die allzu früh aus dem Leben gerissen worden war. Ihre Berufsgruppe ging selten zu Trauerfeiern. Das war zu nah, wurde zu persönlich.

Lotte hatte wortlos neben ihr Platz genommen. Sie schwiegen lange. Das Unausgesprochene vibrierte zwischen ihnen. Åse wandte sich Lotte zu, und auf ihrem Gesicht lag ein Ausdruck von Skepsis.

»Der fingierte Tatort in Breidablik. Das ist so perfekt gemacht. Ich kann keinerlei Hinweise darauf finden, was in der Nacht tatsächlich mit Geirmund Bakken passiert ist. Es gibt nicht viele, die das so hinbekommen hätten.«

Lotte scharrte mit dem Schuh im Kies. Füllte ein paar Mulden auf, die sich vor der Bank gebildet hatten.

»Wenn du mir was sagen willst, dann sag's, Åse.«

Wieder kehrte Stille ein. Es war, als ob Åse gegen ihre eigenen Dämonen kämpfte. Ihre eigenen Zweifel.

»Die Schuhe… An den Fersen der Schuhe, die Geirmund Bakken trug, waren deutliche Schleifspuren. Das gehört zu den ersten Dingen, die wir an einem Tatort überprüfen, um zu sehen, ob die Leiche bewegt wurde.«

»Und…?«

»Ein solcher Fehler wäre dir nie unterlaufen. Du pfuschst nicht. Als ich die Schleifspuren gesehen habe, wusste ich, dass jemand anderes den Platz hergerichtet haben muss. Aber ich begreife nicht, wie. Wir finden immer etwas…«

Lotte nickte und hoffte, dass Åse nicht mitbekam, wie sehr ihr Herz klopfte. Die Schleifspuren hatte sie beinahe vergessen. *Beinahe*… aber sie hatte sie nicht beseitigt. Wäre der Tatort zu perfekt gewesen, hätte das auf sie hingedeutet. Das »Versäumnis« schloss sie als mögliche Kandidatin aus, genau wie sie es sich gedacht hatte.

»Ich weiß nicht, soll ich mich bei dir bedanken oder dir mit etwas Hartem auf den Kopf schlagen?«

Åse lachte, zündete sich eine neue Zigarette an und stieß eine Rauchwolke aus.

»Du kannst dich bei mir bedanken, Lotte. Wie auch immer, jedenfalls habe ich… ich habe den Fall Emilie gelöst.«

Lotte drehte sich abrupt zu ihr um. Sie konnte fast nicht glauben, was sie gehört hatte.

»Du? Du hast den Fall *gelöst*? Du bist doch keine Ermittlerin?«

»Ha ha… Ja, das hat mir unser guter Freund Olav Scheldrup Hansen in den letzten Tagen auch mehrfach unter die Nase gerieben. Aber der aufgeblasene Gockel würde ja noch nicht mal den Schurken in einem Mickymaus-Heft ausfindig machen. Er hat ein bisschen Hilfe gebraucht, damit er sich hinterher damit brüsten kann. Ich glaube nicht, dass sie meinen Namen auf der Pressekonferenz heute Abend erwähnen werden. Oder deinen, was das betrifft. Dein Brief und der beigefügte Film haben mich darauf gebracht, in anderen Bahnen zu denken.«

Lotte ließ Åse die ganze Geschichte von Anfang bis Ende erzählen. Es war unglaublich, aber noch schwerer fiel es ihr zu glauben, dass Yusuf Samfari der Täter war. Und selbst wenn – wer hatte dann ihn anschließend umgebracht?

»Jossen hatte da eine Idee, Åse … Äh … Johannes Sevland, Rundfunkjournalist bei *Radio 102*. Wir sollten uns genauer ansehen, warum Yusuf umgebracht wurde. Hat sich jemand an ihm gerächt? Oder wusste er etwas über jemanden, das er nicht wissen durfte?«

»Warst du beim Sender?«

»Nein … Lange Geschichte. Aber etwas passt nicht ganz zusammen, Åse. Embla hat die Party schon fünf nach zehn gemeinsam mit Yusuf und Bjørnar verlassen. Das würde bedeuten, dass ihr, also du und die Rechtsmediziner, den Todeszeitpunkt bei Emilie falsch bestimmt habt. Kann das sein?«

Åse sagte lange Zeit nichts. Plötzlich erhob sie sich mit einem Ruck, griff nach ihrem Schirm und machte Anstalten zu gehen.

»Gehst du schon?«

»Ich irre mich nie, Lotte. *Niemals.* Du hast völlig

recht. Irgendwas stimmt hier nicht. Ich bin sowieso nur gekommen, um dich zu treffen. Trauerandachten für tote Seelen halte ich jeden Tag auf der Arbeit.«

»Wartest du noch einen Moment, Åse? Ich habe da noch etwas und dachte, du könntest mir das vielleicht beantworten.«

Åse Frugård blieb an der Pforte stehen. Drehte sich um und ging mit zögernden Schritten zurück.

»Ich erinnere mich, dass Bjørnar Nedstrand am Montag zur Villa kam und seine Schuhe holen wollte, die er auf der Party vergessen hatte. Ist er barfuß nach Hause gegangen?«

»Ja, das hat er bei der Vernehmung gesagt«, erwiderte Åse. »Er hatte sich wohl auf der Party mit jemandem gestritten und traute sich nicht, zurückzugehen und seine Schuhe anzuziehen, bevor er nach Hause ging.«

Lotte überlegte, ob sie Åse von ihrer Theorie erzählen sollte, aber das musste warten. Mehrere Trauergäste kamen bereits in ihren Autos an. Im Moment konnten sie oder Åse ohnehin nichts tun. Lotte wusste mit ziemlicher Sicherheit, wer für Emilie Sand Vormedals Tod verantwortlich war. Um sich ganz sicher zu sein, musste sie sich mit Maria Friestad unterhalten.

Sie blieb auf der Bank sitzen und hing ihren Gedanken nach, während die Trauergäste an ihr vorübergingen. Das Einzige, was nicht passte, war der Todeszeitpunkt. Irgendetwas verbarg sich im Gebüsch, was sie nicht erkennen konnte. Ein Bild hinter dem Bild, das sie nicht zu fassen bekam.

Skåre-Kirche, Haugesund
Donnerstagabend, 5. März

Alexander war übel. Eine Flut von Gefühlen staute sich in seinem Bauch, und er war kurz davor zusammenzubrechen. Die Trauerandacht fing gleich an, der Platz vor der Kirche füllte sich.

Zuerst schien es, als ob die anderen Jugendlichen ihn ignorierten, aber dann kamen sie langsam auf ihn zu. Da waren sie, alle zusammen. Veronica, Bjørnar, Ingar, Embla, Even, Vidar, Eivind … Alexander stand passiv da und wartete auf das Unvermeidliche. Setzte eine Maske von Selbstsicherheit auf und tat, als sei er entspannt und gelassen. Die Atmosphäre glich der Luft unmittelbar vor einem Gewitter. Er begriff, dass er in den Augen der anderen nicht freigesprochen war. Er konnte es ihnen ansehen. Plötzlich nahm jemand seine Hand.

Alexander blickte verwundert zur Seite. Maria war unbemerkt von hinten an ihn herangetreten und stellte sich jetzt neben ihn. Er bemerkte, wie Even die Fäuste ballte. Alexander wollte Maria nicht in die Sache hineinziehen, aber er ließ sie gewähren. Es war ein gutes Gefühl, nicht ganz allein dazustehen.

»Ganz schön dreist von dir, hier aufzukreuzen, Alex. Von dir und der Nutte, die dir den Arsch gerettet hat. Ihr kotzt mich an!«

Das kam von Veronica, wie hätte es auch anders sein

können. Die Abscheu in den Gesichtern der anderen war nicht zu übersehen. Es wurden immer mehr, und Alexander bekam es langsam mit der Angst zu tun. Maria drückte seine Hand fester.

»Damit kommst du nicht durch, Alex, das schwör ich dir. Wir werden aussagen, dass wir gesehen haben, wie deine Hure von der Party abgehauen ist, während sie doch angeblich mit dir zusammen war. Hast du dir wirklich eingebildet, wir lassen dich ungeschoren davonkommen?«

Alexander hatte erwartet, dass Maria sich verteidigen würde, aber sie stand nur da. Hörte sich die Lügen an, als wäre es die natürlichste Sache der Welt. Alexander wurde wütend. Er kochte innerlich. Diese Bande war also bereit, Maria als Lügnerin abzustempeln, nur damit er als Sündenbock dastand. Scheinheilig und falsch bis ins Mark, das waren sie. Als er verhaftet worden war, hatte das die anderen reingewaschen, und jetzt sollte dieses Gleichgewicht offenbar wiederhergestellt werden.

»Ihr könnt meinetwegen sagen, was ihr wollt. Ich hab keinen Bock auf eine Schlammschlacht mit euch. Mir ist so einiges klar geworden, als ich aus dem Knast gekommen bin. Ich weiß verdammt gut, wie das alles zusammenhängt, und ich werde der Polizei sagen, was ich weiß. Ich denke nicht daran, mich vor euch zu rechtfertigen. Also verpisst euch, okay?«

Urplötzlich änderte sich die Situation. Alexander erkannte die Zeichen sofort, entschied sich aber trotzdem, ruhig zu bleiben. Eivind warf seine Colaflasche weg, ging auf ihn zu und riss ihm die Rose aus der Hand, die er mitgebracht hatte. Dann stieß er ihn gegen die Kirchenmauer.

»Ich bring dich um, du verdammtes Schwein. Ich dreh dir den Hals um, verstanden?«, brüllte Eivind.

Aber bevor er Schaden anrichten konnte, kam Emilies Vater angelaufen. Er riss Eivind zurück und befahl den anderen, sich zu verziehen.

»Das hier ist eine Kirche, und wir werden eine Andacht für meine Tochter halten. Es ist unwürdig, hier draußen eine Schlägerei zu veranstalten. Schluss jetzt!«

Bernhard Sand wirkte ruhig und gleichmütig. Er stand wie ein Puffer vor Alexander und Maria und beschützte sie. Wartete, bis die Menge sich auflöste und in die Kirche hineinging. Maria ließ Alex' Hand los und trottete hinterher. Sie hatte während der ganzen Szene kein einziges Wort gesagt, aber sie war an seiner Seite geblieben. Hatte ihm beigestanden. Ihre Aufopferung hatte etwas Rührendes.

Als fast alle in der Kirche waren, ging Alexander hinüber zu Bernhard Sand. Emilies Vater hatte den Arm um seine Frau gelegt, die untröstlich schien. Alexander wusste nicht, was er sagen sollte. Er streckte die Hand aus, aber sie ergriffen sie nicht. Er murmelte:

»Mein Beileid … Es ist furchtbar.«

Emilies Eltern blickten stumpf auf seine ausgestreckte Hand. Schließlich löste die Mutter sich von ihrem Ehemann und trat auf Alexander zu. Ohne ein einziges Wort zu sagen, spuckte sie ihm auf die Schuhe, machte auf dem Absatz kehrt und ging. Es gab keine Vergebung oder Versöhnung. Nur tiefe, untröstliche Trauer.

Nachdem der Kirchendiener ihm die Tür geöffnet hatte, blieb Alexander minutenlang im Vorraum stehen. Die Orgelmusik traf ihn in den Magen, und sein Atem ging schnell und stoßweise. Jeder Ton des Präludiums erinnerte ihn an das, was vorbei war. All die schönen Stunden. Die guten Gespräche, die sie gehabt hatten und von denen nur er wusste. Es war, als hätte er das ganze Ausmaß von Emilies Tod erst jetzt, hier an der Tür zum Kirchenschiff, begriffen.

Der grüne Teppich im Mittelgang bis zum Altar war gesäumt von Blumengebinden und Sträußen. Alexander fühlte sich nackt. Er bemerkte, dass sich immer mehr Leute in den Bankreihen nach ihm umdrehten, und hörte Gemurmel, das anschwoll. Wenn der alles übertönende Klang der Orgel den heiligen Raum nicht erfüllt hätte, wäre die Aufmerksamkeit der gesamten Kirche auf ihn gerichtet gewesen. Eilig zwängte er sich in die hinterste Bankreihe.

Die Leute, die in der Reihe saßen, standen auf und gingen. Suchten sich andere Plätze. Er kannte keinen von ihnen, aber offensichtlich wussten sie, wer er war. Die Tränen, die ihn schon seit dem Moment, als er draußen vor der Kirche gestanden hatte, zu übermannen drohten, ließen sich nun nicht mehr zurückhalten. Er hatte das Gefühl, als sei seine Trauer des Raumes nicht würdig. Eine Woge von Schuld und Scham umschloss ihn. Alexander senkte den Kopf. Hielt sich die Ohren zu. Ertrug es nicht zu hören. Ertrug es nicht zu sehen. Alles verstärkte sich so sehr hier drinnen.

Einer nach dem anderen ging zum Altar und sagte ein paar Worte. Der Pfarrer sprach davon, wie ungerecht es sich anfühlte, wenn junge Menschen heimgingen. Wenn ihnen das Leben genommen wurde, bevor es begonnen hatte. Emilies Vater sprach von der wertvollen Stütze, die

Freunde und Familie waren. Auch Veronica Østensjø war nach vorn gegangen, aber sie weinte die ganze Zeit, und man verstand ihre Worte nicht.

Als einige Minuten später alle nach vorn gehen durften, um eine Kerze für Emilie anzuzünden, blieb Alexander sitzen. Zuerst begriff er nicht, was gerade mit ihm passierte. Sein Gehirn war ein Brei von unbestimmbarer Substanz, aber plötzlich schienen die einzelnen Bestandteile schärfere Konturen zu bekommen. Die Erinnerungen kehrten zurück.

Zuerst waren es nur kleine Bruchstücke, aber dann erkannte Alexander das ganze Bild. Er wusste wieder, was passiert war. Er registrierte kaum, dass die Trauerfeier vorbei war und die Trauergäste im Mittelgang an ihm vorübergingen. Erst als der Pfarrer zu ihm kam und sich neben ihn setzte, kehrte er in die Gegenwart zurück.

»Alles in Ordnung mit dir? Brauchst du jemanden, mit dem du reden kannst?«

Alexander blickte zum Pfarrer auf. Sah die Wärme und Fürsorge in seinem Gesicht.

»Ja, ich muss mit jemandem reden, aber es gibt andere, die Ihren Beichtstuhl wohl mehr brauchen als ich.«

DIE PARTY
Alexander

»Ich habe Angst, Alex. Begreifst du das nicht?«

Emilie saß im Bett, das Gesicht in den Händen vergraben. Alexander rückte näher an sie heran. Er wollte sie stützen, ohne sich aufzudrängen. Die Party hatte sich nicht so entwickelt, wie er es sich vorgestellt hatte. Sie waren sich in der letzten Zeit so nahegekommen, aber jetzt hatte er das Gefühl, dass sie sich wieder verschloss.

»Emilie… Du kannst so nicht leben. Sollen die Drecksäcke davonkommen, nur weil sie noch ein Video von dir haben, das sie im Netz verbreiten können? Das Risiko bleibt, das weißt du. Wenn du diesmal nachgibst, setzen sie dich nur noch mehr unter Druck.«

»Die Drecksäcke. Du weißt ja nicht mal, von wem ich rede. Du weißt nichts, Alex. Gar nichts!«

Emilie hatte recht. Er wusste nichts. Auf dem Vergewaltigungsvideo waren sie zu dritt, aber sie trugen Masken. *Schrei*-Masken. Es war unmöglich, sie wiederzuerkennen. Nur Emilie wusste, wer sich dahinter verbarg. Wenn sie zur Polizei ging, so wie er es ihr geraten hatte, würde Aussage gegen Aussage stehen.

»Das andere Video ist viel schlimmer. Das war kein Übergriff. Da biete ich mich an. Ziehe mich vor der Kamera aus, betrunken und hirntot. Freiwillig. Der Film kann mein Leben kaputtmachen.«

Es war aussichtslos. Die Scheißkerle erpressten sie. Brachten sie dazu, alles Mögliche zu tun. Alex konnte nur vermuten, wie verzweifelt sie war. Sie gab ihm zu verstehen, dass er gehen sollte. Sie wollte allein sein. Am liebsten hätte er sie einfach nur in den Arm genommen und ihr gesagt, was er für sie empfand, aber das Timing war schlecht. Sie hatte mehr als genug um die Ohren, da brauchte sie nicht auch noch sein Geständnis, dass er in sie verliebt war.

Er zog die Schlafzimmertür hinter sich zu und ging ins Wohnzimmer. Angelte sich ein Bier aus der Plastiktüte, die er hinter einem Blumentopf deponiert hatte. Die Wirkung des Speeds, das er früher am Abend eingeworfen hatte, ließ langsam nach, und mehr hatte er nicht. Er spürte, wie die Verzweiflung ihm unter die Haut kroch, zwang sich aber, niemanden anzubetteln. Geld hatte er auch nicht mehr.

Er versuchte, mit den anderen rumzublödeln, um auf andere Gedanken zu kommen. Auf was Lustigeres. Aber irgendwie wichen ihm alle aus, als hätte er die Pest. Eivind war derjenige, der ihn am meisten provozierte. Sagte, er solle nach Hause gehen und Kinderfernsehen gucken. Gab ihm alle möglichen Spottnamen, während die Mädchen um sie herumstanden, kicherten und lachten.

Auf einmal spürte er eine Hand, die ihn beiseitenahm und in eine ruhige Ecke zog. Jessica Larsen war vielleicht die Einzige auf der Party, der er vertrauen konnte, außer Emilie und John. Sie bat ihn, in die Küche zu gehen und mit John zu reden. Alexander holte tief Luft und stieß einen Seufzer aus. Sein Kumpel schnallte offenbar nichts von dem, was passierte, und verstand alles gründlich falsch. Alex schlurfte in die Küche. Es hatte eigentlich keinen Sinn, John klarmachen zu wollen, dass im Schlafzimmer nichts passiert war und er und Emilie nur geredet hatten. Aber versuchen musste er es, das schuldete er dem Freund.

Es blieb bei dem Versuch. John schaltete auf stur, und Embla nervte wie üblich bloß rum. Zehn Minuten später gab Alex es auf. Wenn John die Wahrheit nicht erkennen wollte, dann eben nicht. Emilie hatte viel größere Probleme, als John sich überhaupt vorstellen konnte. Sie war es, um die er sich kümmern musste, nicht John. Er ließ seinen Kumpel stehen und ging zurück zu Emilie.

Als er ins Schlafzimmer kam, blieb er einen Moment zögernd stehen. Emilie war nicht da. Sie musste zurück zur Party gegangen sein, während er bei John in der Küche gewesen war. Alex ging nach draußen, er brauchte frische Luft. Als er das Haus verließ, piepste sein Handy. Eine SMS von seinem Vater. Es nervte ihn, dass der Alte ihm immer Ermahnungen schickte, wenn er auf Partys war, aber irgendwie war es schon okay, dass er sich Gedanken machte.

Ein großer Schatten näherte sich, während er die SMS las. Alexander drehte sich erschrocken um und war erleichtert, als er sah, dass es nur John war. Anscheinend schaffte der Freund es nicht, das Thema Emilie ruhen zu lassen.

»Warst du einer von denen mit den Masken?«

Alexander hatte die Schnauze voll von Johns ständigen Beschuldigungen. Seit Emilie ihm vor einer Woche das Video geschickt und John es auf seinem Rechner entdeckt hatte, litt ihre Freundschaft unter Johns Misstrauen. Er hatte alles versucht, ohne Emilie dabei auszuliefern, aber John gab einfach nicht auf.

»Please, John … Jetzt fang nicht wieder davon an. Wie oft soll ich dir noch erzählen, was passiert ist, bevor du endlich Ruhe gibst? Ich würde Emilie so etwas nie antun, das weißt du.«

Die Diskussion ging weiter. Immer neue Beschuldigungen. Er wirkte ziemlich weit weg. Manisch besessen von allem, was mit Emilie zu tun hatte. Okay, John war hoffnungslos verknallt in sie, aber irgendwo gab es doch Grenzen. Er wirkte ja völlig psycho. War krankhaft eifersüchtig auf alle und jeden, und am allermeisten auf ihn. Alexander hatte geglaubt, es würde besser werden, wenn er andeutete, dass zwischen ihm und Emilie was lief. Dass John wieder runterkommen und sich Emilie aus dem Kopf schlagen würde. Aber anscheinend wurde dadurch alles nur noch schlimmer.

Kurz nachdem sie wieder reingegangen waren, kam der große Knall. Emilie hatte versprochen kürzerzutreten. Weniger zu trinken. Das war offensichtlich nicht passiert. Sie torkelte ihm auf der Tanzfläche entgegen, konnte sich kaum auf den Beinen halten. Alex musste sie am Kleid packen, damit sie nicht über ihn fiel. Er rief ihr zu, dass sie sich beruhigen sollte, aber sie hörte nicht. Schnaufte und torkelte. Er musste den Arm um sie legen und sie stützen. Merkte im selben Moment, wie sie ihm entglitt und seine Hand, die eben noch an ihrer Taille gewesen war, jetzt auf ihrem Hintern lag. Die Ohrfeige kam plötzlich und ohne Vorwarnung. Seine Wange brannte, und in seinem Ohr dröhnte es.

Emilie verlor das Gleichgewicht, und obwohl Alexander sofort die Hände nach ihr ausstreckte, war es zu spät. Sie stolperte rückwärts und fiel zu Boden. Ob eine Sekunde verstrich oder fünf, wusste er nicht genau, aber es war, als würde ihn ein Schwerlaster überfahren. Die anderen um ihn herum schrien auf und brüllten, Fußtritte und Faustschläge trafen ihn in Bauch und Gesicht. Er begriff überhaupt nichts mehr, fühlte nur die schmerzhaften Hiebe, die auf ihn einprasselten. Er war kurz davor, das Bewusstsein zu verlieren, als ein paar starke Hände ihn vom Fußboden hochhoben.

Ingar kam ihm im letzten Moment zu Hilfe. Typisch für ihn. Sich einmischen und der große Held sein. Der Vernünftige. Der Ausgeglichene. Der Ordentliche. Es gab vieles, was die Leute nicht über Ingar wussten. Alex war mit dem drei Jahre älteren Studenten gut befreundet gewesen. Hatte zu ihm aufgeblickt. Auf ihn gehört. Im Grunde hatte er es auch Ingar zu verdanken, dass sie ihn in Ruhe gelassen hatten, als er vor einem Jahr aus der Organisation ausgeschieden war. Ingar hatte die anderen dazu gebracht, ihm ein bisschen Freiraum zu lassen. Warum der Typ ihm unbedingt immer wieder helfen wollte, war Alex ein Rätsel. Okay, sie waren ein paar Monate lang gute Freunde gewesen, aber trotzdem. Ingar war ein Arsch. Vielleicht hatte er Angst, dass Alexander ihn verpfeifen könnte. Sie hatten einen Deal. Wenn er die Schnauze hielt, kriegte er das Zeug billiger. Ein Wort zu irgendwem, und der Deal war hinfällig.

Ingar führte ihn aus dem Wohnzimmer und brachte ihn ins Bad. Die Nase fühlte sich an, als sei sie gebrochen. Es knackte, wenn er sie bewegte, und sie wollte nicht aufhören zu bluten. Alexander saß vor der Toilette, einen Eisbeutel im Nacken, und hielt den Kopf übers Becken. Ingar stützte ihn, damit er nicht umfiel.

In dieser Stellung musste er eingenickt sein, denn plötzlich knallte die Tür zu. Ingar, der vorhin neben ihm gekniet hatte, kam zurück ins Bad. Wie lange er weg gewesen war, wusste Alex nicht, aber wenigstens hatte das Nasenbluten aufgehört. Ingar wirkte auf einmal mächtig gestresst und zog ihn hoch.

Als Ingar sich vorbeugte und ihm auf die Beine half, rutschte sein blaues Hemd hoch. Zuerst begriff Alex nicht, was er da sah, aber dann fügten sich die Erinnerungen zusammen. Das kleine Tattoo war unverwechselbar. Es war links über der Hüfte, genau wie bei dem Vergewaltiger im Video. Alexander wollte es gerade laut sagen, aber obwohl er ziemlich benebelt war, begriff er instinktiv, wie unklug das wäre. Also unterdrückte er den Impuls, auf ihn loszugehen, und biss die Zähne zusammen. Auf unsicheren Beinen ließ er sich von Ingar in den Flur bringen. Bevor Ingar ihn losließ, flüsterte er ihm ins Ohr:

»Du tust jetzt verdammt noch mal, was ich dir sage. Hier hast du einen Schlüssel. Geh in Emilies Zimmer und leg dich zu ihr ins Bett. Sie schläft, und du rührst sie auf keinen Fall an, verstanden? Ich will dich auf der Party nicht mehr sehen. Du bist hackedicht und machst nichts als Ärger.«

Alex blickte Ingar lange nach, während der die Treppe hinunterlief. Für wen hielt der Typ sich, dass er meinte, Emilie beschützen zu müssen? Verdammter Vergewaltiger … Alexander schüttelte den Kopf. Damit kam der Scheißkerl nicht durch, dafür würde er sorgen.

Er schloss die Tür auf, blieb aber noch einen Moment schwankend im Flur stehen und bemühte sich, einen klaren Kopf zu bekommen. Nutzte die Gelegenheit, um Embla ein bisschen zu ärgern, als sie die Treppe hinaufrannte, die Ingar gerade hinuntergegangen war. Er öffnete die Tür und ging ins Zimmer. Machte sich nicht die Mühe, hinter sich abzuschließen. Es war eiskalt im Raum, und er brachte es nicht fertig, sich auszuziehen. Er setzte sich auf die Bettkante und war sofort weg. Irgendwann erschien ihm im Traum das Gesicht von Maria Friestad. Mochten die Götter wissen, was sie in seinem Traum zu suchen hatte, aber er ließ sie gewähren.

Valhall Pub, Haugesund
Donnerstagabend, 5. März

Die alten Räume des Restaurants Willy Knickersen und der Kneipe Jimmy Legs in der Haraldsgata waren im Winter zu einem Pub umgebaut worden. »Valhall« lautete der klingende Name, den die neueste Errungenschaft des Haugesunder Nachtlebens erhalten hatte. Das Schild über dem Eingang zeigte das Logo und ein Wikingerschwert, darunter eine Textzeile, die »Alltagsfestgelage für den Alltagswikinger« versprach. Viljar Ravn Gudmundsson hatte nicht das Bedürfnis, den Wikinger in sich zu entdecken, aber dennoch gingen beziehungsweise rollten er und Jossen an diesem Donnerstagabend über die Schwelle.

»Ich weiß nicht, ob das so eine gute Idee ist, Viljar.«

Jossen sah weit abgebrühter aus, als er war. Das lange graue Haar und die dicken Koteletten täuschten. In Wirklichkeit hatte das Leben ihn ein bisschen zu oft und zu hart angefasst, als dass er freiwillig Zoff gesucht hätte. Viljar hatte ihn nicht einmal gefragt, ob er einverstanden war, als er Jossens Rollstuhl gepackt und ihn aus der sicheren Wohnung hinausgefahren hatte. Lotte gehe nicht ans Handy, also müssten sie die Sache selbst in die Hand nehmen, hatte er gemeint.

Das Valhall hatte bereits den Ruf, ein Lokal zu sein, in dem das Testosteron wie Met aus den Zapfhähnen floss.

Ein Klub für echte Männer, in dem wilde Bärte und dicke Bäuche bestens als Eintrittsgeld fungierten. Wenn man in der Stadt gerne mal für Ärger sorgen wollte, war die Chance, mit heiler Haut davonzukommen, in der Taxischlange vor der Post weit größer als drinnen im Valhall.

»Immer mit der Ruhe, Joss, wir wollen nur kurz mit Oskar reden.«

Als Jossen und Viljar zu dem Ergebnis gekommen waren, dass Terje Nitter und Geirmund Bakken reichlich Gelegenheit gehabt hatten, sich an Emilie Sand Vormedal zu vergreifen, waren sie die verschiedenen Zeugenaussagen noch einmal durchgegangen. Mehr und mehr deutete darauf hin, dass Jessica Larsen mit ihrer Aussage eine der wenigen war, denen sie vertrauen konnten. Wenig später stießen sie auf einen Namen, der ihrem Radar bisher entgangen war, da niemand außer Jessica ihn erwähnt hatte, und auch das nur in einem Nebensatz. *Oskar Myhre*. Der Inhaber des neu eröffneten Valhall Pubs war in der fraglichen Nacht kurz vorbeigekommen, um Terje Nitter und Geirmund Bakken von der Party abzuholen.

»Mir ist trotzdem nicht klar, warum wir ihn aufsuchen müssen? Was kann er schon beitragen?«

»Immerhin fand die Polizei ihn interessant genug und hat ihn als Zeugen vorgeladen. Ich hatte es völlig vergessen, aber ich habe ihn Montag im Polizeihaus gesehen, als Lotte mit mir reden wollte. Mehrere der Jugendlichen von der Party saßen wie Hühner auf der Stange im Flur, und dazwischen Oskar Myhre.«

Viljar kannte Oskar, solange er denken konnte. Während der neun Jahre Grundschule war er der unumstrittene Alpharüde der Klasse gewesen, ein Typ, mit dem man sich tunlichst anfreundete. Das hatte Viljar getan. Wenn man so ein armseliges Weichei war wie er als Teenager, stellten berüchtigte Kumpel als Pufferzone die beste Form von Selbstverteidigung dar. Oskar Myhre waren schon in der vierten Klasse Haare am Sack gewachsen, und zur Konfirmation kam er mit einem Vollbart.

Das Lokal war dunkel, und ein durchdringender Geruch nach saurem Bier hing im Gebälk. Obwohl der Pub erst vor Kurzem eröffnet worden war, schien es, als hätten verschwitzte Kettenhemden und Krüge voller Met das Lokal bereits mariniert. Die Langtische an den Wänden waren leer und der Tresen verlassen. Wenn nicht die Tür offen gewesen wäre und Kaizers Orchestra seinen Frust darüber herausgebrüllt hätte, dass alles nur »Staub und Sand« sei, hätte Viljar angenommen, die Kneipe sei zu.

Er und Jossen warteten an dem verwaisten Tresen. An einem Trägerbalken hing eine Kuhglocke an einem Strick, und Viljar zog daran. Der hohle Klang erinnerte ihn an übermütige Kälber im Frühling auf der Weide von Großvaters Bauernhof bei Reykjavík. Eine offene Landschaft, meilenweit entfernt von solch einem düsteren Lokal.

Ein Gesicht erschien am Eingang zum Hinterzimmer. Langes, dunkles Haar und ein mächtiger Zottelbart, wie er des Wirts einer Wikingerkneipe würdig war. Jossen kniff Viljar in den Handrücken, und er beugte sich hinunter.

»Sehe ich Gespenster, oder ist das Hagrid aus *Harry Potter*?«

Viljar konnte gut verstehen, warum Jossen fragte. Oskar Myhre sah dem riesigen Zauberer, verkörpert von Robbie Coltrane, verblüffend ähnlich, nur war er bei Weitem nicht so umgänglich wie dieser. Viljar kannte den Mann gut und wusste, dass alte Freundschaft für ihn genau das war. *Alte* Freundschaft … Von spontaner Wiedersehensfreude konnte keine Rede sein.

»Gudmundsson … Was zum Teufel willst du hier?«

Viljar versuchte ein versöhnliches Lächeln. Sie gingen nicht mehr in die siebte Klasse, aber er hatte immer noch kein Interesse daran, im gegnerischen Feld zu landen.

»Ich habe gesehen, dass offen ist, und mir ist zu Ohren gekommen, dass du deinen eigenen Laden aufgemacht hast, also dachte ich, ich geh mal vorbei und schau ihn mir an.«

Oskar Myhre musterte ihn mit halb geschlossenen Lidern. Diese kleine Lüge schien er nicht schlucken zu wollen.

»So, na. Gesehen hast du ihn nun. Und jetzt raus. Ich öffne nicht vor zehn. Hab wohl vergessen, die Tür abzuschließen, als ich gekommen bin.«

Es war anscheinend der Tag der großen und kleinen Lügen, und Viljar überlegte kurz, ob er den alten Klassenkameraden daran erinnern sollte, dass die Öffnungszeiten vor dem Pub aushingen. Aber er ließ es sein. Jossen hatte seinen Rollstuhl bereits gewendet und wäre wohl längst draußen, wenn er nicht Hilfe gebraucht hätte, um über die Schwelle zu kommen.

»Okay, Oskar. Bin gleich weg … Nur eine Frage noch.«

Der Bär hinter dem Tresen zeigte keinerlei Entgegenkommen. Er hatte die Arme vor der Brust verschränkt und stand da wie ein Bollwerk.

»Kennst du einen Typen namens Trond Anfinsen? Bisschen jünger als wir, glaube ich.«

Viljar bemerkte, wie sich der Ausdruck in Oskars Augen veränderte, bevor es ihm gelang, seine Überraschung zu verbergen. Etwas blitzte auf, das man leicht für Angst hätte halten können, wenn sein Gegenüber nicht so ausgesehen hätte, als würde er selbst den Fenriswolf vor die Tür setzen, sollte der zu Besuch kommen.

»Nein? Er hat den Namen gewechselt. Sagt dir Terje Nitter vielleicht etwas? Du brauchst es übrigens nicht zu leugnen. Ich weiß, dass ihr euch kennt. Du hast ihn und Geirmund Bakken am Samstag von einer Party abgeholt. Weißt du, wo Terje ist?«

Jetzt war Oskar Myhre eindeutig nervös. Er trat von einem Fuß auf den anderen und sah sich im Lokal um, als wollte er sich vergewissern, dass niemand in der Nähe war.

»Verpiss dich einfach, Gudmundsson. Hab keinen Bock, mir dein Gelaber anzuhören.«

Jossen zerrte so heftig an Viljars Ärmel, dass er den Arm nach hinten drehen musste, damit der Stoff nicht riss. Viljar hatte keine Ahnung, wo die plötzliche Aggression herkam, aber jetzt hatte er die Faxen dicke. Der ganze Mist der letzten Tage kochte in ihm hoch. Er ging zurück zum Tresen und stellte sich vor Oskar Myhre auf die Zehenspitzen, um den Größenunterschied wettzumachen.

»Worauf du Bock hast oder nicht, geht mir am Arsch vorbei, Oskar. Ich will wissen, wo Terje Nitter ist. Ganz einfach. Falls du etwas über den Vorfall auf der Party weißt, solltest du verdammt schnell das Maul aufmachen, sonst bist du wegen Beihilfe zum Mord dran. Jossen und ich sind im Besitz von Informationen, die Terje Nitter für den Rest seines Lebens hinter Gitter bringen. Verheimlichst du irgendwas, wanderst du mit in den Bau.«

Die Stimmung im Raum schlug urplötzlich um. Oskar Myhre kam hinter dem Tresen hervor, und Viljar wich instinktiv zurück. Jossen mühte sich verzweifelt, mit dem Rollstuhl zum Ausgang zu kommen, aber das war ebenso aussichtslos, wie eine Bergetappe der Tour de France mit einem Dreirad gewinnen zu wollen. Oskar ging an ihm vorbei, knallte die Eingangstür zu und schloss ab. Dann stellte er sich in Positur wie ein bulliger Türsteher vor einer Rotlichtbar.

»Ihr wolltet mich sprechen?«

Die Stimme kam von hinten, und Viljar drehte sich langsam um. Das konnte kein anderer als Terje Nitter sein. Ein Typ war aus dem Hinterzimmer gekommen und ging mit ruhigen Schritten auf sie zu. Er war bei Weitem nicht so groß und furchteinflößend wie Oskar Myhre, aber Viljar spürte trotzdem Panik in sich aufsteigen wie Ratten, die das Deck eines sinkenden Schiffes überfluten.

In Nitters Hand ruhte eine Beretta M92 mit Schalldämpfer. Viljar musste kein Experte in Waffenkunde sein, um zu erkennen, dass die Pistole echt war und der Mann nicht zögern würde, sie zu benutzen.

Er blieb neben Jossen stehen und setzte ihm die Pistole an die Schläfe, während er die ganze Zeit Viljar ansah. Ein Invalide im Rollstuhl war keine Bedrohung.

Mehr als ein kurzes Nicken zu Oskar Myhre war nicht nötig. Myhre hob die Hand an eine nicht vorhandene Schirmmütze und salutierte, dann schloss er auf, ging hinaus und schlug die Tür hinter sich zu. Sie hörten das Klicken des Sicherheitsschlosses, dann waren sie allein mit Nitter und der Beretta.

»Viljar Ravn Gudmundsson … Du schreibst gut, das muss ich dir lassen. Fragt sich nur, ob du genauso gut Antworten geben kannst. Eine falsche Antwort … und wir müssen einen Krüppel weniger aus der Staatskasse durchfüttern. Zwei Fehler, und das Medienhaus spart eine Menge Sozialbeiträge für zwei Mitarbeiter ein, die am selben Tag ins Gras beißen. Bist du bereit?«

Viljar wollte gerade protestieren, als ein durchdringender Klingelton ihn zusammenzucken ließ. Ob es das plötzliche Geräusch war, das ihn erschreckte, oder die traurige Tatsache, dass Terje Nitters Handy *Mambo no. 5* von Lou Bega dudelte, wusste er nicht so genau. Nitter hatte offenbar einen ebenso beklagenswerten Musikgeschmack, wie er Sinn für klischeehafte Auftritte hatte.

Er ging ein paar Schritte zur Seite, zielte aber weiterhin mit der Beretta auf Jossens Kopf und ließ Viljar nicht aus den Augen. Nach einigen leisen einleitenden Phrasen erfuhr er offenbar etwas, das ihn aufregte.

»Also weiß der Junge was?«

Viljar hörte zwar nicht, was der Anrufer antwortete, aber es waren schlechte Nachrichten, so viel konnte er an Nitters Gesicht ablesen.

»Das stimmt sicher. Tatsächlich stehe ich gerade hier bei seinem Vater. Sie haben wohl darüber gesprochen, nehme ich an. Kümmere du dich um den Bengel, ich habe genug mit seinem Erzeuger zu tun. Und verhalte dich unauffällig, okay?«

Es war, als ob sich ein Vakuum im Raum bildete, das allen Sauerstoff absaugte. Viljar schnappte nach Luft. Alexander war in Lebensgefahr und er selbst gefangen in einem Lokal, das er nicht mehr lebend verlassen würde. Er hatte keine Möglichkeit, Alex zu warnen.

»Ist mir scheißegal, wie du das anstellst, aber keiner darf was mitkriegen, und hinterlass keine Spuren. Hast du gehört? Und wenn du den Kadaver hinterher auffressen musst, um ihn verschwinden zu lassen, er darf auf keinen Fall gefunden werden. Verstanden?«

Hätte Terje Nitter einen altmodischen Telefonhörer in der Hand gehabt, hätte er ihn jetzt garantiert aufgeknallt, aber so klopfte er stattdessen mit dem Zeigefinger aufs Display.

Aus einer kurzen Stippvisite, um einem alten Klassenkameraden ein paar einfache Fragen zu stellen, war völlig unerwartet eine lebensgefährliche Situation geworden. Terje Nitter schüttelte den Kopf und grinste Viljar an.

»Vater und Sohn, was? Einer so strunzdumm wie der andere. Ich brauche Antworten, und wie ich sehe, zögerst du, Gudmundsson. Ich vermute mal, dein Krüppelkumpel würde es zu schätzen wissen, wenn du jetzt anfängst zu erzählen, da es sein Gehirn ist, das über den Tresen spritzen wird, aber vielleicht brauchst du Bedenkzeit?«

Polizeistation Haugesund
Donnerstagabend, 5. März

Irgendwas ist mächtig faul an der Sache …

Åse Frugård hatte sofort reagiert, als Lotte sie auf die Schwachstelle in ihrer Theorie hinwies, die sie dem Team ein paar Stunden zuvor präsentiert hatte. Wenn es so wäre, wie Åse zuerst angenommen hatte, dann hätte sie sich bei der Bestimmung des Todeszeitpunkts von Emilie Sand Vormedal ziemlich verrechnet.

Aber das hatte sie nicht!

Basierend auf Totenflecken, Raumtemperatur, Leichenstarre und all den anderen Eckdaten mussten ihre Berechnungen und die des rechtsmedizinischen Instituts stimmen. Emilie war irgendwann zwischen zehn und elf Uhr abends gestorben. Es bestand natürlich eine winzige Möglichkeit, dass der Tod früher oder später eingetreten war, aber sehr wahrscheinlich war das nicht.

Die Ermittlungsgruppe hielt den Fall für gelöst. Die Hautfetzen unter Yusufs Fingernägeln machten ihn zum dringend Tatverdächtigen, und Bjørnar Nedstrand hatte alle Karten auf den Tisch gelegt, als Olav ihm mitgeteilt hatte, dass das Alibi, das er Yusuf gegeben hatte, auf keinen Fall stimmen konnte. Die beiden Jungen hatten sich gegenseitig ein Alibi gegeben, um Unannehmlichkeiten mit der Polizei zu umgehen. Aber Yusuf Samfari hatte die Party um fünf nach zehn verlassen. Dafür hatten sie nicht nur Bjørnar Nedstrands, sondern auch Embla Tuastads Zeugenaussage.

Sie seufzte. Nahm die Brille ab und rieb sich die Augen. Dieser ganze Fall glich einem nicht enden wollenden Reigen mit einem Partner, der die Tanzschritte nicht beherrschte. Das passte alles nicht zusammen. Sie selbst hatte behauptet, Yusuf sei »BootBoy«, aber nach dem Gespräch mit Lotte waren ihr Zweifel gekommen. Der Junge war ja nicht gerade ein Draufgänger gewesen. Klein und schmächtig. Nicht besonders hübsch. Unmodern gekleidet. Da war eine Diskrepanz zwischen seiner Person und der Tat, die er angeblich begangen haben sollte.

Åse las den Obduktionsbericht von Yusuf Samfari sorgfältig durch. Es gab keine Merkmale, die auf eine Rauferei am Vortag oder Ähnliches hinwiesen. Bis auf die Wunden, die ihm bei seiner Tötung zugefügt worden waren, hatte der Junge nicht die geringste Verletzung. Nicht einmal einen blauen Fleck.

Sie legte die Bilder beiseite und steckte sich eine Zigarette an. Stellte sich wie üblich auf Zehenspitzen ans Fenster und ließ ihren Gedanken freien Lauf.

Ich habe noch nie so sehr danebengelegen. Ich muss etwas übersehen haben.

Sie hatte über den Mord an Emilie nachgegrübelt, der vermutlich nur ein Unfall gewesen war. Das fatale Ende eines Sexspiels. Allerdings konnte auch sie sich den schmächtigen Yusuf nicht in der Rolle des dominanten Liebhabers vorstellen. Emilie war ein forderndes Mädchen, das sich nichts gefallen ließ. Selbst wenn Yusuf sein ganzes Herzblut in die Rolle gelegt hätte, wäre er trotzdem ein Schwächling geblieben. Und der Mann im Vergewaltigungsvideo war definitiv nicht Yusuf Samfari. Er war viel kräftiger und muskulöser.

Åse drückte die Zigarette am Fensterrahmen aus und warf die Kippe nach draußen, bevor sie das Fenster wieder schloss. Dann suchte sie die Bilder heraus, die im Haus aufgenommen worden waren. Studierte noch einmal die Fotos von Emilie. Konnte nichts Neues entdecken. Sie zog den Obduktionsbericht hinzu, fand aber auch hier nichts, was den Fehler erklärt hätte. Sie war kurz davor aufzugeben, als ihr Blick auf die Bilder vom Erdgeschoss fiel. Der komplett schwarze Raum mit der stilvollen Möblierung. Ihre Alarmglocken schrillten. Ein Detail oben rechts im Bild. Es war ihr bisher nicht aufgefallen, und sie griff nach ihrer Kamera und überprüfte sie. Langsam gingen ihr die Konsequenzen auf.

Das Foto zeigte den Raum und die Möbel, aber das war eigentlich uninteressant. Viel interessanter waren die Zahlen oben rechts in der Ecke. Da stand das Datum und die Uhrzeit, 11.32 Uhr. Gleichzeitig zeigte die Uhr an der Wand eine oder zwei Minuten nach elf an. Die Uhr in dem Zimmer ging eine halbe Stunde nach!

Åse erhob sich von ihrem Stuhl und starrte ungläubig auf das Foto.

Ja, was zur Hölle …!

Yusuf, Bjørnar und Embla hatten die Party tatsächlich erst um halb elf verlassen. Was auch bedeutete, dass Alexander ein wasserdichtes Alibi für Emilies Todeszeitpunkt hatte. Er war erst um fünf nach halb elf in ihr Schlafzimmer gegangen, wenn Emblas Beobachtung stimmte, und kurz darauf hatte John Halvorsen den

Raum betreten. Da war Emilie bereits tot. Der springende Punkt war, dass man unmöglich nachvollziehen konnte, welche Partygäste auf die Armbanduhr geschaut und korrekte Zeitangaben gemacht hatten und welche Gäste sich auf die Uhr im schwarzen Zimmer verlassen hatten, die falsch ging.

Åse nahm das Foto und machte sich auf den Weg zum Polizeidirektor. Auch wenn dies die Täterschaft Yusufs stärker als bisher nahelegte, war es ein anderes Detail, das ihr mehr zu denken gab. Bjørnar Nedstrand hatte in der erneuten Vernehmung am Nachmittag gesagt, er habe keine Ahnung, wo Yusuf vor zehn Uhr gewesen sei, wisse aber genau, dass sie sich um fünf nach zehn getroffen und zusammen auf den Heimweg gemacht hätten. Er hatte betont, dass er die Zeit von seiner Armbanduhr abgelesen habe. Mit anderen Worten … Bjørnar Nedstrand hatte schon wieder gelogen.

Valhall Pub, Haraldsgata
Donnerstagabend, 5. März

»Erschieß mich ruhig, Trond … Anfinsen, richtig? Oder soll ich dich lieber Terje Nitter nennen?«, sagte Jossen.

Wieso hielt Jossen nicht einfach den Mund? Viljar brach der kalte Schweiß aus. Der Kerl hatte schließlich mehr als deutlich gemacht, dass er keine Widerrede duldete. Am liebsten hätte Viljar sofort eingegriffen und sich auf den Mann vor ihm gestürzt, bevor er auf Jossens Kopf feuern konnte. Aber seine Beine verweigerten ihm den Dienst. Er wartete auf ein »Plopp«. Ein leises Geräusch, wie wenn man vorsichtig eine Champagnerflasche öffnet.

»Wenn ich nicht schon in diesem verdammten Pub namens ›Valhall‹ wäre, hätte ich freudig darum gebeten, mich dorthin zu schicken. Die Götter können bezeugen, dass ich schon oft versucht habe, mein trauriges Leben selbst zu beenden.«

Jossen saß regungslos in seinem Rollstuhl, die Hände unter der Wolldecke. Nur sein Mund bewegte sich. Terje Nitter ignorierte ihn. Er war offensichtlich nicht daran interessiert, noch mehr über Jossens Todestrieb zu erfahren. Viljar konnte nicht begreifen, was Jossen damit bezweckte, Nitter zu reizen.

»Erschieß mich, hab ich gesagt! Ist das so verdammt schwer, den Finger an den Abzug zu legen und abzudrücken? Viljar und ich kommen hier sowieso nicht raus. Die Tür zur Haraldsgata ist abgeschlossen, und ich sitze im Rollstuhl. Die Anweisung, die du deinen Lakaien gegeben hast, war ja deutlich genug. Sie sollen sich Alexander schnappen, ihn umbringen und alle Spuren beseitigen. Du hast mit anderen Worten nicht vor, uns am Leben zu lassen, also schieß doch endlich. Bring es hinter dich. Schleich dich mit eingezogenem Schwanz durch die offene Hintertür raus.«

»Halt die Schnauze, verdammter Krüppel!«

Terje Nitter schoss nicht, sondern schlug den Pistolenkolben mit voller Kraft gegen Jossens Kopf. Viljar hielt den Atem an. Begriff zwei Sekunden zu spät, dass genau das Jossens Plan gewesen war: Nitter abzulenken, sodass Viljar sich auf ihn stürzen konnte. Aber er war zu langsam gewesen. Jetzt richtete sich der Pistolenlauf stattdessen auf ihn. Die Hand, die die Waffe hielt, zitterte kein bisschen.

»Dein Kumpel hat ein loses Mundwerk, aber er soll nicht reden, sondern du, Gudmundsson. Ich will wissen, wie du auf mich gekommen bist und ob ich was zu befürchten habe, wenn ich diese lausige Kneipe verlasse.«

Nitter kam einen Schritt näher. Jossen saß einen Meter hinter ihm, mit gesenktem Kopf und dem Kinn auf der Brust. Viljar wollte sich räuspern, sein Hals war vollkommen ausgetrocknet, und er hatte nicht die leiseste Ahnung, was er sagen sollte. Der Verdacht, dass es Terje Nitter und Geirmund Bakken gewesen waren, die sich am Samstag an Emilie vergriffen hatten, basierte auf reinen Vermutungen, und sie hatten noch mit niemandem darüber gesprochen. Niemand außer ihm und

Jossen wusste davon. Niemand außerhalb dieser Wände konnte ihnen zu Hilfe kommen.

»Wieso sollte ich überhaupt antworten, Terje? Du erschießt uns doch sowieso. Damit würde ich nur das Unvermeidliche hinauszögern. Ich kann genauso gut die Klappe halten und mit wehenden Fahnen untergehen.«

Terje Nitter stieß eine Art Kichern aus. Offenbar amüsierte er sich.

»Oh … Wie wenig du doch weißt, Gudmundsson. Glaubst du wirklich, der Tod ist das Schlimmste, was dir passieren kann? Der Tod ist Befreiung. Er erlöst dich von den Schmerzen.«

Das leise Geräusch aus dem Pistolenlauf kam ohne Vorwarnung. Viljar ahnte nicht, was passiert war, bis er auf dem Boden lag. Es war, als ob sämtliche Nervenfasern im Körper sich zu einem einzigen Schmerzensschrei zusammenballten. Er schrie, dass seine Stimmbänder beinahe zerrissen. Es flimmerte vor seinen Augen, aber durch das Loch in der Hose konnte er sehen, dass seine linke Kniescheibe Richtung Schienbein verrutscht war.

»Und jetzt rede. Wer weiß etwas, und was? Du hast genau zehn Sekunden, bis ich auch dein anderes Knie zertrümmere. Es wird nicht so wehtun wie beim ersten Mal. Es wird doppelt so schlimm sein, denke ich.«

Haraldsgata, Haugesund
Donnerstagabend, 5. März

Die Trauerandacht für Emilie Sand Vormedal war ergreifend gewesen. Lotte Skeisvoll hatte immer wieder verbissen mit sich kämpfen müssen, um nicht zusammenzubrechen. Die Erinnerung an Annes Beerdigung saß wie ein Eitergeschwür in ihr. Es war sogar dieselbe Kirche. Gleichzeitig kreisten ihre Gedanken unablässig um den neuen Fall. Sie war eine der Letzten, die hinausgingen. Hatte sich die Zeit genommen, den Eltern zu kondolieren, und gleichzeitig Alexander im Auge behalten. Zuerst hatte sie überlegt, ob sie sich in der Kirche neben ihn setzen sollte, aber das wäre Wasser auf die Mühlen derjenigen gewesen, die ihr eine allzu enge Verbindung zu Viljar vorwarfen.

Vor der Andacht hatte sie Alexander auf dem Platz vor der Kirche damit prahlen hören, dass er wisse, was an jenem Abend auf der Party passiert sei. Sie hätte ihn am liebsten gepackt und ordentlich durchgeschüttelt. So etwas in die Öffentlichkeit hinauszuposaunen war pure Dummheit. Als die Trauergemeinde sich nach der Andacht zerstreute, ging sie zu Maria Friestad, weil sie erfahren wollte, warum Alexander solche Behauptungen aufstellte. Maria wusste es auch nicht, aber die Reaktion der Jugendlichen sprach Bände. In mehreren Gesichtern hatte Lotte Angst und Zorn bemerkt.

»Maria … Als du in das Zimmer gegangen bist, in dem Alexander und Emilie lagen, war das Fenster da offen?«

Verwundert sah Maria sie an. Die Frage kam offensichtlich unerwartet. Sie dachte einen Moment nach, ehe sie vorsichtig nickte.

»Ja, es war offen. Es war eiskalt im Zimmer, und draußen ging ein ganz schöner Wind, deshalb habe ich es zugemacht.«

John hatte also recht gehabt. Emilies Körper war kalt, nicht weil der Todeszeitpunkt lange zurücklag, sondern weil das Fenster weit offen gestanden hatte und sie nicht zugedeckt war. Lotte konnte sich gut vorstellen, was sie vorfinden würde, wenn sie zum Haus der Østensjøs ginge. Eine zusammengeklappte Feuerleiter, der auf Höhe des oberen Stockwerks ein Sicherungssplint fehlte. Das hatte Alexander bei seiner Vernehmung erzählt. Er hatte am nächsten Morgen flüchten wollen, aber die Feuerleiter ließ sich nicht ausklappen, weil sie am unteren Ende durch etwas blockiert wurde. Wahrscheinlich durch genau den Splint, der oben fehlte. Der Mörder oder besser gesagt *die* Mörder waren aus dem Fenster gestiegen und die Feuerleiter hinuntergeklettert. Auf Strümpfen … Einer der beiden war zurück ins Haus gelaufen, um seine Schuhe zu holen. Der andere hatte vielleicht versucht, die Feuerleiter zusammenzuklappen, musste sie aber mit dem Splint, den er noch in der Hand hatte, am unteren Ende sichern, damit sie nicht wieder aufglitt und den Fluchtweg verriet.

Das war die einzig vernünftige Erklärung. Yusuf war dort gewesen, so wie Åse gesagt hatte, aber nicht allein. Bjørnar Nedstrand war mit ihm aus dem Fenster geklettert. Niemand hatte daran gedacht, dass die beiden womöglich zusammen im Zimmer gewesen waren.

Lotte eilte den Havnaberg hinunter, um Alex einzuholen. Sie hatte ihn aus der Kirche kommen sehen, während sie mit Maria sprach. Sie musste mit ihm reden. Er war in Gefahr. Einen Zeugen hatte Bjørnar ja bereits beseitigt. Yusuf hatte zu viel gewusst, genau wie Alex…

Alexander ging zu schnell, sie kam auf ihren hohen Absätzen kaum hinterher. Sie versuchte, sich bemerkbar zu machen, aber er hatte Kopfhörer eingestöpselt und reagierte nicht. Lotte hastete den Haugevegen hinunter Richtung Zentrum. Wenn jetzt jemand aus einer Gasse oder Seitenstraße kam und Alex angriff, war sie mindestens fünfzig Meter oder zehn Sekunden zu weit entfernt, um etwas tun zu können. Einen Menschen zu töten dauerte zwei Sekunden, ihn in ein Auto zu verfrachten und wegzufahren vielleicht fünf. Die Jugendlichen waren nach der Andacht in verschiedene Richtungen verschwunden, gut möglich, dass Bjørnar durch eine der Seitenstraßen lief, um Alexander irgendwo in der Stadt abzufangen.

Auf dem Weg durch den Stadtpark war sie besonders aufmerksam und musterte die Umgebung genau. Hier konnte man sich leicht hinter ein Gebüsch ducken oder im Schatten des Pavillons verstecken. Aber sie sah niemanden, und es passierte auch nichts. Als sie sich dem Bytunet näherte, lag sie nur noch dreißig Meter zurück. Plötzlich merkte sie, dass hinter ihr jemand lief. Sie fuhr herum, bereit, sich gegen die drohende Gefahr zu verteidigen, hielt aber mitten in der Bewegung inne.

Es war die verdammt aufdringliche Reporterin Julie Moksheim von *Haugesunds Avis*. Lotte ging weiter. Sie wollte Alexander nicht aus den Augen verlieren, und sie beschleunigte ihre Schritte und ignorierte die Reporterin, die jetzt neben ihr herrannte. Lotte gab ihr deutlich zu verstehen, dass sie nicht mit ihr reden wollte, aber Moksheim ließ nicht locker und zupfte immer wieder an ihrer Jacke.

»Können Sie mal stehen bleiben, Skeisvoll? Ich will wissen, was Sie bei der Trauerfeier zu suchen hatten. Sie sind doch wegen Dienstunfähigkeit von dem Fall abgezogen worden.«

Lotte seufzte. Vielleicht wurde sie die Frau leichter los, wenn sie antwortete.

»Ich war als Privatperson dort, um den Angehörigen mein Mitgefühl auszudrücken. Und jetzt gehen Sie bitte, ich habe keine Zeit für eine Unterhaltung.«

Als sie den Bytunet erreichten, war Julie Moksheim es offenbar leid, neben ihr herzulaufen, und stellte sich ihr in den Weg, sodass Lotte stehen bleiben musste.

»Was fällt Ihnen ein? Sehen Sie nicht, dass ich beschäftigt bin?«

»Beschäftigt womit, wenn ich fragen darf? Ist etwas dran an dem Gerücht, dass im Zusammenhang mit dem Mord an Geirmund Bakken gegen Sie ermittelt wird?«

Lotte merkte, wie ihr Adrenalinspiegel gefährlich anstieg. Der Abstand zu Alexander hatte sich ziemlich vergrößert, und sie hatte keine Möglichkeit, ihn aufzuhalten. Sie musste weiter, aber diese Nervensäge war wie ein lästiges Insekt an einem Badesee.

»Bitte, gehen Sie! Ich habe Ihrer Zeitung nichts zu sagen. Lassen Sie mich in Ruhe. Spekulieren Sie meinetwegen, so viel Sie wollen. Ich muss jetzt weiter.«

Mit diesen Worten packte sie Julie Moksheim, stellte sie beiseite wie eine Schaufensterpuppe und nahm die Verfolgung von Alexander wieder auf. Die Reporterin rief ihr hinterher:

»Dann nehme ich Ihre Worte als Bestätigung. Ist das so zu verstehen?«

Lotte antwortete nicht. Sie hob die Hand und zeigte der Reporterin den Mittelfinger. Etwas Gutes hatte die Begegnung immerhin: Sie konnte der dummen Pute mal zeigen, was sie von ihr und der Berichterstattung in *Haugesunds Avis* hielt.

Alexander hatte inzwischen die Buchhandlung ARK an der Treppe hinunter zum Kaibakken erreicht, und sie konnte seinen schwarzen Mantel kaum noch erkennen. Sie zog ihre Stöckelschuhe aus und rannte weiter.

Lotte war kaum fünf Schritte weit gekommen, als um sie herum die Hölle losbrach. Aus zwei Transportern quollen schwarz uniformierte Polizisten mit Maschinenpistolen im Anschlag. Offenbar war sie in einen Großeinsatz in der Fußgängerzone geraten. Lotte versuchte, an ihnen vorbeizukommen, wurde jedoch überwältigt und resolut zu Boden gezwungen.

Eine Hand legte sich auf ihren Mund, während andere Hände ihren Kopf niederdrückten. An ihr vorbei stampften ein Dutzend Kampfstiefel über das Pflaster, ebenso lautlos wie ein Marschflugkörper Sekunden vor dem Einschlag.

Valhall Pub, Haugesund
Donnerstagabend, 5. März

Ob es der irrsinnige Schmerz im Knie war oder die Todesangst, die das Gehirn veranlasst hatte abzuschalten, wusste Viljar nicht. Er hatte nicht mal geahnt, dass er ohnmächtig geworden war, bis er ein Glas eiskaltes, schäumendes Bier ins Gesicht bekam. Die Schmerzen im Knie kamen mit voller Wucht zurück, und er schnappte nach Luft.

»Siehst du … Ich bin kein schlechter Mensch, Gudmundsson. Du durftest deine Schmerzen für ein paar Minuten vergessen, während ich mir ein Bier gezapft habe. Ich wollte, dass du erkennst, wie wunderbar der Tod sein kann. Eine schmerzfreie, schwarze Leere. Nicht wie das hier. Denn jetzt sind wir wieder da, wo wir waren … Was habe ich gesagt, zehn Sekunden? Ich gebe dir dreißig. Ich denke, deine Kniescheibe wird dich ziemlich bald überzeugen.«

Viljar hatte keine Ahnung, was er sagen sollte. Der Schmerz blockierte sein Gehirn. Die Sekunden flimmerten vorbei wie der rasend schnelle Flügelschlag eines Kolibris. Terje Nitter richtete die Pistole auf sein anderes Bein. Viljar öffnete den Mund und wollte etwas erwidern, irgendwas, um das Unvermeidliche hinauszuzögern, aber es kam kein Laut. Perplex lag er da und staunte. Seine Augen waren nicht mehr auf den Pistolenlauf oder auf Terje Nitter gerichtet, sondern sahen über seinen Kopf hinweg. Für einen Moment fragte er sich, ob er wegen der Schmerzen jetzt auch noch halluzinierte, aber was er sah, war real.

Hinter Terje Nitter, auf zitternden Beinen, stand Jossen. Der Rollstuhl war leer. Es dauerte nicht lange, aber er stand aufrecht auf eigenen Füßen. In den Händen hielt er etwas, das wie ein Elektrokabel aussah. Mit aller Kraft warf Jossen sich vornüber und legte Nitter das Kabel um den Hals. Im Fallen riss er ihn zu Boden und schnürte ihm mit beiden Händen die Kehle zu.

Der Angriff kam so unerwartet, dass Terje Nitter bei dem Sturz die Pistole verlor. Im selben Moment ließ eine ohrenbetäubende Detonation das ganze Lokal erzittern. Biergläser fielen aus dem Regal über der Theke und zerschellten auf dem Fußboden. Laute Rufe und noch mehr Detonationen ertönten. Terje Nitter schlug wie wild um sich und wollte sich aus Jossens Griff befreien, aber auch wenn Jossens Beine gelähmt waren, seine Arme waren nach fünfzehn Jahren Fortbewegung im Rollstuhl umso kräftiger.

Als Jossen schließlich die Schlinge um Nitters Hals losließ, begriff Viljar, dass es vorbei war. Das Lokal war voller Männer in schwarzen Uniformen. Mit dem unverletzten Bein kickte er Nitters Pistole weg, eine letzte Sicherheitsmaßnahme, bevor sein Gehirn sich zum zweiten Mal an diesem Abend verabschiedete.

Haugesund Zentrum
Donnerstagabend, 5. März

Als Knut Veldetun sah, dass Lotte von zwei Polizisten am Skjoldavegen freigelassen wurde, brachte er das Polizeiauto mit einer Vollbremsung zum Stehen. Sie entdeckte ihn und stieg eilig ein. Er packte sie am Arm.

»Du warst bei der Trauerandacht, richtig? Weißt du, wo Alexander ist? Wir müssen ihn finden. Schnell!«

Lotte wirkte verwirrt und starrte ihn an, ohne zu antworten. Knut Veldetun wurde ärgerlich. Er hatte keine Zeit für lange Erklärungen.

»Wenn du weißt, wo er ist, musst du es mir sagen, Lotte. Die ganze Truppe sucht nach ihm. Vielleicht sind andere Streifenwagen näher dran als wir.«

Lotte schüttelte den Kopf. Ihr Gesicht war ein einziges Fragezeichen.

»Er ist in südliche Richtung gegangen, aber ich habe ihn aus den Augen verloren. Warum sucht ihr ihn? Ist was passiert?«

Knut schaltete die Sirene ein, gab Gas und jagte die Strandgata hinunter nach Süden. Er musste schreien, damit Lotte ihn verstand.

»Wir haben einen Notruf von einem Johannes Sevland erhalten. Obwohl… Gesprochen haben wir mit ihm eigentlich nicht. Wir haben ein Gespräch mitgehört, das im Valhall Pub zwischen diesem Sevland und Terje

Nitter stattfand. Wahrscheinlich hatte er sein Handy irgendwo versteckt.«

Neben ihm auf dem Beifahrersitz wurde Lotte sichtlich blass.

»Oh mein Gott. Johannes Sevland? Das ist Jossen. War er in dem Pub, den ihr gestürmt habt? Weißt du, wie es ausgegangen ist? War Viljar auch da?«

Lotte schien völlig außer sich, und Knut wusste nicht, welche der Fragen er zuerst beantworten sollte. Er entschied sich für den einfachsten Ausweg.

»Ich weiß gar nichts, nur das, was wir am Telefon mitgehört haben. Demnach hat Nitter jemanden beauftragt, Alexander aus dem Weg zu räumen. Deshalb suchen wir ihn. Weißt du, wo er sein könnte?«

»Nein, aber ich glaube, sein Handy ist an. Jedenfalls hatte er seine Kopfhörer eingestöpselt, als er aus der Kirche kam. Könnt ihr das Handy nicht ausfindig machen?«

Knut trommelte ungeduldig aufs Lenkrad, während er nach Alexander Ausschau hielt. Die Kollegen bemühten sich, so schnell wie möglich sein Handy zu orten.

Eine Minute später bekam er Antwort. Das Handy befand sich am oberen Ende der Bjørgvingata. Soweit sie erkennen konnten, bewegte sich das Signal nicht.

Lotte richtete sich im Sitz auf und boxte Knut in die Seite.

»Jetzt fahr, Mensch. Fahr. Oben in der Bjørgvingata. Dann ist er an der Lillesund-Schule.«

Knut hatte fast vergessen, dass Lotte suspendiert war und gar keine Befugnis hatte, ihn so herumzukommandieren. Aber wenn es ein Gefühl gab, auf das er sich immer hatte verlassen können, dann war es ihr Bauchgefühl.

Er schaltete die Sirenen wieder ein, trat das Gaspedal bis zum Anschlag durch und raste zur Schule.

Haugesund Zentrum
Donnerstagabend, 5. März

Alexander spürte den Puls wie kleine elektrische Schläge in den Fingern, während er die Haraldsgata entlangging. Die Musik in den Ohren hielt die schlimmsten Gefühle auf Abstand, aber er wurde den Gedanken nicht los, dass er hätte erkennen müssen, wer hinter den Videos über Emilie steckte. Der ganze Scheiß im vergangenen Jahr hatte damit begonnen, dass Ingar ihn unter seine Fittiche nahm. Monatelang hatte er blauäugig seine Geschichten geglaubt und sich den Nazi-Müll angehört, den er von sich gab.

Es hatte lange gedauert, bis er Ingars Absichten durchschaute. Irgendwann hatte er gemerkt, dass er nur ein Spielstein war, den die Organisation opfern würde, wann immer sie wollte. Jede einzelne Krone, die er mit dem Ferienjob oder anderen Jobs verdient oder geschenkt bekommen hatte, war sofort in Ingars Taschen gewandert. Am Anfang war alles gratis, aber als er sich von den geheimen Treffen des Norwegischen Widerstands zurückzog, war Schluss. Für Eivind und Bjørnar wurde er zum Hassobjekt, während Ingar ihn weiterhin im Auge behielt. Sicher weil er ein fester Kunde war, aber vielleicht auch, weil er wusste, was die Gruppe zu verbergen hatte.

Dieses verfickte Arschloch!

Alexander fröstelte im kalten Wind und zog den Mantel fester um sich. Als er am Rathausplatz mit dem vermutlich einzigen rosa Rathaus der Welt vorbeikam, verlangsamte er seine Schritte. Schräg gegenüber vom Rathauspark meinte er eine Gestalt zu erkennen, die halb versteckt hinter der Statue *Die vier Winde* auf ihn herabsah. Abwartend. Wie ein fünfter Kopf, der sich über die Stadt reckte. Eigentlich war es nicht ungewöhnlich, dass dort jemand stand, aber etwas an der Positur und der Körperhaltung beunruhigte ihn.

Er schüttelte das ungute Gefühl ab und setzte seinen Weg am Rand des Parks fort. An der Kreuzung vor der Hochschule Stord/Haugesund drehte er sich noch einmal nach der Gestalt um, aber er konnte niemanden entdecken.

Der Wind blies jetzt heftiger, und die Böen sprühten ihm Salzwasser vom Sund ins Gesicht. Ihm war kalt, er zitterte unter dem dünnen Mantel. Er ging schneller und überquerte die Straße am Rabinowitzpark.

Als er auf die Straße trat, die zur Lillesund-Schule hinaufführte, entdeckte er sie. Zwei Männer standen oben auf der Hügelkuppe. Alexander ahnte, wer sie waren, und Angst befiel ihn. Der Abstand zwischen ihnen betrug gut sechzig Meter, also hatte er eine Chance, sich in Sicherheit zu bringen. Das Problem waren die glatten Ledersohlen seiner Halbschuhe. Er würde bestimmt ausrutschen und hinfallen. Trotzdem drehte er sich um und rannte los.

Nach zehn Metern blieb er abrupt stehen. Eine dritte Gestalt wartete am Fuß der abschüssigen Straße und versperrte ihm den Weg. Es war Eivind. Er hatte einen Baseballschläger in der Hand, grinste breit und schüttelte den Kopf.

»Vergiss es, Alex. Du drehst dich jetzt um und gehst wieder hoch. Wir müssen uns ernsthaft unterhalten, denke ich.«

Es war zwecklos, an Eivind kam er nicht vorbei. Alexander gehorchte. Mit gesenktem Kopf ging er hinauf zu den beiden anderen. Seine Beine drohten zu versagen. Vor ihm standen Bjørnar und Ingar. Instinktiv begriff er, dass er mit seiner großmäuligen Ansage vor der Kirche den Nagel auf den Kopf getroffen hatte. Einer von ihnen war schuld an Emilies Tod, möglicherweise sogar alle drei.

Langsam traten die drei auf Alexander zu, der mit dem Rücken an der Hauswand der Lillesund-Schule stand. Verzweifelt blickte er zu den Fenstern der Wohnhäuser auf der anderen Straßenseite. Vielleicht hätte er um Hilfe rufen können, aber die Jungs würden ihm längst das Maul gestopft haben, bevor sich die schläfrigen Feierabendgenießer aus ihren Fernsehsofas geschält hätten. Im dunklen Schatten der Mauer hätten sie sowieso nichts erkennen können.

»Du hast eine mächtig große Klappe, Alex. Ich dachte, wir haben eine Abmachung?«

Ingar führte das Wort.

»Ich habe nichts gesagt. Zu niemandem.«

Bjørnar und Eivind sahen aus, als hätten sie große Lust, sich auf ihn zu stürzen, aber vorläufig hatte Ingar seine Köter noch an der Leine.

»Schön, Alex. Schön … Nur schien das irgendwie nicht so, als wir vor gut einer Stunde vor der Kirche geredet haben. Du hast gesagt, du wüsstest etwas … Und leider hast du auch rausposaunt, was du mit dieser Information machen würdest.«

Alexander fühlte sich völlig ausgeliefert. Der Leibhaftige hatte sich in seinen Rücken gekrallt und weigerte sich loszulassen. Ganz egal, was er antwortete, es würde das Falsche sein.

»Ich hab mich bloß wichtig gemacht, okay? Hat mich total angepisst, dass ihr alle auf mich losgegangen seid.«

Ingar schüttelte den Kopf. Ein Versuch, betrübt oder enttäuscht auszusehen, aber es wirkte nur theatralisch. Wie aus einem schlechten Mafiafilm.

»Und das sollen wir dir glauben, ja? Ist es das, was du willst? Wir geben uns die Hand und versprechen uns, niemandem etwas zu sagen, und dann gehen wir brav nach Hause. Dir ist klar, dass das nicht geht, oder? Wir müssen sicherstellen, dass du die Schnauze hältst, das verstehst du doch?«

Alexander hatte sich mit seinem Gerede in die Ecke manövriert. Sie würden nicht eher von ihm ablassen, bis sie ihn krankenhausreif geschlagen hatten. Sie waren wie Raubtiere, die darauf lauerten, sich auf die Beute zu stürzen. Das Adrenalin bereitete seinen Körper auf die einzige Möglichkeit vor zu überleben: Kampf. Alexander sah in Bjørnars rechter Hand etwas blinken. Eivind stützte sich lässig auf seinen Baseballschläger. Bilder von dem Mord an Yusuf flimmerten vor seinem inneren Auge vorbei. Laut *VG* hatte Yusuf vierzehn Messerstiche abbekommen. Ein Blutbad. Alexander spürte einen seltsam metallischen Geschmack auf der Zunge. Ein Sog schien seinen Körper zu erfassen, als er beschloss, einen Versuch zu wagen.

Sie waren sicher auf einen Angriff von ihm vorbereitet, aber vielleicht nicht darauf, dass er den schwierigsten

Weg wählen würde. Das war seine einzige Chance. Das Überraschungsmoment …

Wie ein Luchs warf Alexander sich mit einem Satz auf den Größten und Stärksten von ihnen. Er trat gegen den Baseballschläger, sodass Eivind das Gleichgewicht verlor, riss ihm das Schlagholz aus den Händen, wirbelte herum und schlug mit aller Kraft auf seinen Stiernacken, während Eivind versuchte, sich aufzurichten. Es fühlte sich an, als hätte er auf eine Steinmauer geschlagen, und der Rückstoß jagte ihm einen Schmerz durch die Arme, aber Eivind sackte in sich zusammen. Ohne nachzudenken, holte Alexander wieder mit dem Schläger aus und traf Ingar mit voller Wucht am Ohr. Er hörte es knacken, wahrscheinlich war der Kiefer gebrochen. Ingar fiel auf die Knie und kippte seitlich auf den Asphalt.

Im selben Moment fühlte Alexander, wie Bjørnars Messer in seinen Körper glitt. Es war wie ein Elektroschock. Verwundert starrte er auf den Messergriff, der aus seiner Brust ragte. Mit einem Ruck riss Bjørnar das Messer wieder heraus. Der Baseballschläger fiel Alexander aus den Händen. Seine Knie gaben nach, und er sah, wie Bjørnar erneut ausholte. Bjørnar hielt ihn im Schwitzkasten, aber es schien, als wäre er ihm ein bisschen zu schwer. Alexander sank noch mehr in sich zusammen, und Bjørnar packte ihn fester.

Alexanders Körper schien zu begreifen, was gleich passieren würde. Seine Beine erwachten wieder zum Leben, und er warf sich im selben Moment herum, als Bjørnar auf seinen Oberarm einstechen wollte. Das Messer erwischte lediglich den Mantelstoff und traf nicht. Ein intensiver, brennender Schmerz vom ersten Messerstich strahlte von der Brust in den ganzen Körper aus, aber Alexander mobilisierte alles, was er noch an Kräften hatte.

Unbegreiflicherweise schaffte er es, Bjørnar zurückzudrängen, sodass der ins Stolpern geriet. Alexander registrierte kaum, dass er brüllte. Er verstand selbst nicht, woher er die Kraft nahm. Auf einmal knallte Bjørnars Kopf gegen die Hauswand, und er schwankte unter Alexanders Gewicht. Alexander spürte, wie das Gefühl aus seinem Körper wich, Arme und Beine waren schon fast taub. Mit dem letzten Rest an Kampfgeist packte er Bjørnars Kopf und wollte ihn gegen die Mauer des Schulgebäudes schlagen, aber er zögerte. Irgendetwas hielt ihn davon ab.

Nebel stieg vor seinen Augen auf, er konnte Bjørnar nicht mehr erkennen. Die Beine knickten unter ihm weg, und er brach auf dem Asphalt zusammen.

Alexander sah nichts mehr, aber von fern hörte er eilige Schritte, die näher kamen, und Sirenengeheul. Blut strömte ihm in den Mund, er bekam keine Luft. Sein Brustkorb hob sich nicht mehr. Langsam verblassten die Geräusche um ihn herum und wurden zu einem fernen Echo. Als die Schmerzen schließlich verschwanden, hatte er das Gefühl abzuheben und endlich aufatmen zu können.

DIE PARTY
Bjørnar

Wie schön Emilie war. Sie lag quer auf dem Doppelbett, das Haar wie ein Fächer um den Kopf ausgebreitet. Ihre Kleider lagen von der Tür bis zum Bett auf dem Boden verstreut. Sie war offenbar sofort weg gewesen, noch bevor sie unter die Bettdecke kriechen konnte. Ihre großen, nackten Brüste ragten in die Luft, selbst jetzt im Liegen. Ein kleiner weißer G-String war das einzige Stück Stoff auf der Haut. Bjørnar hörte, wie Yusufs Atemzüge hinter ihm schwerer wurden.

»Schließ die Tür ab, Yusuf.«

Bjørnar brauchte nicht zu kontrollieren, ob Yusuf tat, was er ihm sagte. Der Junge war ihm hündisch ergeben. Bjørnar hatte ihm alles verschafft, was er sich wünschte. Freundschaft. Ansehen. Geld. Schutz. So gesehen war er leichte Beute gewesen. Jemand, der so viele unbefriedigte Bedürfnisse hatte, war immer verwundbar. Bjørnar kümmerte sich nicht um Tronds und Ingars Genörgel, der Junge sei eine Gefahr. Er gehöre zum Feind, sei ein Kanake und Parasit. Für ihn war Yusuf ein williges Werkzeug. Eins, das er für seine Zwecke benutzen konnte, wie und wann es ihm passte.

Inzwischen hatten sie sich damit abgefunden, dass Yusuf ein Mitläufer war, der an allem teilnahm, was in der Gang passierte. An allem außer den Geheimtreffen natürlich. Das kam gar nicht infrage, auch wenn der Junge keine Skrupel kannte. Er hätte es nicht verstanden. Hätte geglaubt, dass es solche wie er waren, denen sie ans Leder wollten. So war es ja nicht. Im Gegensatz zum übrigen Muslimpack kuschte Yusuf wie eine gehorsame Hündin. Er kannte seinen Platz, von daher war das kein Problem.

Er hörte, wie Yusuf abschloss, und ging zu Emilie. Setzte sich auf die Bettkante und betastete ihr Bein. Er merkte, dass er sofort hart wurde, als er ihre Haut berührte. In seinem Kopf begann es zu rauschen. Er wollte, dass sie begriff, wie ausgeliefert sie ihnen war und wie leicht sie sie immer wieder nehmen konnten, wenn sie nicht gehorchte. Emilie hatte nichts gegen sie in der Hand. Jedenfalls keine Beweise. Trotzdem drohte sie ihnen damit, zur Polizei zu gehen. Selbst wenn es nicht für eine Anklage reichte, wäre sein Ruf und der seiner Kumpel ruiniert. Die Leute würden reden. Viele würden ihr glauben.

Eivind gab einen Scheiß drauf, wie üblich. Ihn kümmerte das nicht. Ingar dagegen war ganz klar dafür, sie in Ruhe zu lassen. Er konnte leicht reden, schließlich hatte er seinen Spaß gehabt. Er war ja ihr *Loverboy*. Brauchte nur das Video zu erwähnen, und schon bekam er, was er wollte. Yusuf war der Einzige, der auf seiner Seite stand und auch der Meinung war, dass sie wieder mal eine Lektion brauchte. Bjørnar hatte allerdings den Verdacht, dass Yusuf sich vor allem ein neues Video erhoffte, mit dem er sich in seinem Schlafzimmer vergnügen konnte, aber das war nicht so wichtig. Er musste ohnehin keine Gewalt anwenden. Emilie würde bestimmt mitspielen, so voll, wie sie war. Sie spielte gern. Der Film, in dem sie sich selbst mit Handschellen an die Bettpfosten fesselte, hatte unter ihnen die Runde gemacht.

Bjørnar merkte, wie es ihn erregte, so dicht neben einem nackten, wehrlosen Mädchen zu sitzen. Sein ganzer Körper kribbelte, als er die Innenseiten ihrer Schenkel streichelte. Yusuf grinste. Er hatte sich neben ihn gehockt und filmte wie immer alles mit dem Handy.

Sein Herz klopfte schneller. Er zog die Klarsichtfolie hervor, die er aus der Küche mitgenommen hatte. Sie würde ebenso gut funktionieren wie Klebeband. Es hatte etwas Sinnliches, wie Emilie dalag und schlief. Als würde sie ihn anbetteln, sie zu betasten. Er strich mit der Hand über ihren Slip. Wartete einen Moment, um zu sehen, ob sie reagierte. Das tat sie nicht. Er ließ einen Finger zwischen ihre Schamlippen gleiten, aber auch das rief keine Reaktion hervor.

Vorsichtig beugte er sich über ihr Gesicht. Wickelte die Plastikfolie ein Mal um ihren Kopf und achtete darauf, dass über der Nase ein kleiner Spalt blieb, damit sie Luft bekam. Sie wachte immer noch nicht auf. Er hörte Yusuf im Hintergrund leise lachen. Emilie war offenbar völlig weggetreten. Oder sie war wach und wartete nur darauf, genommen zu werden. Das Video ließ keinen Zweifel, sie mochte es, wenn sie hart rangenommen wurde. Beim zweiten Mal war es vielleicht ein bisschen zu weit gegangen, aber Ingar sagte, ihre Schreie seien bloß Schauspielerei für die Kamera gewesen. Bjørnar zog ihr den Slip aus und meinte zu fühlen, dass sie mit den Beinen nachhalf. Sie war bereit …

»Kamera aus, Yusuf! Und dann hältst du sie für mich fest.«

Er drehte sich zur Kamera um. Merkte, wie enttäuscht Yusuf war, aber ihm gefiel die Vorstellung nicht, dass er sich hinterher vor dem Video einen runterholte. Yusuf senkte das Handy, schaltete es aus und steckte es in die Tasche.

Bjørnar zog die Hose aus, streifte ein Kondom über und drang in sie ein. Er wusste, dass seine Größe die Mädchen nach Luft schnappen ließ, und das war auch jetzt nicht anders. Emilie legte den Kopf zurück und stöhnte leise unter der Folie. Sie spielte zweifellos mit. Genau wie er es sich gedacht hatte. Es gefiel ihr, und er legte los. Fester und fester.

Hinterher war sie völlig schlaff. Er ließ sich Zeit, nachdem er gekommen war. Zog sich zurück und verknotete das Kondom. Yusuf sah ihn mit fasziniertem Blick an. Aus irgendeinem Grund hielt er sie immer noch im Arm. Offenbar hatte er sich geradezu in sie gekrallt, Bjørnar konnte sehen, dass sie Kratzwunden am Unterarm hatte. Yusuf begann, sich die Hose aufzuknöpfen, er wollte jetzt auch mal. Bjørnar schob ihn weg.

»Hör auf! Siehst du nicht, dass sie genug hat?«

Yusuf hielt sich gehorsam zurück, und Bjørnar beugte sich vor, um die Klarsichtfolie zu entfernen. Emilie schlief wieder, es bestand keine Gefahr, dass sie nach jemandem rufen würde. Sie war mehr als willig bei der Sache gewesen. Er wollte gerade die Folie abziehen, als ihm etwas auffiel. Sie war während des Akts höher gerutscht, Mund und Nase waren komplett bedeckt. Er spürte einen kleinen Stich von Nervosität und löste die Folie, so schnell er konnte. Als er den letzten Zipfel Plastik von ihrem Gesicht wegzog, sackte der Unterkiefer herunter, und die Zunge quoll aus dem Mund. Er griff nach ihrem Haar, strich es ihr aus den Augen und schnappte nach Luft. Hastig wich er zurück und wäre beinahe über Yusuf gestolpert.

»Ach du Scheiße!«

Bjørnar flüsterte nur, aber die Worte dröhnten wie Kirchenglocken durchs Zimmer. Yusuf war vollkommen gelähmt, er konnte den Blick nicht von Emilie abwenden. Es gab keinen Zweifel, das Mädchen war tot. Eine trübe Haut hatte sich auf die Augen gelegt. Panik überfiel Bjørnar, und er schlüpfte hastig in seine Hose.

»Sollten wir nicht Mund-zu-Mund-Beatmung machen, Bjørnar?«

Bjørnar riss seinen Kumpel weg. Das Mädchen war mausetot, offenbar schon eine ganze Weile. Wiederbelebungsversuche waren sinnlos.

»Dafür ist es zu spät, Yusuf. Siehst du das nicht? Sie ist tot. Wir müssen abhauen, bevor jemand an die Tür klopft.«

Yusuf sagte nichts. Er nickte nur. Dann drehte er Emilie auf die Seite und bedeckte die Augen mit ihrem Haar. Es lag etwas Stilles, Respektvolles und Fürsorgliches in der Art, wie er es tat. So als machte er das nicht zum ersten Mal. Er richtete sich auf und wollte aus dem Zimmer gehen. Bjørnar konnte ihn im letzten Moment daran hindern.

»Ey, bist du bescheuert? Hörst du nicht, dass da draußen Leute sind? Wir müssen durchs Fenster.«

Er zeigte auf das einzige Fenster im Raum, und sie schauten vorsichtig hinaus. Der Hof unten war still und leer. Eine Feuerleiter hing an der Wand neben dem Fenster, sie war zusammengeklappt und mit einem Splint gesichert.

»Du zuerst!«

Bjørnar zog den Sicherungsstift heraus und half Yusuf auf die Leiter. Während sein Kumpel nach unten kletterte, holte er sein Handy aus der Tasche und schrieb Ingar eine kryptische SMS. Kein anderer als er würde aus dem Text schlau werden, und höchstwahrscheinlich würde Ingar schon bereitstehen, noch bevor er unten ankam.

Nachdem Yusuf hinabgeklettert war, machte Bjørnar sich an den Abstieg. Mit jedem Schritt auf der Leiter wuchs eine Art Leere in ihm. Es war keine Angst oder Panik, eher so etwas wie Trauer. Das Leben, das er gelebt hatte, war vorbei. Von nun an würde sich alles darum drehen, das Geheimnis zu bewahren. Das größte Geheimnis von allen. Aber Bjørnar wusste, dass er es schaffen würde. Niemand würde ihn kleinkriegen.

Wie vermutet stand Ingar unten auf dem Hof und erwartete ihn. Bjørnar klappte die Leiter wieder zusammen und befestigte sie mit dem Sicherungsstift. Er merkte, wie er in den Socken schwitzte. Yusuf stand neben Ingar und ließ die Arme hängen.

Bjørnar erzählte, was in Emilies Schlafzimmer passiert war. Ingar machte keinen Hehl daraus, was er davon hielt. Er zischte und fluchte mit zusammengekniffenen Lippen.

»Zieht euch Schuhe an und macht euch verdammt noch mal vom Acker! Ich bring das in Ordnung.«

Bjørnar sah ihn skeptisch an.

»Du bringst das in Ordnung? Und wie hast du dir das

vorgestellt, Ingar? Emilie ist tot. Wenn jemand in das Zimmer geht, ist hier die Hölle los.«

Ingar trat von einem Fuß auf den anderen. Fuhr sich mehrmals nervös durchs Haar.

»Zerbrich dir darüber nicht den Kopf. Die Tür ist abgeschlossen, und Yusuf hat mir den Schlüssel gegeben. Wenn ich nicht aufschließe, kommt da keiner rein. Das Wichtigste ist, dass du nicht geschnappt wirst. Es sind nur noch fünf Tage bis Donnerstag. Danach müssen wir sowieso abhauen, richtig? Wir schicken Alex rein.«

»Alex? Ins Schlafzimmer? Was zum Teufel …«

»Der ist abgefüllt bis zu den Haarwurzeln und dicht vorm Koma. Entweder er merkt, dass sie tot ist, und schlägt Alarm, dann ist er derjenige, den alle verdächtigen, richtig?«

»Okay … Und wenn nicht?«

Ingar lächelte schief. Stieß die Schuhspitze in den Kies.

»Tja … Dann pennt er da drinnen und wacht erst morgen früh wieder auf. Das ist doch noch besser, oder?«

Krankenhaus Haugesund
Freitag, 6. März, tagsüber

Der Raum war weiß. Weiße Wände, weiße Decke, weißes Bettzeug, weiße Haut. Alexander sah ausnahmsweise aus, als hätte er Frieden gefunden.

Viljar erinnerte sich. Lotte hatte mehrere Male von dem weißen Raum erzählt. Als ihre Schwester wegen einer Überdosis im Krankenhaus lag. Sie hatte nicht gewusst, ob Anne jemals wieder aufwachen würde. Nachdem sie schließlich erwacht war, wurde sie kurz darauf ermordet.

Er hatte nicht recht begriffen, worüber Lotte gesprochen hatte. Jetzt verstand er es. Alexander als Gnadengeschenk eines Todesengels zurückzubekommen glich einer erneuten Geburt.

Viljar packte den Rollstuhl und rollte näher ans Bett. Er nahm die Hand seines Sohnes und streichelte sie vorsichtig. Immer wieder bekam er einen Kloß im Hals. Es war so knapp gewesen. Der Messerstich war tief und hatte viele Adern durchtrennt. Hätten Knut und Lotte ihn nicht unmittelbar danach gefunden und wäre das Krankenhaus nicht nur hundert Meter entfernt gewesen, hätte Alexander zu viel Blut verloren. Viljar konnte kaum fassen, wie viel Glück sie gehabt hatten. Knut Veldetun hatte den fünfundachtzig Kilo schweren Jungen hochgehoben und war von der Lillesund-Schule zur Notaufnahme gerannt. Die Ärzte hatten die halbe Nacht um sein Leben gekämpft, und erst im Morgengrauen hatten Hilde und er die Nachricht erhalten, dass ihr Sohn durchkommen würde.

Alexander war nicht der Einzige, der operiert worden war. Viljars Kniescheibe war nach allen Regeln der Kunst zusammengeflickt worden, aber es war ungewiss, ob er jemals wieder ohne Stock gehen konnte. Er musste für einige Monate in die Reha, um wieder auf die Beine zu kommen, hatte der Arzt gesagt.

Reha …

Dasselbe Wort hatte Jossen gebraucht, als er Viljar erklärte, wie er es geschafft hatte, aus dem Rollstuhl aufzustehen.

»Ich kann stehen, wenn ich mich mit beiden Händen irgendwo abstütze, Viljar. Fünf Sekunden, vielleicht zehn, höchstens. Ohne Stütze maximal zwei, drei Sekunden. Das ist das Ergebnis von über zehn Jahren Training.«

Viljar konnte es fast nicht glauben, dass der Freund ihn in letzter Sekunde gerettet hatte, indem er das Kabel aus der Steuereinheit seines Rollstuhls riss, sich ohne eine andere Stütze als den Bartresen auf die Beine hievte und dann im Fallen sein eigenes Gewicht als Rammbock einsetzte.

Die ganze Geschichte würde am nächsten Tag auf einer Doppelseite in *Haugesunds Avis* zu lesen sein. Wie der körperbehinderte Rundfunkmoderator sein Handy unter der Wolldecke auf dem Schoß verbarg, die Notrufnummer wählte und die Alarmzentrale alle Informationen mithörte, die die Polizei brauchte, um den Pub in der Haraldsgata stürmen zu können und Alexander zu retten. Als Jossen mit der Pistole an der Schläfe über sich redete, war es nicht Nitter, zu dem er sprach. Es war die Einsatzzentrale, an die sich seine Worte richteten.

Viljar ließ seinen Blick über das weiße Bettzeug wandern. Alexander war aufgewacht. Mitgenommen, bleich, erschöpft und benebelt, aber am Leben …

»Schhh … Schlaf weiter, Alex. Alles ist gut. Ich bin hier, und Mama ist nur kurz in die Kantine gegangen.«

Alexander drehte ihm den Kopf zu. Viljar sah, dass der Junge zu lächeln versuchte. Eine Träne lief aus seinem Augenwinkel, vielleicht weil seine Bindehaut gereizt war, vielleicht aus einem anderen Grund, Viljar wusste es nicht. Er wischte sie mit dem Handrücken fort.

»Er ist abgehauen, Papa. Ich wollte ihn fertigmachen, aber er ist abgehauen.«

Seine Stimme war ein heiseres Flüstern. Viljar packte die Hand seines Sohnes fester und drückte sie.

»Nein, ist er nicht, Alex. Keiner von denen konnte abhauen. Als du dich mit ihnen geprügelt hast, war die Polizei schon unterwegs zu euch. Lotte und Knut kamen als Erste an, und zwei weitere Streifenwagen gleich danach.«

Alexander sagte nichts. Nach einer Weile flüsterte er etwas, das Viljar nicht verstand. Er bat ihn, es zu wiederholen.

»Warum …?«

Viljar verzichtete auf eine Antwort. Alex würde bald kräftig genug sein, um die Zeitungen zu lesen. Über die drei Jungen, die sich von Terje Nitters dunkelbrauner Ideologie und der Aussicht auf schnelles Geld hatten verführen lassen. Über die beiden Freunde, die nach dem

Vorfall mit Emilie in Panik aus dem Fenster geklettert und direkt nach Hause gelaufen waren. Die sich gegenseitig versprachen, die Klappe zu halten, und es Ingar überließen, die Tat zu vertuschen.

Als der Todesfall am nächsten Tag entdeckt wurde, wollte Yusuf plötzlich doch zur Polizei gehen; das hatte Bjørnar im ersten Verhör ausgesagt. Bjørnar hatte ihm zwanzigtausend Kronen versprochen, wenn er den Mund hielt. Yusuf sollte das Geld am selben Abend von Terje Nitter und Geirmund Bakken erhalten, aber alles, was er auf dem Schulhof von Breidablik bekam, war Terje Nitters Messer in den Rücken. Die Jungen behaupteten steif und fest, sie hätten keine Ahnung gehabt, dass Terje und Geirmund planten, Yusuf zu töten – worüber Terje Nitter nur lachen konnte, als man es ihm bei der Vernehmung sagte. Nach seinen Angaben hatten Geirmund und er nie einen Hehl daraus gemacht, dass Yusuf eine Gefahr darstellte, die eliminiert werden musste.

Alexander bewegte sich unter der Bettdecke, und Viljar kehrte in die Gegenwart zurück. Er beugte sich näher heran, damit er verstand, was der Junge sagte.

»Ich hätte Bjørnar dort an der Mauer umbringen können, Papa, aber …«

Viljar wartete, doch es kam nichts mehr.

»Aber was, Alex?«

Alexander drehte den Kopf und sah ihm ins Gesicht. Jetzt lächelte er. Das war ganz deutlich zu erkennen.

»Ich konnte es nicht. Ich habe zu viel von dir in mir, Papa …«

Nachwort und Dank

Die Serie um Lotte und Viljar soll eine Trilogie werden. Drei Bücher, deren Handlung sich innerhalb eines Jahres abspielt. Wie ich es anstellen soll, dass Viljar nach diesem Ende wieder aus dem Rollstuhl aufsteht und geht, weiß ich derzeit noch nicht, aber das dritte Buch mit dem Arbeitstitel *Død manns tango* wird hoffentlich im Laufe des Jahres 2018 das Licht der Welt erblicken.

Die Bücher in dieser Serie sind meine Verneigung vor dem Krimi-Genre. Wie schon in *Seelenmesse*, wird der aufmerksame Leser auch in *Totenfest* hin und wieder Spuren von Autoren und Büchern finden, die ich liebe. Worte, kleine Andeutungen, Namen, Handlungselemente. Unsichtbar für die meisten von Ihnen, aber vielleicht wird der eine oder andere Krimiautor dort draußen verwundert eine Augenbraue heben.

Manche werden vielleicht behaupten, dass ich übertreibe, wenn ich die Rechtsradikalen und ihre Ideen und geplanten Aktionen schildere. Aber die Argumentationen und Phrasen meiner Charaktere sind echt. Ich habe sie von rechtsextremen und islamfeindlichen Webseiten, Facebook-Posts, Twittermeldungen und Äußerungen gegenüber Zeitungen und anderen Medien zusammengetragen. Sie sind nicht ausgedacht. Diese Menschen existieren. Mir war es sehr wichtig, etwas darüber zu sagen. Wenn Sie im Zweifel sind, empfehle ich Ihnen die hervorragende

24-teilige Artikelserie *Det hvite raseriet* (Die weiße Wut) in der Tageszeitung *VG*. Im Vergleich zu dieser Gesellschaft werden Geirmund Bakken und Terje Nitter zu kleinen Schuljungen.

Viele verdienen Dank dafür, dass diese Geschichte entstanden ist. Vor allem Daniel. Mein Sohn, mein Herzensbrecher … Die Ähnlichkeiten mit Alexander beschränken sich auf eine Diagnose, viel mehr ist es nicht. Während Alexander den falschen Weg einschlägt, hast du die richtigen Entscheidungen getroffen, immer wieder. Mutige Entscheidungen. Schwierige Entscheidungen. Du weißt, wie stolz ich auf dich bin.

Mein nächster Dank gilt meiner größten Unterstützerin. Ohne dich, Agnes, wären diese Worte nie geschrieben worden. Du hattest die Idee zu dem Plot, und jedes Mal, wenn ich mich festgefahren hatte, haben unsere Gespräche die Geschichte wieder in Gang gebracht.

Danken möchte ich auch dem Gyldendal Norsk Forlag und meinen Lektoren Harald Ofstad Fougner und Hilde Stubhaug, die mich unter ihre Fittiche genommen und mir einen Empfang bereitet haben, wie ich es bei einem so großen Verlag nicht für möglich gehalten hätte. Ihr kümmert euch um eure Autoren und seid eine enorme Hilfe und Stütze während des Schreibprozesses.

Astri, Christine und Kaisa: meine drei schwedischen Engel von der Ahlander Agency in Stockholm. Was ihr geschafft habt, ist märchenhaft. Wie das erste Buch in der Reihe, *Seelenmesse*, wird dieses Buch in vierzehn Sprachen erscheinen. Ich möchte außerdem die Gelegenheit nutzen, all meinen ausländischen Verlegern zu danken, die sich entschieden haben, auf mich und meine drei Bücher über Viljar Ravn Gudmundsson und Lotte Skeisvoll zu setzen.

An der Entstehung eines Buches sind viele helfende Hände beteiligt, aber ich möchte gern einen besonderen Dank an meine Testleser richten, die mir unterwegs ihr Feedback geben: an Polizeioberkommissarin und Spezialistin für Kriminaltechnik bei der Polizei in Stavanger, Silje Elin Matre, Journalist und Lehrer Øystein Eide, Kollege Bård Øyvind Leite, an meinen Freund und Krimi-Kenner Viljar Skibenes, meinen Bruder Dag-Ivar Tangen und die Schriftsteller John Olav Oldertrøen und Frode Eie Larsen.

Ich bin auch unendlich dankbar für die Resonanz, die ich in meiner Heimatstadt Haugesund erhalte. Euch, die ihr mich bestärkt und angefeuert habt – herzlichen Dank! Ich hoffe, ihr alle vergebt mir, dass ich mir gewisse Freiheiten bei der Beschreibung unserer schönen Stadt erlaubt habe. Der Valhall Pub in der Haraldsgata hat in diesem Buch ein paar Monate zu früh eröffnet und einen Ruf erhalten, den er nicht ganz verdient; ich habe das Haugesundwetter der Stimmung angepasst, die ich im Buch haben wollte, und das Captain's Cabin ein bisschen altersbrauner dargestellt, als es in Wirklichkeit ist.

Und zum Schluss an Sie, meine Leserinnen und Leser: Herzlichen Dank!

18. April 2017
Geir Tangen